Shanghai Girls

상하이
걸즈

기파랑耆婆朗은 삼국유사에 수록된 신라시대 향가 찬기파랑가讚耆婆朗歌의 주인공입니다. 작자 충담忠談은 달과
시내와 잣나무의 은유를 통해 이상적인 화랑의 모습을 그리고 있습니다. 어두운 구름을 헤치고 나와 세상을 비
추는 달의 강인함, 끝간 데 없이 뻗어나간 시냇물의 영원함, 그리고 겨울 찬서리 이겨내고 늘 푸른빛을 잃지 않
는 잣나무의 불변함은 도서출판 기파랑의 정신입니다.

상하이 걸즈

초판 1쇄 발행_ 2011년 01월 01일

지은이_ Lisa See
옮긴이_ 김승욱
펴낸이_ 안병훈
디자인_ 디자인캠프

펴낸곳_ 도서출판 기파랑
등록_ 2004. 12. 27 | 제 300-2004-204호
서울시 종로구 동숭동 1-49 동숭빌딩 301호
편집 02) 763-8996 | 영업마케팅 02) 3288-0077 | 팩스 02) 763-8936
이메일 info@guiparang.com
홈페이지 www.guiparang.com

ISBN_ 978-89-6523-989-5

값 13,500원

중국계 미국작가 리사 시Lisa See 장편소설

Shanghai Girls

상하이
걸즈

리사 시 지음 | 김승욱 옮김

기파랑

일러두기

상하이 걸즈의 시간적 배경은 1937년부터 1957년 사이다. 오늘날의 관점으로는 정치적으로 올바르지 못한 표현들이 등장하지만, 시대적 배경을 감안하면 옳은 표현이다. 베이징 표준어, 광동어, 사읍四邑. 臺山, 新會, 恩平, 開平의 네 지방을 일컫는 말 방언, 우吳 방언江南 話 라고도 불리는 중국 방언. 상하이 방언이 가장 대표적인 우 방언임 등 중국어 발음을 표기할 때는 웨이드식 표기법을 따랐다.

화폐와 관련해서, 1935년 11월 이전에 상하이에서 사용된 화폐는 달러 은화이고 1935년 이후부터 사용된 화폐는 중국 위안화이다. 이 두 화폐의 가치는 대체로 같았다고 보면 된다. 나는 이 작품에서 그냥 달러와 센트 단위를 사용했다. 1935년 이후에도 달러가 일부 통용되었고, 서구의 독자들에게 더 친숙한 화폐이기 때문이다. 구리 동전과 은화의 환율은, 1 달러 은화(또는 위안) 당 동전 300~330개였다.

– 리사 시 Lisa See

1부 **몰락**

미인들

"우리 딸은 뺨이 발그레한 게 꼭 저 남쪽의 시골 애 같아." 아버지가 앞에 놓인 탕 그릇을 일부러 무시하며 불평한다. "당신이 어떻게 좀 해봐야 하는 것 아냐?"

엄마는 아버지를 빤히 바라본다. 엄마가 무슨 말을 할 수 있을까? 내 얼굴은 이만하면 예쁜 편이다. 잘 하면 사랑스럽다는 말도 들을 수 있을 것이다. 하지만 내 이름처럼 진주 같은 얼굴은 아니다. 나는 얼굴을 잘 붉히는 편이다. 게다가 내 뺨은 햇볕에 약하다. 내가 다섯 살 때부터 엄마는 진주 크림을 내 얼굴과 팔에 발라주기 시작했다. 아침에 먹는 죽에 진주 가루를 섞기도 했다. 하얀 진줏빛이 내 피부에 스며들기를 바라는 마음에서다. 하지만 소용이 없었다. 지금 내 뺨은 빨갛게 타오르고 있다. 아버지가 싫어하는 모습 그대로다. 나는 의자에 앉은 채 움츠러든다. 아버지가 가까이 있을 때면 나는 항상 움츠러들지만, 아버지가 동생 메이에게서 내게로 시선을 돌릴 때면 훨씬 더 움츠러든다. 나는 아버지보다 키가 큰데, 아버지는 그것도 몹시 싫어한다. 우리가 사는 상하이에서 가장 높은 차, 가장 높은 담, 또는 가장 높은 건물은 그 주인이 아주 중요한 사람임을 확실하고 분명하게 보여준다. 하지만 나는 중요한 사람이 아니다.

"저 애는 제가 똑똑한 줄 알지." 아버지가 말을 잇는다. 아버지는 잘 재단된 서양식 양복을 입었다. 머리에는 흰머리가 겨우 몇 가닥만 보일 뿐이다. 얼마 전부터 아버지는 불안한 기색이었지만, 오늘밤에는 평소보다 더 기분이 나쁘다. 아버지가 좋아하는 말이 경주에서 이기지 못했거나, 주사위 눈이 생각대로 나오지 않은 모양이다. "하지만 저 애는 절대 영리한 애가 아냐."

이것도 아버지가 항상 하는 말이다. 아버지는 이 말을 공자에게서 따라왔다. 공자는 '배운 여자는 쓸모없는 여자'라고 썼다. 사람들은 나를 책벌레라고 부른다. 1937년에도 책벌레는 좋은 것으로 여겨지지 않는다. 나는 똑똑하지만, 어떻게 해야 아버지의 비난에서 나 자신을 보호할 수 있는지는 잘 모르겠다.

대부분의 사람들은 둥근 식탁에 식구들과 둘러앉아서 식사를 한다. 날카로운 귀퉁이가 없는 원탁에 앉아야 식구들이 항상 하나로 연결될 수 있기 때문이다. 우리 집에는 정사각형 티크 식탁이 있다. 그리고 우리는 항상 똑같은 자리에 앉는다. 아버지의 자리는 메이 옆이고, 어머니의 자리는 메이 맞은편이다. 그래야 아버지 어머니가 메이를 똑같이 차지할 수 있기 때문이다. 날이 가고 해가 가도 나는 식사 때마다 부모님이 좋아하는 딸은 내가 아니며, 앞으로도 절대 그렇게 되지 않으리라는 것을 새로이 깨닫는다.

아버지가 내 결점들을 계속 지적하는 동안, 나는 귀를 닫아버리고 우리 집 식당에 흥미가 있는 척한다. 부엌과 인접한 벽에는 보통 사계절을 묘사한 족자 네 개가 걸려 있다. 하지만 오늘밤에는 족자들을 걷어 내서, 벽에 자국만 남아 있다. 사라진 건 그 족자들뿐만이 아니다. 원래는 천장에 선풍기도 있었지만, 작년에 아버지가 식사하는 동안 하인에게 부채질을 시키는 편이 훨씬 더 호사스러울 거라는 생각을 해냈다. 그런데 오늘밤에는 하인들도 없기 때문에 방 안이 찜통이되었다. 평소에는 아르데코 양식의 샹들리에와 노란색과 장밋빛 유리로 장식된 벽의 전구 받침들이 방을 밝혀주었다. 하지만 그것들도 사라졌다. 내가 보기에 그다지 중요한 일은 아니다. 족자들을 치운 건, 습기에 비단 가장자리가 돌돌 말리는 걸 막기 위해서였을 것이다. 하인들이 없는 건, 하인들 집안에 결혼식이나 생일잔치가 있어서 아버지가 휴가를 주었기 때문일 것이다. 그리고 조명이 사라진 건 먼지를 닦으려고 일시적으로 치워두었기 때문일 것이다.

요리사(처자식이 없는 사람이다)가 탕을 내가고 마름과 함께 요리한 새우, 마른채소와 죽순을 넣고 간장에 졸인 돼지고기, 뱀장어 찜, 팔보 채소요리, 밥을 가져온다. 하지만 더위가 내 식욕을 삼켜버린다. 나는 그저 차갑게 식힌 시큼한 서양자두 주스를 몇 모금 마시고, 박하향을 가미한 차가운 그린빈 수프나 달콤한 아몬드 수프를 먹고 싶을 뿐이다.

엄마가 말한다. "바구니 수리공이 오늘 수리비를 너무 비싸게 불렀어요." 나는 이 말을 듣고 마음을 놓는다. 아버지가 항상 똑같은 말로 나를 비난한다면, 엄마도 항상 똑같은 내용의 불만을 털어놓는다. 엄마는 언제나 그렇듯이 우아한 모습이다. 틀어 올린 머리는 호박 핀으로 목덜미에 완벽하게 고정시켰다. 암청색 비단으로 만든 반소매 드레스 청삼은 노련한 전문가가 엄마의 나이와 지위에 맞게 만든 것이다. 질 좋은 옥 한 덩이를 조각해서 만든 팔찌가 엄마의 손목에 늘어져 있다. 팔찌가 식탁 가장자리에 쿵 하고 부딪히는 소리가 친숙해서 마음이 놓인다. 엄마는 전족을 했다. 그리고 다른 면에서도 전족만큼 구식으로 행동할 때가 간혹 있다. 엄마는 우리 꿈 얘기를 들으면서 꿈에 나온 물, 신발, 치아 등이 좋은 징조인지 나쁜 징조인지 가늠해보곤 한다. 엄마는 점을 믿기 때문에, 메이와 나를 야단치거나 칭찬할 때 우리가 각각 양의 해와 용의 해에 태어나서 그렇다고 이유를 대기도 한다.

엄마는 복이 많다. 아버지와 중매로 혼인했지만, 비교적 평화로운 가정생활을 하는 듯하다. 아침이면 엄마는 불경을 읽고, 점심 때는 인력거를 타고 친구들을 만나러 간다. 그리고 엄마와 비슷한 삶을 누리는 아줌마들과 오후 늦게까지 마작을 하며 날씨나 게으른 하인들에 대해 한탄을 늘어놓고, 딸꾹질, 통풍, 치질 등을 치료하려고 최신 약을 먹었는데도 효과가 없다고 불평한다. 엄마는 안달하며 걱정할 일이 전혀 없는데도, 우리에게 무슨 이야기를 하든 항상 조용한 한과 근심이 이야기 속에 배어 있다. "세상에 행복하게 끝나는 이야기는 없어." 엄마는 자주 이렇게 말한다. 그래도 엄마는 아름답다. 백합처럼 우아한 걸음걸이는 봄바람에 흔들리는 어린 대나무만큼이나 섬세하다.

"옆집의 게으른 하인들이 초 씨 식구들의 요강을 제대로 처리하질 못해서 거리에서 악취가 풍겼지 뭐예요." 엄마가 말한다. "게다가 우리 요리사는 또 어떻고요!" 엄마는 마뜩잖다는 듯 낮은 소리로 말한다. "이 새우가 너무 오래된 거라 난 입맛이 싹 달아났어요."

우리는 엄마의 말을 반박하지 않을 것이다. 지금 숨이 막힐 듯 풍겨오는 악취는 거리에 쏟아진 요강의 내용물이나 사온 지 하루가 지난 새우에서 나는 것이 아니라 엄마에게서 나는 것이다. 환기를 시켜줄 하인들이 없기 때문에, 엄마의 발을 아주 작게 묶어 놓은 붕대에서 배어나온 피와 고름 냄새가 내 목구멍 뒤쪽에 걸려서 사라지지 않는다.

엄마가 계속 불만을 털어놓자 아버지가 끼어든다. "너희 둘 다 오늘밤에는 외출금지다. 내가 할 말이 있어."

아버지는 메이를 바라보며 말하고 있다. 메이는 아버지를 바라보며 그 특유의 아름다운 미소를 짓는다. 우리는 못된 여자애들이 아니지만, 오늘밤에 나름대로 계획이 있다. 아버지한테서 목욕할 때 물을 너무 많이 낭비한다느니, 밥그릇에 붙은 밥알을 다 먹지 않는다느니 하며 야단을 맞는 건 우리 계획의 일부가 아니다. 대개 아버지는 메이의 매력에 굴복해서 마주 미소를 지으며 걱정을 다 잊어버리지만, 오늘은 몇 번 눈을 깜박이고는 그 검은 눈을 내게 돌린다. 나는 또 의자에서 몸을 움츠린다. 가끔은 아버지 앞에서 이렇게 내 몸을 작게 만드는 것만이 내가 할 수 있는 진짜 효도라는 생각이 든다. 나는 현대적인 상하이 아가씨라고 자부한다. 옛날 여자들처럼 무조건 복종하라는 식의 가르침을 따르고 싶지 않다. 하지만 사실 메이와 나는 그냥 딸일 뿐이다. 부모님이 메이를 아무리 사랑한다 해도 소용없다. 우리 둘 다 가문의 대를 이어주지 못할 것이고, 나중에 부모님께 제사상을 차려주지도 못할 것이다. 메이와 나로 우리 가문의 대가 끊긴 것이다. 우리가 아주 어렸을 때, 부모님은 우리가 가치 없는 딸이라는 이유로 우리 행동에 거의 간섭하지 않았다. 굳이 우리에게 신경을 쓰고 노력을 기울일 가치가 없었던 것이다. 그런데 나중에 부모님이 둘째 딸에게 흠뻑 빠져버리는 이상한 일이 일어났다. 멍하니 도취해버린 것 같은 절대적인 사랑이었다. 그 덕분에 우리는 어느 정도의 자유를 계속 누릴 수 있게 되었고, 그 결과 내 동생이 버릇없는 짓을 해도 부모님이 무시하고 넘어갈 때가 많아졌다. 우리가 가끔 예의나 의무를 무시하고 못된 짓을 저질러도 마찬가지다. 다른 사람들 같으면 불효나 무례라고 볼 일을 우리는 현대적인 자유로 본다.

"넌 동전 한 닢만큼의 가치도 없어." 아버지가 내게 말한다. 목소리가 날카롭다. "내가 얼마나 더……"

"아빠, 언니 좀 그만 야단치세요. 언니 같은 딸이 있는 게 얼마나 다행인데요. 저도 언니가 내 언니라서 정말 다행이에요."

우리 모두 메이를 바라본다. 메이는 이런 아이다. 메이가 말을 하면, 누구나 귀를 기울일 수밖에 없다. 메이와 같은 방에 있는 사람들은 메이를 바라볼 수밖에 없다. 모든 사람이 메이를 사랑한다. 부모님도, 아버지 밑에서 인력거를 끄는 청년들도, 학교에서 우리를 가르치는 선교사들도, 우리가 지난 몇 년 동안 알게 된 예술가, 혁명가, 외국인들도.

"저더러 오늘 뭐 했느냐고 안 물어보실 거예요?" 메이가 묻는다. 메이의 질문은 하늘을 나는 새의 날갯짓처럼 가볍고 경쾌하다.

이 질문과 함께 나는 부모님의 시야에서 사라진다. 내가 언니지만, 여러 면에서 메이가 오히려 나를 돌봐주고 있다.

"오늘은 메트로폴에 영화를 보러 갔어요. 그 다음에는 조프리 거리에서 구두를 샀고요." 메이가 말을 잇는다. "거기서부터 캐세이 호텔에 있는 마담 가르네의 가게가 멀지 않으니까, 새 드레스를 찾으러 갔죠." 메이는 목소리에 살짝 비난하는 듯한 느낌을 섞는다. "그런데 마담 가르네 말이, 부모님이 찾으러 오기 전에는 옷을 내주지 않겠다는 거예요."

"여자애가 매주 새 옷을 살 필요는 없어." 엄마가 부드럽게 말한다. "그런 면에서는 언니를 좀 닮으면 좋으련만. 용띠 아이한테는 프릴이나 레이스나 리본이 필요 없어. 펄은 워낙 현실적인 아이라서 그런 게 어울리지도 않지."

"아빠한테 그만한 여유는 있잖아요." 메이가 반박한다.

아버지의 턱에 힘이 들어간다. 메이가 말을 잘못한 건가? 아니면 아버지가 또 나를 야단치려는 건가? 아버지가 말을 하려고 입을 열지만, 메이가 아버지의 말을 미리 자른다.

"이제 겨우 7월인데 벌써 더위를 참을 수가 없어요. 아빠, 저희를 언제 쿨링으로 보내주실 거예요? 엄마랑 제가 병이라도 들면 어째요? 여름이 되면 이 도시가 너무 불쾌해지니까, 이맘때는 항상 산에 가 있는 편이 훨씬 좋아요."

메이는 말을 하면서 꾀바르게 나를 슬쩍 빼놓는다. 나는 식구들이 깜박 잊었다는 듯이 나중에야 함께 가자고 하는 편이 더 좋다. 하지만 메이가 수다를 늘어놓는 건 순전히 부모님의 주의를 흐트러뜨리려는 작전일 뿐이다. 메이가 나와 눈을 마주치며 거의 알아보기 힘들 만큼 살짝 고개를 끄덕이고는 재빨리 일어선다. "가자, 언니. 준비해야지."

나는 의자를 밀치며 일어선다. 아버지에게 야단을 맞는 신세에서 나를 구해준 메이가 고맙다.

"안 돼!" 아버지가 주먹으로 식탁을 내리친다. 그릇들이 덜걱거린다. 엄마는 깜짝 놀라서 몸을 떤다. 나는 그대로 얼어붙는다. 우리 동네 사람들은 아버지의 상재商才에 감탄한다. 아버지는 모든 상하이 토박이들의 꿈을 실현한 사람이다. 상하이 상류자, 그러니까 한 몫을 잡으려고 전 세계에서 몰려온 외국인들의 꿈 역시 마찬가지다. 아버지는 맨손으로 시작해서 자신과 가문을 중요한 존재로 변모시켰다. 내가 태어나기 전에 아버지는 광둥에서 인력거 사업을 했다. 하지만 그 때는 아버지가 직접 소유한 인력거로 사업을 한 것이 아니라, 하루에 70센트씩 주고 인력거를 빌려 또 다른 업자에게 하루에 90센트씩 받고 빌려주었다. 그러면 그 업자는 인력거꾼에게 하루에 1달러를 받고 인력거를 빌려주는 식이었다. 아버지는 돈을 웬만큼 번 뒤 식구들을 데리고 상하이로 이주해서 직접 인력거 사업을 벌였다. "이곳에 기회가 더 많다"는 것이 아버지가 즐겨 하는 말이다. 이 도시에는 아버지와 같은 생각을 하는 사람이 수백만 명은 될 것이다. 아버지는 자신이 어떻게 해서 이처럼 부자가 되었는지, 기회들을 어떻게 붙잡았는지 우리에게 말해준 적이 없다. 그리고 나는 용기가 없어서 감히 묻지 못한다. 모든 사람들이 과거에 대해서는 묻지 않는 편이 낫다고 생각한다. 식구들 사이에서도 마찬가지다. 상하이 사람들은 모두 뭔가로부터 도망치려고 이곳으로 왔거나, 뭔가 숨길 것이 있기 때문이다.

메이는 이런 일에 신경을 쓰지 않는다. 나는 메이의 얼굴을 바라보며 메이가 지금 하고 싶은 말이 정확히 무엇인지 알아차린다. '아버지한테서 우리 머리모양이 마음에 안 든다는 소리를 듣기 싫어요. 팔을 내놓지 말라거나 다리를 너무 많이 드러내지 말라는 말도 듣기 싫어요. 「정식 직장」에 취직하라는 말도 듣기 싫어요. 아버지가 아무리 잔소리를 해대도, 아버지는 약한 남자일 뿐이에요. 난 아버지 말을 듣기 싫어요.' 하지만 메이는 이런 말을 하는 대신 고개를 갸우뚱하게 기울이고 아버지를 내려다본다. 자기 앞에서는 아버지가 무력한 존재라는 듯이. 메이는 아기 때 이미 이 요령을 터득해서 나이를 먹을수록 점점 완벽하게 다듬었다. 메이가 아주 편안하고 쉽게 이 일을 해내기 때문에 다들 메이 앞에서 녹아버린다. 메이의 입술에 살짝 미소가 떠오른다. 메이가 아버지의 어깨를 토닥토닥 두드리자, 아버지의 시선이 메이의 손톱으로 향한다. 나와 마찬가지로 메이도 손톱에 빨간 봉숭아물을 들이고 색을 칠했다. 식구들끼리는 상대의 몸에 손을 대는 것이 철저한 금기사항이 아니지만, 그래도 받아들일 수 없는 행위임은 분명하다. 예의를 아는 훌륭한 집안의 사람들이라면 애정을 표시하기 위한 입맞춤, 포옹, 토닥거림을 전혀 허용하지 않는 법이다. 그러니까 메이는 자기 행동이 무슨 의미인지 알면서도 아버지를 토닥거리는 것이다. 아버지가 불쾌감에 잠시 정신이 흐트러진 사이에 메이는 휙 몸을 돌려 자리를 뜬다. 나는 서둘러 그 뒤를 따른다. 우리가 몇 걸음을 떼었을 때 아버지가 우리를 부른다.

"가지 마라."

하지만 메이는 여느 때처럼 그냥 웃음을 터뜨린다. "오늘밤에는 일을 할 거예요. 기다리지 말고 먼저 주무세요."

나는 메이의 뒤를 따라 계단을 오른다. 부모님의 목소리가 화음이 맞지 않는 노래처럼 우리를 따라온다. 멜로디를 이끄는 건 엄마다. "너희들 남편이 누가 될지 불쌍하다. 신발이 필요해요, 새 옷을 사줘요, 오페라 입장권을 사줄래요? 하면서 졸라댈 테니." 아버지가 묵직한 목소리로 베이스 화음을 넣는다. "이리 와라. 제발 돌아와 앉아. 너희한테 할 말이 있다." 메이는 부모님을 무시한다. 나도 그러려고 애쓴다. 메이가 부모님의 고집스러운 말에 귀를 닫아버리는 모습이 경탄스럽다. 이 점뿐만 아니라 여러 면에서 우리는 서로 정반대다.

집안에 자매가 둘 있다면, 아니 자매든 남매든 형제가 여럿이라면, 서로 비교를 당하게 마련이다. 메이와 나는 광둥에서 걸어서 한나절이 채 안 걸리는 인보 마을에서 태어났다. 겨우 세 살 터울이지만, 우리는 서로 달라도 한참 다르다. 메이는 유쾌한 성격인 반면, 나는 너무 음침하다고 야단을 맞는다. 메이는 몸집이 자그맣고 통통한 것이 사랑스럽다. 나는 키가 크고 마른 편이다. 이제 막 고등학교를 졸업한 메이는 신문의 가십난 외에는 무엇이든 읽는 것에 전혀 관심이 없는 반면, 나는 5주 전에 대학을 졸업했다.

내가 처음으로 배운 언어는 사읍 방언이었다. 광둥의 네 지역에서 사용되는 사투리가 사읍 방언인데, 조상대대로 내려오는 집이 그곳에 있다. 다섯 살 때부터는 미국인과 영국인 교사들에게서 영어를 배웠기 때문에, 영어도 거의 완벽하게 구사한다. 나는 스스로 네 가지 언어를 유창하게 구사할 수 있다고 생각한다. 영국식 영어, 미국식 영어, 사읍 방언(수많은 광둥에 방언 중 하나) 우 방언(상하이에서만 사용되는, 베이징어의 독특한 변형) 나는 국제적인 도시에 살고 있기 때문에 중국의 도시와 광둥, 충칭, 윈난 같은 지방들을 말할 때 영어를 쓴다. 우리가 입는 중국식 드레스를 부를 때는 베이징어인 치파오 대신 광둥어인 청삼이라는 단어를 쓴다. 자동차의 짐칸을 말할 때는 미국식으로 트렁크라고 하는 대신 영국식으로 부트라고 한다. 외국인들에 관해 말할 때는 베이징어인 판과이체(외국 악마들)와 광둥어인 로판(하얀 유령들)을 함께 사용한다. 메이에 대해 이야기할 때는 여동생을 뜻하는 베이징어 메이메이 대신 광둥어 모이모이를 쓴다. 메이는 언어에 소질이 없다. 우리가 상하이로 이사했을 때 메이는 아직 아기였는데, 그 때문에 몇 가지 요리 이름과 양념 이름을 빼고는 사읍 방언을 전혀 배우지 못했다. 메이가 아는 것은 영어와 우 방언뿐이다. 방언들 특유의 독특한 특징들을 제외하면, 베이징어와 광둥어의 거리는 영어와 독일어의 거리와 비슷하다. 서로 연관되어 있기는 하지만, 해당 언어를 모르는 사람은 알아들을 수 없다는 뜻이다. 그래서 부모님과 나는 메이의 무지를 이용해서, 사읍 방언으로 메이를 속이곤 한다.

엄마는 메이와 내가 아무리 노력해도 타고난 천성을 바꿀 수 없다고 주장한다. 메이는 양의 해에 태어났으니, 양처럼 사근사근하고 순해야 마땅하다. 엄마는 12간지의 동물들 중에서 양이 가장 여성스럽다고 말한다. 양띠 아이들은 세련되고, 예술적이고, 인정이 많다는 것이다. 양띠 아이들은 의식주가 부족해지지 않게 반드시 누군가가 보살펴주어야 한다. 양띠 아이들은 또한 상대가 숨이 막힐 만큼 애정을 쏟아 붓는 것으로 유명하다. 양띠 아이들은 천성이 순하고 상냥해서 행운의 신이 미소를 보내지만, 가끔은 자기가 편해지는 것만 생각하기도 한다(엄마는 이 점이 아주 중요하다고 말한다).

나는 용띠라서 강한 욕망을 지니고 있으며, 무슨 수를 써도 그 욕망을 다 채울 수 없다. "너는 그 넓적한 발로 어디든 갈 수 있을 거다." 엄마는 내게 자주 이렇게 말한다. 하지만 12간지의 동물들 중에서 가장 강력한 용에게도 단점은 있다. "용은 의리가 있고, 요구가 많고, 책임감이 있고, 운명을 길들이지. 하지만 나의 진주, 너는 네 입에서 뿜어대는 그 망상 때문에 항상 고생할 거야."

내가 동생을 시기하느냐고? 내가 어떻게 메이를 시기할 수 있을까? 심지어 나도 그 아이를 사랑스럽다고 생각하는데. 항렬에 따라 우리 이름에 공통으로 포함되어 있는 글자인 롱은 용을 뜻한다. 그러니까 나는 진주 용이고, 메이는 아름다운 용이다. 메이는 자기 이름을 영어인 May로 표기하지만, 베이징어로 메이는 '아름답다'는 뜻이다. 메이에게 딱 맞는 이름이다. 메이의 언니로서 나는 메이를 보호해주고, 메이가 올바른 길에서 벗어나지 않게 하고, 식구들에게 사랑받는 소중한 존재인 메이를 한없이 귀여워해줄 의무가 있다. 가끔 메이에게 화가 나는 것은 사실이다. 예를 들어, 메이가 내 허락도 없이 내가 아끼는 이탈리아제 분홍색 비단 하이힐을 신고 나갔다가 비를 맞아 신발이 망가졌을 때가 그랬다. 하지만 중요한 건, 동생이 나를 사랑한다는 사실이다. 나는 메이의 지에지에, 즉 언니다. 중국 가족의 위계질서에 따라 나는 언제나 메이의 윗사람이다. 식구들이 메이만큼 나를 사랑하지 않는다 해도 그건 변하지 않는다.

내가 메이와 함께 쓰는 방에 다다랐을 때, 메이는 이미 옷을 벗어 바닥에 던져둔 뒤다. 나는 등 뒤로 문을 닫아 우리만의 '미인들의 세상'을 만든다. 우리는 쌍둥이처럼 똑같이 생긴 침대를 쓴다. 네 귀퉁이에 기둥이 있고, 가장자리를 파란색으로 장식한 하얀 리넨 천개가 있는 침대다. 천개에는 등나무 문양이 수놓아져 있다. 상하이 사람들의 침실에는 대개 미인을 담은 포스터나 달력이 하나씩 걸려 있다. 우리 방에는 그런 것이 여러 개 있다. 우리는 직접 화가 앞에서 모델이 되어 미인도를 그리게 한 뒤, 가장 마음에 드는 것들을 골라 벽에 걸었다. 메이는 라임색 비단 재킷을 입고 소파에 앉아 하타먼^{勝德門} 담배를 꽂은 상아 담뱃대를 들고 있다. 나는 신화적인 호수 앞에 있는 주랑에서 흰 담비 모피로 몸을 감싸고 무릎을 턱 밑까지 올린 모습으로 그림 밖의 세상을 응시하고 있다. 그림 속의 나는 창백한 사람들에게 윌리엄스 박사의 분홍 알약을 파는 중이다(선천적으로 뺨이 발그레한 나만큼 그 약을 파는 데 적합한 사람이 또 있을까?) 우리 둘이 함께 세련된 내실에 앉아 있는 그림도 있다. 우리는 각각 부와 번영의 상징인 토실토실한 남자아기를 안고 분유를 팔고 있다. 우리가 자신의 현대적인 아기를 위해 최고의 현대적 발명품을 이용하는 현대적인 엄마임을 과시하기 위해서다.

나는 방을 가로질러 벽장 앞의 메이에게 간다. 우리의 하루는 사실

이제부터 시작이다. 오늘밤에 우리는 미인도 달력, 포스터, 광고 전문 화가들 중 최고인 Z. G. 리의 모델이 될 것이다. 대부분의 집안에서는 딸들이 화가의 모델 노릇을 하면서 밤새 밖에 나가 있겠다고 하면 경악할 것이다. 처음에는 우리 부모님도 그랬다. 하지만 우리가 돈을 벌어오기 시작하자 부모님은 더 이상 개의치 않았다. 아버지는 우리가 번 돈을 가져다가 투자하면서, 우리가 신랑감을 만나 사랑에 빠져서 혼인하게 되면 돈을 웬만큼 손에 쥐고 시댁에 들어갈 수 있을 거라고 말했다.

우리는 서로 조화를 이루면서도 세련미를 드러낼 수 있는 청삼을 각각 고른다. 우리를 모델로 한 미인도가 어떤 제품에 쓰이든, 그 제품을 사용하는 사람들이 봄날의 행복을 느낄 수 있게 신선함과 편안함을 전달할 수 있는 옷이다. 나는 가장자리를 빨간색으로 두른 복숭아색 비단 청삼을 고른다. 옷이 어찌나 내 몸에 꼭 맞게 재단되었는지, 재봉사는 다리 옆의 절개선을 아찔할 정도로 높게 끌어올려야 했다. 그래야 내가 걸을 수 있기 때문이다. 빨간 가장자리 장식과 똑같은 천으로 만든 장식단추들이 오른쪽 옆구리와 겨드랑이에서부터 가슴을 가로질러 목까지 이어져 있다. 메이는 연한 노란색 비단 청삼에 몸을 끼워 넣는다. 가운데를 빨갛게 칠한 하얀 꽃들이 섬세하게 흩어져 있다. 가장자리 장식과 장식단추도 내 것처럼 짙은 빨간색이다. 빳빳한 만다린칼라가 어찌나 높이 솟았는지 귀에 닿을 지경이고, 짧은 소매는 메이의 가느다란 팔을 더욱 강조해준다. 메이가 어린 버드나무 이파리처럼 길고 가늘고 미끈한 모양으로 눈썹을 그리는 동안, 나는 하얀 쌀가루를 얼굴에 톡톡 찍어 발라 장밋빛 뺨을 가린다. 그러고는 우리 둘 다 빨간 하이힐을 신고, 신발에 어울리는 빨간색으로 입술을 칠한다.

얼마 전에 우리는 긴 머리를 잘라 파마를 했다. 메이가 내 머리 가운데에 가르마를 타서 구불구불한 머리카락을 귀 뒤로 매끈하게 넘긴다. 머리가 검은 모란꽃처럼 귀 뒤에 불룩하게 솟는다. 이제 내가 메이의 머리를 빗겨준다. 나는 구불구불한 머리가 메이의 얼굴 양옆으로 늘어지게 한다. 우리는 분홍색 크리스털로 만든 방울 모양의 귀걸이를 걸고, 옥반지와 황금 팔찌로 몸단장을 마무리한다. 거울 속에서 우리의 눈이 마주친다. 벽에 걸어둔 포스터 속의 다양한 우리 모습들도 거울에 비친다. 우리는 잠시 동안 가만히 거울을 바라보며 우리의 미모를 감상한다. 나는 스물한 살이고, 메이는 열여덟 살이다. 우리는 젊고, 아름답고, 아시아의 파리에 살고 있다.

우리는 또각거리며 다시 아래층으로 내려가 다녀오겠다고 큰소리로 서둘러 인사를 한 뒤 상하이의 밤거리로 나선다. 우리 집은 쑤저우 강 바로 건너편인 홍커우虹口구에 있다. 공식적인 공공 조계1863년에 영국조계와 미국조계가 병합되어 만들어졌다에 속하지는 않지만, 그래도 그곳과 상당히 가깝기 때문에 혹시 외국이 우리나라를 침략하는 경우 우리도 보호를 받을 수 있을 거라고 믿고 있다. 우리 집이 엄청난 부자는 아니다. 하지만 사실 그건 항상 상대적인 문제가 아닌가? 영국, 미국, 일본의 기준을 따른다면 우리는 그럭저럭 살아가는 수준이지만, 중국의 기준으로는 재산가이다. 물론 이 도시의 우리 동포들 중에는 많은 외국인들의 재산을 합한 것보다 더 재산이 많은 사람도 있다. 우리는 충양의 종교를 따르는 카오텅 후아젠이다. 외국 것이라면 무조건 숭배해서 이름도 서구식으로 바꾸고 영화와 베이컨과 치즈를 사랑하는 우월한 중국인이라는 뜻이다. 부에르치아오야, 즉 부르주아 계급의 일원인 우리 집은 일곱 명의 하인들이 집 앞 계단에서 돌아가며 식사를 할 정도의 재산은 갖고 있다. 하인들이 계단에서 밥을 먹는 것은 친 씨 집안에서 일하는 사람들이 매 끼니 식사를 할 수 있고, 지붕이 있는 집에서 살 수 있음을 거리의 인력거꾼들과 거지들에게 알려주기 위해서다.

우리는 길모퉁이로 걸어가서, 웃통을 벗고 신발도 신지 않은 인력 거꾼들과 가격을 흥정한다. 그리고 인력거에 올라 나란히 앉는다.

"프랑스 조계로 가요." 메이가 지시한다.

인력거를 모는 청년의 근육이 수축한다. 그는 이내 편안한 리듬을 찾아 종종걸음을 친다. 인력거가 스스로 힘을 얻어 구르기 시작하면 서 그의 어깨와 등에 걸리는 부담도 줄어든다. 그는 짐을 실어 나르 는 짐승처럼 인력거를 끌고 있지만, 내가 느끼는 것은 자유뿐이다. 낮 동안에 쇼핑을 가거나, 친구 집에 가거나, 영어를 가르치러 갈 때 면 나는 양산을 든다. 하지만 밤에는 피부를 걱정할 필요가 없다. 나 는 허리를 세우고 앉아서 깊이 숨을 들이쉰다. 그리고 메이를 흘긋 바라본다. 메이는 워낙 태평한 성격이라, 청삼 자락이 바람에 날려 허벅지까지 맨살이 다 드러나는데도 신경을 쓰지 않는다. 메이는 남 자의 시선을 끄는 솜씨가 좋다. 그 솜씨를 발휘하기에, 그 웃음소리 와 아름다운 피부와 매력적인 화술을 자랑하기에 상하이만큼 좋은 곳은 없다.

인력거가 쑤저우 강에 놓인 다리를 건너 오른쪽으로 꺾어진다. 기 름, 해초, 석탄, 하수 냄새가 축축하게 풍기는 황푸 강이 점점 멀어진 다. 나는 상하이를 사랑한다. 중국에 이런 곳은 또 없다. 상하이에는 제비꼬리 모양의 지붕과 유약을 바른 타일 대신 하늘까지 뻗은 모티 엔탈로우, 즉 마술 같은 큰 건물들이 있다. 원형문, 복잡한 격자무늬 창문, 래커를 칠한 빨간 기둥 대신 화강암으로 지은 신고전주의 양식 의 건물들이 있다. 아르데코 양식의 철세공, 기하학적 무늬, 식각觸刻 유리 등이 그 건물들을 장식한다. 물가에 우아하게 자리한 대나무 숲 이나 연못에 이파리를 축축 늘어뜨린 버드나무 대신 유럽식 주택들 이 있다. 전면은 장식 없이 깨끗하고, 발코니는 우아하고, 삼나무들이 줄지어 늘어서 있고, 깨끗하게 다듬어진 잔디밭 양옆에는 흠잡을 데 없는 꽃밭들이 늘어서 있다. 중국식 구시가지인 안롄安仁에는 지금도 절과 공원 등이 있지만, 상하이의 나머지 지역은 무역과 부와 산업과 죄악의 신 앞에 무릎을 꿇었다. 상하이에는 갖가지 물건들이 실려 나가고 실려 들어오는 창고가 있고, 경견장과 경마장이 있고, 헤아릴 수 없이 많은 영화관이 있다. 춤추고, 술 마시고, 섹스를 할 수 있는 클럽들도 있다. 상하이는 백만장자와 거지, 조직폭력배와 도박꾼, 애국자와 혁명가, 예술가와 장군의 고향이다. 우리 친 씨 집안의 본거지이기도 하다.

인력거꾼은 좁은 골목길을 달려간다. 행인들, 인력거, 손님을 실어 나를 수 있게 의자를 붙인 외바퀴수레가 간신히 지나갈 수 있는 길이다. 인력거꾼은 버블링 웰 거리중국명 靜安寺路로 접어들어, 그 우아한 대로를 달린다. 붕붕거리며 쌩 하니 지나가는 시보레, 다임러, 이소타 프라스키니이탈리아의 유서 깊은 자동차회사를 전혀 두려워하지 않는다. 정지신호 앞에서 인력거가 멈추자, 거지 아이들이 쏜살같이 도로로 뛰어들어 인력거를 둘러싸고 우리 옷자락을 잡아당긴다. 거리를 한 블록씩 지날 때마다 죽음과 부패의 냄새, 생강과 오리구이 냄새, 프랑스 향수와 향 냄새가 차례로 다가온다. 상하이 토박이들의 시끄러운 목소리, 끊이지 않고 계속되는 주판알 소리, 그리고 인력거들이 덜컹거리며 거리를 달리는 소리는 여기가 바로 내 고향임을 알려주는 배경음이다.

공공 조계와 프랑스 조계의 경계선에서 인력거꾼이 멈춰 선다. 우리는 그에게 요금을 지불하고 길을 건넌다. 인도에 아기 시체가 버려져 있어서, 그 아기를 피해 발을 디딘다. 그리고 프랑스 조계 출입증이 있는 다른 인력거꾼을 찾아서 라파예트 거리 근처에 있는 Z. G.의 주소를 불러준다.

이번 인력거꾼은 아까 그 청년보다 훨씬 더 더럽고, 땀투성이다. 다 해진 셔츠는 갈비뼈가 툭툭 튀어나온 몸을 거의 가려주지 못한다. 인력거꾼은 잠시 머뭇거리다가 용기를 내서 조프르 거리로 접어든다. 조프르는 프랑스식 이름이지만, 이 거리는 백러시아인 사회의 중심에 있다. 키릴어 간판들이 머리 위에 걸려 있다. 우리는 러시아 빵집에서 풍겨나오는, 신선한 빵과 케이크 냄새를 들이마신다. 음악소리와 사람들이 춤추는 소리가 벌써부터 클럽에서 쏟아져 나온다. Z. G.의 아파트 근처에 이르자 동네 분위기가 또 달라진다. 우리는 '행복을 찾는 길'을 지나간다. 150군데가 넘는 유곽들이 있는 곳이다. 매년 이곳에서 뽑힌 상하이의 유명한 꽃들(이 도시에서 가장 재능 있는 매춘부들)이 잡지들의 표지를 장식한다.

인력거꾼이 우리를 내려준다. 우리는 그에게 요금을 지불한다. Z. G.의 아파트 건물로 들어가 낡아빠진 계단을 통해 3층까지 올라가는 동안 나는 손끝으로 귀 뒤에 둥글게 솟은 머리를 더욱 부풀리고, 위아래 입술을 서로 비벼서 립스틱이 잘 퍼지게 하고, 엇갈리게 재단된 비단 청삼 자락을 매만져 엉덩이 선을 완벽하게 살린다. Z. G.가 문을 열자, 나는 그의 잘생긴 외모에 또 다시 깜짝 놀란다. 굵고 검은 머리가 아무렇게나 흐트러져 있고, 몸매는 호리호리하고, 얼굴에는 크고 둥근 철테 안경을 썼다. 그의 강렬한 눈빛과 태도는 늦은 밤에 작업하는 버릇, 예술적인 기질, 정치적 열정을 드러낸다. 나도 키가 큰 편이지만, 그는 나보다 훨씬 더 크다. 내가 그를 좋아하는 여러 가지 이유 중 하나가 바로 이것이다.

"옷차림이 정말 완벽해!" Z. G.가 열광한다. "들어와! 들어와!"

우리는 그가 우리를 어떤 모습으로 그릴지 미리 알고 온 적이 한 번도 없다. 수영장에 뛰어들려고 준비하는 아가씨들, 미니골프를 치는 아가씨들, 활을 잡아당겨 하늘 저편으로 화살을 쏘아 보내는 아가씨들의 그림이 요즘 최고의 인기를 누리고 있다. 날씬하고 건강한 모습이 이상형으로 꼽힌다. 중국의 아들들을 기르기에 가장 적합한 사람이 누구인가? 테니스를 칠 줄 알고, 자동차를 운전할 줄 알고, 담배를 피울 줄 아는 여자. 그러면서도 접근하기 쉽고, 세련되고, 최고로 성적인 매력이 있는 여자. Z. G.가 우리더러 이제 막 티댄스_{과거의 사교행사로, 오후에 다과를 나누며 춤을 추는 것을 뜻한다} 에 나가려고 하는 아가씨들의 모습을 연출하라고 할까? 아니면 완전히 상상력으로 꾸며낸 상황을 연출하기 위해 우리더러 미리 빌려둔 의상으로 갈아입으라고 할까? 그러면 메이는 뮬란이 될까? 패럿 포도주를 광고하기 위해 되살려낸 위대한 여자 전사. 나는 화장비누인 럭스의 장점을 알리기 위해 〈모란정〉_{1598년에 지어진 희곡} 에 등장하는 아가씨 두 리니앙으로 분장하게 될까?

Z. G.는 자신이 준비해둔 배경 앞으로 우리를 이끈다. 아늑한 구석자리에 속을 통통하게 넣은 의자 하나, 복잡한 조각이 새겨진 중국식 칸막이, 도자기가 있다. 도자기에는 끊어지지 않고 한없이 이어지는 옹이 무늬가 있는데, 옹이에서 돋아나 꽃을 피운 서양자두 나무의 잔가지들이 방금 밖에서 꺾어온 듯 신선한 느낌을 준다.

"오늘은 내가 아주 사랑하는 담배를 선전할 거야." Z. G.가 선언한다. "메이, 넌 의자에 앉아." 메이가 의자에 앉자, Z. G.는 뒤로 물러나서 메이를 강렬하게 바라본다. 나는 Z. G.가 부드럽고 섬세하게 내 동생을 대하기 때문에 그를 좋아한다. 메이는 아직 어리고, 지금 우리가 하는 일은 사실 교육을 잘 받은 여자들이 흔히 하는 일이 아니기 때문이다. "좀 더 편안히 긴장을 풀어." Z. G.가 지시한다. "밤새 놀다 와서 친구에게 비밀을 털어놓고 싶어 하는 것 같은 표정으로."

메이의 자세를 잡아준 뒤 그가 나를 부른다. 그는 내 엉덩이에 양손을 대고 내 몸을 비틀어 메이의 의자 등받이에 걸터앉게 한다.

"난 너의 길쭉한 선과 긴 팔다리가 좋아." 그는 내가 한 손에 몸무게를 신고 메이의 머리 위에서 균형을 잡을 수 있게 내 팔을 앞으로 잡아당기면서 말한다. 그의 손가락이 내 손가락을 벌려, 새끼손가락이 따로 떨어지게 한다. 그의 손이 잠시 머뭇거리며 머무르는가 싶더니, 그가 살짝 뒤로 물러나서 자신이 연출한 그림을 바라본다. 그리고 만족한 표정으로 우리에게 담배를 준다. "자, 펄, 메이를 향해서 몸을 기울여. 마치 방금 메이의 손가락 끝으로 네 담배에 불을 붙인 것처럼."

나는 그가 시키는 대로 한다. 그가 마지막으로 한 번 더 다가와서 메이의 뺨으로 흘러내린 머리카락을 치우고, 턱을 한쪽으로 살짝 기울인다. 조명이 메이의 광대뼈에서 춤을 춘다. Z. G.가 그림으로 그리거나 만지고 싶어 하는 대상이 나인지는 몰라도(이건 정말 금지된 일인 것 같은 느낌을 준다), 성냥에서부터 카뷰레터에 이르기까지 모든 물건을 효과적으로 선전해주는 건 메이의 얼굴이다.

Z. G.가 이젤 뒤에 가서 선다. 그는 그림을 그리는 동안 우리가 말을 하거나 움직이는 걸 좋아하지 않는다. 하지만 우리를 즐겁게 해주려고 계속 축음기로 음악을 틀고, 이런저런 이야기를 해준다.

"펄, 우리가 지금 돈을 벌려고 이 일을 하는 걸까, 아니면 그냥 즐기는 걸까?" 그는 내 대답을 기다리지 않는다. 대답을 들을 생각도 없다. "이건 우리의 평판을 더럽히는 일일까, 빛나게 하는 일일까? 내가 보기엔 둘 다 아냐. 우리가 하는 일은 뭔가 다른 거야. 상하이는 아름다움과 현대문명의 중심이지. 돈 많은 중국인이 우리가 만든 달력에서 본 물건을 무엇이든 살 수 있는 곳. 그보다 돈이 없는 사람들도 언젠가 그런 물건을 갖게 될 거라고 포부를 품을 수 있어. 그럼 가난한 사람은? 그냥 꿈이나 꿔야지, 뭐."

"루쉰은 생각이 다르던데요." 메이가 말한다.

나는 짜증스러워서 한숨을 내쉰다. 다들 작년에 세상을 떠난 위대한 작가 루쉰을 찬양한다. 그래도 메이가 포즈를 취하는 동안 루쉰에 대해 이야기를 해도 되는 건 아니다. 나는 계속 입을 다물고 포즈를 유지한다.

"루쉰은 중국의 현대화를 원했어요." 메이가 말을 계속한다. "우리가 로판과 그들의 영향력을 제거하기를 원했고요. 루쉰은 미인에 대해서도 비판적이었어요."

"알아, 알아." Z. G.가 차분하게 대답한다. 하지만 내 동생이 이런 것을 알고 있다니 놀랍다. 메이는 책을 좋아하지 않는다. 옛날부터 그랬다. 아무래도 메이는 Z. G.에게 잘 보이고 싶은 모양이다. 실제로 메이의 의도가 먹히고 있다. "루쉰이 그 연설을 한 날 나도 그 자리에 있었어. 네가 봤으면 웃었을 걸, 메이. 펄, 너도 마찬가지고. 루쉰이 공교롭게도 너희 둘의 모습이 담긴 달력을 들어올렸거든."

"어떤 달력이요?" 내가 침묵을 깨고 묻는다.

"내가 그린 건 아닌데, 너희 둘이 같이 탱고를 추는 그림이었어. 펄, 네가 메이를 뒤로 확 젖히고 있더라. 아주⋯⋯"

"그거 기억나요! 엄마가 그걸 보고 화를 많이 냈어요. 기억나, 언니?"

물론 기억난다. 엄마는 매달 한 번씩 찾아오는 그 날의 빨간 자매를 위해 생리대를 사러 난징로의 가게에 갔다가 선물로 그 포스터를 받았다. 엄마는 우리가 백러시아의 직업 무용수들처럼 굴면서 친씨 집안을 망신시킨다고 울고불며 난리를 피웠다. 우리는 미인도 달력이 사실은 효도와 전통가치를 표현하고 있다고 애써 설명했다. 이달력들은 중국식 설과 서양식 새해에 특별 고객들을 위한 선물로 배포된다. 그리고 그 고객들의 훌륭한 집에서 노점상들에게로 조금씩 새어나가, 가난한 사람들에게 동전 몇 닢에 팔려나간다. 우리는 엄마에게 모든 중국인의 삶에서 달력이야말로 가장 중요한 물건이라고 말했다. 사실 우리 자신은 그 말을 믿지 않았지만, 그건 상관없었다.

돈이 많든 적든, 사람들은 해, 달, 별을 기준으로 생활을 조절한다. 상하이에서는 황푸 강의 조류가 기준이다. 사람들은 사업상의 거래를 맺을 때나, 혼례식 날짜를 정할 때나, 작물을 심을 때 항상 풍수를 고려한다. 이 모든 정보가 최고의 미인도 달력 테두리에 적혀 있다. 그래서 달력이 다가올 한 해 동안의 좋은 일과 위험을 알려주는 연감 역할을 하는 것이다. 뿐만 아니라 달력은 아주 가난한 사람들조차 싼 값에 집을 꾸밀 수 있게 해주는 장식품이기도 하다.

"우리가 사람들의 삶을 더 아름답게 만들어주고 있는 거예요." 메이가 엄마에게 설명했다. "그래서 우리가 미인이라고 불리는 거라고요." 하지만 엄마는 그 그림이 대구의 간유 광고라는 말을 메이에게 들은 뒤에야 비로소 차분해졌다. "우리 덕분에 아이들이 건강하게 자랄 수 있어요." 메이가 말했다. "그러니까 엄마는 우리를 자랑스럽게 생각해야죠!"

결국 엄마는 그 달력을 부엌 전화기 옆에 걸어두고 중요한 전화번호들을 적어두었다. 두유 가게, 전기 수리공, 마담 가르네의 전화번호. 우리 하인들 전원의 생일도 적어두었다. 하얀 맨살이 드러난 우리의 팔과 다리에. 그래도 그 일 이후에 우리는 집으로 가져가는 포스터를 조심스레 골랐다. 동네 가게에서 또 어떤 포스터를 엄마에게 선물할지도 걱정이었다.

"루쉰은 달력 포스터가 천박하고 역겹다고 말했어요." 메이가 말을 잇는다. 미소를 띤 표정이 변하지 않게 입술은 거의 움직이지 않는다. "그런 포스터 그림을 위해 포즈를 취하는 여자들은 제정신이 아니라는 말도 했고요. 루쉰은 이런 병폐가……"

"화가들에게서 나오지." Z. G.가 메이 대신 말을 맺는다. "루쉰은 우리가 하는 일을 퇴폐적이라고 생각했기 때문에, 이게 혁명에 도움이 되지 않을 거라고 말했다. 하지만 메이, 우리가 없다면 어떻게 혁

명이 일어나겠니? 대답하지 마. 그냥 조용히 앉아 있기만 해. 안 그러면 이 자세로 밤을 새우게 생겼으니까."

나는 침묵이 반갑다. 공화국이 들어서기 전이라면, 나는 이미 빨간 래커를 칠한 가마를 타고 얼굴도 보지 못한 남편에게 시집을 갔을 것이다. 그래서 지금쯤이면 아이도 여럿 낳았을 것이다. 가능하면 아들로. 하지만 나는 공화국이 들어선 지 4년째 되던 1916년에 태어났다. 전족이 금지되자 여자들의 삶이 바뀌었다. 지금 상하이 사람들은 중매혼을 낙후된 풍습으로 생각한다. 모두들 사랑으로 맺어진 혼인을 원한다. 참고로, 우리는 자유연애를 지지한다. 내가 정말로 자유로이 연애를 한다는 뜻은 아니다. 나는 아직 연애를 한 적이 없지만, Z. G.가 구애한다면 연애를 할 것이다.

내 얼굴이 메이의 얼굴과 직각을 이루게 Z. G.가 내 자세를 잡아준다. Z. G.는 내가 자기를 바라보는 것을 원한다. 나는 자세를 유지한 채 그를 빤히 바라보며 우리가 미래를 함께 하는 꿈을 꾼다. 자유연애도 좋지만, 나는 Z. G.와 결혼하고 싶다. 그가 그림을 그릴 때마다 나는 내가 가봤던 커다란 축제들을 떠올리며 아버지가 Z. G.와 내게 어떤 혼례식을 마련해줄지 상상한다.

10시가 가까운 시각에, 완자탕 행상인이 거리에서 외치는 소리가 들린다. "땀을 쏙 빼주는 뜨거운 탕이요! 피부를 식히고 밤을 식혀줍니다."

Z. G.는 붓을 허공으로 들어 올리고 이제 어디에 색칠을 할지 고민하는 척한다. 하지만 사실은 우리 둘 중 누가 먼저 자세를 깨는지 지켜보고 있다.

완자탕 행상인이 창문 바로 아래에 이르렀을 때, 메이가 벌떡 일어나서 꽥 소리를 지른다. "더 이상은 못 참아요!" 메이는 창가로 달려가 여느 때처럼 큰소리로 주문을 한 뒤, 밧줄에 매단 그릇을 아래로 내려준다. 밧줄은 우리가 비단 스타킹 여러 켤레를 한꺼번에 묶어서 만든 것이다. 완자탕 행상인이 음식을 담아 그릇을 여러 차례 올려준다. 우리는 그것을 맛있게 먹는다. 그리고 다시 자리로 돌아가 일을 시작한다.

자정이 조금 지났을 때, Z. G.가 붓을 내려놓는다. "오늘은 그만하자." 그가 말한다. "너희가 다음에 올 때까지 난 배경을 그릴 거야. 이제 밖으로 나가자!"

그가 가느다란 줄무늬가 있는 양복을 입고, 넥타이를 매고, 중절모를 쓰는 동안 메이와 나는 뻣뻣해진 몸을 풀기 위해 기지개를 켠다. 화장도 고치고, 머리도 다시 빗질한다. 그러고는 다시 거리로 나간다. 우리 셋은 서로 팔짱을 끼고 큰소리로 웃으며 당당하게 거리를 걷는다. 음식을 파는 행상인들이 저마다 자기 물건이 맛있다고 외친다.

"손을 델 만큼 뜨거운 은행이에요. 전부 껍질을 깠어요! 알이 굵어요!"

"감초가루를 뿌린 서양자두 조림이에요. 아, 얼마나 달콤한지 몰라요! 한 그릇에 동전 10냥밖에 안 해요!"

길모퉁이마다 수박 장수들이 있다. 다들 자기 물건이 상하이에서 가장 달콤하고, 가장 시원하다고 외쳐댄다. 수박의 유혹이 강렬하지만, 우리는 그들을 무시한다. 강물이나 개울물을 주입해서 수박의 무게를 늘리는 장사꾼들이 너무 많기 때문이다. 그런 수박을 한 입만 먹어도 설사, 장티푸스, 콜레라에 걸릴 수 있다.

우리는 카사노바에 도착한다. 나중에 친구들과 만나기로 한 곳이다. 사람들이 메이와 내가 미인도의 주인공임을 알아보고 무도장 근처의 좋은 자리로 안내한다. 우리는 샴페인을 주문한다. Z. G.가 내게 춤을 청한다. 나는 무도장을 빙글빙글 돌 때 나를 잡아주는 그의 손길이 좋다. 두어 곡 춤을 춘 뒤 우리 자리를 흘깃 바라보니 메이가 혼자 앉아 있는 것이 보인다.

"내 동생하고도 춤을 추셔야죠." 내가 말한다.

"네가 원한다면." 그가 대답한다.

우리는 빙글빙글 돌면서 우리 자리로 돌아간다. Z. G.가 메이의 손을 잡는다. 오케스트라가 느린 곡을 연주하기 시작한다. 메이는 Z. G.의 심장박동을 들으려는 것처럼 그의 가슴에 머리를 기댄다. Z. G.는 다른 커플들 사이로 우아하게 메이를 이끈다. 나와 눈이 마주치자 그가 미소를 짓는다. 나는 지극히 여자다운 생각을 하고 있다. 우리의 첫날밤, 결혼생활, 우리가 낳을 아이들.

"여기 있었구나!" 누가 내 뺨에 뽀뽀를 한다. 고개를 들어보니 학교 친구인 벳시 하월이 있다. "오래 기다렸어?"

"방금 왔어. 앉아. 웨이터는 어디 있지? 샴페인을 더 주문해야겠는데. 밥은 먹었어?"

벳시와 나는 어깨를 나란히 하고 앉아 잔을 부딪친 뒤 샴페인을 한 모금 마신다. 벳시는 미국인이다. 벳시의 아버지는 국무부에서 일한다. 나는 벳시의 부모님을 좋아한다. 두 분이 나를 좋아해주고, 다른 외국인 부모들과는 달리 벳시가 중국인들과 어울리는 걸 막지 않기 때문이다. 벳시와 나는 감리교 선교회에서 서로 알게 되었다. 벳시는 이교도들을 돕기 위해 그곳에 파견된 사람이었고, 나는 서양의 생활 방식을 배우기 위해 그곳에 다니고 있었다. 벳시가 나의 단짝 친구냐고? 딱히 그렇지는 않다. 나의 단짝 친구는 메이다. 벳시는 메이에 비해 한참 뒤떨어지는 두 번째 친구다.

"너 오늘 예쁘다." 내가 말한다. "네 드레스가 마음에 들어."

"당연하지! 네가 골라줬잖아. 네가 아니었으면 난 늙은 암소 같은 몰골이 됐을 거야."

벳시는 조금 땅딸막한 편이다. 게다가 패션에 대해서는 거의 아는 게 없는, 실용적인 미국인 어머니를 두었다는 약점도 있다. 나는 벳시를 바느질집에 데려가 괜찮은 옷을 맞추게 했다. 오늘밤에 주홍색 새틴 드레스를 입고, 왼쪽 가슴 위에 다이아몬드와 사파이어로 만든 브로치를 꽂은 모습이 꽤 예쁘다. 주근깨가 있는 어깨 위에 구불구불한 금발이 거품처럼 늘어져 있다.

"저 둘 정말 예쁘다." 벳시가 Z. G.와 메이를 고갯짓으로 가리키며 말한다.

우리는 두 사람이 춤추는 모습을 지켜보며 학교 친구들에 대해 잡담을 나눈다. 노래가 끝나자 Z. G.와 메이가 우리 자리로 돌아온다. 그는 오늘 밤 세 여자와 한 자리에 앉게 되었으니 행운아다. 그는 예의바르게 우리 셋과 차례로 춤을 춘다. 1시가 다 된 시각에 토미 후가 나타난다. 메이의 뺨이 따뜻하게 빛나기 시작한다. 엄마와 토미 후의 어머니는 오래 전부터 마작을 하며 노는 사이다. 두 분은 항상 서로 혼사를 맺고 싶어 했다. 오늘의 만남에 대해 듣는다면 엄마는 기뻐서 어쩔 줄 모를 것이다.

2시에 우리는 다시 거리로 쏟아져 나간다. 덥고 습한 7월이다. 모두들 아직 깨어있다. 아이들도, 노인들도. 이제 밤참을 먹을 시간이다.

"우리랑 같이 갈래?" 내가 벳시에게 묻는다.

"글쎄, 어디로 갈 건데?"

우리는 모두 Z. G.를 바라본다. 그는 프랑스 조계의 한 카페 이름을 말한다. 지식인, 예술가, 공산주의자가 자주 드나들기로 유명한 곳이다.

벳시는 주저 없이 말한다. "그럼 가야지. 우리 아빠 차를 타고 가자."

내가 사랑하는 상하이는 물처럼 유동적인 곳이다. 가장 흥미로운 사람들이 함께 어울리는 곳. 벳시는 가끔 나를 데리고 나가서 미국식 커피, 토스트, 버터를 사준다. 내가 벳시를 골목으로 데려가서 시아오치를 사줄 때도 있다. 끈끈한 쌀가루로 만든 만두를 갈대 잎으로 싼 것, 계수나무 꽃잎과 설탕으로 만든 케이크 같은 소소한 군것질거리들 말이다. 벳시는 나와 함께 있을 때는 모험심이 넘친다. 한 번은 명절 선물을 싸게 사려고 나를 따라 구시가지로 간 적도 있다. 가끔 나는 공공 조계의 공원에 들어가는 것이 불안하다. 내가 열 살 때까지만 해도, 중국인은 출입금지였기 때문이다. 외국인 아이를 돌보는 유모나 하녀, 공원을 관리하는 정원사만 예외였다. 하지만 벳시와 함께 있을 때는 무섭지도, 불안하지도 않다. 벳시는 태어났을 때부터 그런 공원들을 드나들었다.

카페는 연기가 자욱하고 어둡다. 하지만 화려한 옷을 차려입은 우리는 전혀 어색하지 않다. 우리는 Z. G.의 친구들과 합류한다. 토미와 메이는 탁자에서 의자를 뒤로 밀어서 앉는다. 자기들끼리 조용히 이야기를 나누기 위해서이기도 하고, 이 도시를 누가 '소유'하고 있는지에 관한 열띤 논쟁을 피하기 위해서이기도 하다. 이 도시는 누구의 소유일까? 영국인? 미국인? 프랑스인? 일본인? 수적으로 우리는 외국인들을 엄청나게 압도한다. 공공 조계에서도 마찬가지다. 그런데도 우리에게는 아무런 권리가 없다. 메이와 나는 법정에서 외국인에게 불리한 증언을 할 권리라든가 우리가 외국인들의 클럽에 들어갈 수 있는지 여부에 대해서는 별로 관심이 없다. 하지만 벳시는 우리와 완전히 다른 생각을 품고 있다.

"공공 조계의 거리에서 시체로 발견되는 사람들이 연말까지 2만 명이 넘을 거야." 벳시가 말한다. 눈빛이 또렷하고 열정적이다. "우리가 매일 거리에서 시체들을 넘어다녀야 할 정도야. 그런데도 중국인들은 아무런 움직임이 없어."

벳시는 변화가 필요하다고 생각한다. 그렇다면 주위에서 벌어지는 일들을 고집스레 무시하고 있는 메이와 나를 벳시가 왜 그냥 참아주는지 궁금하다.

"우리더러 지금 조국을 사랑하느냐고 묻는 거니?" Z. G.가 묻는다. "사랑에는 두 종류가 있어, 안 그래? 아이쿠오는 우리가 조국과 동포들에게 느끼는 사랑. 아이젠은 애인에게 느끼는 사랑. 아이쿠오는 애국적인 감정이고, 아이젠은 낭만적인 감정이지." 그는 나를 흘깃 바라본다. 나는 얼굴을 붉힌다. "둘 다 가지면 안 돼?"

우리는 5시가 다 된 시각에 카페를 나선다. 벳시는 우리에게 손을 흔들고는, 제 아버지의 차를 타고 가버린다. 우리도 Z. G.와 토미에게 저녁인사, 아니 아침인사를 하고 인력거를 부른다. 이번에도 우리는 프랑스 조계와 공공 조계의 경계선에서 인력거를 갈아타고, 자갈이 깔린 도로를 덜거덕거리며 집으로 향한다.

도시는 태양과 마찬가지로 결코 잠드는 법이 없다. 밤이 물러가자, 아침의 사이클과 리듬이 흘러들어온다. 분뇨 청소부가 수레를 밀고 골목을 돌아다니며 외친다. "요강을 비우세요! 분뇨 청소부가 왔습니다! 요강을 비우세요!" 상하이가 누구보다 먼저 전기, 가스, 전화, 수도를 설치한 도시인지는 몰라도 하수처리 측면에서는 뒤처져 있다. 그래도 근처 시골의 농부들은 웃돈을 내고 우리가 밤에 쏟아내는 분뇨를 가져간다. 우리가 먹는 음식 덕분에 분뇨에도 영양분이 풍부하다고 알려져 있기 때문이다. 분뇨 청소부가 지나가고 나면, 아침식사를 파는 행상인들이 율무 씨앗, 살구 심, 연씨 등으로 만든 죽, 해당화와 백설탕을 넣은 떡, 다섯 가지 양념과 찻잎을 넣은 계란탕을 들고 나타날 것이다.

우리는 집에 도착해서 인력거꾼에게 요금을 지불한다. 그리고 울타리 문의 걸쇠를 열고 현관문으로 걸어간다. 아직 남아 있는 밤의 습기가 꽃과 덤불과 나무의 향기를 한층 더 강렬하게 만들어준다. 우

리는 우리 정원사가 가꿔놓은 재스민, 목련, 난쟁이 소나무의 향내에
취한다. 우리는 돌계단을 올라가 나무를 조각한 차단막 아래를 지나
간다. 이 차단막은 미신을 믿는 엄마가 악귀를 막아준다며 설치한 것
이다. 나무조각을 모자이크처럼 이어 붙인 입구 바닥에 하이힐이 닿
을 때마다 커다란 소리가 난다. 왼쪽 거실에 불이 켜져 있다. 아버지
가 자지 않고 우리를 기다리고 있다.

"앉아라. 아무 말 말고." 아버지가 당신 맞은편의 긴 의자를 가리키
며 말한다.

나는 아버지가 시키는 대로 의자에 앉아 양손을 무릎 위에서 포개
고 양 발목을 교차시킨다. 아버지가 우리를 혼낼 생각이라면, 얌전하
게 구는 편이 좋을 것이다. 몇 주 전부터 근심스러운 표정이던 아버
지의 얼굴이 지금은 딱딱하게 굳어 있다. 아버지가 입을 연다. 그리
고 그 말이 내 삶을 영원히 바꿔놓는다.

"너희 둘의 신랑감을 정했다. 혼례식은 내일모레 열릴 거다."

금산金山의 남자들

금산은 중국인들이 북아메리카 서부를 부르는 이름. 19세기의 골드러쉬에서 유래했다.

"하나도 재미없어요!" 메이가 가볍게 웃는다.

"농담하는 게 아니다." 아버지가 말한다. "내가 너희들 신랑감을 정했어."

나는 아직도 아버지 말을 이해하기가 어렵다. "무슨 일이에요? 엄마가 편찮으세요?"

"내가 벌써 말했잖니, 펄. 내 말을 잘 듣고 내가 시키는 대로 해야 한다고. 난 아버지고, 너희는 내 딸이야. 원래 이렇게 하는 거다."

나는 아버지의 말이 얼마나 터무니없는지 아버지에게 알리고 싶다.

"난 싫어요!" 메이가 분노에 차서 외친다.

나는 차분한 대화를 시도한다. "그런 봉건적인 시대는 끝났어요. 아버지랑 어머니가 혼례를 치르실 때랑은 달라요."

"네 어머니와 나는 공화국이 세워진 지 2년째 되던 해에 혼인했다." 아버지가 거만하게 말한다. 하지만 지금 중요한 건 그게 아니다.

"그래도 중매로 혼인하신 건 맞잖아요." 내가 반박한다. "우리가 뜨개질이나 바느질이나 수예를 잘하는지 중매쟁이가 묻던가요?" 내 목소리에 조금씩 조롱이 스며든다. "제 혼수로는 완벽한 결합을 상징하는 용과 불사조 그림이 그려진 요강을 사두셨나요? 메이한테는 아들을 많이 낳을 거라는 뜻을 시댁식구들한테 전달하려고 빨간 달걀이 잔뜩 든 요강을 사주실 건가요?"

"무슨 말이든 마음대로 해도 좋다." 아버지가 무심히 어깨를 으쓱한다. "그래도 혼인하는 건 변하지 않아."

"싫어요!" 메이가 다시 말한다. 메이는 원래 눈물을 잘 흘리는 편이다. 지금도 눈물을 줄줄 흘리고 있다. "아버지가 억지로 그럴 수는 없어요."

아버지가 메이의 말을 무시한다. 상황이 정말 심각하다는 걸 이제 알 것 같다. 아버지가 나를 바라본다. 마치 생전 처음으로 나를 보는 것 같은 표정이다.

"설마 사랑하는 사람과 혼인할 생각이었던 건 아니겠지?" 아버지의 목소리가 묘하게 잔인하고 의기양양하다. "사랑 때문에 혼인하는 사람은 없다. 나도 안 그랬어."

누군가 숨을 헉 하고 들이쉬는 소리가 들려서 고개를 돌려보니 엄마가 문간에 서 있다. 아직 잠옷 차림이다. 우리는 엄마가 전족한 발로 흔들흔들 방을 가로질러 조각으로 장식된 배나무 의자에 털썩 주저앉는 것을 지켜본다. 엄마는 양손을 깍지 끼고 아래를 내려다본다. 잠시 후 엄마의 포갠 손 위로 눈물이 떨어진다. 아무도 입을 열지 않는다.

나는 최대한 허리를 꼿꼿이 세우고 앉는다. 아버지를 내려다볼 수 있게. 아버지가 몹시 싫어할 거라는 사실을 알고 하는 짓이다. 나는 메이의 손을 잡는다. 함께 힘을 합하면 우리는 강하다. 그리고 우리에게는 투자금도 있다.

"저희 둘을 대표해서 말씀드릴게요. 아버지가 가져가신 저희 돈을 돌려주세요."

아버지가 잠깐 얼굴을 찡그린다.

"저희도 자기 일은 스스로 알아서 할 만큼 컸어요." 내가 말을 잇는다. "메이와 둘이서 아파트를 얻을 거예요. 돈도 스스로 벌 거고요. 저희의 미래는 저희가 직접 정할 거예요."

내가 말하는 동안 메이는 고개를 끄덕이며 아버지에게 미소를 짓는다. 하지만 메이는 여느 때처럼 예쁜 모습이 아니다. 눈물 때문에 얼굴이 붓고 얼룩이 졌다.

"난 너희가 그렇게 나가 사는 거 싫다." 엄마가 용기를 내서 속삭이

듯 말한다.

"어차피 불가능한 일이야." 아버지가 말한다. "돈은 없다…… 너희 돈도, 내 돈도."

또 경악에 찬 침묵이 흐른다. 메이와 어머니는 내게 질문을 미루기로 한 것 같다. "어떻게 된 거예요?"

절망에 빠진 아버지는 우리 탓을 한다. "너희 어머니는 친구들을 만나러 다니면서 도박이나 하고, 너희 둘은 끊임없이 돈을 써대기만 하지. 바로 코앞에서 무슨 일이 벌어지는지 아무도 볼 생각을 안 해."

맞는 말이다. 어젯밤만 해도 나는 집이 왠지 조금 초라해진 것 같다는 생각을 했다. 샹들리에나 전구 받침이나 선풍기가 어디로 갔는지 궁금하다는 생각도……

"하인들은 어디 있어요? 팬지랑 아퐁이랑 다들……"

"내가 내보냈다. 전부 내보냈어. 정원사랑 요리사만 빼고."

물론 그 두 사람은 보낼 수 없을 것이다. 정원사가 없으면 정원의 꽃들이 금방 죽어버릴 테니, 우리 집에 뭔가 일이 생겼다는 걸 이웃들이 알아차릴 것이다. 요리사도 반드시 필요하다. 엄마는 부엌일을 감독하는 것밖에 할 줄 모른다. 메이와 나는 할 줄 아는 것이 하나도 없다. 그런 일에는 한 번도 신경을 쓴 적이 없었다. 그런 재주가 필요해질 거라고 생각한 적도 없었다. 하지만 잡일을 하던 아이, 아버지의 몸종, 하녀 두 명, 요리사 보조는 어쩌라고? 아버지는 도대체 어쩌자고 이렇게 많은 사람들을 궁지로 몰아넣은 걸까?

"도박으로 잃으신 거예요? 그럼 다시 찾아오면 되잖아요." 내가 내뱉듯이 말한다. "항상 그러셨잖아요."

밖에서는 아버지가 중요한 사람으로 대접받는지 몰라도 나는 항상 아버지를 무능한 호인으로 보았다. 그런데 지금 아버지가 나를 바라보는 시선이란…… 모든 것이 벗겨져나가고 아버지의 본성이 적나라하게 드러나 있다.

"얼마나 심각한 거예요?" 나는 화가 났다. 당연하지 않은가? 하지만 아버지가 불쌍하다는 생각이 스멀스멀 피어오른다. 아니, 엄마가 더 불쌍하다. 앞으로 두 분은 어떻게 될까? 우리 모두 어떻게 될까?

아버지가 고개를 늘어뜨린다. "집. 인력거 사업. 너희의 투자금. 내가 조금 저축해둔 돈. 모두 사라졌다." 한참 뒤에 아버지가 다시 나를 올려다본다. 절망, 비참함, 애원이 그 눈에 가득하다.

"행복한 결말 같은 건 없어." 엄마가 말한다. 지금까지 엄마가 했던 그 모든 음울한 예언들이 마침내 실현된 것 같다. "운명과 싸울 수는 없어."

아버지는 엄마를 무시하고, 나의 효심과 장녀로서의 책임감에 호소한다. "네 어머니가 거리에서 구걸하는 신세가 되면 좋겠니? 너희 둘은 또 어떻고? 미인으로 활동하기 때문에 너희는 이미 논다니遊女가 되기 직전이야. 그냥 한 남자의 첩이 될 건지, 아니면 바닥까지 떨어져서 외국인 선원들을 찾아 블러드 앨리 1930년대에 상하이의 싸구려 술집들이 밀집해 있던 홍등가. 당시 중국 이름으로는 쥬바우산루朱葆山路를 어슬렁거리는 창녀가 될 건지가 문제일 뿐이지. 그래, 둘 중 어느 편이 더 좋겠니?"

나는 교육을 많이 받았지만, 가진 재주는 없다. 1주일에 세 번 오전에 일본인 대위에게 영어를 가르치는 일을 하기는 한다. 메이와 함께 화가의 모델도 한다. 하지만 우리가 버는 돈으로는 옷, 모자, 장갑, 신발을 사들이는 돈을 도저히 감당할 수 없다. 우리 식구들 중 어느 누구도 거지가 되는 건 싫다. 메이와 내가 창녀가 되는 것도 당연히 싫다. 무슨 일이 있어도 나는 동생을 지켜주어야 한다.

"신랑은 누구예요?" 내가 묻는다. "저희가 먼저 만나볼 수 있어요?" 메이의 눈이 휘둥그레진다.

"그건 전통에 어긋나는 일이야." 아버지가 말한다.

"먼저 만나볼 수도 없는 사람과는 혼인하지 않을 거예요." 나는 고집을 피운다.

"난 절대로 싫어." 메이가 말한다. 하지만 속으로는 벌써 굴복했음이 목소리에 드러나 있다. 우리가 여러 면에서 현대여성처럼 보이는 건 사실이지만, 순종적인 중국의 딸들이라는 본모습에서 벗어날 수는 없다.

"신랑감은 금산의 남자들이다." 아버지가 말한다. "미국인들이야. 신부를 찾으려고 중국까지 왔지. 사실 이건 좋은 일이다. 신랑감들의 친가가 우리와 같은 지역 출신이거든. 사실상 친척이나 다름없어. 너희는 신랑들과 함께 로스앤젤레스로 돌아가지 않아도 된다. 미국의 중국인들은 아내를 여기 중국에 남겨두는 걸 좋아하니까. 아내들이 여기서 시부모와 시댁 조상들을 모시게 해놓고, 자기들은 미국의 금발 로판 정부들에게 돌아가는 거지. 이번 혼인은 순전히 집안을 구하기 위한 사업상의 거래에 불과하다고 생각해라. 하지만 만약 신랑과 함께 미국으로 간다면, 아름다운 집에서 살게 될 거야. 청소와 빨래는 하인들이 해주고, 아이들은 보모들이 돌봐줄 거다. 너희는 하올라이우, 그러니까 할리우드에 살게 될 거야. 너희가 영화를 얼마나 좋아하는지 나도 다 안다. 가보면 마음에 들 거다, 메이. 정말이야. 하올라이우라니! 생각을 좀 해봐라!"

"그래도 신랑감은 우리가 모르는 사람들이잖아요!" 메이가 아버지에게 소리를 지른다.

"신랑감들 아버지는 이미 만난 적이 있다." 아버지가 차분하게 대답한다. "루이 영감 알지?"

메이의 입술이 혐오감으로 일그러진다. 그래, 루이 영감을 만난 적이 있는 건 사실이다. 엄마가 사람들을 부를 때 구식 호칭을 쓰는 게 나는 항상 싫었지만, 강인하고 엄한 표정의 중국계 외국인인 루이 영감은 나와 메이에게 처음부터 항상 루이 영감이었다. 아버지의 말처럼 루이 영감은 로스앤젤레스에 살고 있다. 하지만 여기에도 사업체가 있어서 거의 1년에 한 번씩은 상하이에 온다. 루이 영감은 등나무 가구를 만드는 공장과 수출용 싸구려 도자기를 만드는 공장을 갖고 있다. 하지만 루이 영감이 아무리 돈이 많아도 상관없다. 나는 루이 영감이 메이와 나를 바라보는 시선이 항상 싫었다. 마치 고양이가 우리 몸을 핥는 것 같은 느낌이었다. 그래도 나는 견딜 수 있겠지만, 메이는 루이 영감이 지난번 상하이에 왔을 때 겨우 열여섯 살이었다. 적어도 60대 중반은 된 루이 영감이 메이를 그런 식으로 바라보다니. 하지만 아버지는 한 마디도 하지 않았다. 그저 메이에게 차를 더 따르라고 했을 뿐이다.

머릿속에 퍼뜩 떠오르는 생각이 있다. "루이 영감한테 재산을 몽땅 잃은 거예요?"

"꼭 그런 건 아니야……"

"그럼 누구예요?"

"이런 문제는 항상 정확히 말하기가 힘들다." 아버지는 손가락으로 식탁을 톡톡 두드리더니 시선을 피한다. "여기저기서 조금씩 잃었어."

"메이와 제가 번 돈까지 잃으신 걸 보면 틀림없이 그랬겠죠. 그 돈을 다 잃으려면 몇 달이 걸렸을 텐데요…… 아니, 몇 년인가요……"

"펄……" 엄마가 내 말을 막으려고 하지만, 깊은 분노가 내 안에서 터져 나와 포효한다.

"틀림없이 엄청난 금액을 잃으셨겠죠. 이 모든 게 다 위험해질 정도라면." 나는 방, 가구, 집 등 아버지가 우리를 위해 일군 모든 것을 가리킨다. "정확히 빚이 얼마예요? 그리고 그걸 어떻게 갚으실 거예요?"

메이가 울음을 멈춘다. 엄마는 침묵을 지킨다.

"그래, 루이 영감한테 돈을 잃었다." 아버지가 마침내 마지못해 시인한다. "메이가 루이 영감의 작은 아들과 혼인하고, 네가 큰아들과 혼인하면 네 어머니와 내가 이 집에서 계속 살 수 있어. 내가 일자리를 찾을 때까지 그래도 지붕이 있는 집에서 끼니를 굶지는 않게 되는 거다. 너희 둘, 그러니까 우리 딸들이 우리의 유일한 재산이야."

메이는 손등으로 입을 가리고 일어서서 밖으로 뛰어나간다.

"네 동생에게 오늘 오후에 만날 자리를 주선하겠다고 전해라." 아버지가 할 수 없이 한 발 물러난다. "그리고 내가 형제를 신랑감으로 정한 걸 고맙게 생각해. 앞으로도 너희 둘이 항상 같이 있을 수 있잖니. 이제 올라가 봐. 난 네 어머니와 할 얘기가 많다."

창 밖에서는 아침식사를 파는 행상인들이 물러가고, 다른 행상인들이 나타난다. 그들의 목소리가 우리를 향해 노래처럼 울려 퍼지며 우리를 유혹한다.

"푸, 푸, 푸. 눈을 밝게 해주는 갈대 뿌리 사려! 아기들한테 주면 여름 땀띠가 싹 없어집니다!"

"호우, 호우, 호우. 면도, 이발, 손톱깎기, 다 해드립니다!"

"아후아, 아후아. 고물 삽니다! 외국산 병이나 깨진 잔을 성냥으로 바꿔드려요!"

두어 시간 뒤 나는 홍커우의 리틀 도쿄 지역으로 들어간다. 내 학생과 정오에 약속이 돼 있기 때문이다. 내가 왜 이 약속을 취소하지 않은 걸까? 세상이 무너져 내리면, 약속을 취소해야 하는 것 아닌가? 하지만 메이와 내게는 그 돈이 필요하다.

나는 멍한 상태로 엘리베이터를 타고 야마사키 대위의 아파트로 올라간다. 야마사키 대위는 1932년 로스앤젤레스 올림픽 때 일본의 국가대표 선수였다. 그래서 로스앤젤레스로 가서 그 때의 영광을 되새기고 싶어 한다. 나쁜 사람은 아니지만, 메이에게 집착하고 있다. 메이가 야마사키 대위와 몇 번 데이트를 한 것이 실수였다. 그래서 매번 수업을 할 때마다 대위는 메이의 안부부터 묻는다.

"동생은 오늘 어디 있어요?" 내가 대위의 숙제를 검토한 뒤 대위가 영어로 묻는다.

"몸이 아파요." 나는 거짓말을 한다. "그래서 자고 있어요."

"너무 슬픈 일이네요. 나는 언제 또 동생이 나랑 데이트를 해줄 건지 매일 당신한테 물어요. 당신은 매일 모르겠다고 말해요."

"틀렸어요. 우리는 일주일에 세 번만 만나잖아요."

"내가 메이랑 혼인하게 도와줘요. 내가 이걸······"

대위가 내게 종이 한 장을 건넨다. 대위의 혼인 조건들이 열거돼 있다. 대위가 일영사전을 이용해서 이걸 썼다는 걸 알 수 있다. 하지만 이건 너무하다. 하필이면 오늘 이런 걸 주다니. 나는 시계를 흘깃 본다. 아직도 50분이나 남았다. 나는 종이를 접어 가방에 넣는다.

"제가 틀린 부분을 수정해서 다음 수업 때 가져올게요."

"메이한테 줘요!"

"메이한테 줄게요. 하지만 메이는 혼인하기에는 아직 너무 어리다는 걸 이해해주세요. 아버지가 허락하지 않으실 거예요." 내 입에서 거짓말이 이렇게 술술 흘러나오다니.

"아버님은 허락하실 거예요. 반드시 하셔야 해요. 지금은 우정과 협동과 공동번영의 시대예요. 아시아 민족들이 서양에 맞서서 단결해야 해요. 중국인과 일본인은 형제예요."

그럴 리가. 우리는 일본인을 난쟁이 도적이나 원숭이 종족이라고 부른다. 하지만 대위는 이런 주장을 자주 펼친다. 영어와 중국어로 이 구호들을 완벽히 외웠다.

대위가 뚱한 표정으로 나를 빤히 바라본다. "그거 메이한테 안 줄 거죠?" 내가 금방 대답하지 않자, 그가 인상을 찌푸린다. "난 중국 여자들을 안 믿어요. 항상 거짓말만 하니까."

대위는 전에도 이런 말을 한 적이 있다. 나는 전에도 그랬던 것처럼 이 말이 듣기 싫다.

"난 대위님한테 거짓말 안 해요." 내가 말한다. 하지만 내가 대위에게 영어를 가르치기 시작한 뒤로 이미 여러 번 거짓말을 한 적이 있다.

"중국 여자들은 절대 약속을 안 지켜요. 진심으로 거짓말을 해요."

"그럴 때는 '약속들'이라고 복수를 쓰는 거예요." 내가 대위의 영어 표현을 바로잡는다. 화제를 바꿔야 한다. 오늘은 새로운 화제가 쉽게 떠오른다. "로스앤젤레스에 갔을 때 좋았어요?"

"정말 좋았어요. 곧 미국에 다시 갈 거예요."

"또 수영 경기에 출전하려고요?"

"아뇨."

"그럼 학생으로?"

"그게……" 대위는 중국어로 말을 바꿔서, 중국어 단어 중 자기가 아주 잘 아는 한 단어를 말한다. "정복자로."

"정말로요? 어떻게요?"

"우린 워싱턴까지 행진할 거예요." 대위가 다시 영어로 대답한다. "양키 여자들이 우리 빨래를 해줄 거예요."

그가 웃는다. 나도 웃는다. 이렇게 수업이 계속된다.

시간이 다 되자마자 나는 보잘것없는 수업료를 받아 들고 집으로 향한다. 메이는 자고 있다. 나는 메이 옆에 누워 메이의 엉덩이에 한 손을 얹고 눈을 감는다. 자고 싶어 죽겠는데, 내 마음이 갖가지 이미지와 감정으로 나를 두드려댄다. 나는 내가 현대여성인 줄 알았다.

내게 선택권이 있는 줄 알았다. 어머니와는 완전히 다르다고 생각했다. 하지만 아버지의 도박 습관이 그 모든 걸 앗아갔다. 나는 가문을 위해 팔려가는 신세가 되었다. 과거의 수많은 여자들과 똑같다. 가슴이 너무 답답하고, 내가 할 수 있는 일이 전혀 없다는 생각이 들어서 숨쉬기도 힘들다.

나는 상황이 생각만큼 나쁜 건 아니라고 나 자신을 타이르려고 애쓴다. 아버지는 메이와 내가 낯선 남자들과 세상 반대편에 있는 도시까지 가지 않아도 될 거라고까지 말했다. 우리가 서류에 서명하면, 우리 '신랑들'은 떠날 것이고, 우리는 예전처럼 계속 살아가게 될 것이다. 하지만 커다란 차이가 하나 있다. 우리는 아버지의 집에서 나와 스스로 돈을 벌어 살아야 한다. 나는 신랑이 이 나라를 떠날 때까지 기다렸다가, 그가 나를 버렸다고 주장하며 이혼을 신청할 것이다. 그러고 나서 Z. G.와 혼인할 것이다. (내가 상상했던 것보다 덜 성대한 혼례식이 될 것이다. 어쩌면 우리 예술가 친구들과 미인도 모델들 몇 명을 카페에 모아놓고 파티를 여는 정도가 될지도 모른다.) 나는 직장을 구할 것이고, 메이는 혼인할 때까지 우리와 함께 살 것이다. 우리는 서로를 보살피며, 스스로 길을 개척할 것이다.

나는 일어나 앉아서 관자놀이를 문지른다. 바보 같은 꿈이다. 아무래도 내가 상하이에서 너무 오래 산 것 같다.

나는 메이의 어깨를 가볍게 흔든다. "일어나, 메이."

메이가 눈을 뜬다. 메이가 아기 때부터 품고 있던 부드러움, 신뢰, 사랑스러움이 순간적으로 드러난다. 하지만 이내 현실을 기억해내고는 눈빛이 어둡게 변한다.

"얼른 옷 입자." 내가 말한다. "신랑감을 만나러 갈 시간이 거의 다 됐어."

무슨 옷을 입고 갈까? 루이 영감의 아들들은 중국인이니, 전통적인 청삼을 입어야 할 것 같다. 하지만 미국인이기도 하니까, 우리 역시 서구화되었음을 보여주는 옷을 입는 편이 더 나을 것 같기도 하다. 그들에게 잘 보이기 위해서가 아니라, 거래를 망치면 안 되기 때문이다. 우리는 꽃무늬가 있는 레이온 원피스를 입는다. 메이와 나는 서로 시선을 교환하고, 이게 모두 덧없는 짓이라는 생각에 어깨를 으쓱한 뒤 집을 나선다.

우리는 인력거를 잡아 아버지가 마련한 약속장소로 가자고 말한다. 구시가지인 안렌 중심부의 위위안後園 공원 입구가 약속장소다. 대머리에 백선 흉터가 있는 인력거꾼은 더위와 사람들 사이를 뚫고 가든 다리로 쑤저우 강을 건너 번드중국 이름은 와이탄外灘를 따라 달린다. 외교관, 풀 먹인 교복 차림의 여학생, 매춘부, 신사와 그 부인, 악명 높은 청방青幫. 상하이를 주름잡았던 폭력조직의 검은 겉옷 차림 조직원 등이 우리 옆을 지나간다. 어제는 이렇게 사람들이 뒤섞여 있는 것이 짜릿하게 보였다. 오늘은 지저분하고 숨 막히게 보인다.

황푸 강이 우리 왼쪽에서 게으른 뱀처럼 느릿느릿 흘러간다. 더러운 강물이 솟아올랐다가, 고동치다가, 주르르 미끄러진다. 상하이에서는 이 강에서 벗어날 길이 없다. 이 도시에서 동쪽으로 뻗은 모든 길 끝에 이 강이 있다. 드넓은 강 위에 영국, 프랑스, 일본, 이탈리아, 미국에서 온 전함들이 떠간다. 밧줄, 빨랫감, 그물 등이 걸려 있는 삼판중국의 작은 배들이 시체에 달라붙은 벌레들처럼 한데 모여 있다. 분뇨처리선들은 우선 통행권을 얻으려고 원양 여객선의 거룻배들과 대나무 뗏목들 사이로 몸을 들이민다. 땀투성이의 쿨리중국의 하급 노동자 들이 허리까지 옷을 벗어젖히고 부두 여기저기에 흩어져서 상선에 실린 아편과 담배, 강 상류에서 온 정크에 실린 쌀과 곡식, 바닥이 평평한 강배에 실린 간장, 닭장, 등나무 돗자리 등을 하역한다.

오른쪽에는 5층이나 6층 건물들이 웅장하게 솟아 있다. 부와 탐욕으로 이루어진 외국인들의 궁전이다. 우리는 지붕이 피라미드 모양인 캐세이아 호텔, 커다란 시계탑이 있는 세관, 위풍당당한 청동 사자상들이 있는 홍콩 상하이 은행 앞을 지나간다. 사람들은 남편과 아들과 아내에게 행운을 가져다달라며 사자들의 발을 만진다. 프랑스 조계 경계선에서 우리는 인력거꾼에게 요금을 지불하고, 프랑스 부두를 따라 걷는다. 그렇게 몇 블록 걷다가 강에서 방향을 돌려 구시가지로 들어간다.

여기에 오는 것은 전혀 상서롭지 않은 일이다. 과거 속으로 발을 들여놓는 것과 같다. 아버지가 이번 혼사를 통해 우리에게 바라는 것이 바로 그것이다. 그래도 메이와 나는 이곳에 왔다. 개처럼 얌전하게. 물소처럼 멍청하게. 나는 라벤더 향이 나는 손수건으로 코를 가린다. 죽음, 하수, 고약한 냄새가 나는 식용유, 더위 속에서 상해가는 정육점의 생고기 냄새를 막기 위해서다.

보통 나는 내 고향 도시의 추악한 광경들을 무시한다. 하지만 오늘은 내 눈이 그런 광경들에 끌린다. 부모들이 훨씬 더 불쌍하고 가엾은 모습을 연출하려고 일부러 눈알을 파내고 팔다리를 태워버린 거지들이 있다. 곪은 상처가 있는 사람도 있고, 자전거펌프로 종양을 끔찍하게 키워서 역겨운 몰골을 한 사람도 있다. 우리는 전족 붕대, 기저귀, 해진 바지 등이 빨랫줄에 걸려 있는 골목들을 지난다. 구시가지의 여자들은 이런 물건들을 빨더라도 너무 게을러서 물기를 짜지 않는다. 물방울이 비처럼 우리 머리 위로 뚝뚝 떨어진다. 걸음을 내디딜 때마다 우리가 이번 혼사를 치르지 않으면 결국 이런 신세가 될 수도 있다는 생각이 든다.

우리는 위위안 공원의 출입구 앞에서 루이 영감의 아들들을 발견한다. 영어로 말을 건네 보지만, 그들은 우리에게 영어로 대답할 생각이 없는 것 같다. 그들의 아버지는 광둥의 사읍 출신이므로 그들도 당연히 사읍 방언을 할 줄 안다. 하지만 메이는 그 말을 모르기 때문에 내가 통역을 해준다. 많은 중국인들이 그렇듯이, 그들도 서구식 이름을 갖고 있다. 장남이 자기를 가리키며 '샘'이라고 말한다. 그러고는 자기 동생을 가리키며 사읍 방언으로 선언하듯 말한다. "동생 이름은 버넌이지만, 부모님은 번이라고 불러요."

나는 Z. G.를 사랑하기 때문에, 이 샘 루이라는 남자가 아무리 완벽해도 결코 좋아하지 않을 것이다. 메이의 신랑인 번은 이제 겨우 열네 살이다. 아직 남자가 될 만큼 자라지도 않았다. 그냥 어린 소년일 뿐이다. 아버지는 이걸 미리 알려주지 않았다.

우리는 모두 서로의 얼굴을 차례로 바라본다. 다들 마음에 들지 않는 표정이다. 눈동자가 땅으로, 하늘로, 사방으로 분주히 움직인다. 어쩌면 이 사람들도 우리와 혼인하고 싶어 하지 않을 수도 있다는 생각이 든다. 그렇다면, 우리 모두 이번 일을 상업적인 거래로 생각해도 될 것이다. 우리는 각각 서류에 서명한 뒤 자신의 생활로 돌아가면 된다. 가슴이 아플 일도, 감정이 상할 일도 없다. 하지만 그렇다고 해서 어색하지 않은 것은 아니다.

"좀 걸을까요?" 내가 제안한다.

아무도 대답하지 않는다. 하지만 내가 걸음을 떼자 다들 내 뒤를 따른다. 우리들의 신발이 미로 같은 오솔길들을 따라 공원 안의 연못, 암석정원, 동굴 등을 지나간다. 뜨거운 공기 속에서 버드나무 가지가 흔들리는 것을 보니, 마치 날이 서늘한 것 같은 착각이 든다. 나무를 조각하고 황금색 래커를 칠한 정자들은 먼 과거를 연상시킨다. 모든 것이 균형과 조화를 위해 설계되었지만, 오전 내내 7월의 태양이 공원을 달궜다. 오후가 된 지금은 공기가 무겁고 끈적끈적하다.

번이 여러 암석정원에서 울퉁불퉁한 바위로 달려가 재빨리 오른다. 메이가 나를 바라보며 소리 없이 묻는다. '이제 뭘 어떻게 해야 돼?' 나도 잘 모르겠다. 샘도 별다른 말이 없다. 메이는 홱 돌아서서 바위 기슭을 향해 비탈길을 내려간다. 그리고 부드러운 목소리로 아이를 부르며 아래로 내려오라고 달래기 시작한다. 내가 보기에는 아이가 메이의 말을 이해하지 못하는 것 같다. 아이는 그냥 바위 꼭대기에 서 있다. 바다의 해적과 조금 비슷한 모습으로. 샘과 나는 위링롱玉玲瓏 까지 걷는다.

"전에 여기 와본 적이 있어요." 샘이 사읍 방언으로 조심스레 중얼거린다. "이 바위가 어떻게 여기 오게 됐는지 알아요?"

나는 대개 구시가지에는 발을 들여놓지 않는다는 말을 샘에게 하지 않는다. 대신 예의를 차리느라 이렇게 말한다. "어디 앉아서 얘기를 들어볼까요?"

우리는 벤치를 찾아 앉아서 위림롱을 빤히 바라본다. 내 눈에는 다른 바위와 다를 것이 없어 보인다.

"북송 시대에 휘종 황제는 호기심이 엄청난 사람이었어요. 그래서 남쪽 지방 전역에 사람을 보내 그 땅에서 가장 좋은 것들을 가져오라고 했죠. 사람들은 이 바위를 찾아내서 배에 실었어요. 하지만 바위는 궁전까지 가지 못했습니다. 폭풍이, 어쩌면 태풍일 수도 있고 분노한 강의 신들이 일으킨 것일 수도 있는 폭풍이 그 배를 황푸 강에 가라앉혀버렸거든요."

샘의 목소리가 상당히 듣기 좋다. 너무 크지도 않고, 군림하려 들지도 않고, 잘난 척하지도 않는다. 그가 말하는 동안 나는 그의 발을 빤히 바라본다. 그는 앞쪽으로 두 다리를 쭉 뻗고, 새 가죽구두를 신은 발의 발꿈치에 체중을 싣고 있다. 나는 용기를 내서 그의 얼굴로 시선을 옮긴다. 꽤 매력적이다. 심지어 잘생겼다고 말할 수도 있을 것 같다. 몸은 상당히 마른 편이고, 얼굴은 쌀알처럼 길쭉하다. 그래서 광대뼈가 더 날카로워 보이는 것 같다. 피부색은 내 취향보다 더 검은 편이지만, 그건 이해할 수 있는 일이다. 할리우드에서 온 사람이니까. 영화배우들이 일광욕을 해서 피부를 갈색으로 태운다는 얘기를 어디서 읽은 적이 있다. 샘의 머리카락은 새까만 색이 아니다. 햇빛을 받으면 살짝 붉은 기가 돈다. 여기 사람들은 너무 가난해서 음식을 제대로 먹지 못한 사람들의 머리카락에 그런 색이 나타난다고들 한다. 미국에서는 음식이 너무 많고 기름져서 머리카락이 이렇게 변하는 건지도 모른다. 샘의 옷차림은 말쑥하다. 최근에 새로 맞춘 양복이라는 걸 나 같은 사람도 쉽게 알아볼 수 있을 정도다. 샘은 게다가 자기 아버지의 사업에 파트너로 참여하고 있다. 만약 내가 이미 Z. G.를 사랑하게 되지 않았더라면, 샘이 꽤 훌륭한 신랑감으로 보였을 것이다.

"판 씨 집안이 강에서 이 바위를 끌어내 이리로 가져왔어요." 샘이 말을 잇는다. "이 바위를 보면, 좋은 바위의 요건을 모두 갖추고 있다는 걸 알 수 있을 거예요. 스펀지처럼 구멍이 숭숭 뚫려 있고, 모양도 근사하죠. 이 바위를 보면, 수천 년에 걸친 역사를 생각하게 돼요."

샘이 다시 침묵에 잠긴다. 저 멀리서 메이가 양손을 엉덩이에 대고 바위 주위를 돌고 있다. 짜증스러운 기운이 공원 전체를 덮을 수 있을 만큼 강렬하다. 메이가 마지막으로 한 번 더 아이를 부르고는, 고개를 돌려 나를 바라본다. 그리고 포기했다는 듯 양손을 허공에 한 번 들어올리고 우리를 향해 걸어온다.

내 옆에서 샘이 말한다. "난 당신이 마음에 들어요. 당신은 내가 마음에 들어요?"

고개를 끄덕이는 것이 최선의 반응인 것 같다.

"다행이네요. 우리가 행복하게 살 것 같다고 아버지께 말씀드릴게요."

샘과 번에게 작별인사를 하자마자 나는 인력거를 잡는다. 메이가 올라타지만, 나는 따라 오르지 않는다.

"넌 집으로 가." 내가 메이에게 말한다. "난 할 일이 있어. 나중에 갈게."

"언니랑 할 말이 있어." 메이가 인력거의 팔걸이를 어찌나 꽉 잡고 있는지 손마디가 하얗다. "그 애가 나한테 한 마디도 안 했어."

"네가 사읍 방언을 모르잖아."

"그런 게 아냐. 그 애는 그냥 어린애야. 진짜 어린애라고."

"그런 건 상관없어, 메이."

"언니 입장에서는 그렇게 말할 수 있겠지. 잘생긴 남자를 얻었으니까."

나는 이건 그냥 사업상의 거래에 불과하다고 설명하지만 메이는 내 말을 듣지 않는다. 메이가 발을 구르자 인력거꾼이 인력거의 균형을 유지하려고 애쓴다.

"난 걔랑 혼인하기 싫어! 꼭 해야 하는 거라면 내가 샘이랑 할래."

나는 짜증스러운 한숨을 내쉰다. 이런 식으로 질투심을 드러내며 고집을 부리는 건 정말이지 메이다운 행동이지만, 여름날 오후의 소낙비 같은 행동이기도 하다. 부모님과 나는 메이의 질투와 고집이 사라질 때까지 응석을 받아주는 것이 최선의 방법이라는 걸 알고 있다.

"그 얘긴 나중에 하자. 이따가 집에서 봐." 내가 인력거꾼에게 고개를 끄덕하자 인력거꾼이 끙 하고 인력거를 끌며 자갈이 깔린 도로를 맨발로 달려간다. 나는 인력거가 모퉁이를 돌 때까지 기다렸다가 라오시먼老西門까지 걸어가서 다른 인력거를 잡고 프랑스 조계에 있는 Z. G.의 주소를 말한다.

Z. G.의 아파트 건물 앞에 인력거가 도착하자 나는 계단을 뛰어 올라가 문을 쾅쾅 두드린다. Z. G.는 민소매 러닝셔츠와 허리띠 고리에 넥타이를 끼워 묶은 헐렁한 카키색 바지를 입은 차림으로 문을 열어

준다. 입술에 담배가 대롱대롱 매달려 있다. 나는 그의 품으로 쓰러진다. 지금까지 꾹 참고 있던 눈물과 상심이 쏟아져 나온다. 나는 그에게 모두 털어놓는다. 우리 집이 빈털터리가 됐다는 것, 메이와 내가 외국에 사는 중국인과 혼인해야 한다는 것, 내가 Z. G.를 사랑한다는 것.

여기까지 오는 동안 나는 Z. G.의 반응을 여러 가지로 상상해보았다. Z. G.가 "난 혼인할 생각은 없지만, 널 사랑하니까 네가 나랑 여기서 같이 살았으면 좋겠어"라고 말할까? 아니면 "우리 혼인하자. 그러면 모든 게 해결될 거야"라고 용감하게 말할까? Z. G.가 메이는 어떻게 되느냐고 묻고, 메이도 함께 살면 된다고 말하지 않을까? "난 메이를 동생으로 좋아해"라고 말하면서. 심지어 Z. G.가 화를 내며 뛰쳐나가 아버지를 찾아가서 흠씬 두들겨줄지도 모른다는 생각까지 들었다. 아버지는 맞아도 싸니까. 하지만 Z. G.는 내가 전혀 예상하지 못했던 말을 한다.

"그 남자랑 혼인해. 좋은 짝 같네. 딸의 의무라는 게 있잖아. 혼인 전에는 아버지에게 복종하고, 혼인 후에는 남편에게 복종하고, 과부가 된 뒤에는 아들에게 복종하는 거야. 우리 모두 아는 사실이잖아."

"난 그런 거 싫어요! 당신도 나랑 같은 생각인 줄 알았는데. 그런 사고방식은 우리 엄마 세대에나 통하는 거예요. 나한테는 안 통한다고요!" 속이 상하지만, 그보다 분노가 더 크다. "나한테 어떻게 그런 말을 할 수 있어요?" 나는 그에게 따진다. "우린 서로 사랑하잖아요. 사랑하는 여자한테 그런 말을 하는 법이 어디 있어요?"

Z. G.는 아무 말도 하지 않는다. 하지만 표정에는 이렇게 유치한 사람과 상대해야 하는 것이 짜증스럽고 피곤하다는 기색이 드러나 있다.

나는 마음의 상처와 분노 때문에, 그리고 아직 어려서 달리 어떻게 해야 할지 알 수 없기 때문에, 그 자리에서 도망친다. 나는 울면서 일부러 쾅쾅 발을 구르며 계단을 내려온다. 내 동생처럼 버릇없이 굴면서 Z. G.의 집주인인 부인 앞에서 멍청한 꼴을 보인다. 말이 안 되는 짓이지만, 많은 여자들은 물론 남자들도 지금 나처럼 분별없이 행동할 때가 있다. 나는……지금 내가 무슨 생각을 하고 있는지 나도 모르겠다…… Z. G.가 내 뒤를 쫓아 계단을 뛰어내려올 것 같다. 그가 영화에서처럼 나를 확 끌어안을 것 같다. 오늘밤 부모님의 집에서 날 데리고 나와 함께 도망치자고 할 것 같다. 만약 상황이 최악으로 치닫는다 해도, 나는 일단 샘과 혼인한 뒤 내가 사랑하는 사람과 평생 동안 관계를 이어나갈 것이다. 요즘 상하이의 많은 여자들이 그러는 것처럼. 그렇다면 그다지 불행한 결말은 아니지 않은가?

내가 메이에게 Z. G.의 집에서 있었던 일을 털어놓자, 메이는 안쓰러움에 얼굴이 하얗게 질린다.

"Z. G.한테 언니가 그런 감정을 품고 있는 줄 몰랐어." 메이가 아주 부드러운 목소리로 위로하듯이 말한다. 귀를 기울여야 간신히 들릴 만큼 부드러운 목소리다.

메이가 우는 나를 안아준다. 내가 울음을 멈춘 뒤에도 메이가 가슴 깊은 곳에서 우러난 연민으로 몸을 떠는 것이 느껴진다. 우리처럼 가까운 자매는 없을 것이다. 앞으로 무슨 일이 닥쳐도 우리는 함께 살아남을 것이다.

나는 Z. G.와의 혼례식을 아주 오래 전부터 꿈꿨다. 나와 샘의 혼례식은 내가 상상했던 것과는 거리가 멀었다. 서양식 혼례식을 위한 샹티 레이스도, 길이가 7미터를 넘는 면사포도, 향기로운 폭포처럼 장식된 꽃도 없다. 중국식 연회로 치러진 혼례식이지만 메이와 나는 자수가 놓인 빨간 드레스를 입지 않는다. 걸을 때마다 흔들리는 불사

조 머리장식을 달지도 않는다. 수많은 친척들이 모이지도 않고, 사람들이 잡담이나 농담을 주고받는 소리도 없고, 사방을 뛰어다니거나 깔깔 웃어대거나 불평을 늘어놓는 아이들도 없다. 오후 2시에 우리는 법원으로 가서 샘과 번 형제와 그들의 아버지를 만난다. 루이 영감은 내가 기억하는 모습 그대로 강인하고 엄한 표정이다. 루이 영감은 뒷짐을 지고 우리들이 서류에 서명하는 것을 지켜본다. 1937년 7월 24일에 우리는 혼인한 것이다. 4시에 우리는 미국 영사관으로 가서 쿼터가 적용되지 않는 이민비자를 신청하는 서류를 작성한다. 메이와 나는 감옥이나, 구빈원이나, 정신병원에 들어간 적이 있느냐는 질문에 각각 '아니오' 칸에 표시를 한다. 알코올 중독자, 무정부주의자, 직업적인 거지, 매춘부, 바보, 저능아, 정신박약아, 간질환자, 결핵환자, 문맹자냐는 질문과 정신병적 열등감(이게 무슨 뜻인지는 모르겠지만)에 시달리느냐는 질문에도 역시 '아니오' 칸에 표시를 한다. 우리가 서류에 서명을 하자마자 루이 영감이 서류를 접어 재킷에 넣는다. 6시에 우리는 별다른 특징이 없는 호텔에서 우리 부모님을 만난다. 형편이 좋지 않은 중국인과 외국인이 드나드는 호텔이다. 우리는 그곳의 대식당에서 저녁식사를 한다. 신혼부부 두 쌍과 우리 부모님, 그리고 루이 영감이 우리 일행이다. 아버지는 어떻게든 대화를 이어가려고 애쓰지만, 이 자리에서 누가 무슨 말을 할 수 있겠는가? 오케스트라가 연주를 하는데도 우리 일행 중 어느 누구도 춤을 추지 않는다. 요리들이 계속 나오지만, 나는 밥만 먹어도 목이 막히는 것 같다. 아버지가 풍습대로 신부인 메이와 내게 차를 따르라고 말한다. 하지만 루이 영감이 손을 저어 아버지의 제안을 물리친다.

마침내 우리가 각자 신방에 들 시간이 온다. 아버지가 내 귓가에 속삭인다. "네가 뭘 해야 하는지 알 거다. 일단 그것만 해내면, 이번 일이 다 끝날 거야."

샘과 나는 우리 방으로 간다. 샘은 나보다 더 긴장한 것 같다. 그는 침대 가장자리에 앉아 허리를 숙인 채 자기 손만 빤히 바라본다. 나는 그 동안 Z. G.와의 혼례식을 상상하며 시간을 보낸 적이 많지만, 우리의 첫날밤이 얼마나 낭만적일지 상상한 적도 많았다. 문득 엄마가 생각난다. 엄마가 남편과 아내의 그 일을 왜 항상 그토록 깎아 내리는지 이제야 이해가 된다. "그냥 하고 나서 잊어버리면 돼." 엄마는 자주 이렇게 말했다.

나는 샘이 다가와 나를 품에 안고 목덜미에 입을 맞추며 내 몸을 부드럽게 풀어주기를 기다리지 않는다. 나는 방 한가운데에 서서 목의 장식단추를 풀고, 가슴 위의 단추를 거쳐 겨드랑이 밑의 단추도 연다. 샘이 고개를 들어 겨드랑이에서부터 오른쪽 옆구리를 따라 죽 달린 장식단추 서른 개를 모두 푸는 내 모습을 지켜본다. 내 어깨에서 드레스가 미끄러져 떨어진다. 나는 불안하게 흔들거린다. 아주 더운 밤인데도 한기가 느껴진다. 용기를 내서 여기까지 오기는 했지만, 이제 무엇을 해야 할지 모르겠다. 샘이 일어선다. 나는 입술을 깨문다.

모든 게 너무나 어색하다. 샘은 떨려서 쉽사리 날 만지지 못하는 듯하다. 하지만 우리 둘 다 마땅히 해야 하는 일을 한다. 폭발하듯 한 번 고통이 느껴지더니, 그것으로 끝이다. 샘은 내 위에서 팔꿈치로 몸을 지탱한 채 잠시 내 얼굴을 들여다본다. 나는 그의 시선을 맞받는 대신 실을 땋아서 만든 커튼 끈을 빤히 바라본다. 나는 이 일을 빨리 끝내버려야겠다는 마음밖에 없었기 때문에 커튼을 닫을 생각을 미처 하지 못했다. 그게 뻔뻔하게 보였을까, 아니면 필사적으로 보였을까?

샘이 몸을 굴려 내 위에서 내려가 모로 눕는다. 나는 움직이지 않는다. 아무 말도 하고 싶지 않은데, 잠이 오지 않는다. 오늘 하룻밤 단 한 번뿐인 이 일은 앞으로 내가 진짜 남편과 보내게 될 수많은 밤에 비하면 아무런 의미가 없는 일일 수도 있다. 누가 내 진짜 남편이 될지는 잘 모르겠지만. 하지만 메이도 그럴까?

나는 날이 밝기 전에 일어나 목욕을 하고 옷을 입는다. 그리고 창가의 의자에 앉아 잠든 샘을 지켜본다. 그는 동 트기 직전에 화들짝 놀라며 깨어난다. 주위를 둘러보는 모습이 여기가 어디인지 잘 모르는 듯하다. 그는 나를 보고 놀란 표정을 짓는다. 아무 것도 경계하지 않는 표정이다. 왠지 날 것 같은 느낌이 든다. 샘의 기분을 짐작할 수 있을 것 같다. 이 방에 자신이 있다는 사실에 엄청난 당혹감을 느꼈을 것이고, 자신이 벌거벗었다는 사실에 거의 공황상태에 빠졌을 것이다. 내가 1미터쯤 떨어진 곳에 앉아 있다는 사실, 그리고 자신이 어떻게든 침대에서 빠져나와 옷을 입어야 한다는 사실도 마찬가지다. 나는 전날 밤에 그랬던 것처럼 그를 보지 않겠다는 뜻으로 시선을 피한다. 샘은 내가 누워 있던 쪽으로 내려가 몸에 감고 있던 이불을 놓고 타박타박 발소리를 내며 재빨리 욕실로 들어간다. 문이 닫히고, 물 흐르는 소리가 들린다.

우리가 식당에 내려가니 번과 메이가 이미 루이 영감과 함께 앉아 있다. 메이의 피부는 설화석고 같은 색으로 변했다. 하지만 새하얀 표면 밑에 초록색이 살짝 숨어 있다. 아이는 식탁보를 꾸깃꾸깃하게 쥐고 있다. 샘과 내가 자리에 앉아도 시선을 들지 않는다. 나는 버넌이 말하는 것을 한 번도 본 적이 없다는 사실을 깨닫는다.

"내가 이미 주문했다." 루이 영감이 말한다. 그리고 웨이터에게 시선을 돌린다. "반드시 모든 음식을 동시에 내오게."

우리는 차를 마신다. 미국에서 온 이 중국인들은 호텔의 전망이나 실내장식 등 자기들 눈에 보이는 것에 대해 아무 말도 하지 않는다.

루이 영감이 손가락을 튕긴다. 웨이터가 다시 우리 자리로 다가온다. 내 시아버지(이 호칭을 생각만 해도 기분이 이상하다)가 웨이터에게 허리를 숙이라는 시늉을 하더니 귓가에 뭐라고 속삭인다. 웨이터는 허리를 펴고 입을 꾹 다문 채 밖으로 나간다. 그리고 몇 분 뒤 하녀 두 명을 데리고 돌아온다. 각각 천 꾸러미를 들고 있다.

루이 영감이 하녀 한 명에게 가까이 오라는 신호를 보내더니 천 꾸러미를 받아든다. 루이 영감이 양손으로 천을 펼쳐 살피는 동안, 나는 그 천이 메이와 나의 침대에서 가져온 침대보임을 깨닫고 경악한다. 우리 주위에서 식사를 하던 사람들 중에는 아주 흥미로워하는 사람도 있고, 별로 관심을 보이지 않는 사람도 있다. 대부분의 외국인들은 무슨 일인지 잘 모르는 듯하다. 하지만 상황을 알아차린 한 외국인 부부는 경악한 표정이다. 반면 중국인들은 손님에서부터 호텔 직원에 이르기까지 모두 호기심과 재미를 느끼고 있는 것 같다.

핏자국이 나오자 루이 영감의 손이 멈춘다.

"이건 어떤 방에서 가져온 거냐?" 루이 영감이 하녀에게 묻는다.

"307호예요." 하녀가 대답한다.

루이 영감이 아들들을 차례로 바라본다. "그 방에서 누가 잤니?"

"제 방이에요." 샘이 대답한다.

루이 영감은 침대보를 놓고 메이의 침대보를 가져오라고 손짓한다. 그리고 또 그 고약한 손놀림을 시작한다. 메이의 입술이 벌어진다. 입으로 부드럽게 숨을 쉬는 소리가 들린다. 침대보가 계속 움직인다. 주위 사람들도 빤히 바라본다. 식탁 밑에서 누가 내 무릎에 손을 얹는 것이 느껴진다. 샘의 손이다. 루이 영감이 침대보를 끝까지 살폈는데도 핏자국이 나오지 않자 메이가 허리를 숙이고 식탁 위 사방에 속을 게운다.

그것으로 아침식사가 끝난다. 자동차를 준비하라는 지시가 내려지고, 몇 분도 안 돼서 메이와 루이 영감과 나는 우리 부모님의 집으로 출발한다. 집에 도착한 뒤에는 가벼운 잡담도, 차 대접도, 축하의 말도 없다. 오로지 비난이 오갈 뿐이다. 루이 영감이 아버지를 향해 입을 여는 순간에도 나는 팔로 메이의 허리를 계속 감싸고 있다.

"서로 약속한 게 있어." 반론을 용납하지 않는 냉혹한 목소리다. "자네 딸들 중 한 명이 그것을 지키지 못했네." 루이 영감은 손을 들어 올려 아버지의 변명을 차단한다. "내가 용서하고 넘어가지. 이 아이는 아직 어리고 내 아들은……"

나는 안도한다. 아니, 안도한다는 말로는 표현이 안 될 정도다. 루이 영감은 내 동생이 처녀가 아니라서 핏자국이 없었던 게 아니라, 내 동생과 번이 어젯밤 마땅히 해야 하는 일을 하지 않았다고 생각한 것 같다. 루이 영감이 내 동생이 처녀가 아니었다고 생각했다면 어떤 일이 벌어졌을지는 상상만으로도 끔찍하다. 아마 의사에게 데려가 검사를 받게 했을 것이다. 만약 검사 결과 그것이 그대로 있는 것으로 판명된다면, 우리는 지금과 똑같은 상황이 될 것이다. 하지만 그렇지 않은 결과가 나온다면, 내 동생이 강제로 고백을 해야 할 것이고, 메이가 이미 다른 누군가와 남편과 아내의 일을 했다는 이유로 혼인은 없었던 일이 될 것이다. 그러면 아버지의 빚이 되살아날 것이다. 어쩌면 몇 배로 더 불어날지도 모른다. 그러면 우리의 미래는 또다시 불안해질 것이다. 메이의 평판이 영원히 망가져서(지금 같은 현대적인 시대에도 그렇다), 토미 후 같은 좋은 집안의 자제와 혼인하는 것은 불가능한 일이 된다는 점은 말할 필요도 없다.

"그러니까 신경 쓰지 말게." 루이 영감이 아버지에게 말한다. 하지만 왠지 루이 영감이 내 머릿속 생각에 반응하고 있는 것 같다. "중요한 건 이 아이들이 혼인했다는 거야. 자네도 알다시피 나는 홍콩에서 아들들과 함께 사업을 하고 있네. 우린 내일 떠날 거야. 하지만 걱정이 되는군. 자네 딸들이 우리를 만나러 올 거라는 보장이 없지 않은가? 우리는 8월 10일에 샌프란시스코행 배를 탈 걸세. 이제 겨우 열이레 뒤야."

마치 내 창자가 몽땅 마룻바닥을 뚫고 떨어져버린 것 같다. 아버지가 우리에게 또 거짓말을 한 것이다! 메이가 나를 뿌리치고 계단을 달려 올라간다. 하지만 나는 그 뒤를 쫓아가지 않는다. 나는 아버지가 뭐라고 말해주기를 바라면서 아버지를 빤히 바라본다. 하지만 아버지는 아무 말이 없다. 아버지는 양손을 쥐어짜며 인력거꾼처럼 굽실거린다.

"내가 이 아이들 옷을 가져가겠네." 루이 영감이 선언한다.

루이 영감은 아버지나 내가 반대하고 나설 틈을 주지 않는다. 루이 영감이 계단을 오르기 시작하자 아버지와 나는 그 뒤를 따른다. 루이 영감은 방 문을 일일이 열어서 메이가 침대에서 울고 있는 방을 찾아낸다. 메이는 우리를 보더니 욕실로 달려가 문을 쾅 닫는다. 또 토하는 소리가 들린다. 루이 영감은 옷장을 열어 옷들을 한 아름 꺼내서 침대 위에 던진다.

"그걸 가져가시면 안 돼요." 내가 말한다. "모델 일을 할 때 필요한 옷이에요."

루이 영감이 내 말을 반박한다. "이건 네가 새로운 집에서 입을 옷이다. 남편들은 예쁜 아내를 좋아하거든."

루이 영감은 냉혹하지만 체계적이지 못하고, 가차 없지만 무식하지는 않다. 루이 영감은 서양식 드레스들은 무시하거나 바닥에 던져버린다. 십중팔구 올해 상하이에서 유행하는 옷이 무엇인지 모르기 때문일 것이다. 흰 담비 목도리는 꺼내지 않는다. 죽음의 색인 흰색이기 때문이다. 하지만 메이와 내가 몇 년 전에 산 여우 목도리는 밖으로 꺼낸다.

"이걸 써봐라." 루이 영감이 옷장의 위쪽 선반에서 꺼낸 모자들을 내게 건네며 명령한다. 나는 시키는 대로 한다. "됐다. 초록색 모자와 깃털 달린 모자는 갖고 있어라. 나머지는 내가 가져간다." 루이 영감이 아버지를 노려본다. "나중에 짐을 쌀 사람을 보내겠네. 자네도 딸들도 이 물건들에는 손대지 마. 알겠나?"

아버지가 고개를 끄덕인다. 루이 영감은 내게 시선을 돌리더니, 한마디 말도 없이 내 얼굴에서 신발까지, 그리고 신발에서 얼굴까지 나를 훑어본다.

"네 동생은 병에 걸렸다. 착한 아이답게 동생을 돌봐주어라." 루이영감은 이렇게 말하고 나서 밖으로 나간다.

나는 욕실 문을 두드리며 부드럽게 메이를 부른다. 메이가 문을 살짝 열어준다. 나는 그 틈으로 들어간다. 메이는 바닥에 누워 타일에 뺨을 대고 있다. 나는 그 옆에 앉는다.

"너 괜찮아?"

"어젯밤에 먹은 게가 잘못된 것 같아." 메이가 대답한다. "요즘은 제철이 아니니까 먹지 말 걸 그랬어."

나는 벽에 몸을 기대고 눈을 비빈다. 미인도의 주인공이었던 우리가 어떻게 눈 깜짝할 사이에 이렇게까지 추락한 걸까? 나는 손을 아래로 떨어뜨리고, 노란색, 검은색, 청록색 타일들이 벽에 반복적으로 그려낸 무늬를 빤히 바라본다.

그 날 오후에 쿨리들이 와서 나무 상자에 우리 옷을 싼다. 상자들은 이웃들이 지켜보는 가운데 트럭 짐칸에 실린다. 그 와중에 샘이 도착한다. 그는 아버지에게 가지 않고 곧장 내게 다가온다.

"8월 7일에 홍콩에서 우리들을 만날 수 있게 배를 타야 해." 그가 말한다. "아버지가 사흘 뒤 우리가 함께 샌프란시스코행 배를 탈 수 있게 표를 예약하셨어. 이건 당신 이민 서류야. 아버지 말씀으로는 모든 게 잘 처리됐으니까 아무 문제 없을 거래. 하지만 이 안내서를 공부해두라고 하셨어. 혹시 모르니까." 그가 내게 건네준 것은 책이 아니라 접은 종이 몇 장을 손으로 꿰매 놓은 것이다. "샌프란시스코에서 하선할 때 혹시 문제가 생기면, 조사관들에게 대답할 말들이 여기 적혀 있어." 그는 잠시 말을 멈추고 인상을 찌푸린다. 나와 같은 생각을 하는 모양이다. 모든 것이 잘 처리됐다면서, 우리가 왜 이 안내서를 읽어야 하는 걸까? "아무 걱정 안 해도 돼." 샘이 자신 있게 말을 잇는다. 마치 내가 남편의 자신 있는 목소리에서 위안을 얻는 사람인 것처럼. "입국 절차를 마치자마자 우리는 다른 배를 타고 로스앤젤레스로 갈 거야."

나는 서류들을 빤히 바라본다.

"이번 일은 미안해." 샘이 말을 덧붙인다. 나는 하마터면 그 말을 믿을 뻔한다. "모든 게 미안해."

그가 자리를 뜨려고 돌아서자 아버지가 친절한 집주인 노릇을 해야 한다는 사실을 갑자기 기억해냈는지 그에게 질문을 던진다. "내가 인력거를 잡아줄까?"

샘은 나를 돌아보며 대답한다. "아뇨, 아뇨, 걸어갈까 합니다."

나는 샘이 모퉁이를 돌 때까지 지켜보다가 집 안으로 들어가 그가 준 서류를 쓰레기통에 던져 넣는다. 루이 영감, 그 아들들, 우리 아버지가 여기서 더 일이 진척될 거라고 생각했다면 엄청난 실수를 저지른 것이다. 루이 일가는 이제 곧 수천 마일 떨어진 곳으로 가는 배에 오를 것이다. 따라서 우리에게 원하지 않는 일을 강요하거나, 속임수를 쓸 수 없게 될 것이다. 아버지가 도박으로 저지른 일의 대가는 이미 모두 치렀다. 아버지는 사업체를 잃었고, 나는 처녀성을 잃었다. 메이와 나는 옷도 잃었다. 어쩌면 그로 인해 생계까지 잃게 될지도 모른다. 우리는 상처를 입었지만, 상하이의 기준으로 따지면 조금이라도 가난하거나 비참한 지경이 되지는 않았다.

나무 위의 매미

이제 그 불쾌하고 힘든 일이 모두 끝났으므로 메이와 나는 우리 방으로 물러간다. 우리 방은 동향이라 대개 여름에는 조금 시원한 편이지만, 오늘은 날이 워낙 덥고 끈적끈적해서 우리는 사실상 아무 것도 입지 않고 있다. 그냥 얇은 분홍색 비단 속치마만 입었을 뿐이다. 우리는 울지 않는다. 루이 영감이 바닥에 던져 놓은 옷가지나, 엉망으로 헝클어놓은 옷장을 치우지도 않는다. 우리는 요리사가 쟁반에 담아 문 밖에 놓아둔 음식을 먹는 것 외에는 아무 것도 하지 않는다. 둘 다 너무 충격을 받아서 이번 일을 말할 기운이 없다. 만약 우리가 그 말을 꺼낸다면, 우리 삶이 완전히 변해버렸다는 사실을 직시하고 이제부터 어떻게 해야 할지 생각을 해보아야 할 것 같다. 하지만 적어도 나는 지금 혼란, 절망, 분노로 마음이 너무 어지러워서 회색 안개가 내 머릿속으로 침범해 들어온 것 같다. 우리는 침대에 누워……우리가 지금 뭘 하려는 건지 표현할 말조차 생각나지 않는다. 회복이라고 해야 할까?

메이와 나는 자매라서 특별히 친밀한 구석이 있다. 메이는 무슨 일이 있어도 내 편을 들어줄 유일한 사람이다. 우리가 좋은 친구인지 아닌지는 생각할 필요조차 없다. 당연히 좋은 친구니까. 이번의 불운을 겪으면서, 모든 자매들이 그렇듯이 우리가 서로에게 느끼던 사소한 질투심이나 누가 더 사랑받는 존재인지에 대한 생각 등은 그냥 사라져버렸다. 우리는 지금 서로에게 의지해야 한다.

나는 메이에게 버넌과 무슨 일이 있었느냐고 묻는다. 메이는 대답한다. "난 그걸 못하겠던걸." 그러고는 울기 시작한다. 그 뒤로 나는 혼례식 밤에 있었던 일에 대해 아무 것도 묻지 않는다. 메이도 내게 그 날 밤의 일을 묻지 않는다. 나는 그 일은 중요하지 않다고, 우리는 그저 집안을 구하기 위해 그 일을 했을 뿐이라고 속으로 되뇐다. 하지만 그것이 중요한 일이 아니라고 아무리 자신을 타일러도, 내가 소중한 순간을 잃어버렸다는 사실을 피할 길이 없다. 사실 나는 우리 집안의 지위가 추락한 것이나 낯선 사람과 억지로 남편과 아내의 일을 한 것보다 Z. G.와의 사이에 있었던 일 때문에 더 마음이 아프다. 나는 순수함, 소녀다움, 행복, 웃음을 되찾고 싶다.

"우리가 〈정절에 바치는 시〉를 봤던 것 기억나?" 내가 묻는다. 그때의 기억을 통해 메이가 우리가 아직 천하무적이라고 믿던 어린 시절을 떠올릴 수 있다면 좋겠다.

"우리가 하면 더 좋은 오페라를 만들 수 있을 것 같았지." 메이가 자기 침대에서 말한다.

"네가 나보다 어리고 몸이 작으니까 아름다운 소녀 역할을 맡았잖아. 넌 항상 공주 역할을 했어. 난 항상 학자, 왕자, 황제, 도적 역할을 했고."

"맞아. 하지만 이렇게 볼 수도 있어. 언니는 역할을 네 개나 맡았지만, 난 한 개뿐이었다고."

나는 미소를 짓는다. 우리가 어렸을 때 거실에서 엄마와 아버지를 위해 공연했던 이 연극에 대해 똑같은 대화를 나눈 적이 몇 번이나 되는지 모른다. 부모님은 손뼉을 치며 웃었다. 부모님은 수박씨를 먹고 차를 마셨다. 우리의 공연을 칭찬하면서도 우리를 오페라 학교나 곡예 아카데미에 보내주겠다는 말은 한 번도 하지 않았다. 사실 우리 공연이 아주 엉망이었기 때문이다. 목소리는 찢어지는 듯했고, 텀블링 동작은 무겁고, 우리가 즉석에서 만든 무대와 의상도 별로였다. 중요한 건 메이와 내가 우리 방에서 몇 시간 동안이나 구성을 짜고 공연 준비를 했다는 점이다. 우리는 베일로 쓸 스카프를 빌리려고 엄마한테 달려가기도 하고, 요리사에게 종이로 칼을 만들어 풀을 먹여

달라고 떼를 쓰기도 했다. 그 칼은 내가 문제를 일으킨 귀신과 싸울 때 쓸 무기였다.

겨울밤에 날씨가 너무 추울 때면 메이가 내 침대로 기어 들어와 서로 끌어안고 몸을 덥히던 것이 기억난다. 메이가 엄지를 턱에 대고, 집게손가락과 가운뎃손가락 끝을 코 바로 위의 눈썹 가장자리에 균형을 맞춰 대고 자던 것도 기억난다. 넷째 손가락은 눈꺼풀에 가볍게 닿아 있고, 새끼손가락은 섬세하게 허공에 떠 있었다. 아침이면 메이가 다시 내 품으로 파고들어 양팔로 나를 꽉 끌어안던 것도 기억난다. 메이의 손이 얼마나 작고, 하얗고, 부드럽게 보였는지도 기억난다. 메이의 손가락은 부추처럼 가늘었다.

내가 쿨링의 캠프에 처음 갔던 여름도 기억난다. 메이가 혼자서 너무 외로워했기 때문에 엄마와 아버지는 할 수 없이 메이를 데리고 나를 만나러 왔다. 아마 내가 열 살이고, 메이는 겨우 일곱 살이었을 것이다. 나는 식구들이 온다는 사실을 전혀 모르고 있었다. 메이는 나를 보자마자 달려오더니 바로 앞에 멈춰 서서 나를 빤히 바라보았다. 다른 여자애들은 나를 놀렸다. 나더러 왜 이런 애기한테 신경을 쓰느냐면서. 나는 그 아이들에게 진실을 말하면 안 된다는 것을 알고 있었다. 나 역시 동생이 보고 싶었다는 것. 동생과 떨어지면 마치 내 몸의 일부가 떨어져나간 것 같은 기분이 든다는 것. 그 뒤로 아버지는 항상 우리 둘을 함께 캠프에 보냈다.

메이와 나는 이런 이야기들을 나누며 웃는다. 기분이 좀 나아진다. 우리가 서로에게서 힘을 얻는다는 사실, 우리가 서로를 도와준다는 것, 이 세상에서 우리 둘만 한 편인 것처럼 느껴지던 시절, 우리가 함께 누린 즐거움 등이 떠오른다. 우리가 웃을 수 있다면, 모든 일이 잘 풀리지 않을까?

"우리가 어렸을 때 엄마 신발을 신어보던 것 기억나?" 메이가 묻는다.

나는 그 날을 결코 잊지 못할 것이다. 엄마는 외출하고 없었다. 우리는 엄마 방으로 몰래 들어가 전족한 발에 맞는 신발을 몇 켤레 꺼냈다. 내 발은 너무 커서 들어가지 않았다. 그래서 억지로 발가락을 넣어보려다가 안 되면 신발을 아무렇게나 던져버리곤 했다. 메이는 슬리퍼에 발끝을 집어넣을 수 있었기 때문에, 발끝으로 서서 창가까지 오락가락하며 엄마의 우아한 걸음걸이를 흉내 냈다. 우리는 킥킥거리면서 신나게 놀았다. 그러다가 엄마가 돌아왔다. 엄마는 화가 나서 펄펄 뛰었다. 메이와 나는 잘못을 저질렀다는 걸 알면서도 우리를 잡으려고 뒤뚱거리며 방 안을 돌아다니는 엄마 모습에 웃음을 참기가 힘들었다. 우리는 발을 묶지 않았고 서로 힘을 합쳤기 때문에 엄마에게서 도망쳐 복도를 내려가서 정원으로 나간 뒤 바닥에 쓰러져 웃어댔다. 우리의 심술궂은 장난이 승리감으로 변했다.

우리는 항상 엄마를 속이고 엄마보다 빨리 뛸 수 있었다. 하지만 요리사를 비롯한 하인들은 우리의 장난을 참아주지 않고 주저 없이 벌을 내렸다.

"언니, 요리사가 우리한테 치아오추를 만들라고 시킨 거 기억나?" 메이는 내 맞은편 침대에 책상다리를 하고 앉아서 팔꿈치를 무릎에 괴고 주먹으로 턱을 받친다. "우리더러 뭐든 만들 줄 알아야 한다면서 이렇게 말했잖아. '남편을 위해 만두도 만들 줄 모르면서 어떻게 시집을 가겠어?' 우리가 그 방면에는 얼마나 소질이 없는지 몰랐던 거지."

"요리사가 앞치마를 입으라고 주긴 했지만, 별로 소용이 없었잖아."

"언니가 나한테 밀가루를 던져댈 때는 앞치마가 요긴했어!" 메이가 말한다.

요리사가 공부 삼아 하라고 시킨 일이 곧 놀이가 되었고, 나중에는 밀가루 전면전이 되어 우리 둘 다 서로에게 몹시 화를 냈다. 우리가 상하이로 이주했을 때부터 우리 집에서 일한 요리사는 우리가 함께 일하는 것, 노는 것, 싸우는 것을 구분할 수 있었다. 그래서 우리가 싸우는 광경을 보고 화를 냈다.

"요리사가 엄청 화가 나서 몇 달 동안 우리를 부엌에 들이지도 않았잖아." 메이가 말을 잇는다.

"난 네 얼굴에 분칠을 해주려고 했을 뿐이라고 요리사한테 계속 말했어."

"맛있는 음식도, 간식도, 특별한 요리도 안 만들어줬지." 메이는 그 기억을 떠올리며 웃는다. "요리사는 가끔 진짜 엄격해. 그때 우리보고 서로 싸우는 자매들과는 상종하지 말아야 한다고 말했어."

엄마와 아버지가 우리 방 문을 두드리며 밖으로 나오라고 말하지만, 우리는 방에 조금 더 있겠다면서 거부한다. 무례하고 유치한 짓인지 몰라도, 메이와 나는 항상 식구들과의 문제를 이런 식으로 푼다. 우리 방에 처박혀서, 우리를 괴롭히거나 우리 마음에 들지 않는 대상과 우리 사이에 차단막을 치는 식으로. 힘을 합쳤을 때 우리는 더욱 강해진다. 어느 누구의 말도 통하지 않기 때문에, 결국 상대가 우리 요구에 굴복하고 만다. 하지만 이번 일은 캠프에 간 언니를 만나고 싶다고 떼를 쓰거나, 성난 부모, 하인, 선생님 앞에서 서로를 보호해주는 것과는 차원이 다르다.

메이가 침대에서 내려와 잡지들을 가져온다. 잡지에 실린 옷도 구경하고, 가십도 읽기 위해서다. 우리는 서로의 머리를 빗겨준다. 그리고 옷장과 서랍들을 훑어보며 남은 옷가지로 새 옷을 몇 벌이나 만들 수 있을지 생각해본다. 루이 영감은 중국식 옷을 거의 다 가져가고, 서양식 드레스, 블라우스, 치마, 바지 등만 남겨놓은 것 같다. 상하이에서는 외모가 거의 모든 것이기 때문에 최신 유행의 말쑥한 옷

차림을 해야 한다. 작년 옷을 입은 것처럼 초라해 보이면 안 된다. 만약 우리가 유행에 뒤진 옷차림을 하고 나간다면, 화가들이 우리를 더이상 모델로 쓰지 않을 뿐만 아니라 전차들도 우리 앞에 멈추지 않을 것이다. 호텔과 클럽의 도어맨들도 우리를 들여보내지 않을 것이고, 영화관 직원들은 우리의 표를 두 번씩 검사할 것이다. 이런 일로 영향을 받는 것은 여자들만이 아니다. 중산층 남자들조차 좋은 바지를 살 돈을 모으려고 빈대가 들끓는 하숙집에서 지낸다. 그리고 바지의 주름이 날카롭게 잡히도록 매일 밤 베개 밑에 바지를 깔고 잔다.

우리가 몇 주 동안이나 방에 처박혀 지낸 것처럼 들리는가? 전혀 그렇지 않다. 겨우 이틀뿐이다. 우리는 젊기 때문에 회복도 쉽다. 호기심도 많다. 문 밖에서 몇 시간 동안이나 소음이 들렸지만 우리는 무시했다. 집을 뒤흔드는 망치 소리와 쿵쿵거리는 소리에 신경을 쓰지 않으려고 애썼다. 낯선 목소리들이 들렸지만, 그냥 하인들 목소리일 거라고 생각해버렸다. 하지만 마침내 문을 열고 나가 보니, 우리 집이 달라져 있다. 아버지가 동네 전당포에 가구를 대부분 팔아버렸다. 정원사는 내보냈지만, 요리사는 달리 갈 곳이 없기 때문에 먹고 잘 곳이 필요하다는 이유로 그냥 남았다. 사람들이 집 안 사방을 난도질해서 벽을 만들어 하숙생을 받아들일 수 있는 방들을 만들었다. 경찰관 부부가 두 딸을 데리고 집 뒤쪽의 방으로 들어왔고, 2층 별관에는 학생이 산다. 계단 밑 공간은 신기료 장수가 차지했다. 다락방에는 무희 두 명이 들어왔다. 집세가 살림에 도움이 되기는 하겠지만, 우리 모두 그 돈으로 살아갈 수 있을 정도는 되지 않을 것이다.

우리는 다시 정상적인 생활로 돌아가게 될 거라고 생각했다. 사실 여러 면에서 그렇게 된 것은 사실이다. 엄마는 여전히 주위의 모든 사람들을 부린다. 하숙생들도 예외는 아니다. 따라서 요강을 처리하고, 침대를 정리하고, 청소를 하는 짐이 갑자기 우리에게 떨어지지는 않았다. 그래도 우리는 순식간에 아주 심하게 추락했음을 분명히 인식하고 있다. 요리사는 아침식사로 두유, 참깨 케이크, 막대 모양 튀김 대신에 파오판, 즉 찬밥을 물에 말아 끓인 뒤 절인 채소를 고명으로 얹은 요리를 내놓는다. 절약을 위한 요리사의 노력은 점심과 저녁 식사에도 나타난다. 우리는 항상 우훈푸치이판, 즉 고기가 없이는 식사를 하지 않는 사람들이었다. 하지만 지금은 쿨리들처럼 아주, 아주 많은 밥과 함께 콩나물, 생선자반, 양배추, 절인 채소를 먹는다.

아버지는 매일 아침 일자리를 구하러 나가지만, 우리는 밤에 아버지가 돌아와도 어떻게 됐느냐고 묻거나 잘 될 거라고 격려하지 않는다. 우리를 실망시킴으로써 아버지는 보잘것없는 존재가 되었다. 우리가 아버지를 무시하고 아버지의 권위를 인정해주지 않는다면, 아버지의 실패와 파멸이 더 이상 우리에게 피해를 입힐 수 없을 것이다. 이것이 분노와 마음의 상처를 달래는 우리들의 방식이다.

메이와 나도 일자리를 찾으려고 노력 중이지만 쉽지 않다. 관시, 즉 연줄이 있어야 한다. 힘 있는 사람에게 몇 년 동안 공을 들이거나 힘 있는 친척이 있어야만 추천을 받을 수 있다. 그리고 반드시 상당한 선물을 바쳐야 한다. 나를 고용해줄 사람과 그 사람을 중간에서 소개해준 사람에게 각각 돼지 다리, 침구세트 등 두 달치 월급에 해당하는 선물을 줘야 하는 것이다. 그렇게 해서 얻는 일자리가 공장에서 성냥이나 머리망을 만드는 것이라 해도 달라지지 않는다. 그런데 지금 우리에게는 그런 선물을 할 돈이 없다. 다른 사람들도 그 사실을 알고 있다. 상하이에서 돈 많고 운 좋은 사람들은 한없이 고요하게 흐르는 강물 같은 삶을 누릴 수 있다. 운이 나쁜 사람들에게는 절망의 냄새가 시체 썩는 냄새만큼이나 강렬하다.

글을 쓰는 친구들이 우리를 러시아 식당으로 데려가서 보르시치와 싸구려 보드카를 사준다. 부잣집에 태어나 미국에서 공부하고 파리에서 휴가를 즐기는 중국인 한량들은 시내에서 가장 큰 나이트클럽인 파라마운트로 우리를 데려가 진을 마시고 재즈를 들으며 즐기게 해준다. 우리는 벳시와 벳시의 미국인 친구들과 함께 어두운 카페들을 찾아다닌다. 남자들은 잘생기고 고집이 세다. 우리는 그들을 빨아들인다. 메이는 몇 시간씩 자취를 감춘다. 나는 메이에게 누구랑 어디에 가는 거냐고 묻지 않는다. 그 편이 더 낫다.

우리가 자꾸 미끄러져서 추락하고 있다는 느낌이 사라지지 않는다.

메이는 Z. G.의 모델 일을 지금도 계속하지만, 나는 지난번 그 소동 이후로 그의 작업실에 가는 게 불편하다. 메이와 Z. G.는 마이디어 담배의 광고를 완성했다. 메이는 자신의 원래 역할 외에, 의자 뒤에서 내가 맡았던 역할까지도 이중으로 소화해냈다. 메이는 내게 이 이야기를 해주며, Z. G.가 새로 맡은 달력 작업을 도와주라고 나를 부추긴다. 나는 Z. G. 대신 다른 화가들의 모델로 일하지만, 그들은 대개 간단히 사진을 찍은 뒤 그 사진을 보며 작업하는 방식을 쓴다. 나는 돈을 벌기는 하지만 많이 벌지는 못한다. 영어를 가르치는 일에서도 새로운 학생들을 구하기는커녕, 한 명뿐이던 기존의 학생마저 잃어버렸다. 내가 야마사키 대위에게 메이가 그의 청혼을 받아들이지 않을 거라고 말했더니, 그는 나를 해고해버렸다. 하지만 그건 핑계일 뿐이다. 시내 어디서나 일본인들은 요즘 이상하게 굴고 있다. 리틀 도쿄에 사는 일본인들은 짐을 꾸려 떠난다. 아내들, 아이들, 기타 민간인들은 일본으로 돌아간다. 우리 이웃들 중에도 홍커우를 떠나 쑤저우 강을 건너 공공 조계 중심부에 임시로 거처를 정한 사람들이 많다. 원래 중국인들이 미신을 잘 믿기 때문인 것 같다. 중국인들, 특히 가난한 사람들은 이미 알려진 것들과 미지의 것, 현실적인 일과 초현실적인 일, 산 자와 죽은 자를 모두 무서워한다.

모든 것이 변한 것 같은 느낌이 든다. 내가 언제나 사랑했던 이 도시는 죽음, 절망, 재앙, 가난에 전혀 주의를 기울이지 않는다. 전에는 네온사인과 화려함만 눈에 들어왔지만, 지금은 모든 것이 회색이다. 회색 슬레이트, 회색 돌, 회색 강. 예전에는 여러 나라에서 온 전함들이 색색의 국기를 휘날리며 떠 있는 황푸 강이 거의 축제마당처럼 보였지만, 지금은 일본 해군의 위풍당당한 배들이 10여 척이나 새로 나타나서 강이 질식할 것처럼 보인다. 예전에는 널찍한 대로와 은은히 빛나는 달빛만이 눈에 들어왔지만, 지금은 쓰레기 더미와 무서운 줄도 모르고 뽀르르 기어 다니며 쓰레기를 뒤지는 쥐들이 보인다. 청방의 곰보 황청방을 이끌던 황진롱黃金榮이 부하들을 이끌고 채무자와 매춘부를 괴롭히는 것도 보인다. 상하이는 웅장한 도시지만, 불안정한 진흙 위에 세워졌다. 그래서 원래 있어야 할 곳에 머물러 있는 것이 하나도 없다. 납으로 된 추를 넣지 않고 관을 묻으면, 관이 떠내려간다. 은행들은 금고에 쌓인 은과 금의 무게 때문에 건물이 기울지나 않았는지 확인하려고 사람을 고용해서 매일 건물 기초를 살피게 한다. 메이와 나는 안전하고 국제적인 도시 상하이에서 미끄러져 유사流砂처럼 불안정한 곳으로 떨어져버렸다.

메이와 나는 이제 우리가 버는 돈을 직접 관리한다. 하지만 저축하기가 힘들다. 요리사에게 먹거리를 살 돈을 주고 나면, 손에 남는 것이 거의 없다. 걱정이 너무 많아서 잠이 잘 오지 않는다. 앞으로도 계속 이런 생활이 이어진다면, 머지않아 우리는 곰국으로 연명하게 될 것이다. 조금이라도 돈을 모으려면, Z. G.의 작업장으로 돌아가는 수밖에 없다.

"난 그 사람을 잊었어." 나는 메이에게 말한다. "도대체 그 사람의 뭘 보고 좋아했던 건지 모르겠어. 몸도 너무 말랐고, 안경도 마음에 안 들어. 앞으로 내가 진짜 혼인을 하게 될 것 같지는 않아. 너무 부르주아적이잖아. 다들 그렇게 말해."

단 한 마디도 진심이 들어 있지 않은 말이지만, 나를 아주 잘 안다고 생각하는 메이는 이렇게 대답한다. "기분이 나아졌다니 다행이야. 정말이야. 진정한 사랑이 언니를 찾아올 거야. 틀림없어."

하지만 진정한 사랑은 이미 나를 찾아왔다. 나는 지금도 속으로는 Z. G.에 대한 생각으로 괴롭지만, 내 감정을 숨긴다. 메이와 나는 옷을 차려입고, 동전 몇 푼만 내면 되는 외바퀴수레를 타고 Z. G.의 아파트로 간다. Z. G.의 방에서 그를 볼 생각을 하니 괴롭다. 내가 그토록 소녀 같은 꿈을 꾸었던 그 방에 들어가면 창피해서 마음이 갈기갈기 찢어질 것이다. 하지만 Z. G.는 우리를 보고도 마치 아무 일도 없었던 것처럼 군다.

"펄, 새 연을 거의 다 만들었어. 꾀꼬리 떼 모양이야. 이리 와서 좀 봐."

나는 그의 옆으로 간다. 그와 이토록 가까이 서 있는 것이 어색하다. 그는 연에 대해 이런저런 말을 늘어놓는다. 연은 훌륭하다. 꾀꼬리들의 눈은 바람을 받으면 빙빙 돌게 만들어져 있다. 그리고 몸에는 날개를 연결해서, 바람에 날개가 펄럭이게 했다. 끝에 달린 작은 깃털들은 바람 속에서 파르르 떨 것이다.

"아름다워요." 내가 말한다.

"이게 완성되면 우리 셋이 같이 날릴 거야." Z. G.가 선언한다.

이건 초대가 아니라 사실을 선언하는 말이다. 내가 바보짓을 했는데도 Z. G.가 개의치 않는다면, 나 역시 그 일로 괴로워하면 안 되겠다는 생각이 든다. 내 마음속 깊은 곳의 감정들을 견디려면 힘들 것이다. 지금도 그 감정들이 나를 압도하려고 한다.

"정말 재미있겠어요." 내가 말한다. "메이도 나도 즐거울 거예요."

두 사람은 서로를 향해 빙긋 웃는다. 안도한 기색이 역력하다. "좋아." Z. G.가 양손을 비비며 말한다. "이제 일을 시작하자."

메이는 차단막 뒤로 들어가서 짧은 반바지와 목 뒤에서 끈을 묶게 되어 있는 짧은 노란색 상의로 갈아입는다. Z. G.는 메이의 머리 위에 스카프를 둘러 턱 밑에서 양끝을 묶는다. 나는 나비들이 그려진 빨간색 수영복으로 갈아입는다. 짧은 스커트 모양이고, 허리에는 허리띠가 꽉 죄어져 있다. Z. G.는 내 머리에 빨간색과 하얀색이 섞인 리본을 꽂아준다. 메이는 자전거 위에 앉아 한 발은 페달에, 다른 발은 바닥에 대고 균형을 잡는다. 나는 자전거 핸들을 잡은 메이의 손에 내 손을 포갠다. 다른 한 손은 메이의 안장 뒤쪽을 잡아 자전거가 쓰러지지 않게 한다. 메이가 어깨 너머로 흘깃 나를 돌아보는 자세를 취하고, 나는 메이를 빤히 바라본다. Z. G.가 말한다. "완벽해. 그대로 있어." 나는 Z. G.를 바라보고 싶은 마음이 간절하다. 그래도 메이에게 시선을 고정시키고 미소를 지으며, 뿌리는 모기약인 어스를 선전하기 위해 바다를 굽어보는 언덕의 풀밭에서 동생의 자전거를 밀어주는 것만큼 행복한 일이 없다는 표정을 짓는다.

Z. G.는 이 포즈를 유지하기가 힘들다는 것을 알아차리고는, 얼마 뒤 우리에게 휴식을 준다. 그리고 한동안 파도 위에 떠 있는 돛단배를 그린다. 그러고는 메이에게 묻는다. "메이, 우리가 그 동안 작업한 걸 펄에게 보여줄까?"

메이가 차단막 뒤로 들어가 옷을 갈아입는 동안 Z. G.는 자전거를 치우고, 배경막을 말아 올린 다음 방 한 가운데로 나지막한 소파를 끌어낸다. 메이는 가벼운 로브를 입고 나타나서 소파로 다가가 로브를 벗는다. 나는 메이가 알몸이라는 것과 아주 편안해 보인다는 것 중 어느 쪽이 더 놀라운 건지 모르겠다. 메이는 팔꿈치를 구부려 손으로 머리를 괴고 모로 눕는다. Z. G.는 메이의 엉덩이와 가슴에 투명한 비단을 걸친다. 천이 아주 가벼워서 젖꼭지가 다 보인다. Z. G.

는 잠시 어디론가 사라졌다가 분홍색 모란 몇 송이를 들고 돌아온다. 그는 줄기를 자른 뒤 메이 주위에 꽃을 정성들여 배치한다. 그러고는 이젤을 가린 천을 벗긴다. 그 밑에 숨어 있던 그림이 드러난다.

거의 완성단계인 그림은 아주 훌륭하다. 모란 꽃잎의 부드러운 느낌이 메이의 부드러운 살갗을 그대로 반영하고 있다. Z. G.는 물감을 문지르는 기법을 사용했다. 메이의 그림 위에 탄소가루를 뿌린 뒤 수채화 물감을 써서 뺨과 팔과 허벅지를 장밋빛으로 연출했다. 그림 속의 메이는 방금 따뜻한 물로 목욕을 하고 나온 것 같다. 고기를 줄이고 밥을 늘린 새로운 식단과 지난 며칠 동안의 고생으로 창백해진 안색 덕분에 나른한 분위기가 난다. Z. G.는 검은색 래커를 점점이 찍는 방식으로 눈을 표현해서, 그림을 바라보는 사람의 시선을 그 눈이 따라오면서 손짓하고, 유혹하고, 반응하는 것 같은 효과를 냈다. 이건 무슨 광고일까? 더위 때문에 따끔거리는 피부를 위한 왓슨의 로션? 재즈 헤어포마드? 투베이비 담배? 무슨 광고인지는 모르겠지만, 메이와 그림을 비교해보니 Z. G.가 후아친이차이, 즉 감정이 어른거리는 그림을 그려냈음을 알 수 있다. 과거의 대가들만이 작품에 구현할 수 있었다는 경지다.

하지만 충격적이다. 너무나 충격적이다. 나도 샘과 남편과 아내의 일을 하기는 했지만, 이 그림은 그보다 훨씬 더 친밀해 보인다. 이 그림은 또한 메이와 내가 얼마나 추락했는지를 보여주는 증거이기도 하다. 이것도 우리가 살아가는 동안 피할 수 없는 일인 것 같다. 우리가 처음 모델 일을 시작했을 때, 화가들은 우리더러 다리를 꼬고 무릎에 꽃이 흩뿌려진 포즈를 취하라고 했다. 다리 사이에 꽃다발을 꽂았던 봉건시대 기생들을 연상시키는 포즈였다. 나중에는 뒤통수에서 양손을 깍지 껴서 겨드랑이를 드러내는 포즈를 취해야 했다. 이것은 사진이 처음 등장했을 때부터 상하이의 유명한 꽃들이 지닌 매력과 관능을 포착하기 위해 사용되던 포즈였다. 어떤 화가는 우리가 버드나무 그늘에서 나비를 쫓는 모습을 그렸다. 나비가 연인의 상징이며, '버드나무 그늘'은 여자의 몸 아래쪽에 털이 수북한 그곳을 완곡히 표현하는 말이라는 사실은 모르는 사람이 없다. 하지만 지금 내 앞의 새 그림은 그런 그림들보다도 훨씬 더 나아간 것이다. 엄마가 그토록 화를 냈던 그림, 즉 우리 둘이 탱고를 추는 그림과 비교하면 말할 것도 없다. 아름다운 그림이다. 이 그림을 그리려면 메이가 Z. G.의 눈앞에서 몇 시간 동안 알몸으로 누워 있어야 할 것이다.

하지만 나는 그저 충격만 받은 것이 아니다. 메이가 Z. G.의 꼬임에 넘어가 이런 짓을 했다는 사실이 실망스럽다. 나는 메이의 약한 부분을 파고 든 Z. G.에게 화가 난다. 메이와 내가 이런 현실을 받아들일 수밖에 없다는 사실에 가슴이 아프기도 하다. 여자들은 이런 경로를 거쳐서 길에서 몸을 팔게 된다. 어디서든 마찬가지다. 자기가 허락하고 받아들일 수 있는 경계선을 한 번만 넘어서면, 이내 맨 밑바닥까지 떨어져버린다. 논다니가 되는 것이다. 쑤저우 강의 수상유곽에 살면서 잠깐 남편과 아내의 일을 하는 대가로 끔찍한 질병을 얻는 것에 개의치 않을 만큼 가난한 중국인들을 상대하는 밑바닥 창녀.

나는 실망과 역겨움을 느끼면서도 다음 날도, 그 다음 날도 Z. G.의 작업실을 찾는다. 우리에게는 돈이 필요하다. 그리고 얼마 되지 않아 나 역시 거의 벌거벗은 거나 다름없는 모습이 된다. 사람들은 힘든 시기, 전쟁, 자연재해, 고문 등을 이기고 살아남으려면 강하고 똑똑하고 운이 좋아야 한다고 말한다. 하지만 나는 근심, 두려움, 죄책감, 굴욕감 등 감정적인 고통이 훨씬 더 괴롭다고 생각한다. 감정적인 고통을 이기고 살아남기가 훨씬 더 어려운 것은 물론이다. 메이와 내가 그런 고통을 겪은 것은 이번이 처음이다. 이 고통이 우리의 기운을 앗아간다. 나는 거의 잠을 이루지 못하는 반면, 메이는 모든 것을 마비시키는 깊은 잠 속으로 도망친다. 정오까지 침대에서 선잠을 자고, 낮잠도 잔다. 어떤 날은 Z. G.의 아파트에서 그가 그림을 그리는 동안 꾸벅꾸벅 졸기도 한다. Z. G.는 메이가 포즈를 풀고 소파에서 자게 해준다. 그가 나를 그리는 동안 나는 메이를 바라본다. 메이의 손가락은 얼굴을 가리려고 애쓰지만 다 가리지는 못하는 모양으로 펼쳐져 있다. 메이의 얼굴은 잠을 자면서도 시름에 잠긴 표정을 짓는다.

우리는 냄비 속에서 서서히 끓는 물에 잠겨 죽어가는 가재 같다. 우리는 Z. G.의 모델을 하고, 파티에 참석하고, 압생트프라페를 마신다. 우리는 벳시와 함께 클럽에 가서, 다른 사람들이 우리 몫까지 돈을 내게 한다. 영화도 보러 가고, 윈도쇼핑도 한다. 지금 우리에게 무슨 일이 벌어지고 있는 건지 도저히 모르겠다.

우리가 남편들을 만나러 홍콩으로 떠나기로 되어 있는 날짜가 다가온다. 메이와 나는 그 배에 탈 생각이 전혀 없다. 이미 배표를 버렸기 때문에, 그 배에 타고 싶어도 탈 수가 없다. 하지만 부모님은 그 사실을 모른다. 메이와 나는 부모님이 의심하지 않게 짐을 싸는 척한다. 그리고 엄마와 아버지가 여행에 관해 늘어놓는 충고를 열심히 듣는다. 우리의 출발 예정일 전날 밤에 부모님은 우리를 데리고 나가 저녁을 사주면서 우리를 많이 그리워할 거라고 말한다. 다음 날 아침 메이와 나는 일찍 일어나서 옷을 차려 입고 집을 나선다. 아직 다른 사람은 아무도 일어나지 않았다. 그날 저녁, 그러니까 배가 이미 떠난 뒤에 우리가 집으로 돌아가자 엄마는 우리가 아직 떠나지 않았다는 사실에 기뻐서 울고 아버지는 의무를 다하지 않았다며 우리에게 고함을 지른다.

"너희가 무슨 짓을 한 건지 알아?" 아버지가 소리친다. "이제 큰일 났어."

"아버지는 걱정이 너무 많아요." 메이가 아주 가벼운 목소리로 말한다. "루이 영감은 아들들이랑 같이 이미 상하이를 떠났어요. 며칠 뒤면 영원히 중국 땅을 떠날 거고요. 이제는 그 사람들이 우리를 어쩔 수 없어요."

아버지의 얼굴에서 분노가 날뛴다. 순간적으로 아버지가 메이를 때릴 것처럼 보이지만, 아버지는 주먹을 꽉 쥐고 성큼성큼 응접실로 걸어가 문을 쾅 닫는다. 메이는 나를 보며 어깨를 으쓱한다. 우리는 어머니에게 주의를 돌린다. 어머니는 우리를 부엌으로 데려가서 요리사에게 차를 끓이라고 지시하고는, 요리사가 양철통에 아껴둔 귀한 영국산 버터쿠키를 두어 개 우리에게 준다.

열하루 뒤, 아침에 비가 내려서 무더위가 평소만큼 심하지 않다. Z. G.는 돈이 남아도는지 택시를 불러 도시 외곽의 렁화탑으로 우리를 데려간다. 연을 날리기 위해서다. 그다지 아름다운 곳은 아니다. 활주로, 처형장, 중국군 막사가 있다. 우리는 벌판을 쿵쿵 돌아다닌다. 마침내 Z. G.가 연을 날릴 장소를 고른다. 찢어진 테니스화를 신고, 몸에 잘 맞지도 않고 색도 바랜 군복(어깨에 부대표시가 달려 있다)을 입은 차림으로 강아지와 놀던 병사들 몇 명이 강아지를 버리고 우리를 도우러 온다.

각각의 꾀꼬리는 중심선에 별도의 줄과 고리로 연결되어 있다. 메이는 맨 앞의 꾀꼬리를 잡고 허공으로 들어올린다. 나는 병사들의 도움으로 또 다른 꾀꼬리의 줄을 중심선에 건다. 꾀꼬리들이 차례로 날아올라, 모두 열두 마리가 하늘에서 슉슉 날아다닌다. 아주 자유롭게 보인다. 산들바람에 메이의 머리카락이 날린다. 메이는 손으로 눈에 그늘을 만들고 하늘을 올려다본다. Z. G.의 안경에 빛이 부딪혀 반짝인다. 그가 활짝 웃으며 손짓으로 나를 부르더니 연의 조종을 맡긴다. 꾀꼬리들은 종이와 발사나무로 만들었지만, 바람이 줄을 잡아당기는 힘이 강하다. Z. G.는 내 뒤로 자리를 옮겨 내 손 위에 자기 손을 포개고는 조종을 도와준다. 그의 허벅지가 내 허벅지에 닿고, 내 등이 그의 몸에 닿는다. 나는 그와 밀착된 느낌을 빨아들인다. 그도 내 감정을 분명히 알고 있을 것이다. 그가 내 손을 잡아주는데도 연줄에 걸린 힘이 워낙 강해서 나는 저 꾀꼬리들을 따라 구름 너머로 날아오를 것 같은 기분이 든다.

엄마는 예전에 높은 나무에 앉은 매미 이야기를 자주 했다. 매미는 자기 뒤에 버마재비가 있는 줄은 까맣게 모른 채 맴맴 울어대며 이슬을 마신다. 버마재비는 앞다리를 아치 모양으로 들어올려 매미를 찌르지만, 자기 뒤에 꾀꼬리가 앉아 있는 줄은 까맣게 모른다. 꾀꼬리는 목을 쭉 뻗어 버마재비를 점심식사 거리로 낚아챈다. 하지만 꾀꼬리는 사내아이 하나가 잠자리채를 들고 정원으로 들어온 것을 모르고 있다. 매미, 버마재비, 꾀꼬리는 모두 먹잇감을 노리지만, 그보다 더 크고 피할 길이 없는 위험이 다가오는 것을 모르고 있다.

그날 오후 늦게 중국군과 일본군 병사들 사이에 처음으로 총격전이 벌어진다.

하얀 서양자두꽃

다음 날인 8월 14일 아침, 우리는 밖에서 사람들과 동물들이 움직이는 소리에 늦게 잠에서 깬다. 커튼을 열어 보니 사람들이 강물처럼 우리 집 앞을 지나가고 있다. 도대체 무슨 일인지 궁금했느냐고? 천만에. 오늘 쇼핑을 할 예정인 우리는 어떻게 하면 1달러를 최대한 이용할 수 있을지만 생각한다. 우리가 천박해서 이러는 것이 아니다. 미인도의 모델인 우리는 유행을 따를 필요가 있다. 메이와 나는 루이 영감이 두고 간 서양 옷을 최대한 매치시켜 입고 있지만, 그래도 유행에서 뒤떨어질 수는 없다. 우리가 생각하는 것은 올가을의 새로운 유행이 아니다. 우리와 함께 일하는 화가들은 이미 내년 봄의 달력과 광고들을 만들고 있기 때문이다. 서양 디자이너들은 새해에 어떤 디자인을 내놓을까? 소매단에 단추가 하나 늘어날까? 옷 길이가 짧아질까? 목선이 낮아질까? 허리를 조일까? 우리는 난징로로 나가 진열된 옷들을 구경하며 패션의 변화를 예측해보기로 한다. 그 다음에 탑처럼 우뚝 솟은 윙온 백화점의 잡화점에 들러 리본과 레이스 등 우리 옷들을 새로이 꾸밀 장식품을 살 것이다.

메이는 청록색 바탕에 하얀 서양자두꽃 무늬가 있는 원피스를 입는다. 나는 헐렁한 흰색 리넨 바지에 감색 반소매 상의를 입는다. 그러고 나서 우리는 옷장에 남은 옷들을 훑어보며 오전을 보낸다. 메이는 목에 묶을 스카프나 신발에 어울리는 가방을 고르며 몸단장에 몇 시간을 쏟는 성격이다. 메이가 옷장을 뒤지며 우리가 사야 하는 물건이 뭔지 말하면 나는 그것을 받아 적는다.

우리는 오후 늦게 한여름의 태양을 피하기 위해 모자를 핀으로 고정시켜 쓰고, 양산을 든다. 전에 말했듯이 상하이의 8월은 끔찍할 정도로 덥고 습하다. 하얀 구름과 열기가 가득한 하늘이 사람들을 짓누르는 것 같다. 하지만 오늘은 덥지만 맑은 날씨다. 거리에서 북적거리는 수천 명의 사람들만 아니면, 심지어 쾌적한 날씨라고 말할 수도 있을 것 같다. 사람들은 바구니, 닭고기, 옷, 음식, 신주神主를 들고 있다. 전족을 한 할머니들과 아주머니들은 아들들과 남편들의 부축을 받는다. 형제들은 쿨리들처럼 긴 장대를 힘들게 어깨에 메고 간다. 장대 끝에 매달린 바구니 안에는 어린 동생들이 타고 있다. 노인, 병자, 장애인은 외바퀴수레를 타고 간다. 여유가 있는 사람들은 쿨리를 고용해서 짐가방, 트렁크, 상자 등을 운반하게 하지만, 그보다는 시골 출신의 가난한 사람들이 훨씬 더 많다. 메이와 나는 기분 좋게 인력거를 잡아타고 사람들에게서 멀어진다.

"저 사람들은 누구야?" 메이가 묻는다.

나는 금방 대답이 떠오르지 않는다. 주위에서 벌어지는 일에 그만큼 무심했다는 뜻이다. 나는 내 입으로 말해본 적이 한 번도 없는 단어에 대해 곰곰이 생각한다.

"피난민들이야."

메이는 인상을 찌푸린다.

내가 길거리의 이 갑작스러운 소란이 느닷없는 일인 것처럼 말한 건, 우리에게는 실제로 그렇게 느껴졌기 때문이다. 메이는 원래 세상 일에 별 관심이 없지만, 나는 그래도 아는 것이 몇 가지 있다. 내가 열다섯 살이던 1931년에 난쟁이 도적들이 북쪽 끝의 만주를 침공해서 괴뢰정권을 세웠다. 4개월 뒤 새해가 밝아올 무렵, 그들은 우리가 사는 훙커우 바로 옆의 쑤저우 강 건너편에 있는 차페이 지구로 들어왔다. 처음에 우리는 사람들이 불꽃놀이를 하는 줄 알았다. 아버지가 나를 북쓰촨로 끝으로 데려갔고, 거기서 우리는 진실을 보았다. 폭탄이 터지는 광경은 무시무시했다. 그리고 저녁 외출용 옷을 차려입은 상하이 상류자들이 술을 마시고, 샌드위치를 오물거리고, 담배를 피우고, 웃음을 터뜨리며 그 광경을 구경하는 모습은 더욱 더 끔찍했다. 중국의 19로군路軍은 우리 도시에서 부를 쌓은 외국인들의 도움을 전혀 받지 못한 채 맞서 싸웠다. 일본은 11주가 지난 뒤에야 휴전에 합의했다. 차페이는 재건되었고, 우리는 그 일을 마음에서 지워버렸다.

그런데 지난 달 수도의 마르코폴로 다리에서 총격전이 벌어졌다. 공식적인 전쟁이 시작되었지만, 난쟁이 도적들이 이토록 빨리 이렇게 남쪽까지 내려올 거라고 생각한 사람은 하나도 없었다. 놈들이 호페이를 차지할 테면 하라지. 샨퉁도, 샨시도. 호난을 조금 가져가는 것도 괜찮아. 사람들은 계속 이렇게 생각했다. 그 원숭이들이 그 많은 영토를 소화하는 데는 시간이 필요할 거라고. 놈들은 통제권을 확립하고 주민들의 봉기를 완전히 진압한 뒤에야 비로소 남쪽의 양쯔강 삼각주로 진군할 생각을 할 거라고. 외국의 지배를 받게 될 가엾은 주민들은 왕쿠오누, 즉 망국의 노예가 될 터였다. 우리는 우리와 함께 가든 다리를 건너는 피난민들의 행렬이 시골까지 10마일이나 이어져 있다는 사실을 모른다. 우리가 모르는 것이 아주 많다.

우리가 세상을 바라보는 시각은 시골의 농부들이 수천 년 전부터 세상을 바라보던 시각과 아주 비슷하다. 농부들은 항상 산은 높고 황제는 아주 멀리 있다고 말했다. 궁중의 음모와 제국의 협박이 자기들의 삶에는 아무런 영향을 미치지 않는다는 뜻이다. 그들은 일이 잘못됐을 때의 결과나 보복을 걱정할 필요 없이 무엇이든 마음대로 해도 되는 것처럼 행동했다. 상하이에 사는 우리도 중국의 다른 지역에서 벌어지는 일은 결코 우리에게 영향을 미치지 못할 거라고 생각한다. 이 나라의 다른 지역이 워낙 넓고 낙후돼 있으니까. 우리는 조약에 따라 외국인들이 다스리는 항구에 살고 있으므로 엄밀히 말하면 중국에 속하지도 않는다. 게다가 우리는 일본군이 상하이까지 오더라도 우리 군대가 5년 전에 그랬던 것처럼 그들을 물리칠 거라고 믿는다. 진심으로 믿는다. 하지만 장제스 총통은 생각이 다르다. 그는 일본과의 싸움터가 삼각주로 옮겨오기를 바란다. 이곳이라면 그가 국민들의 자부심과 저항정신을 불러일으키는 동시에, 공산주의자들에 대한 반감을 공고히 다질 수 있기 때문이다. 공산주의자들은 얼마 전부터 내전을 이야기하고 있다.

물론 가든 다리를 건너 공공 조계로 들어가고 있는 우리는 그런 사실들을 전혀 모른다. 피난민들은 짐을 내려놓고 인도에 눕거나, 커다란 은행 계단에 앉거나, 부두로 몰려간다. 구경꾼들은 한데 모여서 우리 비행기들이 일본군의 기함인 이즈모 호와 그 배를 둘러싼 구축함, 소해정, 순양함에 폭탄을 떨어뜨리려고 애쓰는 모습을 지켜본다. 외국인 사업가들과 쇼핑객들은 결연한 표정으로 길바닥의 사람들을 피해 발걸음을 내딛으며 공중에서 벌어지는 일들을 무시한다. 마치 이런 일이 일상사인 것처럼. 절망, 축제에 온 것 같은 흥분, 무관심이 한꺼번에 섞여 있는 분위기다. 폭격은 즐거운 오락일 뿐이다. 공공 조계는 영국 항구이므로 일본군의 위협을 받을 염려가 전혀 없기 때문이다.

우리를 태운 인력거꾼이 난징로 모퉁이에서 걸음을 멈춘다. 우리는 미리 합의한 요금을 치르고 군중 속으로 들어간다. 비행기들이 머리 위를 휙 지나갈 때마다 격려의 환호성과 박수갈채가 인다. 하지만 모든 폭탄이 표적을 맞히지 못하고 황푸 강으로 맥없이 떨어지자 환호가 야유로 바뀐다. 왠지 이 모든 것이 재미있는 게임처럼 보인다. 나중에는 재미도 없어진다.

메이와 나는 피난민들을 피해 난징로를 걸으며 상하이 토박이들과 상하이 상류자들이 무슨 옷을 입고 있는지 살핀다. 캐세이 호텔 앞에서 우리는 토미 후와 마주친다. 그는 하얀 양복을 입고 밀짚모자를 머리에 비스듬히 썼다. 메이를 보고 아주 기쁜 것 같다. 메이는 수작을 거는 듯한 그의 태도에 녹아내린다. 나는 저 둘이 미리 만나기로 약속한 것이 아닌가 하는 생각을 떨쳐버릴 수 없다.

나는 머리를 맞대고 손을 가볍게 잡은 메이와 토미를 남겨두고 길을 건넌다. 팰리스 호텔 앞에 막 도착했을 때 뒤에서 커다랗게 탁탁탁 하는 소리가 들린다. 무슨 소리인지는 모르지만, 나는 본능적으로 고개를 숙인다. 주위의 다른 사람들은 바닥에 엎드리거나 건물 문간으로 도망친다. 번드 쪽을 뒤돌아보니 은색 비행기가 낮게 날고 있다. 우리 편 비행기다. 일본군 전함에서 대공포가 불을 뿜는다. 처음에는 난쟁이 도적들이 표적을 놓친 것처럼 보인다. 몇몇 사람들이 환호한다. 하지만 이내 비행기에서 연기가 나선형으로 뿜어져 나오는 것이 보인다.

대공포에 맞은 비행기가 난징로 쪽으로 방향을 바꾼다. 조종사는 비행기가 추락할 것이라는 사실을 틀림없이 알고 있을 것이다. 그가 날개에 달려 있던 폭탄 두 개를 갑자기 떨어뜨린다. 폭탄이 떨어지는 데 아주 오랜 시간이 걸리는 것처럼 보인다. 휘파람 소리 같은 것이 들리더니, 속이 뒤집힐 만큼 급격하게 몸이 기울어지면서 모든 것이 산산조각 난다. 첫 번째 폭탄이 캐세이 호텔 앞에 떨어진 것이다. 나는 눈앞이 하얗게 변하고, 귀도 들리지 않는다. 허파도 멈춰버렸다. 마치 폭발로 인해 내 몸이 제대로 작동하는 법을 잊어버린 것 같다. 1초쯤 시간이 흐른 뒤 두 번째 폭탄이 팰리스 호텔 지붕을 뚫고 들어가 폭발한다. 유리, 종이, 살점, 신체 일부 등이 내게 쏟아진다.

폭탄이 터지는 현장을 직접 보았을 때 가장 견디기 힘든 것은 최초의 충격 뒤에 곧바로 따라오는, 모든 것이 완전히 마비된 듯한 적막이라고들 한다. 마치 시간이 그대로 멈춰버린 것 같다. 이 표현은 어느 나라에서나 통할 것 같다. 나는 얼어붙은 듯 꼼짝도 하지 못한다. 연기와 횟가루가 꾸역꾸역 밀려나온다. 마침내 호텔 창문에서 유리가 챙그랑 챙그랑 떨어지는 소리가 들린다. 누군가가 신음한다. 또 다른 누군가는 비명을 지른다. 또 다른 폭격기가 비틀거리며 머리 위의 하늘을 지나가자 절대적인 공포가 거리를 집어삼킨다. 1~2분쯤 뒤에 폭탄 두 개가 또 터지는 소리와 함께 충격이 느껴진다. 나중에 알고 보니, 이 두 개의 폭탄은 에두아르 VII세 대로와 티베트로[註]가 교차하는 경마장 근처에 떨어졌다고 한다. 경마장에는 많은 피난민들이 공짜로 나눠주는 밥과 차를 타려고 모여 있었다. 모두 합해 네 개의 폭탄이 수천 명의 사람들을 다치게 하고, 불구로 만들고, 목숨을 앗아간다.

나는 가장 먼저 메이를 생각한다. 메이를 찾아야 한다. 나는 뒤얽힌 시체들을 비틀거리며 넘어간다. 시체들의 옷은 갈기갈기 찢어졌고, 피투성이다. 그들이 피난민인지, 상하이 토박이인지, 상하이 상륙자인지는 알 수 없다. 잘린 팔과 다리가 거리에 흩어져 있다. 팰리스 호텔의 손님들과 직원들이 거리로 물밀 듯이 쏟아져 나온다. 거의 모두 비명을 지르고 있다. 피를 흘리는 사람도 많다. 사람들은 부상자들과 사망자들을 뛰어넘는다. 나도 공포에 질린 사람들과 함께 허둥지둥 움직인다. 아까 메이와 토미가 있던 곳으로 가야 한다. 아무 것도 보이지 않는다. 나는 먼지와 공포를 없애버리려고 눈을 비비지만 아무 소용이 없다. 토미의 일부가 보인다. 그의 모자가 사라졌고, 머리도 보이지 않는다. 그래도 그 하얀 양복은 알아볼 수 있다. 메이는 그곳에 없다. 천만다행이다. 도대체 어디로 간 걸까?

나는 팰리스 호텔을 향해 다시 돌아선다. 서둘러 뛰어오느라 메이와 길이 엇갈린 모양이다. 이미 죽은 사람들과 죽어가는 사람들이 난징로를 카펫처럼 뒤덮고 있다. 심하게 다친 남자들 몇 명이 술 취한 사람처럼 비틀거리며 거리 한 가운데를 걸어온다. 불붙은 자동차들도 여러 대 보인다. 창문이 날아간 차들도 있다. 차 안에도 역시 부상자들과 시체들이 있다. 자동차, 인력거, 전차, 외바퀴수레, 그리고 그 안의 사람들이 모두 파편에 맞아 곰보처럼 변해버렸다. 건물, 광고 판, 울타리 등에는 살점들이 흩뿌려져 있다. 굳은 피와 살점 때문에 길이 미끄럽다. 산산이 부서진 유리조각들이 길에서 다이아몬드처럼 반짝인다. 8월의 더위 속에서 악취가 내 눈을 태우고, 내 목구멍을 막 는다.

"메이!" 나는 메이를 부르며 몇 걸음 내딛는다. 나는 계속 메이의 이름을 부르면서, 내 주위에서 소용돌이치는 공포 속에서 메이의 대 답을 들으려고 귀를 기울인다. 걸음을 멈추고 부상자와 사망자를 일 일이 살펴본다. 죽은 사람이 이렇게 많은데, 메이도 살아남기 힘들었 을 것이다. 메이는 워낙 섬세해서 쉽게 상처를 입는다.

그런데 사방에 낭자한 피 속에서 사람들 틈으로 하얀 서양자두꽃 무늬가 있는 청록색 천이 보인다. 나는 그리로 달려가 동생을 찾아낸 다. 메이는 폭발의 잔해에 몸의 일부가 묻혀 있다. 의식을 잃었거나, 죽은 것 같다.

"메이! 메이!"

메이는 꼼짝도 하지 않는다. 공포가 내 심장을 움켜쥔다. 나는 메 이 옆에 무릎을 꿇는다. 상처가 전혀 보이지 않는다. 메이 옆에 누워 있는, 끔찍한 부상을 당한 여자에게서 흘러나온 피에 청록색 원피스 가 흠뻑 젖었다. 나는 메이의 옷을 덮은 잔해들을 옆으로 밀고 메이 의 얼굴 가까이 몸을 기울인다. 얼굴이 밀랍처럼 창백하다. "메이." 내가 부드럽게 부른다. "정신 차려. 어서, 메이. 정신 좀 차려봐."

메이가 꿈틀거린다. 나는 다시 메이를 격려한다. 메이가 눈을 뜨고 신음하더니 다시 눈을 감는다.

나는 메이에게 질문을 퍼붓는다. "너 다쳤어? 아프니? 움직일 수 있어?"

메이는 내 질문을 질문으로 맞받는다. 나는 안도감에 온 몸의 긴장이 풀린다.

"어떻게 된 거야?"

"폭탄이 떨어졌어. 네가 안 보여서 걱정했잖아. 너 괜찮은 거지?"

메이는 양쪽 어깨를 차례로 비튼다. 몸을 움찔하지만, 아파서 그러는 것은 아니다.

"나 좀 일으켜줘." 메이가 말한다.

나는 한 손을 메이의 목덜미에 대고 메이를 일으켜 앉힌다. 메이의 목을 잡았던 내 손에 끈적끈적한 피가 묻어 있다.

사방에서 부상자들이 신음한다. 도와달라고 외치는 사람도 있고, 꿀럭꿀럭 소리를 내며 힘겹게 최후의 숨을 쉬는 사람도 있고, 사랑하는 사람이 갈기갈기 찢긴 모습에 경악해서 비명을 지르는 사람도 있다. 하지만 나는 이 거리에 많이 와 봤기 때문에 안다. 지금 이 거리에는 소름이 끼치는 고요가 저변에 깔려 있다. 마치 죽은 사람들이 어두운 공허 속으로 소리를 빨아들이고 있는 것 같다.

나는 메이의 몸에 팔을 둘러 일으켜 세운다. 메이가 휘청거린다. 다시 의식을 잃지나 않을지 걱정스럽다. 나는 메이의 허리에 팔을 두르고 몇 걸음 내딛는다. 하지만 어디로 가야 하나? 구급차는 아직 도착하지 않았다. 멀리서 사이렌소리조차 들리지 않는다. 하지만 근처의 다른 거리에 있던 사람들이 나타난다. 전혀 다치지 않은 몸에 깨끗한 옷을 걸치고 있는 모습이 놀랍다. 그들은 시체에서 시체로, 부상자에게서 부상자에게로 급히 돌아다닌다.

"토미는?" 메이가 묻는다. 나는 고개를 젓는다. "토미한테 데려다줘."

나는 그러지 않는 편이 나을 것 같은데, 메이가 고집을 부린다. 그의 시체가 있는 곳에 이르자 메이의 무릎에서 힘이 빠진다. 우리는 도로 턱에 앉는다. 메이의 머리에 횟가루가 허옇게 묻었다. 유령 같다. 아마 나도 같은 모습일 것이다.

"네가 정말로 안 다쳤는지 확인해야겠어." 내가 말한다. 토미의 시체에서 메이의 주의를 돌리려는 의도도 조금 섞여 있다. "어디 한 번 보자."

메이가 내게 등을 돌린다. 토미가 보이지 않는 방향이다. 메이의 머리카락에 묻은 피가 이미 엉기기 시작했다. 나는 그것을 좋은 징조로 받아들인다. 구불구불한 머리카락을 조심스레 젖히자 뒤통수에 찢어진 상처가 보인다. 나는 의사가 아니지만, 꿰매야 할 만큼 큰 상처 같지는 않다. 그래도 메이는 충격을 받고 정신을 잃었다가 깨어났다. 누가 나더러 메이를 집으로 데려가도 안전하다고 말해주면 좋겠다. 우리는 기다리고 또 기다리지만, 구급차들이 도착한 뒤에도 아무도 우리를 도와주지 않는다. 시급히 도와줘야 하는 사람들이 너무 많다. 어스름이 내릴 무렵, 나는 집에 가야겠다고 결단을 내린다. 그런데 메이는 토미를 두고 갈 수 없다고 고집을 부린다.

"어렸을 때부터 알고 지내던 애야. 우리가 얘를 이렇게 버려두고 온 걸 알면 엄마가 뭐라고 하겠어? 토미의 어머니는 또……" 메이는 몸을 바들바들 떨면서도 울음을 터뜨리지는 않는다. 충격이 너무 커서 울지도 못하는 것이다.

가구점 운반차량들이 시체를 실어가려고 도착할 무렵, 폭탄이 터지는 충격이 느껴진다. 멀리서 기관총 소리도 들려온다. 거리에 있는 사람들은 모두 이것이 무슨 의미인지 확실히 알고 있다. 난쟁이 도적들이 공격하고 있는 것이다. 그들은 공공 조계나 조차지를 폭격하지는 않을 것이다. 하지만 차페이, 훙커우, 구시가지, 그리고 중국인들이 사는 외곽지대에 총격을 가하고 있음이 분명하다. 사람들은 비명을 지르며 울음을 터뜨리지만, 메이와 나는 두려움과 싸우며 토미의 시신 곁을 지킨다. 토미가 들것에 실려 가구점 운반차에 실릴 때까지.

"이제 집으로 갈래." 차가 떠나자 메이가 말한다. "엄마랑 아버지가 걱정하실 거야. 그리고 총통이 또 우리 비행기들을 띄울지도 모르니까, 거리에 있지 않는 편이 좋겠어."

맞는 말이다. 우리 공군은 이미 무능력을 입증했다. 오늘밤에 우리 공군이 또 비행기를 띄운다면, 거리는 안전하지 않을 것이다. 그래서 우리는 집으로 걸어간다. 우리 둘 다 피와 횟가루를 잔뜩 뒤집어쓰고 있다. 행인들은 우리가 한 걸음 내디딜 때마다 죽음을 불러오는 존재이기라도 한 것처럼 우리를 멀찍이 피한다. 엄마가 우리를 보면 기함을 할 것이다. 하지만 나는 엄마의 걱정과 눈물이 그립다. 그 뒤에 필연적으로 따라올 엄마의 꾸지람도. 엄마는 우리더러 왜 그런 위험을 자초했느냐고 화를 낼 것이다.

우리는 문으로 들어가 응접실로 향한다. 가장자리에 자그마한 벨벳 공들이 달려 있는 외국식의 암록색 커튼이 꼭 닫혀 있다. 폭격으로 인해 정전이 됐기 때문에, 부드럽고 따뜻한 촛불이 방을 밝히고 있다. 정신없는 하루를 보내느라 나는 하숙생들에 대해 잊고 있었다. 하지만 그들은 우리를 잊지 않았다. 신기료 장수는 아버지 옆에 웅크리고 앉아 있다. 학생은 엄마의 의자 옆에서 자신 있는 표정을 지으려고 애쓰고 있다. 두 무희는 등을 벽에 대고 서서 불안한 표정으로 손가락을 비틀고 있다. 경찰관의 아내와 두 딸들은 의자에 앉아 있다.

엄마는 우리를 보더니 얼굴을 감싸고 울기 시작한다. 아버지는 성큼성큼 방을 가로질러서 메이를 양팔로 감싸고 거의 들다시피 해서 자기 의자로 데려간다. 사람들이 메이의 주위로 모여들어 얼굴을 만지고, 허벅지와 팔을 토닥거리며 다친 곳이 없는지 확인한다. 모두들 한꺼번에 떠들어댄다.

"어디 다쳤어?"

"어떻게 된 거야?"

"적기가 한 짓이라던데. 그 원숭이들은 정말 무자비하기 짝이 없어!"

모두들 메이에게 정신을 쏟고 있는데, 경찰관의 아내와 딸들은 내게로 온다. 경찰관 아내의 눈에 두려움이 깃들어 있다. 큰딸이 내 블라우스를 잡아당긴다. "우리 아빠가 아직 집에 안 오셨어요." 희망과 용기를 잃지 않은 목소리다. "우리 아빠를 봤어요?"

나는 고개를 젓는다. 큰딸은 동생의 손을 잡고 살금살금 계단으로 돌아간다. 아이들의 엄마는 두려움과 걱정으로 눈을 감는다.

이제 메이와 함께 무사히 집으로 돌아오고 나니 오늘 있었던 일들이 내 머릿속을 요란하게 지나간다. 내 동생은 크게 다치지 않았고, 우리는 집으로 돌아왔다. 지금까지 나를 강하게 만들어준 두려움과 흥분은 사라졌다. 나는 공허하고 약해진 것 같다. 현기증도 난다. 다른 사람들도 그걸 알아차린 것 같다. 갑자기 사람들이 나를 붙들고 의자로 인도한다. 나는 순순히 이끌려 가서 푹신한 의자에 털썩 주저앉는다. 누군가가 내 입술에 잔을 대준다. 나는 미지근한 차를 한 모금 마신다.

메이가 일어서서 나의 업적을 자랑스레 나열한다. "언니는 안 울었어요. 포기하지도 않았고요. 날 열심히 찾아다녀서 결국 찾아냈어요. 날 돌봐주고, 집까지 데려왔어요. 언니는······"

사람인지 물건인지 하여튼 뭔가가 문을 쾅쾅 두드린다. 아버지가 손을 공처럼 오므려 쥔다. 앞으로 무슨 일이 다가올지 벌써 아는 사람처럼. 이제 우리 집에는 문을 열어줄 하인이 없는데도 아무도 움직이지 않는다. 모두들 두려워하고 있다. 피난민이 도움을 청하러 온 걸까? 난쟁이 도적들이 벌써 시내로 들어온 걸까? 약탈이 시작된 걸까? 아니면 약삭빠른 자들이 전쟁 중에 보호비 명목으로 돈을 뜯어내서 부자가 되어야겠다고 생각한 걸까? 메이가 문을 향해 걸어가고, 우리는 메이를 지켜본다. 메이의 엉덩이가 가볍게 살랑거린다. 메이는 문을 열더니 천천히 뒷걸음질을 친다. 항복하는 사람처럼 손을 들고서.

안으로 들어온 세 남자는 군복차림이 아니지만, 척 보기만 해도 위험하다는 걸 알 수 있다. 그들은 뾰족한 가죽구두를 신고 있다. 발길질로 상처를 입히기에 좋은 물건이다. 셔츠는 질 좋은 검은 면으로 만든 것이다. 핏자국을 숨기기에 좋을 것 같다. 그들은 펠트 중절모를 낮게 끌어내려 얼굴에 그림자가 지게 했다. 한 명은 권총을 들었고, 다른 한 명은 곤봉 같은 것을 움켜쥐고 있다. 나머지 한 명은 작지만 땅딸막한 몸 자체가 위협적이다. 나는 거의 평생 동안 상하이에서 살았기 때문에 거리나 클럽에서 청방의 조직원들을 알아보고 피할 수 있다. 하지만 우리 집에서 그런 놈들을 한 명도 아니고 세 명씩이나 보게 될 줄은 몰랐다. 방에서 사람들이 그토록 빨리 빠져나가는 광경은 한 번도 본 적이 없다. 경찰관의 딸들부터 학생과 무희에 이르기까지 모든 하숙생들이 이파리처럼 흩어진다.

세 불한당은 메이를 무시하고 태평하게 응접실로 걸어 들어온다. 방 안이 따뜻한데도 나는 몸이 떨린다.

"친 씨?" 땅딸막한 남자가 아버지 앞에 버티고 서서 묻는다.

아버지는 침을 꿀꺽 삼키고 또 삼킨다. 나는 이 광경을 평생 잊지 못할 것이다. 뜨거운 콘크리트 위에서 헐떡이는 물고기 같다.

"목구멍이 막힌 거야, 뭐야?"

침입자의 조롱 섞인 말투에 나는 아버지의 얼굴에서 눈을 피한다. 그런데 더 심한 것이 눈에 들어온다. 아버지의 바지 색깔이 점점 짙어진다. 오줌보에서 힘이 풀린 것이다. 세 남자 중 대장임이 분명한 땅딸막한 남자는 역겹다는 듯 바닥에 침을 뱉는다.

"당신은 곰보 황한테 빚을 갚지 못했어. 몇 년 동안 돈을 빌려다가 가족들하고 사치스러운 생활을 했으면서 빚을 안 갚으면 안 되지. 곰보 황의 가게에서 도박을 하고서 잃은 돈을 내놓지 않으면 안 되지."

최악의 상황이다. 이 도시에서 곰보 황의 세력이 워낙 강하기 때문에, 시내 어디서든 누가 시계를 도둑맞으면 그의 부하들이 24시간 안에 반드시 되찾아줄 것이라는 말이 돌아다닐 정도다. 물론 시계 주인은 대가를 지불해야 한다. 곰보 황은 자기 기분을 거스른 사람에게 관을 배달시키는 걸로 유명하다. 그는 또한 어떤 식으로든 자기를 속인 사람을 대부분 죽여버린다. 그러니 그가 이런 식으로 부하들을 보낸 것이 우리에게는 행운이다.

"곰보 황은 당신과 훌륭한 약정을 맺었어." 폭력배가 말을 잇는다. "복잡한 약정이었지만, 곰보 황은 쾌히 받아들였지. 당신 빚을 어떻게 해야 할지 고민 중이었거든." 깡패는 잠시 말을 멈추고 아버지를 노려본다. "당신이 얘들한테 설명할 거야?" 그가 무심히 우리를 가리킨다. 그런데 그 동작이 위협적으로 느껴진다. "아니면 내가 할까?"

우리는 아버지의 말을 기다린다. 하지만 아버지가 입을 열지 않자, 그 불한당이 우리에게 시선을 돌린다.

"이 사람이 갚아야 할 빚이 있었어. 그런데 그 때 미국에서 온 상인이 사업에 필요한 인력거도 사야 하고, 아들들의 신붓감도 구해야 한다면서 우릴 찾아왔지. 그래서 곰보 황은 모두에게 이득이 되는 3자 거래를 하기로 한 거야."

엄마와 메이는 어떤지 몰라도, 나는 여전히 아버지가 행동이나 말로 이 끔찍한 남자들을 집에서 몰아내주기를 바라고 있다. 남자로서, 아버지로서, 남편으로서 그것이 마땅한 일이 아닌가.

깡패 대장이 아버지를 향해 위협적으로 몸을 기울인다. "우리 두목이 당신한테 명령했잖아. 당신이 가진 인력거와 딸들을 루이 씨한테 주라고. 당신은 돈을 한 푼도 낼 필요가 없고, 마누라랑 같이 이 집에서 계속 살 수 있다는 조건이었어. 루이 씨가 미국 달러로 우리한테 당신 빚을 갚아줄 테니까. 다들 필요한 것을 얻고 잘 살게 되는 거지."

나는 우리에게 진실을 말해주지 않은 아버지에게 화가 난다. 하지만 지금 내가 느끼고 있는 공포에 비하면 그건 하찮은 감정이다. 아버지만 마땅히 해야 할 일을 하지 않은 게 아니기 때문이다. 메이와 나도 그 거래의 일부였다. 그러니 우리도 곰보 황의 뜻을 거슬렀다. 깡패 대장은 즉시 본론으로 들어간다.

"우리 두목이 이 거래로 한 몫을 챙긴 건 사실이지만, 문제가 생겼어. 당신 딸들이 배에 안 탔거든. 만약 곰보 황이 당신들을 가만 내버려두면 곰보 황한테 빚을 진 다른 사람들이 어떻게 생각할까?" 깡패 대장은 아버지에게서 시선을 돌려 방을 훑어본다. 그리고 나와 메이를 차례로 가리킨다. "이것들이 당신 딸이지?" 그는 대답을 기다리지 않는다. "홍콩에서 남편들을 만나기로 되어 있었는데, 왜 안 간 거지?"

"나는……"

자기 아버지가 약하다는 걸 알아차리는 건 슬픈 일이다. 하지만 아버지가 한심한 인간이라는 걸 깨닫는 건 끔찍한 일이다.

자세히 생각해보지도 않고 내가 불쑥 말한다. "아버지 잘못이 아니에요."

깡패 대장의 잔인한 눈이 내게 향한다. 그는 내 의자로 다가와 내 앞에 웅크리고 앉아 무릎에 손을 얹고 세게 움켜쥔다. "그게 무슨 소리지?"

나는 온 몸이 돌처럼 굳어서 숨을 죽인다.

메이가 내 옆으로 쏜살같이 달려와 말을 하기 시작한다. 사실을 나열하는데도 모든 문장이 질문처럼 들린다. "우리는 아버지가 청방에 빚을 진 줄 몰랐어요? 우리는 아버지가 외국의 중국인에게 빚을 진 줄 알았어요? 우리는 루이 영감이 그냥 왔다 가는 사람이니까 별로 중요하지 않다고 생각했어요?"

"쓸모없는 인간이 딸들은 잘 낳았네. 안타까운 일이야." 깡패 대장이 입담 좋게 말한다. 그리고 일어서서 방 한가운데로 걸어간다. 그의 부하들이 다가와서 선다. 그가 아버지에게 말한다. "당신은 딸들을 시집으로 보낸다는 조건으로 이 집에서 계속 사는 걸 허락받았어. 그런데 당신이 그렇게 하지 않았으니까 여긴 이제 당신 집이 아냐. 여기서 나가. 빚도 갚고. 지금 당신 딸들을 데려갈까? 우리가 좋은 데에 쓸 수 있을 거야."

나는 아버지가 뭐라고 할지 무서워서 불쑥 끼어든다. "우리가 지금이라도 미국으로 가면 돼요. 다른 배를 타면 되잖아요."

"곰보 황은 거짓말쟁이를 싫어해. 너희는 이미 거짓말을 했어. 지금 그 말도 십중팔구 거짓이겠지."

"시키는 대로 할게요. 약속해요." 메이가 중얼거리듯 말한다.

깡패 대장의 손이 코브라처럼 튀어나와 메이의 머리카락을 잡고 메이를 자기 쪽으로 홱 잡아당긴다. 그리고 자기 얼굴을 메이의 얼굴에 가까이 들이댄다. 그가 미소를 지으며 말한다. "네 식구들은 무일푼이야. 너희는 거리에서 살아야 돼. 그러니 다시 한 번 묻지. 지금 우리랑 같이 가는 게 좋지 않겠어? 우린 미인들을 좋아하거든."

"내가 저 애들 표를 갖고 있어요." 작은 목소리가 들린다. "저 애들이 반드시 떠나게 할게요. 그리고 내 남편이 빚을 갚으려고 맺은 거래를 반드시 완수하게 할게요."

처음에 나는 누가 이 말을 한 건지 알 수 없다. 다른 사람들도 마찬가지다. 모두들 두리번거리다가 엄마에게 시선이 닿는다. 엄마는 남자들이 집에 들어온 뒤로 한 마디도 하지 않았다. 엄마에게서 한 번도 본 적이 없는 강인함이 느껴진다. 어쩌면 우리 모두 자기 어머니를 그렇게 생각하는지도 모른다. 자기 어머니는 평범한 사람이라고. 그런데 어느 날 어머니가 갑자기 비범한 행동을 한다.

"내가 표를 갖고 있어요." 엄마가 같은 말을 되풀이 한다. 틀림없이 거짓말이다. 내가 표를 버렸으니까. 샘이 준 안내서와 이민서류도 함께.

"그 표가 지금 무슨 소용이야? 당신 딸들은 이미 배를 놓쳤어."

"표를 바꿔서 애들을 남편한테 보내면 돼요." 엄마는 양손으로 손수건을 쥐어짠다. "내가 꼭 그렇게 할게요. 그리고 남편이랑 같이 이 집을 떠날게요. 곰보 황한테 그렇게 전해줘요. 곰보 황이 그래도 마음에 안 든다면, 직접 와서 나랑 이야기를 하자고 해요. 여자인……"

권총의 공이치기가 젖혀지는 기분 나쁜 소리가 엄마의 말을 막는다. 깡패 대장은 한손을 들어 부하들을 대기시킨다. 침묵이 수의처럼 방을 감싼다. 밖에서는 구급차들이 비명을 지르고, 기관총이 드르르 기침을 한다.

깡패 대장이 가볍게 코웃음을 친다. "친 부인, 당신 말이 거짓말이라면 우리가 무슨 짓을 할지 알지?"

부모님이 아무 말도 하지 않자, 메이가 용감하게 나서서 묻는다. "시간을 얼마나 줄 수 있어요?"

"내일까지야." 깡패 대장이 으르렁거린다. 그러고는 자신의 요구를 실행하기가 거의 불가능하다는 것을 깨닫고 거칠게 웃는다. "하지만 이 도시를 떠나는 게 쉽지 않을 걸. 오늘의 재앙에 좋은 점이 하나 있다면, 외국 악마들이 많이 떠날 거라는 점이지. 놈들이 우선적으로 배에 탈 거야."

그의 부하들이 메이와 내게 다가든다. 이제 끝이다. 우리는 이제 청방의 재산이 될 것이다. 메이가 내 손을 잡는다. 그런데 기적이 일어난다. 깡패 대장이 새로운 제안을 내놓은 것이다.

"내가 사흘을 주지. 그 안에 미국으로 떠나. 필요하다면 헤엄을 쳐서라도. 우리는 내일도, 그 다음 날도 와서 너희가 할 일을 잊어버리지나 않았는지 확인할 거야."

이렇게 시한을 정하고 협박을 한 다음, 세 남자가 떠난다. 하지만 나가기 전에 그들은 램프 두어 개를 쓰러뜨리고, 엄마에게 몇 개 남지 않은 꽃병들을 곤봉으로 박살낸다. 아직 전당포로 가져가지 않은 자질구레한 장신구들도 마찬가지다.

그들이 나가자마자 메이가 바닥에 털썩 주저앉는다. 아무도 메이를 도와주러 달려가지 않는다.

"우리한테 거짓말을 했어요." 내가 아버지에게 말한다. "루이 영감과 우리가 결혼해야 하는 이유에 대해 거짓말을 했어요."

"너희가 청방 때문에 걱정할까 봐 그런 거야." 아버지가 힘없이 잘못을 인정한다.

나는 걷잡을 수 없이 화가 난다. "우리가 걱정할까 봐 그랬다고요?"

아버지는 움찔한다. 하지만 이내 질문으로 내 분노를 맞받아친다. "이제 와서 그걸 따진다고 달라질 것도 없잖니?"

우리는 한참 동안 침묵 속에서 생각에 잠긴다. 엄마와 메이가 무슨 생각을 하는지는 몰라도, 나는 처음부터 진실을 알았다면 우리 행동이 어떻게 달라졌을지 되짚어본다. 그래도 메이와 내가 남편들을 만나려고 배에 오르지는 않았겠지만, 뭔가 조치를 취하기는 했을 것이다. 도망치든지, 선교회에 몸을 숨기든지, Z. G.에게 애원해서 도와주겠다는 약속을 받아내든지……

"난 너무 오랫동안 이 짐을 지고 있었어." 아버지가 엄마를 바라보며 불쌍한 표정으로 묻는다. "이제 어쩌지?"

엄마는 경멸이 뚝뚝 떨어지는 표정으로 아버지를 바라본다. "목숨을 구하기 위해 최선을 다해야죠." 엄마는 손수건으로 옥팔찌를 감싸며 말한다.

"우리를 로스앤젤레스로 보낼 거예요?" 메이가 떨리는 목소리로 묻는다.

"설마. 내가 표를 버렸는데." 내가 말한다.

"내가 쓰레기통에서 꺼냈다." 엄마가 선언하듯 말한다.

나도 메이 옆에 털썩 주저앉는다. 엄마가 아버지와 자신의 문제를 해결하려고 우리를 기꺼이 미국에 보낼 생각이라는 사실을 믿을 수가 없다. 하기야 중국의 부모들은 수천 년 전부터 아무 짝에도 쓸모없는 딸들을 버리거나 팔거나 이용하지 않았던가.

우리 얼굴에서 배신감과 두려움을 본 엄마가 서둘러 말을 잇는다. "너희의 미국행 표를 우리 모두 홍콩으로 갈 수 있는 표로 바꿀 거야. 사흘간의 말미 동안 배를 찾아봐야지. 홍콩은 영국 식민지니까 일본의 공격을 걱정할 필요가 없어. 나중에 본토로 돌아와도 안전하다는 판단이 들면, 배나 기차로 광둥으로 와서 네 아버지의 고향인 인보로 갈 거야." 어머니의 옥팔찌가 탁자에 부딪혀 결연하게 팅 하는 소리를 낸다. "청방도 거기까지 쫓아오지는 않을 거다."

달의 자매들

다음 날 아침 메이와 나는 달러 증기선사의 사무실로 향한다. 상하이에서 홍콩, 홍콩에서 샌프란시스코, 샌프란시스코에서 로스앤젤레스까지 갈 수 있는 우리 표를 홍콩행 표 네 장으로 바꿔볼 생각이다. 난징로와 경마장 주변은 여전히 봉쇄되어 있다. 쿨리들이 조각나고 뒤엉킨 시체들을 치워야 하기 때문이다. 하지만 이건 지금 상하이가 직면한 문제 중에서도 가장 하찮은 것이다. 수천, 수만 명의 피난민들이 진군하는 일본군을 피해 계속 시내로 들어오고 있다. 절망에 빠진 부모들이 길거리에 버려서 죽어가는 갓난아기들이 워낙 많기 때문에 중국 자선회는 '아기 순찰대'를 특별히 구성했다. 그들은 버려진 아기들의 유해를 트럭에 실어 시골로 가서 불에 태운다.

피난민들은 이렇게 계속 상하이로 들어오는데, 이 도시를 떠나려고 애쓰는 사람들은 그보다 더 많다. 많은 중국인들이 기차를 타고 내륙의 고향으로 돌아간다. 작가, 화가, 지식인 등 카페에서 우리와 함께 어울리던 친구들은 평생을 결정할 결단을 내린다. 장제스가 전시수도로 정한 충칭으로 가는 사람도 있고, 예난으로 가서 공산주의자들과 합류하는 사람도 있다. 외국인이나 중국인을 막론하고 최고 부유층은 외국 증기선을 타고 이 나라를 떠난다. 이 외국 증기선들은 번드에 정박한 일본 전함들 옆을 도전하듯 지나간다.

우리는 길게 줄을 늘어선 사람들과 함께 몇 시간 동안 기다린다. 다섯 시까지 우리가 움직인 거리가 겨우 3미터쯤 되는 것 같다. 우리는 아무 것도 해결하지 못한 채 집으로 돌아온다. 나는 녹초가 됐다. 괴로운 표정의 메이는 탈진한 것 같다. 아버지는 하루 종일 친구들을 찾아다니며 도망치는 데 필요한 돈을 꾸려고 했지만, 갑자기 모든 것이 불확실해진 지금 불운한 남자에게 인심을 베풀 만큼 여유가 있는 사람이 어디 있겠는가? 세 불한당은 우리가 아무런 성과도 거두지 못한 것에 놀라지 않는다. 그렇다고 좋아하지도 않는다. 그들도 우리를 둘러싼 혼란에 마음이 불편한 모양이다.

그 날 밤 차페이와 홍커우에서 발생한 폭발로 집이 들썩거린다. 현장에서 쿨럭쿨럭 쏟아져 나온 재가 일본군이 자기네 전사자들을 화장하려고 피운 커다란 불과 소규모 화재로 피어오른 연기와 뒤섞인다.

아침에 나는 동생이 깨지 않게 조용히 일어난다. 어제 메이는 아무런 불평 없이 나를 따라 선사로 갔다. 하지만 나 몰래 관자놀이를 문지르는 것이 몇 번 눈에 띄었다. 어젯밤에는 아스피린을 몇 알 먹고는 곧장 속을 게워냈다. 폭발로 인한 뇌진탕 증세가 분명하다. 심하지 않게 지나가면 좋겠지만, 내가 어찌 판단할 수 있겠는가? 지난 이틀 동안 겪은 일들을 생각하면, 최소한 잠이라도 푹 자둘 필요가 있다. 오늘 역시 힘든 하루가 될 테니까 말이다. 토미 후의 장례식이 10시로 예정되어 있다.

아래층으로 내려가니 엄마가 응접실에 있다. 엄마가 손짓으로 나를 부른다. "돈을 좀 주마." 평소와 달리 강철 같은 목소리다. "나가서 참깨 과자와 막대튀김을 좀 사와." 우리의 삶이 하루아침에 바뀐 뒤로 이렇게 푸짐한 아침을 먹은 적은 없다. "잘 먹어야 돼. 장례식이……"

나는 돈을 받아 들고 집을 나선다. 해군의 대포들이 우리 해안을 공격하는 소리, 끊임없이 드르륵거리는 기관총과 라이플 소리, 차페이에서 들려오는 폭음, 외곽지역에서 한창 벌어지고 있는 전투의 소음이 들려온다. 어젯밤에 시체를 화장했던 곳에서 독한 재가 날아와 도시를 담요처럼 뒤덮었기 때문에, 빨랫줄에 널어두었던 빨래를 다시 빨고, 계단을 다시 쓸고, 차를 다시 물로 씻어야 하게 생겼다. 재 때문에 나도 목이 막힌다. 많은 사람들이 거리에 모여 있다. 전쟁 중이라도 다들 할 일이 있다. 나는 모퉁이를 향해 걸어가지만, 엄마의 심부름을 하는 대신 외바퀴수레를 타고 Z. G.의 아파트로 향한다. 전에 내가 유치한 짓을 했는지는 몰라도, 그건 몇 년에 걸친 우리 우정에 비하면 한 순간에 불과한 일이었다. Z. G.는 메이와 내게 틀림없이 우정이 남아 있을 것이다. 그러니까 우리가 다시 일어설 수 있게 도와줄 것이다.

나는 아파트 문을 두드린다. 하지만 아무 대답이 없어서 아래층으로 내려가니 안뜰에 여주인이 있다.

"그 사람은 떠났어." 여주인이 말한다. "어차피 너랑 상관도 없잖아? 미인 모델을 하던 시절도 다 끝났는데. 우리가 저 원숭이들을 계속 막아낼 수 있을 것 같아? 놈들이 여길 차지하고 나면, 너희의 미인도 달력을 원하는 사람은 아무도 없을걸." 여주인의 히스테리가 점점 심해진다. "하지만 저 원숭이들이 다른 이유로 너희를 원할지도 모르지. 너랑 동생이 그렇게 되기를 바라는 거야?"

"Z. G.가 어디로 갔는지만 말해주세요." 나는 지친 목소리로 말한다.

"공산주의자한테 갔어." 여주인이 시끄럽게 투덜거린다. 음절 하나하나가 총알 같다.

"작별인사도 없이 떠날 사람이 아니에요." 나는 여주인의 말을 쉽게 믿을 수 없다.

여주인이 켁켁 웃는다. "이런 멍청한 것! 그 놈은 집세도 안 내고 갔어. 물감이랑 붓은 그냥 놔두고. 가져간 게 하나도 없어."

나는 울음을 참으려고 입술을 깨문다. 이제 내 힘으로 생존하기 위해 정신을 모아야 한다.

돈을 절약해야 한다는 사실을 아직 잊지 않았기 때문에 나는 또 외바퀴수레를 타고 집으로 간다. 다른 승객이 세 명이나 되기 때문에 비좁게 끼어 앉아야 한다. 외바퀴수레가 덜컹거리며 달리는 동안 나는 우리를 도와줄 만한 사람들을 머릿속으로 꼽아본다. 함께 춤을 췄던 남자들? 벳시? 우리를 모델로 썼던 다른 화가? 하지만 다들 나름대로 걱정거리가 있다.

집에 돌아와 보니 아무도 없다. 내가 너무 늦게 돌아오는 바람에 토미의 장례식을 놓친 것이다.

두어 시간 뒤에 메이와 엄마가 돌아온다. 둘 다 장례식용 흰옷 차림이다. 메이는 울어서 눈이 지나치게 익은 복숭아처럼 부었고, 엄마는 나이 들고 지쳐 보인다. 하지만 두 사람 모두 나더러 어디에 다녀왔는지, 왜 장례식에 안 왔는지 묻지 않는다. 아버지는 보이지 않는다. 장례식 연회에 다른 아버지들과 함께 남아 있는 모양이다.

"장례식은 어땠어?" 내가 묻는다.

메이는 그저 어깨만 으쓱한다. 나는 더 이상 묻지 않는다. 메이는 문설주에 몸을 기대고 팔짱을 낀 채 자기 발을 빤히 바라본다. "다시 부두로 가야지."

나는 나가고 싶지 않다. Z. G. 때문에 가슴이 아프다. 그가 떠났다고 메이에게 말하고 싶지만, 그래봤자 무슨 소용이 있겠는가? 지금 우리가 겪는 일들이 절망스럽다. 누가 나를 구해줬으면 좋겠다. 그게 안 된다면, 그냥 침대로 돌아가 이불 속에 누워서 눈물이 한 방울도 남지 않을 때까지 울고 싶다. 하지만 나는 메이의 언니다. 감정을 누르고 용감해져야 한다. 우리가 이 불운과 싸워 이길 수 있게 도움이 되어야 한다. 나는 심호흡을 하고 일어선다. "가자."

우리는 달러 증기선사를 다시 찾는다. 오늘은 줄이 움직인다. 우리는 줄의 맨 앞에 다다랐을 때 그 이유를 알아차린다. 선사의 직원은 할 수 있는 일이 전혀 없다. 우리는 그에게 표를 보여주지만, 그는 너무 지친 나머지 제대로 말하는 능력도 감정을 자제하는 능력도 잃어버렸다.

"나더러 이걸 어쩌라고요?" 그가 큰소리로 우리를 다그친다.

"이걸 홍콩행 표 네 장으로 바꿀 수 있을까요?" 나는 이것이 선사에 이득이 되는 거래임을 직원도 알아차릴 거라고 확신한다.

그는 대답하지 않고 우리 뒤의 사람들에게 손짓을 한다. "다음 사람!"

나는 움직이지 않는다.

"우리가 다른 배를 탈 수 있을까요?" 내가 묻는다.

직원은 자신과 우리 둘 사이를 막고 있는 격자 울타리를 친다. "멍청이!" 오늘은 누가 봐도 내가 멍청하게 보이는 모양이다. 직원은 격자 울타리를 잡고 흔들어댄다. "남은 표가 없어! 다 없어졌다고! 다음 사람! 다음 사람!"

Z. G.의 아파트 여주인에게서 보았던 좌절감과 히스테리가 그에게도 있다. 메이가 손을 뻗어 그의 손가락에 자기 손가락을 댄다. 낯모르는 이성이 그렇게 손을 맞대는 건 인상을 찌푸릴 일이다. 직원은 메이의 행동에 경악해서 입을 다문다. 아니면 아름다운 아가씨가 감미로운 목소리로 말을 걸어주는 바람에 갑자기 차분해진 건지도 모른다.

"아저씨는 저희를 도와주실 수 있어요." 메이는 고개를 갸우뚱하게 기울이고 살짝 미소를 지어 절망의 표정을 고요한 표정으로 바꾼다. 즉시 효과가 나타난다.

"표를 보여줘요." 직원이 말한다. 그는 표를 열심히 살펴본 뒤 일지 두어 권을 확인한다. "미안하지만 이걸로는 상하이를 떠날 수 없어요." 마침내 그가 말한다. 그리고 서류를 한 장 꺼내 필요한 사항을 기입한 뒤 우리 표와 함께 메이에게 건넨다. "홍콩까지 갈 방법을 찾아내거든, 홍콩의 우리 사무실로 가서 이걸 줘요. 그러면 샌프란시스코행 배표로 바꿀 수 있을 거예요." 그는 한참 말이 없다가 다시 말한다. "홍콩까지 갈 방법을 찾아냈을 때의 얘기예요."

우리는 고맙다고 인사한다. 하지만 사실 그는 우리를 전혀 도와주지 못했다. 우리는 샌프란시스코에 가고 싶지 않다. 청방을 피해 남쪽으로 도망치고 싶다.

우리는 패배감을 안고 집으로 향한다. 거리의 소음, 배기가스 냄새, 독한 향수냄새 때문에 이렇게 숨이 막혔던 적이 없다. 가려운 곳을 긁을 수 없을 때처럼 해결할 길이 없는 돈 문제, 극악무도한 일을 드러내놓고 저지르는 범죄조직, 정신적인 파멸이 이토록 쓸쓸하게 느껴진 적도 없다.

집 앞 계단에 엄마가 앉아 있다. 옛날에 우리 하인들이 앉아서 자랑스레 밥을 먹던 곳이다.

"놈들이 또 왔어요?" 내가 묻는다. 놈들이 누구인지 자세히 말할 필요는 없다. 우리가 진심으로 두려워하는 존재는 청방의 불한당들 뿐이다. 엄마는 고개를 끄덕인다. 메이와 나는 가만히 그 말을 받아들인다. 엄마의 다음 말에 나는 등골이 오싹해진다.

"네 아버지가 아직 안 돌아왔다."

우리는 엄마의 양편에 앉는다. 그리고 아버지가 모퉁이를 돌아 모습을 드러내기를 바라며 거리 양편을 살핀다. 하지만 아버지는 돌아오지 않는다. 어둠이 내리고, 폭격이 심해진다. 차페이에서 타오르는 불길로 밤이 환하게 빛난다. 탐조등들이 하늘에 얼기설기 줄무늬를 그린다. 무슨 일이 일어나도 공공 조계와 프랑스 조계는 외국의 영토라서 안전할 것이다.

"아버지가 장례식 뒤에 어디 간다고 하셨어요?" 메이가 묻는다. 어린애처럼 작은 목소리다.

엄마는 고개를 젓는다. "일자리를 구하러 갔는지도 모르지. 도박을 하고 있을지도 모르고. 아니면 다른 여자를 만나고 있거나."

다른 가능성들이 내 뇌리를 스친다. 엄마의 고개 너머로 메이를 바라보니 메이도 같은 생각을 하는 것 같다. 아버지가 아내와 딸들에게 뒤처리를 맡기고 도망친 걸까? 청방이 우리에게 경고를 하기 위해 시한까지는 아직 시간이 남았는데도 아버지를 죽여버리기로 한 걸까? 대공포의 불길이나 파편이 지상으로 떨어지면서 아버지를 맞힌 걸까?

새벽 두 시쯤에 엄마가 이제 결단을 내렸다는 듯 자기 허벅지를 두드린다. "들어가서 잠을 좀 자자. 아버지가 안 돌아오시면……" 어머니의 목이 멘다. 어머니는 깊이 숨을 들이쉰다. "아버지가 안 돌아오시면, 그냥 내 계획대로 밀고 나가자. 너희들 친가에서 우리를 받아줄 거야. 우리도 같은 식구니까."

"거기까지는 어떻게 가려고요? 표를 못 바꿨어요."

엄마는 절망에 사로잡힌 표정으로 서둘러 새로운 제안을 내놓는다. "우송으로 가면 돼. 여기서 겨우 몇 마일 거리니까, 필요하다면 걸어갈 수도 있어. 거기 스탠더드오일의 부두가 있다. 너희 결혼서류가 있으니까, 그 회사가 다른 도시로 보내는 소형 증기선에 우리를 태워줄지도 몰라. 거기서 남쪽으로 가면 될 거다."

"그건 힘들걸요." 내가 말한다. "석유회사가 왜 우리를 도와줘요?"

엄마가 또 다른 제안을 내놓는다. "그럼 배를 구해서 양쯔 강을 올라가……"

"원숭이들은 어쩌고요?" 메이가 묻는다. "강에는 놈들이 아주 많아요. 로판들조차 내륙을 떠나서 이리로 오는 형편이라고요."

"북쪽의 톈진으로 가서 배를 찾아볼 수도 있어." 엄마가 또 의견을 낸다. 그리고 이번에는 한 손을 들어 나와 메이의 말을 막는다. "나도 알아. 원숭이들이 벌써 거기에도 들어와 있지. 그럼 우리가 동쪽으로 갈 수도 있겠지만, 놈들이 그쪽을 오랫동안 그냥 내버려두겠니?" 엄마는 잠시 생각에 잠긴다. 나는 엄마의 두개골을 뚫고 뇌를 들여다보 듯 엄마의 생각이 훤히 보인다. 엄마는 상하이를 떠나는 여러 방법에 어떤 위험이 따를지 생각하고 있을 것이다. 마침내 엄마가 앞으로 몸을 기울이며 낮지만 꿋꿋한 목소리로 말한다. "남서쪽의 대운하로 가자. 운하에 닿으면 틀림없이 배를 구할 수 있을 거야. 삼판이든 뭐든. 배로 항조우까지 가서 어선을 구해 타고 홍콩이나 광둥으로 가면 돼." 엄마는 나와 메이를 차례로 바라보더니 다시 내게 시선을 돌린다. "어떠냐?"

나는 머릿속이 빙빙 돈다. 어떻게 해야 할지 모르겠다.

"고마워요, 엄마." 메이가 속삭이듯 말한다. "우리를 이렇게 잘 돌봐주셔서 고마워요."

우리는 안으로 들어간다. 달빛이 창문으로 흘러 들어온다. 밤인사를 나눌 때 잠시 엄마의 목소리가 갈라지지만, 엄마는 이내 자기 방으로 들어가 문을 닫는다.

어둠 속에서 메이가 나를 바라본다. "어떻게 하지?"

내 생각에는 지금 상황에 더 적합한 질문이 따로 있는 것 같다. 이제 우리는 어떻게 될까? 하지만 나는 그 말을 입 밖에 내지 않는다. 메이의 언니인 나는 두려움을 감춰야 한다.

다음 날 아침 우리는 꼭 필요한 물건만 챙겨서 서둘러 짐을 꾸린다. 위생용품, 1인당 쌀 약 3파운드씩, 냄비와 식기, 이불, 옷, 신발. 마지막 순간에 엄마가 나를 방으로 부른다. 그리고 화장대 서랍에서 서류와 안내서와 결혼증명서를 꺼낸다. 엄마는 우리 앨범도 한데 모아두었다. 하지만 앨범은 너무 무거워서 가져갈 수 없을 것이다. 아마 엄마는 사진 몇 장만 기념품으로 가져갈 생각인 것 같다. 엄마가 앨범의 검은 책장에 붙어 있던 사진 한 장을 떼어낸다. 그 뒤에 접은 지폐가 있다. 엄마는 다른 사진들도 계속 떼어내서 자그마한 지폐 더미를 만든다. 그 돈을 자기 주머니에 넣은 뒤, 나더러 화장대를 벽에서 떼어 놓게 도와달라고 말한다. 벽의 못에 작은 가방이 걸려 있다. 엄마는 가방을 떼어낸다. "내 신부값남자가 신부 집에 주는 돈이나 귀중품 같은 것 중에 남은 건 이것밖에 없다." 엄마가 말한다.

"이걸 어떻게 지금까지 숨겨둘 수 있어요?" 나는 성난 목소리로 묻는다. "이걸로 청방의 빚을 갚을 수도 있었잖아요?"

"이걸로는 모자랐을 거야."

"그래도 도움은 됐을 거예요."

"우리 어머니가 항상 하시던 말씀이 있다. '네 몫을 남겨두어라.' 언젠가 이것들이 필요해질 거라고 생각했다. 오늘이 그 날이야."

엄마는 방을 나간다. 나는 뒤에 남아 사진들을 바라본다. 아기 때의 메이를 찍은 사진, 파티에 가려고 옷을 차려입은 우리 둘의 사진, 엄마와 아버지의 혼례식 사진. 즐거운 추억들, 기막힌 추억들이 내 앞에서 춤을 춘다. 눈앞이 흐려져서 나는 눈물을 참으려고 눈을 깜박거린다. 그리고 사진 두어 장을 집어 가방에 넣고 아래층으로 내려간다. 엄마와 메이가 집 앞 계단에서 나를 기다리고 있다.

"펄, 외바퀴수레를 하나 잡아라." 엄마가 명령한다. 엄마의 명령이고 다른 대안도 없으므로, 나는 복종한다. 엄마는 지금까지 마작 전략을 생각하는 것 외에는 그 어떤 계획도 짜본 적이 없는, 전족한 여자인데 말이다.

나는 모퉁이에 서서 힘센 남자가 끄는 크고 튼튼한 외바퀴수레를 찾는다. 외바퀴수레꾼의 지위는 인력거꾼보다 아래고, 분뇨 청소부보다 아주 조금 높다. 그들은 쿨리들과 같은 계층으로 취급된다. 워낙 가난해서 돈 몇 푼이나 밥 한 그릇을 위해 무엇이든 하는 사람들. 나는 마침내 가격흥정을 기꺼이 받아들이는 외바퀴수레꾼을 찾아낸다. 그는 너무 말라서 뱃가죽이 등골에 달라붙은 것 같다.

"지금 상하이를 떠나긴 왜 떠나요?" 그가 현명한 얼굴로 말한다. "난 원숭이들 손에 죽고 싶지 않아요."

나는 청방이 우리 뒤를 쫓는다는 이야기는 하지 않는다. "우린 광둥성에 있는 고향으로 가는 거예요."

"내가 거기까지 태워줄 수는 없어요!"

"그거야 당연하죠. 하지만 우리를 대운하까지만 데려다주면……"

나는 그가 하루에 버는 돈의 두 배를 지불하기로 한다.

우리는 집 안으로 다시 들어간다. 수레꾼은 우리 짐가방들을 수레 안에 넣는다. 우리는 우리 옷을 가득 넣어 천으로 싼 작은 가방들을 수레 뒤쪽에 세워 엄마가 등을 기댈 수 있게 한다.

"떠나기 전에 너희한테 이걸 주마." 엄마가 메이와 내 목에 자그마한 천주머니가 달린 목걸이를 걸어준다. "점쟁이한테서 산 거야. 동전 세 닢, 참깨 씨앗 세 알, 그린빈 세 개가 들어 있다. 악령과 질병과 난쟁이 도적들의 날아다니는 기계로부터 너희들을 지켜줄 거라고 점쟁이가 말했어."

엄마는 너무나 귀가 얇고 구식이다. 이런 엉터리 물건에 돈을 얼마나 줬을까? 하나에 동전 50닢? 아니면 더?

엄마가 수레에 올라 엉덩이를 움직여서 편안하게 자리를 잡는다. 손에는 비단 천으로 싸서 비단 끈으로 묶은 우리 서류들(배표, 결혼증명서, 안내서)을 꼭 쥐고 있다. 우리는 마지막으로 집을 한 번 바라본다. 요리사도 하숙생들도 나와서 잘 가라고 손을 흔들어주거나 행운을 빌어주지 않는다.

"정말로 떠나야 하는 거예요?" 메이가 불안한 표정으로 묻는다. "아버지는 어쩌고요? 아버지가 집에 돌아오시면요? 몸을 다쳐서 어딘가에 쓰러져 계시면 어떻게 해요?"

"네 아버지는 하이에나의 심장과 이무기의 허파를 갖고 있어." 엄마가 말한다. "아버지가 너를 위해서 여기 남아 있을 것 같니? 널 찾으러 올 것 같아? 그런 사람이 지금은 어디 있다니?"

엄마가 정말로 이렇게 무정한 사람이라고는 생각하지 않는다. 아버지는 우리에게 거짓말을 했고, 우리를 절박한 처지로 몰아넣었다. 그래도 아버지는 여전히 우리 아버지이고, 엄마의 남편이다. 하지만 엄마가 옳다. 아버지가 살아 계시더라도 십중팔구 우리 생각을 하지는 않을 것이다. 우리도 어떻게든 살아남으려면 아버지를 걱정할 여유가 없다.

외바퀴수레꾼이 수레의 손잡이를 잡는다. 엄마는 수레 양편을 잡는다. 수레가 움직이기 시작한다. 메이와 나는 양편에서 걷는다. 앞으로 갈 길이 멀기 때문에 수레꾼이 너무 빨리 지치면 안 된다. 사람들 말처럼, '백 걸음을 가야 한다면 가벼운 짐은 없다.'

우리는 가든 다리를 건넌다. 두툼한 솜옷 차림으로 새장, 인형, 쌀자루, 시계, 둘둘 만 그림 등 세간을 몽땅 지고 들고 걸어가는 사람들이 사방에 있다. 번드를 걸으면서 나는 황푸 강 건너편을 물끄러미 바라본다. 외국의 순양함들이 햇빛을 받아 반짝이고, 배의 굴뚝에서는 검은 구름이 끊임없이 솟아오른다. 이즈모 호는 함대의 다른 배들과 함께 물 위에 떠 있다. 중국의 폭격에도 아무런 피해를 입지 않아서 회색 선체가 여전히 튼튼하다. 정크선과 삼판이 물살을 따라 오르락내리락한다. 전쟁이 바로 우리 코앞에서 벌어지고 있는 지금도 쿨리들은 무거운 짐을 지고 이리저리 터벅터벅 걸어다닌다.

우리는 난징로에서 오른쪽으로 방향을 꺾는다. 난징로에 묻어 있던 피와 죽음의 악취는 모래와 소독제로 씻어냈다. 난징로가 버블링웰 거리로 이어진다. 나무들이 그늘을 드리운 이 거리에는 사람들이 북적거려서 서역西驛까지 가기가 쉽지 않다. 역에서는 사람들이 기차 바닥, 좌석, 짐칸, 지붕에 4층으로 가득 들어차 있는 모습이 보인다.

우리 수레꾼은 걸음을 멈추지 않는다. 콘크리트와 화강암이 금세 사라지고 벼와 면화가 자라는 밭이 나타난다. 엄마는 간식거리를 꺼내 수레꾼에게도 푸짐하게 나눠준다. 가끔 수레를 멈추고 덤불이나 나무 뒤에서 볼일을 보기도 한다. 우리는 한낮의 더위 속에서 걷는다. 가끔 뒤를 돌아보면 차페이와 홍커우에서 연기가 솟는 것이 보인다. 나는 저 불길이 언제 저절로 꺼질지 모르겠다고 한가로운 생각을 한다.

발꿈치와 발가락에 물집이 잡힌다. 우리는 반창고나 약을 가져올 생각을 미처 하지 못했다. 그림자가 길어지자 수레꾼은 우리에게 묻지도 않고 흙길로 들어선다. 작은 초가집으로 이어진 길이다. 끈에 묶인 말 한 마리가 들통에 담긴 노란 콩을 오물거리고, 닭들은 열린 문 앞에서 땅바닥을 쫀다. 수레꾼이 수레를 놓고 양팔을 흔들자 어떤 여자가 집에서 나온다.

"여자 분 셋을 데려왔어요." 수레꾼이 거친 시골 사투리로 말한다. "음식과 잘 곳이 필요해요."

여자는 아무 말 없이 안으로 들어가라는 시늉을 한다. 그리고 큰 대야에 뜨거운 물을 부은 뒤 메이와 내 발을 가리킨다. 우리는 신발을 벗고 물에 발을 담근다. 여자가 흙항아리를 들고 와서 손가락으로 고약한 냄새가 나는 수제 찜질약을 터진 물집 위에 듬뿍 발라준다. 그러고는 엄마를 부축해 구석의 의자에 앉힌 다음, 대야에 또 뜨거운 물을 부어주고 우리가 엄마를 볼 수 없게 가리고 선다. 그래도 엄마가 허리를 구부려 발의 전족을 풀기 시작하는 것이 보인다. 나는 고개를 돌린다. 엄마에게 발을 돌보는 일은 무엇보다 은밀한 행위다. 나는 엄마의 맨발을 본 적도 없고, 보고 싶지도 않다.

엄마가 발을 닦아 깨끗한 천으로 다시 감은 뒤, 여자는 저녁식사를 준비하기 시작한다. 우리가 가져온 쌀을 조금 주자 여자는 그것을 냄비에서 끓고 있는 뜨거운 물 속에 쏟은 다음, 계속 젓기 시작한다. 조금 있으면 물과 쌀이 죽으로 변할 것이다.

나는 이제야 비로소 주위를 둘러본다. 집이 더러워서 이 방에서 뭘 먹거나 마셔도 되는지 걱정스럽다. 여자도 그걸 느꼈는지 그릇과 숟가락을 식탁에 놓으면서 뜨거운 물이 담긴 냄비도 함께 놓는다. 그리고 우리에게 손짓한다.

"뭘 어떻게 하라는 거야?" 메이가 묻는다.

엄마와 나도 어떻게 해야 하는지 모른다. 하지만 수레꾼은 냄비를 들어 그릇에 뜨거운 물을 부은 뒤, 숟가락을 거기에 담가 저은 다음 단단하게 굳어진 흙바닥에 물을 버린다. 바닥이 물을 흡수한다. 여자는 죽을 상에 올린다. 기름에 볶은 당근 이파리가 그 위에 떠 있다. 이파리는 씹을 때는 쓴맛이 나고, 삼킬 때는 신맛이 난다. 여자는 방에서 나갔다가 잠시 뒤에 말린 생선을 가져와 메이의 그릇에 놓는다. 그리고 메이 뒤에 서서 어깨를 주물러준다.

나는 순간적으로 짜증이 난다. 이 여자는 가난하고 교육도 못 받았음이 분명한 생면부지의 남이다. 그런데 수레꾼에게는 죽을 가장 큰 그릇에 담아서 주고, 엄마에게는 은밀한 모습을 남에게 보이지 않게 도와주더니 이제는 메이의 시중을 들고 있다. 도대체 나한테 뭐가 모자라서 생면부지의 남조차 나를 쓸모없는 존재로 보는 걸까?

식사를 마친 뒤 수레꾼은 밖으로 나가 수레 옆에서 잠을 청한다. 우리는 바닥에 깔린 짚자리 위에 눕는다. 나는 녹초가 됐지만, 어머니는 마음속 깊은 곳에서 불이 타오르는 것 같다. 자신의 어린 시절과 어렸을 때 살던 집에 대해 이야기하는 엄마에게서는, 항상 엄마에게서 떠나지 않던 뾰로통한 모습이 전혀 보이지 않는다.

"내가 어렸을 때는 여름에 어머니, 숙모들, 언니들, 여자 사촌들이 모두 바로 이렇게 생긴 자리를 밖에 펴놓고 자곤 했어." 엄마는 불가의 단 위에서 쉬고 있는 집주인 여자를 방해하지 않으려고 목소리를 낮춰 옛날을 회상한다. "너희는 내 언니들을 한 번도 못 봤지만, 우리도 지금 너희들이랑 똑같았어." 엄마는 애잔한 웃음을 터뜨린다. "서로를 아끼면서도 싸웠다 하면 제대로 붙었거든. 하지만 여름에 하늘을 이고 밖에서 잘 때는 안 싸웠어. 엄마가 들려주는 옛날이야기를 듣느라고."

밖에서 매미들이 울어댄다. 저 멀리서 우리가 떠나온 고향도시에 폭탄이 쿵쿵 떨어지는 소리가 들린다. 폭발의 충격이 땅을 타고 번져와서 우리 몸속까지 들어온다. 메이가 우는소리를 하자 엄마가 말한다. "너희도 아직 옛날이야기를 들어도 되는 나이인 것 같은데……"

"그럼요, 엄마, 해주세요." 메이가 엄마를 재촉한다. "달의 자매들 이야기요."

엄마는 손을 뻗어 메이를 사랑스럽게 토닥거린다. "옛날 옛날에……" 엄마의 목소리가 나를 어린 시절로 데려간다. "달에 자매가 살았어. 정말 훌륭한 아이들이었지." 나는 엄마의 다음 말을 기다린다. 엄마가 무슨 말을 할지 정확히 알면서도. "그 아이들은 메이처럼 아름다웠어. 대나무처럼 날씬하고, 산들바람에 흔들리는 버드나무 가지처럼 우아하고, 얼굴은 참외 씨처럼 달걀형이었거든. 게다가 펄처럼 영리하고 부지런하기까지 해서 백합 신발에 만 땀이나 되는 수를 놓았어. 일흔 개나 되는 자수바늘로 밤을 꼬박 새웠지. 두 아이가 점점 유명해졌기 때문에, 오래지 않아 온 세상의 사람들이 두 아이를 보려고 모여들었어."

나는 이 이야기 속의 두 자매 앞에 어떤 운명이 기다리는지 이미 다 알고 있지만, 오늘밤에는 엄마가 이야기를 조금 다르게 들려주고 싶어 하는 것 같다.

"두 아이는 처녀들이 어떻게 행동해야 하는지 잘 알고 있었어. 처녀들은 남자한테 얼굴을 보이면 안 되지. 남자가 처녀들을 빤히 바라보게 하면 안 돼. 그래서 두 아이는 밤마다 점점 불행해졌어. 어느 날 언니가 좋은 생각을 해냈지. '오빠랑 자리를 바꾸자.' 동생은 아직 허영심이 아주 조금 남아 있었기 때문에 망설였지만, 동생이니 언니의 지시를 따를 수밖에. 자매들은 불같은 꽃들 속을 돌진하는 용이 수놓아진 아름다운 빨간 옷을 입고 태양 속에 살고 있는 오빠를 만나러 갔어. 그리고 오빠에게 자리를 바꾸자고 말했지.”

메이는 항상 이 부분을 가장 좋아했기 때문에, 제가 나서서 이야기를 이어받는다. “오빠는 '밤보다 낮에 지상을 걷는 사람이 더 많다'면서 코웃음을 쳤어요. '전보다 훨씬 더 많은 사람들이 너희를 바라보게 될 거야.'”

“자매는 울었지. 옛날에 네가 아버지한테 뭘 조를 때 울었던 것처럼, 메이.” 엄마가 이야기를 계속한다.

나는 지금 누추한 오두막집의 흙바닥에 누워 옛날이야기로 우리를 위로하려고 애쓰는 엄마의 목소리에 귀를 기울이고 있다. 그런데 씁쓸한 생각들이 내 가슴에 주름을 만든다. 엄마는 아버지에 대해 어떻게 그리 쉽게 말할 수 있을까? 아빠가 형편없는 사람이기는 해도(했지만?) 엄마는 슬퍼해야 하는 것 아닌가? 게다가 하필이면 지금 아버지가 나를 덜 예뻐하셨다는 걸 일깨워주다니. 아버지는 내가 아무리 울어도 내 눈물에 굴복한 적이 없었다. 나는 아버지에 관한 안 좋은 생각들을 쫓아내려고 고개를 흔들며 지금 너무 피곤하고 무서워서 머리가 제대로 돌아가지 않는 거라고 속으로 되뇐다. 지금은 아버지를 걱정해야 할 때다. 하지만 지금처럼 힘든 순간에도 아버지가 나를 동생만큼 사랑하지 않았다는 생각에 가슴이 아프다.

“오빠는 여동생들을 사랑했기 때문에 결국 자리를 바꿔줬어요.” 메이가 말한다. “자매는 자수바늘을 챙겨서 새 집으로 이사를 왔죠. 땅위의 사람들이 하늘을 올려다보았더니 달 속에 남자가 보였어요. 그래서 그 자매들은 어디로 갔느냐고 물었죠. 이제 누구든 해를 바라보면, 자매들은 70개의 자수바늘로 감히 자기들을 오랫동안 바라본 사람들을 쿡쿡 찔러대요. 그래서 시선을 돌리지 않은 사람들은 장님이 돼요."

메이는 천천히 숨을 내쉰다. 나는 메이를 잘 안다. 조금 있으면 잠이 들 것이다. 구석의 단 위에서 집주인 여자가 투덜거린다. 저 여자도 이 이야기가 마음에 안 들었던 걸까? 온 몸이 아프더니, 이제는 마음도 아프다. 나는 눈물이 흐르지 못하게 하려고 눈을 감는다.

밤하늘을 솟아오르다

다음 날 아침 집주인 여자는 우리의 세숫물을 끓인다. 차도 끓이고, 우리들 각자에게 죽도 한 그릇씩 나눠준다. 우리 발에 자기네 민간요법으로 만든 약도 더 발라준다. 여자는 낡았지만 깨끗한 전족용천을 주며 붕대로 쓰라고 한다. 그러고는 바깥까지 배웅을 나와서 엄마가 수레에 타는 것을 도와준다. 엄마는 돈을 치르려고 하지만 여자는 손사래를 치며 다시는 우리를 쳐다보지도 않는다. 심한 모욕을 당했다고 생각하기 때문이다.

오전 내내 우리는 걷는다. 안개가 들판 위에 어른거린다. 지나가는 마을에서 짚불로 밥을 짓는 냄새가 솔솔 풍겨온다. 메이의 초록색 모자와 깃털이 달린 내 모자, 루이 영감이 우리 방을 뒤집어엎을 때 그 손을 피해 살아남은 그 모자들을 소중히 짐 속에 넣어두었기 때문에, 시간이 갈수록 우리 피부가 바짝 말라서 화상을 입는다. 결국 메이와 나는 엄마가 타고 있는 수레에 오른다. 수레꾼은 불평도 하지 않고, 우리를 버리고 가겠다고 을러대지도 않고, 돈을 더 달라고 하지도 않는다. 그는 금욕적인 표정으로 그저 한 발 한 발 내디딜 뿐이다.

오후 늦게 수레꾼은 전날과 마찬가지로 어떤 농가로 이어진 오솔길로 접어든다. 어제의 그 농가보다도 훨씬 더 가난해 보이는 집이다. 농부의 아내는 잠든 아이를 등에 업고 씨앗을 고르고 있다. 어디가 아픈 것 같은 아이들 두엇은 몸에 힘이 하나도 없는 사람처럼 느릿느릿 돌아다니며 자질구레한 일들을 한다. 농부는 우리를 바라보며 돈을 얼마나 달라고 할지 계산한다. 그는 엄마의 발을 보고 이가 없는 입을 활짝 벌려 웃는다. 우리는 옥수수가루로 만든 팍팍한 전병 값으로 너무 많은 돈을 지불한다.

엄마와 메이가 나보다 먼저 잠든다. 나는 천장을 빤히 바라보며,

벽을 따라 후다닥 돌아다니는 쥐 소리에 귀를 기울인다. 녀석은 가끔 걸음을 멈추고 이것저것을 갉아 먹는다. 평생 동안 나는 먹는 것, 입는 것, 자는 곳, 교통수단에 대해 까다롭게 굴었다. 이제 생각해보니 메이나 엄마나 나처럼 특권을 누리며 편안하게 살던 사람들은 이런 길바닥에서 금방 죽어버릴 것 같다. 우리는 손에 쥔 것이 거의 없는 상태에서 살아가는 것이 어떤 건지 모른다. 하루하루 목숨을 부지하려면 어떻게 해야 하는지 모른다. 하지만 이 집의 사람들과 어젯밤 그 집의 여자는 그런 걸 알고 있다. 가진 것이 별로 없을 때에도 그럭저럭 살아갈 수는 있는 법이다.

다음 날 아침 우리는 다 타버린 마을을 한 바퀴 돌아본다. 길에는 도망치려다 실패한 사람들이 있다. 총검에 찔리고 총에 맞은 남자들, 버림받은 아기들, 상의만 입고 하체는 완전히 노출된 채 피투성이 다리를 이상한 각도로 벌린 여자들. 정오 직후에 우리는 뜨거운 태양 아래서 썩어가고 있는 중국 병사들의 시체 옆을 지나간다. 한 명은 공처럼 몸을 둥그렇게 말고 있다. 마지막 순간에 고통을 참으려 했는지 한쪽 손등을 입에 댄 모습이다.

우리가 얼마나 온 걸까? 모르겠다. 하루에 15마일 정도는 걸은 걸까? 앞으로 얼마나 더 가야 할까? 우리들 중에는 그걸 아는 사람이 없다. 그래도 계속 걸으면서 대운하에 도달하기 전에 일본군과 마주치지 않기를 바라는 수밖에 없다.

그날 저녁 수레꾼은 또 오솔길로 접어들어 오두막으로 향한다. 하지만 이번에는 집이 비어 있다. 마치 사람들이 금방 떠난 것 같다. 하지만 세간은 물론이고 닭과 오리까지 모두 그대로 있다. 수레꾼은 선반들을 뒤져 소금에 절인 무 항아리를 찾아낸다. 아무 것도 할 줄 모르는 우리는 밥을 짓는 그를 무기력하게 지켜본다. 꼬박 사흘을 함께 보냈는데 우리는 왜 저 사람 이름도 모르는 걸까? 그는 메이나 나보다는 나이가 많지만 엄마보다는 젊다. 그런데도 우리는 그를 '보이'라고 부르고, 그는 낮은 신분에 걸맞게 공손하게 우리를 대한다. 식사를 마친 뒤 그는 주위를 둘러보다가 모기향을 찾아내서 불을 붙인다. 그러고는 밖으로 나가 수레 옆에서 잠을 청한다. 우리는 다른 방으로 들어간다. 톱질 모탕 두 개와 나무판자 세 개로 만든 침대가 하나 있다. 널빤지 위에 자리가 깔려 있고, 침대 발치에는 솜을 채운 이불이 있다. 이불을 덮고 자기에는 날이 너무 덥다. 우리는 딱딱한 바닥에 뼈가 직접 닿지 않게 자리 위에 이불을 깐다.

그날 밤 일본군이 온다. 그들이 군화를 신은 발로 갈팡질팡 돌아다니는 소리, 거칠고 쉰 목소리, 자비를 구하는 수레꾼의 비명이 들린다. 그가 의도한 것이든 아니든, 그의 고통과 죽음은 우리에게 몸을 숨길 시간을 벌어준다. 하지만 우리가 있는 곳은 방이 두 개뿐인 오두막이다. 어디에 몸을 숨길 수 있을까? 엄마는 우리더러 톱질 모탕 위에 놓인 판자를 들고 벽으로 가서 비스듬히 세우라고 말한다.

"그 뒤로 들어가." 엄마가 명령한다. 메이와 나는 서로를 바라본다. '엄마가 무슨 생각을 하는 거지?' "얼른!" 엄마가 숨죽인 소리로 외친다. "당장!"

메이와 내가 판자 뒤로 들어간 뒤 엄마가 안으로 손을 뻗는다. 엄마의 신부값이 들어 있는 가방과 비단으로 싼 우리 서류가 들려 있다. "이걸 받아라."

"엄마……"

"쉬!"

엄마는 내 손을 잡아 가방과 비단 꾸러미를 쥐어준다. 엄마가 톱질 모탕 한 개를 바닥에서 끄는 소리가 들린다. 널빤지가 우리에게 밀려와서 우리는 할 수 없이 고개를 옆으로 돌린다. 엄마가 널빤지를 바짝 밀었기 때문이다. 그래도 몸을 숨겼다고 하기는 힘들다. 병사들이 우리를 발견하는 건 시간문제일 것이다.

"여기 가만히 있어." 엄마가 속삭인다. "무슨 소리가 들리더라도 절대 밖으로 나오지 마." 엄마는 내 손목을 쥐고 흔든다. 그리고 사읍 방언으로 말한다. 메이가 알아듣지 못하게. "내 말 들어라, 펄. 여기 가만히 있어. 네 동생이 움직이지 못하게 해."

엄마가 방을 나가 문을 닫는 소리가 들린다. 내 옆에서 메이가 숨을 받게 쉰다. 메이가 숨을 내쉴 때마다 따스하고 촉촉한 숨결이 내 얼굴에 닿는다. 가슴에서 내 심장이 쿵쿵거린다.

다른 방의 문을 누가 발로 차서 여는 소리, 군화발로 쿵쿵거리며 돌아다니는 소리, 군인들의 커다란 목소리가 들리더니, 이내 엄마가 군인들에게 애원하며 흥정을 시도하는 소리가 들린다. 그러던 중에 우리가 있는 방으로 통하는 문이 활짝 열린다. 우리가 숨어 있는 널빤지 측면으로 손전등 불빛이 들어온다. 엄마가 날카로운 비명을 지르자 문이 닫히고 불빛이 사라진다.

"엄마." 메이가 숨죽여 운다.

"조용히 해." 내가 속삭인다.

끙끙거리는 소리와 웃음소리가 들리지만, 엄마의 목소리는 전혀 들리지 않는다. 벌써 돌아가신 건가? 그렇다면 저들이 이리로 들어올 것이다. 동생을 살리려면 내가 어떻게든 해야 하는 것 아닐까? 나는 엄마가 준 물건들을 바닥에 놓고 왼쪽으로 몸을 움직인다.

"안 돼!"

"조용히 해!"

납작하게 좁아진 공간 속에서 메이가 한 손으로 내 팔에 매달린다.

"나가지 마, 언니." 메이가 애원한다. "날 두고 가지 마."

내가 팔을 한 번 획 흔들자 메이의 손이 떨어져나간다. 나는 가능한 한 조용히 널빤지 뒤에서 나온다. 그리고 주저 없이 문으로 가서 문을 열고 밖으로 나가 등 뒤로 문을 닫는다.

바닥에 누운 엄마의 몸속에 남자가 들어가 있다. 엄마의 종아리가 너무 가늘어서 충격적이다. 평생 전족을 한 발로 걸어다녔기 때문이다. 아니, 걸어다니지 못했기 때문이라고 말해야 할 것이다. 노란색 군복에 가죽신을 신고 어깨에 총을 멘 병사들 십여 명이 주위에 둘러서서 그 광경을 지켜보며 자기 차례를 기다리고 있다.

엄마는 나를 보고 신음한다.

"꼼짝 않고 있겠다고 약속했잖아." 고통과 슬픔 때문에 엄마의 목소리가 약하다. "너희를 구하는 게 내겐 명예였는데."

엄마의 몸에 올라탄 난쟁이 도적이 엄마를 후려친다. 힘센 손들이 나를 움켜쥐고 이리저리 잡아당긴다. 누가 가장 먼저 나를 차지할까? 가장 힘센 사람? 엄마의 몸속에 들어가 있던 남자가 갑자기 동작을 멈추고 바지를 끌어올리더니 다른 병사들을 거칠게 밀치며 다가와 나를 전리품으로 취하려 한다.

"나 혼자뿐이라고 말했어." 엄마가 절망에 빠져 중얼거린다. 엄마는 일어서려고 애쓰지만 무릎으로 일어선 것이 고작이다.

말도 안 되는 일이 벌어지고 있는 이 순간에 나는 왠지 차분하다.

"저 놈들은 엄마 말을 못 알아들어요." 나는 두려움을 생각하지 않으려고 애쓰면서 당황하지 않고 차분하게 말한다.

"너랑 메이를 지키고 싶었어." 엄마가 울면서 말한다.

누군가가 나를 밀친다. 병사들 두어 명이 엄마에게 가서 머리와 어깨를 때린다. 그리고 우리에게 고함을 지른다. 우리더러 떠들지 말라고 하는 것 같은데, 확실히는 모르겠다. 나는 그들의 언어를 모른다. 마침내 병사 한 명이 영어로 대화를 시도한다.

"이 늙은 여자가 뭐라는 거야? 또 누굴 숨기고 있어?"

그의 눈에 탐욕이 어른거린다. 병사들은 아주 많은데 여자는 둘뿐이고, 그나마 그 중 하나는 늙은 엄마다.

"내가 숨어 있지 않고 나와서 엄마가 화가 나셨어요." 나는 영어로 대답한다. "나는 외동딸이에요." 일부러 우는 척할 필요는 없다. 이제 부터 벌어질 일을 생각하니 겁이 나서 흐느낌이 터져 나온다.

나는 중간중간에 내 몸, 이 방, 지구를 떠나 밤하늘로 솟아 올라가 서 내가 사랑하는 사람들과 장소를 찾아 헤맨다. 나는 Z. G.를 생각 한다. 그는 내 행동을 최고의 효도로 봐줄까? 나는 벳시를 생각한다. 심지어 내게 영어를 배우던 일본인도 생각한다. 야마사키 대위가 근 처 어디에서 나를 알아보고 메이도 발견되기를 바라고 있을까? 예전 에는 메이를 아내로 삼고 싶어 했지만, 지금은 전리품으로 취할 수 있게 되었다고 생각할까?

엄마는 완전히 지쳤다. 하지만 엄마의 피와 비명도 병사들을 막지 못한다. 그들은 엄마의 발에 감긴 천을 푼다. 천이 곡예사의 리본처 럼 허공에서 소용돌이친다. 엄마의 발은 차갑게 식어버린 시체와 같 은 색이다. 푸르스름한 하얀색을 바탕으로, 살이 짜부라진 부분은 초 록색과 자주색을 띠고 있다. 병사들은 엄마의 발을 잡아당기기도 하 고, 쿡쿡 찌르기도 한다. 그러더니 엄마의 발을 '정상적인' 모양으로 만들겠다며 발로 쿵쿵 밟는다. 엄마의 비명은 전족의 고통이나 출산 의 고통으로 지르는 비명과는 다르다. 도저히 설명할 수 없는 고통을 겪는 짐승의 몸 속 깊은 곳에서 솟아나는 비명이다.

나는 눈을 감고 병사들이 하는 모든 행동을 무시하려고 애쓴다. 하 지만 내 위에 올라탄 남자를 물고 싶어서 이가 근질거린다. 머릿속으 로 나는 아까 낮에 길에서 보았던 여자들의 시체를 계속 생각한다. 내 다리가 그렇게 부자연스럽고 비인간적인 각도로 꺾어져 있는 걸 보고 싶지는 않다. 살갗이 찢어지는 것이 느껴진다. 혼례식날 밤과는 다르다. 그보다 훨씬 더 심하고, 훨씬 더 타는 듯한 고통이 느껴진다.

내 창자가 모두 갈기갈기 찢기는 것 같다. 피 냄새, 모기향 냄새, 엄마의 노출된 발에서 나는 냄새가 허공에 가득해서 공기가 걸쭉하고 끈적끈적해진 것 같다. 숨이 막힌다.

몇 번인가 엄마의 비명이 극에 달하자 나는 눈을 뜨고 놈들이 엄마에게 무슨 짓을 하고 있는지 본다. 엄마, 엄마, 엄마. 나는 소리를 지르고 싶지만 그렇게 하지 않는다. 이 원숭이들이 겁에 질린 내 목소리를 듣고 기뻐하는 게 싫다. 나는 손을 뻗어 엄마의 손을 잡는다. 우리 둘 사이에 오간 표정을 어떻게 말로 표현할 수 있을까? 우리는 거듭 거듭 강간을 당하고 있는 엄마와 딸이다. 모르긴 몰라도 죽을 때까지 계속 당하게 될 것이다. 나는 엄마의 눈에서 나의 탄생, 모성애의 한없는 비극, 철저한 절망을 본다. 그런데 한 번도 본 적이 없는 사나움이 그 물기 가득한 눈 속 아주 깊은 곳에서 떠오른다.

나는 메이가 가만히 숨어 있게 해달라고, 아무 소리도 내지 않게 해달라고, 문 밖을 엿보지 않게 해달라고, 멍청한 짓을 하지 않게 해달라고 내내 기도한다. 메이가 이 방에 이……놈들과 함께 있게 되는 것만은 도저히 참을 수 없기 때문이다. 오래지 않아 엄마의 목소리가 더 이상 들리지 않는다. 나는 여기가 어딘지, 지금 무슨 일을 당하고 있는지 모두 잊어버린다. 내가 느끼는 것은 고통뿐이다.

앞문이 삐걱 하고 긁히는 소리를 내며 열린다. 단단하게 다져진 바닥에 더 많은 군홧발 소리가 울린다. 모든 것이 끔찍하지만, 지금이 바로 최악의 순간이다. 병사들이 또 있다니. 하지만 내 생각이 틀렸다. 권위 있는 목소리가 화를 내며 남자들에게 호통을 친다. 기어가 긁힐 때처럼 거친 목소리다. 병사들은 허둥지둥 일어나 바지 매무새를 바로잡는다. 그러고는 차렷자세로 서서 경례를 한다. 나는 최대한 꼼짝도 않고 누워 있다. 놈들이 내가 죽은 걸로 착각하기를 바라면서. 새로 나타난 목소리가 큰 소리로 명령을 내린다. 아니, 꾸짖는 건가? 다른 병사들이 고함을 친다.

총검인지 사브르인지 알 수 없는 차가운 칼날이 내 뺨을 누른다. 나는 반응하지 않는다. 누군가의 발이 나를 찬다. 이번에도 나는 반응하고 싶지 않다. '죽은 척해. 죽은 척해. 그러면 다시 시작되지 않을지도 몰라.' 하지만 내 몸이 부상을 입은 송충이처럼 저절로 둥그렇게 말린다. 이번에는 웃음소리가 없다. 무시무시한 침묵뿐이다. 나는 총검이 나를 찌르기를 기다린다.

서늘한 바람이 불어오더니 벌거벗은 내 몸 위에 천이 부드럽게 내려앉는다. 그 거친 목소리의 군인이 내 바로 위에서 큰소리로 명령을 내린다. 다른 병사들이 척척 발소리를 내며 줄지어 밖으로 나간다. 거친 목소리의 군인이 손을 뻗어 내 엉덩이께의 천을 바로잡아주고 밖으로 나간다.

한참 동안 검은 침묵이 방을 가득 채운다. 그 때 엄마가 몸을 뒤척이며 신음하는 소리가 들린다. 나는 여전히 겁이 나지만 그래도 속삭인다. "가만히 있어요. 놈들이 다시 올지 몰라요."

속삭인다고 여긴 것은 그저 내 생각뿐이었는지도 모른다. 엄마는 내 경고에 신경을 쓰지 않는 듯하다. 엄마가 가까이 기어오는 소리가 나더니, 엄마의 손가락이 내 뺨에 닿는다. 언제나 몸이 약한 줄로만 알았던 엄마가 나를 무릎 위로 끌어당긴다. 그리고 오두막의 진흙벽에 등을 기댄다.

"아버지는 네 이름을 진주 용이라고 지었어." 엄마가 내 머리를 매끈하게 빗어주며 말한다. "네가 용띠 해에 태어났으니까. 용은 진주를 갖고 노는 걸 좋아하거든. 하지만 내가 그 이름을 좋아한 이유는 따로 있어. 진주는 모래 한 알이 조개껍데기 속으로 들어가서 자란 거야. 우리 아버지가 내 혼사를 결정하셨을 때, 난 겨우 열네 살이었다. 남편과 아내의 일은 내 의무였기 때문에 할 수밖에 없었지만, 네 아버지가 내 몸 속에 넣어준 건 모래알처럼 불쾌하기만 했어. 그런데 그 모래알이 어떻게 됐는지 봐라. 내 진주가 나왔잖아."

엄마는 한동안 콧노래를 부른다. 나는 졸음이 온다. 온 몸이 아프다. 메이는 어디 있지?

"네가 태어난 날 태풍이 불었다." 엄마가 갑자기 사읍 방언으로 말을 잇는다. 내가 어렸을 때 쓰던 말이자, 메이에게 비밀을 지킬 때 쓰는 말. "폭풍 속에서 태어난 용은 팔자가 특히 폭풍 같다고들 하지. 넌 언제나 네가 옳다고 믿기 때문에 하지 말아야 할 일을 하곤 해……"

"엄마……"

"이번만은 그냥 내 말을 들어…… 그러고 나서 잊으려고 노력해…… 모든 걸." 엄마는 몸을 기울여 내 귓가에 속삭인다. "넌 용이다. 12간지의 모든 동물들 중에서 오로지 용만이 운명을 길들일 수 있어. 오로지 용만이 운명, 의무, 힘의 뿔을 가질 수 있다. 네 동생은 그저 양일 뿐이야. 옛날부터 넌 동생한테 나보다 더 좋은 엄마였다." 나는 몸을 꼼지락거리지만 엄마가 나를 붙든다. "지금은 나한테 대들지 마라. 그럴 시간이 없어."

엄마의 목소리가 아름답다. 엄마의 사랑을 지금만큼 강하게 느껴본 적이 없다. 엄마의 품속에서 내 몸의 긴장이 풀리고, 나는 천천히 어둠 속으로 떠간다.

"네 동생을 잘 보살펴야 한다." 엄마가 말한다. "약속해, 펄. 당장."

나는 약속한다. 그러고는 암흑이 내 눈을 덮는다. 며칠, 몇 주, 몇 달 만인 것 같다.

바람을 먹고 파도를 맛보며

중간에 한 번 깨어 보니 젖은 천이 내 얼굴을 닦고 있다. 눈을 뜨자 메이가 보인다. 정령처럼 창백하고, 아름답고, 덜덜 떨고 있다. 메이의 머리 위로 하늘이 있다. 우리가 죽은 건가? 다시 눈을 감자 내 몸이 덜컹거리는 것이 느껴진다.

알고 보니 나는 무슨 배 같은 것을 타고 있다. 이번에는 정신을 잃지 않으려고 안간힘을 쓴다. 왼쪽으로 시선을 돌리자 그물이 보인다. 오른쪽에는 육지가 보인다. 배는 노를 한 번 저을 때마다 꾸준히 움직인다. 파도가 없는 것을 보면 여긴 바다가 아니다. 나는 고개를 든다. 내 발 바로 밑에 우리가 보인다. 그 안에서 여섯 살쯤 된 사내아이가 몸을 씰룩거리고 있다. 저능아인가? 미쳤나? 병이 있나? 나는 눈을 감고 노의 움직임에 따라 흔들리는 배의 일정한 리듬에 몸을 맡긴다.

우리가 며칠 동안이나 여행한 건지는 모른다. 순간적으로 이런저런 광경들이 내 눈을 찢고 들어오기도 하고, 내 귀에 울리기도 한다. 하늘에 떠 있는 달과 별, 끊임없이 개굴거리는 개구리들, 슬픈 비파 소리, 노가 물에 철썩거리는 소리, 어머니가 목소리를 높여 아이를 부르는 소리, 공기를 가르는 총소리. 고통에 차서 텅 비어버린 내 마음을 향해 누군가가 말한다. "남자 시체는 물에서 얼굴을 아래로 한 채로 뜨고, 여자는 하늘을 보는 자세로 뜬다는 게 사실이야?" 이 질문을 한 사람이 누구인지, 아니 이런 질문을 한 사람이 정말로 있기나 한 건지 잘 모르겠다. 나는 그저 한없이 펼쳐진 물 같은 암흑 속을 들여다보는 편이 더 좋다.

한 번은 햇빛을 가리려고 팔을 들다가 뭔가 무거운 것이 내 팔꿈치를 향해 주르르 미끄러지는 것이 느껴진다. 엄마의 옥팔찌다. 엄마가 돌아가셨다는 걸 이제 확실히 알겠다. 내 속은 열로 펄펄 끓지만, 살갗은 추워서 걷잡을 수 없이 떨린다. 부드러운 손이 나를 들어올린다. 나는 병원에 있다. 부드러운 목소리들이 '모르핀' '열상' '감염' '질膣' '수술' 같은 단어들을 말한다. 동생의 목소리가 들리면 마음이 놓이지만, 그렇지 않으면 절망에 빠진다.

거의 죽음의 세계나 다름없는 곳을 헤매던 내가 마침내 돌아온다. 메이는 병원 침대 옆 의자에 앉아 졸고 있다. 손에 붕대가 어찌나 두툼하게 감겨 있는지 거대한 흰색 앞발을 무릎에 올려놓은 것 같다. 의사(남자)가 나를 내려다보며 서서 집게손가락을 내 입술에 댄다. 그는 메이를 고갯짓으로 가리키며 속삭인다. "자게 내버려둬요. 잠이 필요할 겁니다."

그가 내게 몸을 수그리자 나는 뒤로 물러나려고 하지만, 내 손목이 침대 난간에 묶여 있다.

"한동안 망상 증세를 보이면서 거세게 저항했어요." 의사가 부드럽게 말한다. "하지만 이제는 안심하셔도 됩니다." 그가 내 팔을 잡는다. 그는 중국인이지만, 그래도 남자다. 나는 비명을 지르고 싶은 걸 참는다. 그는 내 눈을 들여다보며 뭘 찾는 듯하더니 미소를 짓는다. "열이 내렸어요. 목숨을 건졌습니다."

그 뒤로 며칠 동안 나는 메이가 나를 외바퀴수레에 태우고는 대운하까지 직접 수레를 끌었다는 얘기를 듣는다. 가는 동안 메이는 우리가 가져온 물건들을 대부분 버리거나 팔았다. 이제 우리가 가진 것이라고는 각각 옷 세 벌과 결혼 서류, 그리고 엄마의 지참금 중 남은 것뿐이다. 대운하에서 메이는 엄마의 돈을 일부 꺼내서 어부 일가에게 주고, 그들이 가진 삼판으로 항조우까지 태워달라고 말했다. 메이가 나를 병원에 데려갔을 때, 나는 거의 죽은 거나 다름없는 상태였다. 의사들이 나를 수술하는 동안, 다른 의사들은 메이의 손을 치료해주었다. 메이의 손은 수레를 끄느라 온통 물집이 잡히고 살갗이 까져 있었다. 메이는 엄마의 결혼패물 일부를 전당포에 잡혀서 치료비를 냈다.

메이의 손은 차츰 낫고 있지만, 나는 두 번이나 더 수술을 받아야 한다. 하루는 의사들이 어두운 표정으로 들어와서 나더러 앞으로 아이를 가질 수 없을 것 같다고 말한다. 메이는 흐느끼지만 나는 울지 않는다. 아기를 갖기 위해 남편과 아내의 일을 다시 해야 한다면, 난 차라리 죽을 것이다. '다시는 안 해. 다시는 절대로 그거 안 해.' 나는 속으로 다짐한다.

병원에 입원한 지 거의 6주 만에 의사들이 마침내 퇴원을 허락한다. 이 소식을 들은 메이는 홍콩으로 갈 방편을 알아보려고 어디론가 사라진다. 메이가 나를 데리러 오기로 한 날, 나는 옷을 갈아입으려고 욕실로 들어간다. 살이 많이 빠졌다. 거울 속에서 나를 마주보고 있는 사람은 기껏해야 열두 살밖에 안 된 것 같다. 키만 껑충하고, 얼빠진 표정에, 몸은 빼빼 말랐다. 뺨은 움푹 패였고, 눈 밑에는 검은 원들이 자리를 잡았다. 단발로 잘랐던 머리가 자라서 머리카락이 힘 없이 무기력하게 늘어져 있다. 양산이나 모자도 없이 햇빛 아래서 며칠을 보낸 탓에 피부가 붉고 거칠게 변했다. 아버지가 지금의 내 모습을 보면 얼마나 화를 내실까. 팔이 어찌나 가늘어졌는지 손가락이 지나치게 길어 보인다. 새 발톱 같다. 몸에 걸친 서양식 원피스가 헐렁한 커튼처럼 늘어져 있다.

내가 욕실에서 나오자 메이가 내 침대에 앉아 기다리고 있다. 메이는 나를 한 번 보더니 옷을 벗으라고 말한다.

"언니가 누워 있는 동안 많은 일이 있었어." 메이가 말한다. "원숭이들은 시럽을 찾아다니는 개미 같아. 없는 데가 없어." 메이는 머뭇거린다. 메이는 그날 밤 오두막에서 있었던 일에 대해서는 줄곧 이야기를 꺼렸다. 나로서는 고마운 일이다. 하지만 말을 할 때마다, 서로를 바라볼 때마다 그 일이 허공에 걸려 있다. "분위기를 따라가야 돼." 메이가 일부러 밝은 척하며 말을 잇는다. "다른 사람들하고 똑같이 보여야 돼."

메이는 엄마의 팔찌를 하나 팔아서 옷 두 벌을 샀다. 이곳 사람들이 입는 검은 리넨 바지와 헐렁한 파란색 겉옷, 그리고 머리를 가릴 수건. 메이는 거친 농부들이 입는 이 옷을 내게 건네준다. 나는 메이 앞에서 부끄러움을 느껴본 적이 없다. 메이는 내 동생이니까. 하지만 지금은 아무리 메이라도 내 알몸을 보여줄 수 없을 것 같다. 나는 옷을 들고 욕실로 다시 들어간다.

"내가 생각한 게 또 있어." 메이가 잠긴 욕실 문 뒤에서 큰소리로 말한다. "내가 직접 생각한 것도 아니고, 효과가 있을지도 잘 몰라. 중국인 선교사 아줌마 두 명한테서 들은 건데, 언니가 나오면 말해줄게."

이번에는 거울을 보며 하마터면 웃음을 터뜨릴 뻔한다. 지난 두 달 동안 나는 미인에서 불쌍한 농민으로 변했다. 하지만 내가 욕실에서 나왔을 때 메이는 내 외양에 대해 아무 말도 하지 않는다. 그저 나더러 침대 쪽으로 오라고 손짓할 뿐이다. 메이는 콜드크림과 코코아가루를 꺼내서 탁자 위에 놓는다. 그리고 내 아침식사가 나왔던 쟁반(내가 또 아무 것도 손대지 않은 것을 보고 메이가 인상을 찌푸린다)에서 스푼을 들어 콜드크림을 두 숟갈 움푹 떠서 쟁반에 떨어뜨린다.

"언니, 코코아가루를 여기다 좀 넣어." 나는 의아한 표정으로 메이를 바라본다. "날 믿어." 메이가 미소를 짓는다. 나는 코코아가루가 든 통을 콜드크림 통에 대고 흔든다. 메이는 그 역겨운 혼합물을 젓기 시작한다. "이걸 우리 얼굴이랑 손에 바를 거야. 가무잡잡한 시골 사람처럼 보이게."

영리한 생각이다. 하지만 내 피부는 이미 검은데도 군인들의 광기에서 나를 구해주지 못했다. 그래도 나는 병원을 나서는 순간부터 메이의 검은 크림을 바른다.

내가 병원에 있는 동안 메이는 한 어부를 찾아냈다. 그는 물속을 들여다보며 물고기를 잡는 것보다 더 많은 돈을 벌 수 있는 새로운 방법, 즉 피난민들을 파도에 태워 항조우에서 홍콩까지 데려다주는 방법을 찾아낸 사람이었다. 그의 배에는 우리 외에도 10여 명쯤 되는 승객들이 예전에 생선을 저장하던 작고 아주 어두운 창고에 타고 있다. 창고에 남아 있는 생선 냄새에 숨이 막힐 지경이지만, 우리는 태풍의 꼬리에 이리저리 채이면서 바다로 출발한다. 오래지 않아 사람들이 멀미를 하기 시작한다. 메이가 특히 심각하다.

출발한 지 이틀 째 되던 날 고함소리가 들린다. 내 옆의 여자가 울기 시작한다. "일본군이예요. 우린 모두 죽을 거예요." 여자가 울면서 말한다.

만약 이 말이 옳다면, 나는 놈들에게 또 다시 나를 강간할 기회를 주지 않을 것이다. 놈들보다 먼저 내가 스스로 물속에 뛰어들 것이다. 머리 위에서 들려오는 무거운 군홧발 소리가 창고에 울린다. 어머니들은 아기들을 가슴에 꼭 끌어안고 소리를 못 내게 한다. 내 맞은편에서 한 아기가 숨을 쉬지 못해 팔을 필사적으로 버르적거린다.

메이는 우리 가방을 뒤져서 마지막으로 남은 현금을 꺼내 세 뭉치로 나눈다. 그 중 하나는 잘 접어서 천장의 널빤지 틈새에 끼워 넣는다. 그리고 지폐 몇 장을 내게 준다. 나는 메이가 남은 돈을 머리 스카프 밑에 찔러 넣는 것을 보고 그대로 따라한다. 메이는 엄마의 팔찌를 서둘러 내 손목에서 빼내고, 자기 귀걸이도 빼내서 엄마의 지참금 가방에 넣는다. 그리고 그 가방을 선체 벽과 우리가 앉아 있는 단 사이의 틈새에 쑤셔 넣는다. 마지막으로 메이는 우리 여행가방에서 검은 콜드크림을 꺼낸다. 우리는 얼굴과 손에 크림을 한 번 더 바른다.

출입구가 열리자 빛이 우리에게 쏟아진다.

"이리 올라와!" 누군가가 중국어로 명령한다.

우리는 명령에 따른다. 소금기가 섞인 신선한 공기가 내 얼굴을 강타한다. 발밑에서 바다가 단조로운 리듬으로 움직인다. 나는 너무 무서워서 고개를 들 수 없다.

"괜찮아." 메이가 속삭인다. "중국인들이야."

하지만 이들은 해양 감시관도 어부도 아니다. 심지어 다른 배에서 옮겨 타는 피난민들도 아니다. 이들은 해적이다. 육지에서는 우리 동포들이 적에게 공격받는 지역을 약탈해서 이득을 챙긴다. 바다라고 다를 것이 있겠는가? 다른 승객들은 겁에 질려 있다. 그들은 돈과 소지품을 빼앗기는 것쯤은 아무 것도 아니라는 사실을 아직 깨닫지 못했다.

해적들은 남자들의 몸을 뒤져 장신구나 돈이 눈에 띄는 대로 빼앗아간다. 그래도 만족하지 못한 해적두목은 남자들에게 옷을 벗으라고 명령한다. 처음에는 남자들이 머뭇거리지만, 해적두목이 총을 흔들어대자 명령에 따른다. 엉덩이 골 사이에 끼워두거나 옷 밑단과 안감에 바늘로 꿰매두거나, 신발 밑창에 숨겨둔 돈과 장신구들이 발견된다.

내 기분을 설명하기가 힘들다. 내가 지난번에 벌거벗은 남자들을 봤을 때는…… 하지만 이 사람들은 내 동포들이다. 그들은 두려움과 추위에 떨면서 손으로 은밀한 부위를 가리려고 애쓴다. 나는 그들을 보고 싶지 않은데도 그들을 바라본다. 혼란스럽고, 씁쓸하다. 남자들이 그렇게 약해진 모습을 보니 묘한 승리감도 든다.

이제 해적들은 여자들에게 숨긴 물건들을 모두 내놓으라고 말한다. 남자들이 당하는 꼴을 이미 본 여자들은 즉시 명령에 따른다. 나는 아쉬운 마음 따위는 전혀 없이 머릿수건 속에서 지폐를 꺼낸다. 귀중품들이 모두 한데 모였지만 해적들은 멍청하지 않다.

"너!"

나는 화들짝 놀란다. 하지만 해적이 가리킨 것은 내가 아니다.

"숨긴 게 또 있지?"

"전 농사를 짓는 사람이에요." 내 오른쪽에 선 여자가 떨리는 목소리로 말한다.

"농사를 지어? 네 얼굴, 손, 발은 아닌데!"

사실이다. 여자는 농사꾼의 옷을 입고 있지만, 얼굴은 하얗고 손도 예쁘다. 발에는 중간 부분이 다른 색으로 된 새 옥스퍼드화를 신고 있다. 해적은 여자의 옷을 벗긴다. 생리대와 허리띠만 남을 때까지. 우리 모두 그 여자의 말이 거짓임을 확실히 알아차린다. 농사꾼이라면 서양식 생리대를 살 여유가 없다. 가난한 여자들이 모두 그렇듯이, 거친 종이를 사용했을 것이다.

이런 상황에서 우리가 시선을 돌릴 수 없는 이유가 무엇일까? 나도 모르겠다. 하지만 이번에도 나는 그 여자를 바라본다. 나와 메이도 저런 꼴을 당할까 봐 두렵기 때문이기도 하고, 호기심 때문이기도 하다. 해적은 생리대를 떼어내서 칼로 가른다. 홍콩 돈으로 15달러가 나온다.

해적은 소득이 너무 적은 것에 기분이 상해서 생리대를 바다에 던진다. 그리고 여자들을 하나씩 차례로 바라보더니 자기 부하 두어 명에게 창고를 수색하라고 손짓한다. 몇 분 뒤 부하들이 다시 돌아오자, 해적들은 몇 마디 협박을 남기고는 자기들 배에 훌쩍 옮겨 타고 떠난다. 사람들은 해적들이 무엇을 가져갔는지 확인하려고 냄새 나는 창고로 앞 다퉈 허둥지둥 달려간다. 나는 갑판에 남는다. 오래지 않아, 생각보다 훨씬 빨리 당혹감에 물든 외침이 들려온다.

어떤 남자가 사다리를 급히 올라와 세 걸음 만에 갑판을 가로질러 뱃전 너머로 몸을 던진다. 배의 주인인 어부도 나도 미처 손을 쓸 틈이 없다. 남자는 1분쯤 물살을 따라 오르락내리락하다가 사라진다.

병원에서 깨어난 뒤로 나는 죽고 싶다는 생각을 안 한 날이 없다. 하지만 그 남자가 물속으로 가라앉는 것을 보니 내 속에서 뭔가가 솟구친다. 용은 절대 항복하지 않는다. 용은 운명과 싸운다. 소리 높이 포효하는 듯한 감정은 아니다. 타다 남은 재를 입김으로 불어 재속에서 오렌지색 불빛이 살짝 나타나는 것을 볼 때의 기분과 흡사하다. 내 삶이 아무리 망가졌어도, 내가 아무리 쓸모없는 인간이 되었어도, 나는 목숨을 지켜야 한다. 엄마의 목소리가 바람에 실려 오듯 떠오른다. 엄마가 가장 좋아하던 말이다. "죽음 외에 다른 재앙은 없어. 그리고 아무리 가난해도 거지만 아니면 돼." 나는 죽는 것보다 더 용감하고 훌륭한 일을 하고 싶다. 그래야 한다.

나는 창고 출입구로 가서 사다리를 내려간다. 어부가 출입구를 닫고 자물쇠로 잠근다. 무덤처럼 음산한 빛 속에서 메이가 보인다. 나는 메이 옆에 앉는다. 메이는 아무 말 없이 엄마의 지참금 가방을 보여준다. 그리고 천장을 눈짓으로 가리킨다. 나는 메이의 시선을 따라간다. 우리 돈이 천장 틈새에 아직 안전하게 끼워져 있다.

홍콩에 도착한 지 며칠 뒤 우리는 상하이 일대가 그 동안 내내 적의 공격을 받았다는 기사를 읽는다. 기사 내용은 차마 읽기 힘들 정도다. 차페이는 폭격을 맞아 완전히 타버렸다. 우리가 살던 훙커우도 그리 나을 것이 없었다. 프랑스 조계와 공공 조계는 외국 영토이기 때문에 아직 안전하다. 이젠 쥐 한 마리도 더 들어올 곳이 없는 도시에 피난민들이 계속 몰려온다. 기사에 따르면, 외국 조계에 살던 25

만 명의 주민들은 350만 명이나 되는 피난민들이 옛날 영화관, 무도장, 경마장, 길거리 등에 살게 되면서 갑자기 혼잡해진 환경 때문에 당황하고 있다고 한다. 난쟁이 도적들에게 사방을 포위당한 조계들은 이제 고독한 섬이라고 불린다. 이런 끔찍한 일을 당한 곳은 상하이뿐만이 아니다. 여자들이 납치당하거나, 강간당하거나, 살해당했다는 소식들이 매일 중국 전역에서 들려온다. 우리가 있는 홍콩에서 그리 멀지 않은 광둥은 심한 공중폭격에 시달리고 있다. 엄마는 우리더러 아버지의 고향으로 가라고 했지만, 그곳은 과연 어떤 상황일까? 그곳도 폭격 때문에 불에 타버릴지 모른다. 모두 죽어버릴 수도 있다. 그곳에서 우리 아버지의 이름이 이제는 아무런 의미가 없을 수도 있다.

우리는 홍콩 부둣가의 호텔에 살고 있다. 더럽고, 먼지도 많고, 이가 들끓는 곳이다. 모기장은 여기저기가 찢겨졌고, 검댕이 묻어 있다. 상하이에서 우리가 무시했던 것들이 여기서는 너무나 생생하게 보인다. 모든 세간을 담요 위에 늘어놓고 길모퉁이에 앉아 누가 그 물건들을 사주기를 기다리는 일가족들. 그런데도 영국은 원숭이들이 이 식민지에는 절대 오지 않을 것처럼 굴고 있다. "우리는 이번 전쟁의 참전국이 아니다. 일본군은 감히 여기를 공격하지 못할 것이다." 영국인들은 또박또박한 말투로 이렇게 말한다. 돈이 얼마 없기 때문에 우리는 쌀겨로 끓인 죽밖에 먹을 수 없다. 대개 돼지에게나 주던 음식이다. 쌀겨는 목구멍을 긁으면서 뱃속으로 들어갔다가, 나올 때도 심한 상처를 입힌다. 우리는 할 줄 아는 일이 없다. 미인을 원하는 사람도 없다. 엉망으로 변해가는 세상에서 미인들을 광고하는 건 아무 의미도 없는 일이기 때문이다.

그런데 어느 날 우리는 곰보 황이 리무진에서 내려 페닌슐라 호텔의 계단을 뛰어 올라가는 걸 본다. 틀림없는 곰보 황이다. 우리는 호텔로 돌아가 방 문을 걸어 잠근다. 그리고 그가 홍콩에 나타난 것이 무엇을 의미하는지 생각해본다. 그도 전쟁을 피해 이리로 도망친 걸까? 청방의 본거지를 이리로 옮겼을까? 그건 알 수 없다. 그걸 안전하게 알아낼 수 있는 방법도 없다. 하지만 어떤 상황에서든 그의 세력은 광범위하다. 그가 이미 이곳 남쪽으로 온 이상 우리를 찾아낼 것이다.

선택의 여지가 없기 때문에 우리는 달러 증기선사로 가서 원래 갖고 있던 표를 바꿔 샌프란시스코까지 20일 동안 항해하게 될 프레지던트 쿨리지 호의 특별 2등석을 확보한다. 우리가 그곳에 도착해서 남편들을 찾거나 하면 어떤 일이 벌어질지는 생각하지 않는다. 우리는 그저 청방과 일본군의 손아귀에 떨어지지 않으려고 애쓸 뿐이다.

배에 오른 뒤 나는 다시 열이 오른다. 그래서 여행기간 중 대부분을 선실에 머무르며 잠을 잔다. 메이는 멀미에 시달리고 있기 때문에 2등석 갑판으로 나가 신선한 공기를 마실 때가 대부분이다. 메이는 프린스턴으로 공부를 하러 가는 어떤 젊은이 이야기를 한다.

"1등석 승객인데, 날 만나러 우리 갑판으로 와. 우리는 걸으면서 이야기를 하다가, 또 걸으면서 이야기를 해." 메이가 내게 보고한다. "난 벽돌더미에 맞은 것처럼 정신없이 그 사람한테 빠져버렸어." '벽돌더미에 맞았다'는 미국식 표현을 들은 건 처음이다. 이상하게 들린다. 그 젊은이가 많이 서구화된 인물인 것 같다. 메이가 그 청년을 좋아하는 것도 무리가 아니다.

어떤 날은 메이가 밤이 늦도록 선실로 돌아오지 않는다. 들어오자마자 위층 침대로 올라가 곧바로 잠이 들 때도 있고, 내 좁은 침대로 기어 들어와 팔로 나를 끌어안을 때도 있다. 메이는 내 숨소리에 맞춰 고르게 숨을 쉬다가 잠이 든다. 그러면 나는 메이가 깰까 봐 움직이지도 못하고 가만히 누워서 걱정하고, 걱정하고, 또 걱정한다. 메이는 그 청년한테 홀딱 반한 것 같다. 메이가 그 청년과 남편과 아내의 일을 하고 있는지도 모른다는 생각이 든다. 하지만 심한 멀미에 시달리면서도 그게 가능할까? 어떻게? 나는 점점 더 어두운 생각 속으로 빠져 들어간다.

많은 사람들이 미국에 가고 싶어 한다. 미국에 갈 수만 있다면 무슨 짓이라도 하겠다는 사람도 있다. 하지만 나는 미국에 가는 꿈을 꾼 적이 없다. 내가 미국에 가는 것은 순전히 선택의 여지가 없기 때문이다. 수많은 실수, 비극, 죽음, 멍청한 결정들 이후에 택한 또 다른 방편일 뿐이다. 이제 메이와 나는 서로에게 의지하는 수밖에 없다. 지금까지 겪은 일들 때문에 우리 사이가 워낙 단단해져서 아무리 날카로운 칼로도 우리를 갈라놓을 수 없을 것이다. 이제 우리가 할 수 있는 일은 지금 이 길을 계속 걸어가는 것뿐이다. 이 길이 어디로 이어지든 계속 가야 한다.

벽에 비친 그림자

배가 목적지에 도착하기 전날 밤 나는 샘이 준 안내서를 꺼내 훑어본다. 그 책에 따르면 루이 영감은 미국에서 태어났고, 다섯 형제 중하나인 샘은 소띠 해인 1913년에 중국에서 태어났다. 샘의 부모가 고향인 와홍에 다니러 와 있을 때였다. 샘은 미국 시민인 부모의 자식이므로 역시 미국 시민이다. (그는 딱 소띠 같은 사람이라고 나는 무시하듯 생각한다. 엄마는 소띠들이 상상력이 부족하며, 언제나 세상의 무게를 지고 다닌다고 말했다.) 샘은 부모와 함께 로스앤젤레스로 돌아갔지만, 1920년에 그의 부모가 다시 중국으로 돌아가 당시 겨우 일곱 살이던그를 와홍의 조부모 집에 맡기고 가버렸다. (내가 생각했던 것과는 조금다른 이야기다. 나는 샘이 신붓감을 찾으려고 아버지, 동생과 함께 중국에왔다고 생각했지만, 사실 그는 이미 중국에 살고 있었다. 샘이 나와 세 번 만났을 때 영어 대신 사읍 방언을 쓴 이유를 이제 알 것 같다. 그런데 루이는왜 우리에게 이런 이야기를 전혀 안 해준 걸까?) 샘은 지금 17년 만에 처음으로 미국에 돌아가 있다. 번은 돼지띠 해인 1923년에 로스앤젤레스에서 태어나 줄곧 거기서 살았다. 다른 형제들은 각각 1907년, 1908년, 1911년에 와홍에서 태어나 지금은 모두 로스앤젤레스에 살고 있다. 나는 형제들의 생일, 와홍과 로스앤젤레스의 주소 등 세세한 사실들을 최선을 다해 외운다. 그리고 메이에게 중요한 내용을 알려준 뒤, 나머지는 머릿속에서 지워버린다.

다음 날인 11월 15일 아침에 우리는 일찍 일어나서 서양식 옷 중에서 가장 좋은 것을 골라 입는다. "우린 이 나라에서 손님이야." 내가말한다. "여기에 어울리게 차려 입어야 돼." 메이도 내 말에 동의하며마담 가르네가 1년 전에 만들어준 옷을 입는다. 그 비단 천과 단추들이 여기까지 오는 동안 망가지지 않은 게 신기하다. 그 동안 나는…… 그 생각은 그만해야겠다.

우리는 소지품을 챙겨 두 개의 가방으로 꾸린 뒤 짐꾼에게 넘긴다. 그리고 밖으로 나가 난간 옆에 자리를 잡는다. 하지만 비 때문에 보이는 것이 별로 없다. 머리 위에 골든게이트브리지가 구름 속에 걸려 있다. 오른쪽 해안에는 도시가 있다. 비에 젖어 음산하고, 상하이의 번드에 비하면 보잘것없는 모습이다. 아래쪽에는 가장 값싼 좌석의 승객들을 위한 야외 갑판이 있다. 쿨리, 인력거꾼, 농사꾼 등 수백 명이 한 덩어리가 돼서 서로를 밀치며 꿈틀거린다. 물에 젖은 그들의 옷에서 나는 악취가 우리가 있는 곳까지 실려 온다.

배가 부두에 정박한다. 1등석과 2등석에 타고 있던 사람들이 서로를 밀치기도 하고 웃어대기도 하면서 기쁜 얼굴로 서류를 보여준 뒤, 비를 맞지 않게 지붕을 씌운 배다리를 내려간다. 우리 차례가 되자 우리는 서류를 내민다. 관리는 서류를 살펴보고 인상을 찌푸리더니 선원에게 손짓한다.

"이 두 사람은 앤젤 섬의 이민국 사무소로 가야 돼요." 그가 말한다.

우리는 선원을 따라 배 안의 복도들을 지나고 계단을 여러 개 내려간다. 우리가 도착한 곳은 공기가 축축하다. 거기서 다시 밖으로 나갈 때는 마음이 놓였지만, 둘러보니 이곳은 최하층 승객들이 있는 곳이다. 우산이나 차양은 당연히 없다. 차가운 바람에 실려 온 빗줄기가 우리 얼굴을 강타하고, 옷이 흠뻑 젖는다.

주위의 사람들은 각자 안내서를 들여다보느라고 정신이 없다. 그런데 우리 옆의 어떤 남자가 자기 안내서의 종이 한 장을 찢어 입 안에 넣고 조금 씹다가 삼킨다. 어떤 사람이 자기 안내서를 어젯밤에 불 속에 버렸다고 말하는 소리, 또 다른 사람이 자기는 안내서를 변소에 버렸다고 자랑하는 소리가 들린다. "이제 와서 그걸 읽어보는 사람들한테는 행운이나 빌어줘야죠!" 불안감에 속이 갑갑해진다. 나도 그 책을 없애버렸어야 하는 건가? 샘은 그런 소리는 하지 않았다. 이제는 그 책에 손을 댈 방법이 없다. 내 모자와 함께 짐가방에 넣어 버렸기 때문이다. 나는 심호흡을 하며 마음을 가라앉히려고 애쓴다. 겁낼 것 없다. 여기는 중국이 아니다. 우리는 전쟁을 피해서 자유로운 땅에 왔다.

메이와 나는 냄새 나는 노동자들을 팔꿈치로 밀어가며 난간으로 다가간다. 배가 도착하기 전에 몸이나 좀 씻을 일이지. 여기 사람들한테 이런 인상을 주고 싶을까? 메이는 완전히 다른 생각을 하고 있는 것 같다. 1등석과 2등석 갑판에서 나오는 사람들을 바라보며 여행 중에 만난 그 젊은이를 찾고 있다. 마침내 그를 발견하자 메이가 신이 나서 내 팔을 잡는다.

"저기 있어! 저 사람이 스펜서야." 메이가 목소리를 높여 그를 부른다. "스펜서! 스펜서! 여기예요! 우리 좀 도와줄 수 있어요?"

메이는 손을 흔들며 몇 번 더 그를 부르지만, 그는 3등석 갑판 난간 앞에 서 있는 메이를 돌아보지 않는다. 스펜서가 짐꾼에게 팁을 준 뒤 백인 승객들과 함께 오른쪽 건물로 한가로이 걸어들어가는 것을 보고 메이의 얼굴이 굳어진다.

배 안 깊숙한 곳에서 커다란 그물에 싸인 화물이 나와 부두에 놓인다. 대부분의 짐들이 곧장 세관으로 향한다. 그리고 이내 세관에서 나와 트럭에 실리는 것이 보인다. 주인들이 세금을 냈으므로, 저 물건들은 새로운 목적지로 갈 것이다. 하지만 우리는 빗속에서 계속 기다린다.

선원들 몇 명이 우리가 있는 아래층 갑판에 배다리 하나를 새로 걸친다. 이것도 비를 막아줄 지붕이 전혀 없다. 길고 풍성한 비옷을 입은 로판이 통통 튀듯이 배다리를 올라와 나무 상자에 탄다. "자기 물건을 모두 챙겨요." 그가 영어로 소리친다. "여러분이 두고 간 물건은 모두 버릴 겁니다."

사람들은 어리둥절한 표정으로 중얼거린다.

"뭐라는 거야?"

"조용히 해. 안 들리잖아."

"서둘러요!" 비옷을 입은 남자가 다그친다. "빨리! 빨리!"

"저 사람이 무슨 말을 하는지 알아요?" 비에 흠뻑 젖어 덜덜 떨고 있던 남자가 내 옆에서 묻는다. "우리더러 뭘 하라는 거예요?"

"물건을 전부 챙겨서 배에서 내리래요."

우리가 짐을 챙기는 동안 비옷을 입은 남자는 두 주먹을 엉덩이에 대고 소리를 지른다. "흩어지지 말아요!"

우리는 배에서 내린다. 다들 배에서 가장 먼저 내리는 것이 세상에서 가장 중요한 일이라도 되는 것처럼 서로를 밀쳐댄다. 발이 땅에 닿는 순간 우리는 다른 승객들이 들어갔던 오른쪽 건물이 아니라 왼쪽으로 이끌려 간다. 우리는 부두를 따라 걷다가 작은 배다리를 지나 작은 배에 오른다. 뭐가 어떻게 된 건지 아무런 설명이 없다. 배에 오른 뒤에 보니, 백인은 물론 심지어 일본인도 몇 명 섞여 있기는 하지만 거의 모든 사람이 중국인이다.

배를 묶어둔 끈이 풀리자 우리는 물 위로 다시 나아간다.

"어디로 가는 거지?" 메이가 묻는다.

어쩌면 메이는 주변 상황을 이렇게도 모르는 걸까? 왜 주의를 기울이지 못하지? 왜 안내서를 읽지 않은 걸까? 왜 우리 처지를 받아들이지 못하는 걸까? 그 프린스턴 대학생은, 본명이 뭔지는 모르겠지만, 메이의 처지를 완벽하게 이해했다. 하지만 메이는 그런 생각을 받아들이려 하지 않는다.

"앤젤 섬의 이민국 사무소로 가는 거야." 내가 설명한다.

"아, 그렇구나." 메이가 가볍게 말한다.

빗줄기가 더 거세지고, 바람은 더 차가워진다. 우리가 탄 작은 배가 파도에 실려 오르락내리락한다. 사람들이 속을 게운다. 메이는 난간 너머로 고개를 떨어뜨리고 축축한 공기를 꿀꺽꿀꺽 들이마신다. 우리는 만 한가운데의 섬을 지나간다. 순간적으로 골든게이트브리지를 지나 다시 바다로 나가서 중국으로 돌아가는 게 아닌가 하는 생각이 든다. 메이는 신음하며 수평선에 초점을 맞추려고 애쓴다. 그 때 배가 오른쪽으로 꺾어지면서 또 다른 섬 주위를 빙 돌더니 작은 후미로 들어간다. 긴 선착장과 부두가 나타난다. 하얀 나무다리가 산 중턱에 낮게 걸려 있다. 저 앞에서는 땅딸막한 야자수 네 그루가 바람에 몸을 떨고 있고, 젖은 미국 국기가 깃대를 시끄럽게 후려친다. 커다란 표지판에 '금연'이라고 써있다. 이번에도 다들 배에서 가장 먼저 내리려고 서로를 밀친다.

"서류가 불완전한 백인들 먼저!" 아까 그 비옷 입은 남자가 소리친다. 자기가 목소리를 높이면 영어를 모르는 사람들도 갑자기 자기 말을 다 이해할 거라고 생각하는 모양이다. 하지만 물론 대부분의 중국인들은 그의 말을 알아듣지 못한다. 관리들이 백인 승객들을 앞으로 데려간다. 그 동안 땅딸막하고 몸이 탄탄한 경비병들이 맨 앞에 잘못 선 중국인들을 밀어낸다. 하지만 관리들이 앞쪽으로 데려간 로판들도 비옷 입은 남자의 말을 제대로 알아듣지 못하기는 마찬가지다. 나는 그들이 백러시아인임을 깨닫는다. 그들은 가장 가난한 상하이 토박이보다도 계급이 낮다. 그런 사람들이 특별대우를 받다니! 관리들은 그들을 배에서 데리고 나와 건물 안으로 데려간다. 그 다음에 벌어진 일은 더욱 더 충격적이다. 관리들은 일본인과 조선인을 한데 모아 같은 건물의 다른 문으로 정중히 데려간다. "이제 당신들 차례예요." 비옷을 입은 남자가 말한다. "배에서 내리면 두 줄로 서요. 남자는 왼쪽, 여자와 열두 살 이하의 아이들은 오른쪽."

커다란 혼란이 일어나고, 경비병들이 사람들을 거칠게 밀친다. 하지만 일단 우리가 지시대로 줄을 서자, 그들은 빗속에서 선착장을 걸어 우리를 행정동으로 데려간다. 남자들은 한쪽 문으로, 여자와 아이들은 다른 쪽 문으로 안내된다. 그 바람에 가족과 헤어진 사람들이 당황해서 소리를 질러대고, 두려움과 근심이 허공을 가득 채운다. 경비병들 중 어느 누구도 연민을 보여주지 않는다. 우리는 배에 함께 실려 온 화물보다 더 못한 취급을 받고 있다.

관리들은 유럽인(모든 백인), 아시아인(태평양을 건너왔으며, 중국인이 아닌 사람), 중국인을 계속 따로 분리해서 처리한다. 우리는 가파른 언덕을 올라 목조 건물들 중 의료시설로 들어간다. 하얀 제복을 입고 풀을 빳빳하게 먹인 하얀 모자를 쓴 백인 여자가 가슴에 팔짱을 끼고 영어로 말하기 시작한다. 비옷 입은 남자와 마찬가지로 목소리를 높이면 사람들이 자기 말을 알아들을 거라고 생각하는 것 같다. 하지만 그 여자의 말을 알아듣는 사람은 메이와 나뿐이다.

"이 나라에 들어오려고 하는 여러분들 중에는 혐오스럽고 위험한 기생충을 지닌 사람이 많아요." 여자가 말한다. "그런 건 용납할 수 없습니다. 의사 선생님들과 내가 트라코마, 십이지장충, 필라리아병, 간흡충을 검사할 거예요."

주위의 여자들이 울기 시작한다. 백인 여자의 말은 알아듣지 못했지만, 그 여자가 죽음의 색깔인 흰색 옷을 입고 있기 때문이다. 긴 흰색(또!) 청삼을 입은 중국 여자가 통역으로 불려온다. 이제 나는 상당히 차분해졌지만, 이 사람들이 이제부터 무엇을 할 예정인지 들으면서 몸이 떨리기 시작한다. 저들은 밥을 하려고 쌀을 고를 때처럼 우리를 조사할 것이다. 옷을 벗으라는 지시가 떨어지자 불안한 웅성거림이 잔물결처럼 퍼진다. 얼마 전만 해도 메이와 나는 이 여자들이 너무 얌전한 척한다며 비웃었을 것이다. 우리는 대부분의 중국 여자들과 달랐으니까. 우리는 미인이었다. 그래서 우리 몸을 드러낸 적이 많았다. 그것이 좋은 일인지 나쁜 일인지는 모르겠지만. 반면 대부분의 중국 여자들은 남들 앞에서 몸을 드러내는 법이 없다. 심지어 남편이나 딸들 앞에서도 그런 경우가 드물다.

하지만 예전에 내가 갖고 있던 자유로움은 영원히 사라져버렸다. 나는 옷을 벗는 것을 참을 수 없다. 남이 내 몸에 손대는 것을 참을 수 없다. 나는 메이에게 매달린다. 메이가 나를 달랜다. 간호사가 우리를 떼어놓으려 하지만, 메이는 내 옆에서 떨어지지 않는다. 의사가 다가올 때 나는 비명을 참으려고 입술을 깨문다. 나는 의사의 어깨 너머로 창밖을 바라본다. 눈을 감으면 그 남자들이 있던 오두막으로 돌아가 엄마의 비명을 듣게 될 것 같아서 무섭다…… 그래서 나는 눈을 크게 뜨고 감지 않는다. 모든 것이 하얗고 깨끗하다…… 뭐, 내가 기억하는 그 오두막보다는 깨끗하다. 나는 의사가 사용하는 도구들의 얼음 같은 냉기나 내 몸에 닿는 그의 희고 부드러운 손길을 느끼지 못하는 척한다. 나는 만 저편을 바라본다. 우리는 지금 샌프란시스코를 등지고 있기 때문에, 내 눈에 보이는 것이라고는 잿빛 빗줄기 속으로 사라지는 잿빛 바닷물뿐이다. 육지가 거기 어디 있을 테지만, 거리가 얼마나 되는지는 알 길이 없다. 의사가 검사를 끝내자 나는 비로소 다시 숨을 쉰다.

의사가 한 명씩 차례로 검사하는 동안 우리는 모두 기다린다. 추위와 두려움에 떨면서. 모두들 검사용 대변을 제출할 때까지. 먼저 우리는 다른 인종의 사람들과 분리되었고, 그 다음에는 남자들과 분리되었다. 그런데 이제 우리 여자들도 다시 분리된다. 기숙사로 가는 사람들과 병원에 남아 십이지장충 치료를 받아야 하는 사람들로. 십이지장충은 치료될 수 있다. 간흡충이 있는 사람들은 항변의 여지도 없이 즉시 중국으로 추방될 것이다. 이제야 진짜 눈물이 흐른다.

메이와 나는 행정동 2층에 있는 여자 기숙사로 가는 집단에 끼었다. 우리가 안으로 들어가자 기숙사 문이 잠긴다. 두 줄로 놓인 3층짜리 침상들이 천장과 바닥에 부착된 철제 기둥으로 서로 연결되어 있다. 누워 잘 수 있는 '침대'는 없고, 철망만이 있을 뿐이다. 그렇다면 침상을 접어 방에 더 많은 공간을 만들 수 있다는 뜻이지만, 바닥에 앉고 싶어 하는 사람들은 하나도 없는 듯하다. 침상들 사이의 간격은 겨우 18인치 정도다. 위층과 아래층 침상 사이의 높이도 워낙 짧아서 팔을 다 뻗기도 전에 위층 침상 바닥에 팔이 닿을 정도라는 것을 한눈에 알 수 있다. 제일 꼭대기의 침상만이 허리를 똑바로 세우고 앉을 수 있을 만큼 공간이 있지만, 이미 이곳에 살고 있는 여자들의 빨래가 거기에 어지럽게 널어져 있다. 사람들이 이미 차지한 맨 아래층 침상 밑의 바닥에는 양철 그릇과 컵들이 몇 개 있다.

메이는 내 곁을 떠나 중앙 통로를 서둘러 내려가서 라디에이터 근처에 나란히 붙어 있는 맨 위층 침상 두 개를 차지한다. 메이는 그 위로 올라가 드러눕더니 금방 곯아떨어진다. 아무도 우리 짐을 가져다주지 않는다. 우리가 가진 것은 지금 입고 있는 옷과 손가방뿐이다.

다음 날 아침 메이와 나는 최대한 매무새를 가다듬는다. 경비병들은 우리가 특별조사위원회의 청문회에 나가게 될 거라고 말한다. 하지만 기숙사의 여자들 말로는 심문이라고 한다. 그 말만 들어도 불길하다. 어떤 여자가 찬물을 마시면 두려움이 가라앉을 거라고 말하지만, 나는 두렵지 않다. 우리는 숨길 것이 하나도 없다. 그리고 이 청문회는 형식에 불과하다.

우리는 여자들 몇 명과 함께 짐승 우리처럼 생긴 방으로 이끌려 간다. 그리고 긴 의자에 앉아 시름에 잠긴 표정으로 서로를 빤히 바라본다. 중국에 '쓴 것을 먹는다'는 표현이 있다. 나는 청문회에서 어떤 일이 벌어져도 어제의 신체검사만큼 끔찍하지는 않을 거라고, 아버지가 우리 신랑감을 구했다고 말한 날부터 메이와 내가 겪은 일들만 큼 끔찍할 리가 없다고 속으로 되뇐다.

"내가 시킨 대로만 말하면 아무 일도 없을 거야." 나는 우리 안에서 기다리는 동안 메이에게 속삭인다. "그럼 여기서 나갈 수 있을 거야."

메이는 진지한 얼굴로 고개를 끄덕인다. 경비병이 메이의 이름을 부르자, 나는 메이가 어떤 방으로 들어가는 모습을 지켜본다. 그 방의 문이 닫힌다. 잠시 후 아까 그 경비병이 내게 다른 방을 가리켜 보인다. 나는 거짓 미소를 띠고, 옷매무새를 바로잡은 뒤 성큼성큼 그 방으로 걸어 들어간다. 지금 내 모습이 자신 있게 보이기를 바라면서. 백인 남자 두 명(머리가 거의 다 벗어진 남자와 콧수염을 기른 남자. 둘 다 안경을 썼다)이 창문 하나 없는 방에서 탁자 뒤에 앉아 있다. 그들은 내 미소에 미소로 화답하지 않는다. 한쪽 옆에 놓인 다른 탁자에서는 또 다른 백인 남자가 타자기 자판을 분주히 닦고 있다. 몸에 잘 안 맞는 양복을 입은 중국 남자가 손에 들린 서류를 살피더니 나를 한 번 보고 다시 서류로 시선을 돌린다.

"인보 마을에서 태어났네요." 그가 서류를 대머리 남자에게 건네며 사읍 방언으로 말한다. "사읍 방언으로 댁과 이야기할 수 있어서 기쁩니다."

내가 영어를 할 줄 안다고 미처 말하기도 전에 대머리 남자가 말한다. "저 여자한테 앉으라고 해요."

통역이 의자를 가리킨다. "난 루이 폰이에요." 그가 사읍 방언으로 말을 잇는다. "댁의 남편과 나는 성도 같고 고향도 같아요." 그가 내 왼쪽에 앉는다. "저 앞의 대머리 남자는 플럼 의장입니다. 그 옆의 남자는 화이트 씨고요. 기록원은 헴스트리트 씨입니다. 저 사람한테는 신경 쓸 필요가 없어……"

"빨리 진행합시다." 플럼 의장이 끼어든다. "먼저……"

처음에는 일이 잘 진행된다. 나는 내 생년월일을 양력과 음력으로 모두 알고 있다. 그들은 내가 태어난 마을 이름을 묻는다. 그 다음에는 샘이 태어난 마을 이름, 우리가 결혼한 날짜를 묻는다. 나는 샘이 가족들과 함께 살고 있는 로스앤젤레스의 주소도 댄다. 그 다음에는……

"당신 남편이라는 사람의 고향집 앞에는 나무가 몇 그루나 있습니까?"

내가 금방 대답을 못하자 네 쌍의 눈이 나를 빤히 바라본다. 호기심, 지루함, 승리감, 경멸이 깃든 눈이다.

"집 앞에 나무 다섯 그루가 서 있어요." 나는 안내서에서 읽은 것을 떠올리며 대답한다. "오른편에는 나무가 전혀 없고요, 은행나무는 왼편에 있어요."

"그럼 당신 친정 가족들이 사는 집에는 방이 몇 개나 됩니까?"

나는 샘의 안내서에 적힌 답변들에만 정신을 집중하고 있었기 때문에, 이 사람들이 나에 대해 그렇게 자세한 것까지 물을 거라고는 생각하지 못했다. 나는 어떻게 답변하는 게 좋을지 열심히 궁리한다. 욕실도 방으로 쳐야 하나? 하숙생을 받아들이려고 방들을 나누기 전의 숫자와 그 후의 숫자 중 뭘 말해야 하지?

"큰 방 여섯 개……"

내가 자세히 설명하기도 전에 그들은 나의 '이른바' 혼례식에 손님이 몇 명이나 왔느냐고 묻는다.

"일곱 명이요." 내가 대답한다.

"손님들한테 식사를 대접했습니까?"

"밥이랑 요리 여덟 가지가 있었어요. 호텔에서 저녁식사를 했어요. 연회가 아니라."

"식탁은 어떻게 차려졌죠?"

"서양식이지만 젓가락이 있었어요."

"손님들에게 빈랑나무 열매를 내놓았나요? 당신이 차를 따랐어요?"

나는 무식한 시골뜨기가 아니기 때문에 어떤 상황에서든 빈랑나무 열매를 내놓을 리가 없다고 말하고 싶다. 내가 꿈꾸던 혼례식을 치렀다면 내가 직접 차를 따랐겠지만, 그날 밤의 분위기는 축제와는 거리가 멀었다. 아버지가 메이와 내게 차를 따르라고 말하자 루이 영감이 손짓 하나로 가볍게 무시해버리던 것이 생각났다.

"그건 개화된 혼례식이었어요." 내가 말한다. "아주 서구적인……"

"혼례식 도중에 조상을 숭배하는 절차도 있었습니까?"

"절대 아니죠. 저는 기독교인이에요."

"당신이 주장하는 '혼사'를 증명해줄 서류가 있습니까?"

"짐가방에 있어요."

"당신이 오는 걸 남편도 알고 있습니까?"

이 질문에 나는 순간적으로 당황한다. 루이 영감과 그 아들들은 우리가 함께 배를 타기로 되어 있는 홍콩에 나타나지 않은 걸 알고 있다. 그들은 우리가 계약을 이행하지 않았다는 걸 틀림없이 청방에 알렸을 것이다. 하지만 앤젤 섬 조사관들에게도 말했을까? 그 영감과 아들들이 지금도 우리를 기다리고 있을까?

"동생과 저는 원숭이들 때문에 여정이 지체됐어요." 내가 말한다. "우리 남편들은 우리가 도착하기를 학수고대하고 있어요."

통역이 이 말을 전달한 뒤 두 조사관이 자기들끼리 이야기를 주고받는다. 내가 자기들 말을 전부 알아들을 수 있다는 건 까맣게 모른 채.

"저 여자 말은 사실인 것 같소." 화이트 씨가 말한다. "그런데 저 여자 서류를 보면 여기에 합법적으로 거주하는 상인의 아내이자 미국 시민의 아내라고 돼 있어요. 한 사람이 두 사람의 아내일 수는 없소."

"서류상의 실수일 수도 있소. 어느 쪽이 맞든, 저 여자한테 입국을 허가해야 해요." 플럼 의장이 심술궂게 얼굴을 찡그린다. "하지만 저 여자는 두 가지 지위 모두 증명하지 못했어요. 게다가 저 여자 얼굴을 좀 보시오. 당신이 보기에 상인의 아내 같소? 얼굴이 너무 검어요. 틀림없이 평생 논일을 했을 거요."

이거였다. 항상 듣던 얘기. 나는 저들이 내 목덜미가 붉어지는 걸 눈치 챌까 봐 시선을 내린다. 우리가 홍콩으로 갈 때 함께 배에 탔던 여자가 생각난다. 해적들이 그 여자를 어떤 눈으로 봤는지도. 그런데 이 남자들도 내게 똑같은 짓을 하고 있다. 내가 정말로 그렇게 촌스럽게 보이는 걸까?

"하지만 저 여자 옷차림을 봐요. 노동자의 아내로 보이지도 않소." 화이트 씨가 지적한다.

플럼 의장은 손가락으로 탁자를 두드린다. "저 여자한테 입국을 허락하기는 하겠지만, 저 여자가 합법적인 상인과 결혼했다는 증명서나 아니면 저 여자 남편의 시민권을 증명하는 서류를 먼저 봐야겠소." 그가 통역을 바라보며 말한다. "여자들이 짐가방의 물건들을 가지러 부두로 가는 날이 언제요?"

"매주 화요일입니다."

"좋소. 저 여자를 다음 주까지 여기에 둡시다. 다음 번에 결혼 증명서를 가져오라고 해요." 그는 기록원에게 고개를 끄덕하고는 지금까지 오간 이야기들을 요약해서 구술하기 시작한다. 마지막 문장은 "이번 건의 결정은 더 조사한 뒤 판단하기로 한다"이다.

메이와 나는 닷새 동안 똑같은 옷을 입고 있다. 밤이면 속옷을 빨아 다른 여자들이 우리 머리 위에 널어둔 빨래들과 함께 널어 말린다. 아직 돈이 조금 남아 있기 때문에 식사 시간에 문을 여는 작은 매점에서 치약을 비롯한 세면도구를 산다. 화요일이 되자 우리는 짐가방에서 물건을 가져오려는 다른 여자들과 함께 일렬로 늘어서서 백인 여자선교사들의 안내로 부두 맨 끝의 창고로 간다. 메이와 나는 혼인서류를 꺼낸다. 나는 안내서가 잘 숨겨져 있는지 확인한다. 깃털 달린 내 모자 안을 뒤져본 사람이 아직 없는 모양이다. 나는 모자 안감을 뜯어 책을 제대로 숨긴다. 그러고는 새 속옷들과 갈아입을 옷을 꺼낸다.

아침마다 나는 다른 여자들에게 알몸을 보이는 것이 민망해서 침대의 담요 속에서 옷을 갈아입는다. 그리고 청문회장으로 다시 불려가기를 기다린다. 하지만 아무도 우리를 데리러 오지 않는다. 아홉시까지 이름이 불리지 않으면, 그 날은 그냥 지나간다고 보아야 한다. 오후가 되자 새로운 기대감과 두려움이 방 안을 가득 채운다. 정확히 네 시에 경비병이 들어와 외친다. "사이 가이." 이건 '호우 사이 가이' 즉 행운을 뜻하는 광둥어 사투리 중 하나를 속되게 표현한 말이다. 경비병은 미국으로 들어가는 마지막 여정을 끝내기 위해 배에 올라도 좋다고 허락받은 사람들의 이름을 부른다. 한 번은 경비병이 어떤 여자에게 다가가 마치 눈물을 닦는 것처럼 자기 눈을 문지른다. 그러고는 웃음을 터뜨리며 그 여자에게 중국으로 돌아가야 한다고 말한다. 그 여자가 추방된 이유는 끝내 말해주지 않는다.

그 뒤로 며칠 동안 우리는 우리와 같은 날 도착한 여자들이 샌프란시스코로 들어가는 것을 허락받는 모습을 지켜본다. 새로운 여자들이 도착해서 청문회를 거쳐 떠나는 모습도 지켜본다. 여전히 우리를 데리러 오는 사람이 없다. 밤마다, 발효두부와 함께 조린 자반생선이나 돼지 도가니 등 입도 대기 싫은 식사를 마친 뒤 나는 담요 밑에서 옷을 벗어 천장의 빨랫줄에 걸고 잠을 청한다. 아침까지는 이 방에 갇혀 있을 테니까.

하지만 꼼짝 못하고 함정에 갇혀 있는 것 같은 느낌은 단지 이 방에만 국한된 것이 아니다. 다른 시대 다른 곳에서 돈이 조금 더 있었다면 메이와 내가 우리에게 정해진 미래에서 도망칠 수 있었을지도 모른다. 하지만 지금 우리에게는 선택의 여지도, 자유도 없다. 지금까지 우리의 인생 전체가 사라져버렸다. 미국에는 우리 남편들과 시아버지 외에 아는 사람이 하나도 없다. 아버지는 만약 우리가 로스앤젤레스에 간다면 아름다운 집에서 하인들을 부리고 살면서 영화배우들을 보게 될 거라고 말했다. 그러니까 어쩌면 메이와 내가 처음부터 이 길을 택했어야 하는 건지도 모른다. 이렇게 좋은 상대와 결혼한걸 다행으로 여길 수도 있을 것이다. 중매혼이든 아니든, 예나 지금이나 여자들은 돈을 위해서, 그리고 돈과 함께 따라오는 것들을 위해서 결혼했다. 그래도 나는 비밀스러운 계획이 하나 있다. 메이와 함께 로스앤젤레스에 도착하면 남편들이 옷과 신발을 사서 우리 자신을 아름답게 꾸미고 살림을 하라고 주는 돈에서 일부를 떼어 도피자금으로 쓸 것이다. 나는 철망 위에 누워 낮고 슬픈 안개고동 소리와 여자들의 울음소리, 코 고는 소리, 속삭이는 소리를 들으며 메이와 함께 어느 날 로스앤젤레스를 떠나 뉴욕이나 파리로 사라질 계획을 짠다. 뉴욕이나 파리는 화려함, 문화, 부유함이 상하이와 맞먹는 곳이라고 들었다.

화요일이 두 번 더 지나간 뒤 우리는 다시 짐가방에서 물건을 가져와도 좋다는 허락을 받는다. 메이는 항조우에서 우리 둘이 입으려고 산 농부 옷을 꺼낸다. 우리는 오후와 밤에는 그 옷을 입는다. 좋은 옷을 입기에는 이곳이 너무 더럽고 춥기 때문이다. 우리는 혹시 청문회에 불려갈 경우를 대비해서 아침에는 좋은 옷을 입는다. 그 다음 주중반부터 메이는 아예 농부 옷을 항상 입고 지내기 시작한다.

"조사를 받으러 불려 가면 어쩌려고 그래?" 내가 묻는다. 우리는 맨 위층의 우리 침상에 앉아 있다. 우리 침상 사이의 좁은 공간은 계곡 같고, 주위에는 온통 빨래들이 깃발처럼 매달려 있다. "여기가 상하이랑 많이 다를 것 같아? 옷차림이 중요해. 옷을 잘 입은 사람들은 빨리 여길 나간단 말이야. 하지만……" 나는 말끝을 흐린다.

"농부 옷을 입으면 안 된다고?" 메이가 말을 잇는다. 메이는 배 앞에서 팔짱을 끼고 어깨를 늘어뜨린다. 메이답지 않은 모습이다. 우리가 여기 온 지 한 달이 되었다. 메이가 나를 데리고 안전한 곳으로 탈출할 때 보여주었던 용기가 지금은 모두 사라져버린 것 같다. 메이의 피부는 창백하다. 머리도 자주 감지 않는다. 메이의 머리도 내 머리처럼 들쭉날쭉 아무렇게나 자라서 엉망이 되었다.

"이러지 마, 메이. 노력은 해봐야지. 조금만 있으면 여기서 나가게 될 거야. 샤워를 하고 옷을 갈아입어. 그러면 기분이 나아길 거야."

"왜? 이유를 말해봐. 난 이 사람들이 주는 끔찍한 음식을 도저히 먹을 수가 없어. 그래서 화장실도 자주 안 가." 메이가 말한다. "아무 것도 안 하니까 땀도 안 흘려. 하지만 땀을 흘린다 해도 내가 왜 훤히 다 보이는 데서 샤워를 해야 돼? 너무 창피해서 머리에 자루라도 뒤집어쓰고 싶은 심정이야. 게다가……" 메이가 날카로운 목소리로 말을 잇는다. "언니도 화장실이나 샤워실에 안 가잖아."

그건 사실이다. 여기에 너무 오래 있으면 슬픔과 절망에 압도당한다. 차가운 바람, 안개가 자욱한 나날, 벽에 비친 그림자, 이런 것들이 우리 모두를 우울하게 하고 겁에 질리게 한다. 이번 달에만도 이곳을 거쳐 간 많은 여자들이 여기 있는 동안 내내 샤워를 거부하는 걸 봤다. 단지 땀을 흘리지 않기 때문만은 아니었다. 샤워실에서 목을 매거나 젓가락을 날카롭게 갈아서 귀를 통해 뇌에 꽂아 넣는 방법으로 자살한 여자들이 너무 많다. 주위에 다른 사람들이 오가는 가운데 몸을 씻는 것이 싫다는 이유만으로 사람들이 샤워실에 가기 싫어하는 것은 아니다. 거의 모든 사람들이 귀신을 두려워하기 때문에 샤워실에 가지 않으려고 한다. 죽은 뒤에 제대로 장례를 치르지 못한 사람은 자기가 죽은 고약한 장소를 떠나지 않으려 하는 법이다.

이제부터는 내가 공동 화장실이나 샤워실에 갈 때 메이가 따라가서 안에 사람이 있는지 미리 확인하고, 다른 여자들이 들어가지 못하게 문 앞을 지키는 역할을 하기로 한다. 나도 메이에게 같은 역할을 해줄 것이다. 하지만 메이가 여기 도착한 뒤로 왜 이렇게 정숙해졌는지는 잘 모르겠다.

마침내 경비병이 심문을 위해 우리 이름을 부른다. 나는 머리를 빗고, 찬물을 몇 모금 마시며 마음을 가라앉힌 뒤 구두를 신는다. 나는 고개를 돌려 뒤에 따라오는 메이를 흘깃 본다. 상하이의 골목에서 이리로 마법처럼 떨어진 거지같다. 우리는 차례가 될 때까지 우리 안에서 기다린다. 이 마지막 단계를 거치면 우리는 샌프란시스코로 옮겨질 것이다. 나는 메이에게 격려의 미소를 짓지만 메이는 미소로 화답하지 않는다. 나는 경비병을 따라 청문회장으로 들어간다. 플럼 의장, 화이트 씨, 기록원이 앉아 있다. 하지만 통역은 다른 사람이다.

"나는 란 온 타이예요." 통역이 말한다. "지금부터는 매번 통역이 바뀔 겁니다. 저 사람들은 우리가 친해지는 걸 바라지 않거든요. 난 사읍 방인을 쓰겠습니다. 알겠습니까, 루아 친 씨?"

구식 중국 전통에 따르면, 혼인한 여자를 부를 때는 여자의 성 뒤에 '씨' 자를 붙여야 한다. 3천 년 전 주나라 때까지 거슬러 올라가는 풍습이고, 지금도 많은 농부들이 이 풍습을 따른다. 하지만 나는 상하이 출신이다!

"이름이 맞죠?" 통역이 묻는다. 내가 즉시 대답하지 않자 그는 백인들을 흘깃 보고는 다시 나를 바라본다. "원래 내가 이런 말을 하면 안되는 건데, 댁의 경우 문제가 좀 있어요. 그러니 기록에 있는 걸 그대로 받아들이는 게 최선입니다. 이제 와서 이야기를 바꾸면 안 돼요."

"하지만 난 내 이름을 말한 적이……"

"앉아요!" 플럼 의장이 명령한다. 나는 지난 번 청문회 때 영어를 모르는 척했고 통역의 경고를 듣고 보니 계속 외국어를 모르는 척해야겠다는 확신이 들었지만 의장의 명령에 따른다. 의장이 내가 자기 목소리에 겁을 먹고 의자에 앉은 걸로 생각해주면 좋으련만. "지난 번 면담에서 당신은 개화된 결혼식을 했다고 말했습니다. 그래서 의식 중에 조상을 숭배하는 절차가 없었다고요. 그런데 여기 있는 당신 남편의 서류에는 당신이 조상을 숭배하는 절차를 수행했다고 그가 말한 걸로 돼 있어요."

나는 통역이 이 말을 전할 때까지 기다렸다가 대답한다. "전에도 말했듯이 저는 기독교인입니다. 저는 조상을 숭배하지 않아요. 우리가 헤어진 뒤에 남편이 자기 조상을 숭배한 거겠죠."

"함께 지낸 시간이 얼마나 됩니까?"

"하룻밤이요." 나도 이게 훌륭한 대답이 아니라는 건 안다.

"당신이 겨우 하루 동안 결혼생활을 했는데, 당신 남편이 당신을 불러오려고 했다는 말을 믿으라는 겁니까?"

"중매혼이었어요."

"중매쟁이가 주선한?"

나는 샘이 조사를 받을 때 이 질문에 어떻게 대답했을지 생각해본다.

"네, 중매쟁이가 주선했어요."

통역은 미세하게 고개를 끄덕여 내가 제대로 대답했음을 알려준다.

"당신은 빈랑나무 열매와 차를 대접하지 않았다고 말했는데, 당신 동생은 당신이 그렇게 했다고 말했어요." 플럼 의장이 또 다른 서류를 톡톡 두드리며 말한다. 아마 메이의 서류일 것이다.

나는 내 앞의 대머리 남자를 바라보며 통역이 말을 끝내기를 기다리는 동안 혹시 이것이 속임수가 아닐까 생각한다. 메이가 왜 그런 말을 했겠는가? 메이는 그런 말을 할 아이가 아니다.

"제 동생도 저도 차나 빈랑나무 열매를 대접하지 않았어요."

이건 두 남자가 원하는 대답이 아니다. 란 온 타이는 연민과 짜증이 섞인 표정으로 나를 바라본다.

플럼 의장이 질문을 계속한다. "당신은 개화된 결혼식이라고 말했지만, 당신 동생은 둘 다 면사포를 쓰지 않았다고 말했습니다."

미리 좀 더 열심히 입을 맞춰두지 않은 것에 대해 메이와 나 자신을 탓해야 하는 건지, 아니면 이런 것이 왜 문제가 되는지 모르겠다는 태도를 취해야 하는 건지 잘 모르겠다.

"우린 개화된 혼례식을 했지만, 우리 둘 다 면사포를 쓰지는 않았어요." 내가 말한다.

"결혼 피로연 때 면사포를 걷었습니까?"

"면사포를 쓰지 않았다고 말했잖아요."

"당신 남편, 시아버지, 동생은 많은 손님들이 자리를 차지하고 있었다고 말했는데, 당신은 왜 피로연에 일곱 명밖에 없었다고 말했습니까?"

속이 메스꺼워진다. 지금 무슨 일이 벌어지고 있는 거지?

"우리는 다른 손님들이 식사를 하고 있던 호텔 식당에서 작은 잔치를 열었습니다."

"당신은 친정집에 방이 여섯 개라고 말했는데, 당신 동생은 방이 훨씬 더 많았다고 말했습니다. 당신 남편은 집이 아주 웅장했다고 말했고요." 플럼 의장은 얼굴이 새빨갛게 변해서 나를 다그친다. "왜 거짓말을 하는 겁니까?"

"방을 헤아리는 방법이 여러 가지예요. 그리고 제 남편은……"

"결혼식 얘기로 돌아가 봅시다. 결혼 피로연이 열린 곳은 1층입니까 2층입니까?"

이런 식으로 질문이 계속된다. 혼례식 뒤에 기차를 탔는가? 배를 탔는가? 내가 부모님과 함께 살았던 집들은 줄지어 서 있었나? 우리 집과 대로 사이에 집이 몇 채나 있었나? 중매쟁이가 혼사를 주선했고 면사포를 쓰지 않았다면 구식혼례인지 신식혼례인지 어떻게 알 수 있나? 내 동생이라는 여자와 내가 왜 같은 방언을 쓰지 않나?

질문은 여덟 시간 동안 쉬지 않고 이어진다. 점심시간도 화장실에 갈 시간도 없다. 심문이 끝날 무렵 플럼 의장은 얼굴이 빨갛게 변해서 지친 기색이다. 그가 기록원에게 심문 내용을 요약해서 불러주는 동안 나는 좌절감 때문에 속이 들끓는다. 하나 걸러 한 번씩 "신청자의 여동생이라는 여자의 진술에 따르면……"이라는 말로 시작하는 문장이 나온다. 내가 대답한 말들이 샘이나 루이 영감의 진술과는 다른 뜻으로 받아들여질 수도 있다는 것을 간신히 이해할 수 있을 것 같다. 하지만 메이는 왜 나와 완전히 다른 대답을 한 걸까?

통역은 플럼 의장의 결론을 전해주면서 아무런 감정을 드러내지 않는다. "있어서는 안 되는 모순점들이 많이 존재하는 듯하다. 특히 신청자가 여동생이라는 여자와 함께 살았던 집에 관한 진술이 그렇다. 신청자는 남편이라는 사람의 고향에 대해서 적절한 대답을 내놓았지만, 동생이라는 여자는 남편이나 남편의 가족이나 로스앤젤레스와 중국에 있는 남편의 집에 대해 전혀 모르는 듯하다. 따라서 이 신청자는 물론 동생이라는 여자 또한 모순점들이 해결될 때까지 다시 조사해야 한다는 것이 위원회가 만장일치로 내린 결론이다." 통역은 나를 바라보며 말을 잇는다. "댁이 들은 질문들을 모두 이해했습니까?"

"네." 대답은 이렇게 했지만 나는 화가 나서 미칠 것 같다. 이 끔찍한 남자들과 그들의 끈질긴 질문 때문에, 똑똑하지 못한 나 자신 때문에. 하지만 무엇보다도 메이 때문에 화가 난다. 메이의 게으름 때문에 우리가 이 끔찍한 섬에 훨씬 더 오랫동안 갇혀 있게 되었다.

내가 방을 나왔을 때 메이는 우리 안에 있지 않다. 나는 그곳에 앉아 나처럼 심문결과가 좋지 않은 또 다른 여자를 기다려야 한다. 1시간 뒤 그 여자가 팔을 붙들린 채 청문회장에서 이끌려 나온다. 경비병은 우리의 자물쇠를 열고 내게 손짓한다. 하지만 우리는 행정동 2층에 있는 기숙사로 돌아가지 않고 뜰을 가로질러 또 다른 목조 건물로 간다. 복도 끝에 문이 하나 있다. 문에 난 창문에는 고운 철망이 끼워져 있고, 그 위에 '1호실'이라는 글씨가 찍혀 있다. 문이 잠긴 기숙사에서 우리는 감옥에 갇힌 것 같은 기분이었지만, 이건 진짜 감옥으로 통하는 문이다. 나와 함께 온 여자는 울부짖으며 경비병을 떼어 버리려고 하지만 경비병은 여자보다 훨씬 더 힘이 세다. 경비병이 문을 열고 그 여자를 어둠 속으로 밀어 넣은 뒤 문을 잠근다.

이제 나는 덩치가 아주 큰 백인 남자와 단 둘이 남았다. 갈 곳도 없고, 도망칠 곳도 없다. 나는 걷잡을 수 없이 몸을 떤다. 그런데 그 때 이상하기 짝이 없는 일이 일어난다. 경멸과 조롱으로 가득 찼던 경비병의 얼굴이 스르르 녹으며 연민 비슷한 표정으로 바뀐다.

"이런 걸 보여줘서 미안합니다." 경비병이 말한다. "오늘밤에 일손이 부족해서요." 그는 고개를 젓는다. "당신은 내 말을 한 마디도 못 알아듣죠?" 그는 우리가 들어온 문을 가리킨다. "우린 저쪽으로 가야 합니다. 당신을 기숙사로 다시 데려다줘야 하니까요." 그는 단어 하나하나를 길고 과장되게 발음하면서 말을 잇는다. 입술이 크게 늘어나서 절에 서 있는 사천왕상처럼 얼굴이 일그러진다. "알겠어요?"

나는 기숙사로 돌아와 메이와 내 침상이 있는 곳으로 걸어간다. 분노, 두려움, 좌절감이 마구 날뛴다. 다른 여자들의 눈이 리놀륨 바닥에 닿는 내 하이힐을 한 발, 한 발 따라온다. 그 여자들 중 일부는 벌써 한 달 동안 이 비좁은 곳에서 우리와 함께 살았다. 그래서 서로의 기분을 잘 알기 때문에 뒤로 물러날 때와 위로해줘야 할 때를 구분할 수 있다. 지금은 여자들이 잔물결처럼 내게서 멀어지는 것이 느껴진다. 마치 내가 아주 평화로운 연못에 떨어진 커다란 바위 같다.

메이는 자기 침상 끝에 앉아 다리를 대롱대롱 늘어뜨리고 있다. 고개를 한쪽으로 갸우뚱하게 기울인 모습이다. 어려서부터 자신이 곤란해졌다는 걸 알았을 때 메이가 하던 짓이다.

"왜 그렇게 오래 걸렸어? 내가 몇 시간이나 기다렸잖아."

"너 무슨 짓을 한 거야, 메이? 무슨 짓을 했어?"

메이는 내 질문을 무시한다. "점심도 못 먹었겠네. 내가 밥을 좀 가져왔어."

메이는 손바닥을 펼쳐 모양이 일그러진 주먹밥을 보여준다. 나는 메이의 손바닥을 찰싹 쳐서 밥을 떨어뜨린다. 주위의 여자들이 시선을 돌려 우리를 외면한다.

"거기서 왜 거짓말을 했어?" 내가 묻는다. "왜 그랬어?"

메이는 아직 다리가 바닥에 닿지 않는 어린아이처럼 다리를 앞뒤로 흔든다. 나는 코로 격하게 숨을 쉬며 메이를 올려다본다. 메이한테 이렇게 화가 났던 적이 없다. 지금 이 일은 메이가 내 신발에 진흙을 묻히거나 블라우스를 빌려가서 얼룩을 묻혀온 것과는 다르다.

"그 사람들 말을 잘 못 알아들었어. 난 사읍 방언을 모르잖아. 상하이에서 쓰는 북부 말밖에 몰라."

"그게 내 잘못이다?" 하지만 이 말을 하면서 나는 내게도 일부 책임이 있음을 깨닫는다. 메이가 우리 고향 사투리를 모른다는 건 나도 알고 있다. 내가 왜 그 생각을 못했을까? 하지만 나의 용띠 기질은 아직도 고집스레 화를 내고 있다.

"그렇게 많은 일들을 겪었는데도 넌 배에서 안내서를 5분도 안 봤어."

메이가 어깨를 으쓱하자 분노가 파도처럼 나를 휩쓴다.

"저 놈들이 우리를 돌려보내면 좋겠어?"

메이는 아무 말도 하지 않는다. 하지만 예상대로 눈에 눈물이 차오른다.

"그러면 좋겠어?" 내가 고집스레 묻는다.

이제 예상대로 눈물이 흘러 메이의 헐렁한 상의에 떨어진다. 눈물 자국이 천천히 커지면서 파란색 얼룩을 만든다. 하지만 메이가 예상대로 행동하는 것처럼, 나도 예상대로 행동한다.

나는 메이의 다리를 흔든다. 언제나 옳은 언니가 동생을 다그친다. "너 도대체 왜 그래?"

메이가 뭐라고 중얼거린다.

"뭐?"

메이는 다리 흔들기를 멈춘다. 얼굴을 숙인 채 들지 않는다. 하지만 내가 아래에서 메이를 올려다보고 있기 때문에 메이는 나를 피할 수 없다. 메이가 다시 중얼거린다.

"똑바로 말해야 내가 알아듣지." 내가 짜증을 내며 말한다.

메이는 고개를 한쪽으로 기울이고 내 눈을 바라보며 나만 들을 수 있게 작은 목소리로 속삭인다. "나 임신했어."

내세의 섬

메이는 돌아누워서 베개에 얼굴을 묻고 숨죽여 운다. 나는 주위를 둘러본다. 다른 여자들은 우리를 무시하는 것 같다. 아니면 무시하는 척하는 것이거나. 이런 것이 중국식 예의다.

나는 발로 차듯이 신발을 벗고 메이의 침상으로 올라간다.

"버넌하고 남편과 아내의 일을 안 한 줄 알았는데." 내가 속삭인다.

"안 했어." 메이가 힘들게 말한다. "할 수가 없었어."

경비병이 들어와서 저녁 식사 시간이라고 알리자 여자들이 앞 다퉈 문으로 달려간다. 음식은 형편없지만, 두 자매의 말다툼보다는 저녁식사가 더 중요하다. 혹시라도 오늘 저녁식사에 먹을 수 있는 음식 조각이 조금이라도 들어 있을지 모르기 때문에 다들 가장 먼저 달려가서 그걸 차지하려고 애쓴다. 몇 분 뒤에는 우리 둘만 남았으므로 이제 속삭일 필요가 없다.

"그럼 배에서 만난 그 청년이야?" 나는 그의 이름조차 기억이 안 난다.

"그 전이야."

그 전? 우리는 항조우의 병원에 있다가 홍콩으로 가서 호텔에 묵었다. 그 동안 무슨 일이 있었다는 건지 알 수 없다. 내가 아파 누워 있을 때나 아니면 그 전에 내가 혼수상태일 때라면 또 몰라도. 그럼 나를 치료해준 의사들 중 한 명이었을까? 대운하로 가는 길에 메이도 강간을 당한 걸까? 나는 내게 일어난 일이 너무 수치스러워서 그 동안 차마 입에 담지 못했다. 메이도 그 동안 내내 비슷한 비밀을 안고 있었던 걸까? 나는 현실적인 질문을 가장해서 이 문제를 에둘러 물어본다.

"얼마나 됐어?"

메이가 일어나 앉아서 양손으로 눈을 비비더니 슬픔, 수치심, 애원이 깃든 눈으로 나를 바라본다. 그리고 다리를 끌어당겨 무릎을 꿇으며 나와 무릎이 닿을 정도로 다가들더니 농부 옷 겉옷의 단추를 천천히 풀고 셔츠를 손으로 매끈하게 펴서 배를 드러낸다. 배가 상당히 부르다. 우리가 앤젤 섬에 도착했을 때부터 메이가 헐렁한 옷으로 몸을 숨긴 이유를 이제 알 것 같다.

"토미야?" 나는 토미이기를 바라며 묻는다.

엄마는 항상 메이와 토미가 결혼하기를 바랐다. 토미와 엄마가 세상을 떠난 지금, 이것이 토미의 아이라면 선물처럼 느껴지지 않을까? 하지만 메이가 말한다. "걔는 그냥 친구였어." 난 이 말을 어떻게 받아들여야 할지 모르겠다. 동생은 상하이에서 수많은 젊은이들과 어울렸다. 특히 우리가 갑자기 변한 처지를 잊으려고 필사적으로 애쓰던 마지막 시기에 더했다. 하지만 나는 그 청년들의 이름을 모른다. "비너스 클럽에서 만난 그 청년이야?" "벳시가 가끔 데려오던 그 미국인이야?" 같은 질문으로 동생을 심문하고 싶지도 않다. 나도 오늘 그런 심문을 받고 왔으면서 동생한테 그런 행동을 한다면 한심하고 우스꽝스러운 짓이 될 것이다. 그래도 나는 내 혀가 제멋대로 움직이는 것을 막지 못한다.

"2층 정자로 이사 온 그 학생이야?" 나는 그 청년이 비쩍 말랐고, 회색 옷을 입었으며, 말이 없었다는 것 외에 별로 기억나는 것이 없다. 그 청년이 뭘 공부했더라? 모르겠다. 하지만 폭격이 있던 날 그 청년이 엄마의 의자 주위를 맴돌던 건 잊지 않았다. 그 청년도 수많은 젊은이들처럼 메이에게 마음이 있어서 그랬던 걸까?

"난 그 때 이미 임신 중이었어." 메이가 고백한다.

역겨운 생각이 내 머릿속으로 들어온다. "설마 야마사키 대위는 아니지?" 메이가 반쪽짜리 일본인 아이를 낳는다면, 내가 어떤 행동을 할지 나도 모르겠다.

메이가 고개를 흔들자 나는 마음이 놓인다.

"언니는 만난 적도 없는 사람이야." 메이가 떨리는 목소리로 말한다. "나도 사실 제대로 만난 적이 없어. 그냥 그걸 했을 뿐이야. 이런 일이 생길 줄은 몰랐어. 시간이 조금만 더 있었으면, 한의사한테 아기 떼는 약을 지어달라고 했을 거야. 그런데 안 했어. 언니, 전부 내 잘못이야." 메이가 내 손을 부여잡고 또 울기 시작한다.

"걱정 마. 아무 일 없을 거야." 나는 메이를 달래려고 애쓰지만, 내 말이 공허한 약속에 불과하다는 걸 잘 알고 있다.

"어떻게 아무 일이 없을 수가 있어? 이게 무슨 뜻인지 몰라?"

솔직히 말해서 나는 아직 생각해보지 않았다. 이 문제를 몇 달 동안 고민했을 메이와는 다르지 않은가. 난 이 사실을 안 지 이제 겨우 2분 정도밖에 안 됐다.

"지금 당장 로스앤젤레스로 가면 안 돼." 메이가 말을 멈추고 날 유심히 살핀다. "우리가 거기 가야 한다는 건 알지?"

"나도 다른 길을 아직 찾지 못했으니까. 하지만 이게 아니더라도……" 나는 메이의 배를 가리킨다. "그 사람들이 아직도 우리를 원할지는 알 수 없어."

"당연히 원할 거야. 우릴 돈으로 샀잖아! 하지만 이 아기가 문제야. 처음에는 잘 처리할 수 있을 거라고 생각했어. 난 버넌이랑 남편과 아내의 일을 하지 않았지만, 버넌은 아무 말도 안 할 테니까. 그런데 루이 영감이 침대보를 검사하는……"

"넌 그 때도 알고 있었어?"

"내가 식당에서 토하는 걸 언니도 봤잖아. 난 너무 무서웠어. 누가 눈치 챌까 봐. 언니가 짐작할 줄 알았어."

이제 생각해보니 내가 너무 무지하고 눈이 멀어서 보지 못했을 뿐,

사실을 알아차린 사람이 많았던 것 같다. 우리가 상하이를 떠난 첫날 들렀던 집의 주인 여자는 메이를 특별히 돌봐주었다. 항조우의 의사는 메이가 잠을 자야 한다며 메이를 몹시 걱정하는 기색이었다. 나는 메이의 언니이고, 항상 우리가 아주 가깝다고 생각했다. 하지만 나는 Z. G.를 잃은 것, 집을 떠난 것, 강간, 죽다가 살아난 것, 여기까지 온 것 등 나 자신의 불행에만 정신이 팔린 나머지 지난 몇 주, 아니 몇 달 동안 메이가 자주 토하는 것에 신경을 쓰지 않았다. 빨간 자매가 메이를 찾아오는지 어쩌는지도 알아차리지 못했다. 심지어 메이의 알몸을 마지막으로 본 것이 언제인지도 기억나지 않았다. 동생에게 내가 가장 필요할 때 나는 동생을 팽개쳤다.

"정말 미안해……"

"언니! 내 말 좀 제대로 들어! 우리가 지금 어떻게 로스앤젤레스로 가? 그 애는 아기 아버지가 아냐. 루이 영감도 그걸 알고."

모든 일이 너무 빨리 돌아가고 있다. 안 그래도 오늘 하루 종일 정말 힘들었는데. 나는 아침에 죽을 한 그릇 먹은 뒤로 아무 것도 먹지 못했다. 이제는 저녁을 먹을 기회도 없다. 하지만 메이에게 뭔가 다른 생각이 있다는 걸 눈치 채지 못할 정도로 지치지는 않았다. 사실 메이가 임신했다고 말한 건 순전히 내가 화를 냈기 때문이고, 내가 화가 난 건……

"너 청문회에서 일부러 거짓말을 한 거지? 첫 번째 조사에서 그런 거지?"

"여기 앤젤 섬에서 아기를 낳아야 하니까." 메이가 말한다.

나는 메이보다 머리가 좋지만, 메이의 말을 이해하지 못해서 머리가 핑핑 돈다.

"배가 샌프란시스코로 들어올 때부터 넌 이미 거짓말을 할 작정이었어." 마침내 내가 말한다. "그래서 안내서를 읽지 않은 거야.

정답을 말하고 싶지 않았으니까. 처음부터 넌 여기로 올 작정이었어."

"꼭 그렇지는 않아. 난 스펜서한테 도움을 기대했어. 스펜서가 배에서 약속한 게 있거든. 우리가 로스앤젤레스에 안 가도 되게 일을 처리해주겠다고. 전부 거짓말이었지만." 메이가 어깨를 으쓱한다. "아버지도 거짓말을 했는데, 뭐. 그래서 그 다음 대안이 이리로 오는 거였어. 모르겠어? 내가 여기서 아기를 낳으면 그 사람들은 이 아기를 내가 낳았다는 걸 절대 모를 거야."

"그 사람들?"

"루이 일가." 메이가 답답하다는 듯이 말한다. "언니가 받아줘야 돼. 내가 아기를 언니한테 줄게. 언니는 샘이랑 남편과 아내의 일을 했잖아. 시기가 거의 맞아떨어져."

나는 메이의 손에서 내 손을 빼내고, 메이에게서 멀어져 등을 기댄다.

"뭐라고?"

"의사들이 언니는 아기를 갖지 못할 거라고 했어. 이게 나를 구해주고, 언니를 도와줄 수 있어."

하지만 나는 아기를 원하지 않는다. 지금은. 어쩌면 영원히 원하지 않을지도 모른다. 혼인을 하고 싶지도 않다. 적어도 중매를 통한 혼인이나 아버지의 빚을 갚기 위한 혼인은 싫다. 틀림없이 다른 방법이 있을 것이다.

"아기를 기르기 싫으면 선교사들한테 줘." 내가 제안한다. "그 사람들이 받아줄 거야. 중국아기원조회가 있다고 그 사람들이 항상 말하잖아. 그 사람들이 병든 여자들한테서 그 아기를 떼어놓을 거야."

"언니! 얘는 내 아기야! 엄마랑 아버지와 우리를 이어주는 고리가 뭐야? 우린 딸이라서 대를 이을 수 없어. 내 아들이 여기 미국에서 새로운 가문을 시작하면 안 돼?"

우린 아기가 아들일 것이라고 당연한 듯 생각하고 있다. 세상의 모든 중국인이 그렇듯이, 우리는 아들이 아닌 아기는 상상할 수 없다. 아들은 가문에 커다란 기쁨이며, 조상들에게 내세에 가서도 밥을 먹을 수 있다는 보장을 해주는 존재다. 그래도 메이의 계획은 결코 성공하지 못할 것이다.

"난 임신하지 않았으니까 너 대신 아기를 낳을 수 없어." 나는 뻔한 사실을 지적한다.

이번에도 메이는 이 문제를 얼마나 오랫동안 심사숙고했는지를 드러낸다.

"내가 사준 농부 옷을 언니가 입으면 돼. 그 옷이 모든 걸 가려줄 거야. 시골 여자들은 남한테 자기 몸을 절대 보여주려 하지 않아. 남자를 꼬일 생각도 없고, 임신한 걸 보여주는 것도 싫어해. 언니도 내 배가 얼마나 불렀는지 몰랐잖아, 안 그래? 나중에 배가 부른 것처럼 보여야 하는 상황이 되면, 바지 속에 베개를 넣으면 돼. 누가 그걸 자세히 보겠어? 애당초 누가 신경이나 쓸 것 같아? 우리는 여기서 시간만 끌면 돼."

"얼마나 오랫동안?"

"앞으로 4개월 정도."

내가 무슨 말을 해야 하는지, 어떤 행동을 해야 하는지 모르겠다. 메이는 내 동생이다. 내가 아는 한 유일한 혈육이다. 게다가 나는 엄마에게 메이를 잘 돌보겠다고 약속했다. 그래서 나는 내 인생을…… 그리고 메이의 인생도 좌우할 결정을 내린다.

"알았어. 그렇게 할게."

오늘 일어난 일들이 워낙 엄청나서 나는 메이에게 여기 관리자들 모르게 어떻게 아이를 낳을 작정이냐고 물을 생각도 못 한다.

우리가 중국을 떠나 이리로 오면서 맞닥뜨리게 된 가혹한 현실이 그 뒤로 몇 주 동안 우리를 심하게 강타한다. 희망에 찬, 아니 멍청한 사람들은 앤젤 섬을 서부의 엘리스 섬이라고 부른다. 중국인이 미국에 들어오는 것을 막고 싶어 하는 사람들은 이곳을 서문지기라고 부른다. 우리 중국인들은 이곳을 내세의 섬이라고 부른다. 시간이 워낙 느리게 흐르는 탓에 우리가 정말로 내세에 온 것처럼 느껴지는 것만은 확실하다. 하루는 길고, 우리의 일상은 화장실에 가서 볼 일을 보는 것만큼이나 당연하고 별볼일없다. 모든 것이 규정으로 정해져 있다. 우리는 식사 시간, 음식의 종류, 불을 켜고 끄는 시간, 잠자리에 드는 시간과 일어나는 시간에 대해 전혀 선택권이 없다. 감옥에 갇힌 사람은 모든 특권을 잃는 법이다.

메이의 배가 더 불러오자 우리는 원래 쓰던 침상 옆의 아래층 침상으로 옮긴다. 메이가 높은 곳까지 오르내리지 않게 하기 위해서이다. 아침마다 우리는 일어나서 옷을 차려 입는다. 경비병들은 우리를 식당으로 데려간다. 많을 때는 300명이 넘는 사람들이 여기서 식사를 한다는 사실을 생각하면, 식당은 놀라울 정도로 작다. 앤젤 섬의 모든 것이 그렇듯이, 식당도 분리되어 있다. 유럽인, 아시아인, 중국인의 음식을 만드는 요리사가 따로 있고, 메뉴도 다르고, 식사 시간도 다르다. 우리는 30분 안에 아침식사를 하고 완전히 식당을 비워주어야 한다. 그러면 그 다음 차례의 수용자들이 식당에 도착한다. 우리는 긴 나무탁자에 앉아 죽을 먹는다. 식사가 끝나면 경비병들이 우리를 기숙사까지 다시 호송한 뒤 문을 잠근다. 어떤 여자들은 라디에이터 위에 주전자를 올려서 끓인 물로 차를 만들기도 한다. 샌프란시스코의 가족들이 보내준 음식을 우적우적 씹는 여자들도 있다. 국수, 절인 채소, 만두 등등. 대부분의 사람들은 다시 잠들었다가 여자 선교사들이 올 때 비로소 깨어난다. 선교사들은 우리에게 자기들의 유일신에 대해 이야기하고, 바느질과 뜨개질을 가르친다. 그 중 한 여자가 임신한 몸으로 앤젤 섬에 발이 묶인 나를 안쓰럽게 여긴다. "내가 남편에게 전보를 쳐줄게요." 그녀가 제안한다. "당신이 임신한 몸으로 여기 있는 걸 알면 남편이 와서 일을 잘 처리해줄 거예요. 이런 곳에서 아이를 낳을 수는 없잖아요. 제대로 된 병원에 가야죠."

하지만 나는 그런 도움을 원하지 않는다. 아직은.

점심때 우리는 식당으로 가서 설익은 콩나물을 얹은 찬밥과 함께 저민 돼지고기를 넣은 죽이나 크래커를 곁들인 타피오카 수프를 먹는다. 저녁식사는 커다란 접시 하나에 담겨 나오는데, 말린 두부와 돼지고기, 감자와 쇠고기, 리마콩과 돼지 도가니, 말린 채소와 넙치 등이다. 가끔 삼키기가 힘들 만큼 거친 빨간 쌀로 만든 밥이 나오기도 한다. 어떤 음식이든 그 모양과 맛이 누가 이미 한 번 씹고 뱉어놓은 것 같다. 어떤 여자들은 자기 그릇에 있는 고기를 내 그릇에 넣어준다. "새댁 아들을 위해서 주는 거야." 그들은 이렇게 말한다. 그러면 나는 이 사치스러운 음식을 메이에게 전달해줄 방법을 어떻게든 찾아야 한다.

"왜 신랑이 만나러 안 와?" 어떤 여자가 어느 날 저녁식사 때 우리에게 묻는다. 그 여자의 이름은 쓰레받기지만, 여기서는 남편의 성인 리 씨로 통한다. 리 씨는 메이와 나보다 훨씬 오래 전부터 여기 갇혀 있다. "새댁들 신랑이 변호사를 쓰면 되잖아. 여기 조사관들한테 모든 걸 설명하면 내일이라도 풀려날 수 있을 텐데."

메이와 나는 우리가 여기 있다는 걸 남편들이 모른다고, 아기가 태어날 때까지는 남편들이 그걸 알면 안 된다고 대답하지 않는다. 하지만 가끔은 남편들을 보면 마음이 놓일 것 같은 생각이 드는 것도 사실이다. 비록 그들이 거의 생면부지의 남이라 해도.

"우리 신랑들이 아주 먼 데 있어서 그래요." 메이가 리 씨를 비롯해서 우리를 안쓰럽게 생각하는 여자들에게 설명한다. "언니가 아주 힘들어해요. 특히 요즘은 더 해요."

오후는 천천히 지나간다. 다른 여자들은 가족들에게 편지를 쓴다. 여기서도 편지를 주고받는 것은 자유다. 비록 검열관의 손을 거쳐야 하지만. 메이와 나는 이야기를 나누거나 창밖을 내다본다. 아무도 도망치지 못하게 철망을 씌운 창문을 바라보며 우리는 잃어버린 고향을 꿈꾼다. 바느질과 뜨개질을 할 때도 있다. 우리 엄마한테서는 배우지 못한 기술이다. 우리는 기저귀와 작은 셔츠들을 만든다. 아기 스웨터와 모자 등도 떠보려고 시도해본다.

"새댁 아들은 호랑이띠가 되겠네. 올해는 토土의 기운이 강하니까, 그 기운의 영향을 받을 거야." 고향에 갔다가 돌아오는 길에 여기 앤젤 섬에 사흘간 머무르게 된 여자가 내게 말한다. "호랑이띠 아이는 복과 근심을 동시에 가져와. 예쁘고, 똑똑하고, 호기심이 많아서 질문도 많고, 정이 깊고, 몸도 튼튼한 아이가 될 거야. 애를 쫓아다니기만 해도 엄청 운동을 하게 될 걸!"

여자들이 우리에게 이런 조언을 해줄 때 메이는 대개 침묵을 지킨다. 하지만 이번에는 참을 수가 없었던 모양이다. "아이가 정말로 쾌활할까요? 행복하게 잘 살까요?"

"행복? 여기 이 화기국花旗國. 옛날에 중국인들이 미국을 부르던 말. 성조기를 성화기星花旗라고 부르던 것에서 유래한 이름에서? 이 나라에서 행복해지는 게 가능한지는 잘 모르겠지만, 호랑이띠는 특별한 기질이 있으니까 새댁 조카한테 도움이 될 거야. 엄하게 키우면서도 그만큼 사랑을 준다면, 호랑이띠 아이는 따스함과 이해심으로 보답해줘. 하지만 호랑이띠 아이한테 거짓말을 하면 절대 안 돼. 아이가 물불 안 가리고 거칠게 날뛸테니까."

"그래도 그건 좋은 특징 아니에요?" 메이가 묻는다.

"새댁 언니는 용띠야. 용띠랑 호랑이띠는 항상 서로 대장이 되려고 싸우지. 아들이기를 바라야 할 거야. 사실 어떤 엄마가 아들을 안 바라겠어? 어쨌든 아들을 낳으면, 모자간에 서로의 위치가 분명해질 거야. 엄마란 모름지기 아들한테 복종해야 하는 법이니까. 아무리 용띠 엄마라도. 새댁 언니가 양띠였다면, 나도 좀 걱정이 됐을 거야. 호랑이띠 아이는 대개 양띠 엄마를 보호해주지만, 시절이 좋고 편안할 때만 서로 잘 지낼 수 있거든. 안 그러면 호랑이띠 아이가 양띠 엄마한테서 달아나든지, 아니면 엄마를 갈기갈기 찢어버릴 거야."

메이와 나는 서로를 바라본다. 엄마가 살아 계실 때 우리는 이런 것을 믿지 않았다. 그러니 이제 와서 믿을 이유가 없지 않은가?

나는 사읍 방언을 쓰는 수용자들과 잘 지내려고 애쓴다. 그 덕분에 어렸을 때 쓰던 단어들이 생각나면서 내 어휘력이 좋아진다. 하지만 솔직히 이 낯선 사람들과 대화를 나누는 것에 무슨 의미가 있을까? 그들은 우리와 친구가 될 만큼 여기에 오래 머무르는 법이 없다. 게다가 메이는 사읍 방언을 모르기 때문에 우리 대화에 끼어들 수 없다. 그래서 우리는 그냥 우리끼리만 지내는 것이 최선이라고 생각한다. 우리는 공동 화장실과 샤워실에 갈 때도 우리끼리만 간다. 그곳을 맴돌고 있는 유령들에게 내 아들을 노출시키고 싶지 않아서 그렇다고 둘러대면서. 이건 물론 터무니없는 소리다. 여러 사람들과 함께 가는 대신 동생과 단 둘이서 화장실과 샤워실에 간다고 해서 유령들을 더 잘 막을 수 있는 건 아니니까. 하지만 여자들은 아기를 가진 여자들은 다 그런 걱정을 하는 법이라며 그냥 넘긴다.

똑같은 일상에 유일한 변화가 생기는 것은 일주일에 두 번씩 행정동을 나설 때다. 매주 화요일이면 우리는 부두의 창고에 있는 우리 가방에서 물건을 꺼내올 수 있다. 비록 거기에서 새로 물건을 꺼내 온 적은 한 번도 없지만, 신선한 공기를 마시는 것만으로도 마음이 놓인다. 금요일에는 여자 선교사들이 우리를 데리고 마당으로 산책을 나간다. 앤젤 섬은 여러 면에서 아름다운 곳이다. 우리는 사슴과 너구리를 보고, 나무들의 이름도 배운다. 유칼립투스, 캘리포니아 떡갈나무, 토리 소나무…… 우리는 남자들의 막사 옆을 지나간다. 건물 안뿐만 아니라 운동장에서도 수용자들이 인종별로 분리되어 있다. 맨 위에 가시철조망을 설치한 울타리가 이민국 사무소 전체를 둘러싸서 이 섬의 다른 지역과 이곳을 분리하고 있는데도, 남자들의 운동장에는 탈출을 막기 위해 이중 울타리가 설치되어 있다. 저 사람들이 도망쳐서 어디 갈 데가 있다고. 앤젤 섬은 앨커트래즈처럼 설계되어 있다. 우리가 이곳으로 올 때 지나친 섬 말이다. 그 섬 역시 탈출할 수 없는 감옥이다. 자유를 찾으려고 헤엄을 쳐서 탈출을 시도할 만큼 멍청하거나 무모한 사람들은 대개 며칠 뒤 여기서 아주 멀리 떨어진 해안에 밀려 온 시체로 발견된다. 하지만 앨커트래즈의 수감자들은 잘못을 저질러서 갇혀 있는 것이지만, 우리는 아무런 잘못도 저지르지 않았다. 다만 로판들의 눈에 잘못을 저지른 사람처럼 보일 뿐이다.

상하이에서 감리교 선교회 학교에 다닐 때 선생님들은 유일신과 죄에 대해서, 천국의 좋은 점과 지옥의 공포에 대해서 이야기했다. 하지만 자기 동포들이 우리를 어떻게 생각하는지에 대해서는 그다지 솔직하게 털어놓지 않았다. 이곳의 여성 수용자들과 조사관들을 통해서 우리는 미국이 우리를 원하지 않는다는 것을 깨닫는다. 우리는 이 나라에 귀화해서 국민이 될 수 없다. 게다가 정부는 1882년에 모든 중국인의 이민을 금지하는 법까지 만들었다. 목사, 외교관, 학생,

상인만 예외다. 법의 적용이 면제된 이 네 종류의 중국인이든 아니면 중국계 미국인이든 이 땅에 입국하려면 신분 확인증이 있어야 한다. 그리고 이 서류를 항상 가지고 다녀야 한다. 중국인들만 특별히 이런 대우를 받는 거냐고? 그렇다 해도 나는 놀라지 않을 것이다.

"목사나 외교관이나 학생 행세를 할 수는 없어." 리 씨가 말한다. 우리는 지금 새로운 땅에서 처음으로 크리스마스 만찬을 먹고 있다. "하지만 상인 행세를 하는 건 그다지 어렵지 않지."

"맞아." 동 씨가 맞장구를 친다. 리 씨와 마찬가지로 유부녀인 동 씨는 메이와 나보다 1주일 늦게 여기 도착했다. 우리가 매트리스를 불편해할까 봐 로판들이 매트리스 대신 철망이 깔린 침대에 우리를 재우는 거라고 말해준 사람이 바로 동 씨다. "이 놈들은 우리 같은 농사꾼을 원하지 않아. 쿨리나 인력거꾼이나 요강 청소부도 원하지 않아."

나는 이런 생각이 든다. '그런 사람을 원하는 나라도 있나?' 그런 사람들은 꼭 필요한 존재지만, 상하이 사람들이라고 해서 그런 사람들을 원한 건 아니었다. (내가 내 처지를 아직도 가끔 잊어버린다는 걸 이제 알겠는가?)

"우리 남편은 가게에 자리를 하나 샀어." 리 씨가 자랑한다. "500달러를 주고 동업자가 됐다고. 아직 진짜 동업자도 아니고, 그 돈을 내지는 않았지만. 그만한 돈이 있는 사람이 어디 있어? 그래서 남편은 가게 주인한테 그 돈만큼 일을 하겠다고 약속했어. 그러니까 우리 남편은 이제 상인이라고 말할 수 있어."

"그래서 저 사람들이 우리한테 이것저것 묻는 거예요?" 내가 묻는다. "가짜 상인을 가려내려고? 그러기에는 너무 손이 많이 가는……"

"저 놈들이 진짜로 잡고 싶어 하는 건 서류상의 아들이야."

내 얼굴에 멍한 표정이 떠오른 걸 보고 두 여자가 키득거린다. 메이가 그릇에서 고개를 든다.

"여기 사람들도 우스갯소리를 해요?" 메이가 말한다.

나는 고개를 젓는다. 메이는 한숨을 내쉬고, 자기 그릇에 든 돼지발을 다시 쿡쿡 찌른다. 식탁 맞은편에 앉은 두 여자는 자기들만 아는 시선을 교환한다.

"새댁들은 모르는 게 많아." 리 씨가 말한다. "그래서 여기 이렇게 오래 있는 거 아니야? 새댁들 신랑이 뭘 어떻게 해야 하는지 말 안 해 줬어?"

"원래 우리는 신랑이랑 시아버님과 함께 오기로 되어 있었어요." 내가 사실대로 대답한다. "그런데 중간에 헤어졌어요. 원숭이들이……"

두 여자는 안 됐다는 표정으로 고개를 끄덕인다.

"미국 시민의 아들이나 딸이라면 미국으로 들어올 수 있어." 동 씨가 말을 잇는다. 동 씨는 자기 음식에 거의 손을 대지 않았다. 전분이 많이 든 소스가 그릇에 굳어 있다. "우리 신랑은 서류상의 아들이야. 새댁 남편도 그래?"

"죄송한데요, 그게 뭔지 모르겠어요."

"우리 신랑은 서류를 사서 미국인의 아들이 됐어. 그래서 이제 나를 서류상의 아내로 데려올 수 있게 된 거야."

"서류를 사다니요?" 내가 묻는다.

"서류상의 아들이라는 말 못 들어봤어?" 내가 고개를 젓자 동 씨는 식탁에 팔꿈치를 괴고 몸을 앞으로 기울인다. "미국에서 태어난 중국 남자가 혼인하려고 중국에 갔다고 쳐. 그 남자는 미국으로 돌아올 때 관리들한테 자기 아내가 아기를 낳았다고 말하는 거야."

나는 허점을 찾으려고 열심히 귀를 기울이다가 마침내 하나 찾아낸다. "정말로 아기를 낳은 거예요?"

"아니. 남자가 그 말만 하면 돼. 중국의 대사관이나 여기 앤젤 섬의 관리들이 그 말이 사실인지 확인하려고 어디 시골마을까지 가지는 않을 테니까. 그래서 미국 시민인 이 남자는 아들이 생겼다는 서류를 발급받게 돼. 아버지가 미국 시민이니까, 아들도 미국 시민이지. 하지만 아까 말했듯이, 실제로는 아들이 태어난 적이 없어. 아들은 서류에만 존재하는 거야. 그러니까 이 남자는 서류상의 아들의 지위를 남에게 팔 수 있게 된 거지. 남자는 10년이나 20년쯤 기다렸다가 그 서류, 그러니까 서류상의 아들의 지위를 중국의 젊은이한테 팔아. 그 젊은이는 이 남자의 성을 자기 성으로 삼고 미국으로 오는 거지. 진짜 아들이 아니라, 서류상의 아들이야. 여기 앤젤 섬의 이민국 관리들은 그 젊은이를 함정에 빠뜨려서 사실을 실토하게 만들려고 해. 그래서 사실이 들통 나면, 그 젊은이는 중국으로 다시 추방되는 거지."

"들통 나지 않으면요?"

"그러면 가짜 이름, 가짜 가족관계, 가짜 국적을 갖고 서류상의 아들로 살아가겠지. 그 젊은이가 이 나라에 있는 한 계속 그렇게 거짓말을 해야 돼."

"그런 생활을 원하는 사람이 어디 있어요?" 나는 동 씨의 말을 믿기가 어렵다. 중국에서는 가문의 이름이 엄청나게 중요하다. 12대나 그 위까지 조상을 거슬러 올라갈 수 있는 가문도 있다. 남자가 이 나라에 오려고 기꺼이 성을 바꾼다는 건 도저히 말이 안 되는 소리 같다.

"중국에는 미국에 올 수만 있다면 그런 서류를 사서 다른 사람의 아들 행세를 하고 싶어 안달이 난 젊은이들이 많아. 여기는 금산이자, 화기국이니까." 동 씨가 대답한다. "진짜야. 여기에 온 뒤로 수모도 많이 당하고 일도 열심히 해야 하지만, 어쨌든 돈을 많이 벌어서 언젠가 고향에 돌아가 부자로 살 수 있거든."

"그게 그렇게 어려운 일 같지……"

"주위를 둘러봐! 절대 쉬운 일이 아냐!" 리 씨가 끼어든다. "여기서 심문을 받는 것도 힘들지만, 로판들이 계속 규칙을 바꾸는 것도 문제야."

"서류상의 딸은 없어요?" 내가 묻는다. "여자들도 그런 식으로 여기에 와요?"

"그렇게 귀한 기회를 딸한테 낭비할 집이 어디 있어? 우리는 남편의 가짜 국적을 이용해서 서류상의 아내로 여기에 올 수 있는 것만으로도 운이 좋은 거야."

두 여자는 눈에 눈물이 고이도록 웃어댄다. 글을 모르는 이 농사꾼들이 이런 일들을 우리보다 더 잘 알고 있다니 어찌 된 걸까? 이 나라에 들어오기 위해 어떤 방법을 써야 하는지 확실히 알고 있다니. 이 사람들은 바로 그런 방법을 겨냥하는 계급이고, 나와 메이는 그렇지 않기 때문이다. 나는 한숨을 내쉰다. 중국은 일본에 졌고, 메이는 임신했고, 우리에게는 돈도 가족도 없다.

우리의 대화는 여느 때처럼 먹고 싶은 음식 얘기로 흘러간다. 오리구이, 신선한 과일, 자장소스……여기 식당에서 나오는, 지나치게 익힌 쓰레기 같은 음식만 아니면 무엇이든 좋다.

메이의 계획대로 나는 중국에서 탈출할 때 입었던 헐렁한 옷을 입는다. 대부분의 여자들은 여기 오래 머무르지 않기 때문에 메이와 내가 모두 날이 갈수록 뚱뚱해지고 있다는 사실을 눈치 채지 못한다. 아니면 알아차렸으면서도 말은 안 하는 건지도 모른다. 우리 엄마가 아주 은밀하고 개인적인 일에 관해 그랬던 것처럼.

동생과 나는 국제적인 도시에서 자랐다. 우리는 아는 것이 많은 것처럼 굴지만, 여러 면에서 무지하다. 엄마는 엄마 세대의 전형적인 여자답게 우리 몸과 관련된 일에 대해서는 말을 아꼈다. 심지어 빨간 자매가 찾아올 거라는 얘기조차 미리 해주지 않아서, 그것이 처음 왔을 때 나는 이렇게 피를 흘리다가 죽는구나 하고 겁에 질렸다. 그런데 그 때도 엄마는 뭐가 어떻게 된 건지 설명해주지 않았다. 그냥 나를 하인들 숙소로 보내서 팬지를 비롯한 여러 하인들에게서 이것을 어떻게 처리해야 하는지, 여자가 어떻게 임신을 하게 되는지 배우게 했을 뿐이었다. 나중에 메이에게도 빨간 자매가 찾아왔을 때, 나는 하인들에게서 배운 것을 메이에게 말해주었다. 하지만 우리는 임신이나 출산에 대해서는 여전히 아는 것이 별로 없었다. 다행히 우리는 지금 그런 일에 관해 모르는 것이 없어서 나를 위해 온갖 충고를 해주는 여자들과 함께 살고 있다. 그 중에서도 나는 리 씨의 조언에 점점 믿음이 간다.

"새댁 젖꼭지가 연씨처럼 작다면, 새댁 아들은 출세할 거야. 젖꼭지가 대추야자 열매만 하다면 새댁 아들은 가난하게 살 거야."

리 씨는 설탕에 졸인 배를 먹어서 나의 음기를 보해야 한다고 말한다. 하지만 식당에는 그런 음식이 없다. 메이가 복통을 느끼기 시작하자 나는 리 씨에게 내 배가 아프다고 말한다. 그러자 리 씨는 자궁 주위에 기가 뭉친 여자들에게 흔히 나타나는 증상이라고 설명한다.

"설탕을 살짝 뿌려서 얇게 저민 무를 다섯 조각 먹는 게 제일 좋은 치료법이야." 리 씨가 말한다. 하지만 신선한 무를 구할 길이 없기 때문에 메이는 계속 고통을 겪는다. 이 일을 계기로 나는 엄마의 지참금 가방에 마지막으로 남아 있던 패물을 광둥 근처의 마을에서 온 여자에게 판다. 이제부터는 메이에게 필요한 물건을 매점에서 즉시 살 수 있을 것이다. 아니면 경비병이나 요리사에게 뇌물을 주고 물건을 구해달라고 하거나. 메이에게 소화불량 증세가 생기자 나는 주위 여자들에게 소화가 안 된다고 호소한다. 기숙사의 여자들은 가장 좋은 치료법을 놓고 언쟁을 벌이다가 나더러 정향을 빨면 된다고 말한다. 나는 정향을 쉽게 구한다. 하지만 리 씨는 마뜩

잖은 기색이다.

"펄은 위가 약하거나 비장이 약한 모양이야. 전부 토土기에 문제가 있다는 징후인데." 리 씨가 다른 여자들에게 말한다. "혹시 귤이나 신선한 생강 가진 사람 있어? 펄한테 차를 좀 만들어주게."

나는 이 물건들을 어렵지 않게 사서 메이를 편안하게 해준다. 그래서 내가 기뻐하자, 다른 수용자들도 임신한 여자를 도울 수 있었다는 사실에 기뻐한다.

우리가 심문을 받으러 가는 간격이 점점 길어진다. 청문회에서 문제가 생긴 사람들에게 흔히 사용하는 방법이다. 조사관들은 기숙사에서 오랫동안 지내다 보면 우리가 마음이 약해지고, 심문을 위해 외웠던 이야기들을 잊어버릴 거라고 생각한다. 그래서 우리가 자기들의 술수에 쉽게 넘어가 실수를 저지르게 될 거라고. 사실 한 달에 한 번씩 여덟 시간 동안 조사를 받는다면, 한 달 전, 두 달 전, 여섯 달 전, 열여덟 달 전에 자기가 무슨 말을 했는지 정확히 기억할 수 있겠는가? 이미 파기해버린 안내서의 내용이나 이미 미국에 들어와 있는 친척과 지인들이 각자 조사관들에게 미리 진술한 내용과 자신의 진술이 일치하는지 기억할 수 있겠는가?

이곳에 머무르는 동안에는 부부도 따로 지내야 한다. 그래서 남편과 아내가 서로를 위로해줄 수 없다. 하지만 그보다 더 중요한 것은 심문에서 어떤 질문을 받았는지 서로에게 알려줄 수 없다는 점이다. 혼례식 날 가마가 대문에서 멈췄는가, 현관 앞에서 멈췄는가? 셋째 딸을 땅에 묻을 때 날이 흐렸는가, 가랑비가 내렸는가? 통역이 질문과 대답을 어떻게 전달하는가에 따라 내용이 달라질 수도 있는데, 이런 것들을 정확히 기억해낼 수 있는 사람이 어디 있겠는가? 게다가 주민이 200명밖에 안 되는 마을이라면 대문과 현관이 따로 없지 않겠는가? 별로 가치도 없는 딸을 땅에 묻던 날의 날씨가 그렇게 중요한가? 심문관들에게는 중요한 모양이다. 그래서 서로 일치하는 대답을 내놓지 못한 식구들은 며칠, 몇 주, 심하면 몇 달 동안 억류된다.

하지만 메이와 나는 자매라서 같이 있기 때문에 청문회 전에 미리 입을 맞춰볼 수 있다. 조사관들은 우리에게 점점 어려운 질문을 던진다. 샘, 버넌, 그 둘의 형제들, 루이 영감 부부, 루이 영감의 거래처 사람들, 이웃 사람들(다른 상인들, 그 구역을 맡은 경찰관, 우리 시아버지에게 물건들을 배달해주는 사람)의 파일이 새로 도착했기 때문이다. 내 남편의 가족들은 고향에서 닭과 오리를 몇 마리나 기르고 있나? 로스앤젤레스의 집과 와훙 마을에 있는 루이의 고향집에서는 쌀통을 어디에 두나?

우리가 금방 대답하지 못하고 꾸물거리면 조사관들은 화를 내며 소리친다. "빨리 말해! 빨리 말해!" 이런 전술이 다른 수용자들에게는 잘 통하기 때문에 겁에 질린 수용자들은 중대한 실수를 저지르곤 한다. 하지만 우리는 오히려 혼란스럽고 멍청한 표정을 지어보이며 이 전술을 이용한다. 플럼 의장은 내게 점점 화가 나서 가끔은 꼬박한 시간 동안 아무 말 없이 나를 노려보기만 한다. 내게 겁을 줘서 새로운 대답을 하게 만들려는 작전이다. 하지만 나는 일부러 시간을 끄는 중이므로, 나를 위협하고 겁주려는 그의 시도는 나를 오히려 더 차분하게 만들고 내 집중력을 높여줄 뿐이다.

메이와 나는 그들이 던지는 복잡한 질문, 단순한 질문, 어처구니없는 질문을 이용해서 여기 머무르는 기간을 연장하고 있다. "중국에서 개를 길렀습니까?"라는 질문에 메이는 그렇다고 대답하고 나는 아니라고 대답한다. 2주 뒤의 청문회에서 우리를 담당한 조사관들은 이 점을 물고 늘어진다. 메이는 우리가 개를 길렀다고 계속 주장하고, 나는 우리가 옛날에 개를 길렀지만 중국에서 마지막 식사를 할 때 아버지가 그 개를 잡아서 식탁에 올렸다고 설명한다. 그 다음 청문회에서 조사관들은 우리 둘 다 옳은 대답을 했다고 선언한다. 친 일가가 개를 기른 것은 사실이지만, 우리가 중국을 떠나기 전에 잡아먹었다고. 사실 우리는 개를 기른 적이 없고, 요리사가 개 요리를 낸 적도 없다. 우리 개든 남의 개든. 메이와 나는 우리의 작은 승리에 몇 시간 동안이나 웃어댄다.

"집에서 등유 램프는 어디에 뒀습니까?" 어느 날 플럼 의장이 이렇게 묻는다. 상하이의 집에는 전기가 들어왔지만, 나는 식탁 왼편에 등유 램프가 있었다고 말한다. 하지만 메이는 오른편이라고 말한다.

이 조사관들은 그다지 똑똑한 편이 아니다. 그들은 메이가 입은 중국식 상의 속에서 아기가 자라고 있다는 것을 알아차리지 못한다. 내가 바지 속에 집어넣은 옷과 베개 뭉치 또한 점점 커지고 있다는 것을 모른다. 중국식 새해가 지난 뒤 나는 심문실을 드나들 때 뒤뚱거리며 앉고 일어서기가 몹시 힘든 척한다. 조사관들은 이런 나를 보고 당연히 새로운 질문들을 던진다. 내가 남편과 보낸 단 하룻밤에 임신한 것이 확실한가? 날짜를 확신할 수 있는가? 다른 사람이 있었던 것이 아닌가? 고향에서 매춘부였나? 아기 아버지가 정말로 남편인가?

플럼 의장은 샘의 서류를 펼쳐 일곱 살짜리 사내아이의 사진을 보여준다. "이 사람이 당신 남편이오?"

나는 사진을 유심히 살핀다. 어린 소년이다. 1920년에 샘이 부모와 함께 중국으로 돌아갔을 때 찍은 사진일 수도 있고, 다른 사람일 수도 있다. "네, 제 남편이에요."

기록원은 계속 타자를 치고, 우리 서류는 계속 늘어만 간다. 그러는 동안에 나는 내 시아버지, 샘, 버넌, 루이 일가의 사업에 대해 상당히 많은 것을 알게 된다.

"여기에는 당신 시아버지가 1871년에 샌프란시스코에서 태어난

걸로 돼 있어요." 플럼 의장이 루이 영감의 서류를 넘기며 말한다. "그럼 지금 예순일곱 살이라는 얘깁니다. 이 사람의 아버지는 상인이었어요. 맞습니까?"

안내서에는 온갖 정보가 있었지만, 루이 영감의 생년월일은 없었다. 나는 모험을 하기로 하고 "네"라고 대답한다.

"여기에는 당신 시아버지가 1904년에 샌프란시스코에서 자연스러운 발을 가진 여자와 결혼했다고 돼 있어요."

"저는 아직 시어머니를 만나지 못했지만, 자연스러운 발을 갖고 있다고 들었어요."

"1907년에 두 사람은 중국으로 갔고, 거기서 첫 아들이 태어났습니다. 두 사람은 아들을 11년 동안 고향에 남겨두었다가 이리로 데려왔어요."

이 말에 화이트 씨가 자기 상관을 향해 몸을 기울여 귓속말을 한다. 둘 다 서류를 뒤적인다. 그러다가 화이트 씨가 서류의 어떤 부분을 가리킨다. 플럼 의장은 고개를 끄덕이고 내게 묻는다. "당신의 시어머니라는 사람은 아들을 다섯 명 낳았습니다. 왜 아들만 낳은 겁니까? 왜 모두 중국에서 태어났죠? 이상하지 않습니까?"

"사실 막내아들은 로스앤젤레스에서 태어났어요." 나는 친절하게 설명한다.

플럼 의장이 나를 노려본다. "당신 시댁 식구들은 왜 아들 넷을 중국에서 낳아 이리로 데려왔을까요?"

나도 같은 생각을 하고 있었지만, 안내서를 보며 외운 대로 대답한다. "제 남편의 형제들이 와훙 마을에서 자란 건 로스앤젤레스보다 물가가 싸기 때문이에요. 시부모님이 제 남편을 중국으로 보낸 건 조부모님을 만나 고향의 언어와 전통을 배우고, 아버지를 대신해서 조상님들께 예를 다하게 하기 위해서였어요."

"남편의 형제들은 만난 적이 있습니까?"

"버넌이라는 사람만요. 나머지는 못 만났어요."

플럼 의장이 묻는다. "당신 시댁 식구들이 로스앤젤레스에서 함께 살았는데, 왜 11년이나 터울을 두고 막내를 낳은 겁니까?"

나는 대답 대신 내 배를 두드리며 말한다. "남편에게서 아들을 받으려면 약초와 음식을 가려 먹고 기를 보하는 규칙들을 따라야 하는데, 그렇게 하지 않는 여자들이 가끔 있어요."

낙후된 시골 출신 여자 같은 내 대답에 조사관들은 일단 만족한다. 하지만 1주일 뒤 그들은 내 시아버지의 직업에 주의를 돌려 그가 금지된 노동자 계층이 아닌지 확인하려 한다. 지난 20년 동안 루이 영감은 로스앤젤레스에서 여러 가지 장사를 했다. 그런데 지금은 가게가 하나뿐이다.

"그 가게 이름은 무엇이고, 판매하는 품목은 무엇입니까?" 플럼 의장이 묻는다.

나는 외운 대로 충실하게 대답한다. "이름은 골든 랜턴이에요. 시아버님은 중국과 일본의 물건들을 파세요. 가구, 비단, 융단, 슬리퍼, 도자기 같은 것들. 5만 달러의 가치가 있는 물건들이에요." 내 입으로 이 숫자를 말하는 것만으로도 마치 사탕수수를 빠는 것 같은 기분이다.

"5만 달러?" 플럼 의장이 나만큼이나 감탄한 표정으로 말한다. "그건 큰 돈이오."

이번에도 그는 화이트 씨와 머리를 모은다. 하지만 그들의 대화 주제는 이 나라의 경기불황이 심각하다는 것이다. 나는 듣지 않는 척한다. 플럼 의장과 화이트 씨는 루이 영감의 서류를 다시 살핀다. 올해 안에 루이 영감이 원래 가게를 다른 곳으로 옮기고, 새 가게를 두 곳 더 열고, 관광사업과 식당도 시작할 계획이라고 두 사람이 말하는 소리가 들린다. 화이트 씨가 루이 집안의 상황을 설명할 때 나는 가짜로 부풀린 배를 문지르며 관심이 없는 척한다.

"로스앤젤레스에 있는 우리 동료들이 6개월마다 한 번씩 루이 씨의 집을 방문합니다." 화이트 씨가 말한다. "그런데 당신 시아버지의 집에서 세탁소, 복권방, 하숙집, 이발소, 당구장이나 도박장, 그 밖에 문제가 있어 보이는 시설을 본 적이 없습니다. 당신 시아버지가 막노동을 하는 모습을 보았다는 사람도 없고요. 다시 말해서, 당신 시아버지는 그 일대에서 상당한 지위가 있는 상인처럼 보입니다."

그 다음 심문에서 화이트 씨는 샘과 그의 아버지의 서류 중 영어로 된 부분을 큰소리로 읽는다. 이번에도 새로 바뀐 통역관이 사읍 방언으로 번역해서 들려준 그 서류 내용은 놀랍기 그지없다. 루이 영감은 조사관들에게 1930년부터 1933년까지 1년에 2천 달러씩 사업에서 적자를 보았다고 말했다. 상하이에서는 큰돈이다. 루이 영감이 1년 동안 잃은 돈만 있었어도 우리 집은 살아남을 수 있었을 것이다. 아버지의 사업체, 우리가 살던 집, 메이와 내가 저축한 돈까지 모두 살릴 수 있었을 것이다. 그런데 루이 영감은 그런 돈을 잃고도 아들들의 아내를 사러 중국으로 올 수 있었다.

"그 집에 틀림없이 숨겨둔 돈이 많을 거야." 그날 밤 메이가 말한다.

그래도 모든 것을 일부러 혼란스럽게 만들어놓은 것처럼 보인다. 이 사무소를 몇 번이나 지나간 루이 영감의 서류는 내 서류보다 약간 더 두툼할 뿐이다. 혹시 그 영감도 나와 메이처럼 거짓말을 잘하는 걸까?

어느 날 플럼 의장이 마침내 인내심을 잃어버리고 주먹으로 탁자를 내려치며 나를 다그친다. "당신은 합법적으로 거주하는 상인의 아내이자 미국 시민의 아내라고 돼 있어요. 그 둘은 서로 다른 겁니다. 둘 중 하나만 해야 돼요."

나도 몇 달 전부터 그 생각을 몇 번이나 해봤지만 아직도 답을 모르겠다.

핏속의 자매들

2주쯤 뒤에 나는 악몽을 꾸다가 한밤중에 깨어난다. 그럴 때면 대개 메이가 내 옆에서 나를 다독여준다. 그런데 메이가 없다. 나는 통로를 사이에 두고 내 침상과 나란히 놓여 있는 침상에 메이가 있을 거라고 생각하고 돌아눕는다. 그런데 거기에도 메이가 없다. 나는 가만히 누워서 귀를 기울인다. 우는 소리나 자신을 보호하기 위한 주문을 외는 소리나 기숙사 바닥을 타박타박 걸어다니는 소리가 전혀 들리지 않는다. 지금이 아주 늦은 시간이라는 뜻이다. 메이는 어디 있는 걸까?

요즘 메이는 나만큼이나 잠을 잘 이루지 못한다. "내가 눕기만 하면 언니 아들이 나한테 발길질을 해. 이제 내 몸 안에는 그 애랑 내가 함께 있을 만큼 공간이 없어. 화장실도 얼마나 자주 가야 되는데." 1주일 전 메이는 오줌을 싸는 것이 귀하기 짝이 없는 선물이라도 되는 것처럼 다정하게 내게 말했다. 그래서 나는 메이가 나 대신 품고 있는 아이와 메이를 사랑할 수밖에 없었다. 하지만 우리는 절대 혼자서 화장실에 가지 않기로 서로 약속했다. 나는 베개와 옷을 뭉쳐서 만든 내 아기를 향해 손을 뻗는다. 아무리 늦은 시각이라 해도 임신하지 않은 몸을 남에게 보이는 위험을 무릅쓸 수는 없다. 나는 가짜 배 위로 겉옷 단추를 잠그고 일어난다.

메이는 화장실에도 없다. 나는 샤워실로 간다. 샤워실에 들어서자마자 내 가슴이 얼어붙고 뱃속이 뭉친다. 샤워실 안의 풍경은 내가 악몽에서 본 것과 전혀 다르지만, 거기 바닥에 바지를 내린 내 동생이 있다. 얼굴은 고통으로 하얗게 질렸고, 은밀한 부분은……크게 부풀어서 밖으로 노출돼 있는 모습이 무섭다.

메이가 나를 향해 한 팔을 뻗는다. "언니……"

나는 메이 옆으로 달려간다. 물기 묻은 타일이 미끄럽다.

"언니 아들이 나오려고 해." 메이가 말한다.

"그럼 나를 깨웠어야지."

"이렇게까지 진행된 줄 몰랐어."

여자 선교사들이 매주 한 번씩 우리를 데리고 산책을 나갈 때나 늦은 밤에 우리는 다른 사람들 몰래 그 때가 되면 무엇을 어떻게 해야 하는지 몇 번이나 상의했다. 우리는 계획을 짜고 또 짜고, 세세한 부분을 검토하고 또 검토했다. 나는 우리가 출산에 관해 물어보았던 여자들이 해준 말을 머릿속으로 하나씩 찬찬히 생각한다. 통증이 시작되고 얼마 안 돼서 동과冬瓜만큼 커다란 방귀를 뀔 것 같은 기분이 들면 구석으로 가서 쭈그리고 앉아라. 그러면 아기가 아래로 떨어질 것이다. 아기를 깨끗이 씻어서 잘 싸고, 긴 끈으로 아기를 들쳐 업은 뒤 논에서 일하는 남편에게 가서 다시 일을 하면 된다. 물론 상하이의 방식과는 완전히 다른 얘기다. 상하이 여자들은 몇 달 동안 파티, 쇼핑, 춤을 삼가며 지내다가 서양식 병원에 간다. 그러면 의사들이 여자를 잠재웠다가, 나중에 여자가 깨어나면 아기를 건네준다. 여자들은 2~3주 동안 병원에 있으면서 방문객들을 대접하고, 가문에 아들을 낳아줬다며 귀한 대접을 받는다. 그러다 아기의 출생 1달을 기념하는 잔치에 맞춰 집으로 가서 사람들에게 아기를 소개한다. 가족들, 이웃들, 친구들은 여자에게 찬사를 보낸다. 여기서는 이 상하이 방식이 불가능하다. 메이는 몇 주 전부터 몇 번이나 이렇게 말했다. "시골 여자들은 옛날부터 혼자 아기를 낳았어. 그 여자들이 할 수 있다면 나도 할 수 있어. 게다가 지금까지 우리는 고생을 많이 했잖아. 잘 먹지도 못한 데다가, 그나마 먹은 것도 다 토해버렸어. 그러니까 아기가 크지는 않을 거야. 쉽게 나올 거야."

우리는 아기를 어디서 낳을지 상의한 끝에 샤워실로 결정했다. 다른 여자들이 가장 무서워하는 곳이기 때문이다. 그래도 낮에는 가끔 샤워를 하는 여자들이 있었다. "낮에는 아기가 못 나오게 할 거야." 메이는 이렇게 약속했다.

이제 생각해 보니 메이는 거의 하루 종일 진통을 했던 것 같다. 메이는 다리를 엇갈리게 해서 무릎을 세운 채 침상에서 쉬면서 아기가 나오지 못하게 막고 있었다.

"언제부터 진통이 시작된 거야? 간격이 얼마나 돼?" 나는 아기가 나올 시간을 가늠하는 단서들이 이것이라는 사실을 기억해내고 메이에게 묻는다.

"아침에 시작됐어. 그 때는 심하지 않았어. 어차피 참아야 했고. 그런데 갑자기 화장실에 가고 싶어지는 거야. 여기 들어왔을 때 양수가 터졌어."

지금 내 발과 무릎을 흠뻑 적신 물이 바로 양수일 것이다.

메이는 진통이 오자 내 손을 꽉 움켜쥔다. 눈을 꽉 감은 채 고통을 안으로 삼키는 메이의 얼굴이 빨갛게 변한다. 메이는 내 손을 움켜쥐고 손톱으로 내 손바닥을 파고든다. 어찌나 아픈지 나야말로 비명을 지르고 싶다. 진통이 끝나자 메이는 숨을 들이쉬며 손의 힘을 뺀다. 한 시간 뒤 아기의 정수리가 보인다.

"쪼그리고 앉을 수 있겠어?" 내가 묻는다.

메이는 대답 대신 우는소리를 낸다. 나는 메이의 뒤로 돌아가서 메이를 벽 쪽으로 잡아당긴다. 메이가 벽에 기댈 수 있게. 그리고 메이의 다리 사이로 가서 용기를 모으기 위해 양손을 맞잡고 눈을 감는다. 그리고 눈을 떠서 고통에 시달리는 동생의 얼굴을 바라본다. 나는 최대한 자신 있는 목소리로 메이가 몇 주 전부터 나한테 몇 번이나 했던 말을 되풀이한다. "우린 해낼 수 있어, 메이. 틀림없이 해낼 수 있어."

미끄러지듯 밖으로 빠져나온 아기는 우리가 얘기했던 아들이 아니다. 점액질로 축축하게 뒤덮인 딸이다. 내 딸. 아기는 아주 작다. 내가 생각했던 것보다 훨씬 더 작다. 아기는 울지 않는다. 대신 애원하는 새끼 새 같은 작은 소리를 낸다.

"보여줘."

나는 동생을 바라본다. 머리카락은 젖어서 헝클어졌지만, 고통의 흔적은 얼굴에서 사라졌다. 나는 아기를 넘겨주고 일어선다.

"금방 올게." 내가 말한다. 하지만 메이는 내 말을 듣지 않는다. 양팔로 아기를 감싸서 차가운 공기의 충격으로부터 보호하며, 얼굴에 묻은 점액을 소매로 닦아낸다. 나는 잠시 둘을 물끄러미 바라본다. 내가 이 아기를 내 아기로 데려가기 전에 둘이 함께 있을 수 있는 시간은 지금뿐이다.

나는 최대한 빠르고 조용하게 기숙사로 돌아온다. 그리고 메이와 내가 만든 옷들 중 한 벌과 둥글게 말아둔 실, 여자 선교사들이 공예를 가르칠 때 준 가위, 위생용품, 매점에서 산 수건 두 장을 꺼낸다. 라디에이터 위에 있던 찻주전자도 챙겨 서둘러 샤워실로 돌아간다. 내가 가 보니 이미 후산이 끝난 뒤다. 나는 탯줄을 실로 묶고 가위로 자른다. 그리고 깨끗한 수건 끝을 찻주전자의 뜨거운 물에 적셔 아기를 닦아주라며 메이에게 준다. 다른 수건도 마저 적셔서 메이를 닦아준다. 아기가 작기 때문에, 메이의 그 부위는 심하게 찢어지지 않았다. 내가 그 일을 당한 뒤의 상태와 비교하면 그렇다. 나는 바늘로 꿰매지 않아도 찢어진 부위가 저절로 낫기를 기원한다. 하기야 내가 달리 할 수 있는 일도 없다. 천도 제대로 꿰맬 줄 모르는 내가 동생의 은밀한 부위를 어떻게 꿰맬 수 있겠는가?

메이가 아기에게 옷을 입히는 동안 나는 바닥을 닦고, 태를 수건에 싼다. 모든 걸 최대한 깨끗이 정리한 뒤 나는 더러워진 물건들을 쓰레기통에 쑤셔 넣는다.

밖에서는 하늘이 분홍색으로 변한다. 시간이 얼마 없다.

"나 혼자 못 일어날 것 같아." 메이가 바닥에서 말한다. 창백한 다리가 힘겨운 출산과정과 추위에 떨고 있다. 메이가 벽에서 몸을 떼자 내가 메이를 부축해 일으켜 세운다. 핏방울이 메이의 다리를 타고 떨어져 바닥에 얼룩을 만든다.

"걱정 마." 메이가 말한다. "걱정 마. 자, 아기를 받아."

메이는 내게 아기를 준다. 나는 메이가 짠 담요를 깜박 잊고 가져오지 않았다. 아기의 양팔이 갑작스레 자유로워져서 이상하게 획획 움직인다. 지금껏 이 아기를 속에 품고 있었던 사람은 내가 아니지만, 아기를 안자마자 내 자식처럼 사랑스럽다. 나는 생리대를 끈으로 고정시키고 속옷과 바지를 입는 메이에게 거의 신경 쓰지 않는다.

"다 됐어." 메이가 말한다.

우리는 샤워실을 둘러본다. 여자가 여기서 아기를 낳았다는 사실을 숨길 수는 없을 것이다. 중요한 것은 이 출산에 뭔가 이상한 점이 있다는 의심을 사지 않는 것이다. 이 사무소 의사가 나를 검진하게 만들면 안 된다.

나는 내 딸을 안고 침대에 누워 있다. 메이는 내 옆에 바짝 붙어서 내 어깨에 머리를 대고 가볍게 졸고 있다. 다른 여자들이 일어난다. 얼마 뒤 누군가가 상황을 알아차린다.

"이야! 밤새 누가 새로 나타났는지 봐!" 리 씨가 들떠서 소리친다.

다른 여자들과 아이들이 주위에 모여 아기를 보려고 가볍게 밀치락달치락한다.

"새댁 아들이 태어났잖아!"

"아들이 아니라 딸이에요." 메이가 말한다. 너무 지쳐서 몽롱한 목소리라 나는 순간적으로 사실을 들킬까 봐 걱정한다.

"작은 복이네." 리 씨가 딸을 낳았을 때의 실망감을 표현하는 전통적인 말을 하며 연민의 표정을 짓는다. 하지만 이내 활짝 웃는다. "그래도 봐. 여기 있는 사람들은 거의 다 여자야. 엄마가 필요한 어린 사내아이들만 빼고. 그러니까 딸을 낳은 걸 행운으로 생각해야 돼."

"그래도 애한테 계속 저런 옷을 입히면 행운이 달아날 걸요." 어떤 여자가 불길한 말을 한다.

나는 아기를 바라본다. 아기의 옷은 메이와 내가 생전 처음으로 만든 것이다. 단추는 비뚤어졌고, 뜨개질로 짠 모자는 균형이 맞지 않는다. 하지만 문제는 그것이 아닌 것 같다. 아기에게 나쁜 것들이 닿지 않게 보호해야 한다. 여자들이 자기들 침상에서 선물을 가지고 온다. '집안의 친구 100명'의 관심을 상징하는 동전들이다. 어떤 여자는 행운의 부적으로 아기의 검은 머리카락에 빨간 끈을 묶어준다. 다른 여자들도 한 명씩 차례로 나서서 12간지 동물들을 상징하는 작은 부적들을 아기 모자와 우리가 만든 다른 옷들에 꿰매준다. 악령, 불운, 질병으로부터 아기를 보호해주는 부적이다.

여자들은 십시일반으로 돈을 모은 뒤, 중국인 요리사에게 그 돈을 주고 산모가 먹는 수프를 끓여달라고 부탁할 사람을 뽑는다. 산모의 수프란 절인 돼지 발, 생강, 땅콩에 독주를 넣어 끓인 것이다. (소흥주가 제일 좋지만, 위스키밖에 없다면 그것을 넣어도 된다.) 산모는 차가운 음기가 너무 많아서 기가 쇠한 상태다. 따라서 산모의 수프에 들어가는 재료들은 대부분 뜨거워서 양기를 강화해준다고 알려진 것들이다. 여자들은 그 수프가 자궁을 수축시키고, 몸에 고여 있는 피를 빼내고, 젖을 돌게 하는 데 도움이 될 거라고 말한다.

갑자기 여자 한 명이 손을 뻗어 내 겉옷 단추를 풀기 시작한다. "애기한테 젖을 먹여야지. 우리가 방법을 가르쳐줄게."

나는 부드럽게 여자의 손을 밀어낸다.

"여긴 미국이고, 제 딸은 미국 시민이에요. 저는 미국인들처럼 할래요." '그건 현대적인 상하이 여자들의 방식이기도 해.' 나는 메이와 내가 모델로 섰던 아기 분유 광고들을 떠올리며 속으로 생각한다. "분유를 먹일 거예요."

여느 때처럼 나는 사읍 방언으로 오간 이 대화를 메이가 알아들을 수 있게 우 방언으로 옮겨준다.

"우유병이랑 분유가 침대 밑 꾸러미 안에 있다고 말해줘." 메이가 빠르게 말한다. "내가 언니 곁을 떠나기 싫어한다고, 그러니까 누가 그 꾸러미를 꺼내주면 고맙겠다고 말해."

어떤 여자가 우유병을 꺼내 우리가 매점에서 산 분유와 찻주전자의 물을 섞은 뒤 식으라고 창턱에 놓아둔다. 리 씨는 다른 여자들과 아기 이름을 어떻게 지을 건지 의논한다.

"공자님은 이름이 올바르지 않으면 언어와 사회가 사물의 이치에 어긋나게 될 거라고 말씀하셨어." 리 씨가 설명한다. "아이의 할아버지나 아니면 아주 훌륭한 분이 아기 이름을 지어줘야 돼." 리 씨는 입을 오므리고 주위를 둘러보며 무대에 선 배우처럼 말한다. "그런데 여기에는 그런 사람이 없네. 뭐, 상관없을지도 모르지. 새댁이 낳은 건 딸이잖아. 이렇게 실망스러울 데가! 딸한테 벼룩이니 저 개니 하는 이름을 지어주진 않을 거지? 우리 아버지는 나한테 '쓰레받기'라는 이름을 지어주었지만."

이름을 짓는 건 중요한 일이지만, 원래 여자들의 일이 아니다. 그런데 이제 아이, 그것도 여자아이의 이름을 지으려고 해보니 보기보다 훨씬 더 힘든 일이다. 우리 엄마 이름을 따서 아이 이름을 지을 수도 없고, 우리 아버지를 기린답시고 우리 성을 물려줄 수도 없다. 그런 건 금기시되는 일이기 때문이다. 여주인공이나 여신의 이름을 지어줄 수도 없다. 그건 주제넘고 불손한 짓이다.

"난 옥玉이라는 이름이 좋아요. 힘과 아름다움을 상징하니까요." 어떤 젊은 여자가 말한다.

"꽃 이름도 예쁘지. 난초, 백합, 붓꽃……"

"하지만 그런 이름은 너무 흔한 데다가 약해 보여." 리 씨가 반대한다. "이 애가 태어난 곳이 어딘지 생각해봐. 이 애한테 메이궈美國이라는 이름을 지어줘야 하지 않겠어?"

'메이궈'은 '아름다운 나라'라는 뜻이며, 광둥어로 미국의 공식명칭이다. 하지만 음악적인 느낌도, 예쁜 느낌도 들지 않는다.

"항렬자를 넣어서 두 글자로 이름을 짓는 게 제일 안전해." 또 다른 여자가 제안한다. 내 생각에도 괜찮은 것 같다. 메이와 내 이름에도 항렬자인 롱, 즉 용이라는 글자가 공통적으로 들어간다. "덕을 뜻하는 '데'를 기본 글자로 해서 딸을 낳을 때마다 친절한 덕, 달의 덕, 현명한 덕이라고……"

"너무 복잡해!" 리 씨가 소리친다. "난 내 딸들 이름을 그냥 딸 첫째, 딸 둘째, 딸 셋째로 지었어. 아들들 이름은 아들 첫째, 아들 둘째, 아들 셋째고. 그 애들 사촌은 사촌 일곱째, 여덟째, 아홉째, 열째 하는 식이야. 이름에 숫자를 붙여주면 집안에서 그 애의 위치가 어딘지 다들 알 수 있잖아."

리 씨가 굳이 말하지 않은 속뜻은 따로 있다. 자라기도 전에 죽는 애가 허다한데 이름에 신경을 왜 써? 메이가 이 대화를 얼마나 이해하는지 난 잘 모르겠다. 하지만 메이가 입을 열자 다들 조용해진다.

"이 애힌테 맞는 이름은 하나뿐이에요." 메이가 영어로 말한다. "이 애 이름은 조이로 지어야 돼요. 여긴 미국이에요. 이 애한테 과거의 짐을 지우기 싫어요."

메이가 고개를 들어 나를 올려다보았을 때, 나는 그 동안 내내 메이가 아기만 바라보고 있었음을 깨닫는다. 비록 내가 조이를 안고 있지만, 메이는 나보다 더 가까이 아기에게 다가가 있다. 메이가 몸을 일으켜 자기 목덜미로 손을 가져가서 끈에 달아 걸고 있던 주머니를 벗는다. 엄마가 안전을 기원하며 동전 세 닢, 참깨 씨앗 세 알, 그린 빈 세 개를 넣어준 주머니다. 나도 내 목에 걸고 있던 주머니로 손을 뻗는다. 이 주머니가 나를 보호해줬다고 생각하지 않는데도 나는 여전히 이것과 옥팔찌를 걸고 있다. 어머니를 기억하기 위해서다. 메이는 가죽 끈을 조이의 목에 걸고 주머니를 옷 속에 넣어준다.

"어딜 가든 널 안전하게 지켜줄 거야." 메이가 속삭인다.

주위의 여자들은 메이의 아름다운 말과 행동에 눈물을 흘리며 정말 좋은 이모라고 칭찬한다. 하지만 조이가 끈에 목이 졸리지 않게 이 선물을 벗겨두어야 한다는 걸 우리 모두 알고 있다.

여자 선교사들이 왔을 때 나는 사무소 병원으로 데려다주겠다는 제의를 거절한다. "그건 중국식이 아니에요. 하지만 제 남편에게 전보를 쳐주신다면 정말 고맙겠어요."

전보에는 요점만 간단하게 적는다. '메이와 펄 앤젤 섬 도착. 여행 자금 필요. 아기 출생. 1달 기념잔치 준비.'

그날 밤 여자들이 저녁식사를 먹으러 식당에 갔다가 산모를 위해 특별히 끓인 수프를 들고 돌아온다. 나는 주위로 몰려든 여자들의 반대를 무릅쓰고 그 수프를 동생과 나눠먹는다. 동생도 나만큼 힘이 들었다고 둘러대면서. 여자들은 쯧쯧 혀를 차며 고개를 젓지만, 나보다는 메이에게 이 수프가 훨씬 더 필요하다.

그 다음 청문회 때 내가 가진 옷 중에서 가장 예쁜 비단 원피스에 깃털 달린 모자를 쓰고 들어가자 플럼 의장은 당황해서 어쩔 줄 모른다. 모자 안감 속에 숨겨둔 안내서를 메이와 함께 철저히 공부한 나는 부적으로 장식된 아이를 안고 완벽한 영어로 모든 질문에 주저 없이 올바른 답변을 한다. 다른 방에서 메이도 틀림없이 나와 똑같이 하고 있을 것이다. 하지만 나와 메이의 행동은 중요하지 않다. 합법적으로 거주하는 상인의 아내와 미국 시민의 아내에 관한 문제도 마찬가지다. 관리들이 이 아이를 어쩌겠는가? 앤젤 섬은 미국 영토지만, 수용자가 이 섬을 떠나기 전에는 국적도 지위도 전혀 인정받지 못한다. 따라서 관리들은 조이로 인한 관료적인 문제를 해결하려고 애쓰기보다 그냥 우리를 석방하는 편이 더 편할 것이다.

플럼 의장은 심문 말미에 여느 때처럼 심문 내용을 요약한다. 하지만 마지막 결론을 내릴 때는 결코 기분 좋은 표정이 아니다. "본건은 4개월 넘게 지체되었다. 이 여성이 미국 시민이라고 주장하는 남편과 보낸 시간이 극히 짧은 것은 명백하지만, 이제 이 사무소에서 아기를 낳았다. 우리는 심사숙고 끝에 중요한 점들에 관한 합의에 도달했다. 따라서 나는 루이 친 씨가 미국 시민의 아내로서 미국 입국이 허락되어야 한다고 제안한다."

"동의합니다." 화이트 씨가 말한다.

"저도 동의합니다." 기록원이 말한다. 그가 말하는 모습을 본 건 처음이다.

오후 네 시에 경비병이 들어와서 두 사람의 이름을 부른다. 루이 친 씨와 루이 친 씨. 메이와 나의 구식 부인 이름이다. "사이 가이." 경비병은 여느 때처럼 '행운'을 뜻하는 말을 엉터리로 발음하며 큰소리로 말한다. 우리에게 신분 확인증이 건네진다. 나는 조이의 미국 출생증명서도 건네받는다. 거기에는 조이가 "너무 작아서 측정이 불가능하다"고 되어 있다. 이 사람들이 귀찮아서 굳이 아이를 검진하지 않았다는 뜻이다. 나는 루이 영감과 샘이 조이를 보았을 때 출생 날짜와 아기의 크기에 대해 혹시 의심을 품는다 해도 이 말이 그 의심을 지우는 데 요긴하게 쓰이기를 바랄 뿐이다.

다른 여자들이 짐 꾸리는 것을 도와준다. 리 씨는 울면서 작별인사를 한다. 메이와 나는 경비병이 우리를 데리고 나온 뒤 기숙사 문을 다시 잠그는 것을 지켜본다. 그리고 그를 따라 건물 밖으로 나가서 선착장으로 이어진 길을 내려간다. 거기서 나머지 짐을 다 찾은 뒤 샌프란시스코 행 여객선에 오른다.

2부 운명

쌀알 하나

우리는 샌페드로 행 증기선인 하버드 호에 타기 위해 14달러를 지불한다. 앤젤 섬에서 이미 호된 경험을 한 우리는 배를 타고 가는 동안 애당초 배를 놓친 이유에 대해 서로 말을 맞춘다. 우리가 중국을 벗어나 남편들에게 오기 위해 얼마나 애썼는지, 심문을 얼마나 어렵게 통과했는지에 대해서도 미리 말을 맞춘다. 하지만 막상 샘을 만났을 때 우리는 진짜든 거짓이든 아무 이야기도 할 필요가 없다. 샘은 그저 한 마디만 한다. "우린 당신이랑 제수씨가 죽은 줄 알았어."

우리가 만난 건 세 번뿐이다. 구시가지에서 한 번, 혼례식 때, 그리고 샘이 우리에게 배표와 여행서류를 주었을 때. 샘은 그 한 마디를 한 뒤 아무 말 없이 나를 빤히 바라본다. 나도 아무 말 없이 그를 바라본다. 메이는 우리 가방 두 개를 들고 뒤로 물러나 있다. 아기는 내 품에서 자고 있다. 나는 포옹이나 키스는 기대하지 않는다. 샘이 조이를 화려하게 환영해주기를 기대하지도 않는다. 그런 건 부적절한 행동이다. 그래도 이렇게 오랜만에 만난 건데 너무 어색하다.

전차를 타고 가는 길에 나와 메이는 샘 뒷자리에 앉는다. 여기는 상하이처럼 '마술 같은 고층건물들'의 도시가 아니다. 마침내 왼쪽에 하얀 탑이 하나 보인다. 몇 블록을 더 간 뒤 샘이 일어서서 우리에게 손짓한다. 창 밖 오른쪽에 거대한 건축현장이 있다. 왼쪽에는 2층짜리 벽돌건물들이 길게 늘어서 있다. 개중에는 중국어 간판이 달린 곳도 있다. 전차가 멈추자 우리는 차에서 내린다. 그리고 길을 걸어 올라가 벽돌건물들 옆으로 돌아간다. 표지판에 '로스앤젤레스 거리'라고 써있다. 우리는 그 길을 건너 중앙에 야외음악당이 있는 광장 옆을 지나고 소방서를 지나 왼쪽의 산체스 길로 들어간다. 이 길 양편에도 벽돌건물들이 서 있다. 우리는 '가니어 블록'이라는 말이 위에 새겨져 있는 문으로 들어가 어두운 통로를 걸어가서 낡은 나무 계단을 오른 뒤 음식냄새와 더러운 기저귀 냄새와 곰팡내가 진동하는 복도를 천천히 걸어간다. 샘은 부모와 번과 함께 살고 있는 아파트 문 앞에서 잠시 머뭇거리더니 돌아서서 메이와 나를 바라본다. 연민의 표정을 띤 것 같다. 그러고는 그가 문을 연다. 우리는 안으로 들어간다.

가장 먼저 눈에 들어온 것은 모든 것이 너무나 가난하고, 더럽고, 초라하다는 점이다. 얼룩이 묻은 담자색 커버를 씌운 소파 하나가 벽에 우울하게 기대어져 있다. 방 한 가운데에는 이렇다 할 디자인이나 세공이 보이지 않는 나무 의자 여섯 개와 식탁 하나가 있다. 식탁 옆에는 타구唾具가 있다. 타구를 구석에 밀쳐두지도 않았다. 재빨리 한 번 흘깃 보기만 해도 타구를 비운 지 한참 됐다는 걸 알 수 있다. 벽에는 사진도, 그림도, 달력도 보이지 않는다. 창문은 더럽고 커튼도 없다. 나는 출입문 바로 안쪽에 서 있는데, 부엌이 훤히 바라보인다. 부엌이라기보다는 몇 가지 조리도구들이 있는 조리대에 불과하다. 루이 일가의 조상들을 숭배하는 공간이기도 하다.

키가 작고 둥글둥글한 여자가 머리카락을 틀어 올려 핀으로 뒤통수에 고정시킨 모습으로 우리에게 달려와 사읍 방언으로 환성을 지른다. "잘 왔어! 잘 왔어! 드디어 왔구나!" 그러고는 어깨 너머로 소리친다. "애들이 왔어요! 애들이 왔어요!" 여자는 손목으로 샘을 찰싹 친다. "가서 아버지와 내 아들을 데려와." 샘이 어깨를 늘어뜨린 채 중앙 문을 지나 복도를 내려가는 동안 여자는 다시 우리에게 주의를 돌린다. "어디, 아이 한 번 안아보자! 어디 보자! 어디 보자! 내가 네 옌옌이다." 여자가 사읍 방언으로 할머니를 뜻하는 애칭을 조이에게 노래하듯 말한다. 그러고는 메이와 내게 이렇게 덧붙인다. "너희도 날 옌옌이라고 불러도 돼."

우리 시어머니는 내 생각보다 나이가 많다. 버넌은 이제 겨우 열네 살인데, 시어머니는 50대 후반으로 보인다. 엄마에 비하면 할머니다. 돌아가실 때 엄마는 서른여덟 살이었다.

"아이는 내가 봐야지." 엄격한 목소리가 들려온다. 역시 사읍 방언이다. "이리 내."

긴 중국옷을 입은 루이 영감이 번과 함께 들어온다. 번은 마지막 만난 뒤로 그다지 자라지 않았다. 이번에도 메이와 나는 그 동안 어디 있었는지, 여기까지 오는 데 왜 이렇게 오래 걸렸는지 물을 거라고 예상하지만, 영감은 우리에게 아무런 관심을 보이지 않는다. 나는 그에게 조이를 넘겨준다. 그는 조이를 식탁 위에 놓고 거칠게 옷을 벗긴다. 아이가 할아버지의 앙상한 손가락, 할머니의 탄식, 등에 닿은 딱딱한 식탁, 갑자기 알몸이 된 충격에 놀라 울음을 터뜨린다.

루이 영감은 아이가 딸임을 확인하고 손을 거둬들인다. 못마땅한 표정 때문에 얼굴에 주름이 잡힌다. "아이가 딸이라는 말은 없었잖아. 그걸 썼어야지. 미리 알았으면 잔치 준비를 안 했을 거다."

"당연히 한 달 기념 잔치를 해야지 무슨 소리예요." 내 시어머니가 지저귀듯 말한다. "모든 아기는, 아무리 딸이라도, 한 달 기념 잔치를 해야 돼요. 어차피 이제 와서 물릴 수도 없잖아요. 다들 올 텐데."

"벌써 뭘 준비하셨어요?" 메이가 묻는다.

"당장 가자!" 옌옌이 소리친다. "항구에서 여기까지 오는 데 왜 이렇게 오래 걸렸어? 다들 식당에서 기다리고 있잖아."

"당장요?" 메이가 묻는다.

"당장!"

"옷을 갈아입어야 하지 않을까요?" 메이가 묻는다.

루이 영감이 인상을 쓴다. "그럴 시간 없어. 너희는 아무 것도 필요 없다. 이젠 특별하지 않으니까. 여기서는 너희를 팔 필요가 없어."

내가 조금만 더 용기가 있다면, 루이 영감에게 왜 이렇게 일부러 무례하고 못되게 구느냐고 물을 것이다. 하지만 우리는 이 집에 들어온 지 아직 10분도 되지 않았다.

"애한테 이름을 지어줘야지." 루이 영감이 고갯짓으로 아기를 가리키며 말한다.

"이 애 이름은 조이예요." 내가 말한다.

루이 영감은 코웃음을 친다. "안 돼. 차오디나 판디가 더 낫지."

나는 화가 나서 목부터 붉어지기 시작한다. 앤젤 섬의 여자들이 경고한 대로 일이 진행되고 있다. 샘의 손이 내 허리에 닿는 것이 느껴지지만, 나를 달래려는 그의 손길에 불안감이 등골을 타고 오른다. 나는 그의 손을 피해 물러선다.

뭔가 이상하다는 것을 느낀 메이가 우 방언으로 묻는다. "금방 뭐라고 한 거야?"

"조이한테 '남동생이 필요해요'나 '남동생을 원해요'라는 이름을 지어주래."

메이가 미간에 주름을 잡는다.

"내 집에서 비밀 언어는 금지야." 루이 영감이 선언하듯 말한다. "내가 못 알아듣는 말은 쓰지 마."

"메이는 사읍 방언을 몰라요." 나는 사정을 설명한다. 하지만 속으로는 루이 영감이 제시한 조이의 이름에 현기증이 날 지경이다. 조이는 자신을 마뜩잖게 생각하는 주위의 침묵 속에서 날카로운 소리로 울어댄다.

"사읍 방언만 써." 루이 영감이 자기 말을 강조하려고 식탁을 날카롭게 두드리며 말한다. "너희 둘이 다른 언어로 말하는 게 내 귀에 들리면, 그게 영어라도, 벌금으로 병에 5센트씩 넣어라. 알았어?"

루이 영감은 키가 크거나 몸집이 건장하지 않지만 우리 모두에게 어디 한 번 도전해볼 테면 해보라는 듯이 단단히 버티고 서 있다. 메이와 나는 이곳에 온 지 얼마 안 됐고, 옌옌은 이미 벽으로 살금살금 물러나 자신을 감추려고 애쓰는 듯하다. 샘은 우리가 배에서 내린 뒤로 말을 거의 안 했고, 버넌은 한쪽 옆에 서서 불안한 듯 자꾸만 이 발 저 발로 체중을 옮기고 있다.

"판디한테 옷을 입혀라." 루이 영감이 명령한다. "너희 둘은 머리를 빗고. 이걸 차라." 루이 영감은 중국옷의 주머니 속 깊숙이 손을 넣어 황금으로 만든 혼인팔찌 네 개를 꺼낸다.

그는 내 손을 움켜쥐더니 3인치 너비의 순금 팔찌를 내 손목에 채운다. 다른 팔목에도 팔찌를 하나 더 채운다. 엄마의 옥팔찌를 거추장스럽다는 듯 거칠게 밀어 올리면서. 루이 영감이 메이에게 팔찌를 채워주는 동안 나는 내 팔찌를 살펴본다. 아름답고 전통적이며 아주 값비싼 혼인팔찌다. 내가 기대했던 부의 증거가 마침내 나타났다. 메이와 내가 전당포를 찾아낸다면 그 돈으로……

"뭘 멍하니 서 있어?" 루이 영감이 쏘아붙인다. "저 계집애 좀 그만 울게 해. 이제 출발할 시간이다." 그는 꼴 보기 싫다는 표정으로 우리를 바라본다. "얼른 가서 빨리 끝내버려야지."

15분도 안 돼서 우리는 아까 그 길모퉁이를 돌아 로스앤젤레스 거리를 건너서 계단을 몇 개 올라 쑤저우 식당에 들어간다. 혼인 피로연 겸 한 달 기념 잔치를 위해서다. 다산과 행복을 상징하는 삶은 달걀이 커다란 접시 여러 개에 담겨 입구 바로 안쪽 식탁에 놓여 있다. 벽에는 혼인에 관한 글귀들이 걸려 있다. 출산을 겪은 내 몸의 음기가 계속 따뜻해지기를 바라는 음식인, 달게 절여서 얇게 저민 생강이 식탁마다 놓여 있다. 내가 Z. G.의 작업실에서 낭만적인 꿈을 꿀 때만큼 화려한 연회는 아니지만, 그래도 몇 달 만에 보는 진수성찬이다. 차가운 해파리 요리, 간장으로 요리한 닭고기, 얇게 저민 콩팥,

제비집 수프, 통째로 찐 생선, 베이징 오리, 국수, 새우, 호두…… 하지만 메이와 나는 먹을 기회가 없다.

옌옌은 손녀를 안은 채 우리를 데리고 식탁에서 식탁으로 돌아다니며 손님들에게 우리를 소개한다. 이 자리에 있는 거의 모든 사람의 성이 루이이고, 모두 사읍 방언을 쓴다.

"이 분은 윌버트 삼촌이시다. 이쪽은 찰리 삼촌, 그리고 이쪽은 에드프리드 삼촌." 옌옌이 조이에게 말한다.

거의 똑같이 생긴 싸구려 양복을 입은 이 남자들은 샘과 번의 형제들이다. 처음부터 이런 이름이었을까? 그럴 리가 없다. 이 이름들은 나중에 지은 미국식 이름이다. 나, 메이, 토미, Z. G.가 상하이에서 세련된 느낌의 서양식 이름을 썼던 것처럼.

메이와 내가 혼인한 지 이미 꽤 되었기 때문에 우리 신랑들이 침실에서 아주 힘을 발휘할 거라든가 나와 내 동생이 신랑들에게 시달릴 거라는 놀림 대신 사람들은 주로 조이를 놓고 우리를 놀린다.

"아기를 빨리도 굽네요, 제수씨." 시아주버니 윌버트가 엉터리 영어로 말한다. 안내서를 읽었기 때문에 나는 그의 나이가 서른한 살이라는 걸 알고 있다. 하지만 실제로는 그보다 훨씬 더 늙어 보인다. "몇 주나 빨리 나왔잖아요!"

"애가 큰 편이에요!" 에드프리드가 끼어든다. 스물일곱 살인 그는 나이보다 훨씬 더 어려 보인다. 그는 줄곧 마셔댄 마오타이주 덕분에 상당히 대담해져 있다. "우리도 숫자를 셀 줄 안다고요, 제수씨."

"샘이 다음번에는 아들을 줄 거예요." 찰리가 덧붙인다. 그는 서른 살이지만 알레르기 때문에 눈가가 붉게 부풀어 오르고 물기가 어려 있어서 얼굴을 보아서는 나이를 짐작하기 어렵다. "다음번에도 아이를 아주 잘 구워서 애보다 훨씬 더 빨리 나오겠는데요!"

"하여간 루이 집안 남자들이란, 다 똑같아!" 옌옌이 꾸짖는다. "숫자를 잘 센다고? 내 며느리들이 원숭이들한테서 도망치느라 고생한 날이 얼마나 되는지 세어 봐. 너희들은 여기서 고생한다고 생각하지? 하! 애가 태어난 것만도 얼마나 다행한 일인데! 애가 살아 있는 것만도 얼마나 다행한 일인데!"

메이와 나는 모든 손님에게 차를 따라주고 혼인 선물인 라이시를 받는다. 라이시는 행운을 뜻하는 글자들을 황금색으로 새긴 빨간 봉투에 돈을 가득 채운 것이다. 그 돈은 온전히 우리 것이다. 황금으로 만든 귀걸이, 핀, 반지, 팔찌도 선물로 받는다. 팔찌가 어찌나 많은지 팔꿈치까지 전부 팔찌로 뒤덮일 것 같다. 나는 빨리 메이와 단 둘이 있을 수 있는 곳으로 가서 이 도피자금의 액수를 짐작해보고 이것들을 팔아서 돈을 마련하는 방법을 궁리하고 싶어서 조바심이 난다.

조이가 딸이기 때문에 당연히 나올 거라고 짐작했던 소리들이 나오지만, 대부분의 사람들은 아기를 보고 기뻐한다. 딸이든 아들이든 상관없다. 그 때 비로소 나는 손님들 중 대다수가 남자이며, 아내들은 극소수이고 아이들은 거의 없다는 사실을 깨닫는다. 우리가 앤젤 섬에서 겪은 일들이 이제야 이해가 간다. 미국 정부는 중국인 남자들을 이 땅에 들이지 않으려고 모든 수단을 동원하고 있다. 그 때문에 중국인 여자들이 이 나라에 들어오기가 훨씬 더 어렵다. 게다가 중국인과 백인의 결혼을 불법으로 규정한 주도 많다. 이 모든 조치들은 미국 정부가 원하는 결과를 낳는다. 미국 땅에 중국인 여자들이 거의 없기 때문에 자식들이 태어나지 못하는 것. 그 덕분에 이 나라는 중국인의 후손들을 마지못해 국민으로 받아들여야 하는 부담을 덜 수 있다.

우리가 이 식탁에서 저 식탁으로 돌아다닐 때마다 남자들은 조이를 안아보고 싶어 한다. 어떤 남자들은 조이를 품에 안고 울기도 한다. 그들은 아이의 손가락과 발가락을 열심히 살핀다. 나는 아이 엄마라는 새로운 지위로 인해 아주 빛나는 존재가 된다. 행복하다. 황홀한 행복이 아니라 안도감에서 느끼는 행복이다. 우리는 살아남아서 로스앤젤레스까지 오는 데 성공했다. 루이 영감이 조이한테 실망하기는 했지만, 그리고 앞으로 1만 년이 흐른다 해도 내가 조이를 판디라고 부르는 일은 없겠지만, 루이 영감이 이런 축하의 자리를 마련했고 다들 우리를 환영하고 있다. 나는 메이를 흘깃 바라본다. 메이도 나와 같은 기분이면 좋겠다. 하지만 내 동생은 신부의 의무를 수행하면서도 시름에 잠겨 있는 것 같다. 나는 가슴이 아프다. 이 모든 일이 메이에게는 얼마나 잔인하게 느껴질까. 하지만 나를 외바퀴수레에 태우고 몇 마일이나 되는 길을 걸어간 일이나 내가 다시 건강해질 때까지 보살펴준 일은 약한 사람이 할 수 있는 것이 아니다. 내 어린 동생은 어떻게든 앞으로 나아갈 길을 찾아낸 것이다.

나는 아이가 태어나기 전에 앤젤 섬에서 산모를 위한 특별한 수프의 중요성에 대해 메이와 이야기하며 요리사가 그 수프를 만들어줄지를 누구한테 물어봐야 하는 건지 고민했던 것을 떠올린다. "출혈을 멈추려면 그게 필요할 거야." 메이는 현실적인 판단을 내렸다. 하지만 그 수프를 먹으면 젖이 돌게 된다는 것도 메이는 알고 있었다. 그래서 우리는 그 수프를 나눠 먹었다. 그런데 조이가 태어난 지 사흘째 되던 날 샤워를 하러 간 메이가 돌아오지 않았다. 나는 리 씨에게 아기를 맡기고 동생을 찾으러 갔다. 걱정스러워서 견딜 수가 없었다. 메이가 혼자서 무슨 일을 저지를지 알 수 없었다. 메이는 샤워실에서 울고 있었다. 슬픔 때문이 아니라 가슴이 아파서였다. "아이를 낳을 때보다 더 아파." 메이가 흐느끼며 말했다. 메이의 자궁이 완전히 수축해서 벗은 몸을 보아도 아기를 낳은 여자인지 알 수 없을 정도였지만, 가슴은 크게 부풀어서 돌처럼 딱딱하게 굳어 있었다. 젖이 거기에 고인 채 빠져나가지 못한 탓이었다. 뜨거운 물 덕분에 젖이 메이의 젖꼭지에서 뚝뚝 흘러나와 물과 섞였다가 하수구로 사라졌다.

어떤 사람들은 이렇게 말할 것이다. 그렇게 젖이 돌 줄 뻔히 알면서 메이에게 그 수프를 먹인 건 멍청한 짓이었다고. 하지만 우리는 출산에 대해 알지 못했다. 젖이 도는 것에 대해서도, 그것이 얼마나 고통스러운 일인지도 몰랐다. 며칠 뒤 메이는 아기가 울 때마다 젖이 가슴에서 흘러나온다는 것을 알고 방 맨 끝에 있는 침상으로 자리를 옮겼다. "아기가 너무 많이 울어서요." 메이는 다른 사람들에게 이렇게 말했다. "밤에 언니 대신 아기를 봐주려면 제가 낮에 잠을 좀 자야죠."

지금 나는 메이가 고독한 남자들이 앉아 있는 식탁에서 차를 따르고 빨간 봉투를 집어 주머니에 넣는 것을 지켜보고 있다. 남자들은 농담을 던지고 메이를 놀리며 이런 자리에서 수행해야 하는 의무를 다한다. 메이도 미소를 지으며 의무를 다한다.

"다음 차례는 막내 제수씨예요." 우리가 식탁들을 한 바퀴 돌고 다시 삼촌들의 자리로 돌아오자 월버트가 놀린다.

찰리는 메이를 위아래로 훑어보더니 이렇게 말한다. "몸은 작아도 엉덩이는 좋아."

"아버지가 바라는 손자를 안겨주면, 총애를 받을 거예요." 에드프리드가 장담한다.

옌옌이 함께 웃음을 터뜨린다. 하지만 우리가 다음 식탁으로 옮겨가기 전에 옌옌은 조이를 내게 넘겨준다. 그리고 메이의 팔을 잡고 걸으며 사읍 방언으로 몇 마디 떠들어댄다. "저 남자들 얘기에 신경쓰지 마. 고향에 마누라를 두고 와서 외로워서 그러는 거야. 아예 마누라가 없는 놈들도 외로워하고 있어! 넌 언니랑 같이 우리에게 왔어. 언니랑 같이 저 아기를 우리한테 데려다준 거야. 넌 용감한 아이야." 옌옌은 통로에서 걸음을 멈추고 내가 자기 말을 메이에게 통역하는 동안 가만히 기다린다. 내 말이 다 끝나자 옌옌은 메이의 손을 잡는다. "한 가지 일에서 자유로워지면, 어딘가 다른 곳에서 또 힘든 일이 생겨. 알겠니?"

우리는 늦게야 아파트로 돌아간다. 모두 피곤하지만, 루이 영감은 우리를 가만히 내버려두지 않는다.

"장신구를 내놔라." 그가 말한다.

그의 요구에 나는 충격을 받는다. 혼인 선물로 받은 금붙이는 온전히 신부의 몫이다. 이 금붙이들은 신부가 남편의 비난을 받을 필요 없이 혼자 특별한 물건을 사고 싶을 때나 위급한 상황일 때 의지할 수 있는 비장의 보물이다. 아버지가 모든 것을 잃었을 때 우리 엄마가 지참금을 썼던 것처럼. 내가 뭐라고 하기 전에 메이가 말한다. "이건 우리 거예요. 그건 누구나 아는 사실이에요."

"네가 잘못 알았구나." 루이 영감이 단언한다. "난 네 시아버지야. 여기선 내가 가장이다." 그가 우리를 믿지 못하겠다고 말할 수도 있었을 것이다. 그게 옳은 말이기도 하다. 우리가 그 금붙이들을 이용해서 여길 탈출할 방법을 찾으려 한다고 비난할 수도 있었을 것이다. 그것 역시 옳은 말이다. 하지만 그 대신 그는 이렇게 덧붙인다. "너나네 언니는 상하이라는 대도시에서 살았기 때문에 똑똑하고 영리한 줄 알지만, 저 갓난 계집애를 데리고 오늘밤에 여기서 나가면 어디로 가겠니? 내일은 또 어디로 갈 거야? 네 아버지의 피로 너희 둘 모두 망가졌다. 그래서 내가 그렇게 싼 값에 너희 둘을 살 수 있었던 거지. 그렇다고 해서 내 물건들을 그렇게 쉽게 잃어버릴 생각은 없다."

메이가 나를 바라본다. 나는 언니니까 이럴 때 어떻게 해야 하는지 알고 있어야 하지만, 지금 우리가 보고 듣고 경험하는 일이 너무나 혼란스럽다. 홍콩에서 루이 부자와 만나기로 약속한 날 왜 나오지 않았는지 지금까지 아무도 묻지 않았다. 그 동안 우리가 어떤 일을 겪었는지, 어떻게 살아남았는지, 미국까지 어떻게 왔는지도 묻지 않았다. 루이 영감과 옌옌이 신경을 쓰는 거라고는 아기와 금붙이들뿐이다. 버넌은 자기만의 세계에 빠져 있고, 샘은 식구들의 대화에서 이상하게 한 발 물러나 있는 것 같은 느낌이다. 이 집 식구들은 우리에게 전혀 관심이 없는 것 같은데도, 우리는 왠지 어부의 그물에 잡힌 물고기가 된 것 같은 느낌이 든다. 몸부림을 치며 계속 숨을 쉴 수는 있지만, 여기서 도망칠 길이 보이지 않는다. 아직은.

우리는 영감에게 금붙이를 내놓는다. 영감은 우리가 받은 라이시안의 돈까지 내놓으라고 하지는 않는다. 어쩌면 이 영감도 그렇게까지 하는 게 너무 지나치다는 걸 아는 건지도 모른다. 그래도 나는 전혀 승리감이 들지 않는다. 메이도 마찬가지다. 메이는 실망하고 슬픈 표정으로 방 한가운데에 서 있다. 아주 외로워 보인다.

다들 돌아가며 복도를 내려가 화장실에 다녀온다. 루이 영감과 옌옌이 가장 먼저 잠자리에 든다. 메이는 번을 빤히 바라본다. 번은 자기 머리카락 끝을 잡아당기고 있다. 그가 방을 나가자 메이가 그 뒤를 따른다.

"아기를 둘 곳이 있어요?" 내가 샘에게 묻는다.

"옌옌이 준비한 게 있을 거야. 아마도……" 그는 턱을 내밀며 숨을 내쉰다.

나는 그의 뒤를 따라 어두운 복도를 내려간다. 샘의 방에는 창문이 하나도 없다. 천장 한가운데에 알전구 하나가 매달려 있다. 침대와 서랍장 한 개가 방 안의 공간을 대부분 차지하고 있다. 서랍장 맨 아래 서랍이 열려 있고, 그 안에 부드러운 담요가 깔려 있다. 조이가 잘 곳이다. 나는 아이를 내려놓고 방을 둘러본다. 벽장은 보이지 않지만, 구석에 천이 한 장 드리워져 있어서 조금이나마 개인 공간이 되어줄 것 같다.

"내 옷은요?" 내가 묻는다. "우리가 혼인한 뒤에 당신 아버지가 가져온 옷 말이에요."

샘은 바닥만 물끄러미 바라본다. "벌써 차이나 시티에 있어. 내일 내가 당신을 거기 데려다줄게. 어쩌면 아버지가 당신한테 몇 가지 물건을 내주실지도 몰라."

차이나 시티가 뭔지 모르겠다. 루이 영감이 어쩌면 내 옷을 내어줄지 모른다는 말도 무슨 뜻인지 모르겠다. 지금 나는 완전히 다른 일에 정신이 붙들려 있기 때문이다. 내 남편인 이 남자와 함께 잠자리에 들어야 한다는 것. 메이와 나는 그 동안 온갖 계획을 짜면서도 어찌된 영문인지 이 부분은 생각하지 않았다. 이제 나는 아까 메이가 그랬던 것처럼 마비된 채로 이 방에 서 있다.

비좁은 방에서 샘은 분주히 움직인다. 뭔가 얼얼한 냄새가 나는 병을 열더니 네 발로 바닥에 엎드려 침대 다리 밑에 끼워둔 양철 뚜껑 네 개에 그 액체를 따른다. 그 일이 끝나자 몸을 일으키고 바닥에 앉아서 병뚜껑을 돌려서 닫고 이렇게 말한다. "빈대를 막으려고 등유를 부은 거야."

빈대라니!

샘은 셔츠와 허리띠를 벗어 커튼 뒤의 고리에 건다. 그리고 침대 가장자리에 털썩 주저앉아 바닥만 빤히 바라본다. 한참 뒤에 그가 말한다. "오늘 일은 미안해." 그리고 몇 분이 더 지난 뒤 그가 말을 덧붙인다. "모든 게 다 미안해."

혼인식 날 밤에 내가 아주 대담하게 굴었던 것이 기억난다. 그 때 나는 고대의 여전사처럼 대담하고 무모했다. 하지만 그 여자는 상하이와 대운하 사이 어딘가의 오두막에서 패배를 맛보았다.

"아기를 낳은 지 얼마 안 돼서 안 돼요." 내가 간신히 말한다.

샘은 그 슬픈 검은 눈으로 나를 올려다본다. 한참 뒤에 그가 말한다. "우리 조이한테 가까운 자리가 당신한테 더 좋겠지?"

그가 이불 밑으로 들어간 뒤 나는 전등의 줄을 잡아당겨 불을 끄고 신발을 벗는다. 그리고 담요 위에 그냥 눕는다. 샘이 내게 손을 대려 하지 않는 것이 고맙다. 그가 잠든 뒤 나는 주머니에 손을 넣어 라이시를 만지작거린다.

　새로운 곳에 갔을 때 첫인상을 결정하는 것이 무엇일까? 그곳에서 처음 먹은 음식? 처음 먹은 아이스크림콘? 처음 만난 사람? 새 집의 새 침대에서 보낸 첫날밤? 처음으로 깨진 약속? 모두들 자신을 아들을 낳아줄 도구로만 볼 뿐 그 밖에는 전혀 관심이 없다는 깨달음? 이웃들이 너무 가난해서 평생을 버틸 수 있는 비장의 보물이라도 1달러면 충분하다는 듯이 라이시에 겨우 1달러밖에 넣지 않았다는 사실? 이 나라에서 태어난 시아버지가 평생 차이나타운에서만 살았기 때문에 영어실력이 한심하기 짝이 없다는 사실? 시집의 계급, 지위, 재산 등에 관해 믿고 있던 모든 것이 내 친정의 지위와 부에 관한 모든 믿음과 마찬가지로 사실과는 다르다는 것을 깨달은 순간?
　내게 가장 오랫동안 남은 것은 상실감, 불안감, 그리고 무슨 수를 써도 달랠 수 없는, 과거에 대한 그리움이다. 단순히 나와 동생이 낯선 외국에 처음 왔기 때문만은 아니다. 차이나타운의 모든 사람이 마치 피난민 같다. 이곳에 사는 어느 누구도 상상조차 할 수 없을 만큼 부유하다는 금산의 남자가 아니다. 심지어 루이 영감도 마찬가지다. 앤젤 섬에서 나는 루이 영감의 사업과 그가 갖고 있는 상품들의 가치에 대해 들었다. 하지만 그것들이 여기서는 아무런 의미가 없다. 모두가 가난하기 때문이다. 사람들은 대공황 때 일자리를 잃었다. 운 좋게 처자식이 있던 사람들도 식구들을 중국으로 돌려보냈다. 중국에서는 식구들의 생활비가 덜 들기 때문이다. 일본군의 공격이 시작되자 중국에 있던 식구들이 돌아왔다. 하지만 수입이 늘어난 건 아니기 때문에 사람들은 더욱 더 비좁은 곳에서 불안한 생활을 하고 있다. 내가 듣기로는 그렇다.

5년 전인 1933년에 차이나타운의 건물들이 대부분 철거되었다. 그 자리에 기차역을 새로 짓기 위해서였다. 샘을 따라 전차를 타고 이리로 들어올 때 보았던 거대한 건축현장에서 지어지고 있는 것이 바로 그 기차역이었다. 당시 주민들은 24시간 안에 퇴거하라는 명령을 받았다. 우리가 상하이를 떠날 때 받은 시한보다도 훨씬 짧았다. 하지만 주민들이 대체 어디로 간단 말인가? 법에 따르면 중국인들은 부동산을 소유할 수 없고, 대부분의 집주인들은 중국인에게 세를 주려 하지 않는다. 따라서 사람들은 차이나타운에 몇 개 남지 않은 건물들 안에서 비좁게 복닥거리며 살 수밖에 없다. 지금 우리가 사는 곳이 바로 그런 건물이다. 여기가 아니면 시티마켓 차이나타운으로 가야 하는데, 주로 농사꾼들이 사는 그곳은 여기서 거리도 멀고 문화도 다르다. 나를 포함한 모든 사람들은 중국에 있는 식구들을 그리워하지만, 내가 침실 벽에 중국에서 가져온 사진을 핀으로 꽂아두자 옌옌이 내게 고함을 지른다. "멍청한 것! 우리까지 골치 아프게 만들려고 그래? 이민국 조사관들이 오면 어쩌려고? 이 사람들이 누구라고 설명할 거야?"

"우리 부모님이에요." 내가 말한다. "그리고 여기 이 애들은 어렸을 때의 저와 메이고요. 이런 건 비밀이 아니잖아요."

"비밀이 아닌 건 없어. 여기서 사진을 본 적 있어? 내가 내다 버리기 전에 얼른 그거 떼서 감춰."

이건 첫째 날 아침에 일어난 일이다. 나는 비록 새로운 나라에 왔지만, 여러 면에서 오히려 과거로 거대한 발걸음을 내디딘 것 같은 상황임을 금방 깨닫는다.

아내를 뜻하는 광둥어인 '푸옌'은 두 부분으로 이루어져 있다. 한 부분은 '여자'를 뜻하고, 다른 부분은 '빗자루'를 뜻한다. 상하이에서 메이와 나는 하인을 부리며 살았다. 지금은 내가 하인이다. 왜 나만 하인이냐고? 나도 모르겠다. 내가 아이를 낳았기 때문일 수도 있고, 옌옌이 사읍 방언으로 하는 말을 메이가 알아듣지 못하기 때문일 수도 있고, 메이는 나처럼 사실이 들통 날까 봐 항상 전전긍긍하지 않기 때문일 수도 있다. 나는 메이가 남편의 아이가 아닌 아이를 낳은 사실과 내가 아이를 낳을 수 없다는 사실이 밝혀져서 수치스럽게 쫓겨날까 봐 항상 무섭다. 그래서 매일 아침 번이 센트럴 중학교로 9학년 수업을 들으러 가고, 메이와 샘과 영감이 차이나 시티로 나간 뒤 나는 아파트에 남아 빨래판으로 이불보, 더러운 속옷, 조이의 기저귀, 아주버니들의 땀에 전 옷을 빤다. 가끔 우리 집에 와서 지내다 가는 독신 남자들의 옷도 빤다. 타구를 비우고, 시댁 식구들이 씹어 먹는 수박씨를 뱉을 다른 그릇을 꺼내 놓는 것도 나다. 바닥과 창문도 내가 닦는다.

옌옌은 양상추 머리를 끓인 뒤 간장을 부어 국을 끓이는 법이나 밥을 지은 뒤 그 위에 라드를 듬뿍 얹고 그 맛을 감추기 위해 간장을 살살 뿌려서 점심을 준비하는 법을 내게 가르친다. 그 동안 내 동생은 탐험을 다닌다. 내가 옌옌과 함께 식당에서 팔 호두의 껍데기를 까거나 영감이 매일 목욕을 한 뒤 때가 빙 둘러 묻은 욕조를 닦는 동안 내 동생은 사람들을 만난다. 내 시어머니가 내게 아내와 어머니의 도리를 가르치는 동안(시어머니는 이 두 가지 도리를 다하기 위해 어리석음, 쾌활함, 사납게 식구들을 감싸고도는 태도를 섞어서 분통 터지게 군다) 내 동생은 주위 상황을 익힌다.

샘은 나를 차이나 시티에 데려다주겠다고 했지만(차이나 시티는 여기서 두 블록 떨어진 곳에 지어지고 있는 관광지다), 아직 나는 그곳에 가보지 못했다. 메이는 매일 그곳을 걸어서 오가며 상점의 화려한 개점 준비를 돕는다. 메이는 나도 곧 카페, 골동품점, 잡화점 등에서 일하게 될 거라고 말한다. 그 날 오후에 루이 영감이 메이에게 어떤 말을 했는지에 따라 가게 종류가 달라진다. 나는 주의 깊게 귀를 기울인 다. 내가 일할 곳을 고를 권리는 없지만 옌옌과 허드렛일을 하는 생 활에서 벗어나는 것만으로도 고마운 일임을 알기 때문이다. 나는 옌 옌과 파를 다발로 묶고, 딸기를 크기와 품질별로 나누고, 손가락에 물이 들고 피부가 갈라질 때까지 그 망할 놈의 호두를 깐다. 영감이 목욕을 하지 않을 때 욕조에서 콩나물을 기르기도 하는데, 이거야말 로 정말 구역질나는 일이다. 나는 시어머니, 조이와 함께 집에 있고, 내 동생은 매일 저녁에 집으로 돌아와 피넛이나 돌리 같은 이름을 지 닌 사람들의 이야기를 해준다. 차이나 시티에서 메이는 우리 옷이 담 긴 상자들을 훑어본다. 우리는 만약 미국에서 살게 된다면 미국인처 럼 옷을 입어야 한다고 예전에 의견을 모았지만, 메이는 고집스럽게 청삼만 가져온다. 게다가 자기 옷은 가장 예쁜 것으로 고른다. 어쩌 면 이것이 당연한 일인지도 모른다. 옌옌은 이렇게 말한다. "넌 이제 애 엄마잖니. 네 동생은 아직 내 아들한테 아들을 낳아줘야 하고."

매일 메이는 그 날 하루의 모험에 대해 이야기해준다. 신선한 공기 를 마셔서 뺨은 분홍색이고, 얼굴은 즐거움으로 빛난다. 나는 언니인 데, 붉은 눈병, 즉 시기심에 시달리고 있다. 새로운 것을 가장 먼저 발견하는 사람은 항상 나였다. 하지만 지금은 메이가 차이나 시티에 세워질 상점들과 재미있는 것들에 대해 이야기해준다. 메이는 많은 시설들이 옛날 영화촬영 세트를 재활용해서 지어지고 있다면서, 아 주 자세히 설명해준다. 내가 언젠가 그 시설들을 직접 보게 되면 어 떤 영화 세트로 지어진 어떤 시설인지 금방 알아볼 수 있을 것만 같 다. 하지만 나는 거짓말을 하지 못한다. 메이는 신나는 일을 하고 있 는데, 나는 시어머니와 조이와 함께 더러운 아파트에 남아야 한다는 사실이 거슬린다. 아파트 안에서는 먼지가 허공을 둥둥 떠다니기 때 문에 나는 숨이 막히고 현기증이 난다. 나는 이건 그냥 일시적인 상황에 불과하다고 속으로 되뇐다. 앤젤 섬의 생활이 일시적이었던 것처럼. 머지않아 메이와 나는 어떻게든 이곳을 탈출할 것이다.

루이 영감은 딸을 낳은 나를 벌하려고 계속 나를 무시한다. 샘은 뚱한 표정으로 어슬렁거리며 돌아다닌다. 내가 남편과 아내의 일을 거부하기 때문이다. 그가 다가올 때마다 나는 팔짱을 끼고 팔꿈치를 단단히 붙인다. 그는 나 때문에 깊은 상처를 입은 사람처럼 살며시 멀어진다. 그는 내게 거의 말을 걸지 않는다. 그리고 말을 걸 때는 아랫사람을 대하듯이 우 사투리 중에서도 거리의 말을 쓴다. 옌옌은 겉으로도 뻔히 드러나는 나의 불행과 좌절감을 보고, 혼인에 관해 한 수 가르쳐준다. "익숙해져야지."

우리가 이곳에 온 지 2주가 지난 5월 초에 동생은 옌옌에게 조이와 나를 데리고 산책을 다녀오게 해달라고 부탁해서 허락을 얻는다. "광장 맞은편에 올베라 거리가 있는데, 멕시코 사람들이 관광객들을 위해서 운영하는 작은 가게들이 거기 있어." 메이가 대충 방향을 가리키며 말한다. "그 너머가 차이나 시티야. 거기서부터 브로드웨이를 따라 가다가 북쪽으로 꺾어지면 엽서에서 본 이탈리아에 와 있는 것 같은 기분이 들 거야. 진열창에는 살라미가 걸려 있고…… 프랑스 조계의 백러시아인들이 살던 곳처럼 얼마나 이국적인지 몰라." 메이는 잠시 말을 멈추고 혼자 웃음을 터뜨린다. "깜박 잊을 뻔했네. 여기도 프랑스 조계가 있어. 여기 사람들은 프렌치타운이라고 부르는데, 브로드웨이에서 한 블록만 가면 나오는 힐 거리에 있어. 프랑스식 병원이랑 카페도 있고…… 지금은 그건 생각하지 마. 그냥 브로드웨이 이야기만 하자. 브로드웨이를 따라 남쪽으로 가면 미국식 호화판 영화관이랑 백화점들이 나와. 북쪽으로 계속 가서 리틀 이탈리아를 지나면, 지금 새로 지어지고 있는 또 다른 차이나타운이 있어. 뉴 차이나타운인데 여기랑은 완전히 달라. 언제든 언니가 가고 싶다면 내가 데리고 가줄게."

하지만 나는 당장 가고 싶지는 않다.

"여긴 상하이랑 달라. 상하이에서는 인종, 재산, 권력에 따라 사람들이 분리되어 있는데도 매일 서로 만났잖아." 메이는 그 다음 주에 조이와 나를 데리고 동네를 또 한 바퀴 돌면서 말한다. "상하이에서는 비록 같은 나이트클럽을 다니지 않더라도 다들 같은 거리를 걸었어. 그런데 여기서는 모든 사람이 분리되어 있어. 일본인, 멕시코인, 이탈리아인, 흑인, 중국인. 백인들은 어디에나 있지만, 나머지 사람들은 바닥에 있어. 다들 이웃보다 쌀알 한 개만큼이라도 나아지고 싶어 해. 상하이에서는 영어를 아는 게 굉장히 중요했잖아. 사람들이 미국식 발음이나 영국식 발음으로 영어를 하면서 굉장히 자랑스러워하던 거 기억나? 여기 사람들은 중국어 실력으로 나눠져 있어. 어디서 누구한테 중국어를 배웠는지도 중요해. 차이나타운의 선교사들한테서 배웠는지, 중국에서 배웠는지. 사읍 방언을 쓰는 사람들과 삼읍 방언을 쓰는 사람들이 어떤지 알아? 서로 말도 안 해. 같이 거래도 안하고. 그런데 그걸로도 부족한지, 미국에서 태어난 중국인들은 우리를 내려다보면서 배에서 막 내려서 촌스럽다고 말해. 우리도 걔들을 내려다보지. 미국 문화가 중국 문화만큼 훌륭하지 않다는 걸 아니까. 사람들은 성을 기준으로 뭉치기도 해. 성이 루이인 사람은 역시 같은 루이 씨 가게에서만 물건을 사는 식이야. 물건 값이 5센트쯤 더 비싸더라도. 다들 로판한테서는 도움을 얻을 수 없다는 걸 알아. 하지만 목 씨나, 웡 씨나 수후 씨도 루이 씨를 안 도와줄 거야."

메이는 주유소를 가리킨다. 우리가 차를 가진 사람을 만난 적은 아직 한 번도 없다. 메이는 나를 데리고 제리스 포인트 앞을 지나간다. 중국 음식을 파는 중국식 술집이지만, 주인은 중국인이 아니다. 가게가 아닌 곳은 모두 이런저런 싸구려 숙소들이다. 우리가 사는 곳과 같은 작은 아파트들, 아주버니들 같은 중국인 독신 노동자들이 한 달에 몇 달러만 내고 지낼 수 있는 하숙집들, 선교사들이 방을 빌려주는 곳들. 정말로 운이 다한 남자들은 이 선교사들의 방에서 숙식을 해결하며 청소를 해주는 대가로 한 달에 2달러쯤 돈을 벌 수 있다.

한 달 동안 이런 식으로 동네를 돌아다닌 뒤 메이는 나를 광장으로 데려간다. "이곳은 원래 여기 있던 스페인 마을의 중심부였어. 상하이에도 스페인 사람들이 있었나?" 메이가 가볍게 묻는다. 마치 즐거워하는 것 같다. "난 스페인 사람을 만난 기억이 없는데."

메이는 내게 대답할 기회를 주지 않는다. 올베라 거리를 내게 보여주느라 정신이 없기 때문이다. 올베라 거리는 광장 맞은편의 산체스 길과 바로 마주보고 있다. 나는 딱히 그 거리를 보고 싶은 마음이 없지만, 메이가 여러 날 동안 투덜거리며 고집을 부렸기 때문에 광장을 건너 그 보행자 길로 용감하게 들어간다. 화려하게 색칠한 합판으로 만든 노점에 수를 놓은 면 셔츠, 진흙으로 만든 무거운 재떨이, 뾰족한 탑처럼 생긴 막대사탕 등이 진열되어 있다. 레이스 옷을 입은 사람들이 사탕을 만들고, 유리를 불고, 샌들 밑창을 망치질한다. 악기를 연주하며 노래를 부르는 사람들도 있다.

"멕시코에서 사람들이 정말로 이렇게 살아?" 메이가 묻는다.

이곳이 정말로 멕시코와 비슷한지는 나도 모른다. 하지만 우리의 더러운 아파트에 비하면 즐겁고 활기차다. "나도 몰라. 그럴지도 모르지."

"여기가 재미있고 귀엽게 보이겠지만, 차이나 시티랑은 비교도 안 돼."

거리를 절반쯤 걸었을 때 메이가 갑자기 걸음을 멈춘다. "저기, 저 사람이 크리스틴 스털링이야." 메이가 나이는 지긋하지만 우아한 옷을 입은 백인 여자를 고갯짓으로 가리킨다. 그 여자는 진흙으로 만든 것 같은 집의 현관 베란다에 앉아 있다. "저 여자가 올베라 거리를 개발했어. 차이나 시티. 개발에도 관련되어 있고. 다들 저 여자 인심이 되게 후하대. 이 어려운 시기에 멕시코인과 중국인이 직접 장사를 하게 만들어주고 싶어 한다는 거야. 저 여자도 우리처럼 빈손으로 로스앤젤레스에 왔어. 그런데 지금은 관광지를 두 개나 갖고 있잖아."

우리는 거리의 끝에 다다른다. 미국 자동차들이 경적을 울리며 지나간다. 메이시 거리 건너편에 차이나 시티를 둘러싼 담이 보인다.

"언니가 원한다면 내가 데리고 가줄게." 메이가 말한다. "길만 건너면 돼."

나는 고개를 젓는다. "다음에 가자."

올베라 거리를 다시 걸어 돌아오면서 메이는 가게 주인들에게 손을 흔들며 미소를 짓는다. 하지만 그들은 손을 흔들거나 미소를 지으며 화답하지 않는다.

메이가 루이 영감, 샘과 함께 차이나 시티의 개점을 준비하는 동안 옌옌과 나는 아파트에서 허드렛일을 하고, 학교에서 돌아온 버넌을 돌보고, 긴 오후 동안 조이가 도저히 알 수 없는 이유로 한없이 울어댈 때면 번갈아가며 업어준다. 하지만 설사 내가 밖에 나갈 수 있다 해도, 나가서 누구를 만날 것인가? 이곳에는 남자 10명에 여자는 겨우 한 명꼴이다. 메이나 내 또래의 아가씨들은 남자와 외출하는 것이 금지된 경우가 많고, 여기 사는 중국 남자들도 어차피 그 여자들과는 혼인하고 싶어 하지 않는다.

"여기서 태어난 여자들은 너무 미국식이야." 시아주버니 에드프리드가 일요일에 저녁을 먹으러 와서 말한다. "난 부자가 되면 고향으로 가서 전통적인 아내를 얻을 거야."

시아주버니 월버트 같은 남자들은 중국에 아내가 있지만, 몇 년 동안 얼굴도 보지 못한다. "내가 마누라랑 남편과 아내의 일을 한 게 언제인지 기억도 안 나. 그걸 하러 중국에 가려면 돈이 너무 많이 들잖아. 아예 고향으로 돌아가려고 돈을 모으는 중이야."

이런 식이기 때문에 대부분의 아가씨들은 미혼이다. 그들은 평일에는 미국 학교에서 수업을 들은 뒤 선교회에서 운영하는 중국어 학교에 간다. 주말에는 식구들이 운영하는 가게에서 일하기도 하고, 선교회에 가서 중국문화 강좌를 듣기도 한다. 우리는 그런 아가씨들과 잘 맞지 않는다. 그렇다고 혼인한 다른 여자들과 어울리기에는 나이가 너무 어리다. 게다가 그 여자들은 우리가 보기에 촌스럽다. 여기서 태어난 여자들이라 해도 옌옌처럼 초등학교도 제대로 마치지 않은 사람이 대부분이다. 사람들이 워낙 여자들을 집 안에 가둬두고 지키기 때문이다.

우리가 로스앤젤레스에 도착한 지 39일 째이자 차이나 시티가 문을 열기 며칠 전인 5월 말의 어느 날 저녁에 샘이 집에 와서 말한다. "원한다면 동생이랑 외출해도 돼. 내가 조이한테 우유를 먹일 테니."

나는 샘에게 조이를 맡기는 게 내키지 않는다. 하지만 지난 몇 주 동안 조이가 자기를 어색하게 안아주고, 귓속말을 해주고, 배를 간질이는 샘의 손길에 잘 반응하는 것을 보았다. 조이가 잘 노는 것 같고, 샘도 나와 대화를 해야 한다는 압박감이 싫어서 차라리 내가 나가기를 원한다는 걸 알기 때문에 나는 메이와 함께 봄날의 밤거리로 나간다. 우리는 광장으로 걸어가서 벤치에 앉아 올베라 거리에서 흘러오는 멕시코 음악을 들으며 산체스 길에서 노는 아이들을 지켜본다. 아이들은 종이가방에 신문을 뭉쳐서 넣은 뒤 끈으로 묶은 것을 공처럼 차며 놀고 있다.

이제 메이는 나한테 이런저런 것을 보여주려고 애쓰거나, 이런저런 거리를 건너가보자고 말하지 않는다. 우리는 그냥 가만히 앉아서 잠시 긴장을 푼다. 아파트에서는 다른 사람들이 무슨 말을 하고 무슨 행동을 하는지 모든 사람이 항상 소리로 알 수 있기 때문에 개인적인 공간이라는 것이 전혀 없다. 우리의 말과 행동을 엿듣는 수많은 귀가 없는 이곳에서는 자유롭게 이야기를 나누며 비밀을 털어놓을 수 있다. 우리는 엄마, 아버지, 토미, 벳시, Z. G.를 추억한다. 심지어 옛 하인들의 기억도 떠올린다. 우리는 먹고 싶은 음식들, 상하이의 냄새와 소리에 대해 이야기한다. 지금은 그런 것들이 모두 아주 멀리 있는 것만 같다. 마지막으로 우리는 다시는 만날 수 없는 사람들과 다시는 갈 수 없는 곳들에 대한 추억으로 외로워하는 것을 그만두고 지금 주위에서 일어나고 있는 일에 억지로 생각을 집중한다. 나는 옌옌과 루이 영감이 남편과 아내의 일을 할 때마다 알 수 있다. 매트리스에서 삐걱거리는 소리가 나기 때문이다. 그래서 번과 메이가 아직 아무 짓도 안 했다는 사실 또한 알고 있다.

"언니도 샘하고 그거 안 했잖아." 메이가 반박한다. "해야 돼. 언니는 혼인했잖아. 이미 아이도 낳았고."

"너도 번하고 그걸 안 하는데 내가 왜 해야 돼?"

메이가 얼굴을 찌푸린다. "나더러 어쩌라고? 번한테 뭔가 문제가 있어."

상하이에서 메이가 이 말을 했을 때 나는 그냥 심술을 부리는 거라고 생각했다. 하지만 이제 번과 함께 살면서 메이보다 훨씬 더 많은 시간을 보내며 살펴보니 메이가 옳다는 걸 알 수 있다. 게다가 단순히 번이 남자로 자라지 않는 것 외에도 문제가 또 있는 것 같다.

"번이 지진아 같지는 않아." 나는 어떻게든 메이를 도우려고 이렇게 말한다.

메이는 짜증스레 손사래를 친다. "그런 게 아냐. 번은……망가졌어." 메이는 우리 머리 위에 차양처럼 드리워진 나뭇가지들을 훑어본다. 마치 거기에 답이 있기라도 한 것처럼. "말은 하는데, 많이는 안해. 가끔은 주위의 일들을 이해하지 못하는 것처럼 보일 때도 있어.

뭔가에 완전히 집착할 때도 있고. 영감이 항상 사다주는 조립식 비행기나 배 모형 같은 것들 말이야."

"그래도 이 사람들은 번을 돌봐주기는 하잖아." 나는 차분하게 말한다. "우리가 대운하로 갈 때 배에서 봤던 애 기억나? 그 집 식구들은 개를 우리에 가뒀어."

메이는 그 아이를 기억하지 못하는 건지 아니면 그 아이가 안중에도 없는 건지 그냥 내 말을 무시한 채 말을 잇는다. "이 집 식구들은 번을 특별한 애처럼 대해. 옌옌은 번의 옷을 다려서 아침에 번이 입을 수 있게 놓아줘. 그리고 번을 꼬마신랑이라고 불러."

"그건 우리 엄마랑 비슷하네. 옌옌은 식구들을 다 가족 내의 지위에 따라 불러. 심지어 자기 남편까지도 루이 영감이라고 부르잖아!"

한바탕 웃음을 터뜨리니 기분이 좋다. 엄마와 아버지가 루이 영감을 지칭할 때, 루이 영감이라는 호칭은 존칭이었다. 우리는 영감을 좋아하지 않았기 때문에 항상 루이 영감이라고 불렀다. 옌옌은 자기 남편을 그냥 루이 영감으로 생각하기 때문에 그렇게 부른다.

"옌옌은 자연스러운 발을 갖고 있는데도, 우리 엄마보다 훨씬 더 구식이야." 나는 말을 잇는다. "유령이나 비약秘藥이나 점괘를 믿고, 먹어야 하는 것과 먹으면 안 되는 것을 가려. 온갖 미신을······"

메이는 혐오와 짜증으로 코웃음을 친다. "내가 감기에 걸렸다고 말했더니 옌옌이 생강이랑 말린 파로 차를 끓여준 것 기억나? 그게 가슴을 깨끗하게 해준다고 그랬잖아. 코 막힌 데 좋다고 식초를 끓여서 연기를 들이마시게 하기도 했어. 내가 말을 한 게 잘못이지. 얼마나 역겨웠는데!"

"그래도 효과가 있었잖아."

"맞아." 메이가 인정한다. "하지만 이제는 나더러 한의사한테 가서 꼬마신랑의 마음을 잡고 아이를 잘 낳게 해주는 약을 지어 먹으라고 한단 말이야. 양띠랑 돼지띠는 궁합이 아주 잘 맞는다면서."

"엄마는 돼지띠가 항상 순수한 마음을 갖고 있다고 말했어. 마음이 정직하고 단순하다고."

"번이 단순한 건 확실해." 메이는 몸을 부르르 떤다. "나도 노력해 봤어. 그러니까 내 말은……" 메이는 머뭇거린다. "난 번이랑 한 침대에서 자잖아. 어떤 사람들은 걔를 보고 나랑 같이 잘 수 있다니 운도 좋다고 말할 거야. 그런데 걔는 아무 짓도 안 해. 거기 아래쪽에 필요한 연장은 분명히 있는데도."

메이는 이 말을 던진 뒤 내게 생각해볼 시간을 주려는 듯 잠시 침묵한다. 우리 둘 다 이 끔찍한 곳에서 시간을 죽이고 있지만, 나는 힘들다는 생각이 들 때마다 옆방의 동생만 떠올리면 기운이 난다.

"그런데 내가 아침에 부엌으로 나가면 옌옌은 항상 이렇게 말하지. '네가 아들을 낳아야지. 난 손자를 보고 싶다.'" 메이가 말한다. "지난 주에는 내가 차이나 시티에서 돌아왔더니 옌옌이 나를 한쪽으로 끌고 가서 이렇게 말했어. '빨간 자매가 또 너를 찾아왔더구나. 내일 참새 콩팥이랑 말린 귤껍질을 먹어서 기를 보해야겠다. 한의사가 그러는데 그걸 먹으면 네 자궁이 우리 아들의 생기를 잘 받아들일 수 있게 된대.'"

메이가 옌옌의 찢어지는 듯한 높은 목소리를 흉내 내는 걸 들으며 나는 슬며시 웃음이 난다. 하지만 메이는 전혀 우습지 않다는 얼굴이다.

"왜 언니한테는 참새 콩팥이랑 귤껍질을 먹으라는 얘기를 안 하는 건데? 왜 언니한테는 한의사한테 가보라는 얘기를 안 하는 거냐고?" 메이가 다그치듯 묻는다.

루이 영감 부부가 샘과 나를 다르게 취급하는 이유는 나도 모르겠다. 옌옌은 식구들을 모두 가족 내의 지위에 따라 부르는데도, 샘을 부르는 소리는 들어본 적이 없다. 아들이라고도, 미국식 이름인 샘이라고도 부르지 않는다. 심지어 중국식 이름으로 부른 적도 없다. 시아버지 역시 우리가 처음 도착한 날을 빼면 샘과 내게 거의 말을 걸지 않는다.

"샘은 자기 아버지랑 사이가 안 좋아." 내가 말한다. "너도 눈치 챘지?"

"둘이 많이 싸우지. 영감은 샘한테 '토기'니 '촉진'이니 하는 말을 해. 그게 무슨 뜻인지는 모르지만 칭찬 같지는 않아."

"그건 샘이 게으르고 머리가 비었다는 뜻이야." 나는 샘과 보내는 시간이 많지 않기 때문에 메이에게 묻는다. "샘이 정말로 그래?"

"내가 보기에는 안 그래. 영감은 차이나 시티가 문을 열면 샘이 인력거를 끌어야 한다고 계속 고집을 부리고 있어. 샘은 하기 싫다고 하고."

"그런 일을 하고 싶어 하는 사람이 어디 있어?" 나는 몸을 부르르 떤다.

"여기든 어디든 마찬가지지." 메이도 맞장구를 친다. "그게 그냥 오락거리로 마련된 거라고 해도."

나는 샘에 관한 이야기를 좀 더 해도 괜찮겠다는 심정이지만, 메이는 다시 제 남편 이야기로 돌아간다.

"식구들이 번을 이 동네 다른 남자애들처럼 취급해야 되는 거 아냐? 학교에서 돌아온 다음에 아버지랑 같이 일하게 해야 하는 거잖아. 샘이랑 내가 상자들을 열어서 물건을 선반에 진열하는 걸 도울 수도 있어. 그런데 영감은 번이 곧장 집으로 가서 숙제를 해야 한다고 고집을 부려. 내가 보기에는 번이 자기 방에서 모형만 조립하고 있는 것 같은데. 게다가 조립 솜씨도 별로고."

"맞아. 내가 너보다 번을 더 많이 보잖아. 매일 함께 지내니까." 메이가 내 목소리에 깃든 비꼬는 기색을 알아차렸는지는 모르겠다. 하지만 나는 내 목소리가 그렇다는 것을 알아차리고 서둘러 그걸 숨기려 한다. "아들이 귀하다는 건 누구나 아는 사실이지. 어쩌면 장차 번한테 사업을 물려주려고 지금 준비를 시키는 건지도 몰라."

"번은 막내아들이잖아! 번한테 그런 걸 물려줄 리가 없어. 그런 건 옳지 않아. 그리고 번도 뭔가 재주를 배워야 돼. 그런데 이 사람들은 번이 영원히 어린애로 있기를 바라는 것 같아."

"번이 집을 떠나는 게 싫은가보지. 자식들 중 누구라도 집을 떠나는 게 싫은 건지도 모르고. 그냥 이 사람들이 구식이라서 그래. 다 같이 모여 사는 거, 식구들끼리 사업을 하는 거, 돈을 숨겨 놓는 거, 우리한테 용돈을 안 주는 거, 다 그래."

맞는 말이다. 메이와 나는 용돈을 받지 못한다. 물론 여기서 도망쳐서 새 출발을 하고 싶으니 돈이 필요하다고 말할 수는 없는 노릇이다.

"이 사람들은 완전히 시골뜨기 같아." 메이가 성난 목소리로 말한다. "옌옌의 요리솜씨는 또 어떻고?" 메이는 마치 이제야 생각이 났다는 듯 말을 덧붙인다. "무슨 중국여자가 그래?"

"요리할 줄 모르는 건 우리도 마찬가지잖아."

"그거야 우리는 요리를 할 필요가 없었으니까 그렇지! 우리도 하인을 부리며 살 줄 알았잖아."

우리는 가만히 앉아서 잠시 생각에 잠긴다. 하지만 이미 지나가버린 과거를 꿈꾸는 것이 무슨 소용일까. 메이는 산체스 길을 바라본다. 아이들은 이제 대부분 집으로 돌아가버렸다. "루이 영감한테 쫓겨나지 않으려면 그만 가야겠어."

우리는 팔짱을 끼고 아파트로 걸어간다. 나는 마음이 가볍다. 메이와 나는 자매일 뿐만 아니라 동서지간이기도 하다. 수천 년 전부터 동서들은 시아버지의 강철 주먹과 굳은살이 박인 시어머니의 손아귀에서 시집살이를 하는 어려움에 대해 함께 투덜거리는 사이였다. 메이와 내가 이렇게 함께 살 수 있다는 건 행운이다.

동양적 낭만의 꿈

우리가 로스앤젤레스에 도착한 지 거의 두 달이 된 6월 8일에 나는 마침내 길을 건너 차이나 시티로 들어간다. 오늘 이곳이 화려하게 문을 열기 때문이다. 차이나 시티는 축소판 만리장성에 에워싸여 있다. 만리장성이라고 해도 좁은 담 위에 마분지를 잘라 올려놓은 것처럼 보이기 때문에 이름이 무색하다. 중앙 출입구로 들어가니 1천 명쯤 되어 보이는 사람들이 '사계의 뜰'이라는 넓은 공간에 모여 있다. 귀빈들과 영화배우들이 단상에서 한 마디씩 하고, 폭죽이 탁탁 터지고, 용 퍼레이드가 벌어지고, 사자 탈춤이 시끌벅적하게 공연된다. 로판들은 화려하고 세련된 모습이다. 여자들은 비단과 모피 옷에 장갑과 모자까지 갖추고 입술에는 반짝이는 립스틱을 발랐다. 남자들은 양복과 구두와 중절모 차림이다. 메이와 나는 청삼 차림이다. 우리는 매끈하고 아름다운 모습인데도, 내가 보기에는 미국 여자들에 비해 시대에 뒤떨어진 외국인 같다.

"차이나 시티라는 작은 천에 동양적 낭만의 꿈이 비단실로 수놓아져 있습니다." 크리스틴 스털링이 단상에서 선언한다. "여러분께서는 이곳의 희망과 이상이 그려내는 눈부신 색채만 보시고, 미흡한 점은 잊어주시기 바랍니다. 세월이 흐르면 눈부신 색깔도 희미해질 테니까요. 중국에서 수세대를 이어 내려온 사람들, 조국에서 온갖 재난을 이기고 살아남아 집단적인 정체성을 향한 욕망을 영원히 이어갈 수 있는 새로운 피난처를 찾아낸 사람들이 조상들의 발자취를 따라가며 전통적인 예술과 무역에 차분히 몰두할 수 있게 해줍시다."

'이런, 세상에.'

"정신없고 분주한 신세계는 잊어버리세요." 크리스틴 스털링이 말을 잇는다. "그리고 느긋한 매혹의 구세계로 들어오세요."

'진짜?'

귀빈들의 연설이 끝나자마자 가게들과 식당들이 문을 열 것이다. 그러면 옌옌과 나를 포함해서 여기서 일하는 사람들은 서둘러 자기 자리를 찾아가야 할 것이다. 연설을 들으면서 나는 조이가 이 행사를 볼 수 있게 품에 안고 서 있다. 사람들이 파도처럼 움직이며 밀치락 달치락하는 통에 우리는 옌옌과 헤어졌다. 나는 골든 드래곤 카페로 가야 하지만, 그곳이 어디 있는지 모른다. 담으로 둘러싸인 한 블록 크기의 공간에서 길을 잃다니. 하지만 막다른 길과 좁은 길이 구불구불 사방으로 뻗어 있기 때문에 나는 혼란스럽기 그지없다. 여기저기 출입구들을 지나가 봐도 나오는 거라고는 금붕어 연못이 있는 뜰이나 향을 파는 노점뿐이다. 나는 조이를 가슴에 꼭 끌어안고 담에 바짝 몸을 붙인다. '골든 인력거'라는 로고가 새겨진 인력거들이 크게 웃어대는 로판들을 싣고 골목들을 지나다니기 때문이다. 인력거꾼들은 "비키세요! 비키세요!"라고 소리친다. 이 사람들처럼 차려 입은 인력거꾼은 본 적이 없다. 다들 비단 파자마처럼 생긴 옷에 자수가 놓인 슬리퍼를 신고 짚으로 만든 최신식 쿨리 모자를 썼다. 게다가 이들은 중국인이 아니라 멕시코인이다.

부랑아 같은 차림의 어린 여자아이(부랑아보다 더 깨끗하기는 하다)가 사람들 틈으로 요리조리 돌아다니며 지도를 나눠준다. 나도 지도를 한 장 받아서 내가 가야 할 곳을 찾아본다. 지도에는 대형 볼거리들이 나와 있다. 천국의 계단, 황푸 항구, 연꽃 풀장, 사계의 뜰. 지도 맨 밑에는 중국옷을 입고 슬리퍼를 신은 남자 두 명이 서로 인사를 하는 모습이 검은 잉크로 그려져 있다. 그림 설명은 이렇다. "보잘것없는 저희 도시에 직접 왕림하시어 이곳을 밝혀주신다면, 저희는 사탕과자, 술, 희귀한 음악은 물론 여러분의 고귀한 눈을 즐겁게 해드릴 예술작품들로 여러분을 대접하겠습니다." 이 지도에는 루이 영감의 가게들은 하나도 나와 있지 않다. 루이 영감의 가게이름에는 모두 '골든'이라는 말이 들어 간다.

차이나 시티는 상하이와 다르다. 구시가지와도 다르다. 심지어 중국의 시골마을과도 다르다. 이곳은 메이와 내가 상하이에서 살 때 보러 갔던 할리우드 영화 속의 중국과 많이 닮았다. 그래, 메이가 나와 산책하면서 설명해준 모습 그대로다. 파라마운트 영화사는 〈푸른수염의 여덟 번째 아내〉 촬영 세트를 기증했고, 그 세트는 중국 정크 카페로 꾸며졌다. MGM 영화사의 인부들은 영화 〈대지〉에 나오는 왕룽의 농가를 꼼꼼하게 재조립했다. 심지어 뜰에서 돌아다니는 오리와 닭까지 재현되어 있다. 왕룽의 농가 뒤로는 '100가지 놀라움의 길'이 구불구불 뻗어 있다. MGM의 목수들은 이곳에 있던 낡은 대장간을 10개의 색다른 상점들로 바꾸어 놓았다. 이 상점들은 나무 모양으로 세공한 보석, 향내 나는 차, 술이 달리고 자수가 놓인 중국제 '스페인식' 숄 등을 판다. 관인사ᵃ의 벽걸이들은 수천 년 전의 것이라고 알려져 있고, 조각상들은 상하이의 폭격을 이기고 간신히 살아남은 것이라고 한다. 사실 차이나 시티의 많은 건물들이 그렇듯이, 이 절도 MGM의 촬영 세트를 재활용해서 만든 것이다. 심지어 만리장성도 마찬가지다. 아무래도 요새를 방어하는 내용의 서부영화에 사용되었던 세트를 재활용한 것 같다. 올베라 거리의 컨셉트를 중국식으로 다시 재현하겠다는 크리스틴 스틸링의 결심은 우리 문화, 역사, 취향에 대한 철저한 무지와 잘 어울린다.

나의 머리는 내가 안전하다고 말한다. 워낙 많은 사람들이 북적거리기 때문에 누가 날 붙잡거나 해치기가 힘들다. 그런데도 나는 무섭고 불안하다. 나는 또 다른 막다른길을 서둘러 걸어간다. 조이를 너무 꼭 안은 탓에 아이가 울음을 터뜨린다. 사람들은 못된 엄마를 보듯이 나를 바라본다. '난 못된 엄마가 아니야.' 나는 이렇게 소리치고 싶다. '이 애는 내 아이야.' 당황한 머리로 나는 생각한다. 중앙 출입구를 찾으면, 아파트로 돌아가는 길을 찾을 수 있을 거라고. 하지만 루이 영감이 집을 나서면서 문을 잠가버렸다. 나는 열쇠가 없다. 겁에 질려 흥분한 나는 고개를 숙이고 사람들을 밀치며 나아간다.

"길을 잃었어요?" 상하이의 순수한 우 방언으로 누군가가 묻는다. "도와드릴까요?"

고개를 들어 보니 백발에 안경을 쓰고, 새하얀 턱수염을 기른 로판이 있다.

"메이의 언니인가보군요." 그가 말한다. "펄이죠?"

나는 고개를 끄덕인다.

"난 톰 거빈스예요. 사람들은 대개 나를 박와 톰이라고 부르죠. 활동사진 톰이라고. 나도 여기에 가게가 있어서 댁의 동생을 잘 알아요. 어디로 가는 길이에요?"

"나더러 골든 드래곤 카페로 오라고 했어요."

"아, 그 수많은 골든 가게들 중 하나로군요. 여기서 5센트쯤 나가는 물건이라면 전부 댁의 시아버지 가게에 있어요." 그가 알만 하지 않느냐는 표정으로 말한다. "따라 와요. 내가 데려다줄 테니."

나는 이 남자를 모른다. 메이는 이 남자에 대해 말한 적이 없다. 어쩌면 이 남자는 메이가 내게 말하지 않은 수많은 것들 중 하나인지도 모른다. 그래도 그의 입에서 나오는 상하이 말투만으로도 나는 마음이 놓인다. 카페로 가면서 그는 내 시아버지가 소유한 여러 가게들을 가리킨다. 루이 영감이 옛날 차이나타운에서 처음 열었던 골든 랜턴은 재떨이, 이쑤시개통, 등긁개 등 싸구려 잡화들을 판다. 옌옌이 손님들과 이야기하는 모습이 진열창을 통해 보인다. 계속 걸어가자 번이 손바닥만 한 가게 안에 혼자 앉아 있다. 골든 로터스라는 이 가게는 비단으로 만든 꽃을 판다. 루이 영감이 아주 적은 돈으로 이 가게를 열었다고 이웃들에게 자랑하는 것을 들은 적이 있다. "중국에서 비단 꽃은 거의 공짜나 다름없어. 그런데 여기서는 원래 가격의 다섯 배로 팔 수 있다고." 루이 영감은 생화 판매점을 연 다른 집안을 비웃었다. "그 자들은 중고가게에서 18달러를 주고 아이스박스를 샀어. 그리고 매일 50센트를 주고 얼음 100파운드를 사야 할 거야. 꽃을 꽂을 통과 꽃병들도 사야 하지. 다 합하면 50달러야! 너무 비싸! 그게 무슨 낭비야! 비단 꽃을 파는 건 어렵지도 않아. 내 아들도 할 수 있을 정도니까."

골든 파고다에 도착하기 전에 그곳 꼭대기가 먼저 눈에 들어온다. 이제부터는 고개를 들어 그곳을 바라보기만 하면 길을 찾을 수 있을 것 같다. 골든 파고다는 5층 규모의 가짜 파고다 안에 들어 있다. 검푸른 색 전통의상을 입은 루이 영감은 여기서 자기가 가진 최고의 물건들을 팔 계획이다. 칠보자기, 고급 도자기, 자개, 조각으로 장식한 티크 가구, 아편 파이프, 상아 마작세트, 골동품 등등. 메이가 루이 영감 왼쪽으로 조금 떨어진 곳에 서서 일가족 네 명과 이야기를 하는 모습이 진열창을 통해 보인다. 메이는 활기차게 손짓을 하며 이가 드러날 정도로 아주 환하게 웃고 있다. 내가 항상 알고 있던 내 동생의 모습이기도 하고, 아주 다른 모습이기도 하다. 메이의 청삼은 제 2의 피부처럼 몸에 착 달라붙어 있다. 머리카락은 얼굴 주위에서 소용돌이를 그린다. 나는 메이가 머리를 자르고 다듬었음을 깨닫는다. 내가 왜 이걸 일찍 몰랐지? 하지만 내가 정말로 깜짝 놀란 것은 메이에게서 옛날처럼 빛이 나기 때문이다. 메이의 이런 모습은 아주 오랜만이다.

"정말 아름다워요." 톰이 내 생각을 읽기라도 한 것처럼 말한다. "내가 일자리를 찾아주겠다고 말했지만, 메이는 언니가 싫어할까 봐 주저했어요. 어때요, 펄? 내가 나쁜 사람이 아니라는 건 알겠죠? 잘 생각해보고 메이랑 한 번 의논해봐요."

나는 그의 말을 알아듣지만, 의미는 모르겠다.

내가 혼란스러워하는 걸 알아차린 그가 어깨를 으쓱한다. "그럼 할 수 없죠. 골든 드래곤으로 갑시다."

골든 드래곤에 다다르자 톰은 창문 안을 흘깃 바라보며 말한다. "손이 필요한 것 같으니 얼른 들어가 봐요. 하지만 혹시 뭐든 필요한 게 생기면, 아시아 의상사로 나를 찾아오면 돼요. 메이한테 물어보면 어디 있는지 가르쳐줄 겁니다. 날 매일 만나러 오거든요."

이 말을 끝으로 그는 몸을 돌려 사람들 속으로 녹아 들어간다. 나는 골든 드래곤 카페의 문을 열고 들어간다. 탁자가 여덟 개 있고, 카운터에 등받이 없는 의자가 열 개 있다. 카운터 뒤에는 월버트가 하얀 티셔츠를 입고 서 있다. 머리에는 평범한 신문을 접어서 만든 모자를 썼고, 지글거리는 냄비의 열기 때문에 땀을 흘리고 있다. 그 옆에서는 찰리가 큰 칼로 요리 재료를 다지고 있다. 에드프리드는 접시를 한 아름 들고 싱크대로 간다. 싱크대에서는 샘이 뜨거운 물을 틀어놓고 유리잔을 닦고 있다.

"누가 이리 와서 좀 도와줘요." 어떤 남자가 소리친다.

샘은 손의 물기를 닦고 서둘러 다가와서 내게 메모지 뭉치를 준 뒤 조이를 내 품에서 떼어내 카운터 뒤의 나무 상자에 넣는다. 그 뒤로 여섯 시간 동안 우리는 쉬지 않고 일한다. 차이나 시티의 개관 행사가 공식적으로 끝날 때쯤 샘의 옷은 음식과 기름기로 얼룩져 있고 나는 발, 어깨, 팔이 모두 쑤신다. 하지만 조이는 상자 안에서 곤히 자고 있다. 루이 영감이 다른 사람들과 함께 우리를 데리러 온다. 시아주버니들은 차이나타운의 독신 남자들이 밤 시간을 보내는 곳으로 간다. 거기가 어딘지는 모르겠지만. 시아버지가 문을 잠근 뒤 우리는 아파트로 출발한다. 샘, 번, 시아버지가 앞서 가고 옌옌, 메이, 나는 관습대로 열 걸음 뒤에서 따라간다. 너무 지쳐서 조이가 쌀자루만큼이나 무겁게 느껴지지만, 대신 조이를 안아주겠다고 나서는 사람이 하나도 없다.

루이 영감은 자기가 모르는 언어를 쓰지 말라고 우리한테 말했다. 하지만 나는 메이와 우 방언으로 이야기를 나눈다. 옌옌이 루이 영감에게 이르지 않아야 할 텐데. 남자들과는 거리가 좀 있기 때문에 우리 목소리가 거기까지 들리지는 않을 것 같다.

"너 나한테 숨긴 게 많더라, 메이."

화가 나지는 않았다. 상처를 받았을 뿐이다. 메이가 차이나 시티에서 새로운 삶을 만들어나가는 동안 나는 아파트에 갇혀 있었다. 메이는 심지어 미장원에도 갔다 왔다! 그걸 알아차리고 나니 얼마나 속이 쓰리는지.

"숨겨? 뭘 숨겨?" 메이는 목소리를 낮춘다. 아무도 듣지 못하게 하려고? 나도 목소리를 높이지 못하게 하려고?

"여기 도착하면 서양 옷만 입기로 했던 것 같은데. 미국인처럼 꾸미기로 했잖아. 그런데 네가 나한테 가져다준 옷은 이런 것뿐이야."

"그건 언니가 좋아하는 청삼이잖아." 메이가 말한다.

"이런 옷은 이제 입기 싫어. 우리가 이미……"

메이는 걸음을 멈춘다. 내가 그냥 지나쳐 가자 메이는 손을 뻗어 내 어깨를 잡는다. 옌옌은 고분고분 남편과 아들들의 뒤를 따라 계속 걷는다.

"언니가 화를 낼까 봐 말 안 하려고 했는데." 메이가 속삭이며 손가락 세 개를 모아 손마디로 입술을 톡톡 두드린다. 말하기를 주저하는 표정이다.

"뭔데?" 나는 한숨을 내쉰다. "그냥 말해."

"우리 서양 옷은 다 사라졌어……" 메이는 남자들 쪽을 고갯짓으로 가리킨다. 하지만 나는 메이가 시아버지를 가리킨다는 걸 알고 있다. "우리가 중국 옷 외에 다른 옷을 입는 걸 싫어해."

"왜……"

"그냥 내 말을 듣기만 해, 언니. 그 동안 언니한테 상황을 얘기해주려고 했어. 이것저것 구경도 시켜주고. 그런데 가끔 언니는 꼭 엄마같아. 새로운 걸 알려고 하지도 않고, 남의 말을 듣지도 않지."

메이의 말에 나는 경악한다. 속도 상한다. 하지만 메이는 아직 할 말이 남았다.

"올베라 거리에서 일하는 사람들이 왜 멕시코 의상을 입어야 하는지 알아? 스털링 부인이 꼭 그래야 한다고 우기기 때문이야. 임대 계약서에 아예 그렇게 규정돼 있어. 차이나 시티에서 우리가 임대한 가게들의 계약서에도 마찬가지야. 거기서 일하려면 우린 청삼을 입어야 해. 그 사람들, 그러니까 스털링 부인과 로판 파트너들은 우리가 중국을 한 번도 떠난 적이 없는 사람처럼 보이기를 원해. 루이 영감도 상하이에서 우리 옷을 가져갈 때 분명히 그걸 알고 있었을 거야. 생각해 봐, 언니. 우리는 영감이 취향도 안목도 형편없다고 여겼지만, 사실은 자기가 어떤 옷을 가져가야 하는지 정확히 알고 여기서 쓸모가 있을 것 같은 옷만 고른 거야. 다른 건 전부 그냥 놔두고."

"왜 미리 얘기 안 했어?"

"어떻게 이야기해? 언니가 거의 나오지를 않는데. 난 언니를 데리고 여기저기 가려고 했어. 그런데 언니는 아파트에서 안 나오려고 할 때가 대부분이었잖아. 그냥 광장에 앉아 있으려고만 해도 언니를 억지로 끌고 나와야 했어. 언니는 아무 말 안 하지만, 난 알아. 언니를 집 안에만 묶어둔다는 이유로 나, 샘, 번, 그 밖의 모든 식구들을 탓하고 있다는 걸. 하지만 언니를 집 안에 묶어두는 사람은 아무도 없어. 언니가 아무 데도 안 가는 거지. 심지어 언니가 길을 건너 차이나 시티에 온 것도 오늘이 처음이잖아!"

"내가 왜 이런 곳에 신경을 써야 하는데? 여기서 영원히 살 것도 아니잖아."

"밖에 뭐가 있는지도 모르면서 어떻게 도망치려고?"

'아무 것도 안 하는 게 더 편해서 그랬어. 무서워서.' 나는 속으로 생각하지만 말하지는 않는다.

"언니는 새장에서 풀려났지만 나는 법을 잊어버린 새 같아." 메이가 말한다. "언니가 무슨 생각을 하고 있는지 모르겠어. 요즘 언니는 나한테서 아주 멀어진 것 같아."

우리는 계단을 올라 아파트로 돌아간다. 문 앞에서 메이가 또 나를 붙잡는다. "상하이에서 살 때의 언니 모습으로 돌아오면 안 돼? 그때 언니는 재미있는 사람이었어. 뭘 무서워하는 법도 없었고. 그런데 지금은 푸옌처럼 굴고 있어." 메이는 잠시 가만히 있다가 다시 말을 잇는다. "미안해. 내가 심한 말을 했어. 언니가 무슨 일을 겪었는지 다 아는데. 아기를 돌보느라 다른 데 신경 쓸 여유가 없다는 것도 아는데. 그래도 난 예전의 언니가 그리워."

안에서 옌옌이 아들을 다정한 목소리로 어르는 소리가 들린다. "꼬마신랑, 이제 자러 가야지. 신부를 데리고 얼른 방으로 가."

"엄마와 아버지도 그리워. 우리 집도 그리워. 그리고 이건……" 메이는 어두운 복도를 가리킨다. "너무 힘들어. 언니가 없으면 나도 견딜 수 없어." 눈물이 메이의 뺨을 타고 흘러내린다. 메이는 거칠게 눈물을 닦고, 심호흡을 하고, 아파트로 들어가 꼬마신랑과 함께 방으로 간다.

몇 분 뒤 나는 조이를 서랍에 눕히고 침대로 들어간다. 샘은 여느 때처럼 몸을 굴려 내게서 멀어진다. 나는 그에게서 최대한 멀리, 그리고 조이에게 최대한 가깝게 침대 가장자리에 몸을 붙인다. 감정과 생각이 모두 혼란스럽다. 옷 이야기는 미처 예상치 못했던 또 하나의 타격이었다. 그럼 메이가 말한 다른 것들은? 나는 메이도 고통스러워하고 있다는 걸 깨닫지 못했다. 나에 관한 메이의 지적도 옳았다. 나는 겁을 내고 있었다. 이 아파트를 나서는 걸, 산체스 길의 끝까지 가는 걸, 광장에 들어가는 걸, 올베라 거리를 걷는 걸, 길을 건너 차이나 시티로 가는 걸. 지난 몇 주 동안 메이는 몇 번이나 말했다. "언제든 언니가 가고 싶다면 내가 차이나 시티에 데려다줄게." 하지만 나는 가지 않았다.

나는 엄마가 준 주머니를 옷 위로 움켜쥔다. 내가 어떻게 된 걸까? 내가 어쩌다가 이렇게 겁에 질린 푸옌이 된 걸까?

그 날로부터 3주가 채 되지 않은 6월 25일에 겨우 몇 블록 떨어진 곳에서 뉴 차이나타운이 화려하게 문을 연다. 조각으로 장식된 거대한 중국식 전통 문이 뉴 차이나타운 양 끝에 장엄하고 화려하게 서있다. 매력적인 영화배우인 애나 메이 웡이 퍼레이드를 이끈다. 중국 여자들로만 이루어진 드럼 연주단이 감동적인 연주를 한다. 네온 불빛들이 화려하게 색칠된 건물들의 윤곽을 밝힌다. 건물들의 처마와 발코니에는 온갖 종류의 중국식 장식들이 치렁치렁 매달려 있다. 모든 것이 더 크고 더 좋아 보인다. 폭죽도 더 많이 터뜨리고, 더 중요한 정치가들이 와서 리본을 자르고 연설을 한다. 용과 사자의 탈춤을 추는 곡예단도 규모가 더 크다. 그곳에 가게와 식당을 연 사람들도 차이나 시티의 상인들보다 더 훌륭하고, 부유하고, 자리가 잡힌 사람들로 평가된다.

사람들은 이 두 개의 차이나타운이 문을 연 것은 로스앤젤레스의 중국인들에게 좋은 시절이 왔다는 뜻이라고 말한다. 내게는 고생의 시작이다. 차이나 시티에서 장사를 하는 우리는 더 많이 일하고 더 열심히 노력해야 한다. 시아버지는 철권을 휘둘러 우리 모두에게 전보다 훨씬 더 오랫동안 일을 시킨다. 무자비하다 못해 잔인하게 보일 때가 많다. 아무도 시아버지의 말을 거역하지 않지만, 아무리 애써도 뉴 차이나타운을 따라잡지 못할 것 같다. 훨씬 더 커다란 이점을 지닌 사람들과 어떻게 경쟁하겠는가? 게다가 이런 상황에서 우리가 이곳을 떠날 돈을 어떻게 모을 수 있을까?

고향의 냄새

메이, 조이와 함께 어디로 갈 건지 생각을 해두어야 하지만, 나는 외로움이 자리를 잡은 내 속을 들여다보는 것 외에는 무엇이든 조사해보고 싶은 마음이 나지 않는다. 꿀을 바른 과자, 설탕을 친 장미 케이크, 양념을 쳐서 찻물로 삶은 달걀이 그립다. 옌옌의 요리 때문에 앤젤 섬에 있을 때보다도 더 살이 빠진 나는 골든 드래곤의 제 1, 제 2 요리사인 윌버트와 찰리를 지켜보며 요리를 배우려고 애쓴다. 돼지고기와 오리고기를 사려고 창문에 황금 이파리가 달린 돼지 그림이 그려진 샘싱 정육점에 갈 때 나를 데려가 달라고 부탁했더니 두 사람은 그러겠다고 한다. 두 사람은 조지 웡의 생선가게에 갈 때도 나를 데려간다. 스프링 거리에서 차이나 시티와 등을 맞대고 있는 그 가게에서 두 사람은 아직 숨을 쉬고 있는 생선만 사야 한다고 내게 가르쳐준다. 우리는 길을 건너 국제 식품점으로 간다. 그런데 이곳에 온 뒤 처음으로 나는 그곳에서 고향의 냄새를 만난다. 윌버트는 자기 돈으로 소금을 친 검은콩을 한 봉지 사준다. 내가 아주 고마워했더니 그 다음부터는 시아주버니들이 번갈아가며 이런저런 주전부리를 사다준다. 대추, 꿀을 바른 대추야자, 죽순, 연꽃 봉오리, 버섯 등. 카페에 손님이 뜸할 때면 날 카운터 뒤로 불러서 이런 특별한 재료들로 짧은 시간 안에 일품요리를 해내는 법을 가르쳐주기도 한다.

시아주버니들은 일요일 저녁마다 아파트에 와서 식사를 한다. 나는 옌옌에게 내가 요리를 해도 되겠느냐고 묻는다. 식구들은 그 음식을 먹는다. 그 뒤로는 내가 일요일마다 저녁을 차린다. 오래지 않아 나는 30분 만에 저녁식사를 준비할 수 있게 된다. 번이 쌀을 씻어주고, 샘이 야채를 다져주기만 한다면. 처음에 루이 영감은 좋아하지 않는다. "왜 네가 내 돈을 음식에 쓸데없이 낭비해? 네가 장을 보겠다고 밖으로 나가는 걸 내가 왜 허락해줘야 돼?"(우리가 가게까지 걸어서 오가는 것과 가게에서 생면부지의 사람들, 그것도 백인들을 접대하는 것은 전혀 신경 쓰지 않는 사람이 이런 말을 한다.)

나는 이렇게 말한다. "아버님의 돈을 낭비하는 게 아니에요. 윌버트 시아주버니와 찰리 시아주버니가 음식 값을 내시니까요. 게다가 저는 혼자 걸어다니지 않아요. 윌버트 시아주버니와 찰리 시아주버니가 항상 함께 다녀요."

"그게 더 나빠! 네 시아주버니들은 고향에 가려고 돈을 모으는 중이란 말이다. 나는 물론이고 모두들 중국으로 돌아가고 싶어 해. 거기서 죽을 때까지 살지는 못하더라도, 아예 거기다 뼈를 묻지는 못하더라도." 많은 남자들이 그렇듯이 루이 영감도 1만 달러를 모아서 부자가 되어 고향으로 돌아가고 싶어 한다. 고향에 가면 첩을 몇 명 들여서 아들을 더 낳은 뒤 차를 마시며 날을 보낼 것이다. 루이 영감은 또한 '거물'로 인정받고 싶어 한다. 이거야말로 미국적인 생각이다. "고향에 갈 때마다 나는 땅을 사들여. 여기 놈들이 나한테 여기 땅을 못 사게 한다면, 중국에 땅을 사겠다 이거야. 그래, 네가 무슨 생각을 하는지 이제 알겠구나. 아버님은 여기서 태어난 미국인이잖아요! 이런 생각을 하지? 내가 여기서 태어났는지는 몰라도 내 마음은 중국인이야. 난 돌아갈 거야."

루이 영감이 늘어놓는 불평은 한결같다. 시아주버니나 그 밖의 사람들에 관한 이야기를 자기 이야기로 바꿔 버리는 것도 한결같다. 그래도 나는 그런 말을 받아들인다. 루이 영감이 내 요리를 좋아하기 때문이다. 그걸 절대로 입 밖에 낼 사람은 아니지만, 말로 하는 것보다 훨씬 더 반가운 행동을 한다. 일요일이 몇 번 지난 뒤 루이 영감이 선언한다. "월요일마다 네게 돈을 줄 테니 우리가 끼니마다 먹을거리를 전부 네가 사라." 가끔 나는 그 돈을 조금 떼서 모아두고 싶은 유혹이 들지만, 루이 영감이 영수증을 꼼꼼히 살피며 한 푼도 허투루 넘기지 않는다는 걸 알기 때문에 그러지 않는다. 루이 영감은 정육점, 생선가게, 말린 음식 가게 사람들에게도 정기적으로 확인한다. 돈을 어찌나 조심스레 다루는지 은행에 넣는 것도 거부할 정도다. 루이 영감의 돈은 모두 '골든'이라는 이름이 붙은 여러 가게들에 분산돼서 숨겨져 있다. 뜻밖의 재난이나 로판 은행가들에게서 돈을 지키기 위해서다.

이제 나도 혼자서 상점에 다닐 수 있게 되었으므로, 가게 주인들이 내 얼굴을 알아보기 시작한다. 그들은 비록 규모는 작지만 내 가게를 좋아한다. 그리고 내가 자기들이 파는 구운 오리, 활어, 절인 무 등을 꾸준히 사주는 것에 대한 보답으로 내게 달력을 준다. 달력에는 질리도록 하얀 배경에 지나치게 선명한 빨간색, 파란색, 초록색으로 그린 중국식 그림들이 있다. 내실에 비스듬히 누워 편안함과 에로티시즘을 표현하는 미인들 그림 대신에 화가들은 아무런 영감도 주지 않는 만리장성, 성산 에메이, 크웨일린의 신비로운 카르스트 지형 같은 풍경을 그렸다. 가끔은 번쩍이는 천에 기하학적 무늬가 있는 청삼을 입고 도덕재무장의 덕목들을 전달하려는 듯한 자세로 앉은 여자들을 그리기도 한다. 이 화가들의 그림은 지나치게 화려하고 상업적이라서 섬세함도 없고 감정도 표현되어 있지 않다. 하지만 나는 그 달력들을 아파트 벽에 건다. 상하이의 가난한 사람들 중에서도 가장 가난한 사람들이 보기에도 안쓰러운 오두막에 조금이나마 화려한 색깔을 더해주고 삶에 희망을 불어넣기 위해 벽에 달력을 걸었던 것처럼. 달력들은 내 요리만큼이나 아파트를 밝게 해준다. 내가 이것들을 공짜로 얻어 오기 때문에 시아버지는 만족스러워한다.

크리스마스이브 아침에 나는 다섯 시에 일어나 옷을 입고 조이를 시어머니에게 건넨 뒤 샘과 함께 차이나 시티로 걸어간다. 아직 이른 시간인데도 이상하게 날이 따뜻하다. 밤새 뜨거운 바람이 불어온 탓에 부러진 나뭇가지와 마른 낙엽, 그리고 올베라 거리에서 크리스마스 휴일을 즐긴 사람들이 남기고 간 쓰레기들과 색종이 조각이 광장과 중앙로에 흩어져 있다. 우리는 메이시 거리를 건너 차이나 시티로 들어가서 여느 때와 똑같은 길을 걷는다. 사계의 뜰에 있는 인력거 정거장에서 시작해서 왕룽의 농가 앞에서 땅을 쪼는 닭과 오리를 에둘러가는 길이다. 나는 아직 〈대지〉를 보지 못했다. 찰리는 나더러 그 영화를 꼭 봐야 한다면서 '중국과 똑같다'고 말했다. 월버트도 나더러 그 영화를 보라고 말한다. "영화를 볼 때 군중신을 잘 봐요. 나도 거기 있으니까! 차이나타운의 아저씨 아줌마들이 그 영화에 많이 나와요." 하지만 나는 극장에도 가지 않고, 왕룽의 농가에도 들어가지 않는다. 그 앞을 지날 때마다 상하이 외곽의 그 오두막이 생각나기 때문이다.

왕룽의 농가를 지난 뒤 나는 샘을 따라 드래곤 로드를 걷는다. "나랑 나란히 걸어." 샘이 사읍 방언으로 나를 부르지만 나는 샘에게 헛된 생각을 심어주고 싶지 않기 때문에 다가가지 않는다. 만약 내가 낮에 샘과 가벼운 이야기를 나누거나 나란히 걷는 행동을 한다면, 샘은 남편과 아내의 일을 하려고 할 것이다.

인력거 사업을 제외하고, 이름에 '골든'이 들어가는 가게들은 모두 드래곤 로드와 관인로가 만나는 달걀형 공간에 있다. 인력거들은 이 길을 따라 뱀처럼 구불구불하게 한 바퀴를 돈다. 나는 여기서 일한 지 6개월이 됐지만 중국 경극 극장, 싸구려 상점가, 톰 거빈스의 아시아 의상사가 있는 구역이나 연꽃 풀장에 발을 들여놓은 적이 딱 두 번뿐이다. 차이나 시티는 중앙로, 메이시 거리, 스프링 거리, 오드 거리에 둘러싸인, 이상한 모양의 한 블록으로 40개가 넘는 상점들과 수

많은 카페, 식당, 그리고 왕릉의 농가 같은 '관광지'들이 비좁게 들어서 있다. 하지만 이 담장 안의 사람들도 집단별로 뚜렷이 구분되어 있어서 이웃들이 서로 어울리는 경우는 아주 드물다.

샘은 카페의 자물쇠를 열고, 불을 켜고, 커피를 끓이기 시작한다. 내가 소금통과 후추통을 채워 넣는 동안 시아주버니들과 다른 직원들이 제각기 들어와서 각자 맡은 일을 시작한다. 다 구워진 파이를 잘라서 진열장에 넣을 때쯤, 일찍 집을 나선 손님들이 들어온다. 나는 트럭 운전수나 집배원 같은 단골손님들과 가벼운 대화를 나누며 주문을 받아 요리사들에게 불러준다.

9시가 되자 경찰관 두 명이 들어와 카운터에 앉는다. 나는 앞치마를 매끈하게 펴고 이를 드러내며 활짝 웃는다. 내가 이 경찰관들의 배를 공짜로 채워주지 않으면, 그들은 우리 손님들을 차까지 쫓아가서 교통위반 딱지를 뗄 것이다. 지난 2주 동안이 특히 더 힘들었다. 경찰관들이 가게들을 차례로 돌아다니며 양팔 가득 크리스마스 '선물'을 받아 챙겼기 때문이다. 1주일 전에는 아직 선물이 충분하지 않다고 생각했는지 주차장을 봉쇄해서 손님들이 오는 것을 막아버렸다. 이제는 모두들 겁을 먹고 고분고분하게 군다. 우리가 장사를 계속할 수 있게 해주기만 한다면, 경찰관들이 무엇을 요구하든 기꺼이 들어줄 것이다.

경찰관들이 막 나간 뒤 어떤 트럭 운전수가 샘을 부른다. "어이, 저기 블루베리 파이 한 조각만 포장해줘요."

샘은 경찰관들 때문에 아직도 불안이 가시지 않았는지, 손님의 요구를 무시하고 계속 컵을 닦는다. 샘이 준 안내서에서 그가 카페의 점장이 될 거라는 말을 읽은 게 아주 까마득한 옛날 일 같다. 사실 샘은 컵 닦기 담당과 설거지 담당의 중간쯤 된다. 나는 달걀, 감자, 토스트, 커피로 이루어진 35센트짜리 식사나 젤리롤과 커피로 이루어진 5센트짜리 메뉴를 손님들에게 내가면서 샘을 유심히 지켜본다. 누군가가 샘에게 커피를 리필해달라고 요구하지만, 샘은 손님이 컵 가장자리를 짜증스레 두드릴 때야 비로소 커피포트를 들고 간다. 30분 뒤 그 손님이 계산서를 요구하자 샘은 나를 가리킨다. 샘은 손님 중 어느 누구에게도 한 마디도 하지 않는다.

바쁜 아침식사 시간이 끝나간다. 샘은 더러운 접시와 은식기를 모으고, 나는 그 뒤를 따라다니며 행주로 식탁과 카운터를 닦는다.

"샘." 내가 영어로 말한다. "왜 손님들한테 말을 안 해요?" 샘이 아무 대답을 안 하자 나는 영어로 계속 말을 잇는다. "상하이에서 로판들은 중국인 웨이터들이 뚱하고 매너가 나쁘다고 항상 말했어요. 우리 손님들이 당신을 그렇게 생각하면 안 되잖아요."

샘은 불안한 표정으로 변해서 아랫입술을 잘근잘근 깨문다.

나는 사읍 방언으로 바꾼다. "영어를 모르는 거죠?"

"조금은 알아." 그가 말한다. 그러고는 멋쩍게 웃으며 말을 바꾼다. "조금, 아주 조금."

"어떻게 그럴 수가 있어요?"

"난 중국에서 태어났어. 내가 어떻게 영어를 알겠어?"

"일곱 살 때까지는 여기서 살았잖아요."

"그건 아주 옛날 일이야. 그 때 배운 말은 하나도 기억 안 나."

"하지만 중국에서도 공부를 했을 거 아니에요." 내가 묻는다. 상하이에서 내가 알던 사람들은 모두 영어를 배웠다. 공부를 아주 싫어하는 메이도 영어를 할 수 있을 정도다.

샘은 직접적인 대답을 하지 않는다. "내가 영어로 말하려고 애써볼 수는 있지만, 손님들이 내 말을 이해하려고 들지 않아. 나 역시 손님들이 나한테 하는 말을 알아들을 수 없고." 샘은 벽시계를 고갯짓으로 가리킨다. "당신은 이제 그만 가봐."

샘은 항상 나를 문 밖으로 밀어낸다. 나는 샘도 나처럼 오전과 늦은 오후에 어딘가로 간다는 걸 알고 있다. 나는 푸엔이기 때문에 샘에게 어딜 가느냐고 물을 권리가 없다. 샘이 도박을 하든, 다른 여자를 돈으로 사든 나는 상관할 수 없다. 만약 샘이 바람둥이라 해도 나는 상관할 수 없다. 샘이 내 아버지처럼 도박을 즐긴다 해도 나는 상관할 수 없다. 나는 어머니를 통해서, 옌옌을 보면서 아내의 도리를 배웠기 때문에 남편이 나를 버리려 해도 어쩔 수 없다는 것을 알고 있다. 남편이 어딜 가든 아내는 알지 못한다. 남편은 자기가 돌아오고 싶을 때 돌아올 것이다. 그뿐이다.

나는 손을 씻고 앞치마를 벗는다. 그리고 골든 랜턴으로 걸어가며 샘이 한 말을 생각해본다. 왜 영어를 못하는 걸까? 내 영어는 완벽하다. 나는 로판이나 판과이츠 대신 서양인이라는 말을 쓰고, 중국놈이나 되놈 대신 동양인이라는 말을 쓰는 것이 예의에 맞다고 배웠다. 하지만 손님에게 팁을 받거나 물건을 팔 때는 그런 방식이 통하지 않는다. 사람들은 즐거움을 찾아 차이나 시티에 온다. 손님들은 내가 중국식 엉터리 영어를 하는 걸 좋아한다. 그건 정말 쉬운 일이다. 번과 루이 영감처럼 여기서 태어났지만 엉터리 영어를 쓰는 수많은 사람들의 말을 잘 들어보기만 하면 된다. 내가 그런 영어를 쓰는 건 일종의 연기다. 하지만 샘은 무지해서 그런 영어를 쓴다. 촌스러워서. 내게는 샘이 누군지 알 수도 없는 여자와 남몰래 뒹구는 것만큼이나 역겨운 일이다.

나는 골든 랜턴에 도착한다. 옌옌이 잡화를 팔면서 조이를 보고 있다. 우리는 함께 물건들을 반짝반짝 윤이 나게 닦고, 먼지를 털고, 비질을 한다. 청소가 끝난 뒤 나는 한동안 조이와 놀아준다. 11시 30분에 나는 다시 조이를 옌옌에게 맡기고 카페로 돌아가 최대한 빠른 속도로 15센트짜리 햄버거들을 손님에게 낸다. 우리 햄버거는 푸크 게

이 카페의 차이나버거만큼 인기가 없다. 차이나버거에는 센 불에 볶은 콩나물, 검은 버섯, 간장 등이 들어간다. 그래도 우리 가게 역시 생선자반과 돼지고기로 만든 10센트짜리 메뉴와 맨밥에 차를 곁들여 내는 5센트짜리 메뉴로 잘 해나가고 있다.

점심을 먹은 뒤 나는 번이 학교에서 돌아올 때까지 골든 로터스에서 비단으로 만든 꽃을 판다. 그 다음에는 골든 파고다로 간다. 크리스마스 날의 계획에 대해 동생과 이야기해보고 싶지만, 메이는 완벽한 수면에 행여 먼지가 앉을세라 호수 한가운데의 뗏목에 래커를 칠해두었다고 손님을 설득하느라 바쁘다. 나는 비질을 하고, 먼지를 털고, 물건을 윤나게 닦으며 바삐 움직인다.

다시 카페로 돌아가기 전에 나는 골든 랜턴에 들러 조이를 안고 차이나 시티의 골목들을 잠깐 돌아다니며 산책을 한다. 조이는 관광객들과 마찬가지로 인력거 구경을 아주 좋아한다. 골든 인력거는 손님들에게 엄청나게 인기가 좋다. 루이 영감의 사업체 중 가장 성공적이다. 이 동네 청년인 조니 이가 저명인사들을 인력거에 태우고 구경을 시켜준다. 광고용 사진을 찍을 때도 그가 포즈를 취한다. 하지만 보통 때는 미구엘, 호세, 라몬이 인력거를 끈다. 그들은 인력거를 타고 한 바퀴를 도는 요금 25센트 중 일부와 손님들이 주는 팁을 갖는다. 손님을 설득해서 25센트짜리 사진을 팔면 돈을 조금 더 챙길 수 있다.

오늘 어떤 여자 승객이 미구엘을 발로 차고, 가방으로 때린다. 왜 그런 짓을 할까? 그래도 되기 때문이다. 상하이에서는 사람들이 인력거꾼들을 함부로 대하는 걸 봐도 전혀 신경이 쓰이지 않았다. 아버지가 사장이라서 그랬던 걸까? 나도 이 백인여자처럼 인력거꾼보다 우월한 지위에 있었기 때문일까? 상하이에서는 인력거꾼들이 원래 개보다 그리 나을 것이 없는 계층이었기 때문일까? 하지만 지금은 메이와 내가 그들과 같은 계층이 되었다. 나는 손님들에게 무조건 예, 예하며 굽실거려야 한다.

나는 조이를 다시 할머니에게 맡기고 뽀뽀를 하며 잘 자라고 저녁 인사를 한다. 집에 가서야 비로소 조이를 다시 볼 수 있기 때문이다. 나는 카페로 돌아가 10시에 문을 닫을 때까지 저녁 내내 달콤새콤한 돼지고기 요리, 캐슈 닭고기, 잡채 등을 손님들에게 내간다. 모두 상하이에서는 듣도 보도 못한 음식들이다. 영업이 끝난 뒤 샘은 문단속을 하려고 뒤에 남고, 나는 혼자서 아파트를 향해 출발한다. 혼자서 중앙로를 걷기보다는 크리스마스이브의 축제분위기에 들떠서 북적거리는 올베라 거리를 천천히 걷는다.

메이와 내가 이런 꼴이 된 것이 창피하다. 나는 우리가 열심히 일하고도 로판의 돈을 한 푼도 받지 못하는 것을 내 탓이라고 여긴다. 전에 내가 루이 영감에게 봉급을 달라고 요구하며 손을 내밀었더니, 영감은 내 손바닥에 침을 뱉었다. "먹여주고 재워주잖아." 영감이 말했다. "너나 네 동생한테 무슨 돈이 필요해?" 그걸로 끝이었다. 이제 나는 우리의 가치가 얼마쯤 되는지 조금 알 것 같다. 차이나 시티의 사람들을 대부분 한 달에 30~50달러를 번다. 컵 닦는 사람들은 한 달에 20달러밖에 못 받지만, 접시 닦이와 웨이터는 40~50달러를 집에 가져간다. 월버트의 월급은 70달러인데, 이건 아주 후한 액수다.

"이번 주에 돈을 얼마나 벌었어요?" 나는 토요일 밤마다 샘에게 묻는다. "따로 돈을 떼서 좀 챙겼어요?" 언젠가 샘이 그 돈을 일부 떼어서 내게 준다면 좋겠다. 이곳을 떠날 수 있게. 하지만 샘은 자기가 얼마를 벌었는지 내게 말하는 법이 없다. 그냥 고개를 숙이거나, 식탁을 닦거나, 바닥에 있는 조이를 안아 올리거나, 욕실로 가서 문을 닫아버릴 뿐이다.

지금 생각해 보니 엄마, 아버지, 메이, 내가 루이 영감을 부자로 믿었던 이유를 알 것 같다. 상하이에서 우리 집은 부자였다. 아버지는 자기 사업체를 갖고 있었다. 우리는 집도 있고 하인도 있었다. 그리고 루이 영감이 우리보다 훨씬 더 부자라고 생각했다. 하지만 지금은 다른 것들이 눈에 보인다. 미국 돈 1달러는 상하이에서 가치가 상당했다. 주택과 의류에서부터 우리처럼 돈으로 사는 아내에 이르기까지 모든 것이 쌌기 때문이다. 상하이에 살 때 우리는 루이 영감에게서 보고 싶은 것만 보았다. 돈으로 허풍을 떠는 사람. 영감이 상하이에 다니러 왔을 때 아버지를 크게 무시하듯 대했기 때문에 우리는 자신이 하찮은 존재라고 생각하게 되었다. 하지만 영감의 행동은 모두 거짓이었다. 여기 화기국에서 루이 영감은 차이나 시티에서 일하는 대부분의 사람들보다는 부유하지만 그래도 전체적으로는 가난한 계층에 속한다. 영감이 다섯 가지 사업체를 운영하는 건 사실이지만, 모두 소규모다. 가게 넓이가 기껏해야 50평방피트나 100평방피트밖에 되지 않으니, 사실 눈곱만큼 작다고 해야 옳다. 그 사업체들을 다 합쳐도 규모가 얼마 되지 않는다. 사실 영감의 물건들이 5만 달러의 가치가 있다 해도, 아무도 그 물건을 사주지 않는다면 전혀 가치가 없는 것과 마찬가지다. 하지만 만약 우리 식구들이 여기에 왔다면 세탁부, 컵 닦이, 채소 행상인들과 똑같은 맨 밑바닥 계층이 되었을 것이다.

이렇게 서글픈 생각을 하며 나는 계단을 올라 아파트로 들어가서 냄새 나는 옷을 벗어 방구석에 그냥 팽개쳐둔다. 그리고 침대에 누워 이 조용한 순간을 몇 분만이라도 즐기려고 잠을 밀어낸다. 내 아기는 벌써 서랍에서 잠들어 있다.

크리스마스 아침에 우리는 옷을 입고 다른 식구들이 모여 있는 큰 거실로 간다. 옌옌과 루이 영감은 샌프란시스코에서 문을 닫은 한 잡화점에서 산 깨진 꽃병들을 손보고 있다. 메이는 부엌에서 핫플레이트 위에 놓인 죽 냄비를 젓고 있다. 번은 부모와 함께 앉아 주위를 두리번거린다. 기대와 쓸쓸함이 뒤섞인 표정이다. 번은 여기서 자랐고 미국 학교를 다니고 있기 때문에 크리스마스에 대해 알고 있다. 지난 2주 동안 번은 미술시간에 만든 크리스마스 장식 몇 개를 집으로 가져왔다. 하지만 그 장식들을 빼면 이 집에는 크리스마스 분위기를 내는 물건이 하나도 없다. 양말을 걸어 놓지도 않았고, 크리스마스트리도 없고, 선물도 없다. 번은 크리스마스를 축하하고 싶은 표정이지만, 무슨 말을 할 수 있겠는가? 부모님 슬하에서 살고 있는 아들이므로 부모님의 규칙을 받아들여야 한다. 메이와 나는 서로를 흘깃 바라보고, 번을 한 번 바라본 뒤, 다시 서로를 흘깃 바라본다. 우리는 번의 기분을 이해한다. 상하이에서 선교회 학교에 다닐 때 메이와 나는 아기 예수의 탄생을 축하했다. 하지만 엄마와 아버지는 크리스마스를 전혀 인정하지 않았다. 우리는 지금 미국에 있으므로, 로판들처럼 크리스마스를 축하하고 싶다.

"오늘 뭘 할까요?" 메이가 명랑하게 말한다. "광장의 교회에 갔다가 올베라 거리로 나갈까요? 거기서 축제가 열릴 거예요."

"왜 그런 사람들하고 어울릴 생각을 해?" 루이 영감이 묻는다.

"그 사람들하고 어울려서 뭘 하자는 게 아니에요." 메이가 대답한다. "그 사람들이 크리스마스를 어떻게 축하하는지 구경하면 재미있을 것 같아서 그래요."

하지만 시부모들과 언쟁을 벌여봤자 아무 소용이 없다는 걸 이제는 메이도 나도 알고 있다. 오늘 하루 일을 쉴 수 있다는 것만으로 만족해야 한다.

"난 바닷가에 가고 싶어요." 번이 말한다. 워낙 말수가 적기 때문에, 이렇게 직접 말을 한다는 것은 바닷가에 가고 싶은 마음이 그만큼 간절하다는 뜻이다. "전차를 타고."

"너무 멀어." 영감이 반대한다.

"나도 이놈들 바다는 보고 싶지 않아." 옌옌이 코웃음을 친다. "내가 원하는 건 여기 다 있어."

"엄마는 집에 계세요." 번이 말한다. 방 안에 있던 모든 사람이 화들짝 놀란다.

메이는 눈썹을 치뜬다. 메이가 정말로 가고 싶어 한다는 건 알겠지만, 나는 혼인 축하금을 이런 경박한 일에 쓸 생각이 전혀 없다. 그리고 샘은 식당에서 일할 때를 빼고는 손에 돈을 쥐고 있는 걸 본 적이 없다.

"여기서도 재미있게 보낼 수 있어요." 내가 말한다. "브로드웨이의 로판 거리를 걸으면서 백화점 진열창을 구경해도 돼요. 전부 크리스마스 장식이 돼 있으니까 마음에 들 거예요, 서방님."

"난 바닷가에 가고 싶어요." 번이 고집을 부린다. "바다를 보고 싶어요." 아무도 말을 하지 않자 번은 바닥이 긁히는 소리를 내며 의자를 밀치고 일어나 터벅터벅 제 방으로 걸어가서 문을 쾅 닫는다. 그리고 몇 분 뒤 주먹에 달러 여러 장을 쥐고 나타난다. "내가 돈을 낼게요." 번이 수줍게 말한다.

옌옌은 번의 돈을 빼앗으려고 하면서 방 안의 다른 사람들에게 말한다. "돼지띠는 돈을 오래 갖고 있지 못해. 그렇다고 이 아이를 이용하려 들면 안 되지."

번은 손을 흔들어 제 엄마의 손을 떼어내고는 손대지 못하게 팔을 머리 위로 들어올린다. "이건 형, 메이, 형수님, 애기한테 주는 크리스마스 선물이에요. 엄마랑 아버지는 집에 계세요."

번이 이렇게 말을 많이 하는 건 처음 본다. 나뿐만 아니라 다른 사람들도 마찬가지일 것이다. 그래서 우리는 번이 하자는 대로 한다. 우리 다섯 사람은 바닷가로 가서 부두를 산책하고, 얼음처럼 차가운 태평양 물에 발을 담근다. 우리는 계절에 맞지 않게 밝은 햇볕에 조이가 화상을 입지 않게 조심한다. 하늘과 맞닿은 바닷물이 은은하게 반짝인다. 저 멀리 초록색 산들이 구불구불 바다로 이어져 있다. 메이와 나는 둘이서만 산책을 간다. 바람과 파도 소리가 모든 근심을 씻어간다. 번과 샘이 우산 밑에 아기와 함께 앉아 있는 곳으로 돌아가면서 메이가 말한다. "우리를 위해 이런 일을 해주다니, 번이 참 착해." 메이가 번에 대해 좋은 말을 한 건 처음이다.

2주 뒤 중국구조연합의 여자들이 옌옌을 윌밍턴으로 초대한다. 일본으로 고철을 보내는 조선소를 감시하기 위해서다. 나는 옌옌이 가도 되느냐고 물었을 때 루이 영감이 틀림없이 거절할 거라고 생각하지만, 그는 놀라운 대답을 한다. "펄과 메이를 데려간다면 가도 좋아."

"그럼 일손이 너무 줄어들어요." 옌옌이 말한다. 정말로 갈 수 있을지도 모른다는 희망과 루이 영감이 마음을 바꿀지도 모른다는 두려움에 날카롭던 목소리가 부드러워진다.

"상관없어, 상관없어." 영감이 말한다. "저 애 삼촌들한테 일을 더 시키면 돼."

옌옌은 우리 모두가 보는 앞에서 활짝 웃으며 기쁨을 드러낼 사람이 아니지만, 메이와 내게 말을 거는 목소리는 확실히 쾌활하게 들떠 있다. "너희도 갈래?"

"당연하죠." 내가 말한다. 나는 일본과 싸울 기금을 모으기 위해서라면 무슨 짓이든 할 것이다. 놈들은 모든 것을 죽이고, 태우고, 파괴한다는 방침을 아주 잔인하고 체계적으로 시행하고 있다. 놈들에게 강간과 죽임을 당하는 여자들을 돕는 건 내 의무다. 나는 메이에게 시선을 돌린다. 메이도 틀림없이 같이 가겠다고 할 것이다. 다른 건 몰라도, 차이나 시티에서 하루 동안 벗어날 수 있다는 이유 때문에라도. 하지만 메이는 어깨를 으쓱한다.

"우리가 뭘 할 수 있겠어요? 겨우 여자들일 뿐인데." 메이가 말한다.

내가 감히 가려고 하는 것은 바로 여자이기 때문이다. 옌옌과 나는 약속장소로 가서 조선소로 가는 버스에 오른다. 이 모임을 기획한 사람들이 우리에게 플래카드를 나눠준다. 우리는 행진하며 구호를 외친다. 나는 자유를 느낀다. 전적으로 시어머니 덕분이다.

"중국은 내 고향이야." 옌옌이 차이나타운으로 돌아오는 버스 안에서 말한다. "앞으로도 영원히."

그 날 이후 나는 카페 카운터에 컵을 하나 놓아두고, 손님들에게 잔돈을 넣어달라고 부탁한다. 내 옷에는 중국구조연합의 핀을 꽂았다. 나는 고철 수출을 막기 위한 시위, 원숭이들의 비행기에 쓰일 항공연료 판매를 막기 위한 시위에 참가한다. 이건 모두 상하이와 중국이 항상 내 마음속에 있기 때문에 하는 일이다.

황금을 찾으려고 고난을 견디다

중국식 새해다. 우리는 모든 전통을 따른다. 루이 영감은 우리에게 새 옷을 살 돈을 준다. 나는 조이가 호랑이해에 태어난 것을 축하하는 의미에서 호랑이 새끼 모양의 아기용 슬리퍼와 오렌지색과 황금색의 아기용 모자를 장만한다. 모자 위에는 작은 귀가 달려 있고, 뒤통수에는 수실을 꼬아서 만든 꼬리가 있다. 메이와 나는 꽃무늬가 찍힌 미국식 면 원피스를 고른다. 머리도 감아서 모양을 매만진다. 우리는 집에 걸려 있던 부엌신神의 그림을 떼어내서 골목에서 태운다. 그래야 부엌신이 저승으로 가서 지난 1년 동안 우리가 어떻게 지냈는지 보고할 수 있기 때문이다. 우리는 행여나 행운이 잘리는 일이 없게 칼과 가위를 모두 치워둔다. 옌옌은 루이 가문의 조상들에게 공물을 바친다. 옌옌의 소원과 기도는 단순하다. "꼬마신랑한테 아들을 점지해주세요. 그 아이 안사람이 임신하게 해주세요. 제게 손자를 주세요."

차이나 시티에서 우리는 빨간 거즈로 만든 등불들을 내건다. 글귀들을 적은 빨간색과 황금색 종이도 건다. 우리는 어린 자녀를 데려온 손님들을 위해 무용수, 가수, 곡예사를 부른다. 카페에서는 명절음식을 만들기 위해 특별한 재료들을 찾는다. 중국의 느낌이 나면서도 서양인의 입맛에 맞는 음식이어야 한다. 손님이 많이 몰려올 것 같아서 루이 영감은 여러 가게에 추가로 일손을 고용한다. 일손이 가장 많이 필요한 곳은 새해에 가장 많은 돈을 벌어들일 거라고 기대되는 사업, 즉 인력거 사업이다.

"뉴 차이나타운을 이겨야 돼." 루이 영감이 섣달 그믐날 샘에게 말한다. "한 해 중에서 가장 중국적인 날에 멕시코 아이들이 내 인력거를 끌면 절대 그 놈들을 이길 수 없지. 번은 힘이 없지만, 넌 가능해."

"저는 카페 일이 바빠요." 샘이 말한다.

시아버지는 전에도 몇 번 샘에게 인력거를 끌라고 말한 적이 있다. 샘은 그 때마다 핑계를 대며 그 일을 하지 않았다. 새해에 일이 얼마나 바쁠지는 잘 모르겠지만, 다른 명절에 손님들이 얼마나 왔는지는 잘 알고 있다. 내가 여느 때처럼 카페, 꽃가게, 잡화점, 골동품점을 돌아다니며 일하는 리듬을 깨야 할 만큼 손님이 압도적으로 몰려온 적은 없었다. 샘의 말이 거짓이라는 건 나도 알고 루이 영감도 안다. 평소 같으면 시아버지가 엄청 화를 냈겠지만, 새해에는 거친 말을 하면 안 된다.

새해 아침에 우리는 새 옷을 차려 입는다. 일을 할 때의 옷차림에 관한 스털링 부인의 규칙보다는 설빔을 입는 중국의 풍속이 우선이다. 우리의 설빔은 모두 공장에서 만든 것이지만, 서양식 새 옷이 다시 우리 살갗에 닿는 느낌이 아주 근사하다. 이제 생후 11개월이 된 조이는 호랑이 모자와 슬리퍼로 단장한 모습이 너무나 사랑스럽다. 나는 조이의 엄마니까 조이가 아름답다고 생각하는 것이 당연하다. 조이의 얼굴은 달처럼 둥글다. 눈동자를 둘러싼 흰자위는 새로 내린 눈처럼 깨끗하다. 머리카락은 가늘고 부드럽다. 피부는 쌀우유처럼 희고 투명하다.

엄마가 12간지에 대해 말할 때는 믿지 않았지만, 엄마가 돌아가신 뒤로 시간이 흐를수록 나는 메이와 나에 대한 엄마의 말이 사실일지도 모른다는 생각이 든다. 그래서 지금은 옌옌이 호랑이띠의 특징에 대해 이야기하는 것을 들으면서 내 딸에 대해 더 분명히 알게 된다. 조이는 호랑이띠답게 성질이 급하고 격렬하다. 신이 나서 정신없이 웃어대다가도 금방 눈물을 흘린다. 하지만 또 순식간에 제 할아버지의 다리 위로 기어 올라가 할아버지의 시선을 끌려고 애쓴다. 루이 영감이 보기에는 아무 짝에도 쓸모없는 딸이자 항상 남동생을 바라야 하는 판디겠지만, 호랑이띠의 기질이 루이 영감의 마음에 든 것 같다. 조이는 루이 영감보다 더 성질이 급하다. 내가 보기에는 루이 영감이 그 점을 높게 평가하는 것 같다.

새해가 엉망으로 변하기 시작한 순간이 정확히 언제인지 나는 알고 있다. 메이와 내가 중앙 거실에서 서로의 머리를 매만져주는 동안 옌옌은 네 발로 엎드려서 조이에게 말을 태워주거나, 배를 간질인다. 손가락을 확 가까이 가져갔다가 떼기도 하고, 목소리를 높였다가 낮추기도 한다. 하지만 옌옌의 입에서 나오는 말은 아이를 어르는 행복한 모습과는 전혀 어울리지 않는다.

"푸옌이냐, 옌푸냐?" 즐거워서 환성을 지르는 조이에게 옌옌이 묻는다. "아내가 될래, 하인이 될래? 여자는 어디서나 차라리 하인이 되는 게 낫지."

조이가 까르르 웃는 소리는 여느 때처럼 제 할아버지의 마음을 녹이는 효과를 내지 못한다. 루이 영감은 의자에 앉아 기분 나쁜 표정으로 조이를 지켜보고 있다.

"아내한테는 시어머니가 있거든." 옌옌이 노래하듯 말한다. "절망적인 자식들도 있어. 남편이 틀린 소리를 해도 복종해야 해. 아내는 고맙다는 말을 한 마디도 못 들어도 일하고 또 일해야 해. 그러니 하인이 되어 스스로 살아가는 편이 더 낫지. 그러다 마음이 내키면 우물에 뛰어들 수도 있고. 우리 집에도 우물이 있다면……"

루이 영감이 벌떡 몸을 일으켜 아무 말 없이 문을 가리킨다. 우리는 아파트를 나선다. 아직 이른 시간인데 불길한 말이 벌써 내뱉어졌다.

수천 명의 사람들이 차이나 시티를 찾는다. 명절 분위기도 아주 좋다. 수많은 폭죽들이 시끄러운 소리를 내며 터진다. 용과 사자의 탈을 쓴 무용수들은 꿈틀거리며 이 가게, 저 가게를 돌아다닌다. 다들 아주 밝은 색 옷을 입었기 때문에 마치 커다란 무지개가 지상으로 내려온 것 같다. 오후가 되자 더욱 더 많은 사람들이 몰려온다. 창밖을 내다볼 때마다 인력거가 쌩 하니 지나간다. 저녁이 되자 멕시코인 인력거꾼들은 지친 기색이 역력하다.

저녁식사 시간에 골든 드래곤은 손님으로 가득 찬다. 빈자리가 나기를 기다리며 문 안쪽에 서 있는 손님이 20명은 넘는 것 같다. 7시 30분경에 시아버지가 손님들을 밀치며 안으로 들어온다.

"샘 어디 있니?" 그가 말한다.

주위를 둘러보니 샘이 8인용 식탁을 준비하고 있는 것이 보인다. 루이 영감은 내 시선을 보고 샘을 찾아낸 뒤 가게 안을 성큼성큼 가로질러 샘에게 말을 건다. 루이 영감이 무슨 말을 했는지 내 귀에는 들리지 않지만, 샘은 고개를 젓는다. 그가 세 번째로 거절하자 시아버지가 샘의 셔츠를 움켜쥔다. 샘은 그 손을 밀어낸다. 손님들이 그 광경을 빤히 바라본다.

영감이 목소리를 높여 가래처럼 사읍 방언을 내뱉는다. "내 말을 거역할 셈이냐!"

"안 하겠다고 했잖아요."

"토기! 촉진!"

나는 샘과 함께 일한 지 벌써 몇 달이 되었기 때문에 그가 게으르지도 머리가 비지도 않았다는 걸 잘 알고 있다. 루이 영감은 아들을 끌고 식탁에 쿵쿵 부딪혀가며 가게 안을 가로질러 문 옆의 손님들을 뚫고 밖으로 나간다. 내가 따라 나가 보니, 시아버지가 샘을 바닥으로 밀치고 있다.

"내가 하라고 하면 해야지! 인력거꾼들이 다 지쳤어. 넌 이 일을 할 줄 알잖아."

"싫어요."

"넌 내 아들이니까 내가 시키는 대로 해야 돼." 시아버지가 간청하듯 말한다. 그의 얼굴이 부들부들 떨린다. 하지만 그의 약한 모습은 이내 사라진다. 다시 입을 연 그의 입에서 돌덩이를 가는 것 같은 목소리가 나온다. "난 너한테 모든 걸 약속했다."

이건 오늘밤 축제의 일환으로 차이나 시티 안에서 벌어지고 있는 노래와 춤의 아름다운 드라마와는 다른 일이다. 관광객들은 두 사람의 말을 이해하지 못한다. 그런데도 두 사람의 모습은 시선을 뗄 수 없는 재미있는 구경거리가 된다. 시아버지가 샘을 발로 차며 골목으로 끌고 가자 나도 다른 사람들과 함께 그 뒤를 따라간다. 샘은 맞서 싸우지도 않고 비명을 지르지도 않는다. 그냥 맞고 있을 뿐이다. 무슨 남자가 저럴까?

사계의 뜰에 있는 인력거 스탠드에 다다르자 루이 영감이 샘을 내려다보며 말한다. "넌 인력거꾼이고 소띠야. 그래서 내가 널 이리로 데려온 거다. 그러니 네 일을 해!"

두려움과 굴욕감에 샘의 얼굴이 하얗게 질린다. 그가 천천히 일어선다. 그는 아버지보다 키가 크다. 나는 내 큰 키를 아버지가 곤혹스러워했던 것처럼, 영감도 샘의 큰 키를 곤혹스러워한다는 사실을 처음으로 깨닫는다. 샘이 아버지를 향해 한 걸음 다가서서 내려다보며 떨리는 목소리로 말한다. "난 당신 인력거를 끌지 않아. 지금도, 앞으로도 영원히."

그제야 두 사람 모두 주위의 침묵을 새삼 깨달은 모양이다. 시아버지는 중국식 옷에서 먼지를 터는 시늉을 하고, 샘은 불편한 표정으로 눈동자를 이리저리 굴린다. 그러다 나를 보고는 온 몸을 움츠린다. 샘은 넋을 잃고 구경하던 관광객들과 호기심에 찬 이웃 상인들 사이를 뚫고 쏜살같이 달아난다. 나도 그 뒤를 따라 뛴다.

그는 창문 하나 없는 아파트의 우리 방으로 간다. 주먹을 꼭 쥐고 있다. 분노와 마음의 상처로 인해 얼굴이 벌겋게 달아올랐지만, 어깨를 뒤로 젖히고 몸을 꼿꼿이 편 채 도전적인 목소리로 말한다.

"오래 전부터 난 당신 앞에서 창피하고 부끄러웠어. 하지만 이젠 당신도 알아버렸군." 샘이 말한다. "인력거꾼이랑 결혼했다는 걸."

내 가슴은 그의 말을 믿지만, 내 머리는 다른 생각을 한다. "하지만 당신은 넷째 아들……"

"서류상의 아들일 뿐이야. 중국에서 사람들은 항상 이렇게 묻지. '쿠에이 싱?' 이름이 뭐냐고. 하지만 사실 이 말의 진짜 의미는 어떤 가문 출신이냐는 거야. 루이는 그냥 치밍이야. 서류상의 이름이라고. 내 원래 성은 웡이야. 난 로틴 마을에서 태어났어. 사읍 지방의 당신 고향에서 멀지 않은 곳이야. 내 아버지는 농부였지."

나는 침대 가장자리에 앉는다. 머릿속이 어지럽다. 인력거꾼과 서류상의 아들이라. 그렇다면 나는 서류상의 아내가 되고, 우리 둘 다 불법 체류자가 된다. 속이 메스꺼워진다. 그래도 나는 안내서에서 본 내용을 다시 왼다. "당신 아버지는 저 영감이에요. 당신은 와홍에서 태어났고, 어렸을 때 여기 와서……"

샘이 고개를 젓는다. "그 애는 오래 전에 중국에서 죽었어. 난 그 아이 서류를 이용해서 이리로 온 거야."

플럼 의장이 어린 소년의 사진을 보여주던 기억이 난다. 그 사진을 보며 나는 샘과 별로 닮지 않았다는 생각을 했다. 내가 왜 좀 더 생각해보지 않았을까? 나는 진실을 알아야 한다. 나를 위해서, 내 동생을 위해서, 조이를 위해서 진실이 필요하다. 샘에게서 모든 이야기를 들어야겠다. 그가 여느 때처럼 입을 다물고 풀 죽은 모습으로 되돌아가게 만들면 안 된다. 나는 앤젤 섬에서 심문을 당하면서 터득한 전술을 이용한다.

"당신 고향 마을과 진짜 가족들에 대해 들려줘요." 내가 말한다. 내 감정 때문에 목소리가 떨리지 않기를 바라면서. 만약 샘이 고향과 가족이라는 편안한 화제로 이야기를 시작한다면, 루이 일가의 서류상의 아들로 여기 오게 된 과정에 대해서도 진실을 말해줄 것이다. 샘은 즉시 대답하지 않는다. 대신 처음 만난 날부터 수없이 그랬던 것처럼 그 특유의 시선으로 나를 빤히 바라본다. 나는 그것이 나를 향한 연민의 시선이라고 항상 생각했지만, 어쩌면 샘은 우리가 공통으로 짊어진 문제와 비밀에 대한 연민을 표현하고 있는 건지도 모른다. 나는 그와 같은 표정을 지으려고 애쓴다. 웃기는 건, 내가 진심으로 그런 감정을 느끼고 있다는 것이다.

"우리 집 앞에 연못이 하나 있었어." 마침내 샘이 중얼거리듯 입을 연다. "누구든 거기 물고기를 넣고 기를 수 있었지. 항아리를 그 물에 담갔다가 꺼내 보면 물고기가 들어 있었어. 물고기 값을 낼 필요도 없었어. 연못의 물이 다 말랐을 때는 진흙 속에서 물고기들을 그냥 집어 올릴 수 있었어. 여전히 돈을 낼 필요는 없었고. 집 뒤의 밭에서는 채소랑 멜론을 길렀어. 1년에 두 마리씩 돼지도 길렀고. 부자는 아니었지만, 그렇다고 가난하지도 않았어."

내가 듣기에는 가난한 살림 같다. 샘의 가족들은 농사를 지어서 근근이 먹고 살았다. 샘은 더듬더듬 이야기를 이으면서 내가 자신을 이해하고 있음을 느끼는 것 같다.

"가뭄이 닥쳤을 때 나는 할아버지, 아버지와 함께 열심히 일했어. 땅에서 원하는 만큼 소출을 내려고. 어머니는 다른 마을에 가서 모내기나 추수를 도와주고 돈을 벌었지. 하지만 다른 마을도 가뭄으로 고생하기는 마찬가지였어. 그래서 어머니는 베를 짜서 장에 내다 팔았어. 어떻게든 살림에 보탬이 되려고 애쓰신 거야. 하지만 그걸로는 충분하지 않았어. 사람이 공기와 햇볕만으로 살 수는 없잖아. 내 누이 두 명이 죽은 뒤로 나는 아버지, 바로 아래 동생이랑 같이 상하이로 갔어. 돈을 벌어서 다시 고향으로 돌아가 농사를 지을 생각이었지. 어머니는 맨 아래 동생들이랑 같이 고향에 남았어."

상하이에서 그들이 만난 것은 밝은 미래가 아니라 고생이었다. 그들은 연줄이 없었기 때문에 공장에서 일자리를 구할 수 없었다. 샘의 아버지는 인력거꾼이 되었고, 그 때 막 열두 살이 된 샘과 그보다 두 살 어린 동생은 간신히 푼돈이나 벌 수 있는 일자리를 전전했다. 샘은 길거리에서 성냥을 팔았고, 동생은 석탄 트럭 뒤를 쫓아다니면서 적재함에서 떨어진 석탄 조각들을 주워 가난한 사람들에게 팔았다. 여름에는 쓰레기통에서 찾아낸 수박껍데기로 배를 채우고, 겨울에는 물 같은 죽을 마셨다.

"아버지는 인력거를 끌고 또 끌었어." 샘이 말을 잇는다. "처음에는 기운도 내고 피부의 열도 식힐 겸 해서 차에 설탕 두 덩어리를 넣어서 드셨지. 하지만 돈이 떨어져가자 흙과 줄기로 만든 싸구려 차에 설탕도 안 넣고 마실 수밖에 없었어. 그 다음에는 수많은 인력거꾼들이 그렇듯이, 아버지도 아편을 피우기 시작했어. 진짜 아편은 아냐! 그런 걸 살 돈이 없었으니까! 기분이 좋아지려고 피운 것도 아냐. 각성제로 필요했던 거야. 더운 날에도, 태풍이 부는 날에도 계속 인력거를 끌어야 하니까. 아버지는 부자들이 피우고 남은 아편 찌꺼기를 하인들한테서 샀어. 아편 덕분에 아버지는 거짓 힘을 얻었지만, 기운이 점점 쇠하고 심장은 쪼그라들었어. 그래서 금방 기침을 할 때마다 피를 토하게 되었지. 사람들은 쉰 살이 넘은 인력거꾼은 본 적이 없다고 말하지. 대부분의 인력거꾼들은 서른 살쯤에 이미 한창 때를 넘긴 몸이 된다고. 아버지는 서른다섯 살에 돌아가셨어. 나는 멍석으로 아버지를 싸서 거리에 그냥 두었어. 그러고는 아버지 자리를 이어받아서 인력거를 끌며 내 땀을 팔았지. 그 때 난 열일곱 살이고, 내 동생은 열다섯 살이었어."

샘이 말하는 동안 나는 내가 타고 다녔던 모든 인력거들을 생각한다. 그 인력거를 끄는 남자들에 대해 진지하게 생각해본 적이 한 번도 없었다는 생각도 든다. 나는 인력거꾼들을 진짜 사람으로 여기지 않았다. 그들은 거의 인간이라고 하기 힘든 존재로 보였다. 많은 인력거꾼들이 셔츠도 신발도 없었던 것, 등뼈와 어깨뼈가 앙상하게 드러나 있었던 것, 한겨울에도 몸에서 땀이 스며나오던 것이 기억난다.

"난 모든 요령을 배웠어." 샘이 말을 계속한다. "태풍이 불 때 신발을 망가뜨리기 싫어하는 손님들을 내 인력거에서 문까지 업어다 주면 추기로 팁을 얻을 수 있다는 걸 배웠지. 사람들에게 허리를 숙여 절하면서 내 리케시를 타라고 말하는 법, 마담 대신 마이다무라고 부르고 마스터 대신 마이세단이라고 부르는 법도 배웠어. 손님들이 내 엉터리 영어를 듣고 비웃을 때면 나는 굴욕을 삼켰지. 내가 버는 돈은 한 달에 은화 9달러였지만, 그래도 루틴에 있는 식구들한테 보낼 돈이 부족했어. 식구들이 어떻게 됐는지는 지금도 몰라. 아마 죽었을 거야. 나는 심지어 내 동생도 돌봐주지 못했어. 동생은 다른 가난한 아이들처럼 쑤저우 강의 아치형 다리 위에서 인력거를 밀어주고 하루에 동전 몇 닢씩 버는 일을 했지. 그리고 그 이듬해 겨울에 허파에 피가 차는 병으로 죽었어." 샘이 말을 멈춘다. 그의 생각은 상하이 시절로 돌아가 있다. 그가 묻는다. "인력거꾼들의 노래를 들어본 적 있어?" 그는 내 대답을 기다리지 않고 노래를 시작한다.

"쌀을 살 때는 모자가 그릇이 되고
장작을 살 때는 양팔이 그릇이 되고
그는 지푸라기 오두막에서 산다네
등불이라고는 달빛뿐이지."

이 멜로디가 기억난다. 나도 상하이의 거리로 돌아간 듯하다. 샘은 자기가 고생한 이야기를 하고 있지만, 나는 고향이 그리워서 외롭다.

"나는 공산주의자 손님들의 말을 열심히 들었어." 샘이 말을 잇는다. "그 손님들은 고대부터 가난한 사람들은 가난 속에서 만족을 찾으라는 말을 듣고 살아왔다고 투덜거렸지. 내 삶은 그렇지 않았어. 내 아버지나 동생이 그래서 죽은 게 아니야. 내가 아버지와 동생의 팔자를 바꿔줄 수 있었다면 정말 좋겠지만, 그 둘이 죽은 뒤로 나는 내 입을 해결하는 문제로 정신이 없었어. 청방의 두목들도 인력거를 끌면서 출발했는데, 나라고 못 할 게 뭐 있겠나 하는 생각이 들었지. 나는 로틴에서 학교에 다닌 적이 없어. 농부의 아들이었으니까. 하지만 인력거꾼들도 교육이 중요하다는 건 알아. 그래서 인력거조합이 상하이의 학교들을 후원한 거야. 나는 우 방언을 배웠어. 영어도 더 배웠어. 그냥 ABC가 아니라 단어를 배운 거야."

샘의 이야기가 이어질수록 나는 점점 그에게 마음을 연다. 위위안 공원에서 처음 그를 만났을 때 나는 그다지 나쁘지 않은 사람이라고 생각했다. 이제는 그가 자기 삶을 바꾸기 위해 얼마나 노력했는지, 내가 얼마나 그를 이해하지 못했는지 알 것 같다. 샘은 사읍 방언과 거리에서 사용되는 우 방언을 유창하게 구사하지만, 영어 실력은 사실상 전혀 없는 것이나 마찬가지다. 샘은 이곳에서 입는 옷을 항상 불편하게 여기는 것 같다. 우리가 처음 만난 날 그의 신발과 양복이 새 것이었다는 사실이 기억난다. 그가 옷과 신발을 소유한 건 그 때가 처음이었을 것이다. 그의 머리카락이 살짝 붉은 기운을 띤 것을 보고도 그것이 영양실조의 유명한 증상임을 알아차리지 못하고 미국에서 와서 그런 모양이라고 잘못 생각해버린 것도 기억난다. 그의 태도도 이상했다. 항상 내게 정중했던 것. 푸옌이 아니라 비위를 맞춰야 할 손님을 대하는 것 같았다. 샘이 항상 루이 영감과 옌옌에게 굽실거렸던 건 그 두 사람이 부모라서가 아니라 샘이 그 두 사람에게 하인 같은 존재였기 때문이다.

"날 불쌍하게 생각하지 마." 내 남편이 말한다. "아버지는 어차피 돌아가셨을 거야. 농사도 쉬운 일은 아냐. 대나무 장대에 무게가 250근이나 되는 물건들을 매달아 양 어깨로 운반하거나, 논에서 하루 종일 허리를 굽히고 일해야 하니까. 내가 지금까지 번 돈은 전부 내 손과 발로 일해서 번 거야. 나도 다른 인력거꾼들처럼 아무 것도 모른 채 일을 시작했어. 맨발로 길을 달리면서. 나는 배를 집어넣고, 가슴을 부풀리고, 무릎을 높이 올리고, 고개를 쭉 늘여서 목을 앞으로 빼는 법을 배웠어. 인력거꾼으로서 철부채를 얻었어."

아버지가 회사에서 가장 실력이 좋은 인력거꾼들을 말할 때 철부채라는 용어를 쓴 적이 있다. 단단하고 곧은 등, 그리고 쇠로 만든 부채처럼 널찍하고 강한 가슴을 뜻하는 말이었다. 엄마가 소띠들에 대해서 하던 말도 기억난다. 소띠는 가족을 위해 커다란 희생을 할 수 있고, 자기 몫의 짐뿐만 아니라 그 이상도 감당하며, 소처럼 평범하고 튼튼하기만 한 것 같아도 언제나 그 몸무게를 황금으로 환산한 것만큼 값진 존재라고 했다.

"나는 손님한테서 동전 45닢을 요금으로 받으면 행복했어." 샘이 말을 계속한다. "나는 그 동전을 15센트로 바꿨지. 동전을 계속 은화로 바꾸고, 은화가 모이면 다시 은화 달러로 바꿨어. 추가로 팁이라도 받는 날에는 정말 기뻤어. 하루에 10센트씩 저축할 수만 있다면, 1천 일 만에 100달러를 모을 수 있잖아. 나는 황금을 찾기 위해 기꺼이 고난을 참을 생각이었어."

"우리 아버지 회사에서 일했어요?"

"적어도 그 굴욕은 면했어." 샘이 내 옥팔찌를 건드린다. 내가 움찔하며 피하지 않자 그는 집게손가락을 팔찌 안으로 구부려 넣는다. 그의 살갗이 내 살갗에 닿을락 말락 한다.

"그럼 어떻게 저 영감을 찾아냈어요? 그리고 왜 나랑 결혼한 거예요?"

"청방은 제일 큰 인력거 회사를 갖고 있었어." 샘이 대답한다. "난 거기서 일했지. 청방은 서류상의 아들이 되고 싶어 하는 사람들과 서류상의 아들의 지위를 팔려는 사람들 사이에서 다리를 놓아줄 때가 많았어. 우리 경우에는 전통적인 중매쟁이 노릇까지 한 거지. 난 내 팔자를 고치고 싶었어. 루이 영감은 서류상의 아들의 지위를 팔 수 있었고……"

"인력거와 새신부도 필요했죠." 나는 그 때 일을 모두 떠올리며 고개를 젓는다. "아버지는 청방에 빚을 졌어요. 아버지에게 남은 거라고는 인력거와 딸들뿐이었죠. 그래서 메이와 내가 여기서 살게 된 거예요. 아버지의 인력거도 여기 와 있고요. 그래도 당신이 여기서 살게 된 건 이해가 안 가요."

"내가 서류를 사려면 내 나이에 100달러를 곱한 금액을 내야 했어. 그 때 내가 스물네 살이었으니까, 배를 타고 떠날 수 있게 되는 가격이 2,400달러였던 거지. 로스앤젤레스에 도착한 뒤에는 방값을 추가로 내야 했고. 한 달에 9달러를 버는 내가 그 돈을 어떻게 모으겠어? 지금 나는 영감한테 그 빚을 갚으려고 일하고 있는 거야. 내 빚뿐만 아니라 당신과 조이의 빚까지."

"그래서 우리가 월급을 못 받는 거예요?"

샘이 고개를 끄덕인다. "내 빚이 청산될 때까지 영감은 우리 돈을 가져갈 거야. 조이의 삼촌들이 월급을 못 받는 것도 마찬가지야. 그 사람들도 서류상의 아들이거든. 혈육은 번 뿐이야."

"하지만 당신은 다른 삼촌들이랑 다른……"

"맞아. 루이 부부는 나를 죽은 아들의 진짜 대용품으로 삼고 싶어 해. 그래서 우리가 이 집에 함께 사는 거고, 내가 카페의 점장이 된 거야. 음식이나 사업에 대해서는 내가 아무 것도 모르는데도. 만약 이민국에서 내가 실제로 이 집 아들이 아니라는 걸 알면 날 감옥에 가뒀다가 추방할 거야. 하지만 어쩌면 계속 머무를 수 있을지도 몰라. 영감이 나를 서류상의 동업자로 만들어놨거든."

"그래도 당신을 나랑 결혼시킨 이유는 모르겠어요. 영감은 우리한 테서 뭘 원하는 거죠?"

"딱 한 가지야. 손자. 그래서 당신이랑 당신 동생을 산 거야. 영감은 어떻게든 손자를 얻고 싶어 해."

내 가슴이 졸아든다. 항조우의 의사는 아마 내가 영원히 아이를 가질 수 없을 거라고 말했다. 하지만 샘에게 그 말을 하려면 그렇게 된 이유도 밝혀야 한다. 그래서 나는 대신 이렇게 묻는다. "당신을 진짜 아들로 삼고 싶다면서 왜 당신한테 빚을 갚게 해요?"

샘이 내 손을 잡는다. 나는 손을 빼내지 않는다. 금방 누구한테 잡힐 것 같아서 죽을 만큼 겁이 나지만.

"젠롱." 샘이 진지한 표정으로 내 이름을 부른다. 우리 부모님도 이 중국식 이름으로 나를 부른 적은 거의 없다. 진주 용을 뜻하는 이름. 그런데 이제는 이 이름이 사랑스럽게 들린다. "아들은 반드시 빚을 갚아야 해. 자신과 아내와 자식의 몫까지. 상하이에서 이 제의를 받 아들일까 고민할 때 이런 생각을 했어. 저 영감이 죽으면 나는 많은 사업체를 거느린 금산의 남자가 될 거다. 그래서 이리로 온 거야. 처 음에는 그냥 고향으로 돌아가고 싶을 때도 있었지. 가장 싼 객실을 이용하면 뱃삯은 130달러밖에 안 하니까. 팁을 빼돌리면 그 돈은 모 을 수 있을 것 같았어. 그런데 당신이랑 조이가 온 거야. 남편이 돼가 지고 어떻게 당신을 여기에 버리고 떠나? 아버지가 아이를 버릴 수는 없잖아?"

메이와 나는 로스앤젤레스에 도착한 순간부터 도망칠 궁리를 했다. 우리가, 아니 내가 샘도 같은 생각을 하고 있다는 걸 알기만 했다면……

"당신과 조이도 데리고 고향으로 돌아갈 생각도 해봤어. 하지만 어떻게 우리 아이를 값싼 객실에 태워? 자칫하면 아이가 죽을지도 몰라." 샘이 내 손을 꼭 쥔다. 그리고 내 눈을 똑바로 들여다본다. 나는 외면하지 않는다. "난 다른 사람들이랑 달라. 이제는 중국으로 돌아가고 싶지 않아. 여기서 나는 매일 고생하지만, 조이한테는 여기가 좋아."

"그래도 중국은 우리 고향이에요. 언젠가는 일본군도 지쳐서……"

"중국에 조이한테 좋은 게 뭐가 있어? 우리한테는 뭐가 있고? 상하이에서 나는 인력거꾼이었어. 당신은 미인이었고."

샘이 메이와 나에 대해 이런 것까지 알고 있는 줄은 몰랐다. 그의 말투가 내 일에 대해 항상 느꼈던 자부심을 빼앗아간다.

"난 아무도 미워하고 싶지 않아. 하지만 내 팔자를 싫어할 수는 있지. 당신 팔자도." 샘이 말한다. "우리 처지를 바꿀 수는 없어. 그래도 우리 딸의 팔자는 고쳐주려고 노력해야 하는 거 아냐? 중국에서 어떤 길이 조이를 기다리고 있겠어? 여기서는 내가 영감의 빚을 갚고 언젠가 자유를 얻을 거야. 그러고는 조이에게 인간다운 삶을 주어야지. 당신과 나는 앞으로 결코 누릴 수 없을 기회들로 가득 찬 삶. 어쩌면 조이가 나중에 대학에 갈 수 있을지도 몰라."

샘의 말이 내 모성애를 자극한다. 하지만 아버지가 모든 것을 잃었을 때도, 원숭이들이 내 몸을 갈기갈기 찢어놓을 때도 살아남았던 나의 현실적인 두뇌는 샘의 꿈이 도저히 실현될 수 없음을 알고 있다.

"우린 여기서 결코 벗어나지 못할 거예요." 내가 말한다. "주위를 봐요. 윌버트 아주버니는 20년 동안 영감 밑에서 일했는데도 아직 빚을 못 갚았잖아요."

"어쩌면 이미 빚을 다 갚고, 부자가 돼서 고향에 돌아가려고 돈을 모으는 중인지도 몰라. 아니면 지금 이 생활이 좋아서 머무르는 건지도 모르고. 직장도 있고, 집도 있고, 일요일마다 저녁을 같이 먹을 가족도 있잖아. 전기도 수도도 없는 마을에서 사는 게 어떤지 당신은 몰라. 온 식구가 한 방에서 살지. 잘 해야 방 두 개야. 무슨 잔치라도 열리지 않는 한 먹는 거라고는 밥과 채소뿐이야. 그나마 잔치를 열려면 많은 걸 희생해야 해."

"내 말은 남자 혼자 힘으로는 자기 입에 풀칠하기도 어렵다는 거에요. 그런데 어떻게 네 명을 책임질 거예요?"

"네 명? 메이 말이야?"

"메이는 내 동생이에요. 난 엄마한테 동생을 잘 돌보겠다고 약속했어요."

샘은 잠시 생각에 잠기더니 이렇게 말한다. "난 참을성이 많아. 참고 기다리면서 열심히 일할 수 있어." 그는 수줍은 미소를 지으며 말을 잇는다. "오전에 당신이 옌옌도 도와주고 조이도 보려고 골든 랜턴에 가면 나는 관인사에서 일해. 로판들한테 커다란 청동 향로에 꽂을 향을 파는 부업을 하고 있다고. 향을 팔 때는 '선생님의 꿈이 이루어질 겁니다. 이 자비로운 신의 축복은 무한하니까요'라고 말해야 하지만, 난 영어로 그런 말을 할 수 있는 실력이 못 돼. 그래도 사람들은 내가 불쌍한지 향을 사주더라고."

샘은 일어나서 서랍장으로 간다. 그는 안쓰러울 정도로 말랐지만, 이제 보니 전에는 그가 철부채라는 사실을 왜 깨닫지 못했는지 의아하다. 샘은 맨 윗서랍을 뒤져서 발끝이 불룩하게 부푼 양말 한 짝을 찾아 들고 침대로 돌아온다. 그가 양말을 뒤집자 5센트, 10센트, 25센트 동전들과 달러 지폐 몇 장이 매트리스 위에 쏟아진다.

"이게 내가 조이를 위해 모은 돈이야." 그가 설명한다.

나는 양손으로 돈을 쓸어본다. "당신은 좋은 사람이에요." 내가 말한다. 하지만 이 쥐꼬리만 한 돈이 조이의 삶을 바꿔놓을 것 같지는 않다.

"액수가 얼마 안 되는 건 나도 알아." 샘이 인정한다. "하지만 내가 인력거꾼으로 일할 때 벌던 것보다는 많아. 게다가 앞으로 계속 늘어날 거야. 그리고 1년쯤 지나면 내가 2등 요리사가 될 수 있을지도 몰라. 요리를 더 배워서 1등 요리사가 되면 1주일에 20달러나 벌 수 있을 거야. 우리가 여길 나가서 우리 힘으로 살 수 있게 되면, 난 생선 장수가 될 거야. 어쩌면 정원사가 될지도 몰라. 내가 생선장수가 되면 우린 항상 생선을 먹을 수 있어. 내가 정원사가 되면, 항상 채소를 먹을 수 있을 거야."

"난 영어를 잘해요." 내가 조심스레 제의한다. "어쩌면 내가 차이나타운이 아닌 곳에서 일자리를 찾을 수 있을지도 몰라요."

하지만 솔직히 루이 영감이 우리 둘을 언젠가 놔주기는 할까? 만약 그가 우릴 놓아준다면, 나는 샘에게 진실을 말해야 하는 것 아닐까? 조이가 그의 아이가 아니라는 부분은 안 된다! 그 비밀은 나와 메이만의 것이다. 내가 그 비밀을 발설하는 일은 결코 없을 것이다. 하지만 원숭이들이 내게 무슨 짓을 했는지, 그 놈들이 엄마를 어떻게 죽였는지는 말해야 한다.

"난 진흙으로 더럽혀졌어요. 무슨 수를 써도 깨끗이 씻을 수 없는 얼룩이에요." 나는 조심스레 말을 꺼낸다. 엄마가 소띠에 대해 했던 이야기가 사실이기를 바라면서. 소띠는 어려울 때 아내를 버리지 않고, 충실히 아내의 옆을 지키고, 자비롭고 선하다는 말. 지금 내가 엄마의 말을 믿어야 하지 않을까? 하지만 샘의 얼굴에 떠오른 감정들, 분노, 혐오, 연민 때문에 나는 말을 잇기가 쉽지 않다.

내 얘기가 끝나자 그가 말한다. "당신이 그런 일을 겪었는데도 조이는 무사히 태어났어. 틀림없이 앞으로 귀하게 될 아이야." 샘은 손가락을 내 입술에 갖다 대서 내가 더 이상 말하는 것을 막는다. "난 흠 없는 진흙보다는 깨진 옥과 혼인한 편이 더 좋아. 옛날에 아버지가 하시던 말이 있어. 아름다운 무늬를 넣어서 짠 천에는 누구든 꽃을 덧붙일 수 있지만 겨울에 석탄을 가져올 수 있는 여자가 몇 명이나 되겠느냐고. 아버지가 말한 사람은 우리 어머니야. 어머니는 당신처럼 착하고 성실한 여자였어."

다른 사람들이 아파트로 들어오는 소리가 들리지만 우리 둘 다 움직이지 않는다. 샘이 내게 몸을 가까이 기울여 귓속말을 한다. "위위안 공원의 벤치에서 내가 당신이 마음에 든다고 했지? 그리고 당신도 내가 마음에 드느냐고 물었어. 당신은 그냥 고개만 끄덕였지만, 중매로 만났으니 그 정도면 기대 이상이야. 난 행복을 바란 적이 없지만, 그래도 행복을 찾으려고 노력은 해봐야 하지 않아?"

나는 그에게 고개를 돌린다. 그에게 속삭이는 내 입술이 그의 입술과 거의 맞닿을 듯하다. "아이를 더 원하지 않아요?" 비록 지금 그에게 아주 친밀한 감정을 느끼고 있지만, 진실을 모두 말하기는 어렵다. "조이가 태어난 뒤에 앤젤 섬의 의사들이 나더러 다시는 아이를 가질 수 없을 거라고 했어요."

"어렸을 때 어른들이 우리더러 말했어. 서른 살까지 아들을 낳지 못하면 운이 없는 사람이라고. 거리에서 남에게 퍼부을 수 있는 최대의 욕은 '아들 없이 죽어라!'야. 어른들은 우리더러 만약 아들을 낳지 못하면 입양을 해서라도 가문의 대를 잇고, 우리가 죽은 뒤에 제사를 지내게 해야 한다고 말했어. 하지만 아들이 있어도 그게……그러니까……안 되는……" 샘은 적당한 말을 찾지 못해서 애를 먹는다. 메이와 나처럼 그도 버넌의 신체적 문제를 뭐라고 불러야 할지 모른다. .

"루이 영감이 당신을 샀듯이 아들을 하나 사겠죠." 내가 대신 말을 잇는다. "나중에 영감과 옌옌이 죽은 뒤에 제사를 지내게 하려고."

"그래, 내가 아니더라도 언젠가 우리가 아들을 낳아주면 그 아이한테 시키려고 하겠지. 손자가 있으면 여기서도 내세에서도 행복을 보장할 수 있으니까."

"하지만 난 저 사람들한테 아들을 낳아줄 수 없어요."

"저 사람들은 몰라도 되는 사실이야. 그리고 난 상관없어. 누가 알아? 번이 당신 동생한테 아들을 줄지? 그러면 모든 빚과 의무에서 벗어나는 거야."

"샘, 난 당신에게도 아들을 낳아줄 수 없어요."

"사람들은 아들이 없으면 가정이 불완전하다고 말하지. 하지만 난 조이만으로도 행복해. 조이는 내 심장을 흐르는 피야. 조이가 내게 웃어줄 때마다, 내 손가락을 잡을 때마다, 까만 눈으로 나를 바라볼 때마다 내가 행운아라는 생각이 들어." 그가 말을 하는 동안 나는 그의 손을 내 뺨에 댔다가 손끝에 입을 맞춘다. "펄, 당신과 내가 나쁜 팔자를 타고 났는지는 몰라도, 조이는 우리의 미래야. 아이가 하나뿐이니 우린 조이한테 모든 걸 줄 수 있어. 조이는 내가 받지 못한 교육도 받을 수 있을 거야. 어쩌면 의사가 될지도 모르지…… 아냐, 이런 건 별로 중요하지 않아. 조이는 항상 우리에게 위안이자 기쁨일 테니까."

그가 내게 입을 맞추자 나도 키스로 응답한다. 우리는 이미 침대 가장자리에 앉아 있으므로, 나는 그의 몸에 양팔을 두르고 함께 침대에 눕기만 하면 된다. 이 아파트 안에 다른 사람들이 있고, 그들이 침대 삐걱거리는 소리와 억누른 신음소리를 들을 수 있어도 샘과 나는 남편과 아내의 일을 한다. 내게는 쉽지 않은 일이다. 나는 눈을 꼭 감은 채 뜨지 않는다. 공포가 내 심장을 움켜쥔다. 나는 밭에서 노동을 하고 내 고향에서 인력거를 끌고 요즘은 조이를 안아주느라고 생긴 근육에 정신을 집중하려고 애쓴다. 남편과 아내의 일이 시인들의 묘사처럼 운우지락이니 100년 만의 황홀경이니 하는 커다란 기쁨을 내게 가져다주는 일은 결코 없을 것이다. 내게 이 일은 샘과 가까워지는 방법이다. 우리가 고향을 그리워하며 느끼는 외로움, 부모를 그리워하는 마음, 이곳 미국에서 고생스럽게 보내고 있는 하루하루를 달래려는 방법이다. 여기서 우리는 나라를 잃고 영원히 외세의 지배를 받으며 살아가는 노예와 다름없다.

그가 행위를 끝내고 적당히 시간이 흐른 뒤 나는 일어나서 조이를 데려오려고 중앙 거실로 간다. 번과 메이는 이미 자기들 방으로 간 뒤지만, 루이 영감과 옌옌은 이미 다 안다는 표정으로 시선을 주고받는다.

"이제 우리한테 손자를 낳아주려고?" 옌옌이 조이를 건네주며 묻는다. "착한 며느리구나."

"네 동생한테도 의무를 다하라고 말해준다면 더 착한 며느리가 될 거다." 영감이 덧붙인다.

나는 아무런 대꾸도 하지 않는다. 그냥 조이를 데리고 방으로 돌아와 서랍장 맨 아래 서랍에 눕힌다. 그러고는 목덜미로 손을 뻗어 엄마가 준 주머니를 벗는다. 나는 맨 위 서랍을 열어 메이가 조이에게 준 주머니와 내 주머니를 함께 놓는다. 이제는 이 주머니가 필요없다. 나는 서랍을 닫고 다시 샘에게 몸을 돌린다. 그리고 옷을 벗은 뒤 알몸으로 침대에 들어간다. 그의 손이 내 옆구리를 쓰다듬을 때 나는 용기를 내서 질문을 하나 더 던진다.

"당신이 오후에도 가끔 사라지던데, 어디로 가는 거예요?"

샘의 손이 내 엉덩이에서 멈춘다. "펄." 내 이름이 길고 부드럽게 울린다. "난 상하이에서도 그런 곳에 가지 않았고, 여기서도 절대 안

갈 거야."

"그럼 어디……"

"절로 다시 가는 거야. 우리 가족과 당신 가족에게 공물을 바치려고. 심지어 루이 조상들에게도……"

"우리 가족?"

"당신 어머니가 어떻게 돌아가셨는지는 조금 전에야 당신한테서 들었지만, 난 당신 어머니가 돌아가셨을 거라고 생각했어. 당신 아버지도. 두 분이 아직 살아 계셨다면 당신이 이리로 오지 않았을 테니까."

샘은 똑똑하다. 나를 잘 알고, 잘 이해하고 있다.

"난 당신이랑 혼인한 뒤에도 우리 조상들한테 공물을 바쳤어." 그가 말을 덧붙인다.

나는 혼자 고개를 끄덕인다. 앤젤 섬의 심문관들에게 그가 했던 말이 사실이었다.

"난 그런 거 안 믿어요." 내가 고백한다.

"믿는 게 좋아. 5천 년 동안 해 온 일이잖아."

우리가 남편과 아내의 일을 다시 하는 동안 멀리서 사이렌 소리가 들린다. 아침에 일어나니 화재가 차이나 시티를 휩쓸고 지나갔다고 한다. 어떤 사람들은 조지 웡의 생선가게 뒤편에서 연기를 피워 올리던 폭죽 쓰레기에서 우연히 불이 났다고 하고, 또 어떤 사람들은 크리스틴 스털링이 "중국 본토 마을"을 꾸미려 한 것에 불만을 품은 뉴차이나타운 사람들이나, 경쟁자를 없애버리고 싶어 하던 올베라 거리의 사람들이 일부러 불을 질렀다고 말한다. 소문은 이런 식으로 계속되겠지만, 불이 어떻게 시작되었든 차이나 시티의 상당부분이 파괴되거나 피해를 입은 사실은 변하지 않는다.

최고의 달일지라도

불의 신은 상대를 가리지 않는다. 불의 신은 등불에 불을 붙이고, 개똥벌레의 몸이 빛나게 하고, 마을을 재로 만들고, 책을 태우고, 음식을 요리하고, 식구들을 따뜻하게 해준다. 사람들은 불이 났을 때 물의 정수를 지닌 용이 그 불을 꺼주기를 바랄 뿐이다. 신에게 공물을 바치는 일의 효과를 믿든 안 믿든 일단 바치고 보는 편이 현명할 것이다. 미국인들의 말처럼, 나중에 후회하느니 안전을 유지하는 편이 낫기 때문이다. 차이나 시티 사람들은 아무도 보험에 들지 않았고, 불의 신을 달래거나 용의 자비심을 끌어내기 위해 공물을 바치지도 않는다. 이건 좋은 징조가 아니지만, 나는 번개가 두 번 치지 않는다는 미국 속담을 혼자 되뇐다.

연기와 물로 피해를 입은 시설들을 수리하고, 파괴된 곳을 재건하는 데는 거의 6개월이 걸릴 것이다. 루이 영감은 특히 고약한 처지가 되었다. 영감이 여러 가게에 숨겨둔 현금 중 일부가 불에 타버렸을 뿐만 아니라 그의 진짜 재산인 상품들도 일부 재로 변해버렸기 때문이다. 들어오는 돈은 없는데, 재건을 위해 나가는 돈은 아주 많다. 상하이에 있는 영감의 공장과 광둥의 골동품 시장에 물건도 새로 주문해야 한다(그 물건들이 외국 선적의 배를 타고 일본군이 들끓는 해역을 무사히 지나오기를 바라는 수밖에 없다). 일곱 명의 식구들을 먹이고, 재우고, 입히는 돈도 필요하고, 근처의 독신자 하숙집에 살고 있는 서류상의 동업자들과 서류상의 아들들도 부양해야 한다. 이 모든 일들이 내 시아버지에게는 마뜩지 않다.

영감은 메이와 나더러 남편들과 함께 일하라고 하지만, 할 일이 전혀 없다. 우리는 망치질이나 톱질을 할 줄 모른다. 아직 물건이 오지 않았으니, 물건의 포장을 풀거나 물건들을 반짝반짝 닦아서 팔 수도 없다. 바닥이나 창문을 닦을 일도 없고, 손님에게 음식을 내갈 일도 없다. 그래도 나는 메이와 조이를 데리고 아침마다 차이나 시티로 가서 가게 수리가 얼마나 진행되었는지 확인한다. 메이는 우리가 힘을 합쳐 돈을 모으자는 샘의 계획이 싫지 않은 것 같다. "여기서는 저 사람들이 우릴 먹여주잖아." 메이가 말한다. 이제야 좀 어른다운 생각을 한 듯 싶다. "그러니까 우리 넷이 함께 떠날 수 있을 때까지 기다리자."

오후가 되면 우리는 아시아 의상사의 톰 거빈스를 자주 찾아간다. 그 가게는 화마를 피했다. 톰은 영화사에 의상과 소품들을 빌려주는 사업을 하고 있으며, 중국인 엑스트라들을 알선해주는 에이전트 역할도 한다. 하지만 그 외에는 수수께끼 같은 사람이다. 어떤 사람들은 톰이 상하이 태생이라고 하고, 또 어떤 사람들은 중국인의 피가 4분의 1쯤 섞였다고 한다. 중국인의 피가 절반이라는 사람도 있다. 반면 중국인의 피는 한 방울도 섞이지 않았다는 사람도 있다. 어떤 사람들은 그를 톰 아저씨라고 부르고, 또 어떤 사람들은 로판 톰이라고 부른다. 우리는 그를 박와 톰, 즉 활동사진 톰이라고 부른다. 차이나 시티가 문을 열던 날 톰이 내게 자기소개를 할 때 했던 말이다. 나는 톰을 통해서 수수께끼, 혼란, 과장으로 평판을 만들 수 있다는 것을 배운다.

톰은 많은 중국인들을 돕는다. 그들에게 옷을 사주거나 그들의 옷을 사주기도 하고, 거처와 일자리를 찾아주기도 하고, 중국인을 꺼리는 병원에 만삭의 임신부들이 입원할 수 있게 주선해주기도 하고, 항상 서류상의 상인과 서류상의 아들을 찾아내려 하는 이민국 조사관들의 면담조사 때 배석하기도 한다. 그런데도 톰을 좋아하는 사람은 거의 없다. 아마 그가 예전에 앤젤 섬에서 통역관으로 일한 적이 있기 때문일 것이다. 그는 거기서 어떤 여자를 임신시켰다는 혐의를 받았다. 그가 어린 소녀들을 좋아하기 때문일 수도 있다. 하지만 그가 젊은 남자들을 좋아한다고 말하는 사람들도 있다. 내가 아는 거라고는 그의 광둥어가 거의 완벽하고, 우 방언도 훌륭하게 구사한다는 점뿐이다. 메이와 나는 그의 입에서 흘러나오는 우리 고향 사투리가 아주 좋다.

톰은 메이를 영화에 엑스트라로 출연시키고 싶어 한다. 물론 루이 영감은 반대다. "그건 논다니들이나 하는 일이야." 루이 영감의 행동은 언제나 뻔하지만, 이번 경우에는 오페라든 연극이든 활동사진이든 상관없이 모든 여배우들은 매춘부와 그리 다를 것이 없다고 믿는 많은 구닥다리들의 말을 그대로 옮기고 있을 뿐이다.

"시아버지께 계속 말씀드려 봐요." 톰이 메이에게 조언한다. "이 일대 사람들이 열네 명 중 한 명 꼴로 영화 일을 하고 있다는 말도 해요. 영화 일은 추가수입을 올리기에 아주 좋아요. 내가 시아버지한테도 일자리를 구해줄 수 있어요. 그러면 그 골동품 가게에서 석 달 동안 버는 것보다 더 많은 돈을 일주일 만에 벌 수 있을 걸요."

차이나타운 사람들은 보통 "연기자의 의식이 있다"고 일컬어진다. 영화사들은 중국인들을 '되놈 한 명 당 5달러'에 고용할 수 있다는 사실을 깨닫고는 이 동네 사람들을 데려다가 군중 장면을 찍거나 대사가 필요 없는 역할들을 맡겼다. 〈스토우어웨이〉 〈잃어버린 지평선〉 〈장군은 여명에 죽었다〉 〈마르코 폴로의 모험〉 찰리 챈 시리즈 등이 그런 영화들이다. 물론 〈대지〉는 말할 것도 없다. 대공황의 기세가 한 풀 꺾였는지는 몰라도 사람들은 언제나 돈이 필요하기 때문에 돈을 벌 수만 있다면 무슨 일이든 할 것이다. 심지어 우리보다 부유한 뉴 차이나타운 사람들도 엑스트라 일을 좋아한다. 일도 재미있고, 은막에서 자신들의 모습을 보는 것도 좋기 때문이다.

나는 하올라이우에 가고 싶지 않다. 구닥다리 같은 이유들 때문이 아니라, 내가 아름답지 않다는 걸 알기 때문이다. 하지만 메이는 아름답다. 그리고 이 일을 몹시 하고 싶어 한다. 메이는 애나 메이 웡을 우상처럼 우러러본다. 주위의 모든 사람들은 애나 메이가 항상 합창 단원이나 하녀나 살인범 역할을 한다는 이유로 수치스러운 존재처럼 취급하는데도 말이다. 나는 화면에서 애나 메이를 보고 옛날에 Z. G.가 그린 내 동생의 그림을 떠올렸다. 애나 메이와 마찬가지로 메이도 환상의 여신처럼 빛난다.

톰은 우리한테 청삼을 팔라고 몇 주 동안 조른다. "나는 보통 중국에 다녀온 사람들한테서 옷을 사요. 그 사람들이 고향에 있는 동안 살이 너무 쪄서 옛날 옷을 입을 수가 없거든. 여기 처음 온 사람들한테서도 옷을 사요. 그 사람들은 배를 타고 와서 앤젤 섬에 있다가 나올 때까지 살이 너무 많이 빠져서 옷을 입을 수가 없어요. 하지만 요즘은 전쟁 때문에 고향에 다니러 가는 사람이 없어요. 여기 처음 온 사람들은 모든 걸 중국에 두고 몸만 빠져나온 경우가 대부분이고요. 하지만 당신들은 달라요. 시아버지가 당신들 옷을 가져왔으니까."

나는 옷을 팔아도 괜찮다고 생각한다. 차이나 시티의 관광객들을 위해 그 옷들을 입어야 한다는 게 싫다. 하지만 메이는 그 옷들과 헤어지기 싫어한다.

"우리 옷이 얼마나 예쁜데요!" 메이가 분기탱천해서 외친다. "옷은 우리의 일부예요! 우리 청삼은 상하이에서 만든 거라고요. 천은 파리에서 가져온 거고요. 얼마나 우아한지 몰라요. 여기서는 그렇게 우아한 옷을 못 봤어요."

"우리 청삼을 팔면 새 옷을 살 수 있잖아. 미국 옷 말이야." 내가 말한다. "배에서 금방 내린 사람처럼 유행에 뒤떨어진 옷을 입는 건 이제 질렸어."

"그래, 옷을 판다고 치자." 메이가 약삭빠르게 묻는다. "나중에 차이나 시티가 다시 문을 열면 그 때는 어쩌려고? 우리 옷이 없어진 걸 루이 영감이 모를 것 같아?"

톰은 하찮은 걱정이라며 손사래를 친다. "시아버지는 남자예요. 그러니 모를 거예요."

그럴 리가 없다. 루이 영감은 빈틈없는 사람이다.

"톰한테 받은 돈의 일부를 주면 루이 영감도 상관 안 할 거야." 내가 말한다. 내 생각이 옳기를 바라면서.

"너무 많이 주지나 말아요." 톰이 턱수염을 긁적인다. "당신들이 계속 여길 드나들면 더 많은 돈을 벌 수 있는 것처럼 보이게 해요."

우리는 톰에게 청삼을 한 벌씩 판다. 가장 오래되고 가장 안 예쁜 옷들이지만 톰의 가게에 있는 물건들에 비하면 휘황찬란하다. 우리는 톰에게서 돈을 받은 뒤 브로드웨이를 남쪽으로 걸어 서양식 백화점들이 있는 곳으로 간다. 거기서 레이온 원피스, 하이힐, 장갑, 새 속옷, 모자 두어 개를 산다. 옷 두 벌을 판 돈으로 이 모든 물건들을 사고도 시아버지의 분노를 달래줄 돈이 남았다. 메이는 루이 영감의 손에 남은 돈을 쥐어주며 작전을 펴기 시작한다. 루이 영감을 놀리고, 구워삶고, 심지어 추파까지 던지면서 자기 뜻을 이루려고 한다. 옛날에 우리 아버지가 메이의 말이라면 다 들어주었던 것처럼, 루이 영감도 무릎을 꿇게 하려고.

"아버님은 우리가 바쁘게 일하는 걸 좋아하시잖아요." 메이가 말한다. "그런데 요즘은 할 일이 없어요. 박와 톰이 그러는데, 하올라이우에서 일하면 하루에 5달러를 벌 수 있대요. 일주일이면 돈이 얼마나 되는지 생각해보세요! 게다가 제가 제 의상을 입고 출연하면 추가로 돈을 더 벌 수 있어요. 전 의상이 많잖아요!"

"안 돼." 루이 영감이 말한다.

"예쁜 옷이 많으니까 제가 클로즈업될 수도 있어요. 그럼 10달러를 벌 거예요. 만약 대사를 얻게 된다면, 단 한 줄이라도, 20달러를 벌수 있어요."

"안 돼." 루이 영감이 다시 말한다. 하지만 이번에는 그가 머릿속으로 돈을 헤아리는 게 눈에 뻔히 보인다.

메이의 아랫입술이 파르르 떨린다. 메이는 팔짱을 끼고 몸을 움츠려 불쌍한 자세를 잡는다. "상하이에서 저는 미인이었어요. 왜 여기서는 미인이 되면 안 돼요?"

한 번에 흙 한 알씩 산이 무너진다. 몇 주가 지난 뒤 루이 영감이 마침내 굴복한다. "딱 한 번이다. 한 번만 해."

옌옌은 콧방귀를 뀌며 방을 나간다. 샘은 믿을 수 없다는 듯 고개를 절레절레 젓고, 나는 메이가 본연의 모습을 발휘해서 영감을 이겼다는 사실이 기뻐서 얼굴이 벌겋게 달아오른다.

나는 메이의 첫 영화 제목을 제대로 듣지 못했지만, 메이는 직접 의상을 갖고 있기 때문에 농부가 아니라 합창단원 역할을 맡는다. 사흘 동안 메이는 밤에 일하고 낮에 잔다. 그래서 나는 촬영이 끝난 뒤에야 메이에게서 그간의 일을 듣는다.

"밤새 가짜 찻집에 앉아서 아몬드 케이크를 오물거렸어." 메이가 꿈을 꾸는 듯한 표정으로 말한다. "조감독이 나더러 귀여운 토마토래. 끝내주지?"

메이는 며칠 동안 조이를 귀여운 토마토라고 부른다. 하지만 내가 보기에는 별로 말이 안 되는 별명이다. 그 다음 번에 또 엑스트라로 영화에 출연하게 됐을 때, 메이는 새로운 표현을 배워온다. '도대체' 대신에 '대체'라고 항상 줄여서 말하는 것이다. "대체 이 국에 뭘 넣은 거야, 언니?"라고 말하는 식이다.

촬영장에서 먹은 음식에 대해 자랑을 늘어놓을 때도 많다. "하루에 두 끼를 주는데, 음식이 좋아. 미국 음식이야! 조심해야겠어, 언니.

진짜야. 안 그러면 뚱뚱해질 거야. 청삼이 몸에 안 맞으면 어떻게 해. 내가 완벽한 모습을 유지하지 않으면, 절대 대사를 못 얻을 거야." 그 이후로 메이는 다이어트를 시작한다. 그렇게 몸집이 작으면서, 전쟁과 가난과 무지를 겪었기 때문에 음식을 먹지 않는 게 어떤 의미인지 알면서도 다이어트를 하다니. 메이는 톰이 일자리가 있다고 연락을 하기 전에도 다이어트를 하고, 촬영이 끝난 뒤에는 그 동안 살이 쪘다며 또 다이어트를 한다. 이 모든 게 감독에게서 대사를 한 줄 얻기 위해서다. 하지만 대사는 로판들만의 몫이라는 건 나 같은 사람도 이미 아는 사실이다. 찰리 챈의 장남 역할을 했던 케이 루크나 애나 메이 웡만이 예외일 뿐이다. 로판 배우들은 얼굴을 노랗게 화장하고, 눈꺼풀에 테이프를 붙이고, 중국식 엉터리 영어를 쓰며 중국인 역할을 한다.

6월에 톰이 새로운 아이디어를 내놓자, 메이는 냉큼 달려들어서 시아버지에게 털어놓는다. 시아버지도 그 아이디어를 받아들인다.

"조이는 예쁜 아기예요." 톰이 메이에게 말한다. "엑스트라로 완벽해요."

"저보다 조이가 더 많은 돈을 벌 수 있어요." 메이가 루이 영감에게 말을 전한다.

"판디는 계집애치고는 운이 좋구나." 영감이 내게 속내를 털어놓는다. "아직 갓난아기인데도 제 밥값을 할 수 있다니."

조이가 이모와 많은 시간을 함께 보내게 하는 것이 좋은 일인지 나는 잘 모르겠다. 하지만 루이 영감이 갓난아기를 이용해서 돈을 벌 수 있다는 걸 알아버렸으니······

"한 가지 조건이 있어요." 내가 조건을 내걸 수 있는 건, 조이가 이모의 감독과 보살핌 하에 하루 종일, 때로는 밤까지 일해도 된다고 서류상으로 허락할 수 있는 사람이 조이의 엄마인 나뿐이기 때문이다. "조이가 버는 돈은 전부 조이 것이에요."

루이 영감은 마땅치 않은 얼굴이다. 당연한 일이다.

"앞으로 다시는 아버님이 조이의 옷을 사주시지 않아도 돼요." 내가 한 발 더 나아간다. "조이의 식비를 감당하실 필요도 없어요. 남동생을 바라는 이 아이한테 다시는 땡전 한 푼도 쓰실 필요 없어요."

영감이 이 말을 듣고 미소를 짓는다.

메이와 조이는 촬영이 없는 날에는 옌옌이랑 나와 함께 아파트에 머무른다. 차이나 시티가 다시 문을 열기를 기다리는 동안 오후 시간이 지루하게 흘러갈 때면 나는 엄마가 들려준 어린 시절의 이야기를 떠올릴 때가 많다. 어렸을 때 엄마는 고향에서 전족을 한 할머니, 어머니, 숙모들, 고모들, 사촌들, 자매들과 함께 규방에 갇혀 지냈다. 그래서 다들 자신의 위치를 차지하려고 작전을 펼치기도 하고, 서로에게 앙심을 품기도 하고, 공격을 퍼붓기도 했다. 그런데 지금 여기 미국에서 메이와 옌옌은 한 양동이 안에 들어 있는 거북이들처럼 사사건건 싸워댄다.

"죽이 너무 짜요." 메이가 말한다.

"너무 싱거워." 옌옌이 뻔히 예상했던 대꾸를 한다.

메이가 민소매 원피스에 스타킹도 신지 않고 샌들을 신은 차림으로 중앙 거실을 돌아다니면 옌옌이 투덜거린다. "남들 앞에는 그런 꼴로 나가지 마."

"로스앤젤레스 여자들은 다리와 팔을 그대로 드러내는 걸 좋아해요." 메이가 반박한다.

"넌 로판이 아니잖아." 옌옌이 지적한다.

하지만 두 사람에게 가장 좋은 싸움 재료는 바로 조이다. 옌옌이 "조이한테 스웨터를 입혀야 돼"라고 말하면, 메이는 "불에 올려놓은 옥수수처럼 애가 익어가고 있어요"라고 대꾸한다. 옌옌이 "애한테 자수를 가르쳐야 돼"라고 말하면, 메이는 "롤러스케이트를 가르쳐야 돼요"라고 대든다.

옌옌이 무엇보다 싫어하는 것은 메이가 활동사진 일을 하면서 조이까지 그렇게 천한 일을 시키고 있다는 점이다. 내가 그걸 허락해주었다는 이유로 옌옌은 나를 탓한다.

"왜 조이를 그런 데에 데려가도 좋다고 한 거야? 네 딸도 언젠가 시집을 가야 하잖아. 쓰레기 같은 이야기 속에 자기 그림자를 끼워 넣은 여자를 신부로 데려갈 사람이 있을 것 같아?"

내가 뭐라고 대답하기도 전에(사실 옌옌도 내 대답을 들을 생각은 없었을 것이다), 메이가 또 대들고 나선다. "쓰레기 같은 이야기라니요? 어머님 같은 사람들은 모르니까 그런 소리를 하는 거예요."

"진짜 이야기는 옛날이야기들밖에 없어. 그런 이야기들은 어떻게 살아가야 하는지 가르쳐주잖아."

"영화도 우리한테 어떻게 살아야 하는지 가르쳐줘요." 메이가 반박한다. "조이랑 저는 낭만적이고 새로운 영웅들과 착한 여자들의 이야기를 만들고 있는 거라고요. 사랑 때문에 시들어가는 달처녀나 처녀귀신 얘기랑은 달라요."

"넌 애가 너무 단순해." 옌옌이 꾸짖는다. "그래도 네 언니가 널 돌봐주니 그나마 다행이지. 너도 지에지에를 좀 보고 배워. 네 언니는 그 옛날이야기들에 교훈이 있다는 걸 잘 아니까."

"언니가 알기는 뭘 알아요?" 메이가 말한다. 마치 내가 방 안에 없는 것처럼. "언니는 우리 엄마처럼 구식이에요."

나더러 구식이라니. 나를 엄마와 비교하다니. 내가 고향과 과거와 부모님을 그리워한 나머지 여러 면에서 엄마와 비슷해졌다는 건 나도 인정한다. 12간지의 동물들과 음식에 관한 미신들, 그리고 그 밖의 전통들에서 나는 위안을 얻는다. 하지만 나만 과거 속에서 위안을 얻는 건 아니다. 메이는 밝고, 활기차고, 틀림없이 눈부신 스무 살이지만 지금의 삶은 상하이에서 미인으로 활동하던 시절에 꿈꿨던 것과는 거리가 있다. 비록 옷을 차려 입고 영화 촬영장에서 일한다 하더라도 말이다. 우리 둘 다 실망을 맛보았다. 그래도 메이가 내게 조금만 더 연민을 보여주면 좋겠다.

"영화에서 낭만적인 걸 가르친다면, 매일 나랑 집에 있는 네 언니가 너보다 더 그걸 잘하는 건 어떻게 된 거냐?" 옌옌이 묻는다.

"난 낭만적이에요!" 메이가 반격한다. 하지만 이건 옌옌의 함정에 빠져든 꼴이다.

시어머니가 빙긋 웃는다. "나한테 손자를 낳아줄 만큼 낭만적이지는 못해! 지금쯤이면 벌써 아이를 낳았어야……"

나는 한숨을 내쉰다. 시어머니와 며느리 사이의 이런 다툼은 인류의 역사만큼이나 오래된 것이다. 이런 대화를 듣다 보면, 메이와 조이가 영화 촬영장에 나가고 나와 옌옌만이 집에 있는 날이 많은 것이 다행이라는 생각이 든다.

매주 화요일에 옌옌과 나는 차이나 시티의 남편들에게 점심을 가져다준 뒤 스프링 거리의 하숙집, 아파트, 식료품점 등을 일일이 돌아다닌다. 심지어 뉴 차이나타운까지 갈 때도 있다. 중국구조연합과 조국을 위한 기금을 모으기 위해서다. 우리는 이제 피켓을 들고 시위하는 단계를 넘어섰다. 우리는 빈 깡통을 거지의 밥그릇처럼 들고 다니며 메이링, 진링, 선먼 길들을 돌아다닌다. 1센트, 5센트, 10센트 동전이 깡통을 절반 이상 채우기 전에는 집에 가지 않기로 이미 의견을 모았다. 중국에서는 사람들이 굶주리고 있기 때문에, 우리는 식료품점에 가서 가게 주인들에게 중국에서 수입한 식료품을 기부하라고 권한다. 우리는 그 식료품들을 포장해서 고향 중국으로 다시 보낸다.

이 일을 하면서 나는 새로운 사람들을 만난다. 모두들 내 친정의 성姓과 고향을 묻는다. 지금까지 만난 사람들 중 윙 씨는 몇 명이나 되는지 헤아릴 수 없을 정도로 많다. 리 씨, 퐁 씨, 렁 씨, 모이 씨도 많다. 루이 영감은 내가 여기저기의 차이나타운들을 돌아다니는 것이나 매일 낯선 사람들을 만나는 것에 대해 단 한 번도 불평한 적이 없다. 내가 항상 시어머니랑 같이 다니기 때문이다. 시어머니는 이제 나를 하찮은 며느리가 아니라 친구로 보고 속을 털어놓기 시작한다.

"난 어렸을 때 고향에서 납치당했어." 어느 화요일에 뉴 차이나타운에서 브로드웨이를 따라 돌아오는 길에 시어머니가 말한다. "알고 있었니?"

"몰랐어요. 힘드셨겠네요." 내가 말한다. 하지만 이 말로는 내 심정을 눈곱만큼도 표현할 수 없다. 나 역시 집에서 쫓겨나는 경험을 했는데도, 강제로 납치당하는 경험은 상상하기가 힘들다. "몇 살 때였어요?"

"몇 살이었냐고? 그걸 내가 어떻게 알아? 나한테 나이를 말해줄 사람이 하나도 없는데. 아마 다섯 살이었을 거다. 그보다 더 먹었을 수도 있고, 더 어렸을 수도 있지만. 오빠랑 여동생이 있었던 건 기억나. 우리 마을로 통하는 대로에 물밤나무가 있었던 것도 기억나고. 물고기가 사는 연못도 하나 있었지만, 그거야 어느 마을에나 있는 거겠지." 시어머니는 잠시 가만히 있다가 다시 말을 잇는다. "난 오래 전에 중국을 떠났다. 그래도 매일 그리워. 중국이 고통을 받으면 나도 괴롭다. 그래서 내가 중국구조를 위한 돈을 모으려고 이렇게 열심히 뛰는 거야."

옌옌이 요리를 못하는 것도 무리가 아니다. 옌옌도 나처럼 어머니에게서 요리를 배우지 못했다. 나와 이유는 다르지만. 옌옌이 좋은 음식을 먹고 싶어 하지 않는 것은, 상어지느러미 요리나 바삭한 양쯔

강 장어요리나 비둘기를 살짝 튀긴 뒤에 삶아서 상추와 함께 내놓는 요리를 먹어본 기억이 없기 때문이다. 옌옌은 시대에 뒤떨어진 전통에 집착한다. 내가 지금 그런 전통에 집착하는 것과 같은 이유 때문이다. 영혼이 죽지 않게 하려고, 유령처럼 희미한 기억을 잃어버리지 않으려고. 기침을 치료한답시고 가슴에 머스터드 반죽을 바르는 것보다는 동과차를 마시는 편이 더 나은 방법일 수도 있다. 옌옌의 옛날이야기들과 구식 행동들이 내게 스며들어 나를 바꿔놓고 있다. 나를 더욱 '중국인'으로 만들고 있다. 생강의 향기가 국에 스며들어가는 것처럼.

"납치당한 뒤에는 어떻게 됐어요?" 내가 묻는다. 옌옌이 안쓰러워서 가슴이 아프다.

옌옌은 걸음을 멈춘다. 기부받은 물건들이 가득 담긴 가방이 옌옌의 손에 매달려 있다. "어떻게 됐을 것 같니? 가족이 없는 처녀들을 너도 봤지? 그 처녀들이 어떻게 되는지 너도 알 거다. 난 광둥에서 하녀로 팔렸다. 그리고 웬만큼 나이가 들자마자 논다니가 됐지." 옌옌이 턱을 내민다. "그런데 어느 날, 아마 그 때 내 나이가 열세 살쯤 됐을 거다, 누가 날 자루에 넣어서 배에 태웠다. 정신을 차려 보니 미국에 와 있더라."

"앤젤 섬은 어쩌고요? 거기서 질문을 받았을 거 아니에요. 그럼 그 사람들이 다시 중국으로 돌려보냈을 텐데요."

"난 앤젤 섬이 생기기 전에 왔어. 가끔 거울을 보면서 깜짝깜짝 놀라곤 한다. 아직도 어린 아가씨의 모습이 거울에 비칠 것 같은데. 그래도 그 시절을 돌이켜 생각하기는 싫다. 이제 와서 그 때 일이 무슨 의미가 있겠니? 내가 많은 남자들의 여자 노릇을 했던 걸 기억하고 싶어 할 것 같니?" 옌옌은 거리를 걸어 내려간다. 나도 서둘러 따라간다. "난 남편과 아내의 일을 너무 많이 했다. 사람들은 그게 대단한 일이나 되는 것처럼 떠들어대지만, 그렇게 걱정할 필요가 뭐겠니? 남자가 안으로 들어왔다가 나가는 것뿐인데. 여자인 우리는 그냥 그대로다. 내 말이 무슨 뜻인지 알겠니, 펄아?"

무슨 뜻인지 아냐고? 샘은 오두막의 그 남자들과는 다르다. 그건 나도 안다. 하지만 과연 나는 예전과 똑같은 사람일까? 나는 옌옌이 소파에서 자는 걸 몇 번이나 본 적이 있다. 대개는 새로 온 독신 남자, 그러니까 중국에서 새로 이민 온 사람들이 거기서 잔다. 그 사람들은 루이 영감의 동업자 명단에 올랐다가, 값싼 노동력이 필요한 누군가가 빚을 갚아주면 그 사람에게 팔려간다. 하지만 그 남자들이 없는 날 아침이면 항상 옌옌이 거기서 담요를 개며 이런저런 핑계를 늘어놓는다. "영감이 물소처럼 코를 골아대잖아." "등이 아파서. 여기가 더 편안해." "영감이 나더러 침대에서 모기처럼 돌아다닌다나. 잠을 잘 수 없대. 영감이 잠을 못자면, 다음 날 다들 피곤해지잖아, 안 그래?" 옌옌이 소파에서 자는 이유를 이제 알 것 같다. 예전에 내가 샘의 침대에서 도망치고 싶어 했을 때랑 같은 이유다. 너무나 많은 남자들이 옌옌에게 기억하기 싫은 일들을 한 탓이다.

나는 옌옌의 팔을 잡는다. 우리의 시선이 마주치면서 우리 둘 사이에 뭔가가 오간다. 나는 내가 겪은 일을 옌옌에게 말하지 않는다. 어떻게 말할 수 있겠는가? 하지만 옌옌은⋯⋯뭔가 알아차린 것 같다. 옌옌이 말한다. "조이가 건강하게 태어났으니 넌 운이 좋은 거야. 내 아들은⋯⋯" 그러고는 길게 숨을 들이쉬었다가 천천히 내쉰다. "내가 그쪽 일을 너무 오래 했기 때문이겠지. 영감이 나를 살 때까지 거의 10년 동안 그 일을 했으니까. 그 때는 여기에 중국여자가 거의 없었어. 아마 남자 스무 명 당 여자 한 명이 채 안 됐을걸. 그런데도 영감은 내 직업 때문에 날 싼값에 살 수 있었어. 나는 기뻤지. 마침내 샌프란시스코를 떠나서 이리로 왔으니까. 그런데 그 때도 영감은 지금이랑 똑같았다. 나이도 많고, 인색했어. 영감이 원하는 건 오로지 아들이었지. 그래서 나한테 아들을 주려고 아주 열심히 노력했다."

옌옌은 가게를 열기 전에 인도를 비로 쓸고 있는 남자를 고갯짓으로 가리킨다. 남자는 우리가 기부를 요구할까 봐 우리를 외면한다.

"영감이 부모를 만나러 고향에 갈 때 나도 같이 갔다." 옌옌이 말을 잇는다. 예전에도 들은 얘기지만, 지금은 느낌이 다르다. "영감은 물건을 구하려고 중국 전역을 돌아다닐 때 날 고향에 남겨뒀어. 영감이 무슨 생각으로 그랬는지는 지금도 모르겠다. 내가 자신의 정기를 몸속에 품고 다리를 올린 채로 아들이 들어서기를 기다리며 몇 주 동안 그 집에 머물러 있을 거라고 생각했던 건지. 영감이 떠나자마자 나는 마을에서 마을로 돌아다녔다. 내가 사읍 방언을 할 줄 아니까, 거기 어딘가에 내 고향이 있지 않겠니? 그래서 매일 물밤나무와 연못이 있는 마을을 찾아다녔어. 그런데 못 찾았다. 아들도 안 생겼고. 임신은 했지만, 아기들이 모두 이 세상의 공기를 들이마시려고 하질 않았어. 로스앤젤레스로 돌아갈 때마다 우리는 내가 중국에서 아들을 낳아 조부모에게 맡기고 왔다고 보고했다. 그렇게 해서 조이의 삼촌들을 데려온 거야. 월버트는 내 첫 번째 서류상의 아들이었다. 그 때 열여덟 살이었지만, 우리는 샌프란시스코 지진이 있은 지 1년 뒤에 아들을 낳았다고 서류를 작성했기 때문에 개가 열한 살이라고 거짓말을 했어. 찰리는 그 다음이었다. 그 애는 쉬웠지. 우리는 그 이듬해에 중국으로 가서 내가 1908년에 아들을 낳았다는 확인증을 받아두었는데, 찰리가 바로 그 해에 태어났거든."

시아버지는 투자의 수익을 거두기 위해 아주 오랫동안 기다렸다. 하지만 효과는 아주 좋아서, 자기 가게에서 싼값에 쓸 수 있는 노동력도 확보하고 주머니도 불릴 수 있었다.

"그럼 에드프리드는?" 옌옌이 재미있다는 표정으로 빙긋 웃는다.

"걔는 윌버트의 아들이야. 알지?"

아니, 난 몰랐다. 최근까지도 나는 그 사람들이 모두 샘의 진짜 형제인 줄 알았다.

"우리는 1911년에 아들이 또 태어났다는 서류를 갖고 있었다." 옌옌이 말을 잇는다. "하지만 에드프리드는 1918년에야 태어났지. 우리가 걔를 데려올 때 겨우 여섯 살이었지만, 서류에는 열세 살로 되어 있었어."

"그런데 아무도 몰랐단 말이에요?"

"윌버트가 열한 살이 아니라는 것도 몰랐는데, 뭐." 옌옌은 이민국 조사관들이 멍청하기 짝이 없다는 듯 어깨를 으쓱한다. "에드프리드를 데려올 때는 애가 제대로 크질 못해서 나이에 비해 몸집이 작다고 말했어. 고향에서 굶주려서 그렇다고. 조사관들은 애가 제대로 먹지 못했다는 말을 받아들였지. 이제 제대로 된 나라에 왔으니까 훌쩍 클 거라고 하더라."

"정말 복잡하네요."

"원래 복잡하라고 그렇게 만들어놓은 거야. 로판들은 계속 법을 바꿔서 우리가 들어오는 걸 막으려고 하니까. 하지만 법을 복잡하게 만들수록 우리가 속이기는 더 쉬워져." 옌옌은 내가 이 말을 음미할 수 있게 잠시 기다렸다. "내가 직접 낳은 아들은 둘밖에 없어. 첫째 아들은 중국에서 태어났지. 우린 그 애를 이리로 데려와서 평화롭게 살았어. 아이가 일곱 살 때 고향에 가면서 아이도 데려갔지. 그런데 아이의 위장이 미국식이었던 거야. 시골식이 아니라. 결국 죽어버렸지."

"세상에."

"옛날 얘기다." 옌옌이 거의 건조하게 들리는 목소리로 말한다. "그 뒤로 나는 아들을 또 낳으려고 노력하고, 노력하고, 또 노력했지. 그러다 마침내, 마침내 임신을 했다. 영감도 좋아하고, 나도 좋아했어. 하지만 행복이 팔자까지 바꿔주지는 않는 법이지. 버넌을 받으러 온 산파는 금방 문제가 있다는 걸 알아차렸어. 산모의 나이가 많으면 가끔 이런 일이 생긴다고 하더라. 버넌을 낳았을 때 내 나이가 틀림없이 마흔을 넘겼을 거야. 그래서 산파가……"

옌옌은 복권을 파는 가게 앞에서 걸음을 멈추고 꾸러미를 내려놓은 뒤 양손을 짐승의 발톱 모양으로 구부린다. "이런 걸로 애를 내 몸에서 끌어냈어. 애는 머리가 구부러진 채로 나왔지. 산파가 아이 머리통을 제 모양으로 돌려놓으려고 이쪽저쪽을 눌렀지만……"

옌옌은 다시 가방을 든다. "번이 갓난아기였을 때 영감은 서류상의 아들을 또 만들려고 중국에 가려고 했어. 우리한테 증명서가 있잖아. 우리 막내아들. 난 가기 싫었다. 우리 샘이 고향에서 죽었으니까. 새로 낳은 아기도 죽을까 봐 싫었어. 영감은 걱정 마라, 당신이 계속 젖을 먹이면 되지 않으냐고 했지. 그래서 중국에 가서 에드프리드를 데리고 왔어."

"그럼 번은요?"

"사람들이 혼인에 대해 뭐라고 하는지 알지? 눈 먼 남자도 마누라를 구할 수 있다고들 해. 머리가 없는 남자도 마누라를 구할 수 있고, 몸이 마비된 남자도 마누라를 구할 수 있다고. 남자들한테 의무는 딱 하나뿐이야. 아들을 낳는 것." 옌옌은 나를 올려다본다. 새처럼 불쌍한 모습이지만, 옥처럼 강인한 의지가 보인다. "우리한테 제사를 드려줄 손자가 없으면, 영감이랑 내가 저승에 갔을 때 누가 우릴 돌봐주겠니? 네 동생이 아들을 낳아주지 않으면, 내 아들이 저승에 갔을 때 누가 걔를 돌봐주겠어? 네 동생이 안 된다면, 너라도 해야 돼, 펄. 비록 서류상의 손자라 해도. 그래서 우리가 널 여기 데리고 있는 거다. 그래서 널 먹여주는 거야."

시어머니는 매주 빠지지 않고 사는 복권을 사려고 가게 안으로 들

어간다. 복권은 중국인들의 영원한 희망이다. 하지만 나는 걱정으로
가득하다.

메이가 집에 올 때까지 나는 안달한다. 메이가 집에 들어서자마자
나는 함께 차이나 시티로 가자고 고집을 부린다. 차이나 시티에서는
샘이 가게 수리를 하고 있다. 우리 셋은 상자들 위에 앉는다. 나는 옌
옌에게서 들은 이야기를 들려주지만, 두 사람은 전혀 놀라지 않는다.

"두 사람 다 내 말을 제대로 안 들었거나, 내가 이야기를 잘못 한
모양이네. 옌옌은 영감의 부모를 만나러 고향에 갔다고 말했어. 영감
은 항상 자기가 여기서 태어났다고 말하지만, 부모가 중국에 살고 있
다면 말이 안 되잖아."

샘과 메이는 서로를 한 번 바라본 뒤 내게 시선을 돌린다.

"영감의 부모가 여기 살면서 영감을 낳은 뒤에 중국으로 돌아갔는
지도 모르잖아." 메이가 말한다.

"그럴 수도 있지." 내가 말한다. "하지만 영감이 여기서 태어나서
거의 70년 동안 살았다는데도 영어실력이 왜 그 모양이야?"

"차이나타운을 떠난 적이 없으니까 그렇지." 샘이 차분하게 말한다.

나는 고개를 젓는다. "생각해 봐요. 영감이 여기서 태어났다면, 왜
중국에 그렇게 마음을 쓰는 거예요? 옌옌과 내가 중국을 위해 시위를
하고 돈을 모으러 다니는 걸 왜 허락했을까요? 왜 항상 은퇴하면 '고
향'에 가고 싶다고 말할까요? 왜 우리를 가까이 두려고 그렇게 필사
적일까요? 그건 영감이 이 나라 시민이 아니기 때문이에요. 영감이
미국 시민이 아니라면 우리는……"

샘이 일어선다. "난 진실을 알아야겠어."

우리는 스프링 거리의 국수가게에서 루이 영감을 찾아낸다. 영감
은 친구들과 함께 차 케이크를 먹으며 차를 마시고 있다. 우리를 보

자 영감이 일어나서 문으로 다가온다.

"무슨 일이야? 일 안 하고 뭐해?"

"드릴 말씀이 있어요."

"지금 여기서는 안 돼."

하지만 우리 셋은 루이 영감에게서 대답을 듣기 전에는 아무 데도 갈 생각이 없다. 루이 영감은 친구들에게 우리 목소리가 들리지 않을 만큼 멀리 떨어진 칸막이 좌석을 가리킨다. 새해 첫 날 루이 영감과 샘이 싸움을 벌인 뒤로 몇 달이 지났지만, 차이나타운 사람들은 아직도 그 이야기를 쑤군덕거린다. 루이 영감은 붙임성 있게 행동하려고 애쓰고 있지만, 샘과의 사이에 아직도 어색함이 감돈다. 샘은 예의 따위에 시간을 낭비하지 않는다.

"와홍 마을에서 태어났죠?"

영감의 파충류 눈이 가늘어진다. "그런 얘기는 어디서 들었어?"

"누구한테 들었는지는 중요하지 않아요. 그게 사실이에요?" 샘이 묻는다.

영감은 대답하지 않는다. 우리는 기다린다. 주위에서 웃음소리, 이야기소리, 젓가락이 그릇에 부딪히는 소리가 들린다. 마침내 영감이 끙 하는 소리를 낸다.

"거짓말로 이 나라에 온 건 너만이 아냐." 영감이 사읍 방언으로 말한다. "이 식당 안의 사람들을 봐. 차이나 시티에서 일하는 사람들을 봐. 우리 동네와 우리 건물에 사는 사람들을 봐. 다들 이런저런 거짓말을 하며 살고 있어. 난 여기서 태어나지 않은 걸 거짓으로 꾸몄지. 샌프란시스코에 지진과 화재가 나서 출생기록이 몽땅 파괴됐을 때, 난 여기 있었다. 미국 나이로 서른다섯 살이었어. 다른 사람들과 마찬가지로 나도 관청을 찾아가서 내가 샌프란시스코에서 태어났다고 말했어. 난 내 말이 사실이라는 걸 증명할 수 없었고, 관리들은 내 말이 거짓이라는 걸 증명할 수 없었지. 그래서 이제 미국 시민이 됐다…… 서류상으로. 네가 서류상으로 내 아들인 것처럼."

"옌옌은요? 옌옌도 지진 전에 이 나라에 왔잖아요. 옌옌도 미국 시민이라고 주장했어요?"

영감의 눈썹이 경멸스럽다는 듯 꿈틀거린다. "그 여자는 푸옌이야. 거짓말도 잘 못하고, 비밀도 못 지켜. 뻔하지. 그렇지 않으면 너희가 날 찾아오지 않았을 테니까."

샘은 이마를 문지르며 영감의 말에 담긴 의미를 받아들인다. "아버지가 진짜 미국 시민이 아니라는 걸 누가 알기라도 하면 윌버트, 에드프리드……"

"그래, 여기 있는 펄을 포함해서 우리 모두 곤란해질 거다. 그래서 내가 너희를 이렇게 붙들고 있는 거야." 영감이 주먹을 꼭 쥔다. "실수를 하면 안 돼. 말실수도. 알았어?"

"저는요?" 메이가 조심스러운 목소리로 묻는다.

"번은 여기서 태어났어. 그러니까 우리 메이는 진짜 미국 시민의 아내지. 넌 합법적으로 들어왔으니까 영원히 안전해. 하지만 네 언니랑 형부를 잘 감시해야 돼. 누가 나쁜 얘기를 흘리기만 하면, 모두 추방될 테니까. 우리 모두 추방될 수 있어. 너, 번, 판디만 빼고. 물론 그런 일이 생기면 아기는 제 부모, 조부모랑 같이 중국으로 돌아가겠지만. 난 널 믿는다, 메이. 그런 일이 안 생기게 해줄 거지?"

메이의 얼굴이 창백해진다. "제가 뭘 어떻게 해요?"

루이 영감이 입꼬리를 말아올리며 연한 미소를 짓는다. 생전 처음으로 마음이 담긴 미소다. "너무 걱정 마라." 루이 영감은 이렇게 말하고 나서 샘에게 시선을 돌린다. "이제 넌 내 비밀을 알게 됐다. 난 네비밀을 알고. 진짜 아버지와 아들처럼 우리 둘이 영원히 묶인 거지. 우리는 서로를 보호할 뿐만 아니라, 조이의 삼촌들도 보호해야 돼."

"내가 왜요?" 샘이 묻는다. "형님들한테 시키세요."

"너도 이유를 알 텐데. 내가 죽은 뒤에 내 사업체를 맡아주고, 내 친아들을 돌봐줄 사람이 필요하다. 내가 저승에 갔을 때 제사를 지내줄 사람도 필요하고. 번은 그런 걸 할 수 없을 테니까. 네가 날 잔인한 놈으로 생각하는 거 안다. 십중팔구 날 안 믿겠지. 하지만 난 내 아들을 대신할 사람으로 널 골랐다. 진심이야. 난 앞으로도 언제나 널 내 장남으로 생각할 거다. 그래서 너한테 엄하게 구는 거야. 제대로 된 아버지 노릇을 하려고! 난 너한테 모든 걸 줄 거다. 대신 넌 세 가지만 해주면 돼. 첫째, 도망칠 계획을 포기해라." 루이 영감은 손을 들어 우리의 말문을 막는다. "아니라고 할 생각은 하지 마. 난 바보가 아니다. 내 집에서 무슨 일이 벌어지는지 다 알아. 그리고 이제는 그런 일 때문에 걱정하는 데도 지쳤다." 영감은 잠시 가만히 있다가 다시 말을 잇는다. "관인사에서 하는 일도 그만둬라. 내가 얼마나 창피한지. 내 아들은 그런 일을 하면 안 돼. 그리고 마지막으로 언젠가 때가 되면 내 아들을 돌봐주겠다고 약속해라."

샘, 메이, 나는 서로를 바라본다. 메이가 내게 거의 애원에 가까운 메시지를 보낸다. '난 계속 옮겨다니고 싶지 않아. 하올라이우에 남고 싶어.' 내가 아직 잘 알지 못하는 샘은 내 손을 잡는다. '어쩌면 이게 우리에게 기회인지도 몰라. 날 진짜 장남처럼 대해주겠다잖아.' 나는…… 도망치는 데 지쳤다. 도망을 잘 치지도 못하고, 돌봐야 할 아기도 있다. 하지만 혹시 루이 영감이 우리를 사려고 이미 투자한 것보다 더 헐값에 우리가 자신을 팔아넘기는 건 아닐까?

샘이 말한다. "만약 우리가 여기 남는다면, 우리한테 자유를 더 주세요."

"이건 협상이 아냐." 루이 영감이 쏘아붙인다. "너희는 흥정할 거리가 없어."

하지만 샘은 굴복하지 않는다. "처제는 이미 엑스트라로 일하고 있어요. 그 일을 좋아하고요. 그러니까 제 안사람한테도 그렇게 해주세요. 펄이 차이나 시티 바깥을 볼 수 있게 해줘요. 그리고 제가 절에서 일하는 게 싫다면, 저한테 월급을 주세요. 제가 아버지의 장남이라면, 동생과 똑같은 대우를……"

"너희 둘은 달라……"

"맞아요. 저는 번보다 훨씬 더 열심히 일하죠. 그런데 번은 용돈을 받아요. 저도 돈을 받아야겠어요, 아버지." 샘이 공손하게 말을 덧붙인다. "제 말이 옳다는 건 아실 거예요."

루이 영감이 손마디로 탁자를 두드리며 계산을 하고 또 한다. 마지막으로 결단을 내렸다는 듯 탁자를 한 번 두드리고는 그가 일어선다. 그리고 손을 뻗어 샘의 어깨를 꼭 쥐어준 뒤 케이크와 차와 친구들이 기다리는 곳으로 돌아간다.

다음 날 나는 신문을 사서 어떤 광고에 동그라미로 표시를 한 뒤 공중전화를 찾아간다. 그리고 광고를 낸 냉장고 수리점에 전화를 걸어 사무원으로 취직할 수 있느냐고 묻는다.

"훌륭한 분 같네요, 루이 부인." 전화를 받은 사람이 유쾌한 목소리로 말한다. "면접을 보러 오시죠."

하지만 내가 그곳을 찾아가자 전화를 받았던 남자는 나를 보고 이렇게 말한다. "중국인인 줄 몰랐네요. 이름 때문에 이탈리아인인 줄 알았어요."

나는 그곳에 취직하지 못한다. 비슷한 일이 거듭된다. 마지막으로 나는 불락스 윌셔 백화점에 지원서를 낸다. 그리고 아무도 나를 볼 수 없는 창고에서 일하게 된다. 내 주급은 18달러다. 차이나 시티에서 하루 종일 카페를 비롯한 여러 가게들을 돌아다니며 일했기 때문에, 한 곳에만 머무르며 일하는 건 쉽다. 나는 다른 창고 직원들보다 좋은 옷을 입고, 일도 더 열심히 한다. 어느 날 부점장이 나를 창고에서 해방시켜 매장에서 상품을 깨끗이 쌓아올려 정리하는 일을 맡긴다. 두어 달 뒤 내 영국식 발음에 흥미를 느낀 그는(나는 서양인 상사의 마음에 들기 위해 영국식 발음을 사용한다) 나를 엘리베이터걸로 승진시킨다. 머리가 전혀 필요하지 않은 쉬운 일이다. 오전 10시부터 저녁 6시까지 엘리베이터를 타고 오르락내리락하기만 하면 된다. 하지만 이 일로 나는 한 달에 몇 달러를 더 번다.

그러던 어느 날 부점장이 새로운 생각을 떠올린다. "오늘 마작 세트가 새로 들어왔어. 그거 판매를 좀 도와주지. 펄이 있으면 분위기가 살 거야."

부점장은 나더러 마작 제조업체에서 보내준 싸구려 청삼으로 갈아입으라고 하더니 1층의 중앙 출입구 바로 안쪽으로 데려가서 탁자를 하나 보여준다. 내 자리다. 오후가 끝날 때까지 나는 여덟 세트를 판다. 그 다음 날 나는 내 청삼 중 가장 아름다운 옷을 입고 출근한다. 모란이 수놓아진 밝은 빨간색 옷이다. 그 날 24세트가 팔려나간다. 손님들이 마작게임을 어떻게 하는지 알고 싶다고 말하자 부점장은 내게 1주일에 한 번씩 수업을 맡으라고 말한다. 수강료의 일정부분을 내가 받는 조건이다. 내 실적이 워낙 좋기 때문에 나는 부점장에게 승진시험을 봐도 되느냐고 묻는다. 부점장의 상사가 내 머리카락, 피부, 눈동자 색깔을 이유로 내 점수를 깎아버리자, 나는 이 백화점에서는 더 이상 올라갈 수 없음을 깨닫는다. 다른 여점원들이 파는 장갑이나 모자보다 더 많은 마작 세트를 팔아도 소용없다.

하지만 내게는 다른 방법이 없다. 지금은 여기서 버는 돈만으로도 만족한다. 나는 내 주급에서 3분의 1을 떼어 루이 아버지에게 준다. 우리는 루이 영감과 샘이 합의를 본 뒤로 그를 루이 아버지라고 부르고 있다. 주급의 또 다른 3분의 1은 조이를 위해 따로 모아둔다. 그리고 나머지 3분의 1은 내가 마음대로 쓸 수 있는 돈이다.

화재가 난 지 6개월이 지난 1939년 8월 2일에 차이나 시티가 두 번째로 문을 연다. 오페라, 용 퍼레이드, 사자춤, 마술, 악마춤 등이 공연되고, 세심한 관리 아래 폭죽도 터진다. 그 뒤로 몇 달 동안 향과 치자나무 향내가 허공에 떠돈다. 부드러운 중국 음악이 골목골목을 떠다닌다. 아이들은 관광객들 사이로 뛰어다니고, 메이 웨스트, 진 티어니, 엘리노어 루스벨트가 이곳을 찾는다. 슈라이너_{1870년에 미국에서 결성된 프리메이슨의 부속단체로 남자들만의 모임}가 이곳에서 행사를 열자, 다른 남성 단체 회원들이 몰려온다. 차이니즈 정크 카페를 찾는 사람들도 있다. 세계 최고의 해적이 이끌던 해적선단의 지휘선을 본 딴 건물이다. 참고로 세계 최고의 해적은 중국 여자였다. 손님들은 황푸 항구에 '정박'한 차이니즈 정크 카페에서 '해적 음식'을 먹고, '말투는 부드럽지만 굉장한 칵테일을 만들어내는 칵테일 전문가'가 만든 '해적 술'을 마신다. 골목에는 서양인들이 가득하지만, 차이나 시티는 예전의 모습을 결코 되찾지 못할 것이다.

사람들이 차이나 시티를 찾지 않게 된 것은 이곳의 커다란 매력 중 하나였던 오리지널 영화 촬영장 세트가 지금은 복제품으로 바뀌었기 때문인지도 모른다. 뉴 차이나타운이 더 현대적이고 재미있다는 인식이 퍼졌기 때문일 수도 있다. 우리가 문을 닫은 동안 뉴 차이나타운은 휘황한 네온 불빛으로 손님들을 유혹하며 늦은 밤의 오락과 춤을 약속했다. 이에 비해 차이나 시티는 해적의 술을 아무리 많이 마셔도 평화롭고, 조용하고, 예스럽다. 좁은 골목길과 시골 사람처럼 차려 입은 상인들 때문이다.

나는 백화점을 그만두고 예전처럼 차이나 시티에서 물건을 닦고 음식을 내가는 일을 다시 시작한다. 이번에는 제대로 돈을 받고 하는 일이다. 하지만 메이는 골든 파고다로 돌아가고 싶어 하지 않는다.

"박와 톰이 저한테 일자리를 제의했어요." 메이가 루이 아버지에게 말한다. "톰이 엑스트라를 찾는 걸 도와주고, 엑스트라들이 촬영장으로 가는 버스 시간에 맞춰 나오게 하고, 촬영장에서 통역도 하는 일이에요."

나는 놀라서 귀를 기울인다. 이건 내가 더 잘할 수 있는 일이다. 무엇보다도 사읍 방언에 능통하니까. 사읍 방언은 내 시아버지 같은 사람조차 이해할 수 있는 말이다.

"네 언니는? 네 언니가 똑똑하잖아. 이 일은 네 언니가 해야지."

"지에지에가 똑똑하긴 하지만……"

메이가 주장을 펴기 전에 루이 아버지는 다른 방식을 시도한다. "넌 왜 식구들하고 떨어져 있으려고만 하는 거냐? 언니랑 같이 있고 싶지 않아?"

"언니는 그런 거 신경 안 써요." 메이가 대답한다. "언니가 다른 데서는 얻을 수 없는 걸 제가 이미 많이 줬어요."

요즘 메이는 뭔가 원하는 게 있을 때마다 자기가 내게 아이와 더불어 수많은 비밀을 주었음을 상기시킨다. 이건 협박인가? 내가 허락해주지 않으면, 조이가 내 아이가 아니라고 영감에게 말하겠다는 건가? 전혀 아니다. 메이의 생각은 분명하고 명확하다. 메이는 이런 말을 통해 내게는 아름다운 딸이 있고, 날 사랑해주는 남편이 있고, 우리 세 식구가 살 수 있는 방이 있지만 자기에게는 아무 것도 없음을 내게 일깨워준다. 그러니 자기가 조금이라도 참고 살 수 있게 언니가 도와줘야 한다는 것이다.

"메이는 하올라이우 사람들과 이미 같이 일한 경험이 있어요." 내가 시아버지에게 말한다. "그러니까 잘 할 거예요."

그래서 메이가 톰 거빈스와 일하게 되고, 나는 골든 파고다에서 메이의 일을 대신한다. 가게 한쪽 끝에서부터 반대편 끝까지 먼지를 털고, 바닥과 창문을 닦는다. 루이 아버지에게 점심을 만들어준 뒤에는 욕조에서 설거지를 하고, 농부의 딸처럼 더러운 물을 문 밖에 버린다. 그리고 조이를 돌본다.

모든 여자들이 그렇듯이, 나도 더 좋은 엄마가 되고 싶다. 조이는 이제 17개월이라 아직 기저귀를 차고 있기 때문에, 기저귀를 손으로 빨아야 한다. 조이는 오후에 자주 울음을 터뜨리는데, 그럴 때면 몇 시간 동안이나 조이를 안고 서성거리며 달래주어야 한다. 조이가 못된 아이라서 그러는 게 아니다. 영화촬영 스케줄 때문에 조이는 밤에 잘 자지 못하고, 낮에도 낮잠을 잘 이루지 못한다. 영화 촬영장에서 미국 음식을 먹기 때문에, 집에서 내가 만들어주는 중국 음식은 뱉어버린다. 나는 엄마답게 아이를 꼭 끌어안아주려고 노력하지만, 남들과 몸이 닿는 것을 싫어하는 마음이 아직 내게 남아 있다. 내 딸을 사랑하지만, 호랑이띠 아이라서 다루기가 쉽지 않다. 메이가 조이와 많은 시간을 함께 보내는 것도 문제다. 마음속에서 앙심의 씨앗이 자라기 시작하고, 옌옌이 거기에 영양분을 준다. 그 노파의 말을 귀담아듣지 말아야 하는데, 떨어져 있기가 힘들다.

"메이는 제 자신밖에 몰라. 그 예쁜 얼굴에 못된 마음이 숨어 있다고. 딱 한 가지만 하면 되는데 그걸 안 하잖아. 펄, 펄, 펄, 넌 여기 앉아서 아무 짝에도 쓸모없는 딸을 하루 종일 돌보는데, 네 동생은 왜 애를 안 낳는 거야? 우리한테 아들을 낳아줘야지. 왜 안 하는 거야, 펄, 응? 애가 이기적이라서 그래. 너나 다른 식구들을 도울 생각이 없어서 그러는 거야."

나는 이런 말이 사실이라고 믿고 싶지 않다. 하지만 메이가 변하고 있음을 부인할 수 없다. 메이의 지에지에로서 내가 메이를 막아야 하지만, 나도 부모님도 메이가 어렸을 때 메이를 막지 못했다. 지금도 나는 메이를 어떻게 막아야 할지 모르겠다.

설상가상으로 메이는 촬영장에서 자주 전화를 걸어 낮은 목소리로 묻는다. "이 사람들한테 총을 어깨에 메야 한다고 대체 어떻게 말하지?" "맞는 장면에서는 몸을 웅크리고 한데 모여야 한다고 이 사람들한테 대체 어떻게 말하지?" 그럼 나는 메이에게 사읍 방언으로 그 말을 어떻게 하는지 가르쳐준다. 달리 어떻게 해야 할지 알 수 없기 때문에.

크리스마스 즈음에는 우리의 삶도 안정되었다. 메이와 내가 이곳에 온 지 20개월째다. 이제 직접 돈을 벌게 되었으므로 우리는 외출을 나가서 맛있는 것을 사먹을 수 있다. 루이 아버지는 우리더러 씀씀이가 헤프다고 나무라지만, 우리는 항상 잘 계산해서 돈을 쓴다. 나는 차이나타운의 미용실보다 더 세련되게 머리를 잘라주는 미용실에 가고 싶지만, 서양인들이 사는 동네의 미용실에 갈 때마다 "우린 중국 머리는 안 해요"라는 말만 듣는다. 결국 나는 어떤 사람을 설득해서 영업이 끝난 뒤 머리를 잘라주겠다는 승낙을 얻었다. 그 시간에는 나 때문에 백인 손님들이 화를 내는 일은 없을 것이다. 자동차를 한 대 사는 것도 좋을 것이다. 500달러면 문이 네 개인 중고 플리머스를 살 수 있다. 하지만 그만한 돈을 모으려면 아직 멀었다.

그 동안 우리는 브로드웨이의 화려한 영화관에 영화를 보러 간다. 하지만 가장 비싼 좌석을 구입해도, 우리는 발코니 좌석에 앉아야 한다. 그래도 우리는 신경 쓰지 않는다. 영화를 보면 기운이 나니까. 메이가 바닥에 쓰러져서 선교사에게 용서를 구하는 여자로 나오는 장면이나 클락 게이블이 고아가 된 조이를 삼판에 넘겨주는 장면을 보면 우리는 환호성을 지른다. 화면에서 내 딸의 아름다운 얼굴을 보면서 나는 내 검은 피부가 창피해진다. 나는 약재상에 가서 내 돈으로 진주가루가 섞인 크림을 산다. 그걸 바르면 조이의 엄마답게 내 얼굴이 하얗게 변할까 싶어서다.

이곳에서 지내는 동안 메이와 나는 운명에 희롱당해 탈출구를 찾아 헤매는 미인들에서 자기 팔자에 그다지 만족하지 않는 젊은 아내들로 변했다. 하기야 자기 팔자에 만족하는 젊은 아내가 어디 있겠는가? 샘과 나는 남편과 아내의 일을 하고 있고, 메이와 번도 마찬가지다. 벽이 얇아서 모든 소리가 들리기 때문에 확실히 알고 있다. 우리는 안전한 길을 받아들이고 삶에 적응했다. 그리고 가능한 한 기쁨을 찾아보려고 최선을 다한다. 섣달 그믐날에 우리는 옷을 차려입고 팔로마 무도장으로 간다. 하지만 중국인이라는 이유로 입장을 거절당한다. 길모퉁이에 서서 고개를 들어 보니 닳아서 흐릿해진 것처럼 보이는 보름달이 떠 있다. 허공에 떠 있는 배기가스와 불빛이 달빛을 무디게 만들었다. 어떤 시인이 시에 쓴 것처럼, 최고의 달에도 슬픔이 살짝 배어있는 법이다.

3부 **숙명**

하올라이우

우리는 다시 상하이에 와 있다. 인력거들이 덜컹거리며 지나간다. 거지들은 바닥에 쭈그리고 앉아 손바닥을 펴서 양팔을 쭉 내밀고 있다. 진열창에는 구운 오리가 걸려 있다. 노점상들이 각자 자기 수레 앞에서 국수를 끓이거나, 견과류를 굽거나, 두부를 튀긴다. 행상인들은 청경채와 멜론을 바구니에 넣어서 가지고 다니며 판다. 농부들도 시내로 들어와 있다. 그들은 살아있는 닭과 오리, 돼지고기 등이 매달린 장대를 양어깨에 메고 지나간다. 여자들은 몸에 꼭 붙는 청삼을 입고 한들한들 지나간다. 노인들은 상자를 뒤집어놓고 그 위에 앉아 곰방대로 담배를 피운다. 추위 때문에 양손을 소매 속으로 집어넣은 모습이다. 우리 발목을 감싼 짙은 안개가 골목들과 어두운 구석들로 스며들어 간다. 머리 위에 걸려 있는 홍등들은 모든 것을 으스스한 꿈처럼 바꿔놓는다.

"자리로 가요! 자리로, 모두!"

내 머릿속에 떠오른 고향의 모습은 사라지고, 나는 영화 촬영장으로 돌아온다. 나는 지금 메이, 조이와 함께 촬영장을 구경하는 중이다. 밝은 조명등이 가짜 풍경을 향해 켜진다. 카메라가 굴러간다. 어떤 남자가 머리 위에서 붐마이크의 위치를 잡는다. 1941년 9월이다.

"조이가 정말 잘해." 메이가 내 딸의 얼굴에 흘러내린 머리카락을 치워주며 말한다. "어떤 촬영장에 가든 모두들 조이를 얼마나 좋아하는데."

조이는 제 이모의 무릎에 앉아 있다. 행복하면서도 긴장한 표정이다. 이제 세 살 반인 조이는 아름답다. "이모랑 똑같네." 사람들은 항상 이렇게 말한다. 메이는 얼마나 훌륭한 이모인지. 조이에게 일자리를 구해주고, 영화촬영장에 데려다주고, 좋은 의상을 입혀주고, 감독이 순진한 아이의 얼굴에 카메라 초점을 맞추고 싶어 할 때 항상 딱 맞는 자리에 조이를 앉혀두다니. 지난 1년여 동안 조이는 이모와 워낙 많은 시간을 보냈기 때문에 나와 함께 있는 동안에는 고약한 우유를 앞에 둔 것 같은 표정이 된다. 나는 조이에게 버릇을 가르친다. 반드시 저녁식사를 먹게 하고, 얌전한 옷을 입게 하고, 할아버지, 할머니, 삼촌들, 그 밖의 어른들을 공손히 대하게 한다. 메이는 맛있는 음식과 뽀뽀로 아이의 응석을 다 받아주고, 이런 촬영현장에서는 아이가 밤새 깨어 있어도 뭐라고 하지 않는다.

사람들은 항상 나더러 똑똑하다고 했다. 심지어 시아버지도 그렇게 말한다. 하지만 2년 전에는 좋은 생각 같았던 일이 사실은 커다란 실수였음을 이제 알 것 같다. 메이에게 조이를 영화 촬영장에 데리고 가도 좋다고 허락할 때, 나는 메이가 내 딸에게 다른 세상을 보여주게 될 거라는 사실을 미처 알지 못했다. 여기는 재미있을 뿐만 아니라 나와는 완전히 동떨어진 세상이다. 내가 메이에게 이 말을 했더니, 메이는 인상을 찌푸리며 고개를 저었다. "그런 게 아냐. 우리랑 같이 가서 우리가 하는 일을 봐. 조이가 얼마나 잘하는지 알게 될 거야. 그러면 언니도 생각이 바뀔 걸." 하지만 내가 단순히 조이 때문에 이러는 게 아니다. 메이는 자기가 중요한 사람이라는 걸 과시하고 싶어 한다. 나한테서 정말 자랑스럽다는 말을 듣고 싶어 한다. 어렸을 때부터 항상 같은 패턴이다.

그래서 오늘 오후 늦게 우리는 버스에 올랐다. 메이가 일자리를 구해준 이웃사람들도 함께였다. 촬영장에 다다르자 버스는 출입구를 지나 의상부로 곧장 갔다. 거기 있던 여자들이 사이즈에 상관없이 우리에게 무조건 옷을 던져주었다. 내가 받은 것은 더러운 재킷과 주름 지고 헐렁한 바지였다. 나는 메이와 함께 중국을 빠져나와 앤젤 섬에서 고생하던 때 이후로 이런 옷을 입어본 적이 없다. 내가 옷을 바꿔

달라고 하자 의상부 아가씨가 말했다. "더럽게 보여야 돼요. 아주 더럽게. 알았어요?" 대개 화려하고 거만한 인물을 연기하는 메이도 농부의 옷을 받았다. 우리 둘이 한 장면에 나올 모양이었다.

우리는 개인공간은 전혀 없고 난방도 안 되는 커다란 천막 안에서 옷을 갈아입었다. 내 딸에게 매일 옷을 입혀주는 사람은 나인데도, 어찌 된 일인지 메이가 주도권을 잡았다. 메이는 조이의 펠트 점퍼를 벗기고, 메이와 내가 입은 것처럼 어둡고 더럽고 헐렁한 바지를 입혔다. 그러고는 분장실로 갔다. 그곳 사람들은 검은 천으로 우리 머리를 단단하게 감싸서 우리 머리카락을 가렸다. 조이의 머리카락은 고무줄 여러 개로 묶었다. 이국적인 검은 식물들이 싹을 틔우고 있는 것 같은 모양으로. 그러고는 우리 얼굴에 갈색 칠을 했다. 메이가 콜드크림에 코코아를 섞어 내 얼굴에 발라주던 기억이 떠올랐다. 우리가 다시 밖으로 나갔더니 사람들이 분무기로 우리 몸에 진흙을 뿌렸다. 그 때부터 우리는 가짜 상하이에서 기다렸다. 우리의 널찍한 검은 바지가 산들바람에 검은 정령처럼 펄럭였다. 여기서 태어난 사람들에게는 지금 이 곳이 조상들의 나라와 가장 가까운 모습이다. 중국에서 태어난 사람들은 이 촬영장에서 바다를 건너고 시간을 거슬러 올라간 것 같은 기분을 맛본다.

이곳 사람들이 내 동생을 아주 반갑게 대하는 모습이나 다른 엑스트라들이 내 동생을 공손히 대하는 모습에 나도 기분이 좋아진 건 사실이다. 메이는 행복하게 웃으며 친구들과 인사를 나눈다. 옛날 상하이 시절의 모습으로 돌아간 것 같다. 하지만 밤이 깊어갈수록 마음에 걸리는 일들이 점점 더 눈에 띈다. 어떤 남자가 살아 있는 닭을 파는 장면은 괜찮지만, 그 남자 뒤에서는 남자들 몇 명이 쪼그리고 앉아서 도박을 하고 있다. 또 다른 장면에서는 남자들이 아편을 피우는 시늉을 한다. 가짜로 꾸민 거리에서! 거의 모든 남자들이 변발을 하고 있다. 공화국이 성립된 지 25년 뒤에 난쟁이 도적들이 침입한 역사적 사실을 배경으로 삼은 영화인데도. 게다가 여자들은……

나는 올해 초에 밀리언달러 극장에서 메이, 샘, 번과 함께 보았던 〈상하이 제스처〉를 생각한다. 요세프 폰 슈테른베르크 감독은 상하이에서 산 적이 있기 때문에 영화에서 고향의 모습을 볼 수 있을지도 모른다고 생각했다. 하지만 그 영화 역시 백인 여자가 동양의 드센 여자에게 이끌려 도박, 알코올 등등의 세계로 들어가는 이야기였다. 우리는 영화 포스터를 보고 웃음을 터뜨렸다. 포스터에는 "사람들이 상하이에 사는 이유는 여러 가지다…… 대부분이 나쁜 이유다"라고 적혀 있었다. 상하이를 떠나기 직전 얼마 동안은 나도 같은 생각을 했지만, 그래도 아시아의 파리라는 내 고향이 그렇게 사악한 곳으로 그려진 것을 보니 가슴이 아팠다. 영화를 보러 갈 때마다 항상 이런 이야기들을 보았는데, 이제는 우리가 바로 그런 영화에 출연하고 있다.

"어떻게 이런 일을 할 수 있어, 메이? 부끄럽지도 않니?" 내가 묻는다.

메이는 진심으로 혼란스럽고 상처 입은 표정이다. "뭐가?"

"이 영화에서는 모든 중국인이 무지몽매한 사람으로 그려지잖아." 내가 대답한다. "이 사람들이 우리한테 바보처럼 키득거리거나 이를 드러내라고 시키잖아. 멍청하게 보이려고 일부러 손짓발짓을 하게 만들거나 하고. 아니면 최악의 엉터리 영어를 하게 만들고……"

"그건 맞는데, 설마 상하이는 달랐다는 거야?" 메이가 기대에 찬 얼굴로 나를 바라본다.

"중요한 건 그게 아니잖아! 넌 중국인의 자부심이 전혀 없는 거야?"

"언니가 왜 만날 불평만 하는지 정말 모르겠어." 메이가 대답한다. 실망감이 손에 잡힐 듯 느껴진다. "조이랑 내가 무슨 일을 하는지 보여주려고 언니를 데려온 거야. 우리가 자랑스럽지 않아?"

"메이……."

"왜 그냥 즐기질 못해?" 메이가 묻는다. "왜 그냥 조이와 내가 돈을 버는 걸 지켜보면서 기뻐하질 못해? 우리가 저쪽의 저 사람들만큼 많이 못 버는 건 나도 인정해." 메이가 가짜 인력거꾼 패거리를 가리킨다. "난 저 사람들이 1주일 동안 7달러 50센트의 일당을 확실히 보장받게 해줬어. 머리를 박박 미는 조건으로. 그건 나쁘지 않은……."

"인력거꾼, 아편쟁이, 창녀. 넌 다른 사람들이 우리를 그렇게 생각하면 좋겠어?"

"다른 사람이 로판을 의미하는 거라면, 그 사람들이 무슨 생각을 하든 내가 무슨 상관이야?"

"이건 너무 모욕적……."

"누구한테? 언니나 내가 그런 오명을 쓰는 것도 아니잖아. 게다가 이건 우리한테 그냥 앞으로 나아가는 과정의 일부일 뿐이야. 어떤 사람들은……." 여기서 어떤 사람이란 나를 말하는 것 같다. "천박한 일을 하느니 실업자로 지내려고 하지만, 우리는 이런 일을 출발점으로 삼을 수 있어. 여기서 어디로 갈지는 우리한테 달린 일이야."

"그럼 오늘 인력거꾼을 연기하는 저 남자들이 내일 영화사 사장이 되기라도 하는 거야?" 내가 믿을 수 없다는 표정으로 묻는다.

"그럴 리가 없잖아." 메이가 마침내 화를 낸다. "저 사람들이 원하는 건 대사가 있는 배역일 뿐이야. 그러면 돈을 아주 많이 벌 수 있잖아."

박와 톰은 2년 전부터 대사가 있는 역할이라는 꿈으로 메이를 유혹했지만, 메이는 아직도 그런 역할을 얻지 못했다. 하지만 조이는 여러 영화에서 이미 여러 대사를 한 적이 있다. 내가 조이의 수입을 모아둔 가방은 이제 상당히 통통해졌다. 조이는 아직 어린데도 말이다. 하지만 조이의 이모는 아직도 대사를 얻어서 20달러를 벌 수 있게 되기를 갈망하고 있다. 어떤 대사라도 상관없다. 지금은 "네, 부인" 같은 단순한 대사로도 만족할 것이다.

"밤새 나쁜 여자 행세를 하며 앉아 있는 게 그렇게 대단한 기회를 마련해준다면, 넌 왜 아직 대사가 있는 역할을 맡지 못한 거야?" 내가 날카롭게 말한다.

"언니도 이유를 알잖아! 내가 몇 번이나 말했어! 톰 말로는 내가 너무 아름답대. 감독이 날 선택할 때마다 주연 여배우가 날 퇴짜 놓는단 말이야. 나랑 싸워봤자 미모로는 나한테 질 게 뻔하니까. 건방진 소리로 들리는 줄은 알지만, 다들 하는 말이야."

촬영장 직원들이 다음 장면을 위해 모든 사람에게 자리를 잡아준 뒤 소품 몇 개를 덧붙인다. 우리가 찍고 있는 영화는 일본의 위협을 '경고'하는 내용이다. 일본이 중국을 침공해서 외국 여러 나라의 이익을 위협할 수 있다면, 우리 모두 일본의 위협을 걱정해야 하지 않겠느냐는 것이다. 지금까지 두어 시간 동안 같은 거리에서 같은 장면만 거듭 찍은 내 입장에서 보면, 메이와 내가 중국을 빠져나올 때 겪은 일과 이 영화 내용은 별로 상관이 없는 것 같다. 하지만 감독에게서 다음 장면의 설명을 들은 나는 가슴이 콱 막힌다.

"폭탄이 떨어질 거예요." 감독이 메가폰으로 설명한다. "진짜 폭탄은 아니지만, 소리는 진짜 같을 거예요. 그 다음에는 일본군이 시장으로 몰려올 겁니다. 여러분은 저쪽으로 도망쳐야 돼요. 거기 수레를 끄는 사람은 나가는 길에 수레를 엎어요. 여자들은 비명을 질러야 합니다. 아주 크게. 금방이라도 죽을 것처럼."

카메라가 돌기 시작하자 나는 조이를 엉덩이에 매달고 최대한 진짜 같은 비명을 지르며 달린다. 그걸 몇 번이나 거듭한다. 이 장면 때문에 나쁜 기억이 몰려올까 봐 순간적으로 걱정했지만, 실제로 해보니 그렇지 않다. 가짜 폭탄은 땅을 뒤흔들지 않는다. 뇌진탕 때문에 순간적으로 귀가 멀지도 않는다. 팔다리가 떨어져나간 사람도 없다. 피가 튀지도 않는다. 이건 그냥 재미있는 놀이일 뿐이다. 오래 전에 메이와 내가 부모님 앞에서 공연하던 것처럼. 조이에 대해서는 메이의 말이 옳았다. 조이는 감독의 지시도 잘 따르고, 촬영 사이에 기다릴 때도 얌전하다. 그리고 카메라가 돌기 시작하면 지시대로 울음을 터뜨린다.

새벽 두 시에 우리는 다시 분장실로 간다. 사람들이 우리 얼굴과 옷에 가짜 피를 발라준다. 촬영장으로 돌아간 뒤 몇몇 사람들은 바닥에 누워 있으라는 지시를 받는다. 다리를 벌리고, 피투성이 옷은 뒤틀리고, 눈은 초점을 잃은 모습으로. 이제 죽은 사람과 죽어가는 사람들이 사방에 누워 있다. 일본군 병사들이 다가오면 나머지 사람들은 비명을 지르며 도망쳐야 한다. 내게는 어려운 일이 아니다. 노란 군복이 보이고 군홧발 소리가 들린다. 엑스트라 한 명이 나처럼 농부 복장을 하고서 나와 부딪힌다. 나는 비명을 지른다. 가짜 병사들이 총검을 앞에 들고 달려오자 나는 도망치려다가 넘어진다. 조이는 허둥지둥 일어나서 계속 달린다. 나를 남겨둔 채 시체들 위를 비틀비틀 넘어서 내게서 점점 멀어진다. 내가 일어나려 하자 병사 한 명이 나를 밀어서 넘어뜨린다. 나는 무서워서 꼼짝할 수 없다. 주위의 남자들은 모두 중국인의 얼굴인데도, 비록 적처럼 차려 입었지만 사실은 모두 내 이웃사람들인데도 나는 비명을 지르고 또 지른다. 여기는 이미 영화 촬영장이 아니다. 상하이 외곽의 오두막이다. 감독이 소리친다.

"컷."

메이가 내 옆으로 다가온다. 잔뜩 걱정스러운 표정이다. "언니, 괜찮아?" 메이가 나를 일으켜 세워주며 묻는다.

난 아직도 마음이 가라앉지 않아서 말을 할 수 없다. 내가 고개를 끄덕이자 메이가 무슨 일이냐는 표정으로 나를 바라본다. 나는 내 기분에 대해 이야기하고 싶지 않다. 중국의 병원에서 깨어났을 때도 그랬고, 지금도 그렇다. 나는 메이의 품에서 조이를 떼어내서 꼭 끌어안는다. 감독이 내게 다가왔을 때도 나는 여전히 떨고 있다.

"정말 굉장했어요." 감독이 말했다. "두 블록 떨어진 곳에서도 비명이 들리겠던데요. 다시 할 수 있겠어요?" 감독이 평가하듯 나를 훑어본다. "여러 번 더 할 수 있겠어요?" 내가 금방 대답하지 않자 그가 말한다. "돈을 더 드리죠. 아이한테도. 좋은 비명도 내가 보기에는 대사니까. 당신 같은 얼굴은 항상 쓸모가 있어요."

메이가 내 팔을 잡은 손에 힘을 준다.

"하겠어요?" 감독이 묻는다.

나는 오두막의 기억을 머릿속에서 밀어버리고 내 딸의 미래를 생각한다. 이번 달에는 조이를 위해 돈을 더 모을 수 있을 것이다.

"해볼게요." 내가 간신히 말한다.

메이의 손가락이 내 팔을 파고든다. 감독이 자기 의자로 천천히 돌아가자 메이가 나를 다른 사람들에게서 떨어진 곳으로 데려간다. "내가 하게 해줘." 메이가 숨죽인 소리로 필사적으로 간청한다. "제발, 제발 부탁이야."

"비명을 지른 건 나야." 내가 말한다. "난 오늘밤 일에서 가치 있는 걸 건지고 싶어."

"나한테는 유일한 기회일지도……"

"넌 이제 겨우 스물두 살이야."

"상하이에서 난 미인이었어." 메이가 간청한다. "하지만 여긴 할리우드야. 나한테 남은 시간이 별로 없어."

"누구나 늙는 걸 두려워해." 내가 말한다. "하지만 나도 이 일을 하고 싶어. 나도 미인이었다는 거 잊었어?" 메이가 아무 대꾸도 하지 않자, 나는 확실히 메이를 이길 수 있는 말을 한다. "오두막에서 일어난 일을 기억하는 사람은 나야……"

"언니는 항상 그걸 핑계로 자기 고집을 세우지."

나는 메이의 말에 경악해서 뒤로 물러난다. "진심이야?"

"언니는 내가 뭐든 나만의 것을 갖는 게 싫은 거야." 메이가 쓸쓸하게 말한다.

내가 동생을 위해서 얼마나 많은 걸 희생했는데, 저런 말을 하다니. 지난 몇 년 동안 나는 점점 더 메이에게 화를 내면서도 메이가 원하는 것이라면 무엇이든 주었다.

"언제나 기회를 얻는 건 언니야." 메이가 말을 계속한다. 목소리에 점점 힘이 붙는다.

이제 어떻게 된 건지 알 것 같다. 메이는 원하는 걸 얻지 못한다면, 나와 싸움도 불사할 생각이다. 하지만 이번에는 나도 그렇게 쉽게 물러날 생각이 없다.

"무슨 기회?"

"엄마랑 아버지는 언니를 대학에 보내줬어……"

그건 아주 오래 전 이야기지만, 나는 이렇게 말한다. "대학에 가기 싫어한 건 너야."

"다들 나보다 언니를 더 좋아해."

"웃기지 마……"

"심지어 내 남편도 나보다 언니를 더 좋아해. 항상 언니한테 잘해주잖아."

메이와 싸워서 뭘 하겠는가? 우리는 항상 똑같은 일 때문에 싸움을 벌였다. 부모님이 우리 둘 중 누굴 더 좋아하네, 누가 더 좋은 걸 가졌네…… 그 물건이 향을 가미한 아이스크림이든, 예쁜 신발이든, 다정한 남편이든 상관없다. 자기가 하고 싶은 일 때문에 상대를 희생시키려 한다는 비난도 싸움의 주제 중 하나였다.

"나도 언니만큼 비명을 잘 지를 수 있어." 메이가 고집을 부린다. "다시 부탁할게. 내가 하게 해줘."

"그럼 조이는 어쩌고?" 내가 부드럽게 묻는다. 메이의 약점을 찌른 것이다. "샘과 내가 조이를 대학에 보내려고 돈을 모으는 거 알잖아."

"그건 15년 뒤의 일이야. 게다가 미국 대학이 중국 애인 조이를 받아주겠어?" 아까는 기쁨과 자부심으로 반짝이던 내 동생의 눈이 갑자기 나를 노려본다. 순간적으로 나는 상하이 우리 집의 부엌으로 돌아간 기분이 든다. 요리사가 우리에게 만두 만드는 법을 가르치던 때로. 처음에는 재미로 시작한 일이 나중에는 끔찍한 싸움으로 끝났다. 그리고 오랜 세월이 흐른 지금 즐거운 외출이 되었어야 할 일이 무섭게 변해버렸다. 메이의 얼굴에는 질투뿐만 아니라 증오도 배어 있다. "내가 하게 해줘." 메이가 말한다. "난 그럴 자격이 있어."

나는 메이가 톰 거빈스 밑에서 일하는 것, '골든'이라는 말이 붙은 가게에 갇혀 하루를 보내지 않아도 되는 것, 내 딸과 이런 촬영장을 오가는 것, 그래서 한동안 차이나타운과 차이나 시티를 벗어날 수 있는 것에 대해 생각한다.

"메이……"

"그 동안 나한테 품고 있던 불만을 몽땅 들출 생각인지 모르지만, 난 듣고 싶지 않아. 언니는 자기가 얼마나 행운아인지 인정 안 하잖아. 내가 얼마나 언니를 질투하는지 모르겠어? 나도 어쩔 수 없어. 언니는 모든 걸 가졌잖아. 언니를 사랑해주고 말을 걸어주는 남편도 있고, 딸도 있어."

그래! 메이가 말해버렸다. 내 입에서 순식간에 말이 튀어나간다. 미처 생각해볼 틈도, 말을 멈출 틈도 없다.

"그럼 왜 네가 조이랑 같이 있는 시간이 나보다 더 많은 건데?" 이 말을 하면서 나는 옛 속담을 떠올린다. 병은 입으로 들어가고, 재난은 입에서 나온다는 말. 때로는 말이 폭탄과 같다는 뜻이다.

"조이가 나랑 같이 있는 걸 더 좋아하는 건 내가 안아주고 뽀뽀해주기 때문이야. 내가 손을 잡아주고, 무릎에 앉혀주기 때문이야." 메이가 쏘아붙인다.

"중국인은 아이를 그렇게 안 길러. 그렇게 살을 맞대는 건……"

"우리가 엄마, 아버지랑 같이 살 때는 언니도 그렇게 생각하지 않았어." 메이가 말한다.

"그건 맞지만, 지금은 엄마가 됐으니까 난 조이가 상처 난 도자기로 자라는 게 싫어."

"엄마가 안아준다고 애가 헤픈 여자가 되지는 않아……"

"내 딸을 기르는 일에 이래라 저래라 하지 마!" 내 날카로운 목소리에 엑스트라 몇 명이 무슨 일인가 하는 표정으로 우리를 바라본다.

"언니는 내가 뭐든 갖는 걸 싫어하지만, 아버지는 우리가 혼인에 동의하면 하올라이우에 가게 될 거라고 약속했어."

내 기억은 다르다. 게다가 메이는 화제를 바꾸고 있다. 상황을 혼란스럽게 만들고 있다.

"중요한 건 조이야." 내가 말한다. "너의 멍청한 꿈이 아니라고."

"그래? 몇 분 전에는 나더러 중국인을 망신시킨다고 했잖아. 그런데 내가 하면 나쁜 일이지만, 언니랑 조이가 하면 괜찮다고?"

이것이 나의 문제다. 나는 내 마음속에서 이 문제를 어떻게 해결해야 할지 모르겠다. 나도 지금 머리가 제대로 돌아가지 않지만, 메이도 마찬가지인 것 같다.

"언니는 모든 걸 가졌어." 메이가 울음을 터뜨리며 같은 말을 또 한다. "난 아무 것도 없는데. 나한테 이거 한 가지를 못 해줘? 부탁이야. 제발."

나는 입을 닫고 내 분노가 살갗을 태우게 내버려둔다. 나는 메이가 나 대신 이 역할을 맡아야 한다며 내세운 이유들을 믿지도 않고 인정하지도 않지만, 항상 하던 행동을 한다. 모이모이에게 굴복하는 것. 메이의 질투심이 사라지게 할 방법은 이것뿐이다. 내가 분노를 은신처로 되돌려놓고, 더 이상의 마찰 없이 조이를 이 일에서 빼내는 방법을 생각할 여유를 찾을 수 있는 유일한 방법이기도 하다. 메이와 나는 자매다. 우리는 앞으로도 항상 싸울 것이고, 그 때마다 화해할 것이다. 원래 자매란 그런 것이다. 싸우면서 서로의 약점, 실수, 판단 착오를 들추고, 어렸을 때부터 품고 있던 불안감을 내비치고 나서 다시 화해한다. 다시 싸우게 될 때까지.

메이가 내 딸을 데리고 내 자리로 간다. 감독은 사람이 달라진 걸 알아차리지 못한다. 그가 보기에 가짜 진흙과 피를 묻힌 검은 바지 차림으로 아이를 안고 가는 중국 여자는 누구든 상관없다. 그 뒤로 몇 시간 동안 나는 동생이 거듭 질러대는 비명을 듣는다. 감독은 결코 만족하지 못하면서도 메이를 다른 사람으로 바꾸지 않는다.

스냅사진

내가 영화 촬영장에 다녀온 날로부터 석 달이 지난 1941년 12월 7일에 일본군이 진주만을 폭격하고, 미국은 전쟁에 돌입한다. 바로 그 다음 날 일본이 홍콩을 공격한다. 크리스마스에 영국이 항복한다. 한편 12월 8일 오전 10시 정각에 일본은 상하이 공공 조계를 점령하고 번드의 홍콩 상하이 은행 꼭대기에 자기네 국기를 올린다. 멋도 모르고 상하이에 남았던 외국인들은 그 뒤로 4년 동안 수용소에 갇힌다. 그리고 이 나라에서는 앤젤 섬의 이민국 사무소가 일본, 이탈리아, 독일 출신의 전쟁포로들을 수용하기 위한 미군시설로 바뀐다. 여기 차이나타운에서 에드프리드는 우리에게 생각해볼 시간조차 주지 않은 채 가장 먼저 군대에 자원해서 들어간다.

"뭐! 왜 그런 짓을 해?" 윌버트 아주버니가 아들에게서 그 소식을 듣고 사읍 방언으로 다그친다.

"애국자니까요!" 에드프리드가 기쁨에 찬 목소리로 대답한다. "난 싸우고 싶어요. 첫 번째 이유는 우리들 모두의 공통의 적인 일본놈들을 물리치는 데 도움이 되고 싶다는 거예요. 둘째, 군에 입대하면 미국시민이 될 수 있어요. 진짜 시민이요. 완전히." 그러려면 에드프리드가 먼저 살아남아야 한다고 우리 모두 속으로 생각한다. "세탁부들도 전부 하는 일이에요." 에드프리드는 우리가 함께 흥분하지 않자 말을 덧붙인다.

"세탁부! 흥! 세탁부가 되지 않으려고 무슨 짓이든 하는 사람도 있어." 윌버트 아주버니가 걱정스러운 마음에 흡 하고 숨을 들이쉰다.

"그 사람들이 너더러 미국시민이냐고 물어봤을 때 뭐라고 했어?" 이건 샘이 한 말이다. 샘은 우리들 중 한 사람이 가짜 시민이라는 걸 들켜서 우리 모두 중국으로 추방될까 봐 항상 걱정한다. "넌 서류상의 아들이야. 그 사람들이 우리 집에 들이닥치는 거 아냐?"

"난 내 상태를 그대로 인정했어요. 가짜 서류로 미국에 건너왔다고 말했다고요." 에드프리드가 대답한다. "그쪽에서는 그런 일에는 별로 관심이 없는 것 같던데요. 혹시라도 다른 식구들한테 영향이 갈 만한 질문이 나오면 난 '저는 고아예요. 저를 군대에 넣어줄 거예요, 말 거예요?'라고 말했어요."

"하지만 너 나이가 너무 많지 않냐?" 찰리 아주버니가 묻는다.

"서류상으로는 서른 살이지만, 실제로는 겨우 스물세 살이에요. 몸도 건강하고, 기꺼이 죽을 각오도 돼 있어요. 그런 나를 그쪽에서 왜 안 받아주겠어요?"

며칠 뒤 에드프리드가 카페에 들어와 선언한다. "군대에서 양말을 직접 사오래요. 어디서 양말을 사요?" 에드프리드는 로스앤젤레스에서 17년째 살고 있는데도 가장 기본적인 일용품조차 어디서 어떻게 구해야 할지 모른다. 나는 가게까지 데려다주겠다고 제의하지만 에드프리드는 이렇게 말한다. "혼자 가야 돼요. 이제 혼자 사는 법을 배워야 하니까요." 에드프리드는 두어 시간 뒤 헐렁한 바지의 무릎이 긁혀서 구멍이 난 모습으로 돌아온다. "양말을 사긴 샀는데, 가게를 나설 때 어떤 남자들이 날 밀쳤어요. 내가 일본인인 줄 알았대요."

에드프리드가 신병 훈련소에 있는 동안 루이 아버지와 나는 가게의 물건들을 일일이 점검해서 '일본제'라는 스티커를 떼어대고 대신 '100% 중국제품'이라는 스티커를 붙인다. 루이 아버지가 멕시코제 잡화를 사들이기 시작했기 때문에 우리는 올베라 거리의 상인들과 직접 경쟁해야 하는 처지가 된다. 이상하게도 우리 손님들은 중국제, 일본제, 멕시코제의 차이를 알아차리지 못하는 것 같다. 그들에게는 그냥 외국산일 뿐이다.

우리도 영원히 외국인이다. 그래서 그들은 우리를 수상쩍게 본다.

차이나타운의 협의체는 '중국은 여러분의 동맹입니다'라는 문구를 인쇄해서 가게 진열창, 집, 자동차에 내걸게 한다. 우리가 일본인이 아님을 알리기 위해서다. 완장과 배지도 만들어 우리에게 나눠준다. 거리에서 공격을 받거나 경찰에 체포돼서 수용소로 끌려가는 걸 막기 위해서다. 정부는 대다수의 서양인들이 동양인은 모두 똑같이 생겼다고 생각하는 걸 알기 때문에 우리가 '중국민족의 일원'임을 확인해주는 특수 등록증을 발급해준다. 우리 모두 경계를 늦추지 않는다.

하지만 에드프리드가 군사훈련을 마치고 로스앤젤레스에 다니러 오자 사람들은 거리에서 그에게 경례를 한다. "군복을 입으면 아무도 날 발로 차고 때리지 않아요. 나도 다른 사람들과 똑같이 이 나라에 살 권리가 있다는 상징이거든요." 에드프리드가 설명한다. "그래서 이제 세 번째 이유가 생겼어요. 군대에서는 공정한 기회를 얻을 수 있다는 것. 내가 중국인이라는 걸 따지지 않고, 미국을 위해 싸운 군인임을 평가해주는 거예요."

그 날 나는 사진기를 사서 처음으로 사진을 찍는다. 지금도 나는 엄마와 아버지의 사진들을 갖고 있다. 이민국 관리들이 주기적인 조사를 나올 때 들키지 않게 숨겨두긴 했지만. 하지만 에드프리드가 군대에 가는 건 얘기가 다르다. 그는 미국을 위해 싸울 것이다……그리고 중국을 위해서도. 이 다음에 조사관들이 나오면, 나는 에드프리드의 스냅사진을 자랑스레 보여줄 것이다. 중국인답게 언제나 깡마른 몸에 군복을 입고 카메라를 향해 환히 웃고 있는 모습. 모자는 멋을 부리느라 삐딱하게 썼다. 그는 사진을 찍기 직전에 이런 말을 했다. "앞으로는 저를 그냥 프레드라고 부르세요. 에드프리드 말고요. 알았죠?"

하지만 사진에는 1미터쯤 떨어진 곳에 낙심하고 겁에 질린 표정으로 서 있던 시아버지가 찍혀 있지 않다. 지난 몇 년 동안 시아버지를 대하는 나의 감정은 점차 변했다. 시아버지는 이곳 로스앤젤레스에서 거의 가진 것이 없다. 이곳에서 시아버지는 3등 시민이고, 우리 모두와 똑같은 차별을 겪는다. 그리고 결코 차이나타운을 박차고 뛰어나갈 사람이 아니다. 이제 그가 제 2의 조국으로 선택한 미국도 일본과 싸우고 있다. 상선들의 운항이 중단되었기 때문에, 상하이의 공장에서 물건을 받을 수도 없고 서류상의 동업자들을 데려오는 방법으로 돈을 벌 수도 없다. 그런데도 시아버지는 와홍 마을의 친척들에게 계속 '선물'로 돈을 보낸다. 미국 달러가 중국에서 커다란 효력을 발휘한다는 이유도 있지만, 조국에 대한 그리움이 전혀 줄어들지 않았기 때문이기도 하다. 옌옌, 번, 샘, 메이, 나는 돈을 보낼 사람이 없기 때문에 루이 아버지가 보내는 돈은 우리 모두의 것이다. 우리가 잃어버린 모든 마을들, 집들, 가족들을 위한 것이다.

"싸울 수 없는 사람들은 생산활동을 해야 해요." 찰리 아주버니가 어느 날 우리에게 말한다. "리 씨네 아들들 알죠? 걔들은 록히드에서 비행기를 만들고 있어요. 나도 가면 자리를 얻을 수 있대요. 잡채를 만드는 거랑은 달라요. 내가 비행기를 만드는 건 우리 조상들의 땅과 새로운 조국의 자유를 위한 거예요."

"하지만 아주버님 영어실력이……"

"내가 열심히 일하기만 하면 영어실력 같은 건 아무도 신경 안 써요." 찰리가 말한다. "제수씨도 거기서 일할 수 있어요. 리 씨네 아들들도 누이들을 데려가서 같이 일하고 있거든요. 지금 에스더와 버니스는 폭격기 문에 리벳을 박아 넣는 일을 해요. 걔들이 얼마나 버는지 알아요? 낮에는 시간당 60센트고, 야간에는 시간당 65센트예요. 내 수입은 얼마나 될 것 같아요?" 찰리는 눈을 비빈다. 알레르기 때문에 잔뜩 부어서 유난히 고통스러워 보인다. "시간당 85센트예요. 주급 34

달러라고요. 분명히 말하지만, 그만하면 주급이 아주 센 거예요."

내가 찍은 사진 속에서 찰리 아주버니는 소매를 걷어붙인 모습으로 카운터에 앉아 있다. 앞에는 파이 한 조각이 놓여 있고, 앞치마와 종이모자는 빈 의자에 버려져 있다.

"우리 아들이 전쟁을 위해 뭘 할 수 있겠어?" 시아버지가 말한다. 작년 6월에 고등학교를 졸업한 번이 징병 통지서를 받았기 때문이다. 번이 다니던 고등학교에서는 애당초 번을 원하지도 않았고, 번의 교육에 그다지 신경을 쓰지도 않았다. "애는 집에 있는 편이 나아. 샘, 애랑 같이 가서 그 사람들한테 설명 좀 해줘라."

"그렇게 하죠." 샘이 말한다. "그리고 제가 군대에 자원할 거예요. 저도 진짜 시민이 되고 싶어요."

루이 아버지는 샘의 생각을 바꾸려 하지 않는다. 시민권도 중요하고, 자칫 민감한 질문 때문에 많은 사람의 삶이 달라질 수도 있지만, 이번 전쟁이 어떤 전쟁인지 우리 모두 잘 알고 있기 때문이다. 나는 샘이 자랑스럽지만, 그렇다고 걱정스럽지 않은 것은 아니다. 샘과 번이 아파트로 돌아왔을 때, 나는 일이 생각대로 되지 않았음을 알아차린다. 번이야 당연히 군대에서 퇴짜를 맞았지만, 샘이 4-F 등급으로 분류된 건 놀라운 일이다.

"평발 때문이래. 그래도 인력거를 끌고 상하이 거리 구석구석을 누비던 몸인데." 샘은 방에 나와 단 둘이 있을 때 투덜거린다. 이번에도 그는 남자로서 무시를 당했다. 여러 면에서 샘은 여전히 고난을 견디고 있다.

그러고 얼마 안 돼서 메이가 내 카메라로 사진을 한 장 찍는다. 그 사진을 보니 메이, 조이, 내가 이곳에 온 뒤로 이 아파트가 얼마나 변했는지 알 수 있다. 대나무 발은 창문 위까지 둘둘 말려 있지만, 밖에서 남들이 엿보지 못하게 발을 내리는 건 언제나 가능하다. 소파 위의 벽에는 사계절을 묘사한 달력이 네 개 걸려 있다. 우리가 지난 4년 동안 윙온렁 시장에서 받아온 것이다. 루이 영감은 등받이가 꼿꼿하게 뻗은 의자에 엄숙한 표정으로 앉아 있다. 자기만의 고치 속에 틀어박힌 것 같다. 샘은 창밖을 응시한다. 철부채라서 허리가 꼿꼿하게 서 있지만, 얼굴은 마치 한 대 맞은 것 같은 표정이다. 가족이라는 자궁 안에서 행복한 나날을 보내고 있는 번은 소파 위에 몸을 쭉 펴고 누워서 모형 비행기를 들고 있다. 나는 바닥에 앉아 차이나 시티와 뉴 차이나타운에서 전쟁 채권을 판다고 광고하는 배너를 만들고 있다. 조이는 근처를 맴돌며 고무줄을 뭉쳐 공처럼 만들고 있다. 옌옌은 한 번 사용한 호일을 구겨서 단단하게 뭉친다. 그 날 늦게 우리는 이 물건들을 벨몬트 고등학교로 가져가 수집통에 넣을 작정이다.

내가 보기에 이 사진은 우리가 크고 작은 희생을 치르고 있음을 보여준다. 우리는 마침내 세탁기를 살 수 있는 형편이 되었는데도 사지 않는다. 금속이 워낙 귀하기 때문이다. 우리는 일본제 비단 스타킹 불매운동에 참여하면서, 대신 면 스타킹을 신는다. 불매운동의 표어는 '세련되게 무명을 입자'다. 물론 시내 전역의 여자들이 비단 거부운동에 동참한다. 다들 커피, 쇠고기, 설탕, 밀가루, 우유 등의 부족으로 고생하고 있지만, 시내 전역의 카페들과 중국 식당들은 쌀, 생강, 목이버섯, 간장 등을 태평양 너머에서 수송해올 수 없기 때문에 더욱 고생하고 있다. 우리는 물밤 대신 저민 사과를 사용하는 방법을 터득한다. 중국의 향기로운 재스민쌀 대신 텍사스에서 재배한 쌀을 구입한다. 올레오 마가린에 노란색 식용색소를 주입하고 치댄 뒤 직육면체 틀에 넣고 눌러서 버터처럼 만들어 카페에서 사용한다. 샘은 암시장에서 한 상자에 5달러를 주고 달걀을 구한다. 우리는 전쟁물자 수집센터에 가져가려고 싱크대 밑에 둔 커피 깡통에 베이컨 기름을 모으고 있다. 이 기름은 무기 생산에 사용된다고 한다. 나는 식당에서 완두콩을 실에 꿰고 마늘을 까는 데 많은 시간을 바쳐야 하는 것에 더 이상 화내지 않는다. 지금 우리는 군복을 입은 우리 청년들을 위해 봉사하고 있기 때문이다. 우리는 그들을 위해 할 수 있는 모든 일을 해야 한다. 집에서 우리는 미국 음식을 먹기 시작한다. 돼지고기와 콩, 그릴에 구운 스팸과 치즈와 양파를 넣은 샌드위치, 크림을 친 참치, 팬케이크 가루로 만든 캐서롤 등이다. 이런 요리들은 우리가 쓰는 양념을 더욱 더 널리 퍼뜨릴 것이다.

찰칵. 중국식 새해의 기금모금운동. 찰칵. 쌍십절 기금모금운동. 찰칵. 좋아하는 스타들과 함께 하는 중국의 밤. 찰칵. 밥그릇 퍼레이드. 차이나타운의 여자들이 거대한 중국 국기의 가장자리를 잡고 걸어가면서 구경꾼들에게 국기 위로 동전을 던져달라고 말한다. 찰칵. 달 축제. 애나 메이 웡과 케이 루크가 행사의 진행을 맡는다. 바바라 스탠윅, 딕 파월, 주디 갈런드, 케이 카이저, 로럴과 하디가 사람들에게 손을 흔든다. 윌리엄 홀든과 레이몬드 매시는 쾌활한 모습으로 그 근처에 서 있고, 메이와 드럼 연주단의 아가씨들은 승리를 뜻하는 V자 대열을 지어 행진한다. 이렇게 모금된 돈은 의약품, 모기장, 방독면 등 피난민들에게 꼭 필요한 물건들을 사는 데 사용될 것이다. 구급차와 비행기도 이 돈으로 구입해서 태평양 너머로 보낼 것이다.

찰칵. 차이나타운의 군인매점. 메이가 병사들, 수병들, 공군 비행사들과 포즈를 취한다. 그들은 로스앤젤레스에 잠시 머무르는 동안 앨러메다 거리를 건너 이 매점을 찾아온다. 그들은 미국 전역에서 온 청년들이다. 중국인을 처음 본다는 청년들도 많다. 우리는 그들이 쓰는 사투리를 따라서 쓴다. 찰칵. 나는 장제스가 훈련을 위해 로스앤젤레스로 보낸 공군 조종사들에게 둘러싸여 있다. 그들의 목소리를 듣고, 고향의 소식을 듣고, 중국이 아직도 열심히 싸우고 있음을 알게 된 것이 정말 좋다. 찰칵, 찰칵, 찰칵. 밥 호프, 프랜시스 랭포드, 제리 콜로나가 공연을 하러 매점으로 온다. 열여섯 살에서 열여덟 살 사이인 여자아이들이 빨간 블라우스에 하얀 앞치마를 입고 빨간 양말에 옥스퍼드 슈즈를 신은 차림으로 자진해서 나서서 군인들과 지르박을 추고, 샌드위치를 나눠주고, 군인들의 이야기를 들으며 공감해준다.

내가 가장 좋아하는 사진은 메이와 내가 어느 토요일 저녁에 매점 문을 닫기 직전에 젊은 여자들의 보호자로 나와 있는 모습을 찍은 것이다. 우리는 머리에 치자나무 가지를 핀으로 꽂았고, 머리카락은 부드럽게 구불거리며 어깨까지 늘어져 있다. 우리가 입은 옷은 목선이 많이 파여서 하얀 피부가 드러나 있는데도, 우리는 왠지 소녀 같고 정숙해 보인다. 원피스 길이가 짧아서 맨다리가 드러나 있다. 우리가 유부녀인지는 몰라도, 여전히 아름답고 쾌활하게 보인다. 메이와 나는 전쟁을 겪는 것이 어떤 일인지 안다. 그런데 로스앤젤레스의 생활은 그 경험과 다르다.

그 뒤로 15개월 동안 많은 사람들이 이 도시를 거쳐 간다. 태평양의 전쟁터로 나가거나 그곳에서 돌아오는 군인들, 군대 병원에 입원한 남편과 아버지를 보러 가는 아내와 아이들, 외교관들, 배우들, 전쟁과 관련된 온갖 물건의 판매원들. 그 중에 내가 아는 사람이 있을 거라고는 상상조차 못했지만, 어느 날 카페에서 어떤 남자가 내 이름을 부른다.

"펄 친? 맞지?"

나는 카운터에 앉은 그 남자를 빤히 바라본다. 내가 아는 사람이지만, 내 눈은 그를 알아보는 걸 거부한다. 그를 보자마자 깊은 굴욕감이 몰려왔기 때문이다.

"상하이에 살던 펄 친 아냐? 내 딸 벳시랑 아는 사이였잖니."

나는 그가 주문한 차우멘중국식 볶음국수을 내려놓고 몸을 돌려 손을 닦는다. 과거에 나를 알던 사람에게 이렇게 몰락한 내 모습을 보이는 건 생전 처음이다. 예전에 나는 상하이 건물들의 벽을 장식하던 미인이었다. 똑똑하고 영리해서 이 남자의 집에도 드나들 수 있었다. 이 남자의 딸을 초라한 모습에서 어느 정도 세련된 모습으로 바꿔주었다. 이제 나는 다섯 살 난 아이의 엄마이자, 인력거꾼의 아내이며, 관광지의 카페에서 일하는 웨이트리스다. 나는 얼굴에 억지로 미소를 띠고 몸을 돌려 그를 바라본다.

"하월 아저씨, 이렇게 다시 만나다니요."

하지만 그는 날 만나서 반가운 얼굴이 아니다. 슬프고 늙어 보인다. 내가 초라해져서 슬퍼하는 건 아니다.

"널 찾으러 왔어." 그가 카운터 너머로 손을 뻗어 내 팔을 잡는다. "폭격 때 네가 죽은 줄 알았는데, 이렇게 살아 있구나."

"벳시는요?"

"룽화탑 외곽의 일본군 수용소에 있다."

Z. G., 메이와 함께 연을 날리던 기억이 뇌리를 스친다. 하지만 나는 이렇게 말한다. "미국인들은 대부분 상하이를 떠난 줄 알았는데……"

"벳시는 결혼했어." 하월 씨가 슬픈 표정으로 말한다. "몰랐니? 스탠더드 오일에서 일하는 젊은이랑 결혼했지. 나랑 집사람이 상하이를 떠난 뒤에도 걔들은 그냥 남아 있었다. 석유사업이라는 게 어떤지 너도 알잖니."

나는 카운터 옆을 돌아 나와 하월 씨 옆의 의자에 앉는다. 샘, 윌버트, 그리고 카페의 다른 직원들이 호기심 어린 시선으로 나를 바라보는 것이 느껴진다. 그들이 날 좀 그만 봤으면 좋겠다. 거리의 거지들처럼 입을 헤 벌린 꼴이라니. 하지만 벳시의 아버지는 눈치 채지 못한 것 같다. 내가 수치심을 전혀 느끼지 않는다고 말하고 싶지만, 살갗을 조금만 들추면 바로 거기에 수치심이 숨어 있음을 고백할 수밖에 없다. 이 나라에 온 지 거의 5년이 됐는데도 나는 아직 내 처지를 완전히 받아들이지 못했다. 과거에서 날아온 이 사람의 얼굴을 보니 내 삶의 좋은 점들이 모두 하찮게 변해버린 것 같다.

벳시의 아버지는 십중팔구 지금도 국무부에서 일하고 있을 것이다. 그러니 어쩌면 내 처지를 알고 있을지도 모른다. 마침내 그가 우리 사이의 침묵을 깬다. "상하이가 고독한 섬이 된 뒤에도 우리는 벳시의 소식을 들었다. 영국 영토 안에 있으니 안전할 줄 알았지. 하지만 12월 8일 이후에는 그 애를 이리로 데려올 방법을 찾을 수 없었다. 지금은 외교적인 채널도 그다지 효과가 없어." 하월 씨는 자신의 커피잔을 내려다보며 슬픈 미소를 짓는다.

"벳시는 강한 애예요." 나는 하월 씨의 기운을 북돋아주려고 이렇게 말한다. "항상 똑똑하고 용감했어요." 정말로 그랬나? 벳시가 정치에 대해 열정을 보이던 것이 기억난다. 그 때 메이와 내가 원하는 건 샴페인 한 잔을 더 먹는 것이나 춤을 한 번 더 추는 것뿐이었는데.

"집사람과 나도 그렇게 되뇌고 있다."

"희망을 잃지 마세요."

하월 씨는 알만하다는 듯이 코웃음을 친다. "정말 너다운 말이구나, 펄. 항상 밝은 면만 보지. 그래서 네가 상하이에서 그렇게 잘 지낼 수 있었던 거고. 그래서 나쁜 일들이 생기기 전에 거길 빠져나온 거야. 똑똑한 사람들은 전부 너무 늦기 전에 빠져나왔으니까."

내가 아무 말도 하지 않자 하월 씨가 나를 빤히 바라본다. 그리고 한참 뒤 그가 말한다. "장제스 부인의 방문 문제로 널 찾아왔다. 부인의 미국 순회여행에 내가 동행하고 있는데, 지난 주에는 워싱턴에 있었다. 거기서 부인은 의회에 나가 중국이 우리 공통의 적과 싸울 수 있게 자금을 지원해달라고 호소했지. 중국인 배제법1882년에 제정된 이민 금지법이 존재하는 한 중국과 미국은 진정한 동맹이 될 수 없다는 말도 했고. 이번 주에는 할리우드 보울에서 연설을 할 예정인데……"

"여기 차이나타운에서 열리는 퍼레이드에도 참가하겠네요."

"너도 사정을 전부 알고 있는 모양이구나."

"저도 할리우드 보울에 갈 거예요." 내가 말한다. "우리 모두 갈 거예요. 다들 장제스 부인이 여기에 오시는 걸 고대하고 있어요."

하월 씨는 '우리'라는 말을 듣고 비로소 주위의 상황을 알아차린 것 같다. 그의 어두운 눈에서 과거에 알던 어떤 젊은 여자에 대한 기억이 물러난다. 어쩌면 그 여자는 실제로는 아예 존재하지 않았을 수도 있다. 하월 씨는 내 옷에 묻은 기름얼룩, 눈가의 잔주름, 튼 손을 바라본다. 그리고 카페가 아주 작다는 사실, 벽이 아기들의 똥 같은 노란색이라는 사실, 머리 위에서 돌아가고 있는 먼지투성이 선풍기, '일본인이 아닙니다'라는 완장을 차고 마치 파도 속에서 올라온 생물을 보듯 멍하니 그를 바라보는 마른 남자들을 차례로 알아차리면서 점점 더 많은 것을 깨닫는다.

"집사람과 나는 지금 워싱턴에 살고 있다." 그가 조심스레 말한다. "내가 널 우리 집에 초대하지 않으면 벳시가 화를 낼 거야. 내가 일자리를 구해주마. 너 정도의 어학실력이면 전쟁을 위해 할 수 있는 일이 아주 많아."

"제 동생도 같이 있어요." 나는 미처 생각도 해보지 않고 불쑥 말한다.

"그럼 메이도 데려와라. 우리 집에는 빈 방이 있으니까." 하월 씨는 차우멘 접시를 밀친다. "네가 여기 있는 건 생각도 하기 싫구나. 네 모습이……"

우습지만, 그 순간 나는 상황을 분명히 이해한다. 내가 몰락한 건 맞다. 그럼 내가 스스로 피해자의 의식을 갖게 된 건가? 어느 정도는 그렇다. 두려운가? 항상 그렇다. 여기서 도망치고 싶다는 생각이 아직도 마음 한 구석에 남아 있는가? 물론이다. 그런데도 나는 떠날 수 없다. 샘과 나는 조이를 위해 살고 있다. 완벽한 삶은 아니지만, 그래도 우리의 삶이다. 새 출발보다는 내 가족의 행복이 내게는 더 의미가 있다.

군대매점에서 찍은 사진 속에서 나는 웃고 있지만, 오늘 찍은 사진 속의 나는 최악의 모습이다. 외투와 중절모 차림의 하월 씨와 나는 금전등록기 옆에서 포즈를 취했다. 금전등록기에는 내가 직접 만들어서 붙인 문구가 있다. '우리가 일본인과 닮았다고 조금이라도 생각하는 사람은 서양인들뿐이다.' 대개 우리 손님들은 이걸 보고 아주 즐거워하지만, 오늘 찍은 사진 속에는 이를 드러내고 웃는 사람이 하나도 없다. 흑백사진인데도, 내 뺨이 수치심으로 붉게 달아오른 것이 거의 보이는 듯하다.

며칠 뒤 온 식구가 버스를 타고 할리우드 보울로 간다. 옌옌과 내가 중국구조연합을 위한 모금운동에 열심히 참여했기 때문에, 우리 식구들은 무대와 청중을 구분하는 경계선 역할을 하는 연못 바로 뒤의 좋은 자리를 얻었다. 장 부인이 문직紋織 청삼을 입고 무대에 오르자 우리는 열광적으로 박수를 친다. 부인은 눈부시게 아름답다.

"오늘 이 자리에 모인 여자 분들께 간청합니다. 이곳에서든 조국에서든 교육을 받고 정치에 관심을 가지세요." 부인이 단언하듯 말한다. "여러분은 아내와 어머니라는 역할을 훌륭하게 수행하면서도 진보의 바퀴를 돌릴 수 있습니다."

우리는 열심히 귀를 기울인다. 부인은 우리와 미국인들에게 여성의 새 생활 운동을 위한 기금모금과 지지를 부탁한다. 하지만 부인이 연설하는 동안 내내 우리는 부인의 외모를 보며 감탄사를 연발한다. 내 옷에 대한 생각이 또 다시 바뀐다. 내가 차이나 시티에서 관광객들을 즐겁게 해주고 스털링 부인의 임대계약 조건을 지키기 위해 할 수 없이 입었던 청삼이 애국적이며 세련된 상징이 될 수 있음을 이제 알겠다.

메이와 나는 집에 도착해서 상자에 들어 있던 귀한 청삼들을 꺼내 입는다. 장 부인의 연설 덕분에 우리는 가능한 한 세련되게 자신을 단장하면서 동시에 중국에 대한 충성심을 보여주고 싶다. 그 옷을 입자마자 우리는 다시 미인이 된다. 샘이 우리 사진을 찍는다. 순간적으로 Z. G.의 스튜디오에 다시 와 있는 것 같은 기분이 든다. 하지만 나중에 이런 생각이 든다. 옌옌과 내가 장제스 부인과 악수를 할 수 있는 자리에 섰을 때 왜 샘에게 사진을 찍어달라고 부탁하지 않았을까?

톰 거빈스가 은퇴하면서 루이 아버지에게 자신의 회사를 판다. 그래서 회사 이름이 골든 소품과 엑스트라로 바뀐다. 루이 아버지는 메이에게 이 회사를 맡긴다. 메이는 경영에 대해서는 아무 것도 모르는데도 말이다. 이제 메이는 기술감독으로 무려 주급 150달러를 받는다. 메이가 하는 일은 엑스트라, 의상, 소품, 통역, 조언을 제공하는 것이다. 메이는 지금도 헤아릴 수 없이 많은 영화에 출연한다. 그 영화들은 전 세계로 수출되어서 수많은 사람들에게 일본군이 얼마나 나쁜지를 보여주고 있다. 메이는 단역만 맡을 뿐이다. 불운한 중국인 처녀, 어떤 군인의 하녀, 백인 선교사들에게 구출되는 시골여자……하지만 메이는 비명을 잘 지르기로 가장 유명하다. 전쟁이 계속되고 있기 때문에 메이는 〈떠오르는 해 뒤에서〉 〈버마 폭격〉 〈놀라운 할러

데이 부인〉 같은 영화들에 계속 희생자로 출연한다. 〈놀라운 할러데이 부인〉은 미국 여자가 중국인 전쟁고아들을 미국으로 몰래 데려오려고 애쓰는 내용이다. 〈중국〉이라는 영화도 있다. 이 영화의 광고문구는 "앨런 래드와 스무 명의 아가씨들 – 탐욕스러운 일본군에게 붙잡히다!"이다. 메이는 여러 영화사들, 특히 MGM에서 호감을 얻고 있는 것 같다. "그 사람들은 나를 광둥의 통속배우라고 불러." 메이가 자랑한다. 예전에는 비명을 잘 지른다는 이유로 하루 만에 100달러를 번 적도 있다는 자랑도 한다.

어느 날 메이가 MGM으로부터 〈용의 씨〉라는 영화에 엑스트라를 공급해달라는 연락을 받는다. 이 영화는 다음 해인 1944년 여름에 개봉될 예정이다. 메이는 메인 거리와 앨러메다 거리가 만나는 모퉁이에 있는 중국 시네마클럽에 연락한다. 중국 영화 엑스트라조합의 조합원들이 주로 시간을 보내는 곳이다. 메이는 그곳에서 엑스트라들을 구해 1인당 10퍼센트씩의 소개료를 벌고, 자신도 영화에 직접 출연한다.

"내가 케이 루크에게 일본군 장교 역할을 맡겨보라고 MGM에 얘기해봤는데, 그 쪽에서는 찰리 챈의 첫째 아들이라는 케이 루크의 이미지를 망치기 싫어하더라고." 메이가 말한다. "자기들이 갖고 있는 최고의 중국 달걀이 상하는 게 싫은 거지. 영화 속의 모든 역할들을 채우기가 쉽지 않아. 중국인 농부 역할을 할 사람만도 수백 명이나 필요하거든. 영화사에서는 캄보디아인, 필리핀인, 멕시코인에게 일본군 병사 역할을 맡기래."

영화 촬영장에 갔던 그 날 이후로 나는 하올라이우에 대한 반감과 딸을 위해 돈을 모으고 싶다는 욕망 사이에서 갈등하고 있다. 전쟁이 시작된 뒤로 조이가 꾸준히 일을 계속했기 때문에 조이의 교육비를 모으는 일을 순조롭게 시작할 수 있었다. 어느 날 밤 조이를 그 세계에서 빼낼 기회가 찾아온다. 메이와 함께 촬영장에서 돌아온 조이가 울면서 우리 방으로 곧장 들어가버린다. 이제 구석에 놓인 작은 침상이 조이의 자리다. 메이는 화가 머리끝까지 났다. 나도 가끔 조이에게 화가 난다. 가끔 아이에게 화를 내지 않는 엄마가 어디 있겠는가? 하지만 메이가 조이에게 화를 내는 건 처음 보았다.

"내가 조이한테 굉장한 역을 따줬어. 셋째 딸 역이야." 메이가 불길을 내뿜는다. "내가 의상도 좋은 걸로 골라줬다고. 얼마나 귀여웠는데. 그런데 감독이 부르기 직전에 조이가 화장실에 갔어. 기회를 놓쳤다고! 날 망신시켰어. 어떻게 나한테 그럴 수가 있어?"

"어떻게?" 내가 묻는다. "조이는 다섯 살이야. 요강을 준비했어야지."

"알아, 알아." 메이가 고개를 절레절레 저으며 말한다. "하지만 정말로 조이한테 그 역할을 주고 싶었단 말이야."

나는 기회가 사라지기 전에 재빨리 말을 잇는다. "조이더러 한동안 우리 가게에서 할아버지, 할머니랑 같이 일하라고 하자. 그러면 네가 자기를 위해서 얼마나 애쓰는지 알게 될 거야." 나는 다시는 조이를 하올라이우로 돌려보내지 않겠다는 말은 하지 않는다. 9월이면 조이가 미국 학교에 다니게 될 거라는 말도, 조이가 대학에 갈 돈을 모을 길이 막막하다는 말도 하지 않는다. 어쨌든 메이는 홧김에 내 말에 동의한다.

〈용의 씨〉는 메이의 경력에서 정점을 이룬다. 메이는 촬영장에서 캐서린 헵번과 함께 찍은 사진을 애지중지한다. 둘 다 중국 농민 복장이다. 헵번의 눈은 테이프를 붙인 뒤 검은 아이라인을 짙게 칠한 모습이다. 이 유명한 여배우는 중국인과 비슷해 보이지도 않지만, 그 점에서는 이 영화에 출연한 월터 휴스턴이나 애그니스 무어헤드도 마찬가지다.

나는 골든 드래곤 카페 앞에 우리가 조이를 위해 만들어준 오렌지 주스 판매대에서 조이의 사진을 찍어 내 서랍장 위에 놓아둔다. 조이는 직원들에게 둘러싸여 있다. 다들 몸을 구부리고 조이 주위에 모여서 미소를 지으며 엄지손가락을 치켜들고 있다. 이 사진 속에 담긴 것은 한 순간에 불과하지만, 이런 순간이 날마다 계속 이어진다. 군복을 입은 청년들은 내 어린 딸을 아주 좋아한다. 귀여운 비단 파자마를 입고 머리를 하나로 묶은 차림으로 오렌지 주스를 만드는 모습이라니. 어떤 청년들은 순전히 조이를 보기 위해서 주스를 서너 잔이나 마신다. 조이가 집중하느라 입술을 뾰족하게 내민 채 오렌지를 짜서 주스를 만드는 모습을 보려고. 가끔 나는 그 사진을 들여다보며 이 아이는 자기가 얼마나 열심히 일하고 있는지 과연 알까 하는 생각을 한다. 혹시 조이는 밤새 촬영을 하면서 이모의 요구에 시달리던 생활을 벗어나 휴식을 취한다고 생각하고 있을까? 여기에 보너스까지 있다. 이 귀여운 중국인 여자아이가 신기해서 걸음을 멈추고 주스를 마신 남자들은 아예 카페로 들어와서 식사를 하기도 한다.

9월에 나는 조이를 학교에 보낼 준비를 한다. 조이는 헤이즐 이를 비롯한 이웃의 다른 아이들과 함께 차이나타운의 캐스텔라 학교에 가고 싶어 한다. 하지만 샘과 나는 번이 읽기, 쓰기, 셈하기를 전혀 못하는 데도 계속 진급시킨 곳에 아이를 보내고 싶지 않다. 우리는 조이가 이 세계에서 한 단계 올라서기를 바란다. 그래서 차이나타운 바깥의 학교에 보내고 싶다. 그러려면 조이가 차이나타운 바깥에 산다고 말해야 한다. 공식적인 가족사도 새로 배워야 한다. 시민권이 있다는 루이 아버지의 거짓말은 샘과 삼촌들과 내게로 이어졌다. 이제 그 거짓말이 3대째 전해질 참이다. 조이는 학교와 직장에 지원할 때마다, 심지어 결혼 증명서를 신청할 때도 항상 조심해야 할 것이다. 그 모든 일이 지금부터 시작이다. 우리는 몇 주 동안 아이를 연습시킨다. 아이가 앤젤 섬의 심문을 앞두고 있기라도 한 것처럼. 네가 사는 곳은 어디지? 우리 집 맞은 편 거리 이름이 뭐지? 네 아버지가 태어난 곳이 어디지? 아버지가 어렸을 때 중국으로 돌아갔던 이유가 뭐지? 아버지의 직업이 뭐지? 우리는 무엇이 진실이고 무엇이 거짓인지 아이에게 한 번도 말해주지 않는다. 조이가 거짓 진실만 알고 있는 편이 더 낫다.

"여자애들이라면 누구나 자기 부모에 대해 이런 걸 알고 있어야 하는 거야." 나는 학교에 가기 전날 밤 조이를 침상에 눕히며 설명한다. "선생님께 우리한테서 들은 말 외에 다른 말을 하면 안 돼."

다음 날 조이는 초록색 원피스에 하얀 스웨터를 입고 분홍색 타이즈를 신는다. 샘은 조이와 내가 우리 아파트 건물 밖의 계단에 서 있는 모습을 사진으로 찍는다. 조이는 믿음직한 말 등에 앉아 미소를 지으며 손을 흔드는 카우걸 모습이 그려진 새 도시락을 들고 있다. 나는 모성애가 가득한 눈으로 조이를 바라본다. 조이가 자랑스럽고, 여기까지 온 우리 모두가 자랑스럽다.

샘과 나는 전차를 타고 학교로 조이를 데려간다. 우리는 서류를 작성하면서 주소를 거짓으로 쓴다. 그리고 조이를 교실까지 데려간다. 샘은 조이의 손을 담임인 헨더슨 선생님에게 내민다. 그런데 선생님은 그 손을 빤히 바라보다가 이렇게 묻는다. "당신들 외국인들은 그냥 당신들 나라로 돌아가서 살지 그래요?"

세상에! 이게 말이 되는가? 샘이 선생의 말을 이해하기 전에 내가 먼저 대답해야 한다. "여기가 이 아이의 조국이니까요." 나는 번드에서 아이들을 데리고 걷던 영국인 엄마들을 흉내 내며 말한다. "이 아이는 여기서 태어났어요."

우리는 딸을 그 여자에게 맡긴다. 전차를 타고 차이나 시티로 돌아오는 동안 샘은 한 마디도 하지 않는다. 하지만 카페에 도착하자 나를 가까이 끌어당겨 갈라진 목소리로 이렇게 말한다. "그 사람들이 아이한테 무슨 짓을 하면 절대 용서하지 않을 거야. 나 자신도 용서하지 않을 거야."

1주일 뒤 내가 조이를 데리러 학교에 갔더니, 조이가 길가에서 울고 있다. "헨더슨 선생님이 날 교감선생님 방으로 보냈어." 아이의 얼굴에서 눈물이 뚝뚝 떨어진다. "교감선생님이 많이 물어봐서 엄마가 가르쳐준 대로 대답했는데, 선생님이 나더러 거짓말쟁이라면서 이제 학교에 다닐 수 없대."

나는 교감의 방으로 간다. 하지만 내가 무슨 말을 한들 그 여자의 마음이 바뀌겠는가?

"우리는 이런 위법행위들을 주의 깊게 살피고 있습니다, 루이 부인." 뚱뚱한 여자 교감이 읊조리듯이 말한다. "게다가 댁의 따님은 여기에 어울리지 않아요. 누가 봐도 뻔하잖아요. 아이를 차이나타운의 학교로 데려가세요. 아이도 그쪽을 더 좋아할 겁니다."

그 다음 날 나는 조이를 데리고 두어 블록 떨어진 캐스텔라 학교로 간다. 차이나타운 한 복판에 있는 학교다. 중국, 멕시코, 이탈리아, 그 밖의 유럽 나라들에서 온 아이들이 보인다. 아이의 담임인 고든 선생님은 조이의 손을 잡으며 미소를 짓는다. 그리고 조이를 교실 안으로 데리고 들어가 문을 닫는다. 그 뒤로 몇 주, 몇 달 동안 조이는 돌차기 놀이, 잭스공을 튕기면서 정해진 순서대로 공깃돌을 던졌다 받았다 하는 놀이, 목마 넘기를 배운다. 어른들의 말을 잘 들어야 하고, 자전거 타기 같은 거친 행동은 삼가야 한다는 가정교육을 받고, 너무 큰 소리로 너무 자주 웃는다며 이웃들에게 꾸중을 들었던 아이인데 말이다. 조이는 친한 친구들과 같이 공부하게 된 것을 좋아한다. 고든 선생님도 괜찮은 사람 같다.

집에서 우리는 최선을 다한다. 내게 이 말은 조이가 가능한 한 영어로 말하게 하려고 애쓴다는 뜻이다. 조이는 이 나라에서 살아가야 하고, 미국인이다. 아이의 아버지, 할아버지, 할머니, 삼촌들이 사읍 방언으로 말을 걸면 조이는 영어로 대답한다. 그와 함께 영어를 알아듣는 샘의 실력도 좋아진다(발음은 아니다). 그래도 삼촌들은 학교에 다니는 것 때문에 항상 조이를 놀린다. "여자애를 교육시키는 건 문제만 일으킬 뿐이야." 월버트 아주버니가 경고한다. "넌 뭘 하고 싶니? 집에서 도망칠래?" 아이의 할아버지는 내 동맹이 된다. 얼마 전까지만 해도 시아버지는 메이와 내가 자기 앞에서 사읍 방언 외에 다른 언어로 이야기하면 병에 5센트씩 벌금을 넣어야 한다고 협박했다. 그런데 지금은 조이에게 비슷한 얘기를 조금 바꿔서 말한다. "네가 영어 외에 다른 말을 하는 소리가 내 귀에 들리면, 할아버지 병에 5센트씩 벌금을 넣어야 돼." 조이의 영어실력은 나와 맞먹지만, 그래도 조이가 과연 차이나타운을 완전히 벗어날 수 있을지 상상하기 힘들다.

늦가을에 라디오 주위로 모여든 우리는 루스벨트 대통령이 의회에 중국인 배제법의 폐지를 요청했다는 소식을 듣는다. "국가도 개인과 마찬가지로 실수를 합니다. 우리는 과거의 실수를 인정하고 바로잡는 큰 마음을 지녀야 합니다." 몇 주 뒤인 1943년 12월 17일에 모든 배제법들이 폐지된다. 벳시의 아버지가 살짝 암시했던 그대로다.

우리는 방송에서 월터 윈첼의 목소리에 귀를 기울인다. "찰리 챈의 첫째 아들인 케이 루크가 방금 미국시민으로 귀화한 최초의 중국인이 될 기회를 놓쳤습니다." 케이 루크는 그 날 영화를 촬영 중이었기 때문에, 뉴욕에 사는 중국인 의사가 그 기회를 잡았다. 샘은 그 행복한 순간을 기념하기 위해 한 손은 엉덩이에, 다른 손은 라디오 위에 올려놓은 딸의 사진을 찍는다. 이 아이는 청삼을 입지 않아도 된다!

조이는 학교에 들어가면서 우리가 사준 도시락 덕분에 카우걸과 카우걸의 옷을 좋아하게 되었다. 심지어 할아버지가 올베라 거리에서 아이에게 카우걸 부츠를 사주기까지 했다. 아이는 카우걸 복장을 한 번 한 뒤로는 절대 벗으려 하지 않는다. 그리고 행복하게 웃는다. 다른 식구들은 사진 속에 없지만, 나는 우리 모두 조이와 함께 웃었다는 사실을 기억할 것이다.

그 날 이후로 샘과 나는 귀화신청에 대해 의논한다. 하지만 두렵다. 수많은 서류상의 아들들과 그들을 따라 힘들게 들어온 아내들이 그렇듯이. "난 아버지의 친아들 행세를 하면서 가짜 시민권을 얻었어. 당신은 나와 결혼해서 신분 확인증을 얻었고. 우리가 왜 이미 가진 것까지 잃어버릴 위험을 무릅써야 하지? 일본인들을 수용소로 보내는 정부를 믿어도 될까?" 샘이 묻는다. "정부가 지금까지 우리한테 한 짓이 있는데, 믿어도 될까? 로판들이 이상한 표정으로, 마치 너희도 일본인이지 하고 말하는 것 같은 얼굴로 우리를 보는데 정부를 믿어도 될까?" 메이는 샘이나 나와는 처지가 다르다. 메이는 진짜 미국 시민과 결혼했고, 이 나라에 5년 동안 살았다. 그래서 우리 아파트 건물에서 귀화를 통해 미국시민이 된 최초의 인물이 된다.

전쟁이 끝날 줄을 모른다. 우리는 조이를 위해 가능한 한 정상적인 생활을 유지하려고 애쓴다. 그 보람이 있다. 조이의 성적이 워낙 좋아서 유치원과 1학년 때 선생님들이 특별 2학년 프로그램에 아이를 추천해준다. 나는 여름 내내 조이를 준비시킨다. 고든 선생님도 아이에게 지속적인 관심을 갖고 1주일에 한 번씩 우리 아파트로 와서 산수와 독해를 가르쳐준다.

어쩌면 내가 조이를 너무 몰아붙인 것 같기도 하다. 아이가 심한 여름감기에 걸린 걸 보면. 그런데 히로시마에 폭탄이 떨어진 지 이틀 뒤에 아이의 감기가 새로운 변화를 보인다. 아이의 몸에서 열이 날뛰고, 목이 빨갛게 부어오른다. 기침이 어찌나 길고 심한지 결국 아이가 토할 정도다. 옌옌은 한의사에게 가서 쓴 약을 지어온다. 그 다음 날 내가 일하고 있을 때 옌옌이 다시 조이를 한의사에게 데려간다. 한의사는 붓뚜껑을 이용해서 아이의 목에 약초가루를 불어넣는다. 샘과 나는 라디오로 또 폭탄이 떨어졌다는 소식을 듣는다. 이번에는 나가사키다. 아나운서는 광범위한 지역이 끔찍하게 파괴되었다고 말한다. 워싱턴의 정부 관리들은 전쟁이 곧 끝날 거라고 낙관한다.

샘과 나는 카페 문을 닫고 서둘러 아파트로 돌아간다. 빨리 소식을 전하고 싶기 때문이다. 집에 도착해 보니 조이의 목이 심하게 부어올라서 숨을 쉬지 못해 얼굴이 파랗게 질릴 정도다. 어딘가에서는 사람들이 아들들, 형제들, 남편들이 돌아올 거라며 기뻐하고 있지만, 샘과 나는 조이가 너무 걱정스러워서 다른 생각을 할 수 없다. 아이를 양의에게 보이고 싶지만 아는 양의도 없고 차도 없다. 우리가 택시를 잡아보자는 이야기를 하고 있을 때, 고든 선생님이 나타난다. 폭탄투하와 조이에 대한 걱정 때문에 선생님의 특별교습에 대해 잊고 있었다. 고든 선생님은 조이를 보자마자 이불로 싸서 제너럴 병원으로 차를 몬다. "거기서는 부인과 조이 같은 사람들도 치료해줘요." 이렇게 말하면서. 몇 분 만에 우리는 병원에 도착한다. 의사는 아이가 숨을 쉴 수 있게 기도를 절개한다.

조이가 하마터면 죽을 뻔한 지 1주일도 안 돼서 전쟁이 끝난다. 샘은 딸을 잃을 뻔했다는 생각에 놀란 나머지 우리가 모은 돈에서 300달러를 꺼내 아주 낡은 중고 크라이슬러를 산다. 낡고 찌그러졌지만 분명히 우리 차다. 전쟁 중에 찍은 마지막 사진에서 샘은 그 자동차의 운전석에 앉아 있다. 조이는 펜더에 올라앉았고, 나는 조수석 문옆에 서 있다. 일요일을 맞아 처음으로 드라이브를 나가기 직전이다.

만복

"치자나무 가지 하나에 15센트예요." 노랫소리 같은 목소리가 울려나온다. "두 개는 25센트고요." 탁자 뒤에 서 있는 소녀가 정말 귀엽다. 색색의 불빛들 밑에서 검은 머리가 은은하게 빛나고, 미소는 사람들을 불러들인다. 손가락은 나비 같다. 내 딸, 나의 조이가 제 표현을 빌리자면 자기만의 '사업장'을 갖게 되었다. 열 살짜리 아이치고는 놀라울 정도로 훌륭하게 사업을 한다. 주말 저녁에 조이는 여섯 시부터 자정까지 카페 밖에서 치자나무를 판다. 나는 카페 안에서 조이를 지켜볼 수 있다. 하지만 나나 다른 사람이 아이를 보호해줄 필요는 없다. 조이는 호랑이띠라서 용감하다. 내 딸이라서 고집이 세다. 이모를 닮아서 아름답다. 나는 짜릿한 소식을 들었다. 메이만 혼자 따로 불러내서 그 소식을 전하고 싶지만, 조이가 치자나무를 파는 광경에 넋을 잃는다.

"정말 귀한 아이야." 메이가 흡족한 목소리로 말한다. "정말 잘해. 애가 저 일을 좋아해서 다행이야. 조금이나마 돈을 벌 수 있게 된 것도 다행이고. 여러 모로 좋은 일이야, 그렇지?"

오늘밤 메이는 사랑스러워 보인다. 주홍색 비단 드레스를 입은 백만장자의 아내 같다. 메이는 자기가 번 돈을 마음껏 쓸 수 있기 때문에 옷을 잘 입는다. 얼마 전에 스물아홉 살이 되었다. 그 때 흘리던 눈물이라니! 마치 백스물아홉 살이 된 것 같았다. 하지만 내 눈에 메이는 미인 시절부터 하나도 변하지 않았다. 그런데도 메이는 매일 살이 찔까 봐, 주름살이 생길까 봐 걱정한다. 최근에는 눈을 맑고 촉촉하게 해준다면서 베개에 국화 이파리를 채워넣고 있다.

"차이나 시티는 관광지야. 그러니 누가 물건을 파는 게 좋겠어? 가장 작고 가장 귀여운 아이가 제격이지." 나도 맞장구를 친다. "게다가 조이는 똑똑해. 누가 물건을 훔쳐가지 않는지 확실히 감시한다고."

"1페니를 더 주시면 제가 〈신이여 미국을 축복하소서〉를 불러드릴게요." 조이가 자기 앞에서 걸음을 멈춘 부부에게 말한다. 그러고는 대답을 기다리지도 않고 맑고 높은 소리로 열심히 노래를 부르기 시작한다. 미국 학교에서 조이는 〈내 조국은 그대에게서〉My Country, Tis of Thee. 현재의 미국국가가 채택되기 전까지 사실상 국가 역할을 했던 노래이나 〈낡고 멋진 국기〉 같은 애국적인 노래들을 많이 배웠다. 〈내 사랑 클레멘타인〉이나 〈그녀가 산을 돌아 올 거야〉 같은 노래도 배웠다. 로스앤젤레스 거리의 중국 감리교 선교회에서는 〈예수는 내게 세상의 모든 것〉과 〈예수님은 나조차 사랑하신다네〉를 광둥어로 배웠다. 일도 하고, 정규학교와 중국학교(월요일부터 금요일까지는 4시30분~7시30분, 토요일에는 9시~12시)를 함께 다니면서 조이는 바쁘고 행복하게 살고 있다.

조이가 부부에게 손을 내밀며 나를 흘긋 바라보고 미소를 짓는다. 이 요령은 할아버지에게서 배운 것이다. 사람들이 반드시 원하지는 않는 일에 대해 돈을 내게 만드는 요령 말이다. 남편이 조이의 손에 동전을 몇 개 놓아주자 조이는 원숭이처럼 재빨리 손을 오므린다. 그리고 동전을 깡통에 넣은 다음 부인에게 치자나무를 준다. 이 손님들과의 거래가 끝나자 조이는 다음 순서로 넘어간다. 이것도 할아버지에게서 배운 요령이다. 밤마다 조이는 돈을 세서 확인한 다음 제 아버지에게 넘긴다. 그러면 샘은 동전을 지폐로 바꿔서 조이의 대학자금으로 숨겨두라며 내게 준다.

"치자나무 가지 하나에 15센트예요." 조이가 노래하듯 말한다. 진지하지만 사랑스러운 표정을 짓고서. "두 개는 25센트고요."

나는 동생과 팔짱을 낀다. "가자. 조이는 괜찮아. 가서 차나 한 잔 마시자."

"우리 카페는 싫어, 알지?" 메이는 카페 안에서 남들 눈에 띄는 걸 싫어한다. 이곳이 자기에게 어울릴 만큼 화려하지 않기 때문이다. 요즘은 그렇다.

"알았어." 내가 말한다. 나는 샘에게 고갯짓을 한다. 샘은 카페 안의 카운터 뒤에서 주문 받은 볶음 요리를 하고 있다. 이제 2등 요리사가 되었지만, 내가 메이와 있는 동안 딸을 지켜볼 수는 있을 것이다.

나는 동생과 함께 차이나 시티의 골목들을 지나 톰 거빈스에게서 메이의 손으로 넘겨진 의상과 소품 가게로 간다. 우리가 로스앤젤레스에 온 지 10년이 지났다. 차이나 시티에 발을 들여놓은 지도 10년이 지났다. 처음 만리장성의 축소모형을 지나갈 때 나는 이곳에 아무런 정을 느끼지 못했다. 지금은 집 같다. 친숙하고, 편안하고, 사랑스럽다. 여기는 내 과거의 중국이 아니다. 거지, 재미, 샴페인, 돈이 흘러다니던 상하이의 분주한 거리가 아니다. 하지만 웃어대는 관광객들, 전통적인 옷을 입은 가게 주인들, 카페와 식당에서 새어나오는 냄새, 나와 나란히 걷고 있는 여자에게서 그 시절의 잔상을 본다. 눈부시게 아름다운 내 옆의 여자는 바로 내 동생이다. 한가로이 걸으면서 나는 가게 진열창에 비친 우리 모습을 언뜻언뜻 본다. 젊은 시절로 돌아간 것 같다. 우리가 우리 방에서 옷을 차려 입고 거울 앞에 서서 벽에 붙여놓은 우리의 미인 그림들과 우리 자신의 모습을 함께 바라보던 일. 난징로를 함께 걸으며 가게 진열창에 비친 우리 모습을 향해 미소를 짓던 일. Z. G.가 우리의 완벽한 모습을 포착해서 그림으로 그리던 일.

하지만 지금은 우리 둘 다 변했다. 이제 서른두 살인 나는 초보엄마가 아니라 자신의 삶에 만족하는 여자다. 동생은 활짝 핀 꽃이다. 사람들의 시선과 찬사를 받고 싶은 욕망은 아직도 메이의 마음속 깊숙한 곳에서 타오르고 있다. 그 욕망에 불을 지피면 지필수록, 메이는 더 많은 것을 원한다. 메이가 만족하는 일은 결코 없을 것이다. 이건 메이가 태어날 때부터 뼛속 깊이 박혀 있던 성향이다. 남들이 자기를 보살펴주고, 쓰다듬어주고, 감탄해주기를 바라는 양띠의 성질이다. 메이는 애나 메이 윙이 아니다. 앞으로도 결코 그렇게 되지 못할 것이다. 하지만 이제 메이는 차이나타운의 그 누구보다 더 많은 영화에 더 다양한 역할로 출연한다. 변덕스러운 계산원, 킥킥 웃어대기만 하는 무능한 하녀, 세탁부의 금욕적인 아내…… 그래서 메이는 우리 동네의 스타가 됐다. 내게도 스타다.

메이가 자기 가게의 문을 열고 불을 켠다. 우리는 옛날처럼 비단옷, 자수를 놓은 옷, 물총새 깃털로 장식한 모자 등에 둘러싸인다. 메이가 차를 끓여서 잔에 따른 뒤 내게 묻는다. "언니가 그렇게 열심히 나한테 말해주고 싶다는 소식이 뭐야?"

"만복이야." 내가 말한다. "나 임신했어."

메이가 양손을 꼭 맞잡는다. "진짜? 정말이야?"

"병원에 갔다 왔어." 나는 미소를 짓는다. "진짜래."

메이가 일어나서 내게 다가와 나를 끌어안는다. 그러고는 다시 몸을 떼어낸다. "하지만 어떻게? 언니는……"

"노력은 해봐야 할 것 같아서 한의사를 찾아갔어. 구기자, 마, 검은 깨를 국이랑 다른 요리에 넣으라고 하더라."

"이건 기적이야." 메이가 말한다.

"기적 이상이지. 안 될 것 같은, 불가능한……"

"언니, 정말 기뻐." 메이가 나만큼 기뻐한다. "자세히 말해봐. 지금 몇 개월이야? 예정일은 언제야?"

"2개월쯤 됐어."

"형부한테는 말했어?"

"넌 내 동생이잖아. 너한테 먼저 말해주고 싶었어."

"아들일 거야." 메이가 미소를 지으며 말한다. "귀한 아들을 낳을 거야."

모두 원하는 일이다. 나는 '아들'이라는 말만 듣고도 기뻐서 얼굴을 붉힌다.

그 때 메이의 얼굴에 어두운 그림자가 스친다. "해낼 수 있겠어?"

"의사 말이 내 나이가 그렇게 많은 건 아니래. 그리고 흉터도 있잖아."

"언니보다 나이가 많은 여자들도 아기를 낳긴 해." 메이가 말한다. 하지만 번의 상태가 옌옌의 나이 때문이라는 말이 자주 오가는 상황에서 이건 그다지 좋은 말이 아니다. 메이는 흉터에 대해서는 묻지 않는다. 내가 어쩌다 그런 흉터를 갖게 되었는지에 대해서 우리는 이야기를 나누는 법이 없다. 그래서 메이는 내 몸 상태에 대해 좀 더 전통적인 질문들로 화제를 바꾼다. "항상 졸려? 속이 메스껍지는 않아? 옛날에 나는……" 메이는 그 기억을 지워버리려는 듯이 고개를 흔든다. "사람들은 항상 아이를 낳아야만 생명이 연장된다고 말해." 메이는 손을 뻗어 내 옥팔찌를 만진다. "엄마와 아버지가 이걸 알면 얼마나 기뻐하시겠어?" 메이가 갑자기 활짝 웃는다. 그러자 우리의 슬픔이 눈 녹듯이 사라진다. "이게 무슨 뜻인지 알아? 언니랑 형부가 집을 사야 한다는 뜻이야."

"집?"

"그 동안 계속 모은 돈이 있잖아."

"그거야 그렇지만, 그건 조이를 대학에 보낼 돈이야."

메이는 그런 걱정은 하지도 말라는 듯이 손사래를 친다. "앞으로도 시간은 얼마든지 있으니까 또 돈을 모을 수 있어. 게다가 루이 아버지도 도와줄 거야."

"루이 아버지가 왜? 전에 우리가 약속한 게 있……"

"이젠 루이 아버지도 달라졌잖아. 게다가 이건 자기 손자를 위한 일인데!"

"그럴지도 모르지만 루이 아버지가 우릴 도와준다 해도 난 너랑 떨어져서 살기 싫어. 넌 내 동생이자 가장 좋은 친구야."

메이는 걱정 말라는 듯 미소를 짓는다. "나랑 헤어지는 게 아냐. 언니가 나랑 헤어지고 싶어도 그럴 수 없을 걸. 이젠 나도 차를 갖고 있잖아. 언니가 어디로 이사를 가든 내가 놀러갈게."

"그래도 같이 사는 거랑은 달라."

"아냐. 그리고 언니는 매일 차이나 시티로 출근할 거잖아. 옌옌도 손자를 보고 싶어 할 거고. 나도 내 조카를 보고 싶을 거야." 메이가 내 손을 잡는다. "언니, 집을 사는 게 맞아. 언니랑 형부는 그럴 자격이 있어."

샘은 기뻐서 어쩔 줄 모른다. 전에 아들이 있든 없든 신경 쓰지 않는다고 말은 했지만, 사실은 아들을 몹시 바라고 있었다. 조이도 신이 나서 펄쩍펄쩍 뛴다. 옌옌은 울음을 터뜨리지만, 내 나이 때문에 걱정한다. 루이 아버지는 가장답게 행동하려고 감정을 억제하느라 주먹을 꼭 쥐고 있지만, 그래도 환한 웃음을 거두지 못한다. 번은 내 옆에 서 있다. 상냥하지만 자그마한 보호자처럼. 내가 행복해서 허리를 더 꼿꼿이 폈기 때문에 번이 작아 보이는 건지, 아니면 번이 내 옆에서 수줍음을 타기 때문인지 잘 모르겠다. 어쨌든 번은 전보다 더 작고 뚱뚱해 보인다. 마치 등뼈가 무너지고 가슴이 넓어진 것 같다. 지금쯤이면 십대 때의 구부정한 자세를 버리고 훌쩍 자랐어야 하지만, 번이 피로 때문인지 권태 때문인지 하여튼 벽에 몸을 기대거나 허벅지에 양손을 대고 자신을 지탱하는 모습이 자주 눈에 띈다.

일요일에 아주버니들이 와서 저녁을 먹으며 축하해준다. 우리 집도 차이나타운의 다른 집들처럼 식구가 점점 늘고 있다. 우리가 처음 이곳에 온 뒤로 로스앤젤레스의 중국계 인구는 두 배 이상 증가했다.

배제법이 폐지되었기 때문이 아니다. 전에 우리는 그 법이 폐지된다면 정말 좋을 거라고 생각했지만, 새로운 법에 따라 이 나라에 들어올 수 있는 중국인 이민자는 매년 고작 105명밖에 되지 않는다. 언제나 그렇듯이 사람들은 법망을 피할 방법을 찾아낸다. 프레드는 전쟁신부법을 이용해서 아내를 데려왔다. 마리코는 예쁘고 조용한 일본 아가씨다. 하지만 우리는 일본인이라는 이유로 마리코를 미워하지 않는다. (전쟁은 끝났고, 마리코는 이제 우리 식구인데 우리가 달리 어쩔 수 있겠는가?) 다른 남자들은 또 다른 법을 이용해서 아내들을 데려왔다. 그렇게 남자 여자가 합쳐서 살게 되면 아이가 생기게 마련이다. 마리코는 아이 둘을 잇달아 낳았다. 마리코의 아이들인 엘리노어와 베스는 비록 일본인의 피가 섞였지만, 그리고 우리가 자주 볼 수도 없지만 우리는 여전히 그 아이들을 사랑한다. 프레드와 마리코는 차이나타운에 살지 않는다. 제대군인 원호법을 이용해서 시내에서 그리 멀지 않은 실버레이크에 집을 샀다.

남자들은 민소매 속셔츠만 입고 맥주를 병째 마신다. 옌옌은 헐렁한 검은 바지와 검은 면 재킷에 아주 훌륭한 옥 목걸이를 걸친 차림으로 조이와 마리코의 딸들만 쫓아다닌다. 메이는 치맛자락이 풍성한 미국식 원피스에 윤기 나는 면 벨트를 맨 차림으로 중앙 거실을 활보한다. 루이 아버지가 손가락을 퉁기자 우리는 식탁에 앉는다. 식구들은 젓가락으로 음식 중 가장 좋은 부분들만 골라서 내 그릇에 놓아준다. 그리고 저마다 내게 조언을 해준다. 그런데 놀랍게도 다들 우리가 루이 가문의 손자를 기를 새 집을 물색해야 한다고 이구동성으로 말한다. 메이의 말이 옳았다. 루이 아버지가 우리를 돕겠다고 자진해서 나서지는 않지만, 집문서에 자신의 이름을 올려준다면 우리에게 집값만큼 돈을 주겠다고 말한다.

"요새는 혼인한 사람들이 본가 식구들과 떨어져 살잖아." 루이 아버지가 말한다. "너희가 집을 장만하지 않으면 사람들이 이상하게 볼 거다." (이제 10년이 지났으므로 루이 아버지는 우리가 도망칠까 봐 걱정하지 않는다. 이제 우리는 진정한 가족이 되었다.)

"이 아파트는……공기가 너무 나빠." 옌옌이 말한다. "아이가 밖에서 뛰어놀 곳도 필요하지. 골목 말고 다른 곳 말이야." (조이는 골목에서 놀아도 아무 말 없었는데.)

"망아지를 둘 방도 있으면 좋겠어요." 조이가 말한다. (조이가 아무리 카우걸이 되고 싶다 해도 망아지가 생길 일은 없을 것이다.)

조이는 젓가락을 식탁 위로 뻗어 돼지고기를 집으려고 한다. 그러자 할머니가 아이의 손을 찰싹 친다. "네 바로 앞에 있는 접시에서만 음식을 가져가는 거야!" 조이는 손을 거둬들이지만, 샘이 돼지고기 접시로 젓가락을 뻗어 딸의 그릇을 채워준다. 샘은 남자이고, 이제 곧 귀한 손자의 아버지가 될 사람이기 때문에 옌옌은 샘에게 버릇을 가르치려 들지 않는다. 하지만 나중에 덕, 우아함, 예의, 정중함, 순종 등에 대해 조이에게 잔소리를 할 것이다. 다시 말해서, 바느질과 자수, 살림하는 법, 젓가락을 제대로 사용하는 법 등 여러 가지를 가르칠 것이라는 뜻이다. 자기 자신도 그런 걸 거의 모르면서.

"지금까지 아주 많은 문들이 열렸어요." 프레드가 말한다. 그는 전쟁터에서 상자를 한 가득 채울 만큼 많은 훈장을 받았다. 처음부터 영어 실력이 좋았던 그는 복무 중에 더욱 실력이 늘었지만 우리와 함께 있을 때는 여전히 사읍 방언을 쓴다. 우리는 프레드가 차이나 시티의 골든 드래곤 카페로 돌아와 일할 것이라고 생각했지만 아니었다. "날 봐요. 정부가 내 대학 등록금과 주택 구입비를 도와주고 있잖아요." 프레드가 자신의 맥주병을 들어올린다. "고마워요, 엉클 샘. 내가 치과의사가 되게 도와주셔서!" 프레드는 맥주를 꿀꺽꿀꺽 마시고 나서 이렇게 덧붙인다. "대법원은 우리가 어디든 원하는 곳에서 살아도 된다고 판결했어요. 그럼 우리가 살고 싶어 하는 곳이 어딜까요?"

샘은 손으로 머리카락을 쓸어 넘긴 뒤 목덜미를 긁적인다. "어디든 저 사람들이 우리를 받아주는 곳이겠지. 저 사람들이 우리를 원하지 않는 곳에는 나도 살기 싫어."

"그건 걱정 말아요." 프레드가 말한다. "로판들도 이제는 예전처럼 우리를 밀어내지 않아요. 군대에 다녀온 사람들이 많으니까. 군대에서 우리처럼 생긴 사람들을 만나서 함께 적과 싸웠어요. 그러니까 어딜 가든 우릴 환영해줄 거예요."

그날 밤 늦게 다들 집으로 돌아가고 조이도 이제 자신의 잠자리가 된 중앙 거실 소파에서 잠이 든 뒤 샘과 나는 아기와 이사에 대해 좀 더 이야기를 나눈다.

"우리 집이 생기면 원하는 대로 할 수 있어." 샘이 사읍 방언으로 말한다. 그러고는 영어로 덧붙인다. "사생활도 보장되고." 중국어에는 사생활을 뜻하는 단어가 없지만, 우리는 그 말에 담긴 뜻을 아주 좋아한다. "게다가 모든 아내들은 시어머니랑 떨어져 살고 싶어 하잖아."

나는 옌옌 때문에 고생하지 않지만, 차이나타운을 벗어나서 조이와 우리 아기에게 새로운 기회를 줄 수 있다고 생각하니 마음이 밝아진다. 하지만 우리는 프레드와 다르다. 제대군인 원호법을 이용해서 집을 살 수 없다. 아무 중국인에게나 대출을 해줄 은행은 없을 것이다. 우리도 미국인들에게 빚을 지고 싶지 않기 때문에 미국 은행을 믿지 않는다. 하지만 샘과 나는 내가 중국에서 가져온 모자의 안감 속과 샘의 양말 속에 돈을 숨겨서 모아두었다. 우리가 지나친 욕심을 부리지만 않는다면, 괜찮은 집을 살 수 있을 것도 같다.

하지만 프레드의 말처럼 쉽지만은 않다. 나는 크렌쇼 쪽에 집을 알아보러 갔다가 제퍼슨 남쪽에서만 집을 살 수 있다는 말을 듣는다. 컬버시티에서는 부동산 중개인이 아예 집을 보여주려 하지도 않는다. 나는 레이크우드에서 마음에 드는 집을 찾아내지만, 이웃들이 중국인이 들어오는 걸 원하지 않는다는 서명운동을 벌인다. 그래서 퍼시픽 팰러세이즈로 갔더니 그곳의 계약서에는 에티오피아나 몽골 계 사람에게 집을 팔 수 없다는 조항이 아직도 남아 있다. 사람들은 내게 온갖 핑계를 댄다. "우린 동양인에게 집을 임대하지 않아요." "우린 동양인에게 집을 팔지 않아요." "동양인이라서 그 집이 마음에 들지 않을 거예요." 그리고 옛날부터 듣던 말도 있다. "전화로 이야기할 때는 이탈리아인인 줄 알았어요."

전쟁터에서 용감해진 프레드가 우리더러 포기하지 말라고 격려한다. 하지만 샘과 나는 차별을 당했다며 시끄럽게 떠들어대는 사람들이 아니다. 우리가 차이나타운이 아닌 곳에 집을 사려면 이웃들이 화를 내건 말건 개의치 않을 만큼 사정이 절박한 집주인을 찾는 방법밖에 없다. 하지만 이제 나는 아예 이사 자체에 대해 불안한 생각이 든다. 아니, 불안한 것이 아니라 이곳을 떠나기도 전부터 그리워하는 건지도 모른다. 상하이를 그렇게 떠나왔는데, 지금까지 차이나타운에서 쌓아온 것을 또 잃을 수는 없다.

나는 중국식으로 태아를 보살피려고 열심히 노력한다. 아기를 기다리는 모든 엄마들과 똑같이 걱정이 많지만, 지금 내 아기가 자라고 있는 곳이 한때 침입을 받아 거의 파괴될 뻔했다는 점은 다른 엄마들과 다르다. 나는 한의사를 찾아간다. 한의사는 내 혀를 살펴보고 진맥을 하더니 안타이인, 즉 태아의 평안을 위한 약을 지어준다. 쇼우타이완, 즉 태아의 장수를 위한 환약도 지어준다. 나는 낯선 사람들과 악수를 하지 않는다. 옛날에 엄마가 이웃 여자에게 낯선 사람들과 악수를 하면 육손이 아기가 태어날 거라고 말했기 때문이다. 내가 아기를 위해 만들고 있는 옷들을 넣어두라며 메이가 장뇌 상자를 사주자 나는 엄마의 말을 떠올리고 그것을 받지 않는다. 상자가 관을 닮았기 때문이다. 나는 엄마가 꿈에 대해 해준 이야기들을 떠올리며 내 꿈에 대해서도 다시 생각하기 시작한다. 엄마는 꿈에 신발을 보면 재수가 없고, 이가 빠지면 가족 중에 누가 죽는다는 뜻이고, 꿈에 똥이 나오면 엄청나게 곤란한 일이 일어날 거라는 징조라고 말했다. 아침마다 나는 내 배를 문지르며 내 꿈에 그런 불길한 징조들이 없어서 다행이라고 기뻐한다.

새해 축제기간 동안 나는 점쟁이를 찾아간다. 점쟁이는 아들이 아버지와 똑같이 소띠가 될 거라고 말한다. "부인의 아들은 누구보다 마음이 순수한 사람이 될 거예요. 순수함과 믿음으로 가득한 사람이 될 겁니다. 성정이 강해서 우는소리를 하거나 불평하는 법도 없을 거예요." 매일 관광객들이 차이나 시티에서 빠져나가고 나면, 나는 관인사로 가서 공물을 바치며 아기가 무사히 자라게 해달라고 기도한다. 상하이에서 미인으로 일하던 시절에 나는 구시가지의 절에서 그런 기도를 드리는 임신부들을 경멸했지만, 이제 나이를 먹고 보니 내 아기의 건강이 현대적인 여자가 되겠다는 유치한 생각보다 더 중요하다는 걸 알겠다.

하지만 나는 멍청하지 않다. 무슨 일이 있어도 미국인 엄마가 될 생각이므로 미국 의사에게도 진찰을 받는다. 양의들이 하얀 가운을 입고 진찰실도 하얗게 칠한 것은 여전히 마음에 들지 않는다. 흰색은 죽음의 색이기 때문이다. 하지만 나는 아기를 위해서라면 못할 일이 없으므로 이런 것도 받아들인다. 여기서 '못할 일이 없다'는 말은 의사가 날 진찰하는 것도 받아들인다는 뜻이다. 내 몸의 그 부위에 들어갔던 남자는 내 남편, 항조우에서 나를 치료해준 의사들, 그리고 나를 강간한 남자들뿐이다. 나는 남자 의사가 그 부위를 만지고 들여다보는 것이 싫다. 그리고 그가 하는 말도 아주 마음에 들지 않는다.

"루이 부인, 이 아기를 무사히 낳으려면 아주 운이 좋아야겠어요."

샘은 위험하다는 걸 알고 식구들을 일일이 찾아다니며 조용히 주의를 준다. 옌옌은 그 말을 듣자마자 내게 요리, 설거지, 다리미질을 금지한다. 시아버지는 나더러 아파트에 남아 발을 높이 올리고 잠을 자라고 명령한다. 그럼 내 동생은? 메이는 나 대신 미국 학교와 중국 학교에 조이를 데려다준다. 이걸 어떻게 설명해야 할지 잘 모르겠다. 동생과 나는 오래 전부터 조이를 놓고 다퉜다. 메이는 조이에게 백화점에서 산 예쁜 옷들을 준다. 얇은 하늘색 면으로 된 파티 드레스, 훌륭한 장식 주름이 있는 드레스, 러플이 달린 블라우스 등이다. 반면 나는 내 딸에게 실용적인 옷을 만들어준다. 펠트 천 두 장으로 만든 점프수트, 자투리 면을 사서 만든 라글란 소매의 중국식 상의, 가벼운 무명(이 천은 결코 주름이 가지 않기 때문에 우리는 원자 천이라고 부른다)으로 만든 덧옷 등이다. 메이는 조이에게 고급 가죽구두를 사주는 반면, 나는 옥스퍼드화를 고집한다. 메이는 재미있지만, 나는 규칙을 지키라고 말한다. 내 동생이 완벽한 이모 노릇을 하고 싶어 하는 이유는 안다. 우리 둘 다 잘 알고 있다. 하지만 지금 나는 그런 걱정을 하지 않는다. 내 아들의 사랑을 놓고 메이와 다툴 일은 결코 없을 테니 지금은 조이가 내게서 멀어져 이모의 품으로 달려가게 내버려둔다.

메이는 내게서 조이를 훔쳐가고 있다는 걸 깨달았는지 내게 번을 준다. "번이 항상 언니 곁에 있을 거야. 나쁜 일이 절대 생기지 않게. 차를 갖다 주는 것 같은 간단한 일은 번도 할 수 있어. 만약 위급한 일이 생기면, 그런 일은 절대 없겠지만, 어쨌든 번이 우리한테 달려와서 알릴 수도 있어."

누구나 메이의 이야기를 듣고 샘이 좋아할 거라고 생각할 것이다. 하지만 샘은 번이 나를 보살피는 걸 전혀 좋아하지 않는다. 질투하는 걸까? 그럴 리가. 번은 성인 남자지만, 나와 함께 지내면서 내 배가 부풀어 오를수록 번은 점점 쪼그라드는 것 같다. 그런데도 샘은 저녁식사 때든 다른 식사 때든 번이 내 옆에 앉지 못하게 한다. 다른 가족들도 모두 이것을 받아들인다. 조금 있으면 샘이 아버지가 될 테니까.

우리는 이름을 어떻게 지어야 할지에 대해 많은 이야기를 나눈다. 메이와 내가 조이의 이름을 지었을 때와는 다르다. 루이 아버지가 손자의 이름을 짓는 영예와 의무를 모두 갖게 되겠지만, 그렇다고 다른 사람이 의견을 내놓지 못하거나 루이 아버지를 설득할 수 없다는 뜻은 아니다.

"아이 이름은 게리 쿠퍼를 따서 게리라고 지어야 돼." 내 동생이 말한다.

"난 내 이름 버넌이 좋아요."

우리는 미소를 지으며 좋은 생각이라고 말하지만, 번처럼 결함이 많은 사람의 이름을 아기에게 지어주고 싶어 하는 사람은 하나도 없다. 만약 번이 중국에서 태어났다면, 사람들은 그를 바깥에 내놓아 죽게 내버려뒀을 것이다.

"난 킷 카슨의 킷이나 애니 오클리의 애니가 좋아요." 이건 물론 카우걸이 되고 싶어 하는 내 딸의 말이다.

"중국인들을 캘리포니아로 싣고 온 배의 이름을 따서 지어요. 루스벨트, 쿨리지, 링컨, 후버 같은 걸로." 샘이 말한다.

조이가 키득거린다. "아빠, 그건 대통령 이름이에요. 배 이름이 아니에요!"

조이는 영어와 미국의 관습을 잘 이해하지 못하는 아버지를 자주 놀린다. 샘은 이런 말을 들으면 속이 상해야 마땅하다. 그리고 심한 경우에는 버릇없는 딸을 벌해야 마땅하다. 하지만 샘은 이제 곧 세상에 나올 아들 때문에 너무 기뻐서 딸의 신랄한 말투에 전혀 신경을 쓰지 않는다. 나는 이 아이가 이런 짓을 못하게 해야겠다고 속으로 다짐한다. 버릇을 잡지 않으면 조이는 젊었을 때의 나나 메이 같은 사람이 될 것이다. 부모에게 버릇없이 굴고, 아예 대놓고 말을 안 듣는 아이가 될 것이다.

우리 이웃들도 이름에 대해 의견을 내놓는다. 어떤 사람은 아기를 받은 의사의 이름을 자기 아들에게 지어주었다고 말한다. 또 다른 사람은 유난히 친절했던 간호사의 이름을 딸에게 주었다고 말한다. 산파, 교사, 선교사의 이름들이 차이나타운 전역의 요람을 채우고 있다. 나는 고든 선생님이 조이의 목숨을 구해준 것을 떠올리고 고든이라는 이름을 제안한다. 고든 루이는 세련되고, 성공한 비非중국인 남자의 이름 같다.

내가 임신 5개월째에 접어들었을 때 찰리 아주버니가 금산의 남자로서 고향으로 돌아가겠다면서 이렇게 말한다. "전쟁은 끝났고 일본군도 중국에서 물러났어요. 돈을 충분히 모았으니 거기서 잘 살 수 있을 거예요." 우리는 잔치를 열어주고, 그와 악수를 나누고, 항구까지 차로 데려다준다. 차이나타운에 아내가 한 명 새로 올 때마다, 남자 한 명이 고향으로 돌아가는 것 같다. 항상 이곳을 일시적인 거주지로 생각했던 사람들이 이제 바라던 대로 행복한 결말을 맺고 있다. 하지만 와홍 마을로 돌아가고 싶다고 항상 말했던 루이 아버지는 '골든'이라는 말이 붙은 가게들을 접고 우리와 함께 중국으로 돌아가겠다는 말은 단 한 번도 꺼내지 않는다. 마침내 손자를 보게 됐는데 그가 왜 고향으로 돌아가겠는가? 미국에서 태어나 자연스럽게 미국시민이 될 손자는 할아버지가 세상을 떠난 뒤에 제사를 지내줄 것이고, 야구와 바이올린도 배울 것이고, 나중에는 의사가 될 것이다.

내가 임신 6개월째로 접어들었을 때, 중국 소인이 찍힌 우편물이 내게 배달된다. 급히 봉투를 찢어 열어 보니 벳시에게서 온 편지다. 벳시가 살아 있다는 걸 믿을 수 없다. 벳시는 렁화탑 옆의 일본군 수용소에서 살아남았지만, 남편은 그렇지 못했다. "부모님이 나더러 워싱턴으로 와서 함께 살면서 건강을 회복하라고 하셔. 하지만 난 상하이에서 태어났으니 여기가 내 고향이야. 여길 어떻게 떠나? 내가 태어난 도시의 재건을 도울 의무가 있지 않아? 난 고아들을 돌보는 일을 하고 있는데……"

벳시의 편지를 읽다 보니 소식을 듣고 싶은 한 사람이 생각난다. 이렇게 오랜 세월이 흘렀는데도, Z. G.는 여전히 내 마음을 비집고 들어온다. 나는 배에 한 손을 얹고(배가 찐빵처럼 부풀어 있다) 내 안에서 아기가 움직이는 것을 느끼며 상상 속에서 상하이로 다시 날아가 나의 화가를 찾아간다. 사랑 때문에 가슴이 아프거나 고향이 그리워진 건 아니다. 그저 임신 때문에 감상적으로 변했을 뿐이다. 과거는 그냥 과거일 뿐이다. 이제 내 집은 내가 비극의 조각들을 모아 만들어낸 가족들이 살고 있는 이곳이다. 병원에 입원할 때를 대비해서 꾸려둔 가방이 우리 방 문 옆에 놓여 있다. 출산비용 50달러는 봉투에 넣어 내 손가방에 가지고 다닌다. 아기는 병원에서 태어난 뒤 자기를 사랑해주는 사람들이 잔뜩 살고 있는 집으로 돌아올 것이다.

이 세상의 공기

여자들의 이야기는 중요하지 않다는 말들을 많이 한다. 사실 중앙 거실, 부엌, 침실에서 벌어지는 일이 뭐 그리 중요하겠는가? 엄마, 딸, 자매들의 관계에 누가 신경이나 쓰겠는가? 병에 걸린 아기, 출산의 슬픔과 고통, 전쟁과 가난으로 고생할 때는 물론 좋은 시절에도 가족을 하나로 묶어 유지하는 일 등은 남자들의 이야기에 비하면 하찮은 것으로 여겨진다. 남자들은 자연과 맞서 싸우며 곡식을 기르고, 조국을 지키기 위해 전투에 나서고, 완벽한 남자가 되기 위해 내면을 들여다보며 투쟁한다. 사람들은 남자들이 강하고 용감하다고 말한다. 하지만 나는 여자들이 견디는 법, 패배를 받아들이는 법, 육체적 고통과 정신적 고통을 참아내는 법을 남자들보다 훨씬 잘 알고 있다고 생각한다. 내 인생에 등장했던 남자들, 아버지, Z. G., 남편, 시아버지, 시아주버니, 아들 등은 각자 정도의 차이는 있지만 어쨌든 남자들의 위대한 전투를 치렀다. 하지만 너무나 연약한 그들의 심장은 여자들이 매일 직면하는 상실과 마주치면 시들고, 뒤틀리고, 망가지고, 부서진다. 남자들은 비극과 장애 앞에서도 용감한 표정을 지어야 하지만, 사실은 꽃잎처럼 쉽게 멍이 든다.

여자들의 이야기가 중요하지 않다는 말만큼이나 자주 듣는 말이 또 있다. 좋은 일은 항상 둘씩 짝을 지어서 오고, 나쁜 일은 셋씩 짝을 지어서 온다는 말. 비행기 두 대가 충돌하면, 우리는 또 다른 비행기가 하늘에서 떨어질 거라고 예상한다. 영화배우가 죽으면, 우리는 또 다른 배우 둘이 더 쓰러질 것이라고 확신한다. 발부리를 채이거나 자동차 열쇠를 잃어버리면, 우리는 짝을 채우기 위해 나쁜 일이 또 일어날 수밖에 없다고 생각한다. 그럴 때 우리가 바랄 수 있는 것이라고는 죽음이나 이혼이나 전쟁 대신 그냥 펜더가 찌그러지거나 지붕에서 물이 새거나 직장을 잃는 정도로 마무리되는 것뿐이다.

루이 가문의 비극은 폭포처럼, 댐이 터진 것처럼, 모든 것을 파괴해서 다시 바다로 가져가는 해일처럼 오랫동안 연달아 쏟아지며 우리를 황폐하게 만든다. 집안의 남자들은 강한 척했지만, 그들이 고통과 굴욕을 이겨낼 수 있게 도와주고 잡아줘야 하는 사람은 메이와 옌옌과 조이와 나다.

1949년 초여름. 6월의 우울한 날씨가 여느 때보다 심하다. 특히 밤이 더 그렇다. 축축한 안개가 바다에서 스멀스멀 기어와 흠뻑 젖은 담요처럼 도시를 뒤덮는다. 의사는 이제 언제라도 진통이 시작될 수 있다고 말하지만, 날씨 때문에 아기가 무기력해진 건지 아니면 따뜻한 곳을 버리고 이렇게 잔뜩 흐리고 추운 곳으로 나오기 싫은 건지 잘 모르겠다. 그래도 나는 걱정하지 않는다. 그냥 집에서 기다린다.

오늘밤에는 번과 조이가 나와 함께 집에 있다. 번은 요즘 몸이 별로 좋지 않아서 자기 방에서 자고 있다. 조이는 지금 5학년이다. 내가 앉아 있는 식탁에서 소파 위에 동그랗게 몸을 말고 앉아 인상을 찌푸리고 있는 조이가 보인다. 조이는 구구단 연습을 좋아하지 않는다. 계산의 속도와 정확성을 높이기 위해 선생님이 숙제로 내준 나눗셈도 좋아하지 않는다.

나는 다시 신문으로 시선을 돌린다. 오늘 나는 자꾸만 신문을 본다. 거기서 읽은 내용을 믿었다가, 다시 거부하기를 반복하면서. 내전이 내 조국을 찢어발기고 있다. 마오쩌둥의 붉은 군대가 예전의 일본군처럼 가차 없이 꾸준하게 진군하고 있다. 4월에 마오의 군대는 난징을 점령했다. 5월에는 상하이를 차지했다. 나는 Z. G.와 함께 자주 가던 카페에서 만난 혁명가들을 떠올린다. 벳시가 그들보다 더 흥분하던 것도 기억난다. 하지만 그들이 나라를 차지한다고? 샘과 나는 이 문제를 놓고 많은 이야기를 나눴다. 샘의 가족들은 농부였다. 가진 것이 하나도 없는 농부. 만약 샘의 가족들이 살아 있다면, 공산주의 덕분에 많은 것을 얻을 수 있을 것이다. 하지만 나는 부에르치아오야, 즉 부르주아 계급 출신이다. 만약 내 부모님이 아직 살아 계신다면 지금 많은 고생을 하실 것이다. 여기 로스앤젤레스에는 앞으로 중국이 어떻게 될지 아는 사람이 하나도 없다. 우리는 그저 억지 미소와 무의미한 말과 서양인들에게 항상 내보이는 거짓 표정으로 걱정을 감춘다. 서양인들은 공산주의를 우리보다 훨씬 더 무서워한다.

나는 부엌으로 가서 차를 끓인다. 싱크대 앞에 서서 찻주전자에 물을 채우는데 갑자기 다리 사이에 축축한 것이 느껴진다. 이거다! 마침내 양수가 터진 것이다. 나는 활짝 웃으며 아래를 내려다본다. 하지만 내 다리를 타고 흘러 내려와 바닥에 흥건히 고인 것은 물이 아니라 피다. 저 아래 어디선가 시작된 두려움이 내 심장까지 타고 올라와 나를 움켜쥔다. 심장이 마구 두근거린다. 하지만 그 다음에 벌어진 일에 비하면 이건 사소한 진동에 불과하다. 진통이 허리와 배꼽을 감싸고 어찌나 사납게 날뛰는지 아기가 금방이라도 쑥 나올 것 같다. 하지만 그런 일은 일어나지 않는다. 실제로 그런 일이 가능한지도 잘 모르겠다. 내가 손을 배 아래로 뻗어 배를 끌어올리자 더 많은 피가 다리 사이로 콸콸 쏟아진다. 나는 허벅지를 딱 붙인 채 발을 질질 끌며 부엌문으로 걸어가 딸을 부른다.

"조이, 가서 이모 좀 데려와." 메이가 사업상의 유대를 다지기 위해 영화사 사람들을 대접하는 중이 아니었으면, 지금 사무실에 있었으면 좋겠다. "이모가 사무실에 없으면 차이니즈 정크로 가. 이모는 거기서 사람들을 자주 만나서 저녁을 먹으니까."

"어, 엄마⋯⋯"

"얼른! 얼른 가."

조이가 나를 바라본다. 조이가 볼 수 있는 것은 부엌 밖으로 내민 내 머리뿐이다. 다행이다. 그래도 내 얼굴이 심상치 않은 모양이다. 조이는 여느 때와 달리 내게 반항하지 않는다. 조이가 아파트를 나가자마자 나는 행주를 집어 다리 사이에 대고 누른다. 그리고 의자에 앉아 팔걸이를 움켜쥐고 진통이 올 때마다 비명을 참는다. 진통이 너무 빠르다. 뭔가가 끔찍하게 잘못 되었음이 틀림없다.

조이와 함께 돌아온 메이는 날 한 번 보더니 조이가 아무 것도 보지 못하게 데리고 나간다.

"카페로 가서 아버지를 찾아. 병원으로 오시라고 해."

조이가 나가자 동생이 내 옆으로 온다. 촉촉한 빨간 립스틱 덕분에 메이의 입이 물결치는 바다 꽃 같다. 아이라이너는 눈을 크게 만들어준다. 메이는 밝은 자색 새틴으로 만든 드레스 차림이다. 어깨는 드러내고, 몸에는 청삼처럼 꼭 달라붙는 디자인이다. 메이의 입에서 진과 스테이크 냄새가 난다. 메이는 잠시 내 얼굴을 바라보더니 내 치마를 들친다. 메이는 내게 아무 것도 내색하지 않으려고 하지만, 나는 메이를 잘 안다. 메이가 피에 흠뻑 젖은 행주들을 보고 고개를 옆으로 갸우뚱하게 기울인다. 그리고 입술을 살짝 빨아들여 앞니와 혀끝 사이에 문다. 메이는 내 치마를 다시 무릎 위로 매끈하게 펴준다.

"내 차까지 걸어갈 수 있겠어? 구급차를 부를까?" 메이가 묻는다. 담비 털을 가장자리에 두른 파란 모자와 분홍 모자 중에 뭐가 더 좋냐고 물을 때처럼 차분한 목소리다.

나는 공연히 남을 귀찮게 하기도 싫고 돈을 낭비하기도 싫다. "네 차로 가자. 차가 더러워져도 상관없다면."

"번." 메이가 소리친다. "번, 이리 나와 봐요." 번은 대답하지 않는다. 메이가 번을 데리러 간다. 두 사람이 1분쯤 뒤에 밖으로 나온다. 자다가 일어난 꼬마신랑의 머리는 헝클어졌고, 옷도 주름이 졌다. 꼬마신랑은 나를 보고 우는소리를 내기 시작한다.

"당신이 한쪽을 잡아요." 메이가 지시한다. "내가 반대쪽을 잡을 테니까."

둘이 힘을 합쳐서 나를 들고 아래층으로 내려간다. 내 동생의 손은 강하게 나를 붙들고 있지만, 번은 내 무게 때문에 금방이라도 무너질 것 같다. 오늘밤 광장에서는 무슨 축제 같은 것이 열리고 있다. 사람들은 손으로 다리 사이에 뭔가를 대고 있는 나를 동생과 번이 들고 가는 모습을 보고 길을 비켜준다. 임신한 여자를 보고 좋아하는 사람은 아무도 없다. 이렇게 은밀한 일이 공개적으로 드러나는 걸 보고 좋아하는 사람도 없다. 메이와 번은 나를 메이의 자동차 뒷좌석에 태운다. 그리고 메이가 차를 몰고 몇 블록 떨어진 프렌치 병원으로 가서 출입구 앞에 차를 세운 뒤 도움을 청하러 안으로 달려 들어간다. 나는 주차장에 켜진 불빛들을 바라본다. 그리고 천천히 일정한 간격으로 숨을 쉰다. 내 손은 배 위에 놓여 있다. 배가 무겁게 느껴진다. 모든 움직임이 정지한 것 같다. 나는 내 아기가 아버지와 똑같은 소띠라고 속으로 되뇐다. 소띠는 어릴 때부터 의지와 내적인 힘이 강하다. 나는 내 아들이 지금 자신의 본성에 따라 행동하고 있을 거라고 자신을 타이르지만, 겁이 많이 난다.

또 진통이 온다. 지금까지 겪었던 것 중 최악이다.

메이가 간호사와 남자 한 명을 데리고 차로 돌아온다. 간호사와 남자는 모두 흰 옷을 입었다. 그들은 큰소리로 지시를 내리고는 나를 들 것에 태워 최대한 빨리 병원 안으로 달려간다. 메이는 계속 내 옆에 붙어서 나를 내려다보며 말을 건다. "걱정 마. 다 잘 될 거야. 아기를 낳는 게 고통스러운 건 인생이 쉽지 않다는 걸 보여주기 위해서야."

나는 들것 양편의 금속 난간을 움켜쥐고 이를 간다. 땀이 이마, 등, 가슴을 흠뻑 적시고 있는데도 나는 추워서 몸이 부들부들 떨린다.

내가 분만실로 들어가기 전에 동생이 마지막으로 한 말. "날 위해서 싸워줘, 언니. 전에도 그랬던 것처럼 살기 위해 싸워야 돼."

내 아들이 태어난다. 하지만 아기는 이 세상의 공기를 단 한 모금도 마시지 못한다. 간호사가 아기를 담요로 싸서 내게 데려온다. 속눈썹이 길고, 코가 오뚝하고, 입이 아주 작다. 내가 아들을 안고 그 외로운 얼굴을 바라보는 동안 의사가 나를 치료한다. 마침내 그가 허리를 펴고 이렇게 말한다. "수술을 해야겠습니다, 루이 부인. 마취를 할 거예요." 간호사가 아기를 데려간다. 이제 다시는 그 아기를 볼 수 없을 것이다. 눈물이 내 얼굴을 타고 흘러내리고, 내 코와 입에 마스크가 씌워진다. 그 뒤에 찾아온 암흑이 고맙다.

나는 눈을 뜬다. 동생이 침대 옆에 앉아 있다. 빨간 립스틱은 이제 다 지워지고 얼룩만 조금 남아 있다. 아이라이너도 지저분하게 번졌다. 화려한 자색 드레스는 구겨지고 지쳐 보인다. 그런데도 메이는 여전히 아름답다. 나는 동생이 내 병실에 앉아 있던 과거의 한 때로 돌아간다. 내가 한숨을 내쉬자 메이가 내 손을 잡는다.

"샘은 어디 있어?" 내가 묻는다.

"식구들하고 같이 있어. 저기 복도 아래쪽에. 내가 가서 불러올게."

나는 남편을 몹시 보고 싶지만, 어떻게 그를 대면할 수 있을까? '아들도 못 낳고 죽어라.' 이것이 상대에게 던지는 최고의 욕인데.

의사가 들어와서 내 상태를 확인한다. "임신 상태를 어떻게 그렇게 오랫동안 유지했는지 모르겠어요." 의사가 말한다. "하마터면 부인도 위험할 뻔했습니다."

"언니는 아주 강해요." 메이가 말한다. "이것보다 더한 일도 겪었어요. 앞으로 또 아기를 가질 거예요."

의사가 고개를 젓는다. "아마 아기를 갖기는 힘들 겁니다." 의사가 나를 바라보며 말을 잇는다. "그래도 따님이 있으니 다행이에요."

메이가 자신 있게 내 손을 꼭 쥔다. "전에도 의사들은 똑같은 말을 했지만 언니는 임신했잖아. 형부랑 다시 시도해보면 돼."

이건 내가 지금까지 들은 최악의 말 중 하나인 것 같다. 나는 소리를 지르고 싶다. '난 내 아기를 잃었어!' 내 기분을 동생은 왜 모르는 걸까? 9개월 동안 내 몸 속에서 헤엄치던 아이, 내가 온 마음으로 사랑하던 아이, 수많은 희망을 걸었던 아이를 잃는 게 어떤 기분인지 어떻게 모를 수 있을까? 하지만 메이의 말보다 더한 말이 남아 있다.

"그건 불가능할 겁니다." 의사가 로판 특유의 이상한 쾌활함과 자신 있는 미소로 자기가 하고 있는 말의 끔찍한 내용을 덮으려 한다. "우리가 모든 걸 잘라냈거든요."

이 남자 앞에서는 울 수 없다. 나는 내 옥팔찌에 시선을 맞춘다. 지금까지도 그랬듯이, 이 팔찌는 내가 죽은 뒤에도 결코 변하지 않을 것이다. 언제나 단단하고 차가운 돌덩이에 불과할 것이다. 하지만 내게 이 팔찌는 나와 과거를, 영원히 사라져버린 사람들과 장소들을 연결해주는 물건이다. 영원히 완벽한 모습으로 남아 있는 팔찌는 계속 살아가야 한다고, 미래를 바라봐야 한다고, 지금 내가 가진 것을 소중히 여겨야 한다고 일깨워준다. 참고 견뎌야 한다고 일깨워준다. 나는 앞으로 하루하루를, 한 걸음 한걸음을 살아낼 것이다. 계속 살아야 한다는 내 의지가 그만큼 강하니까. 나는 자신에게 이렇게 되뇌며 슬픔을 덮으려고 내 심장을 강철로 단단히 둘러싼다. 하지만 병실로 들어온 식구들은 그런 내 노력을 전혀 도와주지 않는다.

옌옌의 얼굴은 밀가루 부대처럼 축 처져 있다. 시아버지의 눈은 흐릿하고 검은 석탄 덩어리 같다. 번은 소식을 듣고 모두가 보는 앞에서 끔찍한 폭풍이 지나간 뒤의 양배추처럼 풀이 죽어버린다. 하지만 샘은……아, 샘은…… 10년 전 그날 밤 자신의 인생을 내게 고백하면서 그는 아들이 필요하지 않다고 말했다. 하지만 지난 몇 달 동안 나는 그가 자신의 이름을 이어주고 자신을 위해 제사를 지내주고 자신이 결코 이루지 못했던 꿈을 모두 이뤄줄 아들을 얼마나 바라고 원했는지 직접 보았다. 나는 남편에게 희망을 주었다가 파괴해버렸다.

샘과 내가 단 둘이 있을 수 있게 메이가 다른 식구들을 밖으로 밀어낸다. 하지만 철부채라서 아주 강인해 보이는 내 남편, 무엇이든 들어올릴 수 있고 온갖 굴욕을 참아낼 수 있는 이 남자는 가슴을 열어 내 고통을 받아주지 못한다.

"기다리는 동안……" 그의 목소리가 점점 잦아든다. 샘은 뒷짐을 지고 병실 안을 서성거리며 평정심을 잃지 않으려고 안간힘을 쓴다. 마침내 그가 다시 입을 연다. "기다리는 동안 내가 의사에게 버넌을 진찰해달라고 부탁했어. 의사한테 동생이 호흡이 약하고 피도 묽다고 말했지." 샘이 설명한다. 우리의 중국식 표현은 그 의사에게 아무런 의미가 없었을 텐데도.

나는 그의 따스하고 향기로운 가슴에 얼굴을 묻고, 그의 철부채가 지닌 힘을 받아들이고, 차분한 심장박동 소리를 듣고 싶다. 하지만 그는 나를 보려 하지 않는다.

샘이 침대 발치에서 걸음을 멈추고 내 머리 위 어딘가를 빤히 바라본다. "그래서 그 의사한테 다시 가봐야 돼. 의사들한테 번을 검사해보라고 해야 하니까. 어쩌면 치료할 방법이 있을지도 몰라."

저들이 우리 아들을 구해주지 못했는데도 이런 말을 하다니. 샘이 병실을 나가자 나는 손으로 얼굴을 덮는다. 여자로서 나는 최악의 실패를 했다. 그리고 내 남편은 슬픔을 묻어버리려고 식구들 중 가장 약한 인물에게 관심을 돌렸다. 시댁 식구들은 다시 나를 보러 오지 않는다. 심지어 번도 가까이 오지 않는다. 여자가 귀한 아들을 잃으면 사람들이 흔히 이런 반응을 보이게 마련이지만, 그래도 나는 상처를 입는다.

메이는 나를 위해 최선을 다한다. 내가 울 때 내 옆에 있어주고, 화장실에 갈 때 나를 부축해준다. 내 젖가슴이 고통스럽게 부풀어 올라서 간호사가 젖을 짜버리려고 들어오자 메이는 간호사를 밀어내고 자신이 직접 젖을 짜준다. 메이의 손가락은 부드럽고, 사랑이 가득하다. 나는 남편이 그립다. 남편이 필요하다. 하지만 샘이 가장 필요할 때 나를 버렸듯이, 메이도 번을 버렸다. 병원에 입원한 지 닷새 째 되던 날 마침내 메이가 그간의 일을 말해준다.

"번은 뼈가 연해지는 병이래." 메이가 말한다. "여기 사람들은 뼈결핵이라고 하던데. 그래서 몸이 계속 줄어들었던 거야." 메이는 항상 눈물이 많았지만, 이번에는 다르다. 메이가 눈물을 참으려고 애쓰는 모습을 보니 그 동안 꼬마신랑을 많이 사랑하게 된 것 같다.

"그게 무슨 뜻이야?"

"우리가 더럽다는 뜻이지. 돼지처럼 살고 있다는 뜻."

동생의 목소리에 전에 없는 원한이 서려 있다. 어렸을 때 우리는 뼈가 연해지는 병과 허파에서 피가 나오는 병은 가난과 더러움의 상징이라고 믿었다. 비슷한 종류인 두 병은 모든 질병 중에서도 가장 수치스럽고, 매춘부들에게서 옮는 병보다도 더 끔찍하게 여겨졌다. 이건 내가 아들을 잃은 것보다도 더 나쁜 일이다. 이건 우리 이웃들과 로판들에게 우리가 가난하고 더럽고 오염된 사람들임을 확실하게 보여주는 일이니까.

"대개 아이들이 그 병에 걸려서 척추가 내려앉는 바람에 목숨을 잃는대." 메이가 말을 잇는다. "하지만 번은 아이가 아니니까 의사들도 번이 앞으로 얼마나 살지 모르겠다는 거야. 의사들이 아는 거라고는 번이 고통을 느끼는 대신 점점 무감각해지고 약해지다가 결국은 마비될 거라는 사실뿐이야. 번은 평생 누워 지낼 거래."

"옌옌은? 루이 아버지는?"

메이는 고개를 젓는다. 마침내 눈물이 흘러나온다. "번은 그 사람들의 아들이야."

"그럼 조이는?"

"조이는 내가 돌보고 있어." 슬픔이 동생의 목소리를 가득 채운다. 내가 아기를 잃은 것이 메이에게 어떤 의미인지 나도 분명히 이해한다. 나는 이제 다시 하루 종일 조이를 돌보는 조이의 엄마가 될 것이다. 내가 조금은 의기양양한 기분이 들 것도 같은데 전혀 그렇지 않다. 대신 나는 메이와 나의 슬픔 속에서 허우적거린다.

그날 밤 늦게 샘이 병실에 온다. 그는 어색한 모습으로 침대 발치에 선다. 안색은 잿빛이고, 두 가지 비극의 무게 때문에 어깨가 축 처졌다.

"번이 병에 걸린 게 아닌가 하는 생각은 했어. 아버지를 봐서 증상을 몇 가지 알고 있었거든. 번은 날 때부터 좋은 팔자가 아니었나봐. 누굴 해친 적도 없고 항상 우리한테 잘해줬는데도 그 팔자를 바꾸지 못했어."

샘은 지금 번에 대해 말하고 있지만, 이건 우리 모두에게 해당하는 말이기도 하다.

이 두 개의 비극은 우리 식구들을 하나로 단단히 묶어준다. 우리들 중 어느 누구도 이런 결과가 나올 거라고는 상상도 하지 못했다. 메이와 샘과 시아버지는 다시 일터로 돌아간다. 슬픔과 절망이 죄인이 목에 쓰는 칼처럼 그들의 목에 걸려 있다. 옌옌은 아파트에 남아 나와 번을 돌본다. (의사는 이것에 대해 강하게 반대했다. "번은 요양소 같은 시설에서 지내는 편이 훨씬 나을 겁니다"라면서. 하지만 누구나 볼 수 있는 길거리에서도 중국인들이 형편없는 대접을 받는데, 우리가 어떻게 닫힌 문 뒤에 갇혀 살아야 하는 곳으로 번을 보낼 수 있겠는가?) 차이나 시티에서는 서류상의 동업자들이 우리 자리를 채운다. 하지만 운명의 장난은 아직 끝나지 않았다.

8월에 또 불이 나서 차이나 시티가 거의 모두 파괴된다. 건물 몇 채는 살아남았지만, '골든'이라는 말이 붙은 가게들은 모두 시커멓게 그을린 폐허로 변했다. 의상과 엑스트라를 공급해주는 메이의 회사와 인력거 세 대만 남았을 뿐이다. 보험에 들어둔 사람은 아무도 없다. 중국에서 내전이 벌어지고 있기 때문에, 루이 아버지가 고국에 돌아가서 골동품을 구해오는 것도 불가능하다. 여기서 골동품을 구입할 수도 있지만, 세계대전이 끝난 뒤로는 모든 것이 너무 비싸다. 게다가 루이 아버지가 차이나 시티에 숨겨두었던 돈도 대부분 재로 변해버렸다.

설사 우리에게 물건을 사들일 돈이 있다 해도, 크리스틴 스털링에게는 차이나 시티를 재건할 생각이 전혀 없다. 화재가 방화에 의한 것이라고 확신한 그녀는 로스앤젤레스에 동양의 낭만을 재현할 마음이 이제 없다. 사실 이제는 어떤 식으로든 중국인들과 얽히기도 싫어하고, 자신이 올베라 거리에서 운영하는 멕시코 시장을 중국인들이 망치려 드는 것도 원하지 않는다. 그녀는 시당국을 설득해서 로스앤젤레스 거리와 앨러메다 거리 사이에 있는 차이나타운을 헐고 프리웨이 진입로를 만들게 한다. 현재의 계획대로라면, 원래 차이나타운 중에서 로스앤젤레스 거리와 우리가 살고 있는 산체스 길 사이의 건물들만 살아남을 것이다. 사람들은 이 계획에 반발하지만, 일이 잘될 거라고 생각하는 사람은 하나도 없다. 미국 사람들이 즐겨 쓰는 표현이 있다. '중국인처럼 가망이 없다.'

우리 집이 헐릴 위험에 처했지만, 우린 아직 그걸 걱정할 처지가 아니다. 힘을 합쳐서 가게들을 다시 여는 것이 우선이다. 어떤 사람들은 그냥 절름발이처럼 현실에 적응하면서 차이나 시티의 살아남은 건물에 머무르는 편을 택하지만, 루이 아버지는 뉴 차이나타운에 새로 골든 랜턴을 열고 근처 도매상에서 가장 값싼 잡화들을 사들여 가게를 채운다. 도매상들이 홍콩과 타이완에서 가져온 물건들이다. 조이는 이제 그곳에서 예전보다 더 많은 시간을 보내며 뭐가 뭔지 잘 모르는 관광객들을 상대로 장사를 해야 한다. 조이가 스스로 '쓰레기'라고 부르는 그 물건들을 팔아주어야 할아버지가 잠시 쉬면서 낮잠을 잘 수 있다. 새 가게는 장사가 별로 안 되지만, 조이는 꿈이 많은 아이다. 그리고 가게에는 아무도 없을 때가 많은데, 조이는 그런 틈을 이용해서 책을 읽는다.

샘과 나는 우리가 모은 돈으로 우리만의 장사를 시작하기로 한다. 샘은 차이나 시티에서 서쪽으로 겨우 반 블록 떨어진 오드 거리에서 새로 카페를 열 장소를 찾아낸다. 하지만 윌버트 아주버니는 우리와 함께 하지 않겠다고 말한다. 그는 전쟁이 끝난 뒤 로판들이 중국 음식에 부쩍 관심을 갖게 된 것을 기회로 삼아 레이크우드에 값싼 중국 식당을 낼 생각이다. 마지막 남은 아주버니마저 떠나는 것이 슬프다. 그 덕분에 샘이 마침내 수석 요리사가 될 수 있다 해도 말이다.

우리는 가게의 화려한 개점을 준비한다. 내부도 새로 단장하고, 메뉴도 만들고, 광고에 대해서도 생각한다. 카페 뒤편 유리 뒤에는 작은 사무실을 만들어 메이에게 줄 것이다. 메이는 버나드 거리의 작은 창고에 소품과 의상들을 보관하고 있다. 매일 그런 물건들 속에 앉아 있을 필요도 없고, 그런 물건들을 빌려주는 일보다는 자신을 비롯한 엑스트라들의 일감을 따오는 일 쪽이 더 수지가 맞는다는 것이다. 메이는 샘에게 카페를 광고하는 달력을 만들어보라고 말한다. 그리고 이 지역에서 활동하는 사진가에게 사진을 부탁한다. 식당 이름은 내 이름을 따서 지었지만, 광고용 달력에는 파이 진열대 옆 카운터에 서

있는 메이와 조이의 사진이 실린다. '펄의 커피숍으로 오세요. 고급 중국음식과 미국음식이 있습니다.'

1949년 10월 초에 펄의 커피숍이 문을 연다. 마오쩌둥은 중화인민 공화국을 세우고, 죽의 장막이 생겨난다. 이 장막이 어디까지 세력을 떨칠지, 이런 일들이 우리 고국에 어떤 영향을 미칠지 모르겠다. 하지만 우리 가게는 성공적이다. 달력도 인기를 끌고, 우리 메뉴도 인기를 끈다. 우리는 미국 음식과 특별히 개발한 중국식 미국 음식으로 메뉴를 짰다. 구운 쇠고기와 바닐라 아이스크림을 얹은 사과파이와 커피를 함께 내는 메뉴, 새콤달콤한 돼지고기와 아몬드 쿠키와 차를 함께 내는 메뉴 등이 있다. 펄의 커피숍은 깨끗하다. 음식은 신선하고 한결같다. 밤이나 낮이나 문 밖에 손님들이 늘어선다.

루이 아버지는 계속 고향 마을로 돈을 보낸다. 홍콩으로 돈을 송금한 뒤 사람을 사서 직접 중화인민공화국으로 들어가 와홍 마을에 돈을 전달하게 하는 방식이다. 샘은 돈을 보내지 말라고 조언한다. "어쩌면 공산당이 돈을 몰수할지도 몰라요. 마을에 사는 친척들에게 좋지 않을지도 모른다고요."

나는 다른 것이 걱정스럽다. "미국 정부가 우릴 공산주의자로 볼지도 몰라요. 그래서 대부분의 사람들이 이제 고향에 돈을 보내지 않는 거예요."

사실이다. 미국 전역의 차이나타운에서 많은 사람들이 송금을 그만두었다. 두려움과 당혹스러움 때문이다. 중국에서 온 편지들은 우리를 더욱 혼란스럽게 만든다.

"우리는 새 정부 밑에서 행복하게 잘 살고 있습니다." 시아버지의 6촌 형제는 편지에 이렇게 썼다. "이젠 모두가 평등해요. 지주들도 인민들과 재산을 나눠 가졌습니다."

그렇게 행복하게 잘 산다면서 왜 탈출하려는 사람이 그렇게 많은 걸까? 우리는 속으로 자문한다. 이 사람들은 찰리 아주버니처럼 모은 돈을 가지고 중국으로 돌아갔던 사람들이다. 여기 미국에서 그들은 시민권을 받을 자격이 없는 비천한 계층의 사람들로 굴욕적인 취급을 받으며 고생했다. 그들은 고국에 돌아가면 행복하고 부유하게 살면서 존경을 받게 될 거라고 믿으며 그 고생을 견뎌냈지만, 중국에 돌아가자마자 가혹한 운명과 맞닥뜨렸다. 중국은 그들을 무시무시한 지주, 자본가, 제국주의의 주구로 취급한다. 개중에는 심지어 들판이나 마을 광장에서 목숨을 잃는 사람도 있다. 홍콩으로 탈출한 사람들은 그나마 운이 좋은 편이지만, 그들도 홍콩에서 폐인이 되어 무일푼으로 세상을 떠난다. 소수의 행운아들만이 미국의 '고향'으로 돌아온다. 찰리 아주버니도 행운아다.

"공산당이 모든 걸 빼앗아갔어요?" 번이 침대에 누워 묻는다.

"그럴 리가 있나." 찰리 아주버니가 부어오른 눈을 비비고 습진에 걸린 피부를 긁으며 대답한다. "내가 갔을 때는 장제스의 국민당이 아직 권력을 잡고 있었어. 국민당은 사람들에게 금과 외화를 모두 정부 증서로 바꾸라고 했지. 국민당이 수십억 위안의 돈을 찍어냈지만, 그 돈은 아무 가치도 없었어. 옛날에는 12위안이면 살 수 있었던 쌀 한 자루 값이 금방 630만 위안이 됐으니까. 사람들은 돈을 외바퀴수레에 싣고 장을 보러 다녔어. 우표 값이 얼마였는지 알아? 미국 달러로 환산하면 6천 달러였어."

"총통을 험담하는 거예요?" 번이 불안한 표정으로 묻는다. "그러면 안 돼요."

"내 말은, 공산당 병사들이 왔을 때는 이미 내 수중에 남은 게 없었다는 거야."

금산의 남자가 되어 중국으로 돌아가겠다는 꿈을 안고 그 오랜 세월 동안 일을 했는데, 이제 그는 출발점에 다시 돌아와 있다. 루이 일가를 위해 유리잔을 닦는 사람으로 돌아온 것이다.

나는 건강을 회복해서 샘과 함께 일을 하러 다닌다. 여러 면에서 놀라운 일이다. 매일 오후 다섯 시까지 남편의 얼굴을 볼 수 있을 뿐만 아니라, 메이와도 함께 있을 수 있으니까 말이다. 다섯 시가 지나면 나는 집으로 와서 저녁을 준비하고, 메이는 뉴 차이나타운으로 옮겨간 제너럴 리나 쑤저우 같은 식당으로 가서 캐스팅 담당자 등을 만난다. 어떤 때는 우리가 자매라는 것을 믿기가 어려울 정도다. 나는 고향 상하이의 추억에 매달려 있는 반면, 메이는 미인으로 활동하던 시절의 추억에 매달려 있다. 나는 기름기 묻은 앞치마와 작은 종이모자를 쓰고 일하지만, 메이는 땅과 같은 색깔의 천으로 만든 아름다운 드레스를 입는다. 진보라색, 청자색, 산 속의 호수 같은 파란색 드레스를 입을 때도 있다.

나는 내 외모가 싫다. 그런데 옛 친구 벳시(중국이 폐쇄되었기 때문에 벳시는 동부의 부모에게 가는 길이다)가 커피숍에 나타나던 날 생각이 달라진다. 우리는 서른세 살로 동갑이지만, 벳시는 나보다 스무 살은 더 늙어 보인다. 거의 해골처럼 앙상하게 말랐고, 머리카락은 하얗게 셌다. 일본군 수용소 생활 때문인지 최근 몇 달 동안 겪은 고생 때문인지 잘 모르겠다.

"우리의 상하이는 사라졌어." 내가 펄의 커피숍 뒤쪽에 있는 메이의 사무실로 벳시를 데려가서 메이까지 셋이서 함께 차를 마시는 동안 벳시가 한 말이다. "다시는 예전의 모습으로 돌아가지 못할 거야. 상하이는 내 고향이었지만, 다시는 볼 수 없을 거야. 우리 모두 마찬가지야."

동생과 나는 시선을 교환한다. 일본군 때문에 다시는 고향에 돌아갈 수 없다고 생각했을 때 우리도 마음이 어두웠다. 전쟁이 끝난 뒤

우리는 언젠가 고향에 다니러 갈 수 있을지도 모른다는 희망을 다시
품었지만 이건 느낌이 다르다. 지금의 상황이 영원히 변하지 않을 것
같다.

두려움

1950년 11월 둘째 주 토요일 정오가 거의 다 된 시각. 새로 생긴 중국 연합 감리교회로 조이와 헤이즐을 데리러 갈 때까지 시간이 얼마 남지 않았다. 아이들은 그 교회에서 중국어를 배우고 있다. 나는 서둘러 아래층으로 내려가서 우편물을 찾아 다시 서둘러 아파트로 올라온다. 그리고 청구서들과 편지 두 통을 재빨리 골라낸다. 편지 한 통에는 워싱턴 D. C.의 소인이 찍혀 있다. 나는 겉봉에서 벳시의 필체를 알아보고 편지를 주머니에 넣는다. 다른 편지는 루이 아버지 앞으로 온 것인데, 발신지가 중국이다. 나는 루이 아버지가 밤에 돌아와서 볼 수 있게 그 편지와 청구서들을 중앙 거실 탁자 위에 놓아둔다. 그러고는 장바구니와 스웨터를 들고 다시 아래층으로 내려가서 교회까지 걸어가 밖에서 조이와 헤이즐을 기다린다.

조이가 어렸을 때 나는 조이에게 중국어 쓰기와 말하기를 제대로 가르치고 싶었다. 그런데 그걸 배울 수 있는 곳은 차이나타운의 선교회 한 곳뿐이었다. 그 점에서는 선교사들이 영리하다는 사실을 인정할 수밖에 없다. 그 학교에서 내건 조건을 충족시키려면 조이가 한 달에 1달러를 내고 일주일에 닷새 반 동안 중국어를 배우거나 주일학교에 나가는 것만으로는 충분하지 않았다. 아이의 부모 중 한 명도 일요일 예배에 참석해야 했다. 그래서 지난 7년 동안 나는 교회에 나갔다. 많은 부모들이 이 규칙에 대해 투덜거리지만, 내가 보기에는 공정한 거래 같다. 가끔은 설교를 듣는 게 좋을 때도 있다. 어렸을 때 상하이에서 들었던 설교들이 생각나기 때문이다.

나는 벳시의 편지를 펼친다. 마오가 중국에서 권력을 잡은 지 13개월이 지났고, 북한이 중국 인민해방군의 도움을 받아 남한을 침공한 지 보름이 지났다. 겨우 5년 전만 해도 중국과 미국은 동맹이었다. 하지만 공산주의 중국은 하루아침에 러시아 다음으로 증오를 받는 미국의 적이 된 것 같다. 지난 두어 달 동안 벳시는 여러 차례 내게 편지를 보냈다. 편지에서 벳시는 자신이 중국에 오래 머물렀다는 이유로 충성심을 의심받고 있으며, 자신의 아버지도 국무부에서 공산주의자이자 중국의 오랜 일꾼으로 비난받고 있다고 말했다. 옛날에 상하이에서는 중국의 오랜 일꾼이라는 말이 찬사였다. 하지만 워싱턴에서 그 말은 '갓난아기를 살해한 자'만큼이나 파렴치하게 들린다. 벳시는 이렇게 썼다.

> 아버지는 아주 뜨거운 물속에 들어가 있는 것 같은 처지야. 아버지가 20년 전에 장제스를 비난한 편지를 쓴 것이나 당시 중국에서 했던 일 때문에 아버지를 비난하다니, 어떻게 그럴 수가 있어? 아버지더러 공산주의 동조자라면서, 아버지가 '중국을 잃어버리는 데' 일조했다고 비난하고 있어. 엄마와 나는 아버지가 직장을 잃지 않기를 바라고 있고, 혹시 아버지가 밀려나더라도 연금만은 유지할 수 있으면 좋겠어. 다행히 국무부에는 아버지의 진실을 알아주는 친구들이 아직 있어.

나는 편지를 접어 봉투에 다시 넣으면서 답장을 써야 할지 고민한다. 우리 모두 겁에 질려 있다고 말해주는 게 벳시에게 도움이 될 것 같지 않다.

조이와 헤이즐이 거리로 튀어나온다. 이제 열두 살인 두 아이는 6학년에 올라간 지 7주가 되었다. 아이들은 이제 자기들이 어른과 다름없다고 생각하지만, 중국 여자애들이라 신체적으로는 아직 다 발달하지 못했다. 나는 손을 잡고 무슨 음모라도 꾸미듯이 귓속말을 하면서 펄의 커피숍을 향해 명랑하게 걸어가는 아이들 뒤를 따라간다.

도중에 브로드웨이의 정육점에 잠깐 들러 신선한 차르슈, 즉 향을 가미해서 구운 돼지고기 2파운드를 산다. 이 고기는 샘의 차우멘에 들어가는 비밀 재료다. 오늘은 정육점이 몹시 붐빈다. 새로운 전쟁이 시작된 뒤로 항상 그랬던 것처럼 다들 겁을 먹은 표정이다. 아예 입을 다물어버린 사람들도 있고, 우울증에 빠져든 사람들도 있다. 정육점 주인처럼 화를 내는 사람들도 있다.

"놈들은 왜 우릴 좀 그냥 내버려두질 못하는 거요?" 정육점 주인이 사읍 방언으로 다그치듯 묻는다. 딱히 누구를 겨냥한 질문은 아니다. "마오가 공산주의를 퍼뜨리려고 하는 게 내 잘못인가? 그건 나랑 아무 상관도 없는 일이잖소!"

아무도 그의 말에 토를 달지 않는다. 우리 모두 같은 생각이니까.

"7년이요!" 정육점 주인이 큰 칼로 고기를 자르며 소리친다. "배제법이 폐지된 지 겨우 7년이란 말이오. 그런데 로판 정부는 국가적인 비상사태가 발생하면 공산주의자들을 가둘 수 있는 새 법을 만들었어요. 장제스에 반대하는 말을 한 마디라도 한 적이 있는 사람이라면 누구나 공산주의자로 의심받고 있고." 정육점 주인은 우리를 향해 칼을 흔들어댄다. "심지어 굳이 나쁜 말을 할 필요도 없소. 그냥 이 더러운 나라에 살고 있는 중국인이라는 것만으로 문제가 된다 이거요! 그게 무슨 뜻인지 알아요? 우리 모두 용의자라는 뜻이오!"

조이와 헤이즐은 수다를 멈추고 눈을 휘둥그렇게 뜬 채 정육점 주인을 바라본다. 엄마들은 항상 자식을 보호하고 싶어 하지만, 내가 조이를 위해 모든 것을 막아줄 수는 없다. 함께 걸을 때 영어와 중국어로 주먹만 하게 찍혀 있는 신문기사 제목들을 조이가 못 보게 항상 막을 수 있는 것도 아니다. 조이의 삼촌들에게 일요일 저녁에 식사를 하러 올 때 전쟁 이야기를 하지 말라고 부탁할 수는 있지만, 뉴스는 어디서든 볼 수 있다. 소문도 마찬가지다.

조이는 아직 어려서, 출정영장 권리가 중지되면 제 아버지와 어머니를 포함한 모든 사람이 무한정 감금될 수 있다는 사실을 이해하지 못한다. 우리도 국가적 비상사태가 과연 무엇을 뜻하는지 모르기는 마찬가지다. 하지만 옛날에 일본인들이 수용소에 갇혔던 일이 아직도 우리 머릿속에 생생하게 남아 있다. 최근에 정부가 중국 연합 친선협회에서부터 중국 청소년 클럽에 이르기까지 지역 단체들에게 24시간 안에 회원 명부를 제출하라고 요청했을 때 많은 이웃들이 겁에 질렸다. 정부가 겨냥한 40개 단체 중 적어도 한 곳 이상의 명부에 자신들의 이름이 올라 있기 때문이었다. 그 뒤로 우리는 중국어 신문에서 FBI가 중국 손세탁 연합의 본부를 도청했으며, 〈차이나 데일리 뉴스〉의 구독자들을 모두 조사하기로 했다는 소식을 읽었다. 그 때부터 나는 루이 아버지가 국민당과 기독교와 동화정책을 지지하는 신문인 〈충사이얏포〉의 구독자인 것에 감사하고 있다. 루이 아버지는 〈차이나 데일리 뉴스〉는 신문판매대에서 가끔 한 부씩 사 볼 뿐이다.

정육점 주인의 분노가 이제 어디로 향할지는 모르겠지만, 아이들에게 그 말을 들려주고 싶지 않다. 내가 막 아이들을 데리고 나가려는데, 정육점 주인이 차분해져서 나는 그에게 고기를 주문한다. 정육점 주인은 분홍색 종이에 차르슈를 싸주면서, 아까보다 한결 차분한 목소리로 내게 속내를 털어놓는다. "여기 로스앤젤레스는 그리 나쁜 편이 아니에요, 루이 부인. 하지만 샌프란시스코에 사는 내 사촌은 체포되기 싫어서 자살했어요. 아무 잘못도 없는 친구인데 말이에요. 지금 감옥에 갇혀서 추방명령을 기다리는 사람들도 있답니다."

"우리 모두 그런 얘기들을 듣고 있죠." 내가 말한다. "하지만 우리가 뭘 어쩌겠어요?"

정육점 주인이 내게 돼지고기를 건네준다. "너무 오래 전부터 겁을 내고 있었기 때문에 이젠 지쳤어요. 완전히 지쳐버렸어요. 화도 나고……"

그의 목소리가 다시 커지기 시작하자 나는 아이들을 데리고 가게를 나선다. 아이들은 그리 멀지 않은 펄의 커피숍까지 걸어가는 동안 아무 말이 없다. 커피숍 안으로 들어선 우리 셋은 곧장 주방으로 간다. 사무실에서 통화 중인 메이가 미소를 지으며 손을 흔든다. 샘은 손님들에게 인기가 좋은, 달콤새콤한 돼지고기를 반죽하고 있다. 반죽그릇이 처음 문을 연 1년 전보다 작아졌다는 사실이 어쩔 수 없이 눈에 들어온다. 새로 전쟁이 터지면서 많은 손님들이 발길을 끊었다. 차이나타운에는 아예 문을 닫은 곳도 있다. 차이나타운 밖에서는 중국의 중국인들에 대한 두려움이 워낙 커서 중국계 미국인들이 직장을 잃거나 아예 취직을 못하고 있다.

예전처럼 손님이 많지는 않아도, 다른 사람들에 비하면 우리는 그리 힘들지 않은 편이다. 집에서는 고기를 줄이고 밥을 늘려서 식비를 절약하고 있다. 또한 소품과 의상을 대여해주고, 엑스트라들을 소개해주고, 직접 영화나 텔레비전에 출연하며 돈을 버는 메이도 있다. 이제 곧 영화사들이 공산주의의 위협에 관한 영화를 만들기 시작할 것이다. 그러면 메이는 아주 바빠질 것이다. 메이가 버는 돈은 가족의 금고로 들어가 우리 모두가 같이 쓰게 될 것이다.

나는 샘에게 차르슈를 넘겨주고 아이들에게 줄 음식을 쟁반에 담는다. 중국식과 미국식이 혼합된 간식이다. 땅콩 조금, 쐐기 모양으로 자른 오렌지 몇 조각, 아몬드 쿠키 네 개, 우유 두 잔. 아이들은 작업대에 책을 놓는다. 헤이즐은 자리에 앉아 양손을 무릎에 놓은 채 기다리고, 조이는 직원들을 위해 주방에 놓아둔 라디오로 가서 스위치를 켠다.

나는 조이에게 손짓을 한다. "오늘 오후에는 라디오 틀지 마."

"하지만 엄마……"

"너랑 말다툼하기 싫어. 헤이즐이랑 같이 숙제를 해야지."

"왜요?"

'네가 나쁜 소식을 자꾸 듣는 게 싫으니까.' 나는 속으로 이런 생각을 하지만, 입 밖에 내지는 않는다. 딸에게 거짓말하기는 정말 싫지만, 몇 달 전부터 나는 아이가 라디오를 듣지 못하게 하려고 온갖 핑계를 둘러대고 있다. 내가 편두통이 있다, 아버지 기분이 나쁘다, 등등. 심지어 날카로운 목소리로 "엄마가 듣지 말라면 듣지 마"라고 쏘아붙이는 방법도 써보았다. 이 방법이 효과가 있는 것 같지만, 매일 쓸 수는 없다. 오늘은 헤이즐도 같이 있기 때문에 나는 새로운 방법을 시도한다.

"내가 너희한테 라디오를 들려주면 헤이즐 어머니가 뭐라고 생각하시겠어? 너희는 모든 과목에서 A를 받아야 돼. 헤이즐 어머니한테 내가 잘못했다고 말하게 되는 건 싫다."

"하지만 전에는 항상 라디오를 틀게 해줬잖아요." 내가 고개를 젓자 조이는 아버지에게 도움을 청한다. "아빠?"

샘은 아예 고개도 들지 않는다. "그냥 엄마 말 들어."

조이는 라디오를 끄고 탁자로 가서 헤이즐 옆에 털썩 주저앉는다. 조이는 말을 잘 듣는 아이다. 내게는 감사한 일이다. 지난 넉 달 동안 많이 힘들었기 때문이다. 차이나타운의 많은 엄마들에 비하면 나는 아주 현대적이지만, 조이가 원하는 것만큼 현대적이지는 않다. 나는 조이에게 이제 곧 빨간 자매가 찾아올 것이고, 그러면 사내아이들을 어떻게 대해야 하는지 말해주었다. 하지만 이번 전쟁에 대해서는 어떻게 말해주어야 할지 아직 모르겠다.

메이가 주방으로 휙 들어와 조이에게 뽀뽀를 하고, 헤이즐을 한 번 두드려준 뒤 아이들 맞은편에 앉는다.

"우리 귀여운 아가씨들, 잘 지냈어?" 메이가 묻는다.

"잘 지냈어요, 메이 이모." 조이가 뚱하게 대답한다.

"별로 신난 목소리가 아닌데. 기운 내. 오늘은 토요일이잖아. 중국 학교 수업이 끝났으니 주말은 자유야. 뭘 할래? 이모랑 영화 보러 갈래?"

"가도 돼요, 엄마?" 조이가 정말 가고 싶은 얼굴로 묻는다.

누가 봐도 영화관에 가는 걸 좋아하는 게 뻔히 보이는 헤이즐은 이렇게 말한다. "전 못 가요. 일반학교의 숙제가 있어요."

"그건 조이도 마찬가지야." 내가 덧붙인다.

메이는 주저 없이 내 말에 따른다. "그럼 숙제를 해야겠구나."

나는 아기를 잃은 뒤로 동생과 아주 가까워졌다. 엄마가 살아 계셨다면, 아마 우리더러 뿌리가 한데 얽힌 긴 덩굴 같다고 말했을 것이다. 내가 처져 있을 때는 메이가 활기를 띠고, 내가 활기를 띨 때는 메이가 처져 있다. 내가 살이 찌면 메이는 살이 빠진다. 내가 살이 빠지면, 메이는 여전히 완벽한 모습을 유지한다. 우리가 항상 같은 걸 느끼는 것도 아니고 세상을 바라보는 시각이 같은 것도 아니다. 하지만 나는 메이를 있는 모습 그대로 사랑할 수 있다. 예전에 느끼던 분노는 사라졌다. 적어도 메이가 또 내 감정에 상처를 주거나, 내가 메이의 짜증을 부채질하는 행동을 해서 메이가 내게서 멀어지지만 않는다면 계속 그럴 것이다.

"너희가 원한다면 내가 도와줄게." 메이가 아이들에게 말한다. "숙제를 빨리 끝내면, 나가서 아이스크림을 사먹을 수 있을지도 모르잖아."

조이가 밝은 눈빛에 질문을 담아 나를 바라본다.

"숙제를 다 하면 나가도 돼."

메이가 탁자에 팔꿈치를 괸다. "그래, 어떤 숙제야? 수학? 내가 수학을 얼마나 잘하는데."

조이가 대답한다. "시사문제 중 하나를 학급에서 발표해야……"

"전쟁에 관한 걸로요." 헤이즐이 대신 문장을 끝맺는다.

이제 나는 정말로 머리가 아파오기 시작한다. 저 아이들의 선생은 이 주제를 조심스레 다뤄야 한다는 걸 모르나?

조이가 가방을 열고 〈로스앤젤레스 타임스〉를 꺼내 탁자 위에 펼친다. 그리고 기사 하나를 가리킨다. "우린 이걸 할 생각이었어요."

메이가 그 기사를 보고 큰소리로 읽기 시작한다. "오늘 미국 정부는 미국에서 공부하고 있는 중국인 학생들이 고국으로 돌아가는 것을 막는다는 명령을 발표했다. 학생들이 과학과 기술 관련 기밀을 함께 가져갈 우려가 있기 때문이다." 메이는 읽기를 멈추고 나를 흘깃 바라본 뒤 다시 기사를 읽는다. "정부는 또한 중국 본토는 물론 영국 식민지인 홍콩에 대해서도 모든 송금을 금지했다. 따라서 홍콩에서 인편으로 국경을 넘어 돈을 보내는 것이 불가능해졌다. 중국의 친척에게 돈을 보내려다 적발된 사람들은 최대 1만 달러의 벌금형과 최대 10년의 징역형에 처해질 것이다."

나는 손을 주머니에 넣어 벳시의 편지를 만지작거린다. 하월 씨 같은 사람이 위험해질 정도라면, 루이 아버지 같은 사람은 훨씬 더 심각한 일을 당할 수 있다. 루이 아버지는 오래 전부터 중국의 친척들과 마을들에 돈을 보내고 있으니까 말이다.

"정부의 이러한 조치에 부응해서, 미국 최대의 중미 단체인 식스 컴퍼니즈는 미국 전역의 차이나타운에서 시민들이 공격당하는 것과 중국인들이 비난받는 것을 막기 위해 격렬한 반공 캠페인을 시작했다." 메이는 신문에서 고개를 들고 이렇게 묻는다. "너희 무섭니?" 아이들이 고개를 끄덕이자, 메이는 이렇게 말한다. "걱정할 필요 없어. 너희는 여기서 태어났으니까 미국인이야. 여기서 살 권리가 있다고. 겁 낼 필요 없어."

아이들이 여기서 살 권리가 있다는 말에는 나도 동의하지만, 이 아이들도 겁을 내야 마땅하다. 나는 조이에게 사내아이들을 조심하라고 처음으로 경고했을 때처럼 흔들림 없고 진지한 목소리를 내려고 애쓴다.

"그래도 조심해야 돼. 어떤 사람들은 너희를 보고 붉은 사상에 물든 황인종이라고 생각할 수도 있으니까." 나는 미간에 주름을 잡는다. "내 말이 무슨 뜻인지 알겠어?"

"네." 조이가 대답한다. "수업시간에 선생님이랑 토론했어요. 선생님은 우리 외모 때문에 우리가 미국 시민인데도 우리를 적으로 보는 사람이 있을지도 모른다고 말했어요."

아이의 말을 듣고 보니 내가 딸을 보호하기 위해 더 열심히 노력해야겠다는 생각이 든다. 하지만 어떻게? 우리는 사악한 시선이나 길거리의 무법자들과 싸우는 법은 배운 적이 없다.

"전에 말한 것처럼 학교를 오갈 때 혼자 걷지 마." 내가 말한다. "학교에서 수업은 계속 들어도……"

"정말 네 엄마답다." 메이가 말한다. "언제나 걱정, 걱정, 걱정. 우리 엄마도 꼭 저랬어. 그런데 이모랑 엄마가 어떻게 됐는지 봐!" 메이는 탁자 너머로 손을 뻗어 아이들의 손을 하나씩 잡는다. "전부 다 괜찮을 거야. 너희 자신을 숨겨야 한다는 생각은 하지 마. 그런 비밀을 지켜봤자 좋은 일은 하나도 생기지 않아. 자, 이제 빨리 숙제 끝내고 아이스크림 먹으러 가자."

아이들이 미소를 짓는다. 숙제를 하는 동안 메이는 계속 발을 걸면서 기사에서 제기된 문제들 속으로 아이들을 더 깊숙이 끌어들인다. 어쩌면 메이의 방법이 옳은지도 모른다. 어쩌면 저 아이들은 아직 어려서 우리만큼 무서워하지 않을지도 모른다. 그리고 아이들이 이 시사문제 숙제를 하다 보면, 예전 상하이에 살 때 메이와 내가 그랬던 것처럼 주변상황에 무지한 아이들이 되지는 않을지도 모른다. 그런데 그것이 내 마음에 드느냐고? 조금도 마음에 들지 않는다.

그 날 저녁식사 뒤에 루이 아버지가 와훙 마을에서 온 편지를 펼친다. "우리에겐 필요한 것이 없어요. 돈은 필요 없습니다." 편지에는 이렇게 적혀 있다.

"진짜 편지 같아요?" 샘이 묻는다.

루이 아버지가 편지를 넘겨주자 샘은 자세히 살펴본 뒤 내게 넘긴다. 필체가 간결하고 분명하다. 종이는 예전에 우리가 받았던 편지들과 마찬가지로 닳아 있다.

"서명은 똑같아 보이는데요." 나는 옌옌에게 편지를 넘기며 말한다.

"틀림없이 진짜일 거야." 옌옌이 말했다. "여기까지 어렵게 온 편지잖아."

1주일 뒤 우리는 이 편지를 보낸 사촌이 탈출을 시도했다가 붙잡혀서 죽었다는 사실을 알게 된다.

나는 용띠는 이렇게 겁을 내면 안 된다고 자신을 타이른다. 그래도 무섭다. 만약 무슨 일이 생긴다면, 어떻게 해야 할지 모르겠다. 우리에게 일어날지도 모르는 온갖 일들을 생각하느라 머리가 어지럽다. 미국은 우리 고향이다. 나는 미국 정부가 우리를 이 나라에서 밀어낼 방법을 찾아낼까 봐 매일 두렵다.

크리스마스 직전에 퇴거 명령서가 도착한다. 집을 새로 구해야 한다. 샘과 나는 앞으로도 계속 조이를 위해 돈을 모으며 우리끼리만 살 집을 구할 수도 있을 것이다. 하지만 우리의 힘은 가족에게서 나온다. 구식 중국인 같은 생각이지만 이 세상에서 메이와 내게 남은 사람들은 옌옌, 루이 아버지, 번, 샘뿐이다. 번과 조이를 제외한 모든 식구들이 저마다 돈을 보태고, 나는 우리 모두가 살 새 집을 구하는 임무를 맡는다.

얼마 전 아들이 태어날 거라는 기대에 들떠 있을 때, 나는 샘과 함께 집을 사려고 돌아다녔지만 부동산 중개인들은 법이 이미 바뀌었는데도 우리에게 아예 집을 보여주려 하지 않았다. 집을 사서 밤중에 이사 간 사람들의 이야기를 들어 보니, 이웃들이 마당에 쓰레기를 던졌다고 했다. 그 때 샘은 '어디든 우리를 받아주는 곳'으로 가고 싶다고 말했다. 우리는 중국인이고, 스스로의 의지로 3대가 모여 살고 있는 가족이다. 그런 우리를 완전히 받아들여줄 곳은 하나밖에 없다. 차이나타운.

나는 알파인 거리 옆의 작은 목조주택을 보고 있다. 침실이 세 개고, 현관 베란다에 문이 달려 있어서 역시 침실로 쓸 수 있으며, 화장실이 두 개라고 한다. 사슬을 엮어서 만든 나지막한 울타리가 집을 둘러싸고 있고, 세실 브루너 품종의 장미가 울타리를 뒤덮고 있다. 아직 꽃은 피지 않았다. 거대한 후추나무가 뒤뜰에서 바람에 부드럽게 흔들리고 있다. 직사각형의 잔디밭은 바싹 말라 있다. 여름에 피었던 금잔화들이 갈색으로 쪼그라들어서 쓰러져 있다. 가지치기를 한 번도 해주지 않은 것처럼 보이는 국화 몇 그루는 한데 엉켜서 시들어가고 있다. 머리 위에 한없이 펼쳐진 푸른 하늘은 이번 겨울에도 햇볕이 쨍쨍할 것임을 예고한다. 나는 집에 들어가 보지 않고도 우리에게 딱 맞는 집을 찾아냈다는 확신이 든다.

이제 나는 좋은 일이 하나 일어날 때마다 나쁜 일도 따라서 일어난다는 것을 알고 있다. 이삿짐을 싸는 동안 옌옌이 피곤하다고 말한다. 그리고 중앙 거실의 소파에 앉더니 그대로 세상을 떠난다. 의사들은 심장마비라고 말한다. 번을 돌보느라 너무 과로해서 그렇다고. 하지만 우리는 그렇지 않다는 걸 알고 있다. 옌옌은 상심으로 죽은 것이다. 아들이 자기 눈앞에서 시들어가고 있고, 손자는 죽은 채로 태어났고, 오랫동안 쌓아올린 가문의 재산은 대부분 재가 되어버렸다. 게다가 이제 이사까지 가야 한다니. 옌옌의 장례식은 조촐하다. 어차피 옌옌은 중요한 사람이 아니라, 그저 한 집안의 아내이자 어머니였을 뿐이니까. 문상객들은 옌옌의 관에 세 번 절한다. 장례식이 끝난 뒤 우리는 쑤저우 식당에서 식탁 10개를 빌려 연회를 열고 소박한 향을 가미한 음식을 대접한다.

옌옌의 죽음으로 우리 모두 충격을 받았다. 나는 울음을 멈출 수가 없다. 루이 아버지는 가련한 침묵 속으로 움츠러들었다. 하지만 우리는 차이나타운의 다른 사람들처럼 방에 조용히 틀어박혀서 도미노 게임이나 하며 슬픔에 잠길·시간이 없다. 다음 주면 새 집으로 이사를 가야 하기 때문이다. 메이는 번과 같은 침대에서 잘 수 없다고 선언한다. 다들 그럴 만하다고 이해한다. 아무리 사랑과 의리가 강한 사람이라도 밤마다 식은땀을 흘리고, 척추가 곪아가는 사람 옆에서 자고 싶지는 않을 것이다. 번의 척추에 생긴 종기는 예전에 엄마의 전족한 발이 그랬던 것처럼 고름과 피와 부패의 악취를 풍긴다. 문이 달린 현관 베란다에 우리는 트윈베드 두 개를 놓는다. 하나는 내 여동생의 것이고, 다른 하나는 내 딸의 것이다. 나는 일이 이렇게 될 줄은 몰랐기 때문에 걱정스럽지만, 어찌 할 방법이 없다. 메이는 자기 옷을 여전히 번의 옷장에 보관한다. 비단, 새틴, 문직으로 된 색색의 드레스들이 벽장문이 불룩 튀어나올 정도로 가득 들어차 있고, 옷 색깔에 맞는 손가방들은 높은 선반을 채우다 못해 흘러넘칠 지경이며, 바닥에는 색색의 구두들이 흩어져 있다. 조이는 루이 아버지, 메이 등과 함께 사용하는 화장실 옆 복도의 붙박이 이불장에서 맨 아래 서랍 두 개를 자기 것으로 배정받는다. 벽장 옆의 화장실은 번이 사용하는 곳이기도 하다.

이제 우리 모두 집안에 보탬이 될 방법을 찾아야 한다. 나는 미국

언론이 조롱했던 마오의 말을 떠올린다. "모두가 일해야 모두가 먹는다." 우리는 각자 한 가지씩 일을 맡는다. 메이는 영화와 텔레비전 드라마에 엑스트라를 공급하는 일을 계속하고, 샘은 펄의 커피숍을 운영하고, 루이 아버지는 잡화점을 운영하고, 조이는 학교에서 열심히 공부하며 짬이 날 때마다 집안일을 도울 것. 원래는 옌옌이 아픈 아들을 돌보기로 되어 있었지만, 이제 그 일은 내 몫이다. 나는 번을 좋아하지만, 간병인이 되고 싶지는 않다. 번의 방으로 들어가자 병든 몸의 따뜻한 냄새가 내 얼굴을 강타한다. 번이 앉으면 등뼈가 미끄러져서 마치 걸음마를 하는 아기처럼 몸이 작아진다. 번의 살은 부드러우면서도 무겁게 느껴진다. 발에서 감각이 사라졌을 때의 느낌과 같다. 나는 하루를 견디고 나서 시아버지에게 가서 재고해달라고 말한다.

"집안일을 돕기 싫다고 말할 때는 꼭 미국사람 같구나." 시아버지가 말한다.

"여긴 미국이에요." 내가 대답한다. "저도 시동생을 많이 아끼는 사람이에요. 아버님도 아시잖아요. 하지만 시동생은 제 남편이 아니에요. 메이의 남편이죠."

"하지만 넌 마음이 착하잖니, 펄아." 시아버지의 목이 멘다. "내가 내 아들을 믿고 맡길 사람은 너뿐이야."

나는 운명을 피할 수는 없다고, 우리가 증명할 수 있는 유일한 운명은 죽음뿐이라고 속으로 되뇐다. 하지만 운명은 왜 항상 비극적이어야 하는 건지 모르겠다. 우리 중국인들은 팔자를 고칠 방법이 많이 있다고 믿는다. 아이들의 옷에 부적을 꿰매주는 것, 풍수 전문가에게 길일을 점지해달라고 부탁하는 것, 배필로 쥐띠가 좋은지 닭띠가 좋은지 말띠가 좋은지 점쟁이에게 물어보는 것…… 하지만 나의 복은 어디에 있는 걸까? 나는 새 집으로 이사 왔지만, 갓난 아들에게 사랑을 쏟는 대신 번을 돌봐야 한다. 난 너무 지쳤다. 그리고 항상 겁이 난다. 나도 도움이 필요하다. 누가 내 이야기를 들어주면 좋겠다.

그 다음 일요일에 나는 여느 때처럼 조이와 함께 교회에 간다. 목사의 말을 듣던 중에 하나님이 처음으로 내 삶에 들어왔던 순간이 떠오른다. 어렸을 때 검은 옷을 입은 로판 남자가 상하이의 우리 집 앞 길거리에 서 있던 내게 다가왔다. 그는 내게 동전 두 닢을 내고 성경을 사라고 했다. 나는 집으로 들어가 엄마에게 돈을 달라고 했다. 엄마는 날 밀어내며 이렇게 말했다. "유일한 하나님을 외치는 그 놈한테 조상님이나 잘 모시라고 해. 그래야 나중에 저승에 갔을 때 더 편안할 거야."

나는 다시 밖으로 나와 그 남자에게 기다리게 해서 미안하다고 사과한 뒤 엄마의 말을 전했다. 남자는 그 말을 듣고 내게 성경을 공짜로 주었다. 그것은 내가 생전 처음으로 갖게 된 책이었다. 그래서 나는 신이 났지만, 그날 밤 내가 잠든 뒤에 엄마가 성경을 내다 버렸다. 하지만 내게 성경을 준 선교사는 나를 포기하지 않았다. 그는 나를 감리교 선교회로 초대했다. "그냥 와서 놀다 가면 돼." 나중에 그는 선교회 학교에 다니라고 내게 말했다. 그것도 공짜였다. 엄마와 아버지는 공짜로 뭔가를 얻을 수 있는 기회를 거절하지 못했다. 메이도 학교에 다닐 나이가 되자 나와 함께 그곳에 다니기 시작했다. 하지만 예수님에 관한 생각은 전혀 우리 마음속으로 파고들지 못했다. 우리는 외국 악마들의 말과 믿음을 무시한 채, 그들의 음식을 먹고 공짜로 수업을 듣는 가짜 기독교인이었다. 나중에 미인으로 활동하기 시작하면서 그나마 우리 머릿속에 자리 잡았던 기독교의 흔적조차 시들시들 사라져버렸다. 전쟁 중에 중국과 상하이와 우리 집이 겪은 일들을 보고, 오두막에서 엄마와 함께 그런 일을 겪은 뒤 나는 자비롭고 상냥한 유일신 같은 건 있을 수가 없다고 확신했다.

지금 우리는 모두 시련과 죽음을 막 겪은 뒤다. 그 중에서도 최악은 내 아들의 죽음이었다. 그도록 열심히 한약을 먹고, 공물을 바치고, 꿈을 꿀 때마다 해몽을 했는데도 나는 아들을 구하지 못했다. 내가 엉뚱한 곳에서 도움을 찾아다녔기 때문이다. 나는 교회의 딱딱한 의자에 앉아 혼자 빙그레 웃는다. 그 옛날 상하이의 길거리에서 만난 선교사가 생각난다. 그는 항상 진정한 개종이 필연이라고 말했다. 마침내 그 순간이 왔다. 나는 기도를 시작한다. 평생 열심히 일만 하다가 이제 마지막에 가까워지고 있는 루이 아버지를 위해서도 아니고, 철부채로 가족의 짐을 지고 있는 내 남편을 위해서도 아니고, 저승에 가 있는 내 아기를 위해서도 아니고, 내 눈앞에서 뼈가 무너져 내리고 있는 번을 위해서도 아니다. 나는 마음의 평화를 얻게 해달라고, 내가 겪은 모든 나쁜 일들을 이해하게 해달라고, 이 모든 고통을 천국에서 보상받을 수 있을 거라는 믿음을 갖게 해달라고 기도한다.

영원히 아름답다

나는 가지와 토마토에 물을 주고, 소각로 옆의 격자 울타리를 집어삼킨 오이 덩굴로 호스를 가져간다. 물주기가 끝나자 호스를 말아서 빨랫줄 밑에 챙겨 넣은 뒤 다시 현관 베란다로 향한다. 1952년 여름 일요일 아침의 이른 시각이다. 오늘은 날이 아주 뜨거울 것 같다. 나는 몹시 뜨거운 날을 뜻하는 미국 단어 scorcher가 마음에 든다. 이 사막 같은 도시에 딱 맞는 말이기 때문이다. 상하이에서는 항상 습기 때문에 쩌죽을 것 같은 느낌이 들었다.

처음 이 집으로 이사 왔을 때 나는 샘에게 이렇게 말했다. "우리가 먹을 음식도 기르고, 중국의 분위기도 좀 살리고 싶어요." 그래서 샘은 아주버니 두 명과 함께 잔디밭을 파주었고, 나는 그곳을 채소밭으로 만들었다. 시들었던 국화도 살려내서 지난 가을에 아름다운 꽃이 피게 했다. 현관 베란다 앞에서 잘 자라고 있는 식물들에 제라늄 가지 몇 개를 접붙이기도 했다. 지난 2년 동안 나는 심비디움난초의 일종, 금귤나무, 철쭉 화분 등도 새로 들여놓았다. 중국의 꽃 중에서 가장 많은 사랑을 받는 모란도 키우려고 해보았지만, 이곳의 날씨가 너무 따뜻해서 꽃이 제대로 자라지 못했다. 진달래도 실패했다. 샘이 대나무를 좀 심어보라고 해서 심었더니, 지금은 연신 대나무를 베어야 하는 신세가 되었다. 지금도 사방에서 죽순이 제멋대로 솟아오르고 있다.

나는 계단을 올라가 현관 베란다로 들어가서 세탁기 위에 앞치마를 던지고 메이와 조이의 침대를 정리한 뒤 부엌으로 간다. 샘과 나는 다른 식구들 모두와 함께 이 집의 공동 소유주이지만, 여자들 중에서는 내가 가장 연장자이다. 부엌은 내 영토이고, 문자 그대로 내 재산이 있는 곳이다. 싱크대 밑에는 이제 커피 깡통이 두 개 있다. 하나는 베이컨 기름을 모으는 깡통이고, 다른 하나는 샘과 내가 조이를 대학에 보낼 돈을 모으는 깡통이다. 식탁에는 기름을 먹인 천이 깔려 있고, 보온병에는 언제든 차를 만들 수 있게 뜨거운 물이 가득 들어 있다. 스토브 위에는 중국식 냄비가 항상 놓여 있고, 검은 버너 위의 냄비에서는 번에게 줄 한약이 끓고 있다. 나는 쟁반에 아침식사를 담아 들고 거실을 지나 복도를 내려간다.

번의 방은 영원한 아이의 방 같다. 메이의 옷이 들어 있는 벽장(번이 결혼했음을 보여주는 유일한 증거)을 제외하면, 번이 직접 조립해서 색칠한 많은 모형들이 방을 장식하고 있다. 전투기 모형들은 천장에 낚싯줄로 매달려 있고, 배와 잠수함과 경주용 자동차 모형들은 바닥부터 천장까지 이어진 선반들 위에 줄지어 놓여 있다.

번은 북한에서 벌어지고 있는 전쟁과 공산주의의 위협에 관한 라디오 해설을 들으며, 또 모형을 만들고 있다. 나는 쟁반을 내려놓은 뒤 대나무 발을 걷고 창문을 연다. 아교 냄새가 번의 머릿속으로 너무 많이 들어가는 걸 막기 위해서다.

"더 필요한 것 없어요?"

번은 내게 다정한 미소를 짓는다. 뼈가 연해지는 병에 걸린 지 3년이 지난 지금 번은 학교에 갔다가 아파서 조퇴하고 돌아온 아이 같다. "물감이랑 붓 좀 줄래요?"

나는 그 물건들을 손이 닿는 거리에 놓는다. "오늘 아버님이 집에 계실 거예요. 필요한 게 있으면 아버님을 부르세요."

나는 두 사람만 집에 놔두면 나쁜 일이 생길지도 모른다는 걱정을 밀어낸다. 두 사람이 하루를 어떻게 보낼지 정확히 알고 있기 때문이다. 번은 모형을 만들다가 간단한 점심을 먹은 뒤 바지에 실례를 하고 또 모형을 만들 것이다. 루이 아버지는 가벼운 허드렛일을 처리하고 간단한 점심을 만들어준 뒤 아들의 더러워진 엉덩이를 보지 않으려고 길모퉁이까지 걸어가서 신문을 사온 뒤 우리가 돌아올 때까지 잘 것이다.

나는 번에게 손을 흔들어주고 거실로 간다. 샘이 집안의 제단 앞에서 인사를 하고 있다. 샘은 옌옌의 사진 앞에서 절을 한다. 세상을 떠난 사람들의 사진을 모두 갖고 있는 게 아니기 때문에, 샘은 엄마가 준 주머니 하나를 제단에 올려놓았다. 아버지를 상징하는 물건으로는 인력거 모형이 놓여 있다. 작은 상자 안에는 내 아들의 머리카락 한 줌이 들어 있다. 샘은 시골식으로 만든 도자기 과일로 모든 가족들에게 인사한다.

나는 거실이 점점 좋아진다. 소파 위의 벽에 걸린 가족사진들은 내가 액자에 넣어 직접 건 것이다. 여기서 살기 시작한 뒤로 겨울마다 우리는 구석에 크리스마스트리를 놓은 뒤 솜과 빨간 방울로 장식했다. 집 앞쪽 창문에는 전구 장식을 붙여서 반짝이는 불빛들이 예수의 탄생을 알리게 했다. 추운 밤이면 메이와 조이와 나는 히터 앞에 번갈아 선다. 나중에는 플란넬 잠옷이 풍선처럼 부풀어 올라서 마치 우리가 눈사람이 된 것 같다.

나는 조이가 할아버지를 안락의자에 눕히고 차를 갖다 드리는 모습을 지켜본다. 조이가 예의바른 중국 아이로 자란 것이 자랑스럽다. 조이는 집안의 가장 연장자인 할아버지를 누구보다 공손하게 대한다. 제 아버지나 나보다도 할아버지가 먼저다. 조이는 자신이 하는 모든 일이 할아버지의 일일 뿐만 아니라, 결정권 또한 할아버지에게 있다는 걸 알고 있다. 루이 아버지는 조이가 자수, 바느질, 청소, 요리를 배우기를 바란다. 방과후 잡화점에서 조이는 예전에 내가 하던 많은 일들을 대신한다. 물건을 닦아서 광내기, 청소, 먼지 털기. "저 아이가 나중에 혼인해서 내 증손자를 낳아 훌륭한 엄마가 되게 가르치는 게 중요해." 루이 아버지가 말한다. 우리는 모두 그 말을 지키려고 애쓴다. 중국으로 돌아갈 희망이 모두 사라졌는데도, 루이 아버지는 여전히 "판디가 너무 미국 애처럼 되면 안 돼. 우리 모두 언젠가 중국으로 돌아갈 거니까"라고 말한다. 이런 말을 하는 걸 보면 루이 아버지의 정신이 흐려지고 있는 모양이다. 예전에 루이 아버지가 그토록 권위적으로 우리를 지배했고, 우리 모두 그를 두려워했다는 사실을 지금은 믿기가 어렵다. 우리는 예전에 루이 아버지를 영감이라고 불렀지만, 지금은 정말로 아주 나이가 많은 노인이 되어 서서히 쇠약해지면서 서서히 우리에게서 멀어지고 있다. 그의 기억과 힘, 그리고 항상 그의 원동력이 되었던 돈과 사업과 가족에 대한 유대감도 서서히 사라지고 있다.

조이는 할아버지에게 반절을 한 뒤 나와 함께 감리교회로 일요일 예배를 드리러 간다. 설교가 끝나자마자 조이와 나는 뉴 차이나타운의 중앙광장으로 간다. 그곳의 지역연합회관 중 한 곳에서 샘, 메이, 프레드, 마리코, 그리고 두 사람의 딸들과 만나기로 했기 때문이다. 우리는 차이나타운의 조합교회, 장로교회, 감리교회 교인들로 구성된 일종의 연합체에 가입했다. 모임은 한 달에 한 번씩이다. 우리는 자랑스러운 표정으로 꼿꼿이 서서 가슴에 손을 얹고 충성의 맹세^{미국} _{국민이 국가에 대해 하는 서약}를 왼다. 그러고 나서 모두 대나무 길로 가서 각자 차에 올라타고 샌타모니카 해변으로 간다. 샘, 메이, 나는 우리 크라이슬러의 앞좌석에 앉고, 조이는 이 씨 집안의 헤이즐과 헤이즐의 동생 로즈와 함께 뒷좌석에 비좁게 앉아 있다. 우리는 다른 차들과 함께 긴 대열을 이루어 선셋 대로를 따라 서쪽으로 향한다. 거대한 지느러미를 매단 자동차들이 우리를 휙 앞서 간다. 그들의 앞 유리창이 여름 햇볕을 받아 번쩍인다. 우리는 에코 공원의 구식 미늘벽판자 집들, 비벌리힐스의 분홍색 치장벽토를 바른 집들과 쥐가 침입할 수 없게 조치를 취해 놓은 야자수들 옆을 지나간다. 비벌리힐스에서 월셔 대로로 꺾어진 우리는 B-29 격납고만큼이나 거대한 슈퍼마켓들, 미식축구 경기장만큼이나 큰 주차장들과 잔디밭들, 폭포처럼 늘어진 부겐빌리아와 나팔꽃을 지나 서쪽으로 계속 나아간다.

조이가 언성을 높이며 헤이즐과 로즈에게 제 주장을 펼친다. 나는 혼자 빙그레 웃는다. 다들 내 딸이 나를 닮아 언어에 재능이 있다고 한다. 지금 열네 살인 조이는 사읍 방언과 우 방언을 영어만큼 완벽하게 구사한다. 한자 실력도 뛰어나다. 매년 중국식 새해가 되거나 뭔가 축하할 일이 생기면 사람들은 조이에게 붓글씨를 부탁한다. 모두들 조이의 필체가 '통지', 즉 아직 어른이 되지 않아 때가 묻지 않았다고 말한다. 나는 이런 칭찬으로는 충분하지 않다. 조이가 영적으로 더욱 성장할 수 있고, 차이나타운 바깥의 교회에서 백인들에 대해 더 많은 것을 배울 수 있다는 걸 알기 때문이다. 그래서 우리는 한 달에 한 번씩 그런 교회에 간다.

"하나님은 모든 사람을 사랑하셔." 나는 딸에게 자주 말한다. "하나님은 네가 행복하게 잘 살기를 바라셔. 미국도 마찬가지야. 미국에서 넌 뭐든지 할 수 있어. 중국은 그렇지 않지만."

나는 샘에게도 비슷한 말을 한다. 기독교의 말씀과 신앙이 내 안에 깊이 뿌리를 내렸기 때문이다. 하나님과 예수님에 대한 나의 믿음은 내가 내 딸의 조국인 미국에 대해 느끼는 충성심에서도 아주 중요한 부분을 차지한다. 물론 요즘 기독교인이 되는 것은 반공사상과도 깊이 관련되어 있다. 신을 부정하는 공산주의자라는 비난을 듣고 싶어 하는 사람은 아무도 없다. 누가 한국전쟁에 대해 물어보면, 우리는 공산주의 중국의 개입에 반대한다고 말한다. 누가 타이완에 대해 물어보면, 우리는 장제스 총통과 부인을 지지한다고 말한다. 도덕 재무장, 예수님, 자유를 지지한다고 말한다. 서양 교회에 가는 것은 현실적으로 필요한 일이다. 예전에 내가 상하이에서 선교회 학교에 다녔던 것과 같다. "이런 일에 대해서는 현명하게 굴 필요가 있어요." 나는 샘에게 이렇게 말했다. 하지만 나는 이미 하나님을 유일한 신으로 믿는 신자가 되었고, 샘도 그것을 알고 있다.

샘이 어쩌면 내키지 않는데도 우리의 교회 모임에 나오는 것은 나와 가족과 프레드와 그의 딸들과 이 소풍을 사랑하기 때문이다. 이 외출을 통해 샘은 미국인이 된 것 같은 기분을 맛본다. 우리 딸은 이제 카우걸에 대한 열광에서 벗어났지만, 그래도 요즘은 우리가 하는 거의 모든 행동에서 점점 더 미국인이 된 것 같은 기분을 맛보게 된다. 오늘 같은 날 샘은 하나님과 관련된 부분은 무시하고 자기가 좋아하는 부분만 받아들인다. 음식을 준비하는 일, 더러운 강물을 주입하지나 않았을까 걱정할 필요 없이 수박을 먹는 일, 가족들과 한자리에서 즐거운 시간을 보내는 일. 샘은 이 소풍이 순전히 사교적인 행사이자 순전히 아이들을 위한 행사라고 생각한다.

샘이 샌타모니카 부두 옆의 주차장으로 들어가 차를 세운다. 우리는 차에서 짐을 내린다. 백사장을 걸어가는 동안 발이 타는 듯 뜨겁다. 우리는 담요를 펼치고 우산을 편다. 샘과 프레드는 다른 남자들과 함께 바비큐를 위한 구덩이를 판다. 메이, 마리코, 나는 다른 부인들과 함께 감자, 콩, 과일 샐러드 등을 그릇에 담아 놓는다. 마시멜로와 호두와 간 당근을 채운 젤리 틀, 차가운 음식을 담은 접시 등도 내놓는다. 불이 준비되면 우리는 남자들에게 간장, 꿀, 깨로 양념한 닭날개를 쟁반에 담아 넘겨준다. 호이신 소스와 다섯 가지 양념에 잰 돼지갈비도 넘겨준다. 바닷바람에 고기 굽는 냄새가 섞인다. 아이들은 파도 속에서 놀고, 남자들은 바비큐 구덩이 주위에서 머리를 모으고 있고, 여자들은 담요에 앉아 소문들을 주고받는다. 마리코는 따로 떨어져서 서 있다. 갓난아기인 메이미를 업은 채 중국인과 일본인의 피가 반씩 섞인 위의 두 딸들 엘리노어와 베스를 지켜본다. 두 아이는 모래성을 쌓고 있다.

아이가 없는 내 동생은 모든 사람에게 메이 이모라고 불린다. 샘과 마찬가지로 메이도 유일한 하나님을 믿지 않는다. 전혀! 메이는 열심히 일한다. 어떤 때는 촬영에 필요한 엑스트라들을 모으느라 밤늦게까지 일할 때도 있고, 촬영장에서 밤을 새우며 촬영을 할 때도 있다. 적어도 메이의 말로는 그렇다. 솔직히 나는 메이가 어디서 시간을 보내는지 모르지만, 굳이 묻지 않는다. 메이가 집에서 자는 날에도 가끔은 새벽 네 시나 다섯 시에 전화가 울린다. 도박으로 가진 돈을 몽땅 잃었다며 일자리를 구해달라고 부탁하는 전화다. 모두 하나님을 믿는 나의 신앙과는 전혀 맞지 않는 일이다. 그래서 나는 이 해변 소풍에 일부러 메이를 데려온다.

"저 FOBfresh off the boat의 약자. 갓 도착한 이민자를 뜻함를 좀 봐." 메이가 선글라스와 커다란 모자를 고쳐 쓰며 말한다. 그리고 바이올렛 리를 향해 살짝 고갯짓을 한다. 바이올렛 리는 길고 가느다란 손으로 눈 위에 그늘을 만들어 바다를 바라보고 있다. 바다에서는 조이가 친구들과 손을 잡고 파도를 뛰어넘는다. 바이올렛을 포함해서, 오늘 모임에 나온 여자들 중 많은 사람들이 이제 막 미국에 온 이민자들이다. 이제 로스앤젤레스의 중국계 인구 중 거의 40퍼센트가 여자지만, 바이올렛은 전쟁 신부도 약혼녀도 아니다. 그녀는 남편과 함께 UCLA로 유학을 왔다. 바이올렛의 전공은 생물공학이고, 남편인 로울랜드의 전공은 공학이다. 그런데 중국이 문을 닫아버리자, 그들은 어린 아들과 함께 이곳에 발이 묶였다. 그들은 서류상의 아들도, 서류상의 동업자도, 노동자도 아니다. 그런데도 여전히 왕쿠오누, 즉 나라를 잃은 노예다.

바이올렛과 나는 사이좋게 잘 지낸다. 바이올렛은 엉덩이가 작다. 엄마는 그런 여자들이 말이 많다고 항상 말했다. 우리가 단짝친구냐고? 나는 내 동생을 몰래 흘깃 바라본다. 천만의 말씀이다. 바이올렛과 나는 좋은 친구다. 옛날에 벳시와 내가 그랬던 것처럼. 메이는 내 동생이자 동서일 뿐만 아니라, 앞으로도 영원히 나의 단짝친구일 것이다. 그건 그렇고, 방금 메이가 한 말은 잘 모르고 한 소리다. 오늘 새로 나온 많은 여자들이 예전에 우리가 그랬듯이 FOB처럼 보이지만, 사실 그들은 대부분 바이올렛과 똑같은 처지의 사람들이다. 교육 수준이 높고, 자기 돈으로 이 나라에 왔고, 차이나타운에서는 하루도 지낸 적이 없고, 실버레이크나 에코파크나 하이랜드 파크에 집을 사서 살고 있다. 모두 중국인이 환영받는 동네다. 그들은 차이나타운에 살지 않을 뿐만 아니라, 그곳에서 일도 하지 않는다. 그들은 세탁부, 잡일꾼, 식당 종업원, 잡화점 점원이 아니다. 그들은 중국의 최상층, 중국을 떠날 여유가 있었던 사람들이다. 그들은 이미 우리보다 훨씬 더 높은 곳으로 진출했다. 바이올렛은 USC에서 교편을 잡고 있고, 로울랜드는 항공업계에서 일한다. 그들이 차이나타운으로 오는 것은 순전히 교회 예배에 참석하고 장을 보기 위해서다. 그들이 우리 모임에 참여한 것은 아들이 다른 중국 아이들을 만날 수 있게 해주기 위해서다.

메이가 어떤 사내아이를 바라본다. "저 FOB가 우리 ABC를 좋아하는 것 같지?" 메이가 수상쩍은 표정으로 묻는다. 지금 메이가 말하는 FOB는 바이올렛의 아들이고, ABC는 미국에서 태어난 중국인American-born Chinese인 내 딸이다.

"리언은 착한 아이고, 공부도 잘해." 나는 파도 속으로 매끈하게 뛰어드는 리언을 지켜보며 말한다. "반에서 1등이야. 조이가 자기 반에서 1등인 것처럼."

"옛날에 엄마가 토미랑 나를 두고 하던 말이랑 똑같아." 메이가 나를 놀린다.

"리언과 조이가 친해져도 나쁠 건 없지." 나는 흔들림 없이 대답한다. 이번에는 메이가 엄마와 나를 비교해도 화가 나지 않는다. 사실 우리가 이 모임을 만든 것도 사내아이들과 여자아이들이 서로 만나 친해져서 언젠가 혼인까지 이르게 되기를 바랐기 때문이다. 아이들이 중국인과 혼인하기를 바라는 마음이 은근히 숨어 있다.

"저 애는 중매로 혼인하지 않을 테니 행운아야." 메이가 한숨을 내쉰다. "하지만 동물들을 짝지어줄 때도 혈통을 따지기 마련이니까."

고국을 잃어버린 사람들은 무엇을 지키고 무엇을 버릴까? 우리는 지킬 수 있는 것만 지켰다. 중국 음식, 중국어, 고향 마을의 루이 일가 친척들에게 최대한 몰래 돈을 보내는 것. 그럼 내 딸을 위해 중매로 혼인을 추진하는 건? 샘은 Z. G.가 아니지만 착하고 자상한 남자다. 그리고 번은 태어날 때부터 망가진 아이였지만 메이를 때리거나 도박으로 돈을 잃은 적이 한 번도 없다.

"그냥 혼인을 강요하지나 마." 메이가 말을 잇는다. "먼저 학교부터 마치게 해." (이건 사실상 조이가 세상에 태어나던 순간부터 내가 열심히 애쓰던 일이다.) "난 상하이에서 언니만큼 교육을 받지 못했어." 동생이 투덜거린다. "하지만 저 애는 언니처럼 대학에 가야 돼." 메이는 자기 말을 강조하기 위해 잠시 말을 멈춘다. 마치 내게 이런 말을 처음 하는 사람처럼. "하지만 조이한테 좋은 친구들이 있는 것도 좋은 일이야." 메이는 커다란 파도가 다가오자 여자아이들이 한데 뭉치는 것을 보며 말을 덧붙인다. "우리도 옛날에는 저렇게 웃었는데. 그 때는 우리한테 나쁜 일이라고는 절대 생기지 않을 줄 알았잖아."

"행복은 돈하고 아무 상관이 없어." 내가 말한다. 진심이다. 하지만 메이는 입술을 깨문다. 내가 완전히 틀린 소리를 했다는 뜻이다. "아버지가 모든 걸 잃었을 때 우린 세상이 끝난 줄 알았지만……"

"정말로 끝났어." 메이가 말한다. "아버지가 우리 돈을 잃어버리지 않고 모아두었다면 우리 삶은 아주 달라졌을 거야. 그래서 내가 지금 돈을 벌려고 이렇게 열심히 일하는 거야."

'돈을 벌어서 네 옷과 보석을 사는 데 쓰고 있지.' 나는 속으로 생각만 할 뿐 말하지는 않는다. 돈에 대해 우리가 서로 다른 생각을 갖고 있다는 사실은 내 동생이 몹시 싫어하는 많은 것들 중 하나다.

"내 말은……" 나는 메이의 기분을 더 이상 망치지 않으려고 다시 설명을 시도한다. "조이한테 친구가 있어서 다행이라는 뜻이야. 나한테 네가 있어서 다행이었던 것처럼. 엄마는 혼인해서 출가한 뒤로 언니나 동생들을 전혀 못 만났잖아. 하지만 너랑 나는 영원히 함께 있을 거야." 나는 메이의 어깨에 팔을 두르고 애정을 담아 가볍게 흔든다. "가끔 그런 생각이 들어. 나중에 우리가 어렸을 때처럼 한 방에서 지내게 될 거라는 생각. 비록 양로원이겠지만. 우리는 식사도 같이 하고, 복권도 같이 팔고, 물건도 같이 만들고……"

"공연도 같이 보러 다닐 거야." 메이가 미소를 지으며 말을 덧붙인다.

"그리고 시편도 같이 읽을 거야."

메이는 이 말에 인상을 찌푸린다. 내가 또 실수를 한 것이다. 나는 서둘러 말을 잇는다.

"그리고 마작도 할 거야! 뚱뚱하고 둥글둥글한 할머니가 돼서 마작을 하며 이런저런 불평을 늘어놓을걸."

메이는 아련한 표정으로 서쪽 수평선을 바라보며 고개를 끄덕인다.

집에 돌아와 보니 루이 아버지가 안락의자에 잠들어 있다. 나는 조이, 헤이즐, 로즈에게 빨대를 몇 개 줘서 뒤뜰로 내보낸다. 아이들은 땅에서 후추열매를 주워 빨대에 넣고 서로에게 불어대고 나무들 사이를 뛰어다니며 깔깔 웃어댄다. 샘과 나는 번의 방으로 가서 기저귀를 갈아준다. 창문을 열어도 병자의 냄새, 똥과 오줌 냄새, 고름 냄새가 사라지지 않는다. 메이가 차를 들고 들어온다. 우리는 잠시 함께 앉아서 번에게 오늘 있었던 일들을 이야기해준다. 그러고 나서 나는 부엌으로 돌아가 짐을 풀고 저녁식사 준비를 위해 쌀을 씻고, 생강과 마늘을 다지고, 쇠고기를 저미기 시작한다.

요리를 시작하기 직전에 나는 이 씨 아이들을 집으로 보낸다. 내가 카레와 토마토를 넣은 볶음 국수를 만드는 동안 조이가 상을 차린다. 상하이에서 살 때는 항상 엄마의 엄격한 감시 하에 하인들이 하던 일이다. 조이는 젓가락들을 일일이 짝을 맞춰 놓는다. 짝이 맞지 않는 젓가락을 쓰는 사람은 배나 비행기나 기차를 놓치게 될 우려가 있기 때문이다(하지만 오늘 어디로 떠날 사람은 하나도 없다). 내가 식탁에 음식을 올리는 동안 조이는 이모, 아버지, 할아버지를 부르러 간다. 나는 옛날에 엄마가 내게 가르치려고 했던 것들을 내 딸에게 가르치려고 애쓴다. 차이가 있다면, 내 딸은 내 말을 주의 깊게 듣고 잘 배운다는 점이다. 조이는 식탁에서 말을 하는 법이 없다. 메이와 나는 예전에 한심할 정도로 따르지 못했던 가르침이다. 조이는 혹시라도 불운을 불러올까 봐 젓가락을 떨어뜨리는 법도 없고, 밥그릇에 수직으로 세워두지도 않는다. 젓가락을 세우는 것은 장례식에서만 하는 행동이기 때문에, 요즘 들어 죽을 날이 머지않았다고 생각하는 할아버지에게 무례한 짓이다.

저녁식사가 끝나자 샘이 아버지를 부축해서 다시 의자로 데려간다. 내가 부엌을 치우는 동안 메이는 번에게 음식을 들고 간다. 나는 비눗물 속에 손을 담그고 서서 여름날 저녁의 마지막 남은 햇빛을 받아 빛나고 있는 텃밭을 물끄러미 내다본다. 그 때 동생이 거실을 지나 부엌으로 돌아오는 소리가 들린다. 친숙하고 마음이 놓이는 발소리다. 그런데 메이가 헉 하고 숨을 들이쉬는 소리가 들린다. 아주 깊고 날카로운 소리라서 나는 가슴이 덜컹 내려앉는다. 번인가? 아버님? 조이? 샘?

나는 부엌문으로 달려가 문설주 너머를 내다본다. 메이는 번의 음식을 담았던 빈 접시를 들고 거실 한가운데에 서 있다. 붉게 달아오른 얼굴에는 내가 이해할 수 없는 표정이 떠올라 있다. 메이는 시아버지의 의자를 빤히 바라보고 있다. 나는 노인이 돌아가셨나보다고 생각한다. 나쁘지 않은 죽음이다. 시아버지의 나이는 여든이 넘었고, 오늘 아들과 조용한 하루를 보낸 뒤 식구들과 함께 저녁을 먹었다. 그리고 시아버지와의 관계에 대해 불만을 품은 사람은 이제 아무도 없다.

나는 슬픈 일과 대면하기 위해 거실로 발을 내딛다가 그대로 얼어붙는다. 동생과 똑같이 너무 놀라서 꼼짝도 할 수 없다. 노인은 아무 일 없이 앉아 계신다. 안락의자에 앉아 발을 올려놓고, 입에는 곰방대를 물고, 손에는 우리 둘이 볼 수 있게 잡지 〈중국 재건〉을 들고 있다. 시아버지가 이 잡지를 들고 있는 것만으로도 충격적이다. 이건 공산주의 중국에서 만든 공산주의 선전물이다. 정부가 이런 물건을 누가 구입하는지 감시하려고 차이나타운에 첩자를 심어두었다는 소문이 나돌고 있다. 어느 모로 보나 공산당 정부의 지지자라고 할 수 없는 루이 아버지는 우리더러 이런 잡지를 몰래 파는 담뱃가게나 신문 판매대를 피해 다니라고 말한 적이 있다.

하지만 정말로 충격적인 것은 잡지 그 자체가 아니다. 시아버지가 자랑스레 우리에게 보여주고 있는 표지가 문제다. 우리에게 익숙한 그림이 거기에 실려 있다. 새로운 중국의 영광을 상징하는 두 젊은 여자. 시골풍의 옷을 입고, 뺨에는 생기가 가득하고, 양팔에는 과일과 채소를 가득 든 채 새로운 정권의 영광을 노래하는 듯한 모습이다. 모든 것이 빛나는 붉은 색으로 표현되어 있다. 그 두 미인의 얼굴은 한 눈에 봐도 메이와 나다. 공산주의자들이 좋아하는, 과장되고 열정적인 화풍을 주저 없이 받아들인 화가가 누군지도 섬세하고 정밀한 붓놀림을 통해 분명히 알 수 있다. Z. G.가 살아 있다. 그리고 나와 내 동생을 잊지 않았다.

"아까 번이 자고 있을 때 담뱃가게에 갔었지. 봐라." 루이 아버지가 말한다. 메이와 내가 실린 표지를 바라보는 그의 목소리에 자부심이 가득하다. 그 두 여자가 우리라는 건 의심의 여지가 없다. 그림 속의 우리는 비누나 파우더나 분유를 광고하는 게 아니라, 렁화탑 옆에서 찬란한 수확물을 선전하고 있다. 메이와 내가 Z. G.와 함께 연을 날렸던 곳이다. "너희는 지금도 미인이야." 시아버지의 목소리가 거의 의기양양하게 들릴 지경이다. 시아버지는 평생 열심히 일했다. 무엇을 위해서? 시아버지는 중국으로 돌아가지 못했고, 아내는 세상을 떠났다. 친아들은 바싹 말라서 침대를 떠나지 못하고, 말동무도 되어주지 못한다. 손자는 아예 없다. 사업체도 쪼그라들어서 그저 그런 잡화점 하나만 남았다. 하지만 시아버지가 정말로, 정말로 잘한 일이 하나 있다. 번과 샘에게 두 미인을 짝지어준 것.

메이와 나는 시아버지를 향해 조심스레 한 걸음 다가간다. 내 기분을 표현하기가 힘들다. 메이와 내가 15년 전과 똑같이 분홍색 뺨에 행복한 눈빛으로 감미로운 미소를 짓고 있는 모습을 보니 너무 놀라서 말문이 막힌다. 이 잡지가 우리 집에 있는 걸 생각하면 조금 무섭지만, Z. G.가 아직 살아있다는 사실에 너무 기뻐서 어쩔 줄을 모르겠다.

정신을 차려 보니 샘이 내 옆에서 잔뜩 들떠서 잡지를 가리키며 탄성을 지르고 있다. "당신이잖아! 당신이랑 처제야!"

내 뺨이 붉게 달아오른다. 나쁜 짓을 하다가 들킨 사람처럼. 실제로 그렇기도 하다. 나는 메이를 향해 시선을 들어 도움을 청한다. 자매인 우리는 옛날부터 눈빛만으로도 많은 이야기를 나눌 수 있었다.

"틀림없이 Z. G. 리가 이걸 그렸을 거야." 메이가 침착하게 말한다. "이런 식으로 우리를 기억해주다니, 정말 다정해. 특히 언니를 아주 예쁘게 그렸잖아. 안 그래?"

"두 사람 모두 지금 내가 보는 모습 그대로 그렸는데, 뭐." 샘이 말한다. 그는 언제나 좋은 남편이고, 처제를 생각하는 형부다. "언제나 아름다워. 영원히 아름다워."

"예쁘긴 해요." 메이가 가볍게 수긍한다. "하지만 우리 둘 다 농민 옷을 입고도 저렇게 예뻐 보인 적은 없어요."

그날 밤 늦게 다들 잠자리에 든 뒤 나는 현관 베란다에서 동생과 만난다. 우리는 메이의 침대에 손을 잡고 앉아 잡지를 빤히 바라본다. 나는 샘을 많이 사랑하지만, 바다 건너 상하이에서(Z. G.는 틀림없이 거기 있을 것 같다), 이제는 내가 갈 수 없는 나라에서 오래전에 내가 사랑했던 남자가 아직도 나를 사랑한다는 사실에 기뻐서 어쩔 줄 모르는 마음이 남아 있다.

그리고 1주일 뒤에 우리는 루이 아버지가 자꾸 쇠약해지고 무기력해지는 것이 단순히 나이 탓이 아니라는 사실을 알게 된다. 루이 아버지는 병이 들었다. 의사는 폐암이라면서, 이미 손을 쓸 수 없다고 말한다. 옌옌의 죽음은 갑작스러웠고, 모두들 정신이 없을 때 닥쳐왔기 때문에 우리는 미리 마음의 준비를 하거나 제대로 슬퍼할 기회가 없었다. 이번에는 우리 모두 지난 세월 자신이 저질렀던 실수들을 반성하며, 남은 시간 동안 잘못을 보상하려고 애쓴다. 몇 달 동안 많은 사람들이 우리를 찾아온다. 나는 그 사람들이 시아버지를 높게 평가하면서 성공한 금산의 남자라고 추어주는 소리에 귀를 기울인다. 하지만 내가 본 말년의 시아버지는 망가진 사람일 뿐이다. 열심히 일했지만 중국의 사업체와 재산을 잃었고, 여기서 직접 일군 재산도 거의 다 잃었다. 그리고 이제는 서류상의 아들에게 말년을 의지하며, 그 아들의 집에서 자고, 먹고, 곰방대를 피우고, 그 아들이 길모퉁이 가게에서 몰래 사다주는 〈중국 재건〉을 읽는다.

암이 시아버지의 허파를 먹어 들어가던 마지막 몇 달 동안 시아버지에게 유일한 위안거리는 내가 잡지에서 오려 안락의자 옆의 벽에 핀으로 꽂아주는 사진들이다. 시아버지가 젊었을 때 떠난 조국의 모습을 보며 홀쭉하게 꺼진 뺨 위로 눈물을 흘리는 걸 본 적이 한두 번이 아니다. 신성한 산들, 만리장성, 쯔진청…… 시아버지는 공산당이 밉다고 말한다. 모두 그렇게 말해야 하기 때문에. 그래도 시아버지는 중국의 땅과 예술과 문화와 사람들을 사랑한다. 그건 마오나 죽의 장막이나 빨갱이에 대한 두려움과는 아무런 상관이 없는 것들이다. 고향을 그리워하며 향수를 느끼는 사람은 시아버지뿐만이 아니다. 윌버트 아주버니나 찰리 아주버니 같은 많은 옛날 사람들도 우리 집을 찾아와 잃어버린 고향의 사진들을 열심히 바라본다. 중국이 어떻게 변하든, 중국에 대한 사랑이 그토록 깊다. 하지만 이 모든 일들이 순식간에 지나가고, 시아버지가 돌아가신다.

장례식은 사람의 삶에서 가장 중요한 일이다. 출생, 생일, 혼례식보다도 더 의미가 있다. 시아버지는 남자이고 여든이 넘을 때까지 사셨기 때문에 옌옌보다 훨씬 성대한 장례식이 치러진다. 우리는 캐딜락 컨버터블을 빌려서 커다란 화환으로 둘러싼 시아버지 사진을 뒷좌석에 세워놓고 차이나타운을 한 바퀴 돈다. 장의차 운전수는 사악한 악마들과 천한 귀신들이 길을 막지 못하게 창밖으로 지전을 뿌린다. 장의차 뒤에서는 취주악단이 중국 민요와 군대 행진곡을 연주하며 따라온다. 장례식장에서는 300명의 사람들이 관을 향해 세 번 절하고, 슬픔에 잠긴 유족인 우리를 향해 또 세 번 절한다. 우리는 사히, 즉 죽음으로 인해 오염된 공기를 흩어버리려고 문상객들에게 동전을 주고, 죽음의 쓴 맛을 씻어버리라고 사탕을 준다. 다들 슬픔의 색이자 죽음의 색인 흰 옷을 입었다. 식이 끝난 뒤 우리는 쑤저우 식당으로 가서 가이와이자우, 즉 7가지 요리로 이루어진 전통적인 '평범한' 연회를 연다. 찜닭, 해물, 채소 등 연회에 나온 음식들은 '슬픔을 씻어내기 위해', 노인에게 다음 생의 장수를 빌어주기 위해, 유족인 우리에게는 마음을 치유하고 죽음의 증기를 남겨둔 채 집으로 돌아가라고 격려하기 위해 마련된 것이다.

그 뒤로 석 달 동안 여자들이 우리 집에 와서 메이와 나의 도미노 게임 상대가 되어준다. 석 달은 공식적인 복상 기간이다. 나는 시아버지의 안락의자 위의 벽에 내가 직접 핀으로 꽂아준 사진들을 나도 모르게 멍하니 바라본다. 이유는 잘 모르겠지만, 그 사진들을 떼어낼 수가 없다.

금 1인치

"왜 가면 안 돼요?" 조이가 언성을 높인다. "바이올렛 아줌마랑 로울랜드 아저씨는 리언더러 가도 된다고 했단 말이에요."

"리언은 사내아이잖아." 내가 말한다.

"25센트밖에 안 들어요. 부탁이에요."

"네 아버지랑 나는 네 나이의 여자애가 혼자 시내를 돌아다니는 게 아니라고……"

"혼자 다니는 게 아니에요. 애들이 다 간단 말이에요."

"넌 다른 애들이랑 달라. 사람들이 너를 보고 상처 난 도자기라고 생각하면 좋겠어? 넌 네 몸을 옥처럼 지켜야 돼."

"엄마, 고작해야 인터내셔널 홀의 레코드홉1950년대에 유행했던 비공식 무도회. 주로 고등학교 체육관 같은 곳에서 레코드를 틀어놓고 학생들이 춤을 추는 식이었다에 가는 건데 왜 그래요?"

옛날에 옌옌은 금 1인치로도 시간 1인치를 살 수 없다고 가끔 말했다. 요즘에야 나는 시간이 얼마나 귀한지, 얼마나 빨리 흘러가는지 깨닫고 있다. 지금은 1956년 여름이다. 조이는 고등학교를 졸업했고, 가을이 되면 시카고 대학에 들어가 역사를 공부할 예정이다. 시카고는 너무 먼 곳이지만 우리는 조이를 보내기로 했다. 등록금도 생각보다 비쌌지만, 조이가 부분 장학금을 받은 데다가 메이도 도와줄 것이다. 조이는 매일 여기저기를 가겠다고 조른다. 레코드홉이 뭔지는 몰라도 내가 이번에 가도 된다고 말한다면, 다음 번에도 또 허락해줄 수밖에 없을 것이다. 15인조 관현악단이 연주하는 무도회, 맥아서 공원에서 열리는 생일파티, 버스를 타고 가야 하는 곳에서 열리는 파티 같은 것들.

"도대체 뭘 걱정하는 거예요?" 조이가 포기하지 않고 묻는다. "우린 그냥 레코드를 들으면서 춤을 좀 출 거예요."

메이와 나도 상하이에 살던 젊은 시절에 이런 말을 했다. 하지만 우리 둘 다 결과는 그다지 좋지 않았다.

"넌 사내아이들하고 어울리기에는 아직 너무 어려." 내가 말한다.

"어리다고요? 난 열여덟 살이에요! 메이 이모는 내 나이 때 작은아버지랑 이미 혼인을……"

게다가 이미 임신 중이었지. 나는 속으로 생각한다.

샘은 나더러 너무 엄격하다며 날 달래려고 애써 보았다. "당신은 걱정이 너무 많아. 조이는 아직 남녀문제를 잘 몰라."

조이 또래의 여자아이가 그런 일을 모르다니, 말이 되는가. 그 나이 때 나도 알고 있었고, 메이도 알고 있었다. 이제 조이가 내게 말대꾸를 하거나, 내 말을 무시하거나, 내가 가만히 있으라는데도 방에서 나가버리면 심지어 동생조차 화내는 나를 보고 웃으며 이렇게 말한다. "저 나이 때 우리도 똑같이 굴었잖아."

'그래서 우리가 어떻게 됐는지 봐.' 나는 메이에게 소리를 지르고 싶다.

"난 미식축구 경기나 무도장에 한 번도 간 적이 없어요." 조이가 다시 투덜거리기 시작한다. "다른 여자애들은 팔라디움에도 가봤어요. 볼티모어에도 가봤고요. 난 아무 데도 가본 적이 없어요."

"커피숍이랑 잡화점에 일손이 필요해. 이모도 일손이 필요하고."

"내가 왜 가게 일을 도와야 돼요? 돈도 못 받는데."

"그 돈은 전부……"

"가족 금고로 들어간다고요? 날 대학에 보내려고 돈을 모으고 있다고요? 알아요, 알아요. 하지만 이제 시카고로 떠날 때까지 겨우 두 달밖에 안 남았어요. 내가 좀 재미있게 지내면 안 돼요? 친구들하고 같이 놀 수 있는 마지막 기회라고요." 조이는 팔짱을 끼고 세상에서 가장 무거운 짐을 진 사람처럼 한숨을 내쉰다.

"뭐든 네 마음대로 해도 좋지만, 성적이 잘 나와야 돼. 학교에 가기 싫다면……"

"혼자 알아서 살아야 한다고요?" 조이가 수백 년은 산 사람처럼 피곤한 표정으로 늘 듣던 말을 마무리한다.

나는 조이의 엄마이기 때문에 엄마의 눈으로 조이를 바라본다. 조이의 길고 검은 머리카락에는 먼 산의 남빛이 섞여 있다. 눈은 가을의 호수처럼 깊은 검은색이다. 조이의 자궁에는 아직 먹을 것이 충분하지 않고, 몸은 나나 메이보다 작다. 그래서 마치 고대의 처녀처럼 보인다. 산들바람에 흔들리는 버드나무 가지처럼 낭창낭창하고, 하늘을 나는 제비처럼 섬세하다. 하지만 조이의 내면에는 호랑이가 살고 있다. 내가 아이를 길들이려고 애쓸 수는 있지만, 아이가 타고난 본성을 벗어버리지는 못할 것이다. 내가 내 본성을 벗어버리지 못한 것처럼. 고등학교를 졸업한 뒤로 조이는 내가 만들어주는 옷들을 타박한다. "창피해 죽겠어요"라면서. 그 옷들은 내가 사랑으로 만든 것이다. 내가 그 옷들을 만든 것은 상하이에 있던 마담 가르네의 가게처럼 아이를 데려가 몸매에 딱 맞는 옷을 지어줄 수 있는 곳이 로스앤젤레스에는 없기 때문이다. 조이는 자신에게 자유가 부족하다는 점에 가장 화를 낸다. 하지만 나는 메이와 내가, 특히 메이가, 아니 메이만, 어렸을 때 무슨 짓을 했는지 알고 있다.

루이 아버지가 살아 계셨다면 이런 일은 없었을 것이다. 루이 아버지가 돌아가신 지 이제 4년이 지났다. 샘, 조이, 나는 루이 아버지의 죽음을 계기로 우리만의 삶을 새로이 시작할 수도 있었지만 그렇게 하지 않았다. 샘은 루이 아버지가 자신을 서류상의 아들 이상의 존재로 받아들여주었을 때 약속한 것이 있다. 나는 이제 조상들을 예전처럼 섬기지 않지만, 샘은 루이 아버지를 위해 향을 피우고 새해를 비롯한 명절에는 음식과 종이옷을 공물로 바친다. 하지만 그것 외에도 우리가 어떻게 번을 버리고 떠날 수 있겠는가? 번은 사람들이 예상했던 것보다 훨씬 오랫동안 살고 있다. 번은 매일 부모님이 어디 계시느냐고 묻는데, 그에게 부모님이 이미 돌아가셨다고 누가 설명해주겠는가? 우리가 어떻게 메이에게 남편, 골든 소품과 엑스트라, 잡화점, 살림을 몽땅 맡기고 떠날 수 있겠는가? 하지만 순전히 가족에 대한 의리나 과거의 약속 때문에 우리가 남은 건 아니다. 우리는 여전히 깊은 두려움에 잠겨 있다.

매일 정부에서 나쁜 소식들이 들려온다. 홍콩 주재 미국 영사는 중국인들이 사기와 위증을 쉽사리 저지른다고 비난했다. 우리에게 '서구의 서약에 해당하는 개념'이 없기 때문이라는 것이다. 그는 미국에 가고 싶다면서 영사관을 찾아오는 사람들이 하나같이 가짜 서류를 내민다고 말한다. 앤젤 섬은 이미 오래 전에 폐쇄되었지만, 미국 영사는 미국 입국을 신청하러 온 사람에게 수백 가지 질문을 던지고, 수십 가지 서류를 작성하게 하고, 선서 진술서를 받고, 혈액검사와 X선 검사를 실시하고, 지문을 찍는 새로운 절차를 고안해냈다. 모두 중국인들이 미국에 들어오는 것을 막기 위해 만들어낸 것이다. 영사는 이미 미국에 들어와 있는 거의 모든 중국인들이 불법으로 입국했으므로 신뢰할 수 없는 사람들이라고 말한다. 100년도 더 전에 금을 찾아 왔던 사람들부터 80여 년 전에 대륙횡단 철도 건설에 참여했던 사람들까지 모두 겨냥한 발언이다. 영사는 우리가 마약 밀수, 위조여권을 비롯한 위조 서류 사용, 달러화 위조, 사회복지수당과 참전군인 원호금의 불법적인 수령 등을 저지르고 있다고 말한다. 뿐만 아니라 그는 공산당이 수십 년 전부터 서류상의 아들들(샘, 월버트, 프레드 같은 수많은 사람들)을 미국에 첩자로 보냈다고 주장한다. 미국에 살고 있는 모든 중국인을 한 명도 남김 없이 조사해야 한다는 것이 그의 주장이다.

몇 년 전부터 조이는 학교에서 돌아올 때마다 내게 대피훈련에 대해 이야기해주었다. 이제는 우리가 매일 적의 공격에 대비해서 몸을 웅크리고 지내야 할 것 같다. 집 안에 가족들끼리 틀어박혀서 창문이나 벽이나 문을 누가 박살내거나 불태워버리지 않기를 바라야 할 것 같다. 바로 이런 이유로, 그러니까 서로에 대한 사랑과 서로를 걱정하는 마음 때문에 우리는 한 집에 계속 모여 살면서 균형과 질서를 찾으려고 애썼다. 하지만 루이 아버지가 돌아가신 뒤로는 우리 모두 살짝 물살에 휩쓸린 것 같다. 특히 내 딸이 그렇다.

"넌 로판들의 옷을 빨아주거나, 식사를 만들어주거나, 집을 청소해주거나, 문지기 역할을 할 필요가 없어." 내가 말한다. "사무실의 사무원이나 상점의 점원이 될 필요도 없어. 네 아버지랑 내가 이 나라에 처음 왔을 때는 우리 카페를 차리고, 언젠가 우리 집에 살게 됐으면 좋겠다는 꿈밖에 꿀 수 없었다."

"엄마랑 아빠는 그 꿈을 이뤘……"

"그래. 하지만 넌 그보다 훨씬 많은 걸 이룰 수 있어. 네 이모랑 내가 처음 여기 왔을 때는 극소수의 사람들만 전문직을 가질 수 있었어. 한 손으로 다 꼽을 수 있을 정도였으니까." 나는 실제로 손가락으로 그들을 꼽아본다. "캘리포니아에서 처음으로 변호사가 된 중국계 미국인 Y. C. 홍, 로스앤젤레스에서 처음으로 건축가가 된 중국계 미국인 유진 초이, 이 나라에서 처음으로 의사가 된 중국계 미국인 마거릿 정……"

"이미 수백 번이나 한 얘기잖아요……"

"내가 하고 싶은 말은, 넌 이제 의사든 변호사든 과학자든 회계사든 다 될 수 있다는 거야. 넌 무엇이든 할 수 있어."

"전신주에 올라가는 것도요?" 조이가 가시 돋친 목소리로 묻는다.

"우린 그저 네가 정상에 오르기를 바랄 뿐이야." 나는 차분히 대답한다.

"그러니까 대학에 가는 거잖아요. 나도 카페나 가게에서 일할 생각은 없어요."

그건 나도 바라지 않는다. 지금까지 내가 줄곧 해온 말이 바로 그 것이기도 하다. 하지만 한편으로는 조이가 우리 가업을 창피하게 생각한다는 사실이 무척 싫다. 조이를 먹이고, 입히고, 집을 마련한 것이 모두 그 가업 덕분이니까. 나는 조이를 이해시키려고 애쓴다. 이미 몇 번이나 시도했던 것처럼.

"퐁 씨 집안의 아들들은 의사며 변호사가 됐지만, 여전히 퐁 뷔페에서 일을 돕고 있어." 내가 지적한다. "낮에 그 집 변호사 아들이 법원에서 재판에 참석한 날, 밤에 재판관이 그 식당에 올 때도 있지. 그러면 재판관은 '혹시 나랑 어디서 만나지 않았어요?' 하고 물어. 윙 씨 아들은 또 어떻고? 걔는 USC에 다니지만 거만을 떨지 않고, 주말에 주유소에서 제 아버지 일을 도와."

"엄마, 지금 헨리 퐁 얘기를 하시는 거예요? 언제는 그 사람이 '너무 대륙식'으로 변했다면서요? 스코틀랜드에서 온 집안의 여자와 혼인했다면서 그렇게 말했잖아요. 그리고 게리 윙은 로판이랑 혼인해서 유라시아 식으로 살려고 롱비치로 이사 간 게 식구들한테 미안해서 주유소 일을 돕는 것뿐이에요. 엄마가 그렇게 열린 마음을 갖게되었다니 기쁘네요."

조이가 집에서 보내는 마지막 여름이 이렇게 흘러간다. 사소한 일들 때문에 말다툼이 끊임없이 이어진다. 교회 모임에서 바이올렛도요즘 리언과 같은 문제를 겪고 있다고 말한다. 리언은 가을에 예일대학에 입학할 예정이다. "어떤 때는 애가 며칠 동안 소파에 방치된 물고기처럼 못되게 굴어요. 여기 사람들은 새가 둥지를 떠나야 한다는 얘기를 하는데, 리언이 훨훨 날아가고 싶어 하는 건 맞는 것 같아요. 리언은 내 아들이고 내 생명이에요. 그런데 나도 아들이 떠나는 걸 바라는 마음이 한 구석에 있다는 걸 걔는 몰라요. 집에서 그렇게 못되게 구느니 빨리 가버렸으면 좋겠어요!"

"이건 우리 잘못이에요." 어느 날 밤 바이올렛이 울면서 전화를 걸어왔을 때 내가 말한다. 리언이 바이올렛에게 엄마는 영어 발음 때문에 영원히 외국인 취급을 받을 것이다, 혹시 누가 어디 출신이냐고 물으면 중화인민공화국의 베이징이 아니라 타이완의 타이페이 출신이라고 말해라, 안 그러면 FBI가 엄마를 비밀 첩보원으로 고발할지도 모른다고 말했다고 한다. "우리가 애들을 미국인으로 키웠잖아요. 하지만 속으로는 제대로 된 중국인 아들딸을 원했던 거예요."

메이는 집안의 불화를 알아차리고 조이에게 엑스트라 일을 제의한다. 조이는 기뻐서 어쩔 줄 모른다. "엄마! 부탁이에요! 메이 이모가 거기서 일하면 책이랑 음식이랑 따뜻한 옷을 살 돈을 내가 직접 벌 수 있다고 했어요."

"그 돈은 이미 충분히 모아뒀어." 사실은 그렇지 않다. 추가로 돈이 들어온다면 정말 좋겠지만, 조이를 메이와 함께 보내는 건 내가 가장 원하지 않는 일이다.

"엄마는 내가 재미있게 지내게 내버려두는 법이 없어요." 조이가 투덜거린다.

나는 메이가 아무 말 없이 우리를 지켜보기만 한다는 사실을 깨닫는다. 장난꾸러기 호랑이가 결국은 뜻을 이루리라는 걸 알기 때문이다. 메이의 생각대로 내 딸은 몇 주 동안 이모와 일을 하러 다닌다. 밤마다 집에 돌아오면 아버지와 작은아버지에게 촬영장에서 있었던 이야기들을 들려주면서도 어떻게든 나를 비난할 구실을 찾아낸다. 메이는 나더러 조이의 반항기를 무시하라고, 그냥 요즘 문화의 일부

일 뿐이라고, 조이가 자기 또래 미국 아이들 틈에서 어울리려고 애쓰고 있을 뿐이라고 말한다. 메이는 내가 얼마나 혼란스러운지 이해하지 못한다. 매일 나는 마음속으로 전투를 치른다. 나는 내 딸이 미국에 대해 애국심을 갖고, 미국인으로서 누릴 수 있는 모든 기회를 누리게 되기를 바란다. 하지만 그와 동시에 조이에게 효심 깊고, 예의바르고, 중국인답게 행동하는 법을 가르치지 못한 것 같아 걱정스럽다.

조이가 시카고 대학으로 떠나기 2주 전에 나는 저녁인사를 하러 현관 베란다로 간다. 메이는 한쪽 끝의 자기 침대에서 잡지를 뒤적이고 있다. 조이는 침대의 이불 위에 앉아 머리를 빗으며, 레코드로 그 끔찍한 엘비스 프레슬리의 노래를 듣고 있다. 조이의 침대 위 벽은 잡지에서 오려낸 엘비스와 제임스 딘의 사진으로 도배되어 있다. 제임스 딘은 작년에 죽은 사람이다.

"엄마." 내가 뽀뽀를 해준 뒤 조이가 말한다. "생각을 해봤는데요……"

이런 말이 나오면 긴장해야 한다는 것쯤은 이제 나도 알고 있다.

"엄마는 항상 메이 이모가 상하이의 미인들 중에서도 제일 예뻤다고 했잖아요."

"그랬지." 나는 동생을 흘긋 바라본다. 메이도 잡지에서 고개를 든다. "화가들이 전부 네 이모를 얼마나 좋아했는데."

"그럼 왜 아빠가 사오는 잡지에서는 항상 엄마 얼굴이 중심에 있는 거예요? 그, 중국에서 오는 잡지 있잖아요."

"어머, 안 그래." 말은 이렇게 하지만, 나도 조이의 말이 옳다는 걸 알고 있다. 루이 아버지가 〈중국 재건〉을 처음 사온 날 이후로 4년 동안 Z. G.는 메이와 내 얼굴이 모델임을 분명히 알 수 있는 표지 그림을 여섯 번 더 그렸다. 과거에 Z. G. 같은 화가들은 미인 그림을 이용해서 사치스러운 생활을 광고했다. 하지만 요즘 화가들은 포스터, 달력, 광고를 통해 글을 모르는 대중은 물론 외부세계에도 공산당의 비전을 전달한다. 옛날 그림들은 상류층의 규방, 거실, 욕실을 배경으로 삼았지만, 이제는 애국적인 테마가 그 자리를 차지했다. 메이와 내가 밝은 미래를 붙잡으려는 듯 팔을 쭉 뻗은 모습, 머리에 수건을 두른 모습, 댐 건설을 돕기 위해 돌멩이를 가득 실은 외바퀴수레를 미는 모습, 얕은 논에서 모를 돌보는 모습…… 모든 표지에서 장밋빛 뺨의 내 얼굴과 가늘고 긴 내 몸이 중앙을 차지하고 있다. 반면 내 동생은 내 뒤에서 조연 역할을 한다. 내가 채소를 넣을 수 있게 바구니를 들고 있기도 하고, 내 자전거를 붙잡아주기도 하고, 나는 하늘을 바라보고 있는데 메이는 짐이 무거워서 고개를 숙이고 있기도 하다. 모든 그림에는 상하이를 암시하는 것들이 있다. 공장 창문 밖으로 굽이굽이 흐르는 황푸 강이 보인다든가, 구시가지의 위위안 공원에서 군복을 입은 병사들이 훈련을 한다든가, 과거에는 화려했지만 지금은 칙칙하고 실용적으로 변한 번드에서 노동자들이 행진하는 식이다. Z. G.가 예전에 즐겨 사용했던 은은한 색조, 낭만적인 포즈, 부드러운 느낌은 사라지고 지금은 검은색으로 윤곽을 그린 뒤 단조로운 색, 특히 빨강, 빨강, 빨강으로 그 안을 채워 넣은 그림이 있을 뿐이다.

조이가 펄쩍 뛰듯이 일어나서 베란다 끝으로 걸어간다. 그리고 메이가 침대 옆 벽에 붙여둔 잡지 표지를 자세히 살핀다.

"이 화가가 정말 사랑했나 봐요." 조이가 말한다.

"얘, 그럴 리가 없어." 메이가 나를 도와주려고 나선다.

"이 그림을 자세히 보세요." 조이가 말한다. "화가가 뭘 그리려고 했는지 모르겠어요? 옛날에 이모는 틀림없이 날씬하고, 하얗고, 세련된 아가씨였을 거예요. 그런데 여기 그림에는 그런 아가씨들 대신에 엄마처럼 튼튼하고, 건강하고, 강인하게 일하는 여자들이 그려져 있잖아요. 외할아버지가 엄마더러 얼굴이 농부처럼 붉다고 항상 투덜거리셨다면서요. 공산당한테는 그게 완벽한 얼굴이잖아요."

딸들은 때로 아주 잔인하게 군다. 진심이 아닌 말을 툭툭 던지는 식으로. 하지만 그게 진심이 아니라고 해서 아프지 않은 건 아니다. 나는 고개를 돌려 채소밭을 내다본다. 내 감정을 잘 숨길 수 있기를 바라면서.

"이 화가는 그래서 이모를 좋아한 것 같아요. 이모도 알잖아요."

나는 숨을 들이쉰다. 내 머리 한쪽은 딸의 말을 열심히 듣고 있고, 다른 한쪽은 딸이 조금 전에 했던 말을 다시 해석하고 있다. "이 화가가 정말 사랑했나 봐요"라는 말. 여기서 화가가 사랑한 사람은 내가 아니라 메이였다.

"보세요." 딸의 목소리가 들린다. "엄마는 이 나라에 딱 맞는 완벽한 농민의 얼굴이잖아요. 그런데 이모 얼굴은 어떻게 그렸는지 보세요. 요정 여왕처럼 아름다워요."

메이는 아무 말도 하지 않는다. 하지만 나는 메이가 그림을 자세히 살펴보고 있음을 느낄 수 있다.

"만약 이 화가가 지금 이모를 보면, 아마 못 알아볼 거예요." 조이가 말을 잇는다.

이렇게 해서 내 딸은 엄마와 이모에게 모두 상처를 입힌다. 우리의 가장 연약한 부분을 찔러서. 나는 감정을 억제하려고 손톱을 손바닥에 박아 넣는다. 그리고 입꼬리를 이가 드러날 만큼 들어 올리고 획 돌아서서 딸의 어깨에 양손을 짚는다.

"엄마는 저녁인사를 하러 온 거야. 얼른 침대로 들어가. 그리고, 메이." 나는 가벼운 말투로 말한다. "카페 장부 정리하는 것 좀 도와줄래? 난 아무리 해도 계산이 안 맞는 것 같아."

동생과 나는 거짓 미소를 띠고 원하지 않는 것들을 피해가며 평생을 보냈다. 우리는 조이 때문에 상처를 입지 않은 척하며 현관 베란다를 나선다. 하지만 부엌에 들어서자마자 서로를 부둥켜안고 힘과 위안을 얻는다. 이렇게 오랜 세월이 흘렀는데도 조이의 말에 이토록 상처를 받다니. 우리 마음속에는 아직도 이루지 못한 꿈과 미련이 남아 있기 때문이다. 우리가 지금 생활에 만족하지 못한다는 뜻은 아니다. 우리는 만족하고 있다. 하지만 소녀시절의 낭만적인 갈망이 완전히 사라지지는 않았다. 오래 전에 옌옌이 이런 말을 한 적이 있다. "거울을 보면서 내 모습에 깜짝깜짝 놀라." 나는 거울을 보면서 지금도 상하이 시절의 아가씨 모습을 기대한다. 한 남자의 아내이자 한 아이의 엄마가 된 지금 모습이 아니라. 그럼 메이는? 내가 보기에 메이는 조금도 변하지 않았다. 여전히 아름답다. 세월을 초월한 중국의 미인이다.

"조이는 아직 어려." 나는 동생에게 말한다. "우리도 그 나이 때 멍청한 짓이나 말을 했어."

"모든 것은 언제나 처음으로 돌아간다." 메이가 대답한다. 이 격언의 원래 의미를 생각하고 있는 건지 궁금하다. 우리가 살면서 무슨 짓을 해도 결국은 항상 시작으로 돌아가서, 예전에 우리가 부모에게 그랬던 것처럼 말 안 듣고, 상처를 주고, 실망을 주는 자식을 갖게 될 거라는 뜻. 그게 아니라면 메이는 우리가 상하이를 떠난 뒤로 항상 그곳에서 보낸 마지막 며칠 동안의 기억에 갇혀서 부모님과 집과 Z. G.를 모두 잃어버렸을 때의 상실감을 다시 겪고, 내가 강간을 당하고 메이가 임신한 일의 결과를 계속 감당해야 하는 운명에서 영원히 벗어나지 못하고 있다는 생각을 하고 있는 걸까?

"조이가 너랑 내 사이가 더 좋아지라고 그렇게 못된 말을 한 거야." 나는 며칠 전에 바이올렛이 내게 했던 말을 그대로 되풀이한다. "자기가 떠나면 우리가 얼마나 외로워질지 아니까."

메이는 고개를 돌린다. 눈이 젖어서 번들거린다.

다음날 아침에 현관 베란다로 나가 보니, 벽에 붙어 있던 〈중국 재건)의 표지들이 모두 보이지 않는다.

우리는 유니언 역 플랫폼에 서서 조이에게 작별인사를 하고 있다. 메이와 나는 페티코트로 부풀린 풍성한 치마를 입고, 작은 고급 가죽 벨트를 허리에 맸다. 지난 주에 우리는 옷, 장갑, 핸드백 색깔에 맞춰서 하이힐 굽을 염색했다. 그리고 팰리스 살롱에 가서 머리에 컬을 넣어 높게 부풀렸다. 그래서 지금은 머리가 가라앉지 않게 보호하느라 밝은 색 스카프를 세련되게 묶었다. 샘은 제일 좋은 양복을 입었지만, 얼굴이 어둡다. 그리고 조이는……기뻐하는 것 같다.

메이가 핸드백에서 동전 세 닢, 깨 세 알, 그린빈 세 개가 들어 있는 주머니를 꺼낸다. 아주 오래전에 엄마가 주었던 주머니다. 메이는 얼마 전에 이 주머니를 조이에게 주어도 괜찮으냐고 내게 물었다. 나는 반대하지 않았지만, 내가 먼저 그 생각을 해낼 걸 그랬다고 후회했다. 메이는 조이의 목에 주머니를 걸어주고 이렇게 말한다. "네가 태어난 날 널 보호하려고 내가 이걸 너한테 줬어. 그러니까 우리랑 떨어져 있을 때 네가 이걸 걸고 다녔으면 좋겠다."

"고마워요, 이모." 조이는 주머니를 움켜쥐며 말한다. "앞으로 죽을 때까지 다시는 오렌지 주스를 만들거나 치자나무 가지를 팔지 않을 거예요." 조이는 아버지와 포옹하며 맹세한다. "이제 엄마가 만들어준 펠트 옷이나 원자천 옷은 절대 안 입을 거예요." 조이는 내게 입을 맞춘 뒤 이렇게 단언한다. "다시는 등긁개 같은 광둥 물건을 보고 싶지 않아요."

우리는 조이가 들떠서 하는 소리를 열심히 들어주고, 우리가 해줄 수 있는 최고의 조언과 마지막으로 생각난 말들을 해준다. 널 사랑한다, 매일 편지 써라, 무슨 일이 생기면 전화해라, 우리가 싸준 도시락을 먹을 때는 아버지가 만든 만두를 먼저 먹은 다음에 땅콩버터와 크래커를 먹어야 한다…… 조이는 기차에 올라탄다. 이제 창문이 우리 사이를 가로막고 있다. 조이가 손을 흔들며 입만 움직여서 말한다. "사랑해요! 보고 싶을 거예요!" 우리는 역을 떠나는 기차를 따라 플랫폼을 걸으며 조이가 시야에서 사라질 때까지 울며 손을 흔든다.

집으로 돌아오자 마치 전기가 나간 것 같은 기분이다. 이제 이 집에 사는 사람은 우리 넷뿐이다. 처음 한 달 동안은 조용한 집안 분위기를 견딜 수가 없어서 메이는 분홍색의 최신 포드 선더버드를 사고, 샘과 나는 텔레비전을 산다. 메이는 퇴근해서 돌아온 뒤 재빨리 저녁을 먹고 번에게 저녁인사를 하고는 다시 외출한다. 조이가 어렸을 때 카우걸을 좋아했던 걸 기억해낸 우리는 중앙 거실에 앉아서 텔레비전으로 서부극을 본다.

"엄마, 아빠, 메이 이모, 번 작은아버지께." 나는 소리 내어 읽는다. 우리는 번의 침대 옆에 의자를 놓고 둘러앉아 있다. "편지에서 집이 그립냐고 물으셨죠? 어떻게 대답해야 좋을까요? 내가 여기서 재미있게 지내고 있다고 말하면 속이 상하실 테고, 외롭다고 말하면 걱정하실 텐데요."

나는 다른 사람들을 바라본다. 샘과 메이는 맞는 소리라는 듯 고개를 끄덕인다. 번은 손으로 이불을 움켜쥐고 비튼다. 번은 조이가 집을 떠났다는 사실을 완전히 이해하지 못한다. 자기 부모가 세상을 떠났다는 사실을 완전히 이해하지 못한 것처럼.

"하지만 아빠는 내가 사실대로 말하기를 바라실 것 같아요." 나는 편지를 계속 읽는다. "나는 아주 행복하고, 재미있게 지내고 있어요. 수업도 재미있어요. 지금은 루쉰이라는 중국 작가에 대한 리포트를 쓰는 중이에요. 엄마, 아빠랑 이모는 아마 이 사람을 모르겠지만……"

"하!" 이건 내 동생이 낸 소리다. "얘한테 얘기를 해줘야겠네. 그

작가가 미인들에 대해 글 쓴 거 기억나?"

"계속 읽어, 계속 읽어." 샘이 말한다.

조이는 크리스마스 때 집에 오지 않는다. 우리는 귀찮아서 큰 트리를 만들지 않는다. 대신 샘이 겨우 45센티미터짜리 트리를 사서 번의 서랍장 위에 놓는다.

1월말이 되자 조이의 편지에서 마침내 들뜬 기분이 사라지고 집을 그리워하는 마음이 드러난다.

사람들은 왜 시카고 같은 데서 사는 걸까요? 여긴 너무 추워요. 햇볕은 없고 항상 바람만 불어요. 군대 잉여용품점에서 산 긴 속옷을 보내주셔서 고마워요. 그런데 그걸 입어도 따뜻하지가 않아요. 모든 게 흰색이에요. 하늘도, 해도, 사람들 얼굴도. 게다가 해가 너무 짧아요. 제일 그리운 게 뭔지 모르겠어요. 해변에서 놀던 것도 그립고, 촬영장에서 이모랑 일하던 것도 그리워요. 심지어 아빠가 커피숍에서 만드는 새콤달콤한 돼지고기도 그리워요.

이 마지막 말은 정말 심하다. 새콤달콤한 돼지고기는 로판의 음식 중에서도 최악이다. 너무 달고, 빵가루가 너무 많이 묻었다.

2월에 온 편지는 이렇다.

봄방학 때 교수님한테서 일자리를 얻을 수 있을까 기대했어요. 그런데 어떻게 모든 교수님이 나한테 줄 일자리가 없다고 하는 걸까요? 나는 역사 수업 시간에 맨 앞줄에 앉아요. 하지만 교수님은 다른 애들한테 먼저 자료를 나눠줘요. 중간에 자료가 다 떨어지면, 나만 곤란해지죠.

나는 답장을 쓴다.

사람들은 항상 너더러 이러이러한 일은 못 할 거라고 말할 거야. 하지만 네가 원하는 일이라면 뭐든 할 수 있다는 사실을 절대 잊으면 안 돼. 교회에 나가는 것도 잊지 말고. 거기라면 항상 널 받아들여 줄 거야. 성경 시대에 대해 이야기도 나눌 수 있고. 네가 기독교인이라는 걸 사람들에게 알리는 게 좋아.

조이의 답장.

사람들은 항상 나더러 왜 중국으로 돌아가지 않느냐고 물어요. 나는 한 번도 가본 적이 없는 나라로 돌아갈 수는 없다고 말해요.

3월에 조이의 기분이 갑자기 밝아진다. "겨울이 끝나서 그런지도 몰라." 샘이 말한다. 하지만 그게 아니다. 조이는 여전히 겨울이 끝날 줄을 모른다고 불평한다. 그게 아니라, 남자가 생겨서……

내 친구 조가 중국학생 민주기독연합에 들어오라고 했어요. 그 모임의 아이들이 마음에 들어요. 우리는 통합, 인종간 결혼, 가족관계에 대해 토론해요. 여기서 많은 걸 배우고 있어요. 다정한 사람들을 만나서 함께 음식을 만들어 먹는 것도 좋아요.

이 조라는 아이가 누군지는 모르지만, 어쨌든 그 문제는 별도로 치고, 나는 조이가 기독교 모임에 들어간 것이 기쁘다. 거기서 조이는 친구를 찾을 수 있을 것이다. 나는 이 편지를 식구들에게 읽어준 뒤 우리의 답장을 쓴다.

네 아버지는 이번 학기 수업이 어떤지 궁금하시대. 수업을 잘 따라가고 있니? 메이 이모는 시카고 여자애들이 무슨 옷을 입는지, 너한테 뭐 필요한 건 없는지 물어보라는구나. 난 그다지 덧붙일 말이 없다. 여긴 항상 똑같아. 잡화점은 문을 닫았다. 장사가 안 돼서, 굳이 직원을 두고 네가 항상 '쓰레기'라고 부르던 물건을 팔 필요가 없다 싶어서 말이야. 커피숍은 장사가 잘 돼서 아버지가 바쁘시다. 번 작은아버지는 조에 대해서 더 자세히 알고 싶으시다는구나.

사실 번은 조에 대해 한 마디도 하지 않았지만, 우리 셋은 호기심 때문에 몸이 근질거린다.

네 이모가 어떤 사람인지는 잘 알지? 지금도 항상 열심히 일하고 있다. 또 뭐가 있을까? 아, 이 동네 분위기는 너도 알지? 다들 공산주의자로 몰릴까 봐 걱정하고 있다. 가게에 문제가 생기거나 연적이 생겼을 때, 상대방한테 공산당이라는 딱지를 붙이면 문제가 해결될 수 있거든. "아무개가 공산당이라는 얘기 들어봤어?" 사람들 사이에 이런 소문이 퍼지면 어떻게 되는지 너도 알 거다. 바람을 쫓고 그림자를 잡을 수 있지. 어떤 사람의 잡화점이 우리 가게보다 잘 되면 그 사람을 공산당으로 몰고, 좋아하는 여자가 내 사랑에 콧방귀를 뀌면 그 여자를 공산당으로 모는 식이다. 네 아버지한테는 적이 없고, 네 이모한테는 쫓아다니는 남자가 없어서 다행이다.

이건 조이에게 조에 대해 더 자세히 써 보내라는 말을 에두르고 에둘러서 표현한 것이다. 하지만 조이도 내 딸인지라 내 속을 뻔히 꿰뚫어본다. 여느 때처럼 나는 다들 집에 돌아와 번의 침대 옆에 모일 때까지 편지를 읽지 않고 기다린다.

"모두들 조를 보면 마음에 드실 거예요." 조이는 편지에 이렇게 썼다.

조는 지금 의예과 학생이에요. 일요일마다 나랑 교회에도 같이 나가요. 엄마는 나더러 기도를 하라고 하셨지만, 기독교연합에서는 기도를 안 해요. 거기 모임에서 우리가 항상 예수님 얘기만 하는 줄 아시겠지만, 사실 우리는 그런 얘기를 안 해요. 우리는 엄마, 아빠, 할머니, 할아버지 같은 분들이 당한 부당한 일들에 대해 이야기해요. 과거에 중국인들이 겪은 일과 지금 흑인들이 계속 겪고 있는 일들에 대해서도 이야기하고요. 지난 주말에도 우리는 흑인을 고용하지 않는 몽고메리 워드 앞에서 피켓 시위를 했어요. 조는 소수 집단들이 힘을 합쳐야 한대요. 나는 조와 함께 서명운동을 벌이고 있어요. 다른 사람들의 문제를 한 번쯤 생각해보는 건 좋은 일이에요.

내가 편지를 다 읽자 샘이 묻는다. "이 조라는 아이가 사읍 방언을 쓸까? 조이가 우리 방언 말고 다른 말을 쓰는 애랑 혼인하는 건 싫어."

"애가 중국애라고 누가 그래요?" 메이가 묻는다.

이 말에 우리 모두 새처럼 떠들어대기 시작한다.

"두 아이 모두 중국인 단체 회원이잖아." 샘이 말한다. "그러니까 조도 틀림없이 중국인이야."

"그리고 교회도 같이 다니고." 내가 말을 덧붙인다.

"그래서? 언니는 항상 차이나타운 밖에 있는 교회에 다니라고 조이한테 말했잖아. 다른 종류의 사람들도 만나야 한다면서." 메이가 이렇게 말한다. 메이를 포함한 세 사람의 눈이 비난을 담아 나를 노려본다.

"얘 이름은 조야." 내가 말한다. "좋은 이름이야. 중국 이름처럼 들려."

나는 조이의 깔끔한 필체를 빤히 바라보면서 이 조라는 아이가 어떤 아이일지 짐작해본다. 언제나 못된 동생인 메이가 조라는 이름을 가진 다른 사람들을 손가락으로 꼽는다. "조 디마지오, 요세프 스탈린, 조지프 매카시……"

"답장을 쓰세요." 번이 끼어든다. "공산당은 절대 좋은 친구가 아니라고요. 자칫 문제가 생길 수도 있어요."

하지만 나는 그렇게 쓰지 않는다. 내가 쓴 말은 그보다 좀 더 조심스럽다. "조의 성姓이 뭐니?"

5월 중순에 조이에게서 답장이 온다.

엄마, 너무 웃겨요. 엄마, 아빠, 이모, 작은아버지가 둘러앉아서 이 문제를 걱정하는 모습이 눈에 선해요. 조의 성은 궈이에요. 됐죠? 가끔 우리는 중국을 도우러 가면 어떨까 하는 얘기를 해요. 조가 우리 중국사람들이 흔히 하는 말을 하나 말해줬어요. '중국에는 천 년 위에 천 년이 또 쌓여 있다.' 중국인으로서 그 세월을 어깨와 가슴에 짊어지고 살아가는 건 힘들겠지만, 그 짐은 또한 자부심과 기쁨의 원천이 될 수도 있을 것 같아요. 조는 "우리 조국에서 벌어지고 있는 일에 우리도 참여해야 하는 것 아냐?"라고 말해요. 심지어 나한테 여권까지 만들어줬어요.

조이가 우리 곁을 떠났을 때 나는 걱정했다. 조이가 집이 그립다고 말했을 때도 걱정했다. 우리가 누군지 전혀 모르는 사내아이와 조이가 어울려 다니는 것도 걱정스러웠다. 하지만 이건 완전히 다른 얘기다. 진정으로 무섭다.

"중국은 조이의 조국이 아냐." 샘이 못마땅한 목소리로 말한다.

"이 남자애는 공산당이에요." 번이 말한다. 하지만 번은 모든 사람을 공산당으로 본다.

"그냥 사랑일 뿐이야." 메이가 가볍게 말한다. 하지만 나는 메이의 목소리에 걱정이 깃들어 있음을 알 수 있다. "여자애들은 사랑에 빠지면 멍청한 짓을 해."

나는 편지를 접어 다시 봉투에 넣는다. 조이가 너무 멀리 있기 때문에 우리는 어떻게 해 볼 도리가 없다. 하지만 나는 같은 말을 계속 외기 시작한다. 단순한 기도라기보다는 필사적인 간청에 더 가깝다. '조이를 집으로 보내주세요, 조이를 집으로 보내주세요, 조이를 집으로 보내주세요.'

도미노

여름이 오자 조이가 집으로 온다. 우리는 부드러운 음악 같은 조이의 목소리에 행복을 느낀다. 우리는 조이를 자꾸 만지고 싶은 걸 참는다. 대신 손을 토닥거리고, 머리카락을 매끈하게 펴주고, 옷깃을 매만져준다. 메이는 스타들의 사인이 있는 영화잡지, 화려한 머리띠, 자주색 타조털 슬리퍼를 준다. 나는 조이가 좋아하는 집 음식을 만든다. 소금을 친 오리알과 함께 찐 돼지고기, 카레와 토마토를 넣은 쇠고기 볶음국수, 검은 콩과 닭날개 요리. 디저트는 아몬드 두부와 과일 통조림이다. 샘은 매일 조이에게 줄 특별 음식을 가져온다. 샘싱 정육점에서 사온 오리 바비큐, 피닉스 제과점에서 사온 딸기 생크림 케이크, 조이가 좋아하는 스프링 거리의 작은 가게에서 사온 돼지고기 찐빵 등등.

하지만 지난 9개월 동안 조이가 얼마나 변해버렸는지! 조이는 짧은 운동복 바지에 가느다란 허리까지밖에 오지 않는 민소매 면 블라우스를 입는다. 머리카락도 짧게 잘라서 개구쟁이처럼 다듬었다. 내면도 변했다. 조이가 시카고로 떠나기 직전 몇 달 동안 그랬던 것처럼 우리한테 대든다거나 모욕적인 말을 한다는 뜻은 아니다. 그보다는 여행(조이는 기차로 시카고에 갔다가 돌아왔다. 우리들은 오랫동안 기차를 타본 적이 전혀 없다), 재정문제(조이는 자기 이름으로 된 계좌와 수표책을 갖고 있다. 샘과 나는 아직도 돈을 집에 숨겨둔다. 정부든 누구든 가져가지 못하게) 등에 대해 자기가 우리보다 아는 게 더 많다고 생각하게 된 것 같다. 특히 중국에 대해 아주 잘 안다고 믿는다. 세상에, 우리한테 얼마나 설교를 해대는지!

조이는 우리들 중에서 가장 얌전한 작은아버지를 겨냥한다. 천성이 순수한 이 돼지띠 작은아버지에게 잘못이 있다면, 모든 사람을 믿는다는 점이다. 번은 낯선 사람의 말이든, 사기꾼의 말이든, 라디오에서 흘러나오는 말이든, 하여튼 자기 귀에 들리는 거의 모든 말을 믿는다. 오랫동안 반공 방송을 들은 덕분에 번은 중화인민공화국에 대해 영원히 바뀌지 않을 생각을 갖게 되었다. 하지만 번은 그런 선전의 대상으로 그리 알맞지 않은 인물이다. 조이가 "마오 주석은 중국 인민을 도왔어요"라고 단언하면, 번은 기껏해야 "거긴 자유가 없어"라고 말할 뿐이다.

"마오 주석은 농민들과 노동자들에게 기회를 주고 싶어 해요. 엄마와 아빠가 나한테 주고 싶어 하는 기회 말이에요." 조이는 열성적으로 자기주장을 밀어붙인다. "사상 처음으로 마오 주석은 시골 사람들이 대학에 들어가게 해줬어요. 그것도 남자들만 허용해준 게 아니에요. 마오 주석은 여자들도 '동일노동에 동일임금'을 받아야 한다고 말해요."

"넌 거기 가본 적이 없잖아." 번이 말한다. "넌 아무 것도 몰……"

"난 중국에 대해 잘 알아요. 어렸을 때 온갖 중국영화에 출연했잖아요."

"중국은 그 영화 속에 나오는 것과 달라." 이런 언쟁에 잘 끼어들지 않는 샘이 말한다. 조이는 잘난 척하며 아버지를 눌러버리지 않는다. 샘이 제대로 된 중국 아버지처럼 조이를 지배하려 하거나 조이가 순종적인 중국 딸이어서가 아니다. 조이는 샘의 손바닥에 든 진주처럼 항상 귀한 존재다. 그리고 조이에게 아버지는 자신이 딛고 선 단단한 땅과 같아서 언제나 듬직한 존재다.

잠시 고요가 찾아온 틈을 타서 메이가 조이의 생각을 결정적으로 돌려놓으려고 시도한다. "중국은 영화 촬영장과 달라. 카메라가 꺼져도 중국을 떠날 수 없으니까."

메이가 조이에게 이렇게 신랄한 말을 하는 건 아주 드문 일이다. 하지만 내가 보기에는 부드럽기 그지없는 이런 꾸중도 내 딸의 가슴을 마구 찔러대는 모양이다. 조이는 갑자기 나와 메이에게 주의를 돌린다. 한 번도 떨어져본 적이 없고, 서로에게 세상에서 가장 가까운 친구이고, 조이가 상상할 수 없을 만큼 깊은 유대감으로 맺어져 있는 우리 둘에게.

"중국에서 여자들은 엄마나 메이 이모가 나한테 입히고 싶어 하는 옷을 안 입어요." 이틀쯤 지난 뒤 아침에 내가 현관 베란다에서 셔츠를 다리고 있을 때 조이가 내게 말한다. "트랙터를 몰 때는 드레스를 입을 수 없잖아요. 그리고 여자애들이 꼭 자수를 배울 필요도 없어요. 교회나 중국학교에 안 다녀도 돼요. 엄마와 아빠가 나한테 항상 잔소리하는 것처럼 무슨 일에든 순종하고 또 순종할 필요도 없어요."

"그럴지도 모르지." 내가 말한다. "하지만 마오 주석한테는 복종해야 하잖아. 그게 황제나 부모한테 복종하는 것과 뭐가 달라?"

"중국에는 굶주리는 사람이 없어요. 누구나 충분히 음식을 먹을 수 있어요." 조이의 대답은 대답이 아니라, 또 다른 구호일 뿐이다. 수업 시간에 들었거나, 그 조라는 사내아이가 들려준 말일 것이다.

"굶지 않는다 쳐도, 그럼 자유는?"

"마오 주석은 자유를 신봉하는 사람이에요. 마오 주석의 새로운 캠페인에 대해 못 들었어요. 마오 주석은 '백화제방'이라고 했어요. 이게 무슨 뜻인지 알아요?" 조이는 내 대답을 기다리지 않는다. "사람들더러 새로운 사회를 비판하라고 격려……"

"하지만 그 끝은 좋지 않을 거다."

"세상에, 엄마, 엄마는 너무……" 조이는 나를 뚫어져라 바라보며 생각에 잠긴다. 그러더니 이렇게 말한다. "엄마는 항상 엉뚱한 새들을 쫓아다녀요. 차이나타운 사람들이 장제스를 따르니까 엄마도 장제스를 따르죠. 차이나타운 사람들이 장제스를 따르는 건 그래야 한다고 생각하기 때문이에요. 장제스가 도둑보다 나을 게 없다는 건 모르는 사람이 없어요. 장제스는 중국에서 도망칠 때 돈과 예술품을 훔쳤어요. 지금 그 부부가 어떻게 사는지 보세요! 그럼 미국은 왜 국민당과 타이완을 지지할까요? 중국과 관계를 맺는 게 더 낫지 않겠어요? 그 나라가 훨씬 더 크고, 사람과 자원도 많은데. 조는 인민을 무시하지 말고 이야기를 나누는 게 좋다고 말했어요."

"말끝마다 조, 조, 조." 나는 피곤한 한숨을 내쉰다. "우리는 그 조라는 애가 누군지도 모르는데, 넌 걔한테서 중국 얘기를 듣고 그대로 믿는 거니? 걔는 중국에 가봤다든?"

"아뇨." 조이가 마지못해 대답한다. "하지만 가고 싶어 해요. 나도 언젠가 거기 가서 엄마랑 이모가 살던 상하이도 보고 우리 고향 마을도 보고 싶어요."

"중국 본토에 간다고? 내 말 잘 들어. 뱀이 한 번 천국을 맛본 뒤에 지옥으로 돌아가는 건 쉬운 일이 아냐. 게다가 넌 뱀도 아냐. 아무 것도 모르는 여자애일 뿐이야."

"난 공부를……"

"수업시간에 들은 얘기는 잊어버려. 어떤 사내아이가 해준 얘기도 잊어버려. 밖에 나가서 주위를 둘러봐. 차이나타운에 처음 보는 사람들이 생긴 거 못 봤어?"

"로판들이 새로 나타나는 일이야 앞으로도 항상 있을 텐데요, 뭐." 조이가 대수롭지 않게 말한다.

"그 사람들은 그냥 평범한 로판이 아냐. FBI 요원들이야." 나는 얼마 전부터 요원 한 명이 차이나타운을 매일 돌아다니며 이런저런 질문을 던지고 있다고 조이에게 말한다. 그 요원은 스프링 거리의 국제 식품점에서 시작해 오드 거리에 있는 펄의 커피숍을 지나 브로드웨이를 따라서 뉴 차이나타운의 중앙광장까지 가서 리 장군의 식당에 들른다. 그 다음에는 힐 거리에 있는 잭 리의 식품점에 들렀다가 길을 건너 뉴 차이나타운 중에서도 새로 지어진 동네로 가서 퐁 씨 집안의 가게들을 둘러본 뒤에야 비로소 시내로 돌아간다.

"그 사람들이 여긴 왜요? 한국전쟁도 끝났는데……"

"그래도 붉은 중국에 대한 정부의 두려움은 사라지지 않았어. 오히려 전보다 더 심해. 학교에서는 도미노 이론도 안 가르쳐주든? 한 나라가 공산주의에 무릎을 꿇으면, 다른 나라들도 연달아 그렇게 된다는 거. 이 로판들은 지금 겁에 질려 있어. 그럴 때 그 자들은 우리 같은 사람들한테 나쁜 짓을 해. 그래서 우리가 총통을 지지해야 하는 거야."

"엄마는 걱정이 너무 많아요."

"나도 내 어머니한테 똑같은 소리를 했어. 하지만 결국은 어머니가 옳고 내가 틀렸지. 이미 나쁜 일들이 일어나고 있어. 네가 여기 없었기 때문에 몰라서 그런 소리를 하는 거야." 나는 다시 한숨을 내쉰다. 이 아이를 어떻게 이해시킬까? "네가 학교에 가 있는 동안 정부는 자백 프로그램이라는 걸 시작했어. 전국에서 벌어지고 있으니까, 십중팔구 네가 있는 시카고도 마찬가지일 거야. 정부는 질문을, 아니지, 우리한테 겁을 줘서 서류상의 아들로 온 사람들이 누군지 자백하게 만들려고 하고 있어. 친구, 이웃, 거래처는 물론이고 심지어 가족 중에도 서류상의 아들로 미국에 온 사람이 있다면 그 사람을 고발하는 대가로 시민권을 주겠다고 하지. 정부는 서류상의 아들을 데려오는 일로 돈을 번 사람이 누군지 알아내고 싶어 해. 도미노 효과 이야기도 하고. 여기 차이나타운에서도 누가 다른 사람의 이름을 대면, 역시나 도미노 효과가 나타나. 그래서 그냥 한 집안만 걸려 들어가는 게 아니라, 우리가 아는 모든 서류상의 파트너들, 서류상의 아들들, 친척들, 이웃들이 걸려 들어가게 돼. 하지만 정부가 가장 원하는 건 공산주의자지. 우리가 어떤 사람을 공산주의자로 지목하기만 하면,

확실히 시민권을 얻을 수 있어."

"우린 모두 시민권자잖아요. 우린 잘못 한 게 없잖아요."

오래 전부터 샘과 나는 조이에게 솔직하게 진실을 털어놓아야 한다는 미국식 생각과 아무 것도 드러내면 안 된다는 중국식 신념 사이에서 갈등해왔다. 지금까지는 중국식 신념이 승리를 거뒀기 때문에 우리는 샘과 나의 상황은 물론 큰아버지들과 할아버지에 대해서도 딸에게 비밀을 지켰다. 두 가지 단순한 이유 때문이었다. 아이에게 공연한 걱정을 시키기 싫다는 것과 아이가 엉뚱한 사람에게 말실수를 할까 두렵다는 것. 이제 조이는 유치원에 다니던 어린아이가 아니지만, 우리는 아무리 작은 실수라도 엄청난 결과를 가져올 수 있다는 걸 알고 있다.

나는 다림질을 끝낸 샘의 셔츠를 옷걸이에 건 뒤 딸과 나란히 앉는다. "난 정부가 여기서 수상한 사람들을 찾아다닌다는 얘기를 한 거야. 그래야 너도 누가 접근하면 대비를 할 수 있을 테니까. 정부는 중국으로 돈을 보낸 사람들을 찾으려고……."

"루이 할아버지도 그러셨잖아요."

"맞아. 그리고 정부는 또 중국이 폐쇄된 뒤에 합법적인 방법으로 중국에서 식구들을 빼낸 사람들까지도 찾고 있어. 우리가 중국과 미국 중 어느 나라에 더 충성하는지 확인하려는 생각도 있고." 나는 잠시 말을 멈추고 조이가 내 말을 이해하는지 살펴본다. 그리고 말을 잇는다. "우리의 중국식 사고방식이 여기 미국에서 항상 통하는 건 아냐. 우리는 겸손하게 남을 존중하면서 솔직하게 대하면 어떤 상황에서든 잘 대처할 수 있고, 다른 사람들이 상처를 입지 않게 해줄 수 있고, 결국 모든 게 잘 되는 결과를 낳을 거라고 믿어. 하지만 지금은 그런 사고방식 때문에 우리를 비롯한 많은 사람들이 다칠 수 있어."

나는 깊이 숨을 들이쉰 뒤, 무서워서 차마 편지에 쓰지 못했던 말을 한다. "이 씨 집안 기억하지?" 조이가 기억하지 못할 리가 없다. 그 집의 큰딸인 헤이즐과 아주 친한 사이였고, 교회 모임에서 그 집 아이들과 어울려 놀았으니까 말이다. "이 씨 아저씨는 서류상의 아들 이야. 아저씨는 이 씨 아줌마를 위니페그를 통해 이리로 데려왔어."

"아저씨가 서류상의 아들이예요?" 조이가 묻는다. 놀란 것 같기도 하고, 감탄하는 것 같기도 하다.

"아저씨는 식구들이랑 같이 여기서 계속 살고 싶어서 사실대로 자 백하기로 했어. 이 씨 집안의 아이들 넷은 모두 미국 시민이니까. 그 래서 연방 이민국에 가짜 시민권을 이용해서 아내를 데려왔다고 말 했지. 이제 아저씨는 미국 시민권이 있으니까 괜찮았지만, 이 씨 아 줌마는 아니기 때문에 이민국은 아줌마를 추방하기 위한 절차를 밟 기 시작했어. 아줌마는 서류상의 아내니까. 그 집에는 아직 열 살이 안 된 아이가 두 명 있어. 엄마가 없어지면 그 아이들이 어떻게 되겠 니? 이민국은 아줌마를 캐나다로 돌려보내려고 해. 어쨌든 아줌마는 중국으로 돌아가지는 않을 거야."

"어쩌면 중국에서 더 잘 살게 될지도 모르잖아요."

이 말을 들으니 내 앞에 앉은 아이가 누구인지 모르겠다. 그 조라 는 아이가 들려준 말을 되풀이하는 멍청한 앵무새 같으니. 아니면 일 부러 아이처럼 멍청하게 구는 생모의 기질이 마음속 저 깊은 곳에서 터져 나오는 건지도 모르겠다.

"이 씨 아줌마는 헤이즐의 엄마야! 중국으로 추방되는 게 나라면, 이 씨 집안 사람들이 지금 너처럼 말해도 괜찮아?" 나는 대답을 기다 린다. 하지만 조이가 아무 대답을 하지 않자 나는 일어서서 다리미판 을 접어 넣고 번을 살펴보러 간다.

그날 밤 샘이 번을 소파로 안고 나온다. 함께 저녁을 먹고 서부극 드라마인 〈건스모크〉를 보기 위해서다. 저녁에도 날이 더워서 저녁식사는 찬 음식으로 간단하게 먹는다. 냉장고에 넣어서 차갑게 식힌 수박이 전부다. 화면 속에서 미스 키티가 맷 딜런에게 하는 말을 열심히 듣고 있는데, 조이가 또 중화인민공화국 얘기를 시작한다. 조이가 없는 지난 9개월 동안 우리는 집안에 구멍이 하나 뚫린 것 같은 기분이었다. 조이의 목소리와 예쁜 얼굴이 그리웠다. 하지만 그 9개월 동안 우리는 텔레비전으로, 우리 넷이서 조용히 나누는 대화로, 메이와 내가 함께 벌인 이런저런 일들로 그 구멍을 메웠다. 조이가 집에 돌아온 지 2주가 지난 지금은 끊임없이 의견을 늘어놓는 조이가 너무 많은 공간을 차지해버린 것 같다. 조이는 주목을 받고 싶어 하고, 우리가 시대를 쫓아가지 못하고 틀린 생각을 갖고 있다고 말하고 싶어 한다. 그리고 예전에도 항상 그랬던 것처럼 제 이모와 나를 갈라놓는다. 우리가 원하는 건, 화면 속에서 보안관이 미스 키티에게 키스를 할지 지켜보는 것뿐인데.

대개 딸의 입에서 나오는 말이라면 무엇이든 받아들이는 편인 샘이 마침내 더 이상 참을 수가 없는지 그 어느 때보다도 조용하고 차분하게 사읍 방언으로 묻는다. "넌 중국인인 게 부끄럽니? 제대로 된 중국인 딸이라면, 부모님, 이모, 작은아버지가 텔레비전을 볼 때 조용히 앉아 있을 거다."

이건 절대로 해서는 안 되는 말이었다. 조이가 갑자기 끔찍한 말들을 쏟아내기 시작한다. 조이는 우리의 검소함을 조롱한다. "중국인답게 굴라고요? 1갤런 들이 간장통을 버리지 않고 놔뒀다가 쓰레기통으로 쓰는 게 중국인답게 구는 거예요?" 조이는 나를 조롱한다. "미신에 휘둘리는 중국인이나 12간지를 믿는 거예요. 호랑이띠는 이렇다, 호랑이띠는 저렇다, 나 참." 조이는 제 이모와 작은아버지에게 상처를 준다. "중매혼은 또 어떻고요? 메이 이모를 보세요. 신랑이라고 꼭……" 조이는 머뭇거린다. 우리도 가끔 그렇듯이. 마침내 조이가 찾아낸 표현은 '사랑으로 안아주지도 못하는 사람'이다. 조이의 표정이 혐오스럽다는 듯 구겨진다. "게다가 이렇게 다 같이 모여 사는 건 또 어떻고요."

20년 전 메이와 내가 했던 말을 다시 듣고 있는 것 같다. 우리가 부모님을 그렇게 대했던 것이 슬프다. 하지만 조이가 제 아버지에게 상처를 주기 시작하자……

"중국인답게 구는 게 아빠처럼 되는 거라면…… 카페에서 아빠가 만드는 요리 냄새가 옷에 배서 악취가 나잖아요. 손님들은 아빠를 모욕해요. 게다가 아빠가 만드는 음식은 너무 기름지고, 너무 짜고, 조미료가 너무 많아요."

샘에게는 이 말들이 커다란 타격이다. 메이나 나와는 달리 샘은 주저 없이, 조건 없이 조이를 사랑했다.

"거울을 한 번 봐라." 샘이 천천히 말한다. "네가 누구인 것 같니? 로판들이 널 보고 무슨 생각을 할 것 같아? 넌 '죽싱' 조각일 뿐이야. 속이 텅 빈 대나무 말이다."

"아빠, 저한테 말할 때는 영어로 하세요. 여기서 거의 20년 동안이나 사셨잖아요. 아직도 영어를 못해요?" 조이는 몇 번 눈을 깜박이더니 말을 잇는다. "아빠는 너무……너무……FOB 같아요."

거실에 내려앉은 침묵이 잔인하고 깊다. 자신이 한 짓을 깨달은 조이는 고개를 갸우뚱하게 기울이고 짧은 머리를 헝클어뜨리더니 미소를 짓는다. 나는 그것이 오래 전 메이가 짓던 미소임을 대번에 알아차린다. '난 말도 잘 안 듣고 못되게 굴지만, 당신은 날 사랑할 수밖에 없어'라고 말하는 미소다. 샘은 모르겠지만, 나는 안다. 조이의 모든 행동은 마오, 장제스, 한국, FBI 등과는 별로 관계가 없다. 지난 20년 동안 우리가 지켜온 생활방식과도 별로 관계가 없다. 우리 딸은 자기 가족들에 대한 자신의 생각을 드러냈을 뿐이다. 예전에 메이와 나는 엄마와 아버지가 구식이라고 생각했다. 하지만 조이는 우리를 창피하게 생각한다.

"넌 네 앞에 창창한 미래가 펼쳐져 있다고 생각하지." 엄마는 자주 이런 말을 했다. "해가 쨍쨍할 때는, 햇볕이 없을 때를 생각해야 돼. 문을 닫고 집 안에만 앉아 있어도, 위에서 불행이 떨어져 내릴 수 있으니까." 엄마가 살아 계실 때 나는 엄마의 말을 무시했다. 나이를 먹으면서도 엄마의 말에 제대로 주의를 기울이지 않았다. 하지만 오랜 세월이 흐른 지금은 엄마의 선견지명이 우리를 구했음을 인정할 수밖에 없다. 엄마가 몰래 숨겨둔 재물이 없었다면 우리는 모두 상하이에서 죽었을 것이다. 메이와 내가 두려움에 거의 마비되다시피 했을 때, 엄마는 저 깊은 곳에 자리한 본능의 힘으로 계속 움직였다. 엄마는 아무런 가망이 없는 상황에서도 사자에 맞서 새끼들을 지키려고 애쓰는 가젤 같았다. 나도 내 딸을 보호해야 한다는 건 분명히 알고 있다. 아이 자신에게서, 조라는 사내아이와 붉은 중국에 대한 낭만적인 생각들로부터 아이를 보호해야 한다. 메이와 나처럼 실수를 해서 미래를 망치지 않게 보호해야 한다. 하지만 어떻게 해야 할지 모르겠다.

나는 번에게 줄 음식을 가지러 펄의 커피숍으로 가는 길이다. 그런데 FBI 요원이 길에서 찰리 아주버니를 불러 세우는 것이 보인다. 나는 두 사람 옆을 지나친다. 찰리는 모르는 사람처럼 나를 무시한다. 나는 문을 활짝 열어둔 채 카페 안으로 들어간다. 안에서는 샘과 직원들이 열심히 일하면서 문을 통해 들어오는 이야기소리에 온 신경을 쏟고 있다. 메이가 자기 사무실에서 나온다. 우리는 이야기를 나누는 척 카운터 주위를 얼쩡거리며 바깥에서 벌어지는 모든 일을 지켜보고 바깥의 소리에 귀를 기울인다.

"찰리 씨, 중국으로 돌아가신 적이 있죠?" 요원이 갑자기 사업 방언으로 말한다. 목소리가 하도 커서 나는 깜짝 놀라 동생을 바라본다. 마치 우리더러 자기 말을 들으라고 하는 소리 같다. 게다가 자기가 사읍 방언을 유창하게 구사한다는 사실도 알리려는 것 같다.

"네, 중국에 갔다 왔습니다." 찰리 아주버니가 인정한다. 목소리가 심하게 떨리고 있어서 우리는 그의 말을 잘 들을 수 없다. "거기서 돈을 모두 잃고 다시 이리로 돌아왔어요."

"장제스에 대해 나쁜 말을 했다던데요."

"그런 적 없습니다."

"사람들한테서 들었습니다."

"어떤 사람들이요?"

요원은 대답하지 않고, 대신 질문을 던진다. "당신이 장제스 때문에 돈을 잃어버렸다고 비난한 것이 사실 아닙니까?"

찰리는 발진으로 뒤덮인 목을 긁적이며 입술을 빨아들인다.

요원은 잠시 기다리다가 다시 질문을 던진다. "당신 서류는 어디 있습니까?"

찰리는 도움을 청하는 듯 두꺼운 유리창 안을 흘깃거린다. 어떻게든 도망칠 길을 찾는 것 같기도 하다.

머리카락은 모래빛깔이고 코와 뺨에는 주근깨가 나 있는 덩치 큰 로판인 요원은 미소를 지으며 말한다. "그래요, 안으로 들어갑시다. 댁의 '가족들'을 만나보고 싶으니까."

요원은 카페로 들어온다. 찰리는 고개를 푹 수그리고 그 뒤를 따른다. 로판 요원은 샘에게 곧장 다가가서 배지를 보여준 뒤 사읍 방언으로 말한다. "난 잭 샌더스 특수요원입니다. 당신이 샘 루이죠?" 샘이 고개를 끄덕이자 요원이 말을 잇는다. "난 이런 일에 시간을 낭비하는 건 무의미하다고 생각하는 사람입니다. 누가 그러는데, 당신이 옛날에 〈차이나 데일리 뉴스〉를 샀다면서요?"

샘은 꼼짝도 않고 서서 이 낯선 사람을 가늠해본다. 얼굴에서 모든 감정을 지우고, 어떤 대답을 할지 생각한다. 몇 명 되지 않는 손님들은 지금의 대화를 전혀 이해하지 못하지만, FBI 요원이 배지를 보여주는 것이 좋은 일이 아니라는 건 확실히 알기 때문에 샘이 어떤 반응을 보일지 숨죽이고 기다리는 것 같다.

"아버지께 신문을 사다드렸습니다." 샘이 사읍 방언으로 말한다. 손님들의 얼굴에 실망스러운 표정이 떠오른다. 대화 내용을 알아들을 수 없기 때문이다. "아버지는 5년 전에 돌아가셨습니다."

"그 신문은 빨갱이들에게 동조합니다."

"아버지는 가끔 그 신문을 읽으셨지만, 구독하신 신문은 〈충사이얏포〉입니다."

"그래도 댁의 아버지가 마오한테 동조하셨던 것 같은데요."

"천만에요. 아버지가 왜 마오를 지지하셨겠습니까?"

"그럼 댁의 아버지가 〈중국 재건〉도 사보신 이유는 뭡니까? 그리고 댁은 왜 아버지가 돌아가신 뒤에도 계속 그 잡지를 사보는 겁니까?"

나는 갑자기 화장실에 가고 싶어진다. 샘은 절대 사실대로 말할 수 없을 것이다. 아내와 처제의 얼굴이 그 잡지의 표지에 나와서 잡지를 샀노라고. 아니, 혹시 저 FBI 요원이 그 사실도 이미 알고 있는 걸까? 어쩌면 붉은 별이 그려진 모자를 쓰고 칙칙한 녹색 군복을 입은 예쁜 여자들을 보고도 중국인들은 모두 똑같이 생겼다고 생각해버렸을지도 모른다.

"댁의 거실에 있는 소파 위 벽에 그 잡지에서 오려낸 사진들이 붙어 있다고 들었습니다. 만리장성과 이화원頤和園의 사진이라던데."

이건 이웃이든 친구든 사업상의 경쟁자든 우리 집에 들어와 본 사람이 해준 이야기다. 아버지가 돌아가신 뒤 그 사진들을 떼어버리는 건데.

"돌아가시기 전 몇 달 동안 아버지는 그 사진들을 보며 좋아하셨습니다."

"혹시 아버님께서는 붉은 중국을 너무 좋아하셔서 고향으로 돌아가고 싶어 하신 건……"

"제 아버지는 미국 시민이었습니다. 여기서 태어나셨어요."

"그럼 아버님의 서류를 보여주시죠……"

"아버지는 돌아가셨습니다." 샘이 다시 말한다. "그리고 여기에는 그 서류가 없어요."

"그럼 댁으로 찾아갈까요? 아니면 댁이 우리 사무실로 오시겠습니까? 그러면 댁의 서류도 같이 갖고 오실 수 있을 텐데요. 나도 댁의 말을 믿고 싶지만, 댁이 무고하다는 걸 증명해야 합니다."

"내가 무고하다는 걸 증명하라는 겁니까, 미국 시민이라는 걸 증명하라는 겁니까?"

"둘 다 같은 겁니다, 루이 씨."

번의 점심을 가지고 집으로 돌아온 나는 번이나 조이에게 아무 말도 하지 않는다. 두 사람을 걱정시키고 싶지 않다. 조이가 밤에 외출해도 되느냐고 묻자 나는 최대한 가벼운 말투로 말한다. "그래. 자정 전에 돌아오기만 하면 돼." 조이는 마침내 엄마를 이겼다고 생각하는 것 같다. 하지만 나는 아이가 집에 없기를 바랄 뿐이다.

샘과 메이가 돌아오자마자 우리는 요원이 말했던 사진들을 벽에서 떼어낸다. 샘은 시아버지가 이런저런 기사들 때문에 모아두었던 〈차이나 데일리 뉴스〉를 모두 가방에 담는다. 나는 메이에게 Z. G.가 우리 얼굴을 그린 표지들을 서랍에서 모두 꺼내라고 지시한다.

"그렇게까지 할 필요는 없을 것 같은데." 메이가 말한다.

나는 날카로운 목소리로 대답한다. "제발 이번만은 내 말에 토를 달지 마." 그래도 메이가 움직이지 않기 때문에 나는 짜증스럽게 한

숨을 내쉰다. "그냥 잡지 표지에 실린 그림일 뿐이잖아. 네가 안 가져오면 내가 가져올 거야."

메이는 입을 뾰로통하게 내밀고 현관 베란다로 간다. 메이가 간 뒤나는 혹시라도 죄가 될 만한(내가 이런 말을 하게 될 줄은 정말 몰랐다) 사진이 있는지 찾아본다.

샘이 또 다시 집 안을 철저히 둘러보는 동안 메이와 나는 신문과 사진들을 소각로로 가져간다. 나는 내 사진 더미에 불을 붙이고 메이가 잡지 표지를 불길 속에 던져 넣기를 기다린다. 메이는 잡지 표지들을 품에 끌어안고 있다. 메이가 그대로 움직이지 않아서 나는 메이에게서 그림들을 억지로 빼앗아 불길 속에 던진다. Z. G.가 그토록아름답고 완벽하게 그린 얼굴, 내 얼굴이 불길 속에서 동그랗게 말리는 것을 지켜보며 나는 왜 우리가 이런 것들을 집 안에 들여놓았는지모르겠다고 생각한다. 하지만 나는 답을 알고 있다. 샘, 메이, 나도루이 아버지보다 나을 것이 없다. 우리의 옷, 음식, 말은 미국식으로변했고, 조이를 대학에 보내겠다는 욕망과 장래에 대한 꿈도 미국식이다. 하지만 지난 세월 동안 우리가 고향을 그리워하지 않은 순간은단 한 번도 없었다.

"저 사람들은 우리가 여기 있는 걸 싫어해." 내가 작은 소리로 말한다. 내 눈은 불길에 고정돼 있다. "언제나 그랬어. 저 사람들은 우릴함정에 빠뜨릴 생각이겠지만, 우리도 저 사람들을 함정에 빠뜨릴 필요가 있어."

"형부가 그냥 자백하고 끝내버리는 건 어때?" 메이가 말한다. "그럼 형부가 시민권을 얻을 거고, 우리도 이런 걱정은 안 해도 되잖아."

"샘이 자백하는 것만으로는 충분하지 않다는 걸 알잖아. 다른 사람들 얘기도 해야 할 거야. 윌버트 아주버니, 찰리 아주버니, 나……"

"그럼 다 같이 자백해. 그러면 다 같이 합법적으로 시민권을 얻을 수 있잖아. 그걸 원하는 거 아냐?"

"물론 그걸 원하지. 하지만 정부가 거짓말을 하는 거라면 어쩔 거야?"

"정부가 왜 거짓말을 해?"

"언제 거짓말을 안 한 적 있어? 정부가 우릴 추방하기로 하면? 샘이 불법 체류자로 판명되면 나도 추방당할 수 있어."

메이는 잠시 생각해본 뒤 입을 연다. "난 언니를 잃고 싶지 않아. 루이 아버지한테도 언니가 추방당하지 않게 하겠다고 약속했어. 형부는 조이랑, 언니랑, 우리 모두를 위해서 자백해야 돼. 이건 사면을 받을 기회야. 가족을 하나로 모으고, 마침내 우리 모두의 비밀을 없애버릴 기회라고."

내 동생은 왜 문제를 보지 못하는지, 아니 보지 않으려고 하는지 이해를 못하겠다. 하기야 메이는 진짜 미국시민과 결혼해서 합법적인 아내로 이곳에 왔기 때문에 샘이나 나처럼 위험한 처지가 아니다.

동생이 한 팔을 내 어깨에 두르고 나를 가까이 끌어당긴다. "걱정 마, 언니." 마치 내가 모이모이고 자기가 지에지에인 것처럼 동생이 나를 달랜다. "변호사를 사서 일을 맡기면……"

"안 돼! 전에도 겪었잖아. 너랑 나랑 앤젤 섬에서. 놈들이 샘이나 나나 다른 식구들한테 아무 짓도 못하게 할 거야. 우리가 힘을 합해서 놈들을 궁지로 몰 거야. 우리가 앤젤 섬에서 했던 것처럼. 우리가 놈들을 혼란스럽게 만들어야 돼. 먼저 우리끼리 입을 맞추는 게 중요해."

"그래, 맞아." 샘이 어둠 속으로 나와 신문 더미와 추억들을 또 소각로 속에 던져 넣으며 말한다. "하지만 무엇보다도 중요한 건, 우리가 그 누구보다 충성심이 강한 미국인이라는 걸 증명하는 거야."

메이는 마음에 들지 않는 눈치지만, 내 모이모이고 동서이기 때문에 내 말에 따르는 수밖에 없다.

우리는 조이가 상황을 모르는 편이 도움이 된다는 생각에 자세한 이야기를 해주지 않았다. 조이와 메이는 소환을 받지 않는다. 번과 면담하려고 집으로 누가 찾아오지도 않는다. 하지만 샘과 나는 그 뒤로 4주 동안 몇 번이나 불려가서 심문을 받는다. 함께 불려갈 때가 많다. 처음 우리를 찾아왔던 샌더스 특수요원 대신 이민국의 마이크 빌링스 요원이 우리 사건을 맡은 뒤로 내가 남편의 통역 역할을 해야 하기 때문이다. 빌링스는 중국어를 한 마디도 못하고, 오래 전의 플럼 의장만큼이나 제멋대로다. 빌링스는 내 고향 마을에 대해 질문을 던진다. 내가 한 번도 가보지 않은 곳이다. 샘은 이른바 부모라는 사람들이 그가 일곱 살 때 왜 그를 중국에 남겨두고 떠났느냐는 질문을 받는다. 빌링스는 루이 아버지의 출생에 대해서도 묻는다. 선심을 베푸는 듯한 미소를 띠며, 서류상의 아들의 지위를 팔아서 돈을 번 사람을 알고 있느냐고도 묻는다.

"이런 걸로 돈을 버는 사람이 분명히 있어요." 빌링스가 다 안다는 듯이 말한다. "누군지만 말해요."

우리의 대답은 그의 조사에 전혀 도움이 되지 않는다. 우리는 전쟁 중에 알루미늄 호일을 모아서 팔았고, 전쟁채권도 팔았다고 말한다. 내가 장제스 부인과 악수를 한 적이 있다고 말한다.

"그걸 증명할 사진이 있습니까?" 빌링스가 묻는다. 하지만 그 날 그렇게 많은 사진을 찍었으면서도 우리는 그 순간을 놓쳤다.

8월 초에 빌링스가 방향을 바꾼다. "댁의 아버지라는 사람이 정말로 여기서 태어났다면, 왜 문제가 생긴 뒤에도 계속 중국에 돈을 보낸 겁니까?"

나는 샘의 대답을 기다리지 않고 직접 대답한다. "그 돈은 아버님의 조상들이 사시던 마을로 보낸 거예요. 거기서 15대를 사셨거든요."

"그래서 댁의 남편도 지금까지 계속 돈을 보내는 겁니까?"

"우린 나쁜 곳에 갇혀 있는 친척들을 위해서 최선을 다하는 거예요." 내가 샘의 말을 통역한다.

이 말을 들은 빌링스는 탁자 옆으로 돌아나와서 샘의 멱살을 잡고 소리를 지른다. "인정해. 넌 공산주의자라서 돈을 보낸 거잖아!"

내가 통역하지 않아도 샘은 이 말을 알아들을 수 있지만, 나는 처음과 똑같이 차분한 목소리로 이 말을 통역한다. 빌링스가 무슨 말을 해도 우리의 이야기가 바뀌거나, 자신감이 사라지거나, 진실을 뒤집을 수 없다는 걸 보여주기 위해서다. 그런데 샘이 갑자기 벌떡 일어나서 빌링스의 얼굴을 향해 삿대질을 하며 네가 바로 공산주의자라고 소리를 지른다. 샘은 조이가 자신의 요리와 영어를 조롱한 날부터 사람이 달라진 데다가, 샌더스 요원이 펄의 커피숍에 들어온 날부터 잠도 제대로 이루지 못했다. 이제 샘과 빌링스가 서로 고함을 주고받는다. 아냐, 네가 공산주의자야! 아냐, 공산주의자는 너야! 나는 자리에 앉아 이 말들을 중국어와 영어로 되풀이한다. 빌링스는 점점 더 화가 나서 흥분하지만, 샘은 흔들림이 없다. 마침내 빌링스가 입을 꾹 다물고 의자에 털썩 주저앉아 우리를 노려본다. 그는 샘에게 불리한 증거가 전혀 없다. 샘이 빌링스에게 불리한 증거를 갖고 있지 않은 것처럼.

그가 말한다. "자백을 할 생각도 없고, 차이나타운에서 가짜 서류를 판 사람이 누군지 말할 생각도 없다면, 이웃들에 대해 좀 얘기를 할 수는 있겠지."

샘은 차분하게 격언을 인용한다. 나는 그 말을 통역해준다. "자기 집 앞의 눈만 쓸고, 다른 집 지붕에 덮인 서리는 신경 쓰지 마라."

우리가 이기고 있는 것 같다. 하지만 몸싸움을 할 때 가느다란 팔로 두꺼운 다리를 이길 수는 없는 법이다. FBI와 이민국은 윌버트 아주버니와 찰리 아주버니를 심문한다. 두 사람 역시 자백을 하거나, 우리에 대해 비밀을 털어놓거나, 자신들에게 서류를 판 루이 아버지를 배신하는 짓은 하지 않는다. 예의를 아는 사람은 이미 물에 빠진 개를 밀어대지 않는 법이다.

프레드가 일요일에 가족을 데리고 저녁식사를 하러 오자, 우리는 조이더러 프레드의 딸들을 데리고 나가서 놀라고 말한다. 빌링스 요원이 실버레이크에 있는 프레드의 집으로 찾아갔던 이야기를 하기 위해서다. 프레드는 군복무, 대학 교육, 치과의사 생활 덕분에 중국식 발음이 거의 사라졌다. 이제는 마리코와 함께 피가 섞인 딸들을 기르며 잘 살고 있다. 프레드의 얼굴은 둥글둥글하고, 배도 조금 나왔다.

"난 참전군인이고, 미국을 위해 군에서 싸웠다고 말해줬어요." 프레드가 말한다. "그랬더니 그 자가 나를 보면서 '그러면 시민권이 있겠군요'라고 말하는 거예요. 당연히 시민권이 있죠! 정부가 약속한 거니까. 그런데 그 자가 서류철을 하나 꺼내더니 나더러 한 번 보라는 거예요. 앤젤 섬에서 작성한 내 이민 서류였어요! 우리 안내서에 있던 말들 기억해요? 그게 전부 그 서류에 있었어요. 영감과 옌옌에 대한 정보, 우리가 태어난 날짜와 인생에 대한 정보. 우리 모두 서로 연결돼 있으니까요. 그 자는 군대에 들어갈 때 내 형이라는 사람들에 대해 왜 사실대로 말하지 않았느냐고 물었어요. 그래도 난 그 자한테 아무 말도 안 했어요."

프레드는 마리코의 손을 잡는다. 마리코도 우리와 마찬가지로 겁에 질려서 얼굴이 창백하다. "놈들이 우리를 괴롭혀도 난 상관없어요." 프레드가 말을 잇는다. "하지만 여기서 태어난 내 아이들한테 손을 대는 건……" 프레드가 혐오스럽다는 표정으로 고개를 젓는다. "지난 주에 베스가 울면서 집에 왔어요. 지금 5학년인데, 담임이 수업시간에 공산주의의 위협을 다룬 영화를 보여줬대요. 그런데 거기에 모피 모자를 쓴 소련 사람들과 우리랑 똑같이 생긴 중국인이 나온 거예요. 영화 말미에는 수상쩍은 사람이 보이면 FBI나 CIA에 전화하라는 말도 나왔대요. 그 날 교실에서 수상쩍게 보인 사람이 누구였겠어요? 우리 베스죠. 이제는 아이들이 베스랑 같이 놀려고도 안 해요. 앞으로 엘리노어와 어린 메이미가 또 무슨 일을 당할지 걱정이에요. 나는 아이들에게 대통령 영부인들의 이름을 따서 너희들 이름을 지었다고 말해줬어요. 그러니까 겁낼 필요 없다고요."

하지만 겁을 낼 수밖에 없다. 우리 모두 겁을 내고 있다.

물에 빠진 사람은 오로지 공기가 있는 곳으로 나갈 생각밖에 안 한다. 나는 상하이에서 우리 생활이 바뀐 뒤로 어떤 기분이었는지 기억하고 있다. 예전에는 짜릿한 일로 가득 찬 것 같았던 거리에서는 갑자기 배설물의 악취가 풍겼고, 미인들은 논다니들로만 보였다. 거리에 넘쳐 나는 돈과 번화함도 황량하고 방탕하고 하찮게 보였다. 하지만 지금처럼 힘들고 무서운 시기에 로스앤젤레스와 차이나타운을 바라보는 내 시선은 완전히 다르다. 야자수들, 내 텃밭에서 자라는 과일과 채소, 가게 앞과 현관 베란다에 놓인 제라늄 화분들이 모두 한여름 더위 속에서도 생기로 은은히 빛나는 것 같다. 거리에서는 미래의 약속이 보인다. 스모그, 부패, 추함 대신 내 눈에 보이는 것은 웅장함, 자유, 개방성이다. 정부가 우리의 시민권을 끔찍하게 공격하면서 우리를 괴롭히는 걸 참을 수가 없다. 정부가 우리를 공격하는 내용이 사실이라는 것도 무섭다. 하지만 그보다 더 참을 수 없는 건, 내 가족과 내가 지금 이 자리를 잃을 수도 있다는 점이다. 여긴 그저 차이나타운일 뿐이지만, 내 집이고 우리 집이다.

이런 순간에 나는 상하이를 그리워하고 외로워하며 보낸 세월을 후회한다. 내가 상하이의 사람들, 여러 장소, 음식에 황금빛 색을 입혀 추억한 것을 후회한다. 벳시가 편지에서 몇 번이나 쓴 것처럼, 내 추억 속의 상하이는 이제 존재하지 않고, 앞으로도 다시는 존재하지 않을 것이다. 나는 자신을 꾸짖는다. 그토록 오랜 세월 동안 바로 내 앞에 있는 걸 왜 못 보았을까? 이제는 재와 먼지가 되어버린 추억들을 되새기며 한탄하지 말고 눈앞의 달콤함을 빨아들였어야 하는 건데.

필사적인 심정으로 나는 워싱턴의 벳시에게 전화를 걸어 혹시 아버지의 도움을 청할 수 없느냐고 묻는다. 벳시는 비록 자기 아버지도 공격을 받는 처지지만, 샘의 사건을 살펴봐달라고 부탁하겠다고 약속한다.

"아버지는 샌플란시스코에서 태어나셨어요." 샘이 심한 중국식 발음의 영어로 말한다.

우리가 프레드와 식사를 같이 한 지 나흘이 지난 오늘 샌더스와 빌링스가 연락도 없이 불쑥 우리 집을 찾아왔다. 샘은 루이 아버지의 안락의자 끝에 앉아 있다. 샌더스와 빌링스는 소파에 앉았다. 나는 등받이가 곧게 뻗은 의자에 앉아 샘이 자기 대신 내가 말하게 해주기를 바라고 있다. 청방의 깡패들이 오래 전 우리 집 거실에서 메이와 내게 최후통첩을 했을 때와 같은 느낌이 든다. 이제 끝장이라는 느낌.

"그럼 증명해요. 아버지의 출생증명서를 내놔요." 빌링스 요원이 다그친다.

"아버지는 샌플란시스코에서 태어나셨어요." 샘이 고집스레 말한다.

"샌플란시스코." 빌링스가 조롱하듯 발음을 흉내 낸다. "당연히 샌프란시스코였겠지. 거기서 지진과 화재가 일어났으니까. 우린 바보가 아닙니다, 루이 씨. 1906년 이전에 미국에서 태어난 중국인이 어찌나 많은지, 당시 여기 있던 중국 여자들이 1인당 500명씩 아들을 낳았어야 계산이 맞는다고들 하죠. 무슨 기적이라도 벌어져서 실제로 그렇게 됐다 해도, 어떻게 딸은 없이 아들들만 태어났을까요? 딸들은 전부 죽여버린 겁니까?"

"난 아직 태어나지 않았을 때입니다." 샘이 사읍 방언으로 말한다. "난 여기서 살지도 않……"

"앤젤 섬에서 작성된 당신 서류를 갖고 있습니다. 거기에 있는 사진을 좀 봐주시죠." 빌링스가 사진 두 장을 커피탁자 위에 놓는다. 하나는 오래 전 플럼 의장이 날 함정에 빠뜨리려고 할 때 내놓았던 사내아이의 사진이고, 다른 하나는 1937년에 샘이 앤젤 섬에 도착했을 때의 사진이다. 이렇게 두 장을 나란히 놓고 보니, 사진 속 두 사람이 결코 동일인물이 아님을 분명히 알 수 있다. "자백해요. 그리고 당신의 가짜 형제들에 대해 말하는 겁니다. 당신을 도우려고 나서주지도 않을 사람들한테 의리를 지키느라 아내와 딸을 고생시키지는 마세요."

샘은 사진들을 자세히 살핀 뒤 안락의자에 등을 기대고 입을 연다. 떨리는 목소리다. "난 아버지의 진짜 아들. 동생 번이 말할 거예요."

샘의 철부채가 내 눈앞에서 무너지는 것 같다. 하지만 이유를 모르겠다. 나는 일어나서 샘의 의자 뒤로 돌아가 내가 옆에 있다는 것을 알리려고 등받이에 양손을 얹는다. 그 때 나는 이유를 알아차린다. 조이가 샘의 시야 바로 앞의 부엌 문간에 서 있다. 샘은 조이가 걱정스럽고, 자신이 창피해진 것이다.

"아빠." 조이가 방으로 서둘러 들어오며 소리친다. "이 사람들 말대로 해요. 진실을 말하세요. 숨길 게 하나도 없잖아요." 우리 딸은 진실이 뭔지 전혀 모르지만, 워낙 순진해서(아니 지금이라면 제 이모만큼 멍청하다고 해야 할 것 같다) 이렇게 말한다. "진실을 말하면 좋은 일이 생길 거예요. 아빠가 나한테 그렇게 가르치셨잖아요."

"봐요. 당신 딸조차 당신이 진실을 말하는 걸 원합니다." 빌링스가 채근한다.

하지만 샘은 흔들림이 없다. "아버지는 샌프란시스코에서 태어나셨어요."

조이는 계속 울며 애원한다. 다른 방에서는 번이 우는소리를 낸다. 나는 무기력하게 서 있을 뿐이다. 내 동생은 영화촬영장에서 일하고 있든지, 아니면 새 옷을 사러 돌아다니고 있을 것이다. 내가 모르는 다른 일을 하고 있을 수도 있다.

빌링스가 서류가방을 열어 서류를 꺼내서 샘에게 건네준다. 하지만 샘은 영어를 읽을 줄 모른다. "당신이 불법으로 이 나라에 왔다고 돼 있는 이 서류에 서명하면, 우리는 당신의 시민권을 빼앗아갈 겁니다. 어차피 처음부터 진짜가 아니었으니까요. 당신이 여기에 서명하고 자백하면, 우리가 당신을 사면해주고 새로 시민권을 줄 겁니다. 진짜 시민권이에요. 하지만 당신이 불법으로 이 나라에 온 모든 친구, 친척, 이웃에 대해 털어놓아야 합니다. 우리는 특히 당신 아버지라는 사람이 데려온 다른 서류상의 아들들에게 관심이 많아요."

"아버지는 돌아가셨어요. 이제 왜요?"

"우리한테 그 사람 서류가 있습니다. 어떻게 아들을 그렇게 많이 낳았죠? 동업자는 또 왜 그렇게 많고요? 그 사람들이 지금은 다 어디 있습니까? 프레드 루이에 대해서는 굳이 말할 필요도 없습니다. 우리가 이미 다 알고 있으니까요. 프레드 루이는 정정당당하게 시민권을 얻었습니다. 그냥 다른 사람들에 대해서만 말해요. 지금 그 사람들이 어디 있는지도."

"그 사람들한테 뭘 할 거죠?"

"그건 걱정 마세요. 당신 자신이나 걱정해요."

"당신이 내게 서류를 줘요?"

"합법적인 시민권을 얻게 될 겁니다. 이미 말했듯이." 빌링스가 말한다. "하지만 당신이 자백하지 않으면, 우리가 당신을 중국으로 추방할 수밖에 없어요. 당신 부부는 여기서 딸이랑 같이 살고 싶잖아요. 그래야 딸을 지켜줄 수 있죠."

조이가 이 말을 듣고 깜짝 놀라서 어깨를 젖힌다.

"댁의 딸이 A 학점만 받는 학생인지는 몰라도, 시카고 대학에 다니고 있어요." 빌링스가 말을 잇는다. "거기가 공산주의 소굴이라는 건 모르는 사람이 없죠. 당신 딸이 어떤 사람들하고 어울려 다니는지 아십니까? 당신 딸이 학교에서 뭘 하고 있는지 알아요? 당신 딸은 중국 학생 민주기독연합의 회원입니다."

"그건 기독교 단체잖아요." 내가 말한다. 하지만 딸의 얼굴에 그림자가 스치고 지나가는 것이 언뜻 보인다.

"자기들은 기독교인이라고 하죠, 루이 부인. 하지만 그 단체는 공산주의 전선입니다. 애당초 당신 딸이 그 단체에 들어갔기 때문에 우리가 당신 남편을 자세히 살피게 된 거예요. 당신 딸은 피켓 시위도 하고, 서명운동도 벌이고 있습니다. 부인과 남편이 우릴 도와주면, 따님의 불법적인 행위를 눈감아드릴 수도 있습니다. 따님은 여기서 태어났고, 아직 어리니까요." 빌링스가 조이를 바라본다. 조이는 우리 집 거실 한가운데서 울고 있다. "따님은 아마 자기가 무슨 짓을 하는지도 몰랐을 겁니다. 하지만 두 분이 중국으로 추방되면, 따님을 어떻게 도울 겁니까? 딸의 인생도 망치고 싶어요?"

빌링스가 샌더스에게 고갯짓을 하자 샌더스가 일어선다. "우린 이제 그만 가보겠습니다, 루이 부인. 하지만 앞으로도 계속 이런 식으로 이야기만 나눌 수는 없습니다. 우리가 원하는 정보를 내놓든지, 따님을 더 주의 깊게 살펴보세요. 알겠습니까?"

그들이 나간 뒤 조이는 제 아버지의 의자로 달려가 털썩 주저앉더니 아버지의 무릎에 얼굴을 묻고 흐느낀다. "저 사람들이 우리한테 왜 이러는 거예요? 왜요? 왜요?"

나는 조이 옆에 무릎을 꿇고 앉아 조이를 끌어안고 샘의 얼굴을 살핀다. 언제나 그랬듯이, 거기에 희망과 힘이 남아 있는지 보려고.

"난 돈을 벌려고 집을 떠났어." 샘이 말한다. 목소리가 아주 멀리서 들리는 것 같다. 샘의 눈은 절망의 어둠 속을 들여다보고 있다. "난 기회를 찾아 미국으로 왔어. 난 최선을 다했어……"

"물론이죠."

샘은 체념한 표정으로 나를 바라본다. "난 중국으로 추방되고 싶지 않아." 샘이 절망한 표정으로 말한다.

"당신은 추방되지 않아요." 나는 그의 팔에 손을 얹는다. "하지만 만약 추방되더라도 내가 같이 갈게요."

샘이 시선을 움직여 나와 눈을 맞춘다. "당신은 좋은 여자야. 하지만 조이는 어쩌지?"

"저도 같이 갈게요, 아빠. 전 중국에 대해 다 알아요. 무섭지 않아요."

셋이서 부둥켜안고 있는데, 오래 전에 Z. G.가 했던 말이 머리에 떠오른다. 그는 조국에 대한 사랑인 '아이쿠오'와 사랑하는 사람에게 느끼는 감정인 '아이젠'에 대해 말했다. 샘은 운명과 싸우며 중국을 떠났다. 지금까지 숱한 일을 겪었어도 샘은 미국에 대한 신뢰를 버린 적이 없다. 하지만 그는 무엇보다도 조이를 사랑한다.

"난 오케이야." 샘이 딸의 머리를 가볍게 두드리며 영어로 말한다. 그리고 사읍 방언으로 말을 잇는다. "번이 어떻게 하고 있는지 둘이가 봐. 저 안에서 무슨 소리가 나잖아. 도움이 필요한 거야. 번이 겁을 내고 있어."

조이와 나는 일어선다. 나는 딸의 눈물을 닦아준다. 조이가 번의 침실로 발을 옮기자 샘이 내 손을 잡는다. 그는 손가락 하나를 구부려 내 옥팔찌에 끼워 넣는다. 그가 나를 얼마나 사랑하는지 알겠다. "걱정 마, 젠롱." 샘이 말한다. 그리고 나를 놓아주며 자신의 손을 빤히 바라본다. 손가락에 묻은 딸의 눈물을 비비면서.

번의 방에 가보니, 번이 잔뜩 흥분해 있다. 그는 마오의 백화제방에 대해 횡설수설한다. 마오가 그렇게 정부를 비판하라는 부추김에 넘어간 모든 사람을 죽음으로 몰아가고 있다는 이야기도 한다. 번은 머릿속이 뒤죽박죽으로 헝클어져서 거실에서 오간 이야기와 마오에 관한 이야기를 따로 떼어서 생각하지 못한다. 그는 계속 횡설수설하며 독설을 내뱉는다. 너무 흥분해서 기저귀를 다 더럽혔기 때문에 그가 몸을 꿈틀거리거나 주먹으로 침대를 칠 때마다 역겨운 냄새가 내코를 강타한다. 동생이 옆에 있으면 좋겠다는 생각이 든다. 동생이 남편을 돌봤으면 좋겠다는 생각을 한 게 아마 1만 번은 될 것이다. 조이와 나는 한참이 걸려서 간신히 번을 진정시키고, 몸을 씻긴다. 밖에 나와 보니 샘이 보이지 않는다.

"네가 들어간 그 단체에 대해 이야기를 좀 해야겠다." 내가 조이에게 말한다. "이따가 아버지가 돌아오신 뒤에."

조이는 내 말에 따르지도, 사과를 하지도 않는다. 미국에서 자란 젊은이답게 절대적인 확신을 갖고 이렇게 말한다. "우린 모두 미국시민이고, 여긴 자유로운 나라예요. 그 사람들은 우리한테 아무 짓도 못해요."

나는 한숨을 내쉰다. "나중에 이야기하자. 나중에 아버지랑 같이."

나는 번의 냄새를 씻어내려고 내 침실에 딸린 화장실로 가서 손과 얼굴을 씻는다. 그리고 고개를 들자 거울 속의 내 어깨 너머로 벽장 안이……

"샘!" 나는 비명을 지른다.

그리고 벽장으로 달려간다. 샘이 거기 매달려 있다. 나는 그의 흔들리는 다리를 끌어안고 들어올려 목에 무게가 걸리지 않게 한다. 모든 것이 내 눈앞에서 검게 변하고, 내 심장은 빛의 먼지처럼 흩어진다. 내 끔찍한 비명이 내 귓가에서 웅웅거린다.

한없는 불행과 슬픔의 바다

조이가 의자와 칼을 가져와 줄을 끊을 때까지 나는 샘을 놓지 않는다. 사람들이 와서 그를 장의사로 데려갈 때도 나는 그의 옆을 떠나지 않는다. 나는 샘의 몸을 최대한 세심하게 보살핀다. 그가 살아 있을 때는 보여주지 못했던 내 모든 사랑을 담아서. 메이가 장의사로와서 나를 집으로 데려온다. 차 안에서 메이가 말한다. "언니랑 형부는 원앙새 한 쌍 같았어. 항상 함께였으니까. 똑같이 생긴 젓가락 한 쌍처럼 항상 조화로웠어." 나는 전통에 따라 이 말을 해준 메이에게 감사하지만, 이 말도 내게는 아무런 도움이 되지 않는다.

나는 밤새 한 숨도 자지 않는다. 옆방에서 번이 몸을 뒤척이는 소리, 현관 베란다에서 메이가 조용히 내 딸을 위로하는 소리가 들린다. 하지만 결국은 집 안의 모든 사람이 조용해진다. '우물에서 양동이로 열다섯 번 물을 길었네. 일곱 번은 양동이를 올리고, 여덟 번은 내렸지.' 이건 내 마음에 불안감과 회의가 가득하다는 뜻이다. 도저히 잠을 이룰 수 없다. 잠이 들면 꿈이 나를 괴롭힐 것이다. 나는 창가에 선다. 가벼운 산들바람이 내 잠옷을 건드린다. 달빛이 내게만 비추는 것 같다. 혼인은 하늘이 맺어주는 것이라고들 한다. 아무리 멀리 떨어져 있어도 운명이 두 사람을 맺어준다고, 모든 것이 태어나기 전부터 정해져 있다고. 그래서 우리가 아무리 길을 벗어나 제멋대로 돌아다녀도, 운이 좋은 쪽으로든 나쁜 쪽으로든 아무리 많이 변해도, 우리는 언제나 운명의 명령을 수행할 뿐이라고들 한다. 이것이 결국은 우리에게 축복이자 상심의 근원이 된다.

후회가 내 살갗을 태우고 심장 속으로 파고든다. 나는 샘과 남편과 아내의 일을 충분히 하지 않았다. 그를 그저 인력거꾼으로만 바라본 적이 너무 많았다. 과거에 대한 그리움 때문에 샘이 항상 부족한 사람이라는 느낌을 받게 만들었다. 샘과 함께 하는 삶이 내게는 부족한 것처럼, 로스앤젤레스도 내게는 부족한 것처럼 보이게 만들었다. 하지만 무엇보다 나쁜 건 마지막에 내가 샘을 충분히 돕지 않았다는 것이다. 내가 FBI와 이민국 사람들에게 맞서서 더 열심히 싸웠어야 했다. 샘이 철부채로 우리의 짐을 질 힘이 이제 없다는 걸 내가 왜 못 보았을까?

이른 아침에 나는 현관 베란다를 피해서 문 밖으로 나가 집 뒤로 돌아간다. 너무 많은 자살사건들 때문에 동네 분위기가 뒤숭숭하다는 건 알지만, 샘의 죽음은 한없는 불행과 슬픔의 바다에 새로운 소금 한 톨을 더한 것 같은 느낌이 든다. 장미로 뒤덮인 사슬 울타리 뒤에서 내 이웃들이 오랫동안 쌓인 슬픔을 내보이며 시들어가는 모습이 내 머릿속에 떠오른다. 이 조용한 슬픔의 시간에 나는 무엇을 해야 할지 깨닫는다.

나는 내 방으로 돌아가서 샘의 사진을 한 장 찾아 그가 돌보던 거실의 가족 제단으로 간다. 그리고 샘의 사진을 옌옌과 시아버지의 사진 옆에 나란히 놓는다. 나는 샘이 세상을 떠난 사람들을 기억하기 위해 제단에 놓아둔 다른 물건들을 바라본다. 내 부모님, 샘의 부모님, 형제들과 자매들, 우리 아들을 기념하는 물건들이다. 샘을 위해서라도 내세가 샘의 생각대로 존재했으면 좋겠다. 샘이 지금 그곳에서 이미 세상을 떠난 식구들을 모두 만나, 그곳의 전망대에서 나와 조이와 메이와 번을 내려다보고 있다면 좋겠다. 나는 향에 불을 붙이고 세 번 절한다. 나의 유일신인 하나님을 아무리 믿는다 해도, 매일 이렇게 제단에 절할 것을 약속한다. 내가 죽어 샘의 극락이나 내 천국에서 샘과 다시 만나는 날까지.

나는 유일신을 믿지만 중국인이기도 하다. 그래서 샘의 장례식에서도 기독교 전통과 중국 전통을 모두 따른다. 모든 의식 중에서도 가장 의미가 큰 중국식 장례식은 우리 곁을 떠난 사람에게 우리가 마지막으로 인사를 드리고, 그 사람의 체면을 지켜주고, 후손들에게 세상을 떠나 새로이 조상이 된 분의 행적과 업적을 일러주는 자리다. 나는 샘에게 이 모든 의미를 살려주고 싶다. 나는 관 속에서 샘이 입을 양복을 고르고, 조이와 내 사진을 주머니에 넣는다. 샘이 중국식 극락에 갔을 때도 우리와 함께 있을 수 있게. 나는 조이, 메이, 번이 모두 검은 옷을 입게 한다. 중국식 흰옷이 아니다. 나도 검은 옷을 입는다. 우리는 샘을 우리에게 선물로 주신 것에 감사하고, 산 사람들을 축복하고 용서해준 것에도 감사하고, 모두를 위해 자비를 비는 기도를 드린다. 취주악단은 없다. 버사 홈이 오르간으로 〈나 같은 죄인 살리신〉〈내 주를 가까이〉〈아름다운 미국〉 같은 노래를 연주할 뿐이다. 식이 끝난 뒤 우리는 쑤저우에서 식탁 다섯 개를 빌려 소박하고 검소하고 슬픔에 찬 연회를 연다. 손님은 겨우 50명으로 루이 아버지의 장례식에 비하면 한 줌밖에 안 된다. 옌옌의 추도식 때 참석한 손님보다도 적다. 이웃들, 친구들, 가게의 손님들이 모두 두려워하고 있기 때문이다. '내가 영광을 누릴 때는 잔치에 항상 사람들이 몰려오지만, 눈이 내릴 때 사람들이 내게 석탄을 보내줄 거라고 기대하면 안 된다.'

나는 중앙 식탁에 내 동생, 내 딸과 함께 앉는다. 동생과 딸은 이 자리에 딱 맞는 행동거지를 보여주지만, 온 몸에 죄책감이 배어 있다. 메이는 그 일이 일어났을 때 그 자리에 없었다는 죄책감, 조이는 자기 때문에 아버지가 자살하셨다는 죄책감을 느낀다. 내가 두 사람에게 죄책감을 느낄 필요 없다고 말해야 한다는 건 안다. 샘이 그런 엄청난 짓을 저지를 거라고는 아무도, 아무도 미리 예측할 수 없었다. 샘은 그 행동을 통해 조이와 아주버니들과 나를 당국의 조사에서 해방시켰다. 빌링스 요원은 샘이 죽은 뒤 우리 집에 와서 이렇게 말했다. "부인의 남편과 시아버지가 돌아가셨으니, 우리는 이제 아무 것도 증명할 수 없게 됐습니다. 알고 보니 댁의 따님이 들어간 단체에 대해 우리가 잘못 생각했던 것 같기도 합니다. 이건 부인에게 좋은 소식입니다. 하지만 조언을 하나 드리죠. 따님이 9월에 학교로 돌아갈 때 모든 중국인 단체와 거리를 두라고 하세요. 만일의 경우를 위해서 드리는 말씀입니다." 나는 빌링스를 바라보며 말했다. "제 시아버지는 샌프란시스코에서 태어나셨어요. 제 남편은 처음부터 미국 시민이었습니다."

이민국 요원한테는 이렇게 분명히 말할 수 있었는데, 동생에게 해줄 말이나 딸을 위로할 말은 왜 생각나지 않는 걸까? 두 사람 모두 힘들어한다는 건 알지만, 나는 그 둘을 도와줄 수 없다. 오히려 그 둘이 나를 도와줘야 한다. 두 사람이 내게 컵을 갖다 주거나, 울어서 빨갛게 부어오른 눈으로 내 앞에 나타나거나, 내가 울 때 내 침대에 함께 앉아 있어주는 등 나를 도우려고 애쓰기는 한다. 하지만 나는 한없는 슬픔과……분노로 가득 차 있다. 내 딸은 왜 그런 단체에 들어갔을까? 마지막 몇 주 동안 왜 아버지를 공손히 대하지 않았을까? 내 동생은 왜 조이의 옷차림과 머리모양과 태도에 대해 미국식을 따르라고 부추긴 걸까? 이렇게 어려운 시기에 왜 샘과 나를 더 많이 도와주지 않은 걸까? 그 오랜 세월 동안, 특히 샘이 죽던 바로 그 날 내 동생은 왜 자기 남편을 돌보지 않은 걸까? 동생이 아내답게 남편을 제대로 돌봤다면, 내가 샘을 막을 수 있었을 것이다. 이 모두가 슬픔 때문에 드는 생각이라는 건 나도 안다. 샘의 죽음으로 괴로워하는 것보다는 두 사람에게 분노하는 편이 더 쉽다.

우리 식탁에 함께 앉은 바이올렛 부부가 남은 음식을 싸준다. 윌버트 아주버니는 작별인사를 한다. 프레드와 마리코도 딸들을 데리고 집으로 돌아간다. 찰리 아주버니는 한참 동안 남아 있지만, 그래봤자 무슨 말을 하겠는가? 모두들 무슨 말을 할 수 있겠는가? 나는 목례를 하고, 미국식으로 악수를 하며 와주셔서 고맙다고 말한다. 미망인으로서 제대로 처신하려고 최선을 다한다. 미망인으로서……

복상 기간에는 사람들이 찾아와서 음식도 가져다주고 도미노 게임도 하기 마련이다. 하지만 장례식 때와 마찬가지로 친구들과 이웃들은 대부분 우리와 거리를 둔다. 소문이 그들의 입에서 입으로 돌아다닌다. 하지만 그들은 자기들도 언제든 우리처럼 곤경에 처할 수 있다는 걸 모른다. 바이올렛만이 용감하게 나를 찾아온다. 평생 처음으로 나는 메이 외에 다른 사람이 내 옆에 있으면서 나를 위로해준다는 사실에 감사한다.

실버레이크에 직장과 집이 있는 바이올렛은 여러 면에서 우리보다 더 미국사회에 동화된 사람이지만, 우리 집에 오는 것은 위험한 일이다. 바이올렛과 로울랜드는 나와 샘보다 더 의심받기 쉬운 처지이기 때문이다. 바이올렛 부부는 중국이 문을 닫는 바람에 여기에 발이 묶인 사람들이다. 한때 대단하게 보였던 바이올렛과 로울랜드의 직업도 이제는 의심의 근원이 된다. 미국의 기술과 지식을 수집하려고 여기에 남은 첩자가 아니냐는 것이다. 그런데도 바이올렛은 두려움을 이기고 나를 만나러 온다.

"샘은 정말 소띠다웠어요." 바이올렛이 말한다. "성실한 사람이었잖아요. 올바르게 살아가기 위해 무거운 짐을 감내했고요. 샘은 자연의 법칙들을 따르면서 참을성 있게 운명의 바퀴를 돌렸어요. 샘은 자기 운명을 두려워하지 않았어요. 아내와 딸을 지키기 위해 자신이 무엇을 해야 하는지 알았으니까. 소띠는 가족을 위해서 필요한 일이라면 무엇이든 항상……"

"언니는 중국식 12간지를 안 믿어요." 메이가 말을 자르고 끼어든다.

메이가 왜 이런 말을 하는지 모르겠다. 예전에 내가 이런 걸 믿지 않았던 건 맞다. 하지만 그건 오래 전 일이다. 내 동생은 언제나 양띠처럼 굴고, 나는 언제나 용띠처럼 굴고, 조이는 언제나 호랑이띠처럼 군다는 걸 나는 가슴으로 알고 있다. 내 남편은 정말로 소띠였다. 믿음직하고, 질서를 중시하고, 차분했다. 바이올렛의 말처럼 수많은 짐을 감내한 것도 사실이다. 방금 메이가 한 말은, 요즘 메이의 입에서 나오는 수많은 말들과 마찬가지로, 메이가 나에 대해 얼마나 모르는지를 보여준다. 나는 왜 지금까지 이걸 몰랐을까?

바이올렛은 메이의 말에 반응하지 않는다. 대신 내 무릎을 두드리며 옛날 속담을 말한다. "가볍고 순수한 것은 모두 위로 떠올라 천국이 되는 법이에요."

내 삶에서 줄곧 평탄한 길만 이어지거나, 줄곧 햇볕이 쨍쨍했던 적은 없었다. 과거에 나는 용감했지만, 지금은 절망이라는 말로도 모자랄 지경이다. 나의 슬픔은 결코 흩어지지 않는 짙은 구름과 같다. 내가 입은 옷처럼 검게 변해버린 내 심장만이 내 머릿속에 가득하다.

그날 저녁에 번에게 저녁을 먹이고, 방의 불을 꺼준 뒤 메이가 내 방 문을 두드린다. 조이는 이 씨 집안 딸들과 함께 차를 마시러 나갔다. 나는 일어나서 문을 열어준다. 나는 지금 잠옷 차림이고, 머리는 엉망으로 헝클어졌고, 얼굴은 눈물로 얼룩져 있다. 동생은 날씬하게 몸에 붙는 에메랄드 초록색 새틴 드레스를 입었고, 머리는 저게 가능할까 싶을 만큼 높게 부풀렸다. 귀에는 다이아몬드와 옥으로 만든 귀걸이가 대롱거린다. 어디 외출하는 길인 것 같다. 나는 귀찮아서 어디 가느냐고 묻지도 않는다.

"2등 요리사가 카페에 안 나왔어." 메이가 말한다. "어떻게 할까?"

"난 상관없으니까, 그냥 네가 알아서 해."

"언니가 힘든 건 알아. 나도 마음이 안 좋아. 정말이야. 하지만 언니가 필요해. 내가 지금 카페, 번, 이 집, 내 사업 때문에 얼마나 스트레스를 받는지 언니는 몰라. 정말 정신이 없어."

나는 영화사에 외바퀴수레, 인력거 등 소품들과 엑스트라, 의상을 빌려주는 비용으로 얼마를 불러야 할지 모르겠다고 떠들어대는 메이의 목소리에 귀를 기울인다.

"난 항상 물건 값의 10퍼센트를 기준으로 값을 매겨." 메이가 말을 계속한다. 메이가 나를 방에서 끌어내 생기를 되찾게 하려고, 항상 그랬듯이 자기를 도와주게 하려고 애쓰고 있다는 건 나도 안다. 하지만 정말이지 나는 메이의 대여사업에 대해 아는 것이 눈곱만큼도 없다. 그리고 지금은 그 사업이 어찌 되든 관심도 없다. "영화사에서 몇 달 동안 빌렸으면 하는 물건도 있어. 어쩌면 1년까지 기간이 늘어날지도 몰라. 그런데 그쪽에서 원하는 물건 중에 인력거 같은 건 만약의 경우 다시 구하기가 힘들어. 그럼 대여비로 얼마를 불러야 할 것 같아? 대당 가격이 대략 250달러쯤 하니까, 1주일 대여비는 25달러야. 하지만 그보다는 더 불러야 할 것 같아. 그 물건들이 잘못되기라도 하면, 다시 구하기가 힘드니까."

"그냥 네가 알아서 해."

나는 문을 닫으려고 한다. 하지만 메이가 문을 잡고 억지로 연다. "나더러 들어오라는 소리도 안 해? 언니가 샤워를 하면 내가 머리를 만져줄게. 언니도 드레스를 차려입고 나랑 같이 산책을……"

"나 때문에 네 계획을 망치는 건 싫어." 내가 말한다. 하지만 속으로는 다른 생각을 하고 있다. '옛날에 상하이에서는 부모님이 있는 집에 나만 남겨두고 나가고, 여기서는 옌옌이 있는 아파트에 나만 남겨두고 나가고, 나중에는 번을 돌보라고 남겨두고 나가서 제 볼 일을 보더니…… 밖에서 무슨 일을 하는지는 모르겠지만.'

"언니도 다시 기운을 차리고……"

"이제 겨우 2주밖에 안 됐어……"

메이가 나를 노려본다. "밖으로 나와서 식구들하고 같이 있어야지. 조금 있으면 조이도 시카고로 돌아갈 텐데. 조이는 엄마랑 이야기를 하고.……"

"내 딸한테 엄마 노릇을 어떻게 해야 한다고 훈수를 두는 거야?"

메이는 내 손목을 붙들고 엄마의 팔찌를 자기 손으로 덮는다. "언니." 메이가 내 손목을 살짝 흔든다. "언니 상태가 말이 아니라는 건 나도 알아. 엄청나게 슬프겠지. 하지만 언니는 아직 젊어. 아직도 아름다워. 딸도 있고, 나도 있잖아. 언니는 모든 걸 가졌잖아. 조이가 언니를 얼마나 사랑하는데. 형부가 언니를 얼마나 사랑했는데."

"그랬지. 지금은 죽었지만."

"알아, 알아." 메이가 안 됐다는 듯이 말한다. "나도 도우려고 애썼어. 형부가 자살할 줄은 몰랐다고."

메이의 말이 우아한 붓글씨 서체처럼 허공에 걸려 있다. 그 말을 읽고 또 읽는 동안 침묵이 짙게 내려앉는다. 마침내 내가 묻는다. "무슨 소리야?"

"아무 것도 아냐. 아무 의미도 없어."

내 동생은 원래 거짓말을 잘 못한다.

"메이!"

"알았어! 알았어!" 메이는 내 손목을 놓고 양손을 들어 자기도 미치겠다는 듯 흔들어댄다. 그러고는 하이힐을 신은 발로 휙 돌아서서 흔들흔들 거실로 간다. 나는 그 뒤를 바짝 쫓아간다. 메이가 걸음을 멈추고 돌아서서 재빨리 말을 내뱉는다. "내가 샌더스 요원한테 형부 이야기를 했어."

"네가 뭘 했다고?" 내 귀는 메이가 우리를 배신했다는 사실을 받아들이려 하지 않는다.

"내가 FBI에 형부 이야기를 했어. 그러면 도움이 될 줄 알았어."

"왜?" 나는 아직도 메이의 말을 믿고 싶지 않다.

"루이 아버지를 위해서 그런 거야. 루이 아버지는 돌아가시기 전에 앞으로 무슨 일이 닥칠지 알아차린 것 같았어. 그래서 나더러 언니랑 형부를 지키기 위해 무슨 짓이든 하겠다고 약속하라고 했어. 루이 아버지는 가족이 헤어지는 걸 원하지 않……"

"루이 아버지는 번이 너하고 단둘이 남는 게 싫었던 거야." 내가 말한다. 하지만 이건 중요한 게 아니다. 지금 메이가 한 말은 사실이 아닐 것이다. 사실이 아니어야 한다.

"미안해, 언니. 미안해." 이 말을 시작으로 메이는 횡설수설 정신없이 자백하기 시작한다. "내가 퇴근해서 돌아올 때 샌더스 요원이 나랑 같이 걸은 적이 몇 번 있어. 샌더스 요원은 조이에 대해서도 묻고, 언니랑 형부에 대해서도 물었어. 이번이 사면을 받을 기회라는 말도 했고. 내가 형부가 서류상의 아들이라고 사실대로 말하면 우리가 협조해서 언니와 형부한테 정식으로 시민권을 얻어줄 수 있다고 했어. 나는 샌더스 요원한테 내가 훌륭한 미국인이라는 걸 보여주면, 샌더스 요원이 언니도 훌륭한 미국인이라는 걸 알아줄 거라고 생각했어. 모르겠어? 난 조이를 지켜야 했어. 하지만 언니를 잃는 것도 무서웠어. 이 세상에서 나를 있는 그대로 사랑해주고, 내 옆을 지켜주고, 날 돌봐준 사람은 언니뿐이니까. 언니가 내 말대로 변호사를 사서 사실대로 자백하기만 했다면, 언니랑 형부는 미국시민이 될 수 있었을 거야. 그러면 다시는 무서워할 필요도 없고, 언니랑 내가 헤어질까 봐 걱정할 필요도 없었을 거야. 그런데 언니랑 형부는 계속 거짓말만 했어. 형부가 스스로 목을 맬 거라고는 한 번도 생각 못했어."

나는 동생이 태어나는 순간부터 동생을 사랑했다. 하지만 매혹적인 행성 같은 동생 주위를 내가 달처럼 돌면서 지낸 세월이 너무 길었다. 이제 평생 동안 쌓인 분노가 내 안에서 끓어오른다. 내 동생, 멍청하고 멍청한 내 동생.

"나가."

메이는 사근사근하고 어리둥절한 양띠의 눈으로 나를 빤히 바라본다.

"여긴 내 집이야, 언니. 나더러 어디로 가라는 거야?"

"나가!" 나는 악을 쓴다.

"싫어!" 메이가 내 말을 이렇게 정면으로 거역한 것은 지금까지 몇 번 안 된다. 메이가 무겁고 갈라진 목소리로 다시 말한다. "싫어. 이 번만은 언니도 내 말을 좀 들어줘. 사면을 받을 수 있었단 말이야. 그게 안전한 방법이었어."

나는 고개를 저으며 그 말을 받아들이지 않는다. "네가 내 인생을 망쳤어."

"아냐, 형부가 스스로 목숨을 끊은 거야."

"참, 너답다, 메이. 항상 다른 사람 탓으로 돌리지."

"형부나 언니한테 조금이라도 위험이 있다는 생각이 들었다면 절대로 샌더스 요원하고 이야기를 나누지 않았을 거야. 어떻게 언니가 나를 그렇게 생각할 수가 있어?" 에메랄드 빛깔 새틴 드레스를 입고 서 있는 메이는 점점 힘이 생기는 모양이다. "샌더스 요원이랑 또 다른 요원은 언니한테 줄 수 있는 모든 기회를……"

"넌 협박을 기회라고 하니?"

"형부는 서류상의 아들이었어." 메이가 말을 계속한다. "불법 체류자였다고. 나도 죽을 때까지 나 때문에 형부가 자살했다고 나 자신을 탓할 거야. 그렇다고 해서 내가 언니랑, 형부랑, 우리 가족을 위해서 옳은 일을 했다는 사실이 바뀌는 건 아냐. 언니랑 형부가 사실대로 얘기하기만 했으면……"

"그 일이 어떤 결과를 낳을지는 생각도 안 했어?"

"당연히 했지! 다시 말해줄까? 샌더스 요원은 언니랑 형부가 자백하면 사면받을 거라고 했어. 사면! 언니랑 형부의 서류에 도장이 찍히고, 언니랑 형부가 합법적인 시민이 됐을 거라고. 그걸로 모든 게 해결됐을 거야. 하지만 언니랑 형부는 너무 고집이 세고, 촌스럽고, 무식한 중국인이라 미국인이 못 된 거야."

"그러니까 이제는 그 일이 전부 내 탓이다?"

"그런 말은 하고 싶지 않아, 언니."

하지만 방금 한 말이 바로 그 뜻이었다! 나는 너무 화가 나서 머리가 제대로 돌아가지 않는다. "내 집에서 나가." 분노가 펄펄 끓는다. "다시는 널 보고 싶지 않아. 다시는."

"언니는 항상 모든 걸 내 탓으로 돌리지." 메이의 목소리가 차분하다. '차분하다.'

"내 인생에서 나쁜 일은 전부 네 탓이었으니까."

동생은 나를 뚫어지게 바라보며 기다린다. 내가 하고 싶은 말을 들을 각오가 돼 있다는 듯이. 그래, 네가 원한다면……

"아버지는 널 더 사랑했어." 내가 말한다. "아버지는 항상 네 옆에 앉으려고 했지. 엄마도 널 너무 사랑해서 항상 네 맞은편에 앉았어. 아름다운 딸의 얼굴을 보고 싶어서. 빨갛고 못생긴 내 얼굴이 아니라."

"언니는 항상 질투가 많았지." 동생이 코웃음을 친다. 마치 내 비난 따위 하찮다는 듯이. "항상 날 질투하고 시기했어. 하지만 엄마랑 아버지가 애지중지한 건 언니야. 누가 누구를 더 사랑해? 내가 말해줄까? 아버지는 언니를 보는 걸 좋아했어. 엄마는 언니랑 나란히 앉고 싶어 했어. 세 사람은 항상 사읍 방언으로 이야기했어. 자기들끼리 비밀 언어가 있었다고. 나만 항상 외톨이였어."

이 말을 들은 나는 순간적으로 얼어붙는다. 나는 부모님이 메이를 보호하려고 내게 사읍 방언으로 이야기했다고 항상 생각했다. 하지만 부모님이 애정의 표시로, 내가 특별한 아이라는 걸 보여주려고 그렇게 한 거라면?

"아냐!" 이건 메이에게 하는 말이자 나 자신에게 하는 말이다. "그런 게 아냐."

"아버지가 언니를 야단친 건 그만큼 언니를 생각했기 때문이야. 엄마도 언니한테 진주크림을 사줄 정도로 신경을 썼어. 엄마가 나한테 귀한 걸 준 적은 한 번도 없어. 진주크림도, 옥팔찌도 없었다고. 부모님은 언니만 대학에 보냈어. 나한테는 대학에 가고 싶냐고 물어본 적도 없어! 그런데 언니는 대학을 다녔으면서도 그걸로 뭘 하기나 했어? 언니 친구 바이올렛을 봐. 그 사람은 뭔가 해냈잖아. 그런데 언니는? 아무 것도 안 했어. 다들 기회를 잡으려고 미국에 오고 싶어 해. 언니한테도 기회가 왔지만 언니는 그걸 잡지 않았어. 그냥 희생자로, 푸옌으로 살아가는 게 더 좋았던 거야. 하지만 아버지랑 엄마가 누굴 더 사랑했는지, 내가 언니랑 똑같은 기회를 누렸는지가 중요해? 부모님은 돌아가셨어. 그것도 아주 오래 전에."

하지만 내게 그것은 오래 전에 끝난 일이 아니다. 메이에게도 마찬가지라는 걸 나는 안다. 우리가 부모님의 사랑을 두고 다투던 것이 조이를 둘러싼 싸움에서 그대로 반복되지 않았던가. 우리는 평생을 함께 살았으면서 이제야 속마음을 이야기하고 있다. 우 방언으로 이야기하는 우리의 목소리가 커졌다가 작아진다. 날카롭고 신랄하게 상대를 비난하며 우리가 머릿속에 쌓아두었던 모든 악의를 쏟아낸다. 자신에게 일어난 모든 불행이 상대의 탓이라고 비난한다. 내가 샘의 죽음을 잊어버린 것은 아니다. 메이도 마찬가지다. 하지만 우리 둘 다 자신을 주체할 수가 없다. 메이의 배신과 샘의 자살을 마주하느니 오랫동안 담고 있던 불만을 가지고 싸우는 편이 더 편한 건지도 모른다.

"엄마는 네가 임신한 걸 아셨어?" 내가 묻는다. 오래 전부터 품고 있던 생각이다. "엄마는 널 사랑하셨어. 나더러 널 돌보겠다고 약속하라고 하셨지. 내 모이모이, 동생을 돌봐주라고. 난 그렇게 약속했어. 그래서 널 앤젤 섬으로 데려왔고, 나는 거기서 굴욕을 당했어. 그때 이후로 나는 차이나타운에 갇혀서 번을 돌보고, 집안일을 했어. 넌 하올라이우에 나가고, 파티에도 다니면서 재미있게 지내는데. 남자들과 마음대로 노는데." 그 순간 나는 분노와 상처 때문에 평생 후회할 말을 내뱉는다. 일말의 진실이 들어 있기 때문에 내가 멈추기도 전에 그냥 내 입에서 말이 튀어나간다. "나는 내 아기가 죽었을 때도 네 딸을 돌봐야 했어."

"언니는 조이를 돌봐야 하는 처지를 항상 원망했어. 그러면서도 내가 조이 옆에 못 가게 하려고 갖은 수를 썼잖아. 조이가 아기였을 때, 내가 산책을 나가자고 하면 언니는 형부한테 아이를 맡겼어……"

"그래서 그런 게 아냐." (혹시 그래서였나?)

"그러고는 나랑 다른 사람들 때문에 자기가 집에서 나오지 못하고 아이를 보고 있다고 원망했지. 하지만 식구들이 조이를 잠시 봐주겠다고 하면 언니가 거절했어."

"아냐. 네가 조이를 촬영장에 데려가는 것도 허락했어……"

"하지만 나중에는 그런 행복조차 나한테 허락해주지 않았잖아." 메이가 슬프게 말한다. "난 조이를 사랑했지만, 언니한테는 조이가 항상 짐이었어. 언니한테는 딸이 있지만 나한테는 아무 것도 없어. 난 모든 사람을 잃었어. 어머니, 아버지, 내 아이……"

"난 널 보호하려고 수많은 남자한테 강간당했어!"

동생은 이럴 줄 알고 있었다는 듯이 고개를 끄덕인다. "이제는 그 희생까지 들먹이시겠다? 또?" 메이가 숨을 들이쉰다. 마음을 가라앉히려고 애쓰는 것이다. "언니는 지금 화가 났어. 나도 이해해. 하지만 지금 한 얘기들은 형부 일과 아무 상관없어."

"상관이 없긴 왜 없어! 우리 둘 사이의 모든 일은 네 사생아 아니면 원숭이들이 나한테 저지른 일과 상관있어."

메이의 목 근육이 딱딱하게 굳는다. 메이의 분노가 다시 내 분노만큼 솟아오른다. "그날 밤 일에 대해서 그렇게 얘기하고 싶다면, 좋아. 나도 오랫동안 이런 기회를 기다렸으니까. 언니더러 나가보라고 한 사람은 아무도 없어. 엄마는 언니더러 나랑 같이 있으라고 분명히 말했어. 엄마는 언니가 안전하게 있기를 바랐으니까. 엄마가 사읍 방언으로 말한 사람은 언니였어. 언제나 그랬던 것처럼 언니한테 사랑스럽게 속삭였지. 내가 못 알아듣게. 하지만 난 엄마가 언니에게만 사랑스러운 말을 할 정도로 언니를 사랑한다는 걸 알고 있었어."

"사실을 바꾸려고 들지 마. 넌 항상 그래. 오늘은 그래도 소용 없을 거야. 엄마는 너를 너무 사랑해서 그 남자들 앞에 혼자 나간 거야. 난 가만히 있을 수 없었어. 엄마를 도와야 했어. 널 구해야 했다고." 이 말을 하는 동안 그날 밤의 기억이 내 눈을 가득 채운다. 지금 엄마가 어디 있는지는 몰라도, 내가 동생을 위해 얼마나 많은 걸 희생했는지 알고 있을까? 엄마가 날 사랑했을까? 아니면 엄마는 마지막 순간에 또 나한테 실망했을까? 하지만 지금은 이런 의문을 생각할 시간이 없다. 내 동생이 양손으로 엉덩이를 짚고 내 앞에 서 있기 때문이다. 동생의 아름다운 얼굴이 분노로 일그러져 있다.

"그건 겨우 하룻밤이야. 평생 중에 단 하룻밤! 그걸 언제까지 써먹을 거야? 형부랑, 그리고 조이랑 거리를 유지하는 구실로 계속 이용했잖아. 언니가 의식이 오락가락할 때 나한테 한 말이 있어. 언니는 기억 못하는 것 같지만. 언니가 군인들이 있는 방으로 들어갔더니 엄마가 절망했다고 말했어. 언니가 날 지켜주지 않고 나와버려서 엄마가 화가 난 것 같다고. 내 생각엔 언니가 틀렸어. 엄마는 언니가 자신을 돌보지 않아서 가슴이 아팠을 거야. 언니도 엄마니까 내 말이 사실이라는 걸 알 거야."

나는 뺨을 한 대 얻어맞은 기분이다. 메이가 옳다. 만약 조이와 내가 그런 상황에 처한다면……

"언니는 자기가 용감하게 나서서 많은 걸 희생한 줄 알지?" 메이가 말을 잇는다. 메이의 목소리에 비난이나 조롱은 없다. 잠시도 고삐를 늦출 줄 모르는 고뇌가 있을 뿐이다. 마치 지금까지 고통받은 사람이 바로 메이인 것 같다. "하지만 사실 언니는 겁쟁이였어. 지금까지 줄곧 무서워하고, 약하게 굴고, 불안해했다고. 언니는 그날 밤 그 오두막에서 또 무슨 일이 있었느냐고 단 한 번도 묻지 않았어. 엄마가 내 품에서 돌아가실 때 내 기분이 어땠는지 단 한 번도 묻지 않았어. 엄마가 어디에 어떻게 묻혔는지, 아니 땅에 묻히기는 한 건지 물어볼 생각을 한 번이라도 한 적 있어? 그 일을 누가 했을 것 같아? 언니가 죽게 내버려두고 떠나는 편이 나한테는 이로웠을 텐데도, 그 오두막에서 언니를 데리고 나온 사람이 누구인 것 같아?"

나는 이 질문들이 마음에 들지 않는다. 하지만 내 마음속을 스치고 지나가는 이 질문의 대답들은 더 마음에 들지 않는다.

"난 겨우 열여덟 살이었어." 메이가 말을 잇는다. "임신한 몸으로 겁에 질려 있었어. 그래도 난 언니를 태운 외바퀴수레를 밀었어. 그렇게 언니를 병원으로 데려갔어. 내가 언니 목숨을 구한 거야. 그런데도 언니는 지금까지 분노와 두려움을 안고 살면서 날 탓하고 있어. 언니가 날 돌보려고 많은 걸 희생했다고 생각하지? 하지만 언니의 희생은 그저 핑계였을 뿐이야. 언니를 돌보려고 희생한 사람은 나야."

"거짓말이야."

"그래?" 메이는 잠시 말을 멈췄다가 다시 입을 연다. "여기서 사는 게 나한테 어땠을지 한 번이라도 생각해본 적 있어? 매일 내 딸을 보면서도 가까이 다가갈 수 없는 게 어땠을 것 같아? 번하고 남편과 아내의 일을 하는 건? 생각해 봐. 번은 한 번도 진짜 남편 노릇을 못했어."

"무슨 소리를 하려는 거야?"

"언니만 없었으면, 언니가 그토록 불행하게 생각하는 이런 생활을 하지 않게 됐을 거라는 얘기야." 메이의 목소리에서 싸움의 결기가 사라지자, 메이의 말이 내 가슴을 깊숙이 파고들어와 내 피와 뼈를 들쑤신다. "언니는 그 하룻밤, 그 끔찍하고 비극적인 하룻밤 때문에 평생 도망만 치면서 살았어. 난 언니의 모이모이니까 그 뒤를 따랐고. 언니를 사랑하니까, 언니가 영원히 씻을 수 없는 상처를 입어서 자기가 얼마나 아름답고 운 좋은 사람인지 결코 깨닫지 못하리라는 걸 알았으니까."

나는 눈을 감고 마음을 가라앉히려고 애쓴다. 다시는 메이의 목소리를 듣고 싶지 않다. 다시는 메이의 얼굴을 보고 싶지 않다. "그냥 나가줄래?" 나는 애원한다.

하지만 메이는 곧장 내게 다시 달려든다. "내 말에 솔직하게 대답하기나 해. 언니만 아니었다면, 우리가 여기 미국에 왔을까?"

메이의 질문이 칼처럼 날카롭게 나를 찌른다. 메이의 말이 사실이기 때문에. 하지만 난 메이가 샘을 고발했다는 사실에 너무 화가 나서, 가장 못된 말을 내뱉는다. "그럴 리가 없지. 네가 이름도 모르는 어떤 사내아이랑 남편과 아내의 일을 하지만 않았다면 우리는 여기 미국에 오지 않았을 거야! 네가 나더러 네 아이를 맡아달라고 하지 않았다면……"

"그 사람은 이름 없는 사람이 아냐." 메이가 말한다. 구름처럼 부드러운 목소리로. "Z. G.였어."

나는 이미 상처를 받을 만큼 다 받았다고 생각했다. 그러고도 살아남았다고. 하지만 아니었다.

"어떻게 그럴 수가 있어? 어떻게 그런 식으로 나한테 상처를 줄 수가 있어? 내가 Z. G.를 사랑한 걸 알았잖아."

"그래, 알아." 메이가 인정한다. "Z. G.는 웃긴다고 생각했어. 우리가 포즈를 잡고 있을 때 언니가 자기를 빤히 바라보는 것, 언니가 그 사람한테 애원하러 갔던 것……하지만 난 언니 때문에 너무 속이 상했어."

나는 휘청거리며 뒷걸음질을 친다. 배신에 배신이 몇 겹이나 겹쳐 있는 꼴이다.

"이것도 또 거짓말이야."

"그래? 조이는 알아봤잖아. 〈중국 재건〉의 표지에서 농민답게 얼굴이 붉은 사람이 누구고, 사랑스럽게 그려진 사람이 누구였어?"

메이의 말을 들으면서 과거의 장면들이 제멋대로 내 머릿속을 스쳐 지나간다. 메이가 Z. G.와 춤을 추며 그의 가슴에 머리를 기댄 모습, Z. G.가 메이의 머리카락을 마지막 한 올까지 그리던 모습, Z. G.가 메이의 벌거벗은 몸 주위에 모란을 늘어놓던 모습……

"미안해." 메이가 말한다. "내가 잔인했어. 언니가 지금까지 줄곧 그 사람을 마음에 품고 있다는 걸 알고는 있었지만, 그건 오래 전에 품었던 소녀적인 열정일 뿐이야. 모르겠어? Z. G.와 나는……" 메이는 목이 멘다. "언니는 형부랑 평생을 살았지만, Z. G.와 나는 몇 주뿐이었어."

"왜 나한테 말 안 했어?"

"언니가 그 사람을 좋아하는 걸 알았으니까. 그래서 아무 말도 안한 거야. 언니한테 상처를 주고 싶지 않았어."

그 순간 나는 지난 20년 동안 바로 내 눈앞에 있던 사실을 깨닫는다. "Z. G.가 조이의 아버지구나."

"Z. G.가 누구예요?"

이건 나도 메이도 듣고 싶지 않은 목소리다. 몸을 돌려 보니 조이가 부엌 문간에 서 있다. 조이의 눈은 수선화 꽃병 바닥에 깔아둔 검은 자갈 같다. 조이의 표정, 차갑고 무표정하고 무자비한 그 표정은 한참 전부터 조이가 우리 이야기를 듣고 있었음을 알려준다. 나는 샘의 죽음과 동생의 시각에서 바라본 우리 삶 때문에 정신이 없지만, 내 딸이 이런 이야기를 들었다는 사실에 경악한다. 나는 조이를 향해 두 걸음 다가선다. 하지만 조이가 나를 피해 물러난다.

"Z. G.가 누구예요?" 조이가 다시 묻는다.

"네 생부야." 메이가 대답한다. 부드럽고 사랑으로 가득 찬 목소리다. "내가 네 생모고."

우리 셋은 거실 한가운데에 조각상처럼 서 있다. 나는 조이의 눈으로 메이와 나를 바라본다. 딸에게 중국식 효심과 미국식 똑똑함을 가르치려 했던 엄마는 낡은 잠옷을 입고, 눈물과 슬픔과 분노로 얼굴이 빨갛게 달아올라 있다. 그리고 또 다른 엄마, 딸에게 맛있는 것을 마음껏 사주고 하올라이우의 화려함과 돈을 보여주었던 엄마는 눈부시게 우아한 모습이다. 20년 동안 지켜오던 비밀에서 해방된 메이는 오늘밤 이런 상황에서도 평화롭게 보인다. 동생과 나는 줄곧 다퉈왔다. 신발을 서로 차지하려고, 누구 인생이 더 나은지를 두고, 누가 더 똑똑하고 예쁜지를 두고. 하지만 이번에는 나한테 승산이 전혀 없다. 누가 이길지 난 알고 있다. 오래 전부터 나는 내 운명이 궁금했다. 나는 갓난 아들과 남편을 잃은 것만으로도 충분하지 않았다. 이제 삶에서 가장 큰 것을 잃어버린 내 눈에서 눈물이 흘러내린다.

우리가 백발이 되었을 때

나는 침대에 누워 있다. 내 심장이 있던 자리에는 커다란 구멍이 나 있다. 완전히 끝장난 것 같은 기분이다. 나는 메이와 조이가 함께 웅얼거리는 소리에 귀를 기울인다. 조금 있으니까 서로 언성이 높아지더니 문을 쾅 닫는 소리가 난다. 하지만 나는 밖으로 나가 딸을 위해 싸우지 않는다. 이제는 싸울 힘이 조금도 남아 있지 않다. 하긴 어쩌면 내게는 처음부터 그런 힘이 없었는지도 모른다. 메이의 말이 옳은 건지도 모른다. 나는 약한 사람이다. 옛날부터 줄곧 겁에 질려서 희생자 행세를 한 푸옌이었는지도 모른다. 메이와 나는 같은 집에서 같은 부모 밑에 자랐지만, 메이는 언제나 자신을 돌볼 줄 알았다. 그리고 기회를 붙잡았다. 나를 설득해서 조이를 기꺼이 맡아주게 했고, 톰 거빈스가 제의한 일자리를 받아들였다. 밖에 나가서 재미있게 놀고 싶다는 욕구도 받아들였다. 반면에 나는 내 팔자 탓을 하며 나쁜 일들을 받아들였다.

시간이 더 흐르자 화장실에서 물 흐르는 소리와 변기의 물을 내리는 소리가 들린다. 조이가 이불 벽장에서 서랍을 열었다가 닫는 소리가 난다. 마침내 집 안에 침묵이 내려앉자 내 생각은 더 깊고 어두운 곳으로 향한다. 동생 덕분에 나는 완전히 새로운 시각으로 내 처지를 돌아보게 되었다. 그래도 샘이 그렇게 되었다는 사실은 변하지 않는다. 나는 절대로 동생을 용서하지 않을 것이다! 하지만……하지만……사면을 구했어야 한다는 동생의 말이 옳은지도 모른다. 샘과 내가 자진해서 나서지 않은 것이 끔찍한 실수였는지도 모른다. 그래서 샘이 그렇게 비극적인 행동을 하게 됐을지도 모른다. 하지만 메이는 우리를 위해 당국에 고발할 생각이라는 말을 왜 해주지 않았을까? 나는 그 대답을 너무나 잘 알고 있다. 샘과 나는 무엇이든 새로운 것을 두려워했다. 우리는 가족을 떠나 우리 힘으로 살아가는 것을 두려워했고, 차이나타운을 떠나는 것을 두려워했고, 입으로는 딸이 미국인으로 자랐으면 좋겠다고 말하면서도 실제로는 딸이 그렇게 되는 것을 두려워했다. 메이가 우리한테 말하려고 애썼다 해도, 우리는 메이의 말을 듣지 못했을 것이다.

나의 용띠 기질 중 가장 나쁜 것이 고집과 자부심이라는 걸 나는 알고 있다. 용띠 여자의 심기를 거스르면 하늘이 두 쪽으로 쪼개질 것이다. 실제로 오늘밤에 하늘이 쪼개졌다. 하지만 나는 조이에게 너는 앞으로도 영원히 내 딸이며, 네가 나나 샘이나 이모를 어떻게 생각하든 나는 너를 영원히 사랑할 거라고 말해주어야 한다. 조이가 얼마나 사랑과 보호를 받으며 자랐는지, 내가 조이를 얼마나 자랑스럽게 생각하는지 반드시 말해줄 것이다. 조이는 이제 막 삶을 시작하는 아이니까. 나는 조이가 나를 용서해줄 것이라는 1만 가지 희망을 갖고 있다. 메이에 대해서는 내가 용서할 수 있을지, 아니 과연 용서하고 싶은 생각이 있기는 한 건지 잘 모르겠다. 하지만 메이에게 모든 것을 다시 설명할 기회를 한 번 더 줄 것이다.

나는 현관 베란다로 나가서 메이와 조이를 깨워 지금 당장 내 결심을 실행에 옮겨야 한다. 하지만 시간이 늦었고, 집 안도 조용하다. 그리고 이 끔찍한 밤에 이미 너무 많은 일이 일어났다.

"일어나! 일어나! 조이가 사라졌어!"

내가 눈을 뜨니 동생이 나를 흔들고 있다. 당황한 얼굴이다. 나는 일어나 앉는다. 두려움이 맥박처럼 내 몸을 훑고 지나간다.

"뭐?"

"조이. 조이가 사라졌어."

나는 일어나서 방을 나가 현관 베란다로 달려간다. 두 침대 모두 사람이 잤던 흔적이 있다. 나는 심호흡을 하며 긴장을 풀려고 애쓴다.

"산책을 하러 나갔겠지. 묘지에 갔거나."

메이는 고개를 흔든다. 그러고는 자기 손에 잔뜩 구겨진 채 들려 있는 종이를 내려다본다. "일어났더니 조이 침대에 이게 있었어."

메이가 종이를 반듯하게 펴서 내게 건넨다. 나는 쪽지를 읽는다.

─엄마,

이젠 내가 누군지 모르겠어요. 이젠 이 나라도 이해할 수 없어요. 아빠를 죽인 이 나라가 미워요. 엄마는 내가 혼란스러워서 멍청한 짓을 했다고 생각할 거예요. 그게 맞을지도 모르죠. 하지만 나는 해답을 찾아야겠어요. 어쩌면 중국이 내 진짜 고향인지도 몰라요. 어젯밤에 메이 이모한테서 모든 이야기를 듣고 나니 생부를 만나야겠다는 생각이 들었어요. 내 걱정은 하지 마세요, 엄마. 난 중국을 굳게 믿고 있고, 마오 주석이 나라를 위해 하고 있는 모든 일을 믿어요.

─조이

나는 숨을 들이쉰다. 마구 요동치던 심장박동이 조금 느려진다. 이 쪽지 내용은 결코 진심일 리가 없다. 조이는 호랑이띠다. 팔다리를 마구 움직여서 상대를 후려치는 건 조이의 본성이다. 이 쪽지가 바로 그것이다. 하지만 조이가 이 쪽지에 적은 대로 했을 리가 없다. 그래도 메이는 쪽지의 내용을 믿는 것 같다.

"조이가 정말로 가출한 걸까?" 내가 쪽지에서 고개를 들자 메이가 묻는다.

"난 걱정 안 해. 너도 걱정할 필요 없어." 나는 오늘 대화를 통해 차분히 일을 해결하려고 했는데, 메이가 아침부터 수선을 피운 것이 짜증스럽다. 하지만 나는 어떻게든 차분함을 유지하려고 애쓰면서 걱정 말라는 듯 메이의 팔을 잡는다. "어젯밤에 조이도 흥분한 거야. 우리 모두 그랬으니까. 아마 이 씨네 집에 가서 헤이즐이랑 이야기하고 있을 거야. 틀림없이 아침을 먹으러 집에 올 걸."

"언니." 동생이 침을 꿀꺽 삼키고 숨을 크게 들이쉬더니 말을 잇는다. "어젯밤에 조이가 나더러 Z. G.에 대해 물었어. 난 그 사람이 아마 아직 상하이에 살고 있는 것 같다고 말해줬고. 그 사람이 그린 잡지 표지에 항상 상하이가 조금씩 그려져 있으니까. 틀림없이 조이는 그리로 갔을 거야."

나는 말도 안 된다는 듯 손사래를 친다. "Z. G.를 찾으러 중국으로 갈 애가 아냐. 그냥 비행기를 잡아타고 상하이로 갈 수도 없잖아." 나는 손가락으로 이유를 하나씩 꼽는다. 논리로 메이를 달랠 수 있기를 바라면서. "마오가 권력을 잡은 건 8년 전이야. 그 뒤로 중국은 서구인들한테 닫혀 있어. 미국은 외교적인 관계도……"

"홍콩까지는 비행기로 갈 수 있어." 메이가 더듬거리며 말한다. "거긴 영국 식민지니까. 거기서 중국으로 걸어 들어가면 돼. 루이 아버지도 사람을 사서 와홍 마을의 가족들한테 돈을 보낼 때 그렇게 했잖아."

"그런 건 생각도 하지 마. 조이는 공산주의자가 아냐. 지금까지 했던 얘기는 그냥 말로만 떠든 거야."

메이는 쪽지를 가리킨다. "조이는 생부를 만나고 싶어 해."

하지만 나는 동생의 말을 거부한다. "조이는 여권도 없어."

"있어. 기억 안 나? 그 조라는 아이가 도와줬다고 했잖아."

이 말을 들으니 내 무릎에서 힘이 빠진다. 메이가 나를 붙들고 침대로 부축해 가서 나와 함께 앉는다. 나는 울음을 터뜨린다. "안 돼. 샘도 없는데."

메이는 나를 위로하려고 하지만, 나는 어떤 위로도 통하지 않는 상태다. 오래지 않아 죄책감이 나를 사로잡는다.

"조이는 그냥 제 아버지를 찾으러 간 게 아냐." 내 목소리가 갈라져서 뚝뚝 끊긴다. "조이의 세상이 모두 무너져 내렸어. 제가 알고 있다고 생각했던 게 전부 틀린 거였잖아. 그래서 우리한테서 도망친 거야. 제 진짜 엄마와⋯⋯나한테서."

"그런 소리 하지 마. 언니가 조이의 진짜 엄마야. 이 편지를 다시봐. 나더러는 이모라고 하고, 언니를 엄마라고 불렀잖아. 조이는 언니 딸이야. 내 딸이 아냐."

슬픔과 두려움으로 내 심장이 욱신거린다. 하지만 나는 그 한 단어에 매달린다. '엄마.'

메이가 내 눈물을 닦아준다. "조이는 언니 딸이야." 메이가 같은 말을 반복한다. "이제 그만 울어. 차분히 생각을 해봐야지."

메이가 옳다. 나는 감정을 다스려야 한다. 그리고 메이와 함께 내 딸이 끔찍한 실수를 저지르지 못하게 막아야 한다.

"조이가 중국에 가려면 돈이 많이 필요할 거야." 나는 머릿속에 떠오르는 생각을 말한다.

메이는 내 말을 이해한 것 같다. 메이는 오래 전부터 현대적으로 살았기 때문에 자기 돈을 은행에 넣어두었다. 하지만 샘과 나는 루이 아버지의 전통대로 돈을 가까이에 보관해두었다. 우리는 서둘러 부엌으로 가서 내가 돈을 대부분 보관해둔 싱크대 밑의 커피 깡통을 본다. 조이가 돈을 가져갔다. 그래도 나는 희망을 잃지 않는다.

"애가 언제 나간 것 같아?" 내가 묻는다. "너희 둘이서 늦게까지 이야기를 하고⋯⋯"

"애가 일어나는 소리를 내가 왜 못 들었지? 짐 싸는 소리를 내가 왜 못 들었지?"

나도 메이와 똑같이 자책하고 있다. 그리고 내 마음속에는 어젯밤에 새로 알게 된 사실들 때문에 여전히 분노와 혼란이 남아 있다. 하지만 나는 이렇게 말한다. "지금은 그런 걸 생각할 시간이 없어. 조이한테 집중해야 돼. 아직 멀리 가지는 못했을 거야. 아이를 찾을 수 있어."

"그래, 맞아. 우선 옷부터 입자. 차 두 대를 가지고⋯⋯"

"번은 어쩌고?" 이렇게 정신이 없는 와중에도 나는 내 책임을 잊지 못한다.

"언니는 차를 몰고 유니언 역으로 가서 조이를 찾아 봐. 난 번을 돌봐준 뒤에 버스 터미널로 갈 테니까."

하지만 조이는 기차역에 없다. 버스 터미널에도 없다. 메이와 나는 다시 집에서 만난다. 조이가 어디로 갔는지 모르겠다. 조이가 정말로 중국에 가려고 할 거라고는 믿기가 어렵지만, 어떻게든 조이를 막으려면 조이가 정말로 그럴 작정이라고 믿고 움직여야 한다. 메이와 나는 새로 계획을 짠다. 나는 차를 몰고 공항으로 가고, 메이는 집에서 여기저기 전화를 걸어 보기로. 이 씨 집에 전화를 걸어 그 집 딸들에게 조이가 무슨 말을 하지 않았는지 물어보고, 아주버니들에게 전화를 걸어 혹시 조이가 중국 본토에 들어가려면 어떻게 해야 하느냐고 묻지 않았느냐고 물어보고, 워싱턴에 있는 벳시 부녀에게 전화를 걸어 조이가 이 나라를 떠나기 전에 공식적으로 붙잡을 수 있는 방법이 있느냐고 물어볼 것이다. 나는 공항에서 조이를 찾지 못한다. 하지만 메이는 절망스러운 소식 두 가지를 듣는다. 첫째, 오늘 아침 일찍 조이가 공항에서 헤이즐에게 울면서 전화를 걸어 이 나라를 떠날 거라고 말했다고 한다. 헤이즐은 조이가 정말로 그렇게 할 거라고는 생각하지 않았기 때문에 행선지를 묻지 않았다. 둘째, 벳시의 아버지는 조이가 홍콩에 도착해서 비자를 신청하면 비자가 나올 거라고 메이에게 말했다고 한다.

아무 것도 먹지 못했으므로 메이가 닭고기와 국수가 들어간 캠벨의 수프 두 통을 따서 스토브에 데운다. 나는 식탁에 앉아 동생을 지켜보며 딸을 걱정한다. 아름답고 야생마 같은 조이는 절대 가지 말아야 할 곳을 향해 곧장 달려가고 있다. 중화인민공화국. 조이는 영화와 조라는 사내아이와 제가 들어간 그 멍청한 단체와 시카고의 교수들이 가르쳐준 것들을 통해 중국에 대해 많은 것을 배웠다고 생각하지만, 사실은 아무 것도 모른다. 조이는 호랑이띠의 본성을 따라 분노와 혼란과 잘못된 열정을 행동에 옮기고 있다. 어젯밤의 열정과 혼란을 행동에 옮기고 있다. 내가 메이에게 말한 것처럼, 조이가 중국으로 달려가는 것은 생부를 찾으려는 노력일 뿐만 아니라 우리 둘에게서 도망치는 길이기도 할 것이다. 조이가 태어나는 순간부터 조이를 놓고 다퉜던 두 여자에게서 도망치는 길. 조이는 Z. G.를 찾아내는 일이 위험한 것은 물론이고 자신에게 얼마나 상처가 될지 전혀 모르고 있다.

하지만 조이가 자신의 본성을 벗어버릴 수 없는 것과 마찬가지로, 나 역시 나의 본성을 벗어버릴 수 없다. 모성애의 힘은 강력하다. 나는 엄마가 청방의 손아귀에서 나와 메이를 구하려고 어떻게 했는지, 일본군에게서 우리를 지키려고 어떻게 했는지 생각한다. 엄마도 아버지를 두고 떠나는 것 때문에 괴로웠겠지만, 그래도 결단을 내리고 행동에 옮겼다. 군인들이 있는 방에 들어가는 것이 무서워 죽을 지경이었겠지만, 엄마는 그 때도 주저하지 않았다. 지금 내 딸에게는 내가 필요하다. 그 어떤 위험을 무릅쓰고라도 나는 딸을 찾아야 한다. 내가 무슨 일이 있어도, 의문이나 조건을 내걸지 않고 항상 제 옆에 서 있을 거라는 사실을 딸에게 알려야 한다.

이번만은 미국시민이 아니라는 점이 내게 도움이 될 거라는 사실이 문득 떠올라서 나는 살짝 미소를 짓는다. 내게는 미국 여권이 없다. 내게 있는 것은 신분 확인증뿐이다. 이 서류 덕분에 나는 처음부터 나를 원하지 않았던 이 나라를 떠날 수 있을 것이다. 내 모자 안감 속에 감춰둔 돈이 조금 있기는 하지만 중국까지 가기에는 모자란다. 카페를 팔아서 돈을 마련하려면 시간이 너무 많이 걸릴 것이다. 그렇다면 FBI에 가서 모든 걸 자백하고 내가 최악의 열광적인 공산주의자라고 주장한다면 혹시 추방을 당할 수도……

메이가 수프를 그릇 세 개에 붓는다. 우리는 그것을 들고 번의 방으로 간다. 번은 창백하게 질린 얼굴로 혼란스러운 표정을 짓고 있다. 그는 수프를 거들떠보지도 않고 불안한 표정으로 이불을 비튼다.

"형은 어디 있어? 조이는 어디 있어?"

"미안해요, 번. 형님은 돌아가셨어요." 메이가 말한다. 오늘만 벌써 스무 번째 같은 말을 하는 것 같다. "조이는 가출했어요. 알겠어요, 번? 조이는 여기 없어요. 중국으로 갔어요."

"중국은 나쁜 곳이야."

"알아요." 메이가 말한다. "알아요."

"형이 보고 싶어. 조이가 보고 싶어."

"수프 좀 먹어봐요." 메이가 말한다.

"난 조이를 뒤쫓아 가야겠어." 내가 선언한다. "어쩌면 홍콩에서 아이를 찾을 수 있을지도 모르지만, 필요하면 중국까지 들어가야 할 거야."

"중국은 나쁜 곳이에요." 번이 다시 말한다. "거기 가면 죽어요."

나는 내 수프 그릇을 바닥에 놓는다. "메이, 나한테 돈 좀 빌려줄래?"

메이는 주저하지 않는다. "당연하지. 그런데 내 돈으로 될까 모르겠네."

옷이며 보석이며 접대며 화려한 자동차에 돈을 써댔으니 돈이 있으면 얼마나 있겠는가. 나는 이런 생각들을 옆으로 밀어버리고, 메이가 이 집을 살 때도, 조이의 등록금을 낼 때도 돈을 보탰음을 되새긴다.

"나는 있어." 번이 말한다. "배를 가져와. 많이 가져와."

메이와 나는 무슨 소리인가 싶어서 서로를 바라본다.

"배를 가져와!"

나는 가장 가까이에 있는 배를 번에게 건넨다. 번은 그것을 받아 바닥에 던진다. 모형 배가 부서지자 그 안에서 돌돌 말아서 고무줄로 묶어 놓은 지폐 뭉치가 나온다.

"가족금고에서 가져온 내 돈이야." 번이 말한다. "배는 더 있어! 배를 더 줘!"

이내 우리 셋 다 번이 조립한 모형 배, 비행기, 경주용 자동차 등을 바닥에 던지기 시작한다. 노인은 인색한 구두쇠였지만, 항상 공평했다. 그러니 가족금고에서 번에게 일정한 몫을 할당해준 것은 당연한 일이었다. 번이 아파서 드러누운 뒤에도 마찬가지였다. 하지만 번은 우리들과 달리 자기 돈을 전혀 쓰지 않았다. 내가 기억하는 한 번이 자기 돈을 쓴 것은 딱 한 번이었다. 로스앤젤레스에서 처음 크리스마스를 맞았을 때, 메이와 샘과 조이와 나를 데리고 전차를 타고 바닷가에 놀러간 날.

메이와 나는 돈 뭉치를 모아서 번의 침대에 앉아 돈을 센다. 비행기 삯은 물론이고, 필요한 경우 뇌물까지 주고도 남을 만큼 돈이 많다.

"나도 같이 갈게." 메이가 말한다. "우린 언제나 함께 있을 때 더 잘하잖아."

"넌 여기 있어. 번이랑 커피숍이랑 이 집이랑 조상님들을 돌봐야지……"

"언니가 조이를 찾아내도 중국 당국이 떠나지 못하게 하면 어쩔 건데?" 메이가 묻는다.

메이는 이걸 걱정하고 있다. 번도 이걸 걱정하고 있다. 나는 무섭다. 지금 같은 상황에서 걱정도 안 하고 겁이 나지도 않는 사람은 멍청이밖에 없을 것이다. 나는 힘없이 미소를 짓는다.

"넌 내 동생이고 아주 똑똑해. 그러니까 이쪽에서 네가 손을 써줘."

동생이 이 말을 받아들여 이해하는 동안 나는 동생의 머릿속에서 연락할 사람들의 목록이 만들어지는 것이 눈에 보이는 듯하다.

"내가 벳시랑 걔 아버지한테 다시 전화할게." 메이가 말한다. "닉슨 부통령한테도 편지를 쓸 거야. 부통령은 상원의원 시절에 사람들이 중국에서 나올 수 있게 도와준 적이 있어. 그러니까 내가 부통령을 움직여서 우릴 돕게 만들 거야."

나는 속으로 생각한다. '그렇게 쉽지는 않을걸.' 어쨌든 나는 미국 시민도 아니고, 어느 나라의 여권도 갖고 있지 않다. 게다가 상대는 붉은 중국이다. 하지만 나는 조이와 나를 중국에서 빼내기 위해 메이가 온갖 수단을 동원할 거라고 믿어야 한다. 전에도 메이가 나를 중국에서 데리고 나왔으니까.

"나는 중국에서 21년을 살았고, 그 다음 20년은 로스앤젤레스에서 살았어." 내가 말한다. 내 결심만큼이나 굳건한 목소리로. "그런데 고향으로 돌아가는 기분이 안 들어. 고향을 잃어버리는 기분이야. 조이와 내가 반드시 돌아올 수 있게 해줄 거라고 널 믿을 거야."

그 다음 날 나는 앤젤 섬에서 받은 신분 확인증과 메이가 중국을 빠져나올 때 사준 농민 옷을 챙긴다. 용기를 얻기 위해서 샘의 사진도 챙기고, 사람들에게 보여줄 조이의 사진도 챙긴다. 그리고 가족 제단으로 가서 샘을 비롯한 여러 사람들에게 작별인사를 한다. 몇 년 전 메이가 했던 말이 생각난다. '모든 것은 언제나 처음으로 돌아간다.' 이 새로운 여행을 시작하면서 나는 비로소 이 말을 이해한다. 사람들은 실수를 되풀이할 뿐만 아니라, 그 실수를 바로잡을 기회 또한 얻게 된다는 뜻이다. 20년 전 나는 동생과 함께 중국에서 도망치면서 엄마를 잃었다. 이제는 내가 엄마가 되어 잘못들을, 수많은 잘못들을 바로잡으려고 중국으로 돌아간다. 나는 엄마에게서 받은 주머니를 샘이 넣어두었던 상자를 열어 그 주머니를 목에 건다. 이 주머니는 전에 한 번 나를 지켜주었다. 조이가 대학에 가기 전에 메이가 걸어 준 또 다른 주머니가 지금 조이를 지켜주기를 바랄 뿐이다.

나는 꼬마신랑에게 고맙다는 인사와 작별인사를 한다. 메이가 차로 나를 공항까지 데려다준다. 야자수들과 치장벽토를 바른 집들이 차창 밖으로 휙휙 지나가는 가운데 나는 내 계획을 다시 점검한다. 홍콩으로 가서 농민 옷으로 갈아입고 국경을 넘는다는 계획. 나는 루이 가문과 친 가문의 고향을 찾아가 조이가 온 적이 없는지 확인할 것이다(두 곳 모두 조이가 전에 들어본 적이 있는 곳이다). 하지만 엄마인 나는 조이가 그 두 곳을 찾지 않으리라는 것을 알고 있다. 조이는 생부를 찾아 제 엄마와 이모에 대해 물어보려고 상하이로 갔을 것이다. 하지만 내가 곧바로 그 뒤를 따라갈 것이다. 물론 나는 혹시 목숨을 잃을까 봐 두렵다. 하지만 아직 우리에게 남아 있는 것들을 모두 잃게 될까 봐 더 두렵다.

나는 동생을 흘깃 바라본다. 동생은 단호한 표정으로 운전대를 잡고 있다. 아장아장 걸음마를 할 때부터 동생이 그런 표정을 지었던 것이 기억난다. 어부의 배에서 우리 돈과 엄마의 패물을 숨길 때도 동생은 그런 표정이었다. 우리 둘 사이의 오해를 바로잡으려면 아직도 해야 할 이야기가 아주 많다. 내가 결코 용서할 수 없는 일들도 있고, 사과해야 하는 일들도 있다. 내가 미국에 온 것을 싫어했다는 메이의 말은 틀렸다. 비록 내게 시민권은 없을지라도, 이렇게 오랜 세월이 흐른 지금 나는 미국인이다. 이제 와서 이걸 포기하고 싶지는 않다. 지금 이 자리에 오기까지 겪은 일들을 생각하면, 그럴 수는 없다. 나는 힘들게 미국인이 됐다. 조이를 위해서 미국인이 되었다.

공항에서 메이가 출국 게이트까지 나를 배웅한다. 게이트 앞에서 메이가 말한다. "형부에 대해서는 내가 아무리 사과를 해도 모자랄 거야. 하지만 내가 언니랑 형부를 도우려고 그랬다는 것만은 알아 줘." 우리는 서로 끌어안는다. 하지만 눈물은 흐르지 않는다. 우리 둘 사이에 끔찍한 말과 행동들이 오가기는 했지만, 그래도 메이는 내 동생이다. 부모님은 돌아가시고, 딸들은 자라서 출가하지만, 자매는 평생을 간다. 메이는 이 세상에서 어린 시절과 부모님과 상하이와 우리의 싸움과 슬픔에 관한 추억을 공유할 수 있는 유일한 사람이다. 심지어 행복한 순간과 승리의 순간까지도 우리는 함께였다. 동생은 진정으로 나를 아는 유일한 사람이고, 그건 나도 마찬가지다. 메이가 내게 마지막 말을 한다. "우리 머리가 백발이 돼도 우리는 여전히 서로를 사랑할 거야."

나는 몸을 돌려 비행기에 오르면서 그 동안 내가 다르게 행동했더라면 좋았을 일이 없는지 돌이켜본다. 지금까지 했던 모든 일들을 다르게 했더라면 좋았을 거라는 생각이 든다. 하지만 그랬어도 결과는 똑같았을 것이다. 그것이 바로 팔자다. 하지만 사람의 팔자가 이미 정해져 있고, 어떤 사람들은 복을 타고 난다 해도 나는 아직 내 운명을 찾지 못했다고 믿을 수밖에 없다. 어떻게든 내 딸, 우리 딸 조이를 찾아서 내 동생이 있는 집으로 데려갈 테니까.

| 감사의 말 |

상하이 걸즈는 역사소설이다. 곰보 황, 크리스틴 스털링, 톰 거빈
스는 실존 인물이었다. 하지만 펄과 메이를 비롯한 다른 등장인물들
은 허구이고, 소설의 줄거리 역시 허구이다. (골든 파고다, 인력거 사
업, 카페 등을 운영한 루이 일가는 존재하지 않았지만, 차이나 시티에서는
여러 집안들이 여러 개의 사업체를 소유하고 있었다. 톰 거빈스에게서 아시
아 의상사를 사들인 사람은 메이가 아니라 리 씨 집안이다.) 하지만 독자
들 중에는 이 소설을 읽으면서 구체적인 사실이나 사건, 일화 등을
알아볼 사람이 있을지도 모르겠다. 지난 18년 동안, 아니 어쩌면 평
생 동안 나는 이 소설 속에 등장하는 장소들에서 살았거나 소설 속
사건들을 겪었던 사람들과 가끔 이야기를 나눌 기회가 있었다. 행복
한 기억들도 헤아릴 수 없이 많았지만, 어떤 사람들은 자신의 과거를
털어놓기 위해 믿을 수 없을 만큼 커다란 용기를 내야 했다. 전쟁 중
에 중국에서 겪은 일이 아직 마음속에서 정리가 안 됐거나, 앤젤 섬
과 자백 프로그램으로 인해 당한 굴욕을 아직 잊지 못했거나, 로스앤
젤레스 차이나타운에서 겪은 고생과 가난이 부끄러운 탓이었다. 어
떤 사람들은 익명을 요구하기도 했다. 그들 모두와 그 밖에 나를 도
와준 모든 사람들이 들려준 이야기와 진실에 대한 헌신이 없었다면
이 책은 태어나지 못했을 것이다.

우선 어머니 베스 우가 손으로 직접 쓴 회고록 원고를 내게 준 마이클 우에게 깊이 감사한다. 베스 우는 일본 군인들에게 영어를 가르친 일, 그들이 결혼 조건을 글로 적어 보여준 일, 전쟁 중에 어선을 타고 중국에서 탈출해 홍콩에 살았던 일 등을 회고록에 기록했다. 베스의 남편인 윌버 우는 당시 아내와 떨어져 여기 로스앤젤레스에 살고 있었는데, 그 당시의 일들을 내게 많이 들려주었을 뿐만 아니라 잭 리를 소개해주기도 했다. 잭 리에게서 나는 자백 프로그램 시절에 FBI 요원들이 차이나타운에서 어슬렁거렸다는 이야기를 들었다. 필영이 내게 소개해준 그의 어머니 모니카 영은 중·일전쟁 때 고아의 처지로 중국에 돌려보내졌던 기억을 내게 들려주었다. 모니카는 또한 앨리스 랜과 베티 후의 회고록 《우리는 홍콩에서 도망친다》를 빌려주었는데, 선교사였던 두 사람은 이 책에서 콜드크림에 코코아 가루를 섞어서 얼굴에 발라 변장을 하고 신도들과 함께 일본군을 피해 도망친 이야기를 묘사했다.

루비 링 루이와 메리언 랭은 각각 차이나 시티에 사업체를 갖고 있던 집안 출신으로, 당시의 지도, 사진, 팸플릿, 기타 기념품들을 내게 보여주었다. 폴 루이는 차이나 시티에 관한 훌륭한 슬라이드를 보여주기도 했다. 특히 '푸엔'과 '옌푸'의 차이를 내게 설명해준 메리언에게 감사한다. 그 밖에도 시간을 내서 내게 자신들의 이야기를 들려준 웡 박사와 조이스 마, 글로리아 유엔, 메이슨 퐁, 아쿠엔 퐁에게도 감사한다. 루스 새넌은 내게 세상을 떠난 남편의 이름을 사용해도 좋다고 허락해주었다. (언뜻 보면 소설 속의 에드프리드는 루스의 남편이었던 에드프리드와 완전히 다른 인물 같지만, 두 사람 모두 다정한 마음을 갖고 있었다.) 엘리노어 웡 텔러맥과 메리 이는 자백 프로그램 시절에 자기 가족들이 겪은 일을 내게 들려주었다.

나는 오래 전 《금산에서》를 쓸 때 자료조사를 하면서 만났던 사람들과의 인터뷰 자료도 이용했다. 이제는 고인이 된 두 자매, 메리 루이와 딜 루이는 할리우드의 중국인들에 대한 기억을 들려주었다. 제니 리는 자기 남편이 톰 거빈스 밑에서 일하던 시절의 일들과 전쟁이 끝난 뒤 아시아 의상사를 소유하게 된 이야기를 들려주었다. 샌 브루노의 국립 문서보관소의 공도 빼놓을 수 없다. 상하이 걸즈에 나오는 심문 장면들은 내 증조할아버지의 서류상 동업자들 중 한 분의 아내였던 퐁 라이 부인(정 씨)의 입국 조사내용과 내 증조부인 퐁 시와 그분의 동생인 퐁 윤의 청문회 기록을 거의 그대로 옮긴 것이다.

남캘리포니아 중국 역사학회CHSSC의 이본 창에게도 커다란 신세를 졌다. 이본 덕분에 나는 1978년부터 1980년 사이에 로스앤젤레스 차이나타운에서 실시됐던 구전역사 연구의 기록들을 볼 수 있었다. 이 연구의 참가자들 중 일부는 이제 고인이 되었지만, 그들의 이야기는 기록 속에 고스란히 남아 있다. CHSSC는 현재 로스앤젤레스 차이나타운 청소년위원회와 함께 차이나타운을 기억하는 모임의 역사 프로젝트를 기획하고 있다. 1930년대와 1940년대에 중심을 두고 구전역사를 필름에 담는 작업이다. CHSSC와 프로젝트 책임자인 윌 고우가 그 구전역사 기록들을 내게 보여준 것에 감사한다. CHSSC의 간행물들(《서로 연결된 우리의 삶Linking Our Lives》, 《수백 년을 이어주는 다리 Bridging the Centuries》, 《의무와 명예Duty and Honor》)은 이 소설 속에서 시간과 장소들을 만들어내는 데 커다란 도움이 되었다. 중국계 미국인 박물관과 엘 푸에블로 로스앤젤레스 역사 기념관의 수엘렌 쳉은 이번에도 내게 격려와 조언을 해주고, 통찰력을 제공해주었다.

나는 역사가도 아니고 학자도 아니기 때문에 잭 첸, 아이리스 창, 로널드 타카키, 피터 쾅, 두산카 미스체비치, 아이시 스미스 등의 연구에 의존했다. 에이미 첸의 다큐멘터리 〈차이나타운 파일즈The Chinatown Files〉는 자백 프로그램으로 인해 아직까지도 남아 있는 한과 죄책감, 슬픔 등을 그려내는 데 도움이 되었다. 앤젤 섬 이민국 사무소 재단의 케이시 우양 터너에게는 나를 그 섬에 데려다준 것에 대해 특별히 소리 높여 감사한다. 나를 그 섬으로 인도해준 케이시 리, 중국계 미국인들의 이름을 조사해준 에마 우 루이, 중국계 미국 인들의 장례식에 관해 연구한 수 폰 청과 프리실라 웨거스, 중국 12 간지를 훌륭하게 조사한 시오더라 라우, 현재 상하이에 살면서 내게 몇 가지 사실들을 확인해준 리즈 롤링스, 자기 집안의 개인사들을 들 려주고 수많은 사람들에게서 앤젤 섬 이야기와 전쟁 중의 이야기들 을 수집해주고 내 질문에 대답해준 《전족하지 않은 발Unbound Feet》의 저자 주디 영에게도 감사한다. 루샌 럼 매컨의 우정, 권유, 충고에도 감사한다. 중국계 미국인 연구의 대부인 힘 마크 라이는 나 의 수많은 이메일에 답장을 보내주었으며, 언제나 사려 깊은 태도로 내가 생각을 하게 만들었다. 힘 마크 라이, 제니 림, 주디 영이 편집을 맡은 《섬Island》, 루샌 럼 매컨의 《중국계 미국인들의 초상Chinese American Portraits》은 과거에 내게 많은 영감을 주었고, 앞으로도 계속 영감을 줄 것이다.

나는 상하이에 여러 번 다녀왔지만, 헬럿 어벤드, 스텔라 동, 핸차 오 루, 팬 링, 린 팬, 해리엇 서전트의 저작들도 이 소설에 커다란 기 여를 했다. 핸차오 루는 이메일을 통해 내가 1930년대 상하이의 지리 적 경계선에 대해 품고 있던 몇 가지 끈질긴 의문들을 해결해주기도 했다. 샘은 라오 시의 프롤레타리아 소설인 《인력거Rickshaw》에서 많은 영향을 받아 창조된 인물이다. 비록 샘의 운명과 삶에 대한 시 각은 라오 시의 소설 내용과 많이 다르지만 말이다. 상하이의 광고, 포스터 모델로 나선 아가씨들, 복식 등의 역사에 대해서는 엘렌 존스 턴 랭, 애나 헤슬러, 비벌리 잭슨의 저작들에서 많은 도움을 얻었다. 나는 또한 1920년대부터 1940년대 사이에 활발하게 활동했던 중국

작가들, 특히 장 아이링張愛玲, 시아오 홍蕭紅, 루오 슈洛書, 루쉰의 작품들에도 흠뻑 빠졌다.

신디 복, 비비언 크레이그, 로라 데이비스, 메리 힐리, 린다 허프, 팸 버캐로, 데비 라이트 등 한 달 동안 반스앤노블 온라인 토론에 나와 함께 참여해준 사람들의 통찰력과 의견에도 감사한다. 자매는 평생을 함께 한다는 점을 내게 일깨워준 12번가 독서그룹에게도 감사한다. 그리고 자선 경매에서 승리를 거둬서 로스앤젤레스로 날아와 내 안내로 로스앤젤레스 차이나타운을 둘러보며 여러 사람들을 만나본 진 앤 밸러시, 질 홉킨스 스코티 세널릭, 드니즈 휘티커에게도 감사한다. 그들 덕분에 나는 이 소설의 감정적 중심을 잡을 수 있었다.

샌디 디직스트라가 내 대리인이 된 것은 내게 정말 행운이다. 샌디는 같은 회사에서 일하는 다른 모든 여자들과 함께 나를 위해 싸워주고, 나를 격려해주고, 새로운 세계로 밀어주었다. 마이클 센디재스는 영화계를 조사하는 데 도움이 되었다. 그리고 블룸스베리에서 내 원고의 편집을 맡은 케이티 본드는 밝고 명랑하게 활기를 주었으며, 랜덤하우스에서 내 책의 편집을 맡은 봅 루미스는 상냥함 그 자체였다. 나는 그와 대화를 나누는 것이 정말 좋다. 하지만 랜덤하우스의 모든 사람들에게도 감사해야겠다. 그들 덕분에 지난 몇 년이 내게 특별한 시간이 되었다. 특히 지나 센트렐로, 제인 본 메렌, 톰 페리, 바바라 필런, 어맨다 아이스, 샌유 딜런, 어비더 배시래드, 벤저민 드라이어, 빈센트 라 스칼라에게 감사한다.

위키피디아, 웹사이트 등과 관련된 모든 것을 도와주고 나의 구글 그룹을 운영해준 래리 셸스, 내 웹사이트를 훌륭하게 관리해준 사샤 스톤, 빈틈없이 교정을 봐준 수전 M. S. 브라운, 중국학자의 정원에서 사진을 찍을 수 있게 주선해준 헌팅턴 도서관의 수지 모저, 그 사진을 아름답게 찍어준 퍼트리샤 윌리엄스, 아흔여덟 살의 나이에도 여전히 중국식 연을 만들어 날리는 타이러스 웡, 나와 함께 과거를 살아준 내 사촌 레슬리 렁, 날카로운 시각과 판단력을 보여준 내 어머니 캐롤린 시, 말로 이루 다 할 수 없을 만큼 여러 가지 도움을 준 내 자매들 클라라, 캐서린, 애리아나, 내가 자부심을 갖게 해주고 여러 모로 나를 도와준 내 아들들 크리스토퍼와 알렉산더, 그리고 마지막으로 내가 힘들 때 힘을 주고 풀이 죽었을 때 유머를 보여주고 매일 한없는 사랑을 주는 내 남편 리처드 켄덜에게 감사한다.

Shangai Girls
Lisa See

그 때도 그곳은 과거의 세계였다

〈로스앤젤레스 타임스〉 2009년 5월 31일자에 실린
리사 시의 글

거의 모든 작가들은 장소에 대해 글을 쓴다. 로스앤젤레스의 작가들도 예외가 아니다. 예를 들어 월터 모즐리, 마이클 제이미 베세라, 재닛 핏치도 아주 구체적인 동네의 세세한 부분들을 잡아낸다. 어떤 때는 그 장소에 대한 느낌이 워낙 생생해서 자연스러운 지형과 그 장소의 거리들이 살아 숨 쉬는 인물처럼 완벽하게 재현되기도 한다. 내가 글로 쓰는 장소는 차이나타운이다. 내 소설들 중 많은 작품의 배경이 중국인 것은 사실이지만, 차이나타운이 없었다면 나는 그 소설들을 쓰지 않았을 것이다. 아니, 쓰지 못했을 것이다.

어렸을 때 나는 어머니 캐롤린 시와 함께 살았다. 아홉 살 때까지 우리는 여덟 번이나 이사를 다녔기 때문에, 차이나타운은 내게 고향과 같은 존재가 되었다. 차이나타운에서는 내 친할아버지와 할머니, 친할아버지의 형제자매들이 우리 집안의 골동품점에서 일하고 있었다. 내가 보기에 차이나타운은 하나도 변하지 않았다. 그뿐만 아니라, 중국계 미국인인 내 친척들도 이사를 하거나 변하는 법이 없었다. 그들은 과거에 붙들려 있었다. 어렸을 때 나를 매혹시킨 것도 과거였다. 내가 지금 매일 그리워하는 것도, 상하이 걸즈에서 다루게 된 것도 과거이다.

상하이 걸즈는 1938년에 중매결혼으로 중국을 떠나 로스앤젤레스로 온 두 자매에 관한 이야기다. 당시 로스앤젤레스에는 차이나타운이 네 곳 있었다. 브로드웨이의 뉴 차이나타운에서는 화려하게 색칠된 건물들이 네온 불빛을 번쩍거렸고, 시티마켓 차이나타운은 농산물 판매자들이 가족과 함께 사는 곳이었다. 그 밖에 유니언 역을 지을 때 철거되지 않고 살아남은 소수의 건물들로 이루어진 구舊 차이나타운과 오드, 스프링, 메인, 메이시 거리에 둘러싸인 관광지인 차이나 시티가 있었다. 내 소설 속의 자매인 펄과 메이는 지금은 중국계 미국인 박물관이 자리 잡고 있는 구 차이나타운의 가니어 빌딩에서 살면서 차이나 시티에서 일한다.

차이나 시티는 '진짜' 중국 도시를 만든다는 명목으로 세워졌지만, 사실은 순수한 환상과 고정관념을 구현한 곳이었다. 만리장성의 축소모형이 이곳을 둘러싸고 있었고, 이곳을 지을 때 건축자재로 쓰인 것은 영화 〈대지〉를 찍고 남은 촬영 세트였다. 방문객들은 인력거를 타고 100가지 놀라움의 길을 달리거나, 차이나버거를 먹거나, 차이니즈 정크 카페(〈푸른수염의 여덟 번째 아내〉를 찍고 남은 촬영 세트로 지은 건물)에서 해적의 독주를 마실 수 있었다. 차이나 시티는 괴상한 매력이 있는 곳이었지만, 불운한 곳이기도 했다. 그 덕분에 나도 이곳과 관련을 맺게 되었다. 차이나 시티는 문을 연 지 1년도 안 돼서 화재로 크게 파괴되었다. 사람들이 파괴된 건물들을 재건했지만, 10년 뒤 또 화재가 발생했다. 1949년에 차이나 시티는 문을 닫았다. 그로부터 몇 년 안 돼서 우리 집안은 차이나 시티에서 마지막으로 남아 있던 대형건물로 골동품점을 이전했다. 우리가 운영하던 골동품점의 이름은 F. 수이 원이었다.

어렸을 때 그 가게에 들어서는 것은 마치 다른 시대, 다른 장소로 들어서는 것 같았다. 대리석으로 만든 커다란 사자 두 마리가 원형문양 옆을 지켰고, 우리 할아버지는 매일 그 문을 통해 인력거를 몰고 밖으로 나가 손님들을 끌었다. 긴 중앙 복도 양편에는 차이나 시티의 작은 가게들과 노점들의 잔해가 늘어서 있었다. 뒤집어진 처마, 동전을 넣고 소원을 비는 우물, 금붕어 연못의 잔해 등이었다.

우리 가게에는 아시아 골동품이 가득했다. 청동제품, 섬유제품, 도자기 등이 각각 별도의 방에 진열되었다. 놀라운 물건들, 티크와 방충제와 향 냄새로 가득 찬 아름다운 곳이었다. 하지만 창고는 무서웠다. 어두운 창고 구석에는 그림자 같은 존재들이 어른거리는 것 같았다. 톱질 소리가 시끄럽게 울리는 작업실에 들어갈 때도 마음이 불안해졌다. 작업실 벽에 걸린 달력에서는 아름다운 중국 아가씨들이 이런저런 차이나타운 카페들을 광고하고 있었고, 방에는 톱밥이 구름처럼 자욱하게 날렸다. 우리 할아버지와 그 형제들은 안전장비를 사용하지 않았기 때문에 가는 귀가 먹었을 뿐만 아니라 손가락도 몇 개 없었다.

우리 부모님은 그 때 대학원에 다니고 있었는데, 내 눈에는 아주 똑똑하게 보였다. 하지만 다른 중국인 친척들이 갖고 있던 다른 종류의 지식은 지금도 내 눈에 대단하게 보인다. 내 증조부는 중국 남부의 농민이었다. 그 분이 자식들을 검소하게 키우셨다는 뜻이다. 할아버지 형제들은 5갤런 들이 간장 통을 쓰레받기로 변신시키거나 아스팔트를 이용해서 바구니들을 '골동품화' 해서 파는 법을 알고 계셨다. 세상에서 가장 중요한 것이 음식과 가족이라는 것도 알고 계셨다. 중요한 순서를 따지자면, 역시 음식이 먼저였을 것이다.

점심으로 우리는 집에서 만든 차르슈 샌드위치를 먹었다. 할아버지가 나를 데리고 오드 거리를 올라가 스프링 거리를 건너서 이른바 '작은 가게' 로 가서 차나우(요즘은 딤섬이라는 이름으로 더 잘 알려져 있다)를 사 먹기도 했다. 할아버지가 샘싱 정육점의 블랙키를 만나러 갈 때 나를 데리고 가신 적도 있었다. 정육점 창문에는 황금 이파리에

둘러싸인 실물 크기의 돼지가 그려져 있었다. 할아버지는 나를 데리고 국제 식품점의 마거릿을 찾아가 이야기를 나누시거나, 이미루의 창문을 들여다보기도 했다. 내 생각에 이미루는 이 도시에서 개방형 주방을 설치한 최초의 식당이었던 것 같다. 길고 긴 오후에 할머니와 시시 고모는 구 차이나타운과 차이나 시티에 관한 이야기를 들려주시거나, 곧 있을 이웃들의 결혼식이나 아이의 출생 한 달을 기념하는 파티에 대해 이야기하거나, 뉴 차이나타운에 대한 험담에 빠져들었다. 뉴 차이나타운에서는 다른 친척들이 가게와 식당 등을 운영하고 있었는데, '우리'는 그곳이 너무 관광지 같다고 생각했다.

1971년의 실마 지진 이후 우리 집안의 가게를 비롯해서 스프링 거리에 늘어서 있던 다른 많은 건물들이 종말을 맞았다. 한때 차이나 시티로 불렸던 곳이 공식적으로 지도에서 사라진 것이다. 우리 식구들은 F. 수이 원을 패서디나로 이전했고, 그곳에서 가게는 현재 112주년을 맞았다.

하지만 내 조부모님, 고모, 큰아버지, 작은아버지, 백모, 숙모 등은 이제 모두 돌아가셨다. 그리고 예전에 뉴 차이나타운이라고 불리던 곳은 이제 구 차이나타운이 되었다. 내 증조부의 다른 가족들과 증조부의 삼촌의 아들들이 아직도 그곳에서 가게를 운영하고 있기는 하지만, 세련된 화랑들이 그곳을 에워싸고 있다. 과거를 잊지 못하는 많은 사람들은 그 화랑들을 곱지 않은 시선으로 바라본다. 하지만 나는 전혀 그렇지 않다. 그들이 내 어린 시절부터 있던 곳들이 아니라는 점만 싫을 뿐이다. 이 얼마나 어리석고 자기중심적인 생각인가.

하지만 나도 어쩔 수 없다. 내게 아주 커다란 의미를 지녔고, 글을 쓸 수 있는 용기를 주었던 내 중국계 친척들과 중국 관련 장소들은 모두 몇 년 안에 사라질 것이다. 그 상실감, 내 어린 시절 차이나타운의 추억이 사라지고, 여러 차이나타운에 대해 이야기해주던 친척들을 잃고, 엄청나게 큰 퐁 시 가문의 가계도에서 내 자리가 정확히 어디인지 알고 있는 사람들을 잃고, 빈 간장통을 손에 딱 맞는 쓰레받기로 바꿀 수 있는 사람들과 옛날 시골사람들처럼 천천히 걸을 수 없게 되고, 원형문을 통해 다른 세계로 들어가서 내 본연의 모습이 될 수 있는 곳을 잃어버렸다는 상실감이 상하이 걸즈의 정서적 핵심이 되었다.

토머스 울프는 "우리는 다시 고향으로 갈 수 없다"고 썼다. 어떤 사람들에게는 이 말이 진실일지 모른다. 여기 남캘리포니아에서는 거의 모든 사람들이 어딘가 다른 곳 출신이다. 우리 모두의 집안에는 아주 용감하거나, 겁에 질렸거나, 엉뚱해서 고향을 떠나 이곳으로 온 사람들이 있다. 어떤 사람들은 허물을 벗듯 과거를 벗어버린다. 과거의 개척자들이 지붕을 덮은 수레를 타고 이곳으로 올 때 지나치게 무거운 물건들을 던져버렸던 것처럼. 하지만 사람들 말처럼, 우리가 아무리 도망쳐도 숨을 길은 없다. 아무리 멀리까지 가더라도 우리 가슴에는 좋든 싫든 고향과 과거가 항상 들어 있다. 그나마 나는 멀리까지 가본 적도 없다.

상하이 걸즈에서 가상의 인물인 펄과 메이에 대해 쓰면서 나는 내가 태어나기 전의 시대와 내가 사랑했던 장소들로 돌아가 오로지 작가들에게만 가능한 방법으로 이제 이 세상에 없는 사람들의 이야기, 쾌활한 웃음소리, 걸음걸이 등을 다시 느낄 수 있었다. 나는 그 사람들과 그 장소들을 영원히 가슴에 담아 가지고 다닐 것이고, 그들은 언제나 내 글의 일부가 될 것이다. 중국의 작은 마을을 배경으로 한 이야기에서든, 아니면 바로 여기 로스앤젤레스의 차이나타운을 배경으로 한 이야기에서든.